U0726301

后浪

被淹没的

我们，

VI, DE DRUKNEDE

CARSTEN JENSEN

[丹]卡斯滕·延森——著

陈磊——译

上

贵州出版集团
贵州人民出版社

献给莉齐

我一生的挚爱

目 录

利特尔湾

圣约翰

哈利法克斯

纽约

旧金山

新奥尔良

往火奴鲁鲁

往萨摩亚

艾尔岛

马斯塔尔

往瓦尔帕莱索

（本书插图系原文插图）

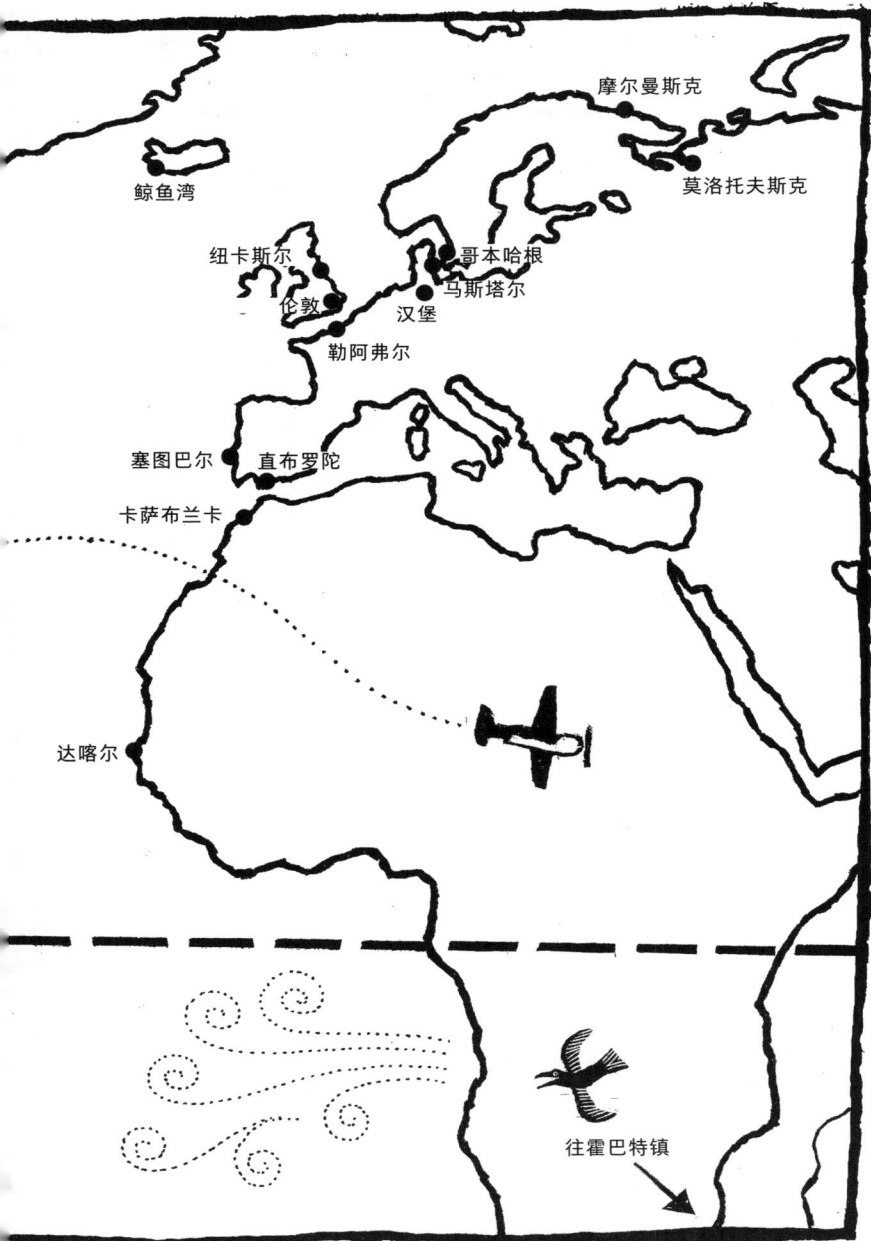

摩尔曼斯克

鲸鱼湾

莫洛托夫斯克

纽卡斯尔
哥本哈根
马斯塔尔
伦敦
汉堡
勒阿弗尔

塞图巴尔　直布罗陀

卡萨布兰卡

达喀尔

往霍巴特镇

GS 京（2022）1603 号

第一部

靴　子

很多年前有个名叫劳里斯·马德森的好汉，他本已升上天堂，却又因为自己的靴子降下人间。

他飞升的高度不到一艘全帆缆船的桅杆顶部，确切来说，还不如主帆高。升到那里后，他站在通往天堂的珍珠门外，看见了圣彼得，不过这位往生门道的守护人只是冲他晃了一下光溜溜的屁股而已。

劳里斯·马德森本该死去的，但死神不肯收他，于是他重又落地为人，以另一种面貌。

在因这趟天堂之旅出名之前，劳里斯·马德森最为人熟知的事迹，是凭借一己之力发动了一场战争。六岁时，他的父亲拉斯穆斯在海上失踪。年满十四周岁后，他在家乡艾尔岛的马斯塔尔港一艘名为"安娜号"的船上当了水手，但仅仅三个月后，船就迷失在波罗的海中。幸得一艘美洲双桅横帆船救下了全体船员，自此以后劳里斯·马德森就梦想着美洲。

十八岁时，他在弗伦斯堡通过了航海考试，但同年再度遭遇船难。这次是在 10 月里一个寒冷的夜晚，离挪威曼达尔港海岸不远的地方，四周海浪拍溅，他站在一块礁石上，扫视着地平线寻求救助。接下来的五年里，他的航迹遍及七大洋。他南下绕过合恩角，在一个漆黑的夜里，听见过企鹅的尖叫。在美洲西海岸，他看见过瓦尔帕莱索港；在悉尼，他看见袋鼠四处蹦蹦跳跳，那里的树木冬天只脱皮而不落叶。他遇见一个名叫萨莉·布朗的女孩，眼睛像葡萄，能讲许多有关前桅楼街、拉博卡区、巴巴里海岸和猛虎湾的故事。他吹嘘过自己第一次穿越赤道的经历，当时他曾向海神致敬，船体穿越赤道线时，他感觉到一阵颠簸；为了纪念那个时刻，同行的水手强迫他喝了海水、鱼油和醋，用柏油、烟灰和胶水为他施洗，用一把刀锋崩了边的生锈剃刀为他剃胡子，最后又拿刺人的盐和石灰为他处理伤口。他们强迫他亲吻海后安菲特里忒雕像那坑坑洼洼的赭色脸颊，将他的鼻子强按进她的嗅盐瓶中，而瓶子里面一早就被他们装满了剪下的指甲。

劳里斯·马德森业已见识过世界。

其他许多人也见识过。但只有他一个人带着一个奇怪的念头回到马斯塔尔港，家乡的万事万物都嫌太小，为了证明自己的观点，他频繁使用一种他称之为美洲语的外语讲话，那是他在随永不沉没号海军护卫舰航行的一年中学会的。

"Givin nem belong mi[①]劳里斯·马德森。"他说。

他与新街出生的卡罗利妮·格鲁贝育有三子一女。三

---

① 　劳里斯·马德森讲的是混杂的皮钦语，一种由土著语言和欧洲语言混杂而成的不规范语言，后同。此句本意应当是：把它们拿给我劳里斯·马德森。——译者注（如无特别说明，本书脚注均为译者注）

个儿子中拉斯穆斯继承了祖父的名字，另外两个分别叫艾斯本和阿尔伯特。女孩名叫埃尔塞，是老大。拉斯穆斯、艾斯本和埃尔塞形容近于他们的母亲，那是个矮个子、沉默寡言的女人。阿尔伯特则长得像父亲，四岁时身高就已经赶上了大他三岁的艾斯本。他最喜欢玩的游戏是推着一枚英国铸造的生铁弹四处滚。那东西太重，他举不起来，但这并没有阻止他一再尝试。一脸倔强的他，总是绷紧膝盖，使出全身的力气。

"用力举，我快活的小子们！用力举，我的小坏蛋！"劳里斯看到小儿子挣扎使劲的样子，总会大声鼓励。

1808年英国人围攻马斯塔尔港期间，这枚铁弹砸穿他们位于十字路的房子屋顶坠落下来，劳里斯的母亲惊恐不已，当即在厨房地板的正中生下了他。小阿尔伯特不玩时，那铁弹就停在厨房，卡罗利妮拿它当研杵，用来碾芥菜籽。

"我的儿，你当时应该是想用它来宣告你的降生，"劳里斯的父亲有一次对他说，"瞧瞧你刚生下来时个头有多大。要是当时鹳鸟把你从空中丢下来，你也能像这枚英国铁弹一样砸穿屋顶的。"

"Finggu。"劳里斯说着举起自己的手指。

他想教孩子们学习这门美洲语言。

Fut的意思是一只脚。他指着自己的一只靴子。Maus是嘴巴。

一家人坐下来吃饭时，他揉揉自己的肚子，龇出牙齿。

"Hanggre。"

所有人都明白，他是在说他饿了。

妈是 misis，爸是 papa tru。劳里斯不在家时，他们都像其他正常的孩子一样说"母亲"和"父亲"，只有阿尔伯特是个例外。他与父亲之间有一条特别的纽带。

孩子们有许多名字，小黑崽、小坏蛋和兄弟们都是。

"Laihim tumas。① "劳里斯对卡罗利妮说完噘起嘴，仿佛要亲吻她。

卡罗利妮笑着涨红了脸，然后生起气来。

"别闹了，劳里斯。"她说。

---

① 此句本意应为：爱你。

　　1848年，丹麦王室与波罗的海那头石勒苏益格-荷尔斯泰因的德国①叛军爆发了战争，叛军希望与丹麦切断联系。海关的老管事人德·拉波特是第一个知情人，因为基尔港的叛军临时政府给他发了一封"宣言书"，同时还要求他移交海关的保险柜。

　　整个艾尔岛都做好了武装斗争的准备，我们迅速组建起一支自卫队，领头人是一位来自莱斯的年轻教师，自此以后人们都称他为指挥官。我们将灌满柏油的木桶用旧绳索缠在柱子上，竖在岛屿的最高点用作灯塔。德国人若是打海上来，我们就将柏油桶点燃、起吊以传递信号。

　　在纳斯特比约格，在韦斯奈斯旁的小山上，都竖有这样的灯塔。四处都有我们海岸警卫队队员在密切注视着地平线上的动向。

　　不过，这场战事很快就被劳里斯拉低了水准，他这个人本来就是个浑不懔。一天晚上，他从埃肯弗德峡湾回来，途经韦斯奈斯之时，在靠近海岸的地方，他大喊道："德国人来啦！"那声音在海面上回荡。

---

①　此处"德国"指德意志联邦，又称"德意志邦联"，1815年组成的德意志邦国的联盟，设有联邦议会，以奥地利代表为首席，1866年普奥战争后解体。

片刻工夫，小山顶上的柏油桶就点燃了，接着是纳斯特比约格的那座，其他灯塔也依序点燃，一路接力到将近十五英里外的西内绍伊山，最后整个艾尔岛都被照亮了，宛如篝火之夜。

火焰接连蹿起之时，劳里斯躺在他的船上，为自己所引发的这骚乱景象笑得爬都爬不起来。等他回到马斯塔尔，只见四处灯火通明，虽然已是深夜，大街小巷却挤得水泄不通。有人在叫嚷着难懂的命令，其他人则都在抽泣和祈祷。一群好战之士正在马克街上行进，身上均佩着长柄镰、干草叉和样式奇怪的枪。面色惊恐的年轻母亲们在街道上匆忙赶路，怀里紧抱着哭号的婴孩，心下确信德国人会用刺刀像串羊肉一样将他们串起。到了马克街与西街交叉口的水井旁，一位船长的妻子正同一个女仆争辩。那女人抱着不切实际的幻想，认为应该躲到井里，于是命女仆先下去。

"您先请，夫人。"女仆坚持道。

我们男人也都在彼此差遣，只是这里当船长的人太多，谁也说不服谁，因此所有人能达成一致的做法就是，郑重地起誓，要想我们放弃自己的生命，必须让敌人付出最大的代价。

喧嚣也波及了教堂街，牧师扎卡里亚森正在家中宴客。一位女客晕了过去，牧师十二岁的儿子卢兹维抓起一根拨火棍，准备反击进犯的敌人，保家卫国。在教师兼教区执事伊萨格先生的房子中，一家人都为迫近的攻击做好了准备。这家的十二个儿子原本正为母亲庆祝生日，体形丰满的伊萨格夫人于是为他们备好了盛满火灰的陶土罐，下令说只要有一个德国人胆敢攻进来，就将火灰都倒到他脸上。

我们的队伍继续前进，沿着马克街往雷贝巴宁街走去。领头的老耶珀挥舞着一根干草叉，高喊只要德国人够胆，欢迎来拿下他。小木匠莱夫斯·彼得森被迫返回家中。他原本勇敢地将枪挂在肩头，口袋里塞满了子弹，但走到半路才突然想起自己忘了带火药。

到了马斯塔尔磨坊那里，磨坊主的妻子，强壮的韦伯夫人早已佩好干草叉，坚决要求加入战斗。她的样子比我们绝大多数男人都更具震慑力，我们当即欢迎她加入这个嗜血的队伍。

劳里斯是个容易激动的人，这时也受大街小巷里的战斗激情鼓舞，冲回家去寻找武器。卡罗利妮和四个孩子正藏在客厅的餐桌下，他冲进门兴奋地呼叫："快出来，孩子们，战斗的时刻来了！"

只听得砰的一声闷响，是卡罗利妮的头重重地撞上了餐桌底板。她费劲地爬了出来，站直身体冲丈夫大叫道："马德森，你是不是彻底昏了头？不能让孩子们上战场！"

拉斯穆斯和艾斯本开始上蹿下跳。

"我们想去！我们想去！"他们齐声叫喊，"求您了，求您了，让我们去吧。"

小阿尔伯特已经开始四处滚动他的铁弹了。

"你们都疯了不成？"他们的母亲吼了起来，不管是谁凑过来，她都一巴掌扇在他的耳朵上，"赶紧给我滚回去，钻到桌子下面去！"

劳里斯冲进厨房，寻找合意的武器。"那柄大煎锅收到哪儿了？"他冲客厅喊道。

"你碰都别想碰！"卡罗利妮吼了回去。

"行吧，那我拿扫帚，"他宣告，"德国人会后悔的！"

接着他便走了出去。他们听见他哐的一声带上了门。

"你听见了吗？"长子拉斯穆斯对阿尔伯特说，"父亲甚至都没说美洲语。"

"他疯了，"他们的母亲在餐桌下的黑暗中摇摇头，说道，"你们听说过有谁扛着扫帚上战场的？"

劳里斯到来后，我们这群好斗之士爆发出哄笑。诚然，人人都知道他是个自大的人，但他的身板高大又强壮，有他做同伴是件好事。

"你就只有那一件武器？"

我们认出那是把扫帚。

"对付德国人足够了，"他高高地举起它挥舞着，答道，"我们直接把他从这里扫出去。"

我们本就觉得自己所向无敌，听到他开的玩笑更是大笑起来。

"留几把干草叉，"拉尔斯·博德克说道，"堆尸体时还用得上。"

这时候我们已经抵达开阔的地界。行进到韦斯奈斯还需要半小时，但我们步伐轻快，热血沸腾。到了德雷巴肯，燃烧的灯塔越发鼓舞了我们的战斗热情。但听到黑暗中传来马蹄声时，我们都吓呆了。敌人正在向我们逼近！

我们原本打算到海滩上突袭德国人，不过在这里的山上，地形依然对我方有利。劳里斯拿好扫帚，调整姿态准备迎战，我们也都有样学样。

"等等我！"后方一个声音大喊。

是回家取火药的小木匠。

"嘘，"我们提醒道，"德国人正在逼近。"

马蹄声越来越响——情况逐渐清晰，只来了一匹马。骑马人从黑暗中现身后，莱夫斯·彼得森举枪瞄准，结果却被劳里斯推了一把枪管。

"是指挥官比罗。"他说道。

那马跑得汗涔涔的，黝黑的侧腹像泵一样鼓起又陷落。比罗举起一只手。

"你们可以回去了，韦斯奈斯没有德国人。"

"但是灯塔点燃了。"莱夫斯高声说道。

"我问过海岸护卫队，"比罗说道，"警报有误。"

"那我们还急匆匆地从热乎的床上爬下来。所为何事？屁事没有！"

韦伯夫人双臂交抱胸前，用眼神向我们所有人发出警告，像是在说既然德国人没出现，那她要在我们之中寻找一个新的敌人。

"至少我们证明了，大家都已做好准备，"指挥官安慰道，"他们没有来，说到底这总归是个好消息。"

我们都咕哝着表示赞同，虽然都同意他的解释，但还是不免失望。我们本来都做好了迎战德国人的准备，做好了殒命的准备，但艾尔岛上最终什么都没发生。

"总有一天，德国人会后悔的。"拉尔斯·博德克说道。

众人都开始感到疲倦，便决定掉头回家。这时却下起了一场冷雨。我们于静默中走到磨坊，韦伯夫人在那里离开了队伍。她回过头来，看着我们这群惨不堪言的人，将干草叉放在地上，仿佛在移交一柄步枪。

"我想知道，"她的声音充满不祥的预示，"这三更半夜的，是哪个蠢货把我们这群体面人从床上叫醒，奔赴战场的？"

我们都盯着劳里斯，只见他魁梧地站在那里，肩上还扛着他的扫帚。

但他没有退缩，目光也不曾躲闪。相反，他直瞪瞪地看着我们。接着他的头向后一转，冲着冷雨大笑起来。

战争很快就正式爆发，我们应募加入海军。海军船赫克拉号停泊在邻镇艾勒斯克宾，接收我们入伍。我们在码头列成队，被叫到名字的，就一个接一个跳上运载我们前往船舰的汽艇。11月的那个晚上，我们感觉受了欺骗，竟然没有爆发战争，但此刻等待已经结束，我们个个情绪高昂。

"快给丹麦人让道，他带着他的性命和灵魂，还有他的水手袋！"克劳斯·雅各布·克劳森叫喊着。

他是个肌肉发达的小个子，喜欢自吹自擂，说哥本哈根有个人称刺青大王弗雷德里克的刺青师傅曾告诉他，他的胳膊是自己拿针刺过的最结实的。克劳森的父亲汉斯·克劳森继承父业，做了领航员，克劳森希望追随他们的足迹；更重要的是，我们登船前夜，他做了一个梦，说他会从战场活着回来。

到了哥本哈根，我们在护卫舰吉菲昂号上接受检查。劳里斯与我们其他人不同，独自一人上了克里斯蒂安八世号，那是一艘第一线作战军舰，主桅高耸，从柱顶到甲板的长度，是马斯塔尔教堂塔楼高度的一点五倍。我们只能仰起头才看得清其全貌，但这样做所带来的眩晕感却令我们心中充满自豪，让我们全身心地相信，我们接到召唤，是要去执行伟大的任务。

劳里斯目送我们离开。他在美国军舰永不沉没号上待过一年，克里斯蒂安八世号很适合他。站在它的甲板上，他很快就感觉像在家里一般自在 —— 虽然当他看着我们其他人登上吉菲昂号的舷梯消失不见时，心中一定短暂地产生过被抛弃的感觉。

　　就这样，我们奔向了战场。在圣枝主日①这天，我们沿着艾尔岛的海岸线航行，开过了韦斯奈斯的丘陵，之前劳里斯就是在那里用一句"德国人来啦"将整个岛掀了个底朝天。而此刻来的却是丹麦人，这一回轮到德国人点燃他们的柏油桶，像被斩了头的鸡一样到处乱飞。

　　我们将船停在阿尔斯岛海域等待。礼拜三那天，我们朝埃肯弗德峡湾进发，并于下午晚些时候抵达峡湾口。在那里，我们听令在后甲板上整编列队。大家都穿着自家做的衬衫和粗布裤，有蓝色、黑色和白色的，着实是一支杂牌军。只有帽子上装饰着"吉菲昂号"字样的缎带和红白两色的帽徽，能证明我们是国王海军的成员。船长身着最气派的制服，上有肩章，还佩有长剑。他在演讲中下令，要我们英勇奋战。他挥舞着三角帽，为国王三呼万岁，我们也用尽全力一同欢呼。接着他下令开炮，好让我们这些新兵蛋子见识见识战场上的炮火声。只听得一声可怕的咆哮翻滚着划过海面，伴随而来的还有刺鼻的火药味。这时迎面吹来一股劲风，将薄雾一般的蓝色炮烟吹散。几分钟的时间里，我们什么声音都听不见了。炮火声几乎把我们震聋了。

　　这时来了两艘船，我们认出了赫克拉号，也就是我们从

---

① 复活节前的礼拜日。

艾勒斯克宾出发时乘坐的那艘。现在我们组成了一支完整的中队。次日，我们为战斗做起了准备：往左舷安装大炮，将水泵和软管放好，以便甲板上开火时能迅速取用，又在每门大炮旁摆好了霰弹片、葡萄弹和成箱的弹药筒。过去这几天，我们早已演练多次，将绝大多数军舰作战指令熟记于心。每门大炮旁配备十一名炮手，从第一道命令"做好准备"起，到随后的"混合火药与引线"和"插入弹药筒"，直至最终的"开火"，我们都忙成一团，生怕犯一丁点错。我们习惯了三四个人一组在小船和双桅船上的工作，此刻却突然成了操纵生死大权的主人。

情况经常是炮长大吼着"清扫炮口"或者"搜集弹片"，我们却困惑地立在原位：那命令究竟是什么意思，就不能用浅白的丹麦语说清楚吗？每次只要我们正确无误地执行了一套复杂的常规操作，炮长就会道贺，我们则会爆发出如雷的欢声。那时候，他会先看看我们，再看看他的大炮，最后低头看着甲板摇摇头。

"你们这群小崽子，"他说，"竭尽所能干吧，天杀的！"

我们并不全然肯定究竟要炮击哪些德国人。肯定不是歪屁股的老伊尔塞，就是每次我们把船停在埃肯弗德镇的港口时，将我们喜欢的荷兰杜松子酒卖给我们的那位。也不是粮食贸易商埃克哈特，我们跟他做过很多划算的交易。然后还有红公鸡旅店的老板汉森，还有哪个姓氏比汉森更有丹麦特色呢？而且我们从没见过他凑近枪支。他们都不是我们要炮击的德国人，那些我们是明白的。但国王清楚我们要炮击的是哪些德国人。炮长也清楚，他的欢呼一直都是那么虚张声势。

我们即将抵达峡湾。敌人设在海岸上的炮台开始轰鸣，不过我们在射程之外，它们很快便安静下来。我们分到的是荷兰杜松子酒，而平时会是茶。九点钟，归营号响了，提醒上床时间已到。七小时后，我们从睡眠中醒来。这天是1849年4月5日，濯足节①。我们又一次以荷兰杜松子酒代茶，甲板上还有一桶啤酒在等待。我们想喝多少就喝多少，到起锚往峡湾进发时，士气已经十分高昂。我们对国王陛下舰队上的伙食毫无怨言。过去必须自己负责时，食物一向短缺。他们说马斯塔尔港的船开过后，你连一只海鸥也别想看到，这话够真，我们从不浪费一块面包屑。但在茶和啤酒之外，海军还给我们提供了管饱的面包，还有更多的其他食物。午餐是一磅鲜肉或半磅培根、干豌豆配粥或汤；晚上则是四磅黄油，佐以荷兰杜松子酒。在嗅到第一丝火药味的很久以前，我们就爱上了战争。

现在我们在埃肯弗德峡湾里面了，海滨更近了，炮位清晰可见。克雷斯滕·汉森凑到埃纳尔·延森身边，再次吐露心声，他确信自己活不过这场战斗。

"德国人索要税金的那天，我就已经知道，我会死在今天。"

----

① 复活节前的礼拜四。

"你什么都不知道，"埃纳尔回答，"你不知道战斗时间是在濯足节。"

"我早就知道了，我们的时候就要到了。"

"闭上你的嘴。"埃纳尔低声咆哮。从打包完水手袋，系好鞋带开始，他就受够了克雷斯滕的诉苦。

但克雷斯滕是拦不住的。他急促地喘着气，一只手搭在朋友的胳膊上。

"发誓你会将我的水手袋带回马斯塔尔。"

"你自己就能带。快打住吧，别把我也给吓得够呛。"

埃纳尔担忧地看了克雷斯滕一眼。我们之前从未见过他这样。克雷斯滕的父亲约胡姆·汉森是港务局的一名官员，同时也是船长。克雷斯滕继承了他的相貌，甚至包括雀斑和略带金黄的红头发，个性也一样文静。

"给你，"埃纳尔说着递给他一陶罐啤酒，"把它灌下去。"

他把陶罐端到克雷斯滕嘴边，但酒下错了道儿，克雷斯滕呛得直咳嗽，眼眶里涌出了泪水。埃纳尔给他拍背，他呼哧呼哧喘着气，啤酒从他鼻孔里喷了出来。

"你个傻蛋，"埃纳尔笑了起来，"该吊死的人就淹不死。你刚才差点儿就被啤酒淹死了，这等于让德国人少了个目标。"

但克雷斯滕依然目光恍惚。

"我们的时候就要到了。"他用空洞的声音重复了一遍。

"哎呀，比如说我吧，就不会被射中。"利特尔·克劳森加入对话，"我知道，因为我梦见了。梦里我走在磨坊路上，要到镇上去。两侧各有一个士兵，准备射击。这时一个声音喊道：'你可以走！'我照做了。子弹打我耳边嗖嗖飞过，但都没有击中。所以今天我不会中弹。我敢肯定。"

我们展望峡湾，四周的田野都披着一层春绿，一座茅草屋顶的农舍偎依在一小片刚结出芽苞的欧椴树林中，一条两边垒有石墙的小路通向农舍门口。一头母牛在路边吃着草，正背对着我们，慵懒地甩着尾巴，全然不知战争正从水面逼近。

从右舷能看到炮位越来越近；我们先是看到烟，接着听到轰隆声翻滚着划过水面，就像是凭空卷起的一场暴风雨。

克雷斯滕一跃而起。

"我们的时候就要到了。"他说。

一道火舌从克里斯蒂安八世号右舷船尾的位置喷出。我们疑惑地看了看彼此。它被击中了？

不熟悉战争的我们不明白直接击中意味着什么。第一作战军舰没有反应。

"他们怎么不开炮回击？"埃纳尔问。

"因为他们还没有斜穿甲板到达炮位。"克劳森答得头头是道。

片刻之后，克里斯蒂安八世号的右舷腾起一团青烟，宣告他们的确做出了回应。战斗已然开始。海滨火焰翻飞，泥土四溅，火柴棍一般小的人们东奔西跑。一阵东风适时吹起，很快就轮到吉菲昂号发射排炮了。六十磅重的巨型炮弹发出的咆哮让整艘船都在震颤。我们的胃猛烈翻腾起来。我们用双手捂住耳朵，尖叫声中掺杂着恐惧与欢欣，所有人都惊骇于那股冲击力。

这下德国人算是重重地挨了一锤!

几分钟后,船尖上的炮位停止了射击。这段时间,我们只能完全依靠眼睛,因为耳朵什么也听不见了。海滨看上去像是荒漠,沙子被掀开了堆积在一起。一门发射二十四磅炮弹的黑炮翻倒在地,底座翘在空中,像是被地震给震翻了。看不见活动的人。

我们拍着彼此的脊背,无声地庆祝胜利。就连克雷斯滕似乎也忘了他对厄运的不祥预感,和大伙儿一起狂喜忘形。战争令人激动,就像血液中有奔涌的荷兰杜松子酒在燃烧——只是带来的愉悦更广阔更纯粹。烟雾慢慢散去,空气变得澄净。此前我们从未如此清楚地见识过世界。我们睁大眼瞧着,像新生的婴儿。索具、桅杆和船帆在我们头顶形成一顶华盖,像是刚发芽的山毛榉丛林的嫩叶。每件事物都闪烁着超脱凡俗的光芒。

"天哪,我感觉到一种完全的庄严,"听力刚恢复,利特尔·克劳森就感叹道,"真该死,真该死。"他无法停止咒骂,"我以前要是见过类似的景象,那就碾死我吧。"

头一晚演习时,我们的确听过开炮时震耳欲聋的声响,但实际目睹它们的威力后,震撼程度还是不小。

"是啊,"埃纳尔说,"跟那些炮弹比,扎卡里亚森牧师说的地狱之火都显得温驯了。你说呢,克雷斯滕?"

克雷斯滕的表情简直变得虔诚了。"没想到我能活着看见这一幕。"他轻声说。

"这么说,你不再觉得自己会死喽?"

"啊,我比之前更加确信。不过我已经不再害怕了。"

我们不能说这次事件是个人的炮火洗礼，因为我们操纵的六十磅大炮安装在左舷的上甲板上，而这一战是冲右舷来的。我们的机会很快就会到来，船继续航行，向着峡湾深处的埃肯弗德镇进发，那里两岸都有更多的炮台等着。不过，在我们看来，这不是什么大的威胁。还不到上午八点钟，战斗已经赢了一半；我们甚至开始担心，战争不等开打就要结束。我们才刚刚尝了一下滋味，看样子德国人在午饭前就会落败。

吉菲昂号继续向峡湾上游航行，北岸的炮台就在正前方。距离南岸炮台只剩两根缆绳远时，我们拍动船帆好减小受风压力。然后降下船首三角帆，抛下左舷的一个拖锚，用排炮来面对敌人，克里斯蒂安八世号也采取了相同的行动。开炮时间到了。

我们的血液在歌唱。我们就像一群等着看烟花的孩子。恐惧的感觉已经完全消失，余下的只有期盼。我们尚未从第一次胜利的激动中平复，而第二次已在等待。

这时吉菲昂号开始移动。拖锚无法将它锚定，强劲的洋流将我们推向南岸炮台。我们向克里斯蒂安八世号张望。只见那艘巨大的战舰也在漂移，而且正在遭受岸上炮火的猛烈袭击。水手们放下沉重的铁锚，以阻止它漂移，与此同时，从船头到船尾的炮火齐鸣。炮烟从左舷喷射而出，横向飘过峡湾，形成一团迅速膨胀的云。但由于船向岸边漂移得太过突然，在那之前来不及调整炮筒方向，这导致瞄准的位置太高，击中的是炮台背后的田野。

片刻后轮到我们了。此时我们距离海岸已足够近，已然进入德军步枪的射程。洋流和风继续作弄人，我们正横渡峡湾，两舷面对的都是空无的水面。只有船尾的四门大炮有机会反击来自岸上的凶猛袭击。

第一击清空了有十一人的后甲板。我们一直把炮弹叫作"灰豌豆"，但那东西从低空飞过甲板，将栏杆、炮口和人撕得四分五裂，木屑如阵雨般洒落。那东西绝不是豌豆。埃纳尔看着它迫近，目睹它横扫过甲板的每一个角落。它弄断了一个人的两条腿，推着它们往这边飞，又将那人身体的其他部位抛往另一个方向。在这里，它刨掉了一侧肩膀，在那里，撞碎了一个脑壳。它向埃纳尔猛冲过来，裹挟着骨头碎片、鲜血和头发。埃纳尔仰倒下去，看着它飞射而过。他后来说那东西擦过时扯掉了他的鞋带，随后撕开了后甲板的尾部。

在埃纳尔看来，那炮弹是头有自己意志的怪兽。它向他展示了何为战争：战争不是一座炸响后逼得火柴棍般的士兵四处逃窜的炮台，而是一条靠暴露在体外的心脏吞吐炽焰的火龙。

甲板上乱成一团，一位眼球充血的军官冲埃纳尔大喊，命他随一名舵手和一名士兵去桅杆处。这命令下得没道理，但他还是照做了。这时，那士兵却突然倒在一片血泊之中。看起来像是他体内的什么东西爆炸了，他的胸口开了个洞，鲜血喷溢而出。埃纳尔看见有个人的眼睛爆开了，一团血糊，另一个人则被掀掉了脑壳。那真是一番奇异的景象，粉红色的脑浆裸露在外，像是有人砰的一声往里面插了一把勺子，那东西便如麦片粥一般啪嗒啪嗒滴落。埃纳尔从不知道，人类身上还可能发生这种事。接着第二枚炮弹射过来，杀死了上尉。他看着这世界末日善恶大决战般的情景，身上忽冷忽热，鼻子也因为遭受冲击而开始流血。

一名脸上都是血的军官命令他去七号炮位。他原本被分派的是十号炮位，不过那门大炮已被直接击中，此刻正歪倒在炮口边。周围躺着一堆一动也不动的尸体，血泊在慢慢扩大。细股的尿液在他们双腿间汇成一片片三角洲。他看不清克雷斯滕和利特尔·克劳森是不是在里面。不远处躺着一只断落的脚。埃纳尔和那些死去的人一样，也吓得尿了裤子。炮弹的咆哮声像是在他的肠胃里掀起了地震，他还拉在了裤子里。他知道人在死亡的那一刻会排泄，却从没想过这种事也会发生在活人身上。意识到战争能让同伴消失的那一刻，他感觉到一股黏稠的东西从大腿间滑了下来。他觉得自己半是具尸体，半是个婴儿，但很快就发现不光自己如此。甲板上弥漫着厕桶打翻的臭气。但那气味不光是死者散发的，仍在战斗的人多半也弄脏了裤子。

七号炮位的炮长还活着，眉毛上方的一道伤口在流血，是被一块飞过的木屑划伤的。他冲埃纳尔大喊，埃纳尔什么也听不见，但当他指向大炮时，埃纳尔明白了，炮长想让他装填炮弹。埃纳尔胳膊太短够不到，只好让半个身体钻出炮口，暴露在敌人视野之中，这样才能将炮弹填进去。执行命令时，他脑海中只有一个想法：下一轮荷兰杜松子酒何时供应？

此时，吉菲昂号已设法调整方位，将两舷对准两岸。但带着系船索赶来援助的盖泽号的引擎遭了一击，正被拖出战场，赫克拉号的命运也一样，船舵被炸成了碎片。此时吹的是正东风，加上失去了两艘原定危急时刻拖引我们的船舰，这就意味着如果情况变糟，我们将没有退路。

然而，我们的运势即将改变。北岸那座炮台接连被击中，我们看见岸边火柴棍一般的士兵正奔逃着寻找掩护。他们的大炮没有损坏，一直有替补士兵冲过去操作，也就是说，他们的进攻几乎没有停过，不过我们依旧胜利在望。这时军需官送来一桶荷兰杜松子酒，我们庄重地接过递来的酒杯，仿佛是在领受圣餐酒。幸好啤酒桶还完好无损，于是我们频繁光顾。我们感觉彻底迷失了。持续不断的炮轰，加上死神镰刀收割的随机性，搞得我们疲惫不堪，哪怕战斗只开始了几个小时。黏稠的血泊让我们脚下一直打滑，残损尸体的骇人景象避无可避。只有一个感官得以幸免，失聪的双耳让我们听不见伤员的哀号。

我们不敢四处张望，怕看见朋友的脸，怕被他们的眼睛设下的陷阱捕获，那眼中的目光上一秒还在乞求安慰，下一秒就燃烧着憎恨。就好像这些倒地的人在责怪我们的好运，他们在这世上已别无他求，只想与我们交换命运。没有人能说出一句安慰的话语，在这喧嚣的炮火中，即便说了也没有人能听见。他们需要的是有人伸手扶住他们的肩膀。但我们没受伤的人早已封闭了自己，避免接触受伤的人，哪怕他们渴求慰藉。生者与濒死者划清了界限。

炮长一下令，我们就装填弹药瞄准目标，但都不再思考成败的问题了。我们战斗是为了躲避伤者的目光，同时躲避宛如毁灭的回声一般回荡在脑海中的问题：为什么是他，是他？为什么不是我？但我们不想思索这种问题，我们想要的是活下去。除开炮筒里能看见的一小方天地，其他一切都不复存在。

荷兰杜松子酒发挥了它神圣的魔力。此刻我们都醉意沉沉，陷入随恐惧而生的茫茫然。我们航行在一片黑色的海域，心中只有一个目标，那便是不要低头看，不要溺亡其中。

埃纳尔在炮口钻进钻出。这是一个和煦的春日，他每次出现在温柔的阳光中，都以为自己会被子弹射中胸口。他在喃喃自语，虽然他根本不知道自己在说什么。他看上去邋遢极了，浑身糊满了烟灰和血。鼻子在流血，他不时会用袖子擦一把，然后仰起头试图止血。嘴里味道发苦，只有重复灌荷兰杜松子酒才能缓解。最终他松弛下来，变得没精打采，动作也只是机械地重复。他浑身是血，裤子里装满屎，不过他的状况并不比我们余下的人糟糕。我们所有人都再也看不出一丝生气，俨然久远时代一次战役留下的鬼魂，尸体在泥泞的战场上躺了数个礼拜，被遗忘在瓢泼大雨中。

我们看见北岸那座炮台更替了三次炮手，而且火柴棍士兵似乎一炮都没射偏过。看样子峡湾两岸的炮台都将目标对准了我们。

一点钟的时候，吉菲昂号严重损毁的帆缆上升起一面信号旗。这是想向克里斯蒂安八世号的船员传递信息：我们坚持不住了。此刻我们船上的炮台大多都已被弃，仍在开炮的人员不足。还坚守在岗位上的人都被一堆堆尸体和奄奄一息的人包围，濒死之人陷在内脏、血水和排泄物形成的沼泽中，伸出手急切地想抓住我们，胡言乱语地乞求陪伴。

我们的信号是以编码形式发送的。埃肯弗德峡湾两岸的敌军看不懂，克里斯蒂安八世号上的人却完全明白。

第一战舰上尚无重大的人员伤亡。上午早些时候，一位来自尼堡的军需官阵亡了，之后又有两人受伤，但船体并未遭受任何重大袭击。与此同时，指挥官帕卢丹不得不承认，我们舰队对南北两岸炮位的轰炸未能造成任何重大破坏。此时战役已经持续超过六小时，而且全无胜利的指望。任何人都看得出，没有撤退的可能。

赫克拉号和盖泽号都已损坏，风向也对我们不利。于是指挥官帕卢丹决定升起休战旗。这不是投降，还不到那一步，只是战斗中的一次暂停。

一名上尉划船上岸送信，很快就带着消息返回，对方称一小时后给出答复。克里斯蒂安八世号系紧了上桅帆和顶桅下帆，给船员分发了面包和啤酒。尽管每个人都被炮火声震得什么都听不见了，但甲板上依然秩序井然。在这场战斗中，船员所感受到的顶多是一种隐约的不安。他们知道吉菲昂号处境不妙，但绝对想象不出我们甲板上血腥混乱的景象。

劳里斯·马德森独自坐在那里吃面包，忙着安抚辘辘的饥肠，这一刻他对自己的命运依然毫无知觉。

现在埃肯弗德的好多人都拥出镇子，挤在两岸。劳里斯嘴里嚼着面包，眼睛看着他们，很快就意识到，这些人赶过来并非出于好奇。只见他们在旷野里点燃巨大的火堆，收集起海滩上散落的炮弹，再将之推进火中，高温加热直至铁弹发出红光，然后运到他们的炮台。马拉的陆用火炮出现在从基尔港延伸过来的大路上，一直排列至周边田地的石头界墙背后。

劳里斯回想起父亲讲述的与英国人打的那场仗，当时马斯塔尔遭到了袭击。两艘英国护卫舰在镇子南部抛锚，为了抢劫镇子港口停泊的约五十艘船。英国人派出三艘挤满武装兵的汽艇，但马斯塔尔的居民，协同日德兰半岛的一些掷弹兵，设法将他们击退了。英国人开始撤退时，他们几乎不敢相信自己的眼睛。

"哎呀，我一直都不明白，那场战争到底是为了什么。"后来他的父亲说道，"英国人是出色的水手，我对他们没有意见。但当时我们的命运危在旦夕。如果被他们夺了船，那就是我们的末日。所以我们赢了。我们别无选择。"

劳里斯坐在克里斯蒂安八世号的甲板上休战旗的下方，观望着两岸拥挤的人群。他不确定自己是否比当初的父亲更理解战争。他们迎战德国人是为了保护丹麦国旗，直到片刻前，他都非常信服这种说法。战争就像航海。你尽可以学习云、风向和洋流的知识，但大海是永远无法预测的。你所能做的就是适应它，设法活着回家。现在敌人是埃肯弗德峡湾的炮火。一旦炮火停歇，回家之路也便清晰了。对他来说，那就是战争。他不是爱国者，亦非恨国之徒。他随遇而安。他的眼界里有高高的桅杆，有磨坊的风车扇叶，有教堂高处带脊状线的塔楼，也就是从海面所见的马斯塔尔港的天际线。此刻投身这场战争的都是些凡夫俗子，不只是士兵，还有埃肯弗德镇的人。他过去经常来这里的港口对接运载粮食的货船。他将整个艾尔岛搅得天翻地覆的那个夜晚，正是从这里航行归家的。现在埃肯弗德人正肩并肩站在海岸，和曾经的马斯塔尔人一样。那么这场战争究竟是为了什么？

一艘船从海滩出发了。上面坐的是克里斯蒂安八世号的上尉，结束第三轮谈判归来。每次举行谈判，战斗都会推迟。这次停火已经持续了两个半小时，现在是四点半。从水手们猛烈划桨的架势来看，显然发生了非常严重的事。接着岸上的大炮突然开始咆哮。休战旗仍在桅杆上飘扬，但战争再度开始了。

克里斯蒂安八世号立即开炮反击，像幽灵船一般安静的吉菲昂号则试图退避到一旁。我们已经放弃，拼着最后一把劲，只求能靠移船小锚缓慢前进。

此刻敌军改换了策略，峡湾两岸的大炮都放弃了我们，转而瞄准克里斯蒂安八世号，妄图将它付之一炬。射向它的许多炮弹都烧得滚烫通红，因为半个下午都躺在旷野火堆上。埃肯弗德人充分利用了时间。

几秒钟的工夫，甲板上就满是倒地的人和伤员。这次袭击来得出人意料。好几处着了火，我方立刻调来水泵和软管，将死者冲下甲板，但噼啪作响的火焰已经烧起来了。

指挥官帕卢丹此时已经明白，这一仗败了。克里斯蒂安八世号晃动着船身，想从交火中逃离，但风向依然于它不利，它唯一能做到的，就是横穿洋流，但这样一来也就丧失了优势，无法再侧对两岸。德国人又一次猜到了指挥官的计划，于是立即瞄准克里斯蒂安八世号的船帆和帆缆。他们不允许我们弃锚开航。

重锚升起来了，但损失惨重。燃烧弹击中了船头，榴弹在操纵起锚机的可怜船员的两腿间炸开。他们呼叫援助，援军用靴子将死者和伤员蹬开。接着又是一批榴弹飞射过来，炸毁了起锚机的操纵杆，只留下散落一地的锯齿状木桩、骨头和残破的手指。锚终于拉起来了，泥水和海藻一起滴落。光是这一项壮举就牺牲了十个家庭的幸福。他们的儿子和父亲永远无法归家。

船首三角帆升起来了，上桅帆系牢了，所有的帆都张满了。桅楼守望员劳里斯和同伴们一起爬上桁端，从那里他能清楚看见整个战场。

地平线上太阳正在沉落，将柔光投射在整个峡湾和大地上。小缕的云呈扇形散开在绯红的天空中，峡湾几百米开外的地方，万物都静谧如春。但峡湾两岸却一片黑暗，武装人员和火炮借着石墙的掩护正不停地射击。火红的炸弹从岸上无休止地射出，还有数千平民在举枪瞄准。

有一回，在合恩角南部，劳里斯在乳白天空下拉开了桁端最远处的帆。为此他两手都冻得跟冰坨似的，靠着胳膊和腿，才一路爬回帆桁上系附的缆绳——但他不曾害怕过。而此刻他两手却抖得厉害，连最简单的绳结都解不开。

船帆、桅杆和帆缆都已被炸得稀碎。在他的周围,其他桅楼守望员一个接一个坠落下去,被榴弹、火球或是被炸毁的尖利桅杆碎片击中,翻滚着从半张的船帆、缆绳和升降索上跌落,或是砸在遥远的甲板上,或是栽进了水里。于是他也放弃了,返回帆缆。

甲板上已是一片混乱。升降索和转帆索都被炸碎了,所以帆张不起来。一些船员在疯狂地拉拽横帆,差一点就要拉满时,重量足以压碎其所过之处的任何人的滑轮组却急坠直下。

每一种拯救克里斯蒂安八世号的尝试都以失败告终。起航已没有可能,而且风仍然直朝陆地吹去。一阵狂风正在酝酿之中,这艘显赫一时的大船无助地向岸边漂去,搁浅在南岸炮台的东侧,大炮仍在朝这艘此刻已失去防卫能力的大船猛烈开火。在这个位置,克里斯蒂安八世号上只有船尾的大炮还能使用,但船身过于倾斜,没有东西能固定在原位。

这时传来一声喊叫:"船上起火啦!"

跟这一声相比,之前的叫唤不过是虚惊一场。一颗火球射穿最靠近中心的炮位,落在右舷上。火舌迅速肆虐开来,火药库形势危急。其他区域也被击中了。有人牵来软管灭火,但只是徒劳。火焰占据了上风。

六点钟时,旗子降了下来,克里斯蒂安八世号停止开炮,但岸上的炮击又持续了一刻钟,敌军的胜利狂热——击败一艘数小时前看上去还不可战胜的战舰——才有所消退。

作为投降信号,指挥官帕卢丹乘船上了岸,也就是在那一刻,船员们的勇气才最终耗尽。他们不再试图灭火,而是

靴 子

拖着脚四处走来走去，浑身污秽，臭不可闻。这一刻航海技术对他们已经毫无价值。从前的人生中，他们没有经历过战争和落败，想当然地以为战斗不过是一笑而过的事，但现在他们灵魂中的能量已经干涸，头脑里只剩炮弹的回声。这可耻的战斗尾声持续了一个半小时，却感觉像是过了一个半辈子。除此以外，他们什么也看不见。他们疲惫已极。

有人坐在甲板上的火海中，仿佛牧师在布道坛上提警过的地狱之火已成现实；有人一动不动地站在那里，目光直直地盯着前方，他们内在的机制崩溃了。乌尔里克、谢恩霍尔姆和科尔费兹三位上尉四处奔走，对着他们的脸大吼，说他们必须行动，如果要阻止这场彻头彻尾的灾难，拯救丹麦的荣耀，他们此刻比任何时候都更不可或缺，毕竟刚刚的这场战役完全不值得骄傲。但他们的耳朵都被炮火震得听不见了，只有推搡和踢打才能将他们唤醒。

劳里斯随众人一起被带进船尾最远处的弹药库，但是要将一桶桶弹药丢进水里，忙活起来却很慢。他们一共只有五个人，被迫走进这间小室的新人，都会吓得直往后退。

突然传来一声命令："所有人都上来！"

他们立刻就明白了这话的意思，惊慌地看看彼此，丢掉手中的炸弹和小桶，猛冲上楼梯。甲板上逃出围圈的猪牛羊和鸡鸭混在惊恐的水手之中，正四处乱跑。一头猪正在一堆堆血肉模糊的内脏中拱着鼻子翻刨，出声地大吃大喝。

人们四处奔逃，每个人都有自己的紧急任务。有人在寻找衣服和水手袋，有人爬上了栏杆，像是要跳进冰冷的海水中。没有人在意伤员，他们是所有人的绊脚石，被无情地践来踏去，痛苦的呻吟也无人听见，因为经过数小时的猛烈炮轰，大部分船员耳朵都还聋着。

劳里斯想到伤员可能会被遗弃，于是下行冲进医务室。烟雾渗透了厚重的橡木板，正在缓缓上升。他一只手捂住嘴，钻进昏暗的房间，一位脸上缠着布的勤务兵迎了上来。

"有人来了吗？"勤务兵说话的时候，劳里斯意识到他的听力恢复了，"我们得把伤员运到甲板上去，在这下面会被呛死的！"

"我去找人帮忙！"劳里斯大喊着回应。

但甲板上却遍寻不着负责的军官，先前又踢又打、拿刀背猛击船员的军官都不见了踪影。他只看见人群蜂拥在一扇打开的舷门处，想通过那里的绳梯下船，便朝他们奔去。所有人都已经开始疏散了。他看见有两位上尉挥剑在人群中劈来砍去地开路，想尽快抵达舷门。副船长克里格站在一边目睹着这一切，目光十分古怪，像是在看着很远的地方。他把双筒望远镜挂在背后，一只胳膊夹着镶了镀金相框的妻子的肖像，另一只则举在空中行礼。

"你们证明了自己的勇气。"他一遍又一遍地咕哝着，仿佛在祈求上帝赐福给眼前悲惨的人群，"你们完成了自身的职责，你们都是我的弟兄。"

没有人注意他，每个人关注的都是获救之路上最大的阻碍，也即挡在他和舷门之间的其他水手的后背。劳里斯挤到克里格身边，冲着他的脸大喊：

"还有伤员，克里格船长，还有伤员！"

船长朝他转过身，但目光依然十分遥远。他一只手搭在劳里斯肩上。劳里斯感觉到那手在颤抖，但船长的声音却很平静，几乎听不出生气。

"我的弟兄，等上了岸，我们要像弟兄一样交谈。"

"伤员需要帮助！"劳里斯又喊了一遍，"这艘船马上要被炸开花了。"

船长的手依然搭在劳里斯的肩头。

"是的，伤员，"他的语气还是那样平静，听不出起伏，"他们也是我的弟兄。等我们上了岸，我们所有人要像弟兄一样交谈。"他吐词越来越不清晰，然后重新开始，将同样的话语又念叨了一遍，"你们证明了自己的勇气，你们完成了自身的职责，你们都是我的弟兄。"

劳里斯不再跟船长说话，转而向正往舷门挤的人求助，抓住他们的肩膀，冲着他们的脸一遍遍地重复，请他们帮帮伤员。第一个人一拳砸在他的下巴上。第二个人难以置信地摇摇头，然后重新打起精神，挤进喧嚣的人群。

撤退速度加快了。有渔船从岸上向这艘几小时前还一直在炮轰他们的战舰这边划来，救上面的船员，战舰自载的穿梭艇也在不断往返于岸边和船舷。劳里斯将身体探出栏杆，看到船尾炮口也钻出了熊熊火焰。接下来只是时间的问题了。

每一个舱口都在喷吐浓烟，在甲板之上呼吸和在下面一样困难。他再度下楼冲进医务室，但很快就被迫放弃了这个念头，此刻烟雾已经如此浓重，几乎让人窒息，看样子不可能再有幸存者了。

"里面还有人吗？"他大喊，但无人回应。

烟雾灼烧着他的肺叶，他一阵咳嗽，眼泪滚落脸颊。他猛地冲上甲板，痛苦地闭紧灼痛的双眼，被烟雾熏得暂时失了明。甲板上到处都散落着排泄物和内脏，他滑倒在地。一只手碰到了某种又软又湿的东西，他一跃而起，惊恐地在脏裤子上擦拭着手掌。他不敢去想，刚刚触碰的是别人的鲜血和内脏。感觉就像是他的灵魂被灼伤了。

他跌跌撞撞地走到栏杆边，希望能恢复视力，那里的烟雾更稀薄。透过眼泪，他模模糊糊地看见穿梭艇搁浅在一片沙洲上，正强令船员下水游上岸，而敌军正在岸上等待。接着穿梭艇重又下水，迅速调整航向朝克里斯蒂安八世号开来。与此同时，战舰附近的几艘渔船正开始返航。于是穿梭艇也转了向。打开的舷门处爆发出抗议的怒吼。

劳里斯从栏杆边走回翻腾的烟雾之中。

"我看见劳里斯了，"埃纳尔后来总是这样说，"我发誓我看见他了。"

克里斯蒂安八世号爆炸时，埃纳尔站在海滨。他与吉菲昂号的其他幸存者都已被押送上岸，等待着被送走。德国士兵像是被自己的胜利吓坏了，一副完全不知该如何处置我们的样子。我们的人数不断增加，从两艘战败军舰上下来的人挤满了海岸。

接着水面传来警告的叫喊声。

我们大部分人都已筋疲力尽，灰头土脸地坐在海滩上，目光呆滞地看着沙子。德国兵的刺刀指着我们，举刀的双手却在颤抖。这时我们抬起头，只见克里斯蒂安八世号的船尾喷射出一根火柱，伴随而来的还有震耳欲聋的一声巨响。还没完，弹药库着火后，一根接一根的火柱射穿了甲板。几秒钟的工夫，桅杆和帆桁就变成了炭，船帆飘摆着，碎裂成一片片巨大的灰烬，在火焰的魔掌的残酷摆弄下，威风一时的橡木船体沦为无足轻重的玩具。但那还不是最可怕的。极高的热量引爆了战舰上的大炮，里面的弹药正是在投降协定签署的那一刻装填的。几乎在同一时刻，炮筒中的致命炮弹都朝海岸射来。

炮弹从我们头顶砸落，拥挤不堪的海岸一片鬼哭狼嚎。死神是随心所欲的。无数燃烧的碎片从天而降，无论落在何处，都会摧毁一切，因此标志着这胜利时刻的，只有人群的喊叫声。接着，那艘垂死的战舰向得胜者和落败者表达了最后的敬意，舷侧炮一同发射，不分敌友地残酷袭击了岸上的所有人。在埃肯弗德峡湾的这场火焰洗礼中，战争露出了它的真实面目。

一时之间，海滩上的人似乎都死绝了。到处都是散落的尸体，没有一个站立的人。许多人趴在地上，双臂展开的样子仿佛在向水面跳跃的火焰祈祷。沙地上四处可见燃烧的残片。慢慢地，一些俯卧的人站起身来，忧心忡忡地看着燃烧的那艘战舰。水里传来哭喊声。之前匆忙赶去解救船员的渔船有几只被炮火击中烧了起来。克里斯蒂安八世号爆炸时，谢恩霍尔姆上尉和四名手下正带着战舰的保险箱往岸上赶，但穿梭艇的船尾被炸飞了。保险柜弄丢了，上尉却设法自救成功，蹒跚上岸时浑身的衣服都湿透了，手下也只剩下一名。其他人都溺死了。

海滩上一片寂静，只闻得伤员的虚弱呻吟，还有仍在燃烧的残片所发出的噼里啪啦声。突然间，一声嘹亮的咆哮回荡在陆地与水面之间。

"我看见劳里斯了！我看见劳里斯了！"

我们都抬头四处张望，认出是埃纳尔的声音，多数人都觉得那个可怜人已经发了疯。接着整个海滩都陷入混乱中，所有人都开始叫唤，仿佛只有一种方式能让我们感觉自己还活着，那便是竭尽所能地引起骚动。当时混乱的局势中，我们本可以摆脱被俘命运的，但我们都已经丧失了勇气——一同丧失的还有行动能力。我们只能满足于幸存这个简单事实，再也无法产生别的念头。

　　俘虏我们的人也没好多少。他们领着我们离开海滩，表情都一片僵硬，沉默地目睹着这场连他们自己也差点儿没能逃脱的毁灭。我们行进时看上去更像是一次大规模撤退，而非一次有组织的俘虏押送。

　　德国人击败了我们，但他们脸上全无胜利的喜悦。战争所展现的不可思议的力量让人惊骇，在这方面胜者与败家的感受是一致的。

他们将我们带去了埃肯弗德镇的教堂。地上已经铺了麦秆，好让我们躺下歇息疲惫的身体。所有人都湿透了，冷得直打哆嗦。正值4月，太阳一下山就变得寒冷起来。抢出水手袋的同伴们换了衣服，也向运气欠奉的同胞们出借了所需物品。很快，定量配给的口粮来了，有全麦面包、啤酒，还有从当地杂货铺收集来的熏培根。埃肯弗德人从没想过镇上有朝一日会挤满战俘。天黑以前，他们一直以为丹麦兵会到这里的街上巡逻。此刻，镇上的居民没有被监视，而是做了东道主。

一些老妇走进教堂，向那些身上还有钱的人出售白面包和荷兰杜松子酒。其中就有歪屁股的老妈妈伊尔塞，她伸出一根沾满煤烟的手指，抚摸着一个战俘的脸颊，咕哝道："可怜的小子。"

她认出那人以前来过镇上。以前我们都在她那里买过荷兰杜松子酒。那人抓住她的手。

"别叫我可怜的小子，我还活着哪。"

那人是埃纳尔。

在信号旗升起后的长时间休战间歇中，埃纳尔曾在甲板上四处找寻克雷斯滕，但在生还的人群和伤员中都没寻见。许多死者脸朝下趴在那里，他不得不将他们翻过来查看。还有一些脸都被炸掉了。七号炮位周围的尸体中没有克雷斯滕。

之前在另一座炮位一直与他并肩而立的托瓦尔·本尼吕克找到了他。

"你在找克雷斯滕?"他问。

他也是马斯塔尔人,听克雷斯滕念叨过他那些不祥的预感。

"他躺在那边了,"他说着指了一下,"不过你认不出他的。一颗炮弹掀掉了他的脑袋。当时我就站在他旁边。"

"这么说他的预感是对的,"埃纳尔说,"真是种吓人的死法。"

"怎么死都是死,"本尼吕克说,"我不清楚是否有哪种死法比其他死法好。结果总归是一样。"

"我最好找到他的水手袋,我答应过他。你见过利特尔·克劳森吗?"

本尼吕克摇摇头。他们四处询问,但谁也没见过。

这时已是十点左右。我们都累坏了,正准备入睡时,教堂门开了,他们又带进来一个战俘。那人被一条巨大的毯子包裹着,正不住地打着喷嚏,整个身体都在打战。

"真要命,我好冷。"他的声音已经沙哑,接着又打了一个震天响的喷嚏。

"我的天哪,那不是利特尔·克劳森吗?"

埃纳尔挣扎着站起来,向他的朋友迎去。

"你还活着。"

"我当然还活着。我告诉过你。不过这该死的冷天气却能要了我的命,我病得厉害。"他说完又开始打喷嚏。

埃纳尔用一只胳膊搂着他，将其引到他为自己准备的麦秆床上。他感觉得到，利特尔·克劳森在毯子下面发抖，脸也烧得通红。

"你有干衣服吗？"

"没有，糟透了，我没抢出我的水手袋。"

"换上这些，希望你不会介意穿克雷斯滕的衣服。"

"这么说，他……"

"是的，事实证明他的预感是对的。可你是怎么回事？我们到处找你。我还以为你……"

"他们不是说了吗？该吊死的就淹不死。看样子，主决定让我受冻而死，而非战死。整场战斗中，我都坐在水手长的一把旧椅子上，悬荡在战舰的舷侧。我被派去用铅板修补船体上的窟窿。他们一直朝我开枪射击，但总是瞄不准。"

"我印象中你的身板并不虚弱，"埃纳尔说，"怎么一点点新鲜空气就把你冻病了？"

"该死的是，其他船员完全把我搞忘了。我一整天都被困在那里，两条腿插在水里，屁股都快冻掉了。"利特尔·克劳森又打起了喷嚏，"直到撤退的时候，我才拦到一艘船。那会儿我已经冻得全身发紫，上岸后甚至走不了路。"他换上干衣服，一边环顾教堂四周，一边拍打自己取暖，"死了多少人？"

"你问的是马斯塔尔人？"

"是啊，不然是问哪里人？别的人我也不认识啊。"

"我想是七个。"

"包括劳里斯？"

埃纳尔看着地面，然后耸耸肩，仿佛是为某件可耻的事感到尴尬。"那个问题我无法回答。"

"他没有当逃兵吧?"

"没有,确定没有。我看见他被炸飞到空中,但随后又看见他落了下来。"

利特尔·克劳森难以置信地看着他,然后摇摇头。

"我的眼睛告诉我,你没有受伤,"他说,"但我的耳朵告诉我,你发了疯。"

他又打了个喷嚏,然后突然在麦秆床上坐了起来。埃纳尔坐在他旁边,眼睛失了魂般盯视着空中。或许埃纳尔真的疯了。利特尔·克劳森俯身凑向朋友,伸出胳膊环住他的肩膀。

"好了,"他安慰道,"会恢复的,你就等着看吧。"

他安静下来,然后又轻声补充了一句:"不过我认为,我还是划掉劳里斯的名字为好。"

他们又坐了一会儿,一句话也没说。之后他们躺下来睡着了,都已耗尽心力。

清晨七点,我们被叫醒,又用了些面包、培根和热啤酒。一小时后,有人来统计人数。一位军官来记录我们的名字和家乡,以便通知家里人。我们扑在他身上,大声喊出详细信息,场面过于混乱,以至于到了十点钟,有命令下来要我们前往伦茨堡的要塞时,他才统计了一半人的名字。

他们让我们在教堂外面排成队。气氛已然改变,埃肯弗德人似乎与败敌反目成仇,我们的守卫也丧失了耐心。我们许多人因为昨天的炮火已然处于半聋状态,即便他们冲着我们叫喊,我们也听不见命令的内容。他们就将我们推来搡去,踢上打下的。镇上的居民也在四周推推撞撞，大声说些羞辱之词，一群腰间佩了短剑的水手在粗鲁地咒骂着。而最让人愤怒的是，我们只能沉默地忍受。

大路是沿着海岸线延伸的，也让我们能够最后瞥一眼昨日莫名其妙战败的战场，克里斯蒂安八世号的残骸漂在水里。它还在缓慢地燃烧着，烟雾从烧焦的船壳中飘出来，海滩上散落着被炸上岸的桅杆和帆桁碎片。宛如拆卸狮子尸体的蚁群那般，德国人正忙着打捞船只残骸，就在不久前，它们还属于丹麦海军最引以为傲的一艘战舰。我们路过了南部的那座炮台，花了一天的时间轰炸它，但最终也是它决定了我们的命运。哪怕是上学时间最短的人，无须动用手指也能点清敌人的火力。四门大炮！那就是全部。这简直就是大卫迎战巨人歌利亚[①]，而歌利亚就是我们。

几辆马车超过了我们，上面坐的是克里斯蒂安八世号和吉菲昂号的军官。他们也要前往伦茨堡的监狱。和我们互相致意后，他们消失在一团烟尘之中。又传来另一辆马车辘辘的车轮声，还有欢笑的声音。几位荷尔斯泰因军官乘车超过，其中有个光头的大个子。

利特尔·克劳森和埃纳尔面面相觑。

"我中邪了吧，"利特尔·克劳森说，"那是劳里斯！"

"我早跟你说了。他被炸飞到空中，又落了下来。"

---

① 《圣经·撒母耳记上》中的人物。

利特尔·克劳森咧着嘴笑起来。

"好吧，我不管他是怎么做到的！最重要的是，他还活着。"

那马车在前方不远处停了下来，军官们下车与劳里斯握手。其中一位往他的外套口袋里塞了一瓶荷兰杜松子酒，另一位则往里面插了一捆钞票。接着他们举起手臂向他行礼，然后驾车离去。有片刻的工夫，劳里斯只是犹豫不决地站在那里。利特尔·克劳森呼喊着他的名字。他朝我们的方向看来，然后迟疑地举起一只手。一个士兵抓住他的手臂，将他推进队伍里，站在两名马斯塔尔同乡旁边。

"劳里斯！"利特尔·克劳森惊叫，"我还以为你死了。"

"我也以为，"劳里斯说，"我看见圣彼得的光屁股了。"

"圣彼得的光屁股？"

"是的，他掀起束腰短袍，冲我晃了一下屁股。"

劳里斯从外套口袋里掏出荷兰杜松子酒瓶，大吞了一口里面清亮的烈酒。他将酒瓶递给利特尔·克劳森，后者也大喝了一口，然后递给了还没说过一句话的埃纳尔。

"你们难道不知道吗？"劳里斯问，"圣彼得露屁股给你看，就说明你的时候还没到。"

"所以你决定重返人间。"

这番解释点亮了埃纳尔的脸，他总算松了口气，像是听说某人刚刚被免除了罪状指控。

"我看见了，"他说，"克里斯蒂安八世号爆炸时，你正站在甲板上。你被抛到高空，至少有十米高，又落了下来，双脚着地。利特尔·克劳森还说我一定是疯了。但我就是看见了。事情就是那样，不是吗？"

"当时船上烫得像地狱，"劳里斯说，"但高处比较凉爽。我看见圣彼得的屁股就知道了，我不会死。"

"可你是怎么上岸的呢？"利特尔·克劳森问。

"走的呀。"劳里斯说。

"你走的？你不会是想说，你是从水面走上岸的吧？"

"不，我是说，我从海床走上来的。"

劳里斯停下脚步，指指他的靴子。身后的人撞上了他宽阔的后背，队伍陷入混乱。一名士兵冲过来，用枪屁股砸劳里斯。

劳里斯转过身去。

"轻点儿，轻点儿。"他用醉汉般宽容的语气说道。接着他打手势示意大家镇定，然后返回队伍中，跟上行军的步伐。

那士兵与他齐步并行。

"我无意伤害你。"士兵的丹麦语带着一股子南日德兰半岛口音。

"没伤着我。"劳里斯答道。

"我听说你的事了，"士兵又说，"你和克里斯蒂安八世号一起被炸飞，然后双脚着地落回地面，你是那个人，没错吧？"

"是的，是我。"劳里斯挺直身体，语气显得相当尊贵，"我双脚着地落在地面，多亏了神和我的高筒防水靴。"

"你的高筒防水靴？"

现在轮到埃纳尔不解了。

"是的。"劳里斯用的是向小孩子解释问题时会用的那种口吻，"多亏了我的高筒防水靴，我才能双脚着地落在地面。你们试穿过我的高筒防水靴吗？重得要命。穿上它们，没人能长时间待在天上。"

"简直像耶稣复活一样。"士兵瞪大眼睛说。

"胡说，"劳里斯嗤之以鼻，"耶稣从没穿过高筒防水靴。"

"圣彼得也没对他晃过光屁股。"利特尔·克劳森补充道。

"太对了。"劳里斯说着将酒瓶递了一圈。

那士兵也受到了邀请，快速回头看了一眼，大喝了一口。

但我们的欢乐很快就没了。到伦茨堡有三十千米，我们得徒步一整天才能抵达。沿途的农人走出家门观望，我们都没有回应他们的目光，已经没了虚张声势的劲头。蹒跚前行之际，大多数人眼中只有路上的尘土。铅一般沉重的疲惫攥住了我们所有人，但这疲惫是源于我们酸痛的双脚，还是沉闷的精神头，我们却说不清究竟。我们像醉汉一般全无关怀地彼此推搡，只有劳里斯有权享受真正的醉意。就他来说，他对我们眼下的困境无动于衷。他一路走一路自顾自地哼着歌谣——尽管拜访过上帝，但他选的却都不是圣歌。最后就连他也安静下来，跋涉之间注意力转向了内心，仿佛要开始用睡眠来消解醉意。

我们偶尔会在池塘边停下来喝水。士兵们盯得很紧，我们用帽子取水递给同伴喝时，他们都准备好了刺刀。然后我们继续行进。到半途时，看守换岗，埃纳尔和利特尔·克劳森都与那位友善的士兵道别。劳里斯依旧沉浸在自己的世界里。那士兵最后看他一眼，与接替的普鲁士士兵说了几句。那普鲁士士兵瞅了劳里斯一眼，怀疑地摇摇头。不过后面的一路上，他一直紧盯着劳里斯。

抵达伦茨堡是在黄昏时刻。这场战役的传闻已先我们一步到达，大路和城墙上挤满了人，都用直瞪瞪的目光看着战俘。我们进入城门，跨过一座桥到了内城门，然后走上了镇中心的狭窄街道。这里还有数千好奇的围观者，守卫只能用枪来阻止他们靠近，同时为我们开路。人群中有许多漂亮的姑娘，而她们的目光中满是轻蔑，这让我们感到屈辱。

他们将我们塞进一座宽敞的老教堂，地上铺了厚厚一层麦秆，看上去像是一座粮仓，而非神的殿堂。一整天我们没吃过任何东西，此刻他们运来了一袋袋饼干和暖乎乎的啤酒。那饼干一定存放好几年了，塞进嘴里就变成了面粉，不过啤酒倒是味道不错。我们很快就在宽阔的教堂地板上散开，迅速睡着了。

第二天是圣礼拜六①，我们漫无目的地四处转悠，物色住宿和睡眠环境，还找到了一些旧友，观察旁人都损失了什么。吉菲昂号和克里斯蒂安八世号上的船员都在这里。教堂里一些区域有椅子，窗户上悬挂着窗帘。那样的地方很快就被占领了，拥有它们被视作一项特权。我们马斯塔尔人聚集在祭坛边的一个房间。其他人也都与自己的同乡待在一处，艾勒斯克宾人在这儿，菲英岛人在那边，还有洛兰岛人、朗厄兰

---

① 复活节礼拜日的前一天。

岛人。在这座铺满麦秆的教堂里，我们重绘了地图。

我们不熟悉纪律，加入海军的时间不长，还不明白任何正式命令系统的意义，自己想明白的那些除外。脚下战舰烧起来的时候，我们就与军官分开了。此刻我们只服从一个命令，那便是肚子的命令。早晨教堂大门打开，看守拿来面包，人们就一拥而上，每个人都只想着自己肚子饿。最后看守的士兵只得把面包抛到空中，我们像野兽一般你争我抢。埃纳尔手里的一条面包被撕走了，利特尔·克劳森被人踢了小腿骨。这是一段可耻的经历，无论海军之前向我们灌输了什么纪律，此刻都已烟消云散。在我们被迫创立的新秩序下，搏斗是一项有用的技能。只有劳里斯依旧无动于衷，仿佛饥饿和干渴都奈何不了他。

接下来的一餐按军事演习的方式分配，一名陆军少校和军士负责指挥。他们还带来了吉菲昂号和克里斯蒂安八世号上的水手长，后者按照战舰上的模式，将我们分成八人小组，如此一来，我们就能有秩序地进食。每个人都分到一把勺子和一个金属碗，按要求在祭坛旁列队。从某种立场来看，这就是一种领受圣餐的仪式，因为我们必须调动所有想象力，才能将金属碗里的东西当成可食用的食物。我们吃那些模样欠佳的燕麦粥和干梅子，只是为了充饥。饭后我们躺在麦秆上睡觉。战败第二天就彻底将我们压倒的疲惫感此刻依然掌握着控制权。

下午晚些时候，教堂门又开了，一群军官走了进来，还有一些穿着体面的人，无疑是伦茨堡的显贵，还有行军后半途曾用怀疑的目光打量我们同乡的那位普鲁士士兵。访客们在门口等待，那普鲁士士兵开始在教堂里转悠，像是在找什么人。他最后终于看到了劳里斯，便命他从麦秆上起身，将他领到那群军官和绅士面前。他们开始交谈，显然是在向劳里斯提问。没过多久，他们也做了和行军途中告别的那群荷尔斯泰因军官一样的动作：递给劳里斯一些钞票，然后礼貌告辞。几个穿着体面的人甚至还压了压帽子。

劳里斯，这位天堂旅行者，已经成了名人。

他的故事此刻已经传遍整座教堂。在克里斯蒂安八世号爆炸时，劳里斯被炸飞到空中，火柱一灭又奇迹般地出现在燃烧的甲板上。事实证明，目睹这一幕的人不止埃纳尔一个。那会儿他们都以为自己见了鬼，是在战场上面对死亡威胁因神经紧张而产生的幻觉，便不曾对任何人提起——但此刻他们都站了出来，向其他的人证明，很快劳里斯面前就聚集了一大群人。

"我们想知道，他的衣服和头发为什么没烧糊。"

"我的靴子烧糊了。"他说着伸出一条腿供众人查看。

"那你的脚呢？"我们想知道。

"臭气熏天。"劳里斯说。

埃纳尔的目光简直无法从劳里斯身上挪开。他看劳里斯的样子，就像在打量一个完全陌生的人——对他来说，劳里斯确实变成了一个完全陌生的人。他对待劳里斯的姿态，开始有了一丝腼腆和谄媚，在劳里斯周围，他似乎无法正常行动。与此同时，利特尔·克劳森则接受了发生的一切。或者说，既然劳里斯还活生生地站在面前，他便接受其他人的说法，相信劳里斯曾上过天堂。但他个人从一开始就深表怀疑，他会在公共场合表示相信，主要是出于同志情谊，就像有人讲笑话时他总会笑着支持。在他看来，劳里斯生性顽皮。他先是骗得整座艾尔岛的人都以为德国人来了。现在他又让德国人相信他上过天堂并平安而返。利特尔·克劳森对他的这番成就感到无比钦佩。劳里斯真是个了不起的人物！

就在劳里斯滔滔不绝地讲述他的故事时，教堂里挤满了得到许可每天都能进来的妇人，她们提着篮子叫卖咖啡、蛋糕、酸面包、鸡蛋、黄油、奶酪、鲱鱼和纸张。从战舰吉菲昂号上下来的人有钱，军官们丢弃船上保险柜以免被敌人控制之前，先打开了柜门，给每位船员发了两枚硬币，而且我们绝大多数人都设法抢出了水手袋。

我们马斯塔尔人自觉有特权，除劳里斯外，我们所有人上的都是吉菲昂号战舰。除开身上穿的衣服，劳里斯没从克里斯蒂安八世号上拿下来任何东西，当然了，他收获了"天堂旅行者"的名号。不过，这个名头就足以保证他获得相当多的收入。他的口袋里塞满了好奇的德国人给的五马克硬币。看到我们什么都不缺后，劳里斯又多买了些食物及必需品，分发给从克里斯蒂安八世号下来的船员，那些人和他一样，被迫弃船时都没有时间拿走私人物品。他们感激地接受了他的馈赠，而此举更是巩固了他的名气。

再度醒来时，到了复活节——而我们要被关在一座教堂里度过，目力所及没有一位神职人员。我们仰躺在麦秆上，盯着头顶高耸尖顶的拱弧。四周都是镶有沉重镀金画框的暗色油画，还有木质雕像，桅杆一般高的天花板上悬挂着枝形大吊灯。一切都与马斯塔尔的教堂相去甚远，我们的教堂里只有涂成蓝色的靠背长凳，还有刷成白色的朴素墙壁。但是躺在麦秆上，我们全无礼拜的心情。麦秆是给农场牲畜睡的，我们感觉自己就像猪圈里的猪。教堂宏伟的拱顶并未激励我们投入虔诚的沉思，反倒像是对我们的羞辱和嘲笑。因为我们是败方，被夺走的不只是自由，更糟的是，还有尊严。我们没能光荣作战。往后我们可能会听到不同的说法——或许有朝一日，我们中的一些人最终会相信。但眼下，埃肯弗德峡湾里发生的事在我们脑海中还很鲜活，讲述着故事的真相。我们当时被迷惑了，惊慌失措——是的，甚至还喝醉了——我们当中技巧娴熟的水手，并未受过军事训练，而那些拥有军事专业知识的则对航海一无所知。

克里格船长连同他妻子的肖像一起被炸飞了（上帝怜悯他的灵魂，那不知所措的可怜人），指挥官帕卢丹却第一个登上了救生艇，安全抵达岸边。这是指挥官该有的行为吗？值得合格海员尊敬吗？

我们这群可怜人坐在麦秆上，仰头凝望着教堂的拱顶。而那些拱顶却在高处将我们嘲笑。

我们在教堂的几个角落里找到了提桶装的荷兰杜松子酒，他们免费为我们提供所有能喝的饮品。叫卖的小贩不卖烈酒，但从被关的第一天起，德国军医就判定荷兰杜松子酒于健康有益，于是我们走向了那些提桶，一如猪猡走向食槽。是的，我们的确像是猪猡，在麦秆上睡觉、打滚，是暂时躲过了屠夫屠刀的猪猡。我们可能还活着，但已不再是人类。

我们还臭不可闻，在战场上就弄脏了衣服，还一身恐惧的气息和大便失禁的臭气。你如果上了战场，就会像吓坏的孩子一样拉脏裤子，这难道不是尽人皆知的一个秘密？作为海员，我们都害怕溺亡，可是狂风扯断桅杆和帆缆，或是海浪拍断栏杆、清空甲板时，谁也没被吓得拉裤子。

区别就在于：大海尊重我们的男儿本色，炮弹却不曾。

"嘿，天堂旅行者，"我们指着布道坛冲劳里斯喊道，"今天是复活节，给我们讲道吧！给我们讲讲圣彼得和他的光屁股！"

劳里斯稍微踉跄了一下，沿着台阶登上布道坛。欢欣的神采已经消退，他又喝醉了，我们其他人也一样。布道坛不是桅顶，但登上去后，他还是头脑晕眩。是因为荷兰杜松子酒。他这辈子经历过两次海难。第二次的时候，他在曼达尔港附近海域的一块扁平岩石上站了一整晚，他的船在那里沉了。当时他心里既悲痛又恐惧，距离死神不到一英寸。海水拍打着他的双脚，天亮以后，一艘领航船过来扔给他一根绳索。那一次他不觉得羞愧，因为被大海打败并不可耻。他不是个糟糕的水手，他知道。洋流、海风和黑夜战胜了他，仅此而已。但在峡湾的那场战役中，他的航海技术毫无意义，打败他的是一个无足轻重的敌人。这样的战败，还有指挥官的懦弱表现，无法让他产生荣誉感。

站在布道坛上，他发现自己无话可说，喉咙刺痛，随后俯身吐了起来。

我们不觉喝起彩、鼓起掌来。

这样的布道是我们所有人都欣赏的。

这天剩下的时间里，劳里斯都沉默无言。官员和当地权贵再度来访，想听听他升天的故事。但他躺在麦秆里，背对着他们，像一头冬眠的熊。他们给他钱，但什么都不能诱使他开口，最后那群人别无选择，只得离开。往后的日子里，他的名气渐弱。展示自己，与听众握手，细细讲述他在死后世界的所见，这样做本可以让他获利颇丰。但他陷在糟糕的情绪之中无法摆脱。

他要么躺在麦秆上，要么双臂交抱胸前，皱着眉头走来走去。

"他在思考。"埃纳尔满怀敬畏地说。

劳里斯仅剩埃纳尔这一个信徒了，不过只要愿意，他本可以创立一整个宗派。

至于我们余下的人，我们的精神已经好转，几个几个地聚在一起，很快教堂的各个角落里就有乐声和歌声回荡。一开始，我们是根据家乡所在的区域、岛屿和城镇聚集，几乎把异乡人当敌人。但音乐将我们凝聚在一起。群岛来的人和日德兰半岛人在一处，洛兰岛人和西兰岛人靠在一起。只要歌声是协调的，口音打架也没关系。可以说，所有旋律都是杜松子酒桶的恩赐。

几天后，利特尔·克劳森收到家里的一封来信。是他母亲写的，信里讲述了她所听说的濯足节那场具有决定性意义的战役的情况。埃纳尔和劳里斯安坐在他身边的麦秆上，托瓦尔·本尼吕克也过来了。我们都渴望收到从家里来的消息。利特尔·克劳森大声朗读着信的内容，读得磕磕绊绊，还有长时间的停顿。

他的母亲写道，马斯塔尔凌晨就听到了炮火声，声音之响亮，让你觉得战斗就发生在防波堤的尽头，而非波罗的海的那一头。在教堂主管牧师扎卡里亚森布道时，轰隆的炮声尤其刺耳。他们脚下的大地真的在摇晃，教区牧师感动得落了泪。

正午时分，四周安静下来，但谁也无法宽心。马斯塔尔的居民没有回家用午餐，而是在街头徘徊，讨论那场战役的进程。一些经历过战争的人，比如木匠彼得森、老耶珀，甚至还有韦伯夫人——在我们以为德国人来了，全民皆兵的那个夜晚——都表现得非常老到，坚称我们丹麦人绝不可能输。一艘第一线作战军舰绝不可能给一门海岸大炮击败。一定是德国人被打得落花流水，这一整天他们听到的炮火声毫无疑问都是美妙的胜利凯歌。

向晚时分传来砰的一声，声音是如此低沉，就连沃德鲁普的陡崖都被震沉了一些。一整晚的工夫，马斯塔尔没有一个人合一下眼，都在为战役的结果牵肠挂肚。消息终于抵达是在耶稣受难日①的下午，这一天他们一定和我们的救世主一

---

① 复活节前的礼拜五。

样难挨。他们最恐惧的事得到了证实。

"虽然应当相信上帝，但我已经绝望极了。我整夜祈祷，恳求上帝保佑你平安，他听到了我的祷告，但也有其他人的恳求他没留心。"克雷斯滕的母亲满脸是泪地走来走去，责备自己没能强把儿子留在家里。我告诉她，克雷斯滕预言了自己的死，没有人能逃脱命运，但她说克雷斯滕那是失了智，儿子不明事理，当母亲的有责任保护他，说完她又哭泣起来。

利特尔·克劳森朗读的语气很单调。光是辨认文字就耗尽了他每一分每一毫的精力，以至于根本没有时间去理解他所读内容的含义。

"信里说什么了？"他突然问道。

我们茫然地看着他。

"是你读的信啊。"埃纳尔说。

利特尔·克劳森无助地看着大家，无法解释他的窘境。

"哎呀，信里说我们战败了，"劳里斯突然开口，"不过这一点无须她来通知。然后还说克雷斯滕的母亲悲伤得失去了理智。你的母亲一直在为你祷告。"

"我母亲一直在为我祷告？"

利特尔·克劳森低头看信，费了番力气才找到他母亲描述自己整夜无眠的段落。他又读了一遍，这一次只动嘴唇，没有出声。

"继续读，"埃纳尔恳求道，"她还说什么了？"

王室命马斯塔尔立即集结所有大型船只加入海军，以便运输军队横渡大贝尔特海峡。虽然镇上所有水手都在讲堂聆听了王令，但没有一个人愿意执行。十八艘船受到征用，但到了出发那天的黎明，船都没了踪影。扎卡里亚森牧师在布道坛上猛烈抨击马斯塔尔人缺乏自我牺牲精神，事后镇上的人开始讨论要将他换掉。一切都乱七八糟。眼下正值战争期间，时局艰难，但只要仁慈的上帝愿意保护利特尔·克劳森和马斯塔尔其他的人，总有一天所有的苦难都必将结束，一切都会恢复正常。在信尾，利特尔·克劳森的母亲发出了最虔诚的祷告，向被俘的儿子表达了关爱，还希望他能吃饱肚子，穿得整洁。

"缺乏自我牺牲精神！"利特尔·克劳森读完后，劳里斯愤愤不平道，"那个牧师脸皮真够厚的！我们死了七个人，其他人都成了俘虏。我们都做好了献出生命的准备。可这能让那邪恶的家伙满足吗？不，他还想要我们的船。不过他不会得逞的。永远也别想！"

其他人都点头表示赞同。

清晨从温热的啤酒开始，一天搭配寡淡的燕麦粥和干梅子，另一天就配干豌豆瓣和肉。我们的肠胃很快就适应了这样的模式，它们别无选择。更何况，我们在海上吃过更糟的伙食，还要为吝啬的船长工作，所以我们主要是为了抱怨而抱怨。他们没收了我们的刀，我们只能像马一样撕咬面包。每天上午和下午各有一小时，我们可以到教堂的墓地里转一转，抽抽烟，这期间会有荷枪实弹的哨兵看守。在墓地，我们会任目光在墓碑和哨兵的刺刀之间来回打量，一时兴起还会高谈阔论生命的意义。这就是俘虏生活的全部内容。

到了第十五天，凌晨五点他们将我们叫醒，命令我们前往教堂墓地，在那里他们将我们编列成队。我们一共有六百人，初级军官也加入进来，之前他们一直被关在一所马术学校。看守觉得我们需要学点儿规矩，要让我们开窍，还有比我们丹麦的初级军官更合适的人选吗？

我们齐步离开了伦茨堡，肩上背着水手袋，腋下夹着饭碗。抵达小镇格吕克施塔特时，那里已经聚集了数千名围观群众。我们终于不再浑身是粉渣，都穿上了干净衣服，几乎像个人样了，所以给镇民留下深刻印象的，不是我们的外表，更多的是我们的人数。

我们下行至港口，临时住处是那里的一座粮仓。仓库有两层，每层各有一个供初级军官居住的独立房间。仓库里非常宽敞，一百五十人一行睡在地板上，其中的一堵墙看样子就是我们的床头板，几块钉在一起的木板就是我们的踏足板。寝具依然是麦秆。不过这里也有桌子和长椅，还有一个院子供我们使用，所以总的说来，情况在变好。

在我们所住的仓库和对面的粮仓之间，有一个小池塘，这就让那个带栏杆的院子本身也成了一道风景。栏杆毕竟比刺刀看着舒服，而池塘也比伦茨堡那些墓碑更能激发我们的想象力，于是我们在室外也发现了新的休闲活动。我们制作轮船模型，将布片挂在棍子做的桅杆上，在平静的池塘上演海军大战。一半的船挂着丹麦国旗，另一半看似没有国籍的，代表德国叛军，哪怕是挂着旗帜，他们也无法赢得我们的尊重。大战中，我们用卵石轰炸没挂旗帜的德国舰队，每次都是我们丹麦赢。只有当我们的舰队误被流窜的石块击中时，我们才会战败。

我们好几百人围在池塘边，每次卵石击中目标，模型船倾覆，人群都会喝彩欢呼。这就是我们的补偿时刻。

但劳里斯对此却无比轻蔑，总是愤怒地背过身去。

"对啊，那就是我们唯一擅长的。要能在实战中获胜才算厉害。"

劳里斯大部分时间都待在麦秆床上，凝望窗外的易北河，观看河上往来汉堡的船只。他用目光追随着那些船只，直至再也看不见它们，但他的心已经去往更远的地方。他渴望着大海。

天堂之行过后，他已经变成了另一个人。

白日里我们在阳光下休息。有人把长椅搬到了院子里，一些人就在那里打牌。我们还找到一个上过学的海员，口述内容请他代笔记下来寄给家人。那人名叫汉斯·克里斯蒂安·斯文丁，是艾勒斯克宾人，手里不管什么时候都拿着一个笔记本，目光总是充满警惕，他事无巨细全都会记录下来。不过大多数人都只是茫然地看着空中，半是因为喝荷兰杜松子酒后的迷糊。夜里我们会唱歌跳舞，厚重的地板也被我们压得嘎吱作响。最吵的要数军官们。他们不肯与我们船员为伍，只紧闭房门待在里面，可他们醉酒后的大呼小叫却能压过我们的歌声。他们都还只是些不胜酒力的孩子，年纪无一超过十六岁，大多只有十三或十四，最小的只有十二岁。我们许多人的儿子正是他们的岁数，甚至比他们还大。但作为初级军官，这些军校学员却是我们的上级，虽然他们什么都不明白，能上手的更少。我们不得不听令于这群乳臭未干的小子。

即便是在这最危险的时刻，大家依然热衷于推测指挥官帕卢丹弃船逃亡的原因。我们的指挥官为何先于所有人乘船逃走了呢？一个石勒苏益格兵开始传言，帕卢丹曾宣称，有个德国军官上了克里斯蒂安八世号，命令他赶在伤员上岸前下船。帕卢丹英勇地拒绝了，却被告知，如果他违令不遵，轰炸就会继续。然而，克里斯蒂安八世号上没有一个人听说过这名德国军官，此人的名字当是普雷尤泽，但德国叛军也对他一无所知。那个石勒苏益格兵说，他认为普雷尤泽完全是指挥官帕卢丹捏造出来的，目的就是掩盖指挥官自己的懦弱。

利特尔·克劳森听到这个说法后，开始为他的指挥官辩护，说军官作为丹麦人，那样做也会让他自己的荣誉危如累卵。不过，他一个论据也想不出。事实上，那个说法听起来太像真的了。率领我们的竟是一群无耻之徒。埃纳尔也没有出声，但他的眼眶蓄满了羞愧的泪水。劳里斯在咒骂着。

指挥官帕卢丹的叛国行为并未点燃我们心中的反叛之火，相反，它让我们越发频繁地往荷兰杜松子酒桶那里去。随着对自身被俘命运的厌恶感与日俱增，我们的行为举止也日渐粗俗。

那群军官学员成了我们发泄怒火的对象。我们本来就经常会取笑他们光滑的下巴，不过都是背地里。现在我们会当面取笑那群小子：把裤子脱了，给我们看看下面是不是也没长毛。

学员里的领队十四岁，姓韦德尔。他是克里斯蒂安八世号上第一个登上大救生艇的学员，就坐在帕卢丹身边，因为帕卢丹是他父亲的密友，当时我们都瞧见了他脸上耀武扬威的表情。关门饮酒也是他领导的。不过，此刻他却成了我们最常挑衅欺负的对象。

有一次，有人无情地挖苦了韦德尔的命根子的尺寸，为此他照着那人的脸，重重地捆了一巴掌。那人名叫乔根·梅尔克，从尼堡来，是个全能水手。韦德尔必须踮着脚才能捆到他，这引得我们更加高兴。不过，他那一巴掌的确够狠，打得乔根一脸震惊，茫然地呆站在那里，随后才犹豫地伸出手指抚摸刺痛的脸颊，仿佛不确定自己真的挨了打。

"立正站好，你这该死的！"小韦德尔咆哮道。

听到这句话，乔根一把抓住他的肩膀，将他摔在地上，厚重的高筒防水靴踩在他胸口。人群迅速集结到他们周围——不是因为有人想救那孩子，而是终于等到机会可以发泄我们压抑的怒火。拯救韦德尔的是他自己的叫声。两个石勒苏益格-荷尔斯泰因士兵挥舞着刺刀冲上楼梯，不过不等他们够到那男孩，劳里斯就先行驱散了好斗的人群，他一把揪着那男孩的衣领，将其拉起来站好，另一只手则抵挡着不让旁观者逼近。

韦德尔摇摇晃晃的样子像个布娃娃，吓得站也站不稳。

"都给我规矩点儿。"劳里斯语气平静地说。

他已经找回了在战舰甲板上丢失的权威。来势汹汹的人群退散开去，那两名士兵将男孩带走了。

我们听到韦德尔一路哭着下了楼梯。

当天夜里晚些时候，那位军官学员恢复了勇气。他们又一次关上门在宿舍里大声喝酒，楼上一个角落里有人咒骂他们太吵。当时还不到就寝时间，但那群学员无论做什么都会激怒我们。

于是我们重重地砸了门，要求他们安静。很快就有一个尖声尖气的声音无所顾忌地叫我们闭嘴。"不然我们就砍掉你的屌，你这个蠢农民！"

"你说什么？"起头的海员咆哮着回应。

醉汉们原本散坐在房间中央结实木桌旁的长椅上，此刻都摇摇晃晃地站了起来。他们抬起一把长椅，来回晃悠几下，像是在估量它的重量，然后径直将其往军官学员的门上砸去。门里面安静下来。

"这才对，"那位海员喊道，"谅你们现在也神气不起来了，对不对？"

人群往后退去，一轮欢呼喝彩之后，再度举起长椅向那扇门砸去。这一次门开了，人群一拥而入，撞倒了一张桌子，一瓶酒掉在地上摔得粉碎。有人在尖叫，门外聚集的人则开始为这一幕欢呼。埃纳尔和利特尔·克劳森站在后面，都踮着脚想一瞥战斗场面，但透过狭窄的门框什么也看不见。

这时德国兵听到喧嚣赶来了。他们用枪屁股在人群中砸开道路，打断了争斗。

斗殴的人一个接一个走了出来。从军官学员们垂头丧气的样子来看，挨打的是哪一方一望即知。韦德尔的鼻子在流血，另一个男孩有只眼睛肿得都睁不开了。第三个出来的男孩一口吐落一颗牙齿，血沿着他的脸颊滴落下来。

人群开始叫嚷："有人掉了一颗乳牙！"

很快指挥官弗莱舍便赶来了。他体格健壮，额头高挺，后颈长着软软的卷毛。这时候他脸颊发红，嘴唇湿润，一边嘴角还沾着肉汁，仿佛刚刚离开晚宴，连脸都忘了擦。

他虽位列少校，但说话的友好语气当即就让我们大失所望。

"听着，小子们，这样可不行。你们对待军官得有一些尊重。否则我只能对你们非常严格，而我真的不想那么做。所以我们所有人都尽量友好相处。很快你们就会被交换回去了，等待期间实在没有必要争斗。"

我们都张大着嘴巴，面面相觑。敌人应该是这个样子吗？德国人应该是这个样子吗？炸翻我们脚下的甲板，此刻又将我们囚禁在此的，不是他们吗？

接下来的几天过得风平浪静。荷兰杜松子酒桶总是满的，我们一直在喝。乔根·梅尔克从不放过任何刺激看守的机会。他骂他们是猴屁股、臭狗屎、草中蛇、没屌的侏儒。他尽情地辱骂他们而不用受惩罚，因为有跟班的保护，一旦有看守靠近，那群跟班立刻会在他四周围成护盾。

有一天，看守的士兵终于觉得受够了，他们一直在盯着梅尔克。两名士兵走上阁楼，准备逮捕正和跟班坐在桌边的他。他们说，要以醉酒罪逮捕他。

乔根·梅尔克的跟班听到这项指控都大笑着伸出手腕。

"那最好逮了我们全部六百人。"

一名看守抓住梅尔克的双肩。他紧抓着桌角，叫嚣着平日那些辱骂人的外号，还新增了一些。他的跟班一跃而起，将那两名士兵一把推开，让他们的枪没有用武之地，然后又将他们推到楼梯口。那两名士兵吓坏了，几乎无法反抗。其中一名失了足，仰面倒下楼梯，另一名则被撞得飞了起来。他在坠落的过程中弄丢了枪，那枪掉落在几级台阶下面。

反叛者们先是你看看我、我看看你，然后看看那枪，接着又开始彼此打量。

没有人移动。所有人都安静下来。

落在楼梯平台上的那名士兵艰难地爬起来，仓皇失措中没发现自己丢了枪。等他抬起头来，眼中没有了威胁神色，有的只是困惑。

乔根·梅尔克上前一步。

"喊！"他拽着自己穴居人般的络腮胡大喊。

那士兵跳了起来，然后转身冲下楼梯。他的同伴也拔腿冲了下去。反叛者们笑得直拍大腿。接着他们的目光落在那把枪上，突然陷入沉默。那枪离他们是如此之近！他们需要做的，只是走下几级台阶，将它捡起来。

"捡起我，"那枪似乎在召唤，"开枪，射杀，重新当回男人！"

他们出神地站在那里，哑然无声地听着那把枪的低语。

这时有人打破了寂静。

"我们可以——"他朝枪走近一步。

他看着乔根·梅尔克，在等待一个点头，一个赞许，一个命令：对，去做吧！

但梅尔克的眼中一片空茫，穴居人络腮胡后面的嘴巴依然紧闭着。

刚刚发言的人开始动摇。其他人都往后退了一步，仿佛这人已经不是他们中的一员。随后那人弯腰捡起了枪。他没有看任何人，径直走下了楼梯。他张开双手，极为小心地握着那枪，仿佛握着一件祭品。抵达最后一级台阶后，他将枪竖直，靠在刷白的墙上，然后转身爬上台阶。

那天晚上，我们饮了很多的酒，高呼"万岁"无数次。军官学员们也走出宿舍加入了我们。现在我们都是兄弟了。

第二天，我们制作了更多的模型船，用丹麦国旗颜色的小纸旗装饰，然后让它们下水。它们在池水的泡沫中傲慢地快速移动，提醒着我们祖国的强大力量。

我们开始在院子里训练，紧密地排列成队齐步并进，仿佛在准备迎接一次重要战役。我们高举三根手指，发誓永远不会撤退和逃走，而要坚守和捍卫——这些词语令人迷惑，我们也基本不能理解。然而，它们听起来就令人难忘，于是我们就在院子中央大声宣告。木栏杆上不时会探出一张张表情不安的脸。是格吕克施塔特镇的居民，他们在监视我们。而我们的这些小小戏剧正是为他们准备的。

当然了，流言很快便在格吕克施塔特镇扩散开来，说丹麦战俘正准备征服这座镇子，于是指挥官下令从此不准我们给模型船装饰丹麦国旗。看样子格吕克施塔特镇的人看到敌国旗帜很生气。

我们认为这代表一次胜利。

现在德国人已经学会害怕我们了！

在即将到来的数个礼拜内，还将会有许多次这类的胜利，每次我们都会喝掉大量的荷兰杜松子酒以示庆祝。

被俘四个多月后，8月底，经决定，我们将被用于交换德国战俘。我们用了十天时间抵达迪博尔，交换将在那里举行。一路上耽搁了太多，又遭到许多羞辱，不过我们迈着大步接受了，因为在吓唬格吕克施塔特人的过程中，我们已经找回了荣耀。看到停靠在桑德堡港的丹麦船只，我们明白自己终于自由了。登上开往哥本哈根的石勒苏益格号后，他们提供了面包、黄油和荷兰杜松子酒，啤酒更是想喝多少就有多少。

那晚我们是在空甲板上度过的，船身轻轻晃动，发动机喘气般摇颤着我们安睡的厚木板。那是一个晴朗无云的夜晚，在我们头顶高处，星光照亮了夜空。那是1849年8月21日，是个非常适合看流星的夜晚，彗星拖着明亮的彗尾，让人想起一次连续炮击，不过与让我们悲惨被俘的那一次非常不同。劳里斯深深地叹了口气。监狱切断了他与星星的联系。

当你看不见陆地，当风、洋流和云层不给你透露任何信息，当你的六分仪走过了头、罗盘失灵的时候，你可以靠星座来导航。

现在他到家了。

随后的几日，"万岁"是我们听到的次数最多的词。在波罗的海上，我们遇见一艘满载瑞典军的汽船。我们站在石勒苏益格号的甲板上为这些勇敢的瑞典人三呼万岁。在哥本哈根的海关，护卫舰贝娄娜号①上的船员三呼万岁迎接我们归来，我们也立即做了回应，很快整个海港都起伏着万岁的呼声。接着就轮到军官们了。他们也收获了热烈的喝彩。指挥官帕卢丹领头上岸，和他抛弃克里斯蒂安八世号上的伤员时一样。他的无能导致我们失去了两艘战舰，一百三十五人丧生，一千人被俘。但此刻他却收获了尊重，因为他是英雄。我们全都是英雄。喝彩声似乎永远不会停歇。

我们拿着水手袋分道扬镳，寻找各自的过夜处。很快我们就坐在城市的酒馆里，一边喝酒一边欢呼。我们想念桶装的荷兰杜松子酒，现在因为要自己付账，我们就算醉也醉不到极致。

第二天早上，我们要去霍尔门岛集合。海军部部长宣布，四个月的俘虏生活应得两周的报酬。之后我们要抽签决定谁将返回海军舰队，谁将被送回家乡。劳里斯、利特尔·克劳森和埃纳尔都在两天后返回了马斯塔尔。教堂街上用云杉的枝条搭建起一座庆典拱门，人们在那里鼓掌欢迎归乡之人，悼念死者。

迎接我们的人群中，有一个非常可怕的畸形人。他缺了一只眼睛，右脸和下颌的骨头刺破了皮肤，一直有液体从那里漏出。在埃肯弗德峡湾的那个悲惨日子里，我们已经目睹

---

① 贝娄娜（Bellona），该船船名源于古罗马崇奉的女战神。——编者注

过许多吓人的画面，此刻却还是不得不挪开视线。

直到他向我们打招呼，我们才认出他是谁。

是克雷斯滕。

事实证明，他并不像托瓦尔·本尼吕克说的那般，整颗脑袋都被炸掉了，一半脑袋留了下来。之后他进了德国的一家医院，最近才被送回家，只比我们其他人早几天。军队的外科医生帮他做过修补，但他被毁的下巴却拒绝愈合。现在他回到家里和母亲团聚了——他母亲依然没能恢复理智，一直在寻找失踪的儿子。可怜的克雷斯滕向她保证，自己就站在她面前。她伸出一根手指，插进他脸颊的窟窿里，就像多疑的多马①要触碰救世主耶稣的伤口，才能确定他已经复活。不过和多马不同的是，她触碰过后依然不肯相信。她的克雷斯滕不是这副模样。克雷斯滕听了这话十分痛苦，他虽然毁了容，却一直盼着能与母亲团聚，获得安抚，感受喜悦。泪水从他剩下的那只眼睛里慢慢淌落。他说，如果他真像之前所预感的那般死了，或许会更好一些。

劳里斯暂时又恢复了天堂旅行者的名声，因为埃纳尔在一封信里描绘过这个奇妙事件，现在我们所有人都想听听劳里斯自己的说法——只有卡罗利妮是个例外，因为她确信，这不过是丈夫编的又一个荒诞故事。

孩子们绕着他围成一圈，大喊着："Papa tru，给我们讲个

---

① 多马为耶稣十二门徒之一，因对耶稣复活持非见不信的态度，被称为"多疑的多马"。

故事，给我们讲个故事！"

最小的儿子阿尔伯特叫得最响亮，还用一双亮晶晶的眼睛盯着父亲。父子俩就如同一荚之豆，活像是一个模子刻出来的。

但劳里斯只是用当俘虏时新学会的那副奇怪表情看着他们，仿佛他们根本不是自己的孩子，生育他们更是难以想象。

只能由埃纳尔为他们讲述了。他讲得精彩绝伦，所有人都觉得他一定练了好几年。赶来看望劳里斯的人将屋子挤得水泄不通。卡罗利妮将宽阔的后背对着他们，站在厨房门外烧水冲咖啡。她把杯子弄得叮当响，这是她生丈夫的气时的习惯性做法。不过她最终还是屈服了，也走进客厅同我们一块听起了埃纳尔的讲述。

"为丹麦的荣耀而战的那一天，我们永远也不会忘记。"埃纳尔说。

每个人都点了点头，都突然被这种狂热的爱国主义精神所感染。

但埃纳尔接下来说的话却让我们惊恐。"我们为丹麦的荣耀而战，"他重复一遍，"收获的却只有耻辱。为了国家的荣誉，我们甘冒危险，展现出了百折不挠的勇气。但因为一位糟糕的首领，我们战败了。我永远难忘濯足节那天，炮弹是如何像冰雹一样砸在我们身上。我们在烟雾和火焰中是如何战斗、跌倒和死亡的，那天夜里我们是如何像奴隶一般被带去埃肯弗德镇，锁在教堂里的。我们是如何睡在那里的麦秆上，精疲力竭，茫然无措的。我不会忘记克里斯蒂安八世号是如何被炸翻，无数可怜的同伴是如何死去的；耶稣受难节那天，我们是如何跋涉到伦茨堡进入另一座教堂的，再度被迫睡在麦秆上，复活节只能吃霉面包。上帝的殿堂是如何成为关押奴隶的牢笼，充满堕落与污秽的，我们被俘的日子是多么黑暗和悲惨。只要我还活着，那些事情一件都不会忘。"

"我看见劳里斯了，"埃纳尔继续说道，"那成了我被俘期间的唯一希望与安慰。我看见劳里斯从燃烧的甲板飞向天堂，一直飞到主帆那么高，然后我看见他又双脚着地落了下来。因为那一幕，我知道我们终将与心爱之人重逢。"

"我早就告诉过你，埃纳尔，现在我再告诉你一遍，是因为靴子。"

劳里斯伸出一只脚，好让每个人都能看见他那双结实的高筒皮革防水靴。

"是这双靴子救了我。仅此而已。"

"你不是看见圣彼得的光屁股了吗?"小木匠莱夫斯·彼得森问，因为这个传言已经像野火一样迅速传开。利特尔·克劳森没能闭紧嘴巴。

"是的，我看见圣彼得的屁股了。"劳里斯说。

但是他的声音听起来疲惫又冷淡，仿佛他早已忘记那段经历。我们立刻明白过来，我们从他嘴里只能听到这么多了。绝大多数人都认为，正如每个人都有自己的地狱，他也有独属于自己的私人天堂。他有权秘而不宣。

我们这些被留在马斯塔尔没去参战的人很难不注意到，劳里斯变了个人。我们明白战争对他来说是段痛苦的经历，他所目睹的事情对他没有好处。但他之前经历过两次船难，都没对他造成丝毫影响。利特尔·克劳森说那次战役就像船之将沉的时刻，而且比那更糟。可埃纳尔反驳说，那场战役的大部分时间里，利特尔·克劳森的两只脚都踏在水里，除了受冻着凉，什么都没经历过，别的人却被炸飞了脑袋。

鉴于我们余下的人谁也没打过仗，自然也就不知是什么造成了劳里斯态度的转变，便只能听之任之。

卡罗利妮认为丈夫应该在陆地上找份工作，那样一来，她和孩子们就能更多地见到他。她为他的改变感到担忧，更喜欢他留在身边。

战争期间，利特尔·克劳森和埃纳尔两人又应召入伍好几次，但每次归来都安然无恙。很快我们就厌倦了搭建庆典拱门以欢庆他们的回归，觉得他们和其他安全归来的水手没有区别。

劳里斯也被征召过，不过那时候他已经离开马斯塔尔了。他没有满足卡罗利妮的心愿，在陆地上找份工作，而是去了易北河畔的汉堡，也就是他被关押在格吕克施塔特时每天凝望的那条河。在汉堡，他受雇成为一艘荷兰帆船上的三副，负责运送移民前往澳大利亚；船上其他船员还包括三名荷兰人和二十四名爪哇人。这艘船上一共有一百六十名乘客，劳里斯的任务是分发补给品和记账。航行半年后，这艘船停靠在范迪门斯地岛①的霍巴特镇，劳里斯在那里解约下了船。那是我们最后一次听到关于他的消息。

---

① 范迪门斯地岛，澳大利亚塔斯马尼亚岛的旧称。

劳里斯离开的头两年，卡罗利妮觉得没什么可担心的。他从前也出过远门，一走就是两三年，而从地球那一头寄来的信并不是总能抵达目的地。我们的女人别无选择，只能留在马斯塔尔，永远生活在不确定之中。就算收到一封信，也并不能证明寄信人还活着；这信可能在路上走了几个月，而大海要把人偷走是不会发布预告的。所有人都习惯了不安等待的漫长岁月，我们从不与他人分享内心的不安。所以起初的三年里，卡罗利妮没有明显的变化。直到有一天，住在十字路的邻居多萝西娅·赫尔曼森问她："劳里斯该回来了，不是吗？"

"是的。"卡罗利妮答道。之后她便没有再说话，她知道多萝西娅准备了很长时间，才鼓足勇气问出这个问题。如果事先没有和十字路的其他妇人商量过，她是不会问出来的。那实际上不是个疑问，而是在陈述：劳里斯不会回来了。

那天晚上，卡罗利妮把孩子们哄睡后就哭了起来。她以前也哭过，但总会想办法忍住。现在，她任由眼泪流淌。

第二天上午，当地的妇人们都拥进她的客厅，问候她是否需要帮助。

劳里斯死亡的消息现已被正式确定。

她们围坐在她的餐桌旁，每个人都有一杯咖啡。她们开始评价卡罗利妮的处境，起初都是不带感情地说一些实际问题。说到帮助，卡罗利妮几乎没有家人，她五个兄弟都死在海上，劳里斯的父亲也已过世。之后妇人们的声音变得温柔，开始称赞劳里斯作为丈夫和养家人的优良品质。

卡罗利妮又哭了起来。对她来说，在这样的时刻，通过他人的言语，劳里斯复活了。

最年长的妇人汉西格妮·阿伦茨抱住她，任由自己的灰色衣裙被她的泪水沾湿。她们留下来，直至她的眼泪完全哭干。

第一次聚会就这样结束了，会上宣布了卡罗利妮作为寡妇的新身份。

她们给荷兰航运公司去了一封信，但他们宣称没有船只失事，公司的任何一份船员名单上也都找不到劳里斯这个名字。

你可以领着孩子们去墓园，站在刻有他们父亲名字的墓碑前，给他们讲父亲的故事，从中获得仁慈的安慰；你可以清理墓园的杂草，或者悄悄地消失，小声与躺在地下的死者交谈，借以转移注意力。可水手留下的寡妻却没有这样的机会。相反，她会收到一份公文，宣布她丈夫工作、率领或者拥有的那艘船已经"失事，船上人员全部丧生"，在这一天或者那一天，在这个地点或者那个地点，沉入水里，深度往往超出救援能力，见证者只有鱼类。她可以将那份文书收起来，放进衣柜的抽屉里。这便是授予溺水之人的葬礼仪式。

她可以在衣柜面前举行自己的追悼会，那里是她能造访的唯一墓园。但至少她拥有文书，以及它所赋予的确定性，那是一份总结性文书，但也是一个开始。生活并不像一本书，永远都不会有最后一页。

但卡罗利妮面对的却并非那种处境。她没有收到官方消息。劳里斯走了，但他是如何消失的，又是在何处消失的，没有人能告诉她。希望就像一棵植物，它会发芽会生长，让人有活下去的动力。但它也可能是一道伤口，永远也不肯愈合。

　　据说死去的人如果没有被安葬在神圣之地，便会缠着我们。劳里斯很快就开始缠着卡罗利妮了。他变成了她心中的幽魂，从来都不肯让她安宁，因为他不知道白日与黑夜的区别，最后连卡罗利妮也不知道了。白天本该忙活家务的时候，她却在出神。夜里本该睡觉或为丧夫命运哭泣的时候，她却开始担忧现实。她无法安歇，也不能解脱，形容日渐憔悴枯萎，仿佛她与心中的幽魂是由同样的材料构成的。

　　只有她的双手从未丧失力气。她每天早上都去井里打水，到厨房生火，清洗和缝补衣服，还要织布，烘烤面包，养育四个孩子。她还下狠手打他们耳光，以提醒他们要想念劳里斯。

抽人的绳子

夏天刚结束，但太阳的温暖仍留存在我们的血液中。我们渴望游泳。放学后，我们会跑下港口，头朝下径直跳下水，或者一路走到名为"尾巴"的长条形海滩。游完后，我们会躺在温暖的沙子上，一边等身体晾干，一边谈论我们的老师伊萨格先生。刚入学的学生觉得他不完全是坏人。耳朵被拽，或是脑侧被拍没什么大不了的，跟在家里的情形没有区别。

但一些高年级学生告诫道："你们只管等着吧，他只是眼下心情好。"

"他说过我爸的好话。"阿尔伯特·马德森说。

"那你爸是怎么说他的？"尼尔斯·彼得问道。

"他说伊萨格是魔鬼，有一根抽人用的绳子。"

当时他母亲宣称，他们不该说学校的老师是魔鬼，他父亲反驳道："哎呀，你说得轻松，你们女人家是不知道伊萨格的厉害。"

阿尔伯特想起父亲，眼里泛起了泪花。他眨了眨眼睛，低下了头。鼻子塞住了，他用手腕愤怒地擦了一把。我们瞧见他的眼泪了，但谁也没取笑。我们马斯塔尔有许多男孩的父亲都丧生在海上。我们的父亲经常远行。有时毫无征兆地，他们就永远消失了。"经常远行"和"永远消失"，这两个短语标志着父亲在世和去世的区别。并不是多大的区别，但足够让我们在无人注意时哭泣。

有人朝阿尔伯特的肩膀拍了一掌，然后跳将起来。

"看谁快！"

于是我们快速穿过沙滩，跃入水里。

每年夏天我们都会去海边，沙滩边缘干枯的海草在我们的光脚丫下发出噼噼啪啪的声音，扎得脚底板刺痛，压碎的蚌壳铺成厚厚的一层。亮绿色的海床上，墨角藻和大叶藻组成的水下森林随波飘摆。

满十三岁后，我们就会出海。有些人再也没有回来。但每年夏天都会有一批新的男孩来到尾巴海滩。

8月的一天，我们趴在温暖的沙滩上，一边拍打夏日黝黑仍未褪去的皮肤上的盐粒，一边谈论着延斯·霍尔格森·奥福斯特兰德，他在汉斯国王统治时代的一次海战中击败了吕贝克人；[①]还说起索伦·诺比、佩德·斯克拉姆和赫卢夫·特

---

① 延斯·霍尔格森·奥福斯特兰德（Jens Holgersen Ulfstrand，约1450—1523），丹麦议员，在汉斯国王进攻瑞典期间成为海军部队指挥官，后任丹麦舰队的海军上将，深得汉斯国王信任。汉斯国王（1455—1513），卡马尔联盟（1397—1523年丹麦、瑞典及挪威组成的共主邦联）国王克里斯蒂安一世之子，在瑞典又名约翰二世。1501年被瑞典褫夺王位，导致丹麦与吕贝克等城市关系破裂。

罗勒，他们都在我们刚刚钻出的海域战斗过；[1] 还说起佩德·延森·布雷达尔[2]，他在阿尔斯岛被一颗步枪子弹击中胸口而死；还说起克里斯蒂安四世国王[3]，他乘坐自己的战舰希望号将汉堡人赶出了格吕克施塔特镇，这个镇子从前就是受他的命令而建，也一度关押过我们的父辈，但最后一点我们从没说起过。

我们最喜欢的海军英雄是托登肖尔[4]，他一整夜都在艾尔岛和阿尔斯岛海岸附近追赶白鹰号——一艘装配有三十门大炮的瑞典护卫舰，而他自己的拉文达尔斯·加莱伊号上只有二十门。我们记得他在迪内齐伦、马斯特兰德、哥德堡、斯

---

[1]　索伦·诺比（Søren Norby），生年不详，在15世纪60年代到80年代之间，死于1530年，丹麦汉斯一世及克里斯蒂安二世时代的海军军官，曾征用丹麦舰队最大舰艇与瑞典和吕贝克作战。1525年反抗弗雷德里克一世统治失败后逃离丹麦。佩德·斯克拉姆（Peder Skram），生年不详，在1491至1503之间，死于1581年，丹麦议员和海军英雄，因出色的服务而被克里斯蒂安三世封为爵士。1555年退休后，在七年战争中又被新任国王弗雷德里克二世任命为总指挥。赫卢夫·特罗勒（Herluf Trolle，1516—1565），丹麦海军英雄，1563年取代斯克拉姆成为总指挥。

[2]　佩德·延森·布雷达尔（Peder Jensen Bredal，？—1658），丹麦海军军官，1658年冬季率领一支由四艘船组成的小舰队驻扎在尼堡峡湾，因成功抵御企图登船的瑞典人而成名。

[3]　克里斯蒂安四世国王（King Christian IV，1577—1648），丹麦、挪威国王，丹麦历史上最受喜爱的君主之一。在位前期，丹麦经济、文化得到极大发展，后因三十年战争而致使国家破产。

[4]　即彼得·托登肖尔（Peter Tordenskjold，1690—1720），丹麦及挪威皇家海军舰队司令，因在大北方战争中的出色表现而成为海军中将，1720年死于一场决斗。

特伦斯塔德打过的所有胜仗，他的许多英勇部下都战死了，他自己虽然也总会全力奋战，但总能安然无恙地活下来。

"这次没带部下！"我们大喊着，回想起托登肖尔发现自己孤身一人在斯科讷的图勒科夫海滩上的故事，当时他被三名瑞典骑兵包围，一路砍杀突围，然后口中紧紧咬住锋利的长剑，游泳穿过了浪涛。

还有托登肖尔与一位英国船长战斗近二十四小时的故事，只在午夜到日出之间短暂歇息过。他向已负伤的敌人宣布自己的枪药用完了，冷静地向对方求借，以便让战斗继续。听到这里，那位英国船长走上甲板，举起一杯葡萄酒，欢呼七声，向这位丹麦对手致敬。托登肖尔也找来一杯酒，于是两人向彼此祝酒干杯。

还有一个我们喜欢的故事，讲的是他的拉文达尔斯·加莱伊号在一次咆哮的暴风雨中失去了前桅，但他仍设法在狂风中大吼着"我们要赢了，小伙子们"，为部下注入全新的勇气。

我们步行横穿过海岬，在尖岬的那一边，有一片宽阔的小湾，我们称之为"小海洋"。从远处就能看见系在涂有黑焦油的缆桩上的船只，有两艘古老的斜桁四角帆帆船、两艘小艇、一艘双桅纵帆船和被亲切地称为"举世无双号"的纵帆船约翰妮·卡罗利妮号。早在伊萨格将字母表灌输进我们脑海之前，我们就已经学会用水手的娴熟技巧辨认不同类型的船只。我们经常在海港游泳，怂恿彼此扎进越来越深的地方，一直深入到船只覆满贝壳的龙骨位置，然后顶着满头的贻贝钻出海面。

　　在码头后面，小镇拔地而起，教堂细细的尖顶像光秃秃的桅杆一般伸向天空。就在这时，教堂鸣响丧钟，一场漫长的告别仪式开始了；葬礼队伍沿教堂街走来，领头的女孩们将青枝绿叶撒在鹅卵石上。他们要埋葬的是斯内尔街穿白鼬皮的老妇人卡尔森。她比丈夫和两个儿子活得都久。死亡是我们所有人的必然终点，但马斯塔尔的丧钟是否将永远为我们鸣响，没有人知道。如果我们溺亡在大海中，等待我们的将只有寂静。

新学期的第一个礼拜，伊萨格很少注意我们。他的言行给人一种无意识、神志不清的感觉，像是还没真正睡醒、还在美梦中徜徉就起床的人。他照旧穿着便袍和便鞋，拖着脚步一路从家里走进学校，抽人绳盘在口袋里，像一条热昏了头的毒蛇。伊萨格在学校当老师已有三十年之久，大多数孩子的父亲都挨过那条蛇的抽打，许多人身上至今还有疤痕，那是他们进入成年时代的印记。

好天气一直持续到9月——伊萨格的好脾气也是。他没有拿复习的问题为难我们，打人的次数很少，而且下手也不会重到让我们抹泪流血，那条臭名远扬的抽人绳一直留在他的口袋里。他大声朗读《巴勒读本》①，不顾有些学生才刚刚入学，有些则已经念了五年。全神贯注读完前三章"神的力量""神的事业"和"人的堕落行为"后，他停在第四章"人因耶稣而获救赎"。他说，没必要都读完。里面都是废话——后面的全部内容都是。之后他就转向了《旧约》。他最喜欢的故事是雅各及其十二个儿子。每当这时，他连目光都会温柔起来。"我也有十二个儿子，就像雅各。"他小声咕哝。

我们清楚雅各的所有故事，都认真学习过。我们知道他

---

① 《巴勒读本》(*Balle's Textbook*)，指《福音派读本》(*Textbook on the Evangelical Religion*)，作者为丹麦教师、主教尼古拉·埃丁格·巴勒(Nicolai Edinger Balle，1744—1816)。他认为在学校教育中加入基督教内容是必要的，这本教材除宗教外，也包括动物学和天文学内容。

是个骗子：从手臂上都是毛的哥哥以扫那里偷东西；对眼盲的父亲以撒撒谎；让拉结、利亚、辟拉和悉帕四个女人给他生孩子，如果一个女人无法生育，他就转向下一个；他曾与一个天使搏斗，最后跛了一条腿，不过后来他得到了上帝的赐福。这是个奇怪的故事，但没有人敢向伊萨格指出其中的古怪之处。

伊萨格的十二个儿子中，有两个还在上学，分别是约翰和约瑟——后者是伊萨格用雅各之子的名字命名的唯一一个儿子。当我们告诉这对兄弟，他们父亲喜欢的那位《圣经》英雄是骗子、窃贼和私通者时，约翰突然哭了起来（不过反正他经常哭，因为约瑟每天都打他），蜡滴一般黏稠的眼泪从他大得怪诞的眼睛里流淌下来。而约瑟则握紧拳头，一拳捶在约翰的脑袋上，只反驳说他们的父亲可没有私通，他不过是个醉汉，是个蠢货。

我们从不会那样说自己的父亲。不过从那以后，我们就不会再惹伊萨格的这两个儿子了。

9月中旬的一天，一阵东风卷来了滚滚乌云，如同一个石板灰色的盖子一般笼罩了整个岛屿，我们知道好天气结束了。也是在那一天，我们注意到，伊萨格架在鼻梁上的钢框眼镜的位置比平时高，而且狠狠地压进了肉里。有些学生提出一套理论，称伊萨格情绪的波动与天气相关，所以我们养成了习惯，上学路上总会观察天空，试图从云的形状中寻找迹象。不过这并不是一套精准的科学理论，即便是它最热心的支持者也不得不承认，伊萨格的脾气变化并不总是和云的变化一致。

　　不过在9月中旬的这天，两者却保持了统一。伊萨格没穿便袍，而是一身燕尾服出现在众人面前，这种服装一般被大家称为战斗服，他的右手挥舞着那根抽人绳。他穿过他的房子与校舍之间的庭院，靴子踩得鹅卵石咔咔作响。之后，他站在校门口，往每个进门的学生后颈上抽鞭子，抽得我们像弹射一般快速冲进校门。

　　他班上有七十名学生，我们必须一个接一个走进校门，绷紧头皮等待鞭子落下。年纪大些的男孩习惯了暴力，能承受鞭笞，但在等待挨打的过程中，没人能战胜心中的恐惧。等待疼痛降临的滋味总是比突然挨打要糟。年纪最小的那些孩子，甚至不等靠近伊萨格，就吓得嘴唇发抖。后脑勺挨的那一鞭子就是他们的入学洗礼。

　　但更糟的还在教室中等待。

　　课堂开始前，我们会合唱《漆黑漆黑的暗夜已结束》，伊萨格用刺耳的声音领唱。他也是教区执事，但礼拜日不得不花钱雇助教诺斯基耶先生到教堂领唱赞美诗，因为有半数的会众发过誓，如果伊萨格领唱，只要他张嘴，他们就退场——这对他的虚荣心实在是个很大的打击。我们这群学生可就没有这种选择的机会。事实上，我们学会了欣赏他的嗓音，还希望那首冗长而浮夸的圣歌能永远持续下去，因为只要他在唱歌，就不能对我们下狠手。

　　尽情唱歌时他会不停地踱步。尽管对歌词早已了然于心，但他还是会将那本翻开的圣歌集举到鼻子下面，捕食动物一般的目光越过书页顶部，在教室中四处扫视。"神赐予我们欢乐和引导，愿他赐予我们他的恩典之光"，唱到最后的这几句时，你总能听到哭泣声。这首圣歌本来就是为了让我们啜泣，但只能等到结尾才会实现。引出泪水的，是后脑勺上挨的打，是等待挨打时的恐惧心情。

阿尔伯特·马德森紧闭嘴唇，目光紧追着伊萨格的眼镜，想通过专心来战胜恐惧。

伊萨格再次扫视整间教室，这一次他的动作很夸张，仿佛在演一出舞台剧，一脸警惕。他走到阿尔伯特面前，盯着他的脸。阿尔伯特属于年纪较小的那批学生，他们总是最先哭出声来。但阿尔伯特只管拘谨地盯着前方，于是伊萨格宽恕了他，继续巡视。

学生人数众多，他从来不称呼我们的名字，只会大喊"那边的"，或是打我们。绳子比他更了解我们。

教室里安静下来。仍在哭泣的人都捂住了嘴巴，不敢发出一丝声响，担心会招来灾难。接着某个角落里传来沙哑的哭声（哪怕捂紧嘴巴也不是总能奏效）。伊萨格跳了起来，眼镜背后的眼睛眯成一条细缝，环顾四周咆哮道："闭嘴！"

"伊萨格先生，"阿尔伯特小心翼翼地说，"您打我们是不对的。我们没做错任何事。"

伊萨格脸色苍白，连红鼻子也没了血色。他解开燕尾服的纽扣，那是我们都害怕的一个信号。唱圣歌的时候，他一直拿着绳子，确切来说，是一只手拿着圣歌集，另一只手拿着这件惩罚工具。片刻之前，他还在歌唱欢乐、好消息和恩典之光。此刻他只用一只手就熟练地甩开了绳子。如果那是根鞭子，那他可能早已将它甩得啪啪作响。

"现在轮到你受罚了，"他上气不接下气地说，"我用我最神圣的名誉起誓！"说完他一把抓住阿尔伯特的套头外衣，将他提起来拖出桌子，摔在地上，然后用两条腿夹住他，抓住他裤子的里衬。他一直在为这一刻积蓄力量，整个漫长、悠闲的夏天，他能打的人只有约瑟和约翰。机会终于来了。伊萨格调动他从三十多年的实践中磨炼出的技巧，准备全力挥出那条绳索。

阿尔伯特吓得哭了起来。他从没挨过抽。劳里斯很少打他，母亲也多是扇他的耳光。他习惯了那样的方式。但此刻他被用力推得跪倒在地，挣扎着想逃出伊萨格的控制。

"看来，你是不想听话？"伊萨格嘘声说着，抓住阿尔伯特的头发将他提起来，让他站稳。他看着阿尔伯特的脸。

"不想听话。"他又念叨了一遍，一下抽在阿尔伯特的脸上。

之后他走向了下一位受害者。

在这之前，一些男孩早已爬上教室后部的窗台，奋力打开了窗扣。等伊萨格注意到时，窗户已经大开，男孩们早已跳到运动场上逃出了校门。伊萨格调整绳索，准备下一次抽打，但被他两腿夹住的男孩却挣脱了，正在教室里横冲直撞。见此情景，伊萨格满教室追赶起来，绳索到处抽打，向左、向右、向正中方向。

"快点儿，快点儿！他来了！"我们尖叫着。

又一个男孩赶在被伊萨格抓住前挤出了窗户。他转而去抽打还未逃出的那些，抽完之后将他们拉下窗台。那绳子抽打在我们的大腿、后背、手臂和脸上。一个男孩在地板上抱成一团，双手护住头，伊萨格在抽他的背，踢他的肋骨。

这时汉斯·乔根一把抓住伊萨格的一条手臂。他是个结实的大块头，原定明年春天受坚信礼[①]。

"你敢对老师动手，无礼！"伊萨格大吼一声，想要挣脱。

虽然当时以我们的人数足够压倒伊萨格（如果我们七十个人一起向他发起围攻，那光是重量就足够让他窒息），但我们不敢帮汉斯·乔根。事实上，我们从来没有过那样的想法。毕竟伊萨格是我们的老师。大多数人都坐在座位上，吓得不敢动弹，尽管我们知道自己也会挨抽。这时阿尔伯特走向仍扭打在一起的两人，上下打量着我们的老师。伊萨格忙着挣脱汉斯·乔根的控制，根本没注意到他。阿尔伯特又用他刚才盯视伊萨格眼镜的神态，仔细审视着这师生二人。他的脸因为刚才挨了抽又红又肿。突然间，他抬起穿着木底鞋的脚，一脚踢向了伊萨格的小腿。伊萨格痛苦地号叫起来，汉斯·乔根抓住机会扭住他的手臂。伊萨格呻吟着跪倒在地。

那一刻我们应该全部出动扑上去的。但我们没有那样的想法。伊萨格是一头你永远也杀不死的怪兽，即便是此刻——他跪在地上，像受伤的动物一般号叫的时候。根据自己打架的经验，我们都知道，现在这场战斗结束了。当你将一个人的手臂扭在背后，逼得他跪在地上时，你会命令他求饶、道歉，或者羞辱自己。因为你并不想折断任何人的手臂，

---

① 坚信礼，基督教的一种仪式，孩子在十三岁时受坚信礼，被施礼后才能成为教会正式教徒。

那么不成文的规矩就是，战斗到此为止。但涉及伊萨格，事情要更阴暗一些。你最想做的就是扭断他打人的那条可恶手臂，但你做不到。如果群体中有一个成年人命令我们杀死他，我们可能就照做了。但伊萨格是教室里唯一的成年人。所以我们放了他，甚至没有逼他求饶，片刻都没有。

汉斯·乔根后退一步，伊萨格不敢再碰他了。伊萨格没有看他，拍拍裤子上的灰尘，然后一脚踢向最近的男孩。也就是阿尔伯特，这一天里，他第二次被伊萨格夹在了两腿之间。

伊萨格又遇到了一些反抗者，并不是每个人都愿意忍受他的暴行。但大多数人最后都像阿尔伯特一样，被他的两条腿钳住，咬紧牙关挨他的抽。

伊萨格回到他的桌子旁，上气不接下气。他不再年轻，抽打七十个男孩并非易事。但他还是做到了。他左手撑住桌子作为支撑，右手则攥紧绳子。

"你们这群卑鄙的蠢货，刚才的所作所为又给你们挣了一顿鞭打。"他哼哼着说。

但他已累得无法动弹。

他的眼镜依然架在鼻梁上。即使是在与年纪大些的男孩们搏斗时，那眼镜也从未脱位，一直稳稳地架在他的鼻梁上。

破译眼镜密码的人是阿尔伯特。他宣称，如果伊萨格的眼镜戴得很低，朝向鼻尖，这一天就会风平浪静，只有脸和眼睛会受些很快就能愈合的小伤。如果戴在鼻梁中部，那么好坏都有可能。但如果眼镜被狠狠地按在鼻梁上，那么这一天里，抽人绳先生所提供的教育，将聚焦在我们身体最柔软的部位，我们也就最不可能吸取任何教训。

在我们与伊萨格的持久战中，这一发现被认为是一大战术优势，也为阿尔伯特赢得了一定的名望。

这是一场在我们身上留下了印记的战争。我们的头皮上有伊萨格拿尺子的尖利边缘留下的疤痕；如果我们的字迹他不满意，我们的手指就会挨抽，手经常肿得几乎连笔都握不住。他管这些惩罚方式叫"发硬币"。即便是在眼镜位置很低的日子，他发起硬币来也非常慷慨。跛脚、流血是常有的事，皮肤上会青一块紫一块，身体裸露在外的地方总是会感到疼痛。不过这还不是伊萨格对我们做过的最糟的事。

他还会用另外一种更加骇人的方式留下他的印记。

我们变得与他相像。

我们干了一些可怕的事，但只有当我们围聚在恶行所留下的痕迹周围时，才会意识到自己行为的恶劣。暴力就像一种我们戒不掉的毒药。

他在我们心中埋下了嗜血的渴望。而这种渴望永远也无法止息。

秋风吹落树上最后一批叶子的那天，我们挨了揍，浑身疼痛地站在教堂街，寻找着能让我们分分心的事物。突然间，它摇摇摆摆地走了过来，是伊萨格的狗，四肢粗短，身材臃肿，品种不明。它背上像穿着灰白两色的短外套，肚皮是猪一样的粉红色。我们以前见过卡罗，被伊萨格夫人紧紧抱在怀里。伊萨格夫人和这条狗一样，样子并不好看，她的眼睛像夸张的漫画，被肥胖的脸挤成了两条缝。

我们对她不甚了解，但我们怀疑她才是造成我们悲惨处境的根源。人们说她经常用她那两个火腿肉一般的巨大拳头揍伊萨格，正是这样的屈辱将他的眼镜推向了鼻梁的高处。

此刻那条狗正在街上小跑，自在得宛如在自家客厅，或许它真的以为这里就是自家的客厅，因为我们之前谁也没见过它自己出现在外面。

"卡罗。"汉斯·乔根打着响指唤道。

那狗停下脚步，抬起下巴，舌头从牙齿间伸了出来。我们能感觉到怒火正在自己体内聚集；我们突然开始憎恨那条狗。胖子洛伦茨踢了它一脚，汉斯·乔根却举起手，开始唱一首古老的童谣，就是小时候想让蜗牛伸出触角时会唱的那首。我们都举起双手，围着卡罗跳起舞来。

> 小蜗牛，小蜗牛，给我们看看你的触角，
> 我们买玉米给你咬。

你是个人，还是只老鼠？

快出来，不然我们就烧了你的小屋。

卡罗大叫着跳来跳去。

"过来，好家伙，过来。"汉斯·乔根引诱着它跑了起来。

那肥胖的动物笨拙地跟着汉斯·乔根，也满怀期待地跑着。我们围着它，加速跑上马克街。过路的人只当是一群男孩在跑。我们跑过了西街，前面是雷贝巴宁街，再往前就是旷野了。需要挥洒多余的精力，镇子又显得太小时，我们就会来这里游逛。道路两旁栽种的是去了梢的白杨树，年深月久树干都裂了。我们用木板和钉子标记过所有权，将它们变成了树屋，带有台阶、房间和阁楼。凭借这些城堡，我们辖制着整片旷野。不过我们必须一直跟农民子弟抢，因为他们也宣称自己有所有权。他们都是泥土里长大的孩子，体格健壮，面色阴沉，认为广阔的田野是他们生来就拥有的财产。不过我们在数量上占了优势，我们只会成群结队地过来，总是做好了战斗的准备，而且每次都能胜利离开。农家子弟是本地人，以一种野蛮的热情守卫着他们的土地。只是我们更强壮，而且对待他们毫无怜悯。

"它能跑这么远？"尼尔斯·彼得问。

卡罗的口水一串串地从黑色嘴唇里淌落下来，脚步沉重地往前奔，努力想赶上我们的步伐。可能它觉得，这也比当老师那位胖夫人的宠物狗强。

"如果洛伦茨能做到，那卡罗也能。"约瑟说着，拍了拍洛伦茨胖乎乎的肩膀。洛伦茨竭力奔跑，脸色已经发紫了，双肩和胸膛在剧烈起伏，那气喘吁吁的样子，仿佛体内有什么东西被刺破了。他脸上厚厚的都是脂肪，你用力拍，它们会滑稽地抖动起来，连嘴唇也会一起摇晃，只有粗短的鼻子纹丝不动。他眼中会流露出恳求的神情，像是在为自己可耻的肥胖道歉。

"看看它，真是令人厌恶，"利特尔·安德斯指着卡罗说，"它流口水了，哈哈哈！"

"它简直就像一台四条腿的抽屉柜，它觉得自己是什么狗啊？"

卡罗欢快地叫着作为回应。它有人陪伴，而且全然不知前方等待它的是什么。为什么是它，这只无可指摘的动物？但在我们眼中，卡罗并不无辜。它是伊萨格的狗，我们痛恨折磨人的伊萨格，它自然脱不了干系。与卡罗一同奔跑时，我们发现，这只长着一张丑陋扁脸的动物与我们的老师竟然有许多相似之处。

"只缺一副眼镜。"阿尔伯特说，我们都笑了起来。

我们要去的是德雷耶浅滩前高耸的峭壁，但卡罗习惯的是从它的篮子到饭碗之间的短途奔跑，所以它很快就败下阵来。它粗短的小腿停了下来，肚皮贴着地面，累得直流口水。

但它必须坚持。我们想做的事在旷野是干不成的。

汉斯·乔根将它抱起来搂在怀中，卡罗高兴地舔着他的脸，他一脸嫌弃。

"啊哦！"我们尖叫起来，继续跑着，越来越激动。我们冲下第一段下坡路，接着爬上一座山坡，然后沿着一条田埂爬上山腰。从峭壁边缘往下看，那高度令人头晕目眩，下方的海滩和大海向四面八方伸展，这景象总是会让我们着迷。我们站在那里远眺水面，前方仿佛埋藏着巨大的秘密。关于我们自己人生的秘密，就那样铺展在我们眼前。无论到这里来多少次，这景象总能让我们说不出话来。

并不是所有地方都一样陡峭。崖壁很陡，但也有一些突出的崖架，那里的黏土十分肥沃，上面长着阔叶沼泽兰、菅草和菊蒿。你可以从崖壁边缘猛跳下去，坠入空中，然后落到几米之下的崖架上。虽然无法步行走下崖壁，但只要小心一些，你可以一个接一个地征服这些崖架。不能保证每次都不受伤，不过话说回来，攀登崖壁就是要将自己置于有致命危险的境地。

我们到了崖壁边缘，俯瞰下方的波罗的海。汉斯·乔根还抱着卡罗，它又叫了起来。它或许以为，我们要向它展示整个广袤的世界。我们没有达成一致的方案，没有必要，我们都知道会发生什么。

汉斯·乔根抓住卡罗的前爪，拎着它来回晃悠。卡罗感觉疼，想咬他，但它的粗脖子太短。它咧出细小的牙齿冲空气咬着，发出半是哀鸣半是咆哮的声音，后腿胡乱踢打着，像是要找一个立足点。

"小蜗牛，小蜗牛，给我们看看你的触角！"汉斯·乔根大声唱起来，我们也随声附和，"我们买玉米给你咬！"

接着他放了手。卡罗飞向秋日阴沉的天空，画出一道圆滑的弧线，然后快速坠向下方很远的海滩岩石。它肥胖的身体在空中一路扭动翻腾。它看起来真好笑！我们争相往崖边挤，好看清它砸在海滩上的样子。一开始它只是悄无声息、一动不动地侧躺在那里，随后才发出一种类似哀鸣的呜呜声，就像某个人没了力气后的呻吟。它费劲地扭动着，直至肚皮向下趴在地上。接着它试图站起身，却做不到，前爪一直在抓刨，后腿却无法动弹。它试了一次又一次，我们一直能听到它发出的声音。它哭得更像个小孩，而不像只动物。那是一种脆弱而令人难忘的声音，具有穿透性的力量。

我们心中的胜利喜悦立刻消失了。

我们没有看彼此，各自分头走下山坡。突然间，我们不再是一支队伍。多数人都想转身跑回家，忘掉卡罗身上发生的一切。汉斯·乔根领头，我们跌跌撞撞地跟在后面。利特尔·安德斯失了足，滚了几米后撞在一块石头上，然后他艰难地爬起身，哭了起来。等赶到卡罗身边时，我们都已经跌撞得鼻青脸肿。卡罗仍在发出可怕的呜咽，让我们不忍卒听。

它抬头望着我们，用它小小的粉红色舌头舔着鼻子。那一刻它看起来是快乐的，仿佛没有意识到我们正是造成它苦难的元凶，仍在等待我们将一切恢复原状。它没有摆尾巴，那只是因为它的脊背已经断裂。

我们在它身边围成一圈。现在没有人想踢它了。它看上去是如此无辜。它没有做错任何事，现在却躺在那里，断了脊椎，呜咽不停。

阿尔伯特在它身边蹲下，开始抚摸它的头。

"乖，乖。"他抚慰着那条狗，突然间我们都想将卡罗抱在怀里。

如果这时候它开始摇晃粗短的尾巴就好了。但它没有，而且它永远也做不到了。我们都知道。

汉斯·乔根迅速凑到阿尔伯特身边。

"停。"他抓住阿尔伯特的手臂，想将他拖走。

阿尔伯特冲着他站起身。汉斯·乔根依然紧紧抓着他。他是我们中年纪最大，也最注重公平的。伊萨格拿着那条抽人绳在教室里走来走去时，是他勇敢地站出来反抗的。他总会保护最小的孩子们。此刻他站在那里，耷拉着肩膀，和我们其他人一样迷惘。

"我们不能把卡罗丢在这里。"阿尔伯特说。

"但把它抱起来于事无补。"汉斯·乔根厉声说。

"我们不能把它送还给伊萨格吗？"

"给伊萨格？你疯了吗？他会杀了我们的！"

"那我们该怎么办？"

汉斯·乔根放开了阿尔伯特，然后耸耸肩膀，开始在海滩上来回踱步。

"帮我找块大石头来。"他说。

我们没有人动。安德斯还在哭。卡罗已经变得非常安静，仿佛是在为汉斯·乔根的话语而悲伤。

"听啊，"阿尔伯特说，"它没哭了，也许是感觉好些了。"

"卡罗不可能好转。"汉斯·乔根语气阴沉地说。那一刻我们才明白，已经别无他法了。

"你们想走就走吧。"他说。

他已经找到一块岩石，两只手紧握着。

我们是想走，但不能那么做。我们不能离开汉斯·乔根。如果离开，那将无异于让我们今后独自面对伊萨格。

汉斯·乔根跪在卡罗面前。那狗抬起头满怀期待地看着他，仿佛觉得他想跟它玩耍。

"把它翻过来侧躺着。"汉斯·乔根说。

尼尔斯·彼得将一只手垫在那狗光滑无毛的粉色肚皮下，将它翻转过来。这时候卡罗开始尖叫。不是悲鸣，不是呻吟，而是尖叫。我们都吓坏了，也随它一同尖叫起来，因为一切都太可悲了。它竟然如此愚蠢，可悲；它不能理解这个世上的任何一件事，可悲。

后来，我们重新爬回山腰时，每个人手里都拿着一块石头。我们其实也不知道这是为什么。我们一路握着手中的石头，沉默地走回家。

洛伦茨见到我们时，一副气喘吁吁的样子。他在爬第一个坡时就放弃了。

"发生什么事了？"他用一贯的奉承语气问道。接着他看见了我们的脸。

"卡罗呢？"

"闭上你的嘴，你这只肥猪。"

尼尔斯·彼得径直朝他走去，一拳砸在他肚子上。洛伦茨坐在道路中央，脸上依旧挂着那副所有人都憎恶的乞求表情。不管你对他做什么，他总是那副表情。

后来我们碰到米德马肯一个农场的两个男孩。他们浑身散发着牛屎臭，我们便拿着石头追着他们砸。他们号叫着，惊惶地赶回家里的粪堆边。我们才不在乎他们怎么向父母告状呢。我们的心情没有好起来，再次感觉到，伊萨格赢了。

第二天，我们确定伊萨格会计划复仇。果然，他的眼镜高高地架在鼻梁上，他在教室里踱步时脚下带着弹力，是我们早已学会害怕的步伐。那条抽人绳似乎也拥有了自己的生命。我们察觉到，它在他手里扭动、翻转，准备好抽打第一个受害者。我们都已经蜷缩起来。

就是这样了。

卡罗没能回家，这件事一定在伊萨格家中引起了麻烦，无论他是否知道这事与我们有关，我们都知道他会让我们付出代价，就像他会让我们为他人生中的其他每一种失望付出代价一样。

伊萨格像往常一样踱步，嘴里念叨着"坏小子们，坏小子们"。但他没有命令任何人跪在地上，他打人是不会提前预告的。他看着洛伦茨，后者正坐在桌边，一人占了两个人的位置。伊萨格从后背向他出击，先是挥手打了他宽阔的背，接着闪电般迅疾地转到他桌前，首先抽在他胸前，然后抽在他脸上。洛伦茨的尖叫声中混杂着痛苦与恐惧，他用粗壮的手臂盖住头。伊萨格使劲拉开，好让绳索有明确的着力点，但洛伦茨抱得很紧，伊萨格将他拉起来摔在地上 —— 发出响亮的砰的一声 —— 开始踢他。哪怕是年纪最小的男孩，也都打过洛伦茨。他肥胖的身躯有一种迷人之处，让我们总是手痒，那是一种女性才有的柔弱，在吸引我们的同时也激怒了我们。有传言说，他没有蛋蛋，只有一条白色的小蠕虫挂在两条肥胖的大腿间，空落落的阴囊在后面晃荡。这个特征让他在我们眼中成了个天生的小丑。我们觉得脂肪能保护他，哪怕他被我们揍得鬼哭狼嚎，我们也只会觉得，他哭是因为他是个娘娘腔，而不是真的感到疼。我们下手更狠了，好让他停止哀号。

洛伦茨从不反击。他会忍受一切，以避免被孤立的命运。我们愚弄他，是因为需要一个能随意欺凌而不会因此受罚的对象。或许他觉得是我们在容忍他。其实不然，对我们来说，他不过是一头肥猪，每当我们对他有所求时总会那样叫他。

团结一致是伊萨格教会我们的唯一一件事情。他从来都没能成功将我们转化为告密者。我们每个人都宁愿承担过失，也不背叛同伴，伊萨格明白这一点。所以他才觉得我们所有人都一样有罪，才会用同样重的狠手打所有人。

伊萨格踢打时，洛伦茨毫无防备地躺在地上。在我们所有人中，洛伦茨是最无辜的，但即便如此，也没有一个人站出来为他辩护。

此刻让我们保持沉默的，也是团结吗？

接着我们听到了熟悉的喘气声，每次远足我们快速奔跑，胖子洛伦茨被落在后面喘不上气时都会发出这样的声音。他挣扎着坐起来，却忘了护住身体——之前一直用脚踢的伊萨格现在举起了抽人绳，准备抽打洛伦茨毫无遮挡的脸，以及他胖女孩一般的胸部。但什么东西阻止了他。洛伦茨的双臂快速摆动，仿佛在面对一个无形的新敌人。他的脸涨得发青，眼睛在眼窝里膨胀。他发出咯咯声，大口喘着气，似乎要窒息了。

伊萨格茫然地后退一步，将绳子塞进了后面的口袋，仿佛什么都没发生过一样朝他的桌子走去。

这时候，洛伦茨已经坐了起来，双肩仍在起伏，难受地挣扎着，想喘口气。伊萨格什么也没做，只是用眼角余光观望着。我们看得出，他害怕了。这堂课接下来的时间里，洛伦茨一直坐在地上，沉浸在自己的世界中，眼里毫无神采。接着他巨大的身体放松下来，喘气声也消失了。等完全喘过气来，他环顾四周，看着我们其他人，眼神似乎在乞求，希望自己还能是队伍中的一员。

　　我们都转过脸去，没有人想回答。

伊萨格在学校当老师已有三十年之久。在他之前的安德烈森教了五十一年，不过只有老人们还记得他。伊萨格见过两任国王。第一任是王储克里斯蒂安·弗雷德里克，后来加冕为国王克里斯蒂安八世。他的船曾在纵帆船海豚号的护卫下，在海港的一座石桥旁抛锚——那座桥后来更名为王子桥。在去教堂街的路上，王子曾在马克街漫步——于是那条街也被立刻更名为王子街。克里斯蒂安·弗雷德里克王储踏足过的每一条街道都拥有了一个新名字。女孩们都换上了白色连衣裙，牧师发表了演讲。但在这次访问中，伊萨格才是最耀眼的明星，因为王储去学校视察了他的学生。

十二年后，王室再次到访，这一次来的是未来的国王弗雷德里克七世。他在一个刮北风的天乘坐渡轮而来。我们站在码头讨论哪位旅客是王储，这时一个戴针织手套和护耳帽的男人跳上岸来，系好系船缆后说："今天真冷，不是吗，小伙子们？"那就是王储弗雷德里克。

在学校，我们唱着："只要还活着，我们就想当水手！"（歌词是伊萨格提供的）随后我们开始接受老师的提问。这时王储转身问副官，是否能做出马斯塔尔的孩子们要做的这么难的算术题。副官说不能，而那个有一天将继承王位成为弗雷德里克七世的人宣称："我也不能。"

我们，被淹没的

让王储如此赞赏的算术题出自《克莱姆算术》①一书的第四十七页，内容如下：地球每365又105/409天要公转129,626,823海里。假定地球的公转一直保持同一速度，那么它每秒运行距离为多远？

这个问题足够让任何人晕头，尤其是伊萨格还省略了地球绕着太阳转这个事实。然而，他早已将答案植入我们心里。答案就在这本书的最后，是4海里——后面还跟着一个分数。要不是有那根抽人绳，谁也学不会分数的拼读。这一次被叫起来回答问题的是斯文。从那天起，他就被叫作"二分之一斯文"，直至他十六岁将这个著名的分数带进水下的坟墓中。

伊萨格深深地鞠躬，回应王储弗雷德里克的赞美，后者还拍了拍他的肩膀。二分之一斯文还被命令将双手别在身后，这样王储就不会看见他受伤的手指。

抽人绳和戒尺能达成教师的技巧所无法实现的目标，这就是伊萨格传授给我们的全部智慧。虽然有《克莱姆算术》在手，伊萨格的学识还是未能远播，但那根绳子完成了任务。我们学习数数，也只是为了记录划船的次数。

为了纪念这次王储到访，马斯塔尔学校后来更名为弗雷德里克学校。

倒不如改名为伊萨格学校。王储弗雷德里克拍背的动作已经将这所学校——还有我们淤青的四肢——变成了伊萨格的私人财产。他曾向两位王储鞠躬，两位王储都拍过他的背，

① 克莱姆（Gabriel Cramer，1704—1752），瑞典数学家，几何学和哲学教授，著有《线性代数分析导言》。

这让他成了一个无可指摘的人。

很快镇上成立了一个教育委员会，成员包括一位批发杂货商和两位船长。如果我们挨了伊萨格的抽，回到家里时样子比平时糟，我们的父母可以向委员会投诉。不过委员会成员都是单纯的人，只知道默默地遵从这位学识渊博的老师的做法。毕竟他曾受到不止一位，而是两位国王的称赞。因此从来没有人投诉。

此外，他们都记得老安德烈森执教时的情景。当时学校里有三百五十名小学生，却只分了两个班级，每个班都有一百七十五名学生。安德烈森不可能记住如此之多的名字，便给男孩们编了学号，再靠一只口哨的帮助来管理他们。学生们随意找地方落座，窗台上、厨房里，甚至可以坐在外面的院子里。这就意味着窗户必须敞开，直至天气变得太过恶劣。不过还不到那时候，学生们都被穿堂风吹得着了凉，得了支气管炎。冬天一旦关上窗户，室内空气就闭塞得令人窒息，每天都会有孩子昏厥。而且，教室里还没有黑板和书写工具，学生们站在一盘沙子前，用棍子在里面描画。一阵风就能将他们的全部所学吹得无影无踪。

新学校里有墨水池和黑板，校长还受过两位王储的夸赞，与记忆中的模样相比，委员会的三位成员自然认为这有所进步。孩子们如果不愿意学习，只有一个解决办法，那就是多抽多打。

话说回来，我们也很少抱怨，因为伊萨格教我们学会的团结一致还有另外一个方面，那就是我们甚至不能举报折磨我们的人。我们回到家中，头皮上有斑秃，是伊萨格愤怒之中扯掉的；有黑眼圈；手指拿不住刀叉。我们会说是打架了，父母问起是和谁打的，我们就说是无名小卒。

我们发誓等长大以后，要让伊萨格为一直以来的所作所为付出代价。我们不能理解，为什么父辈会沉默地赞同我们所受的虐待。他们完全明白"无名小卒"指的是谁，因为他们也曾是那根抽人绳下的受害者。可他们却对我们所受的折磨视而不见。

我们的母亲怀疑是不是有什么问题，但和权威人士打交道时，她们总是迷惑不解。倒不是因为不够强大，她们相当强大，鉴于她们有那么多的孩子，还有丈夫都远行在海上。但面对教区牧师和学校老师的时候，她们就会开始怀疑自己的判断。

"确定不是伊萨格先生干的？"她们会问。

我们会摇头，虽不知道这是出于什么原因，但我们从未指认过他就是让我们每日受伤的元凶。相反，我们只会责备自己。

"好吧，或许这会教你远离麻烦。"

我们还会挨一个耳光。

"看看你妹妹，她每天回家都干净整洁。"

的确如此。话说回来，教我们姐妹的是助教诺斯基耶，他从不打人。

这是伊萨格留下的另一个恶劣影响。他会以无形之身跟着我们回到家中，然后种下不和的种子。

冬天来了，随之而来的还有霜冻。船都闲置在海港，整个港口都冻起来了，海滩上结了一大片浮冰。岛与海合为一体；我们居住在一片白色大陆上，它的广袤让我们觉得迷人又害怕。只要乐意，我们就可以一直走到朗厄兰岛上的里斯廷厄陡崖，徒步跨越冰封的航道，两边的沙堤宛如白色的小山，聚集的雪堆边缘都镶着浮冰。它看起来是如此荒凉，被抛弃在狂风之中。

这片新的风景甚至还强行挤进了我们的街道，暴风雪中，雪花在厚厚的雪堆上飞旋和舞蹈，然后重新跃进空中，再一次掩埋了这个世界。我们极其渴望到户外去，加入雪花的舞蹈，拿着冰鞋到海港去，或者长途跋涉穿越旷野，到德雷耶浅滩后的山坡上去，跟农民的儿子打雪仗，乘坐平底雪橇冲下山坡。

伊萨格是这一切活动的阻碍，但冬天是支持我们的。如果教室里没有火炉，我们无法对抗寒冷——火炉烟囱很容易堵塞，一旦教室里充满烟雾，他就只能打发我们回家。那时候，他会站在门口，等我们鱼贯而出时，赏我们一耳光作为告别。

"下贱胚。"他会对我们每一个人咕哝。到那时候，他几乎已经无法呼吸，眼镜背后的眼睛也被熏得通红。但就像即将沉船的船长，他总是最后一个离开教室。只要还看得清楚、能打我们，哪怕咳个不停，他都会留下来坚持到底。他如此痛恨我们，宁愿呛死，也不愿错过一个打我们的机会。

所以只有到了礼拜日，我们才能投身雪地，而不用付出脖子酸痛的代价。

有一天，尼尔斯·彼得熟练地卸下烟囱，将他的套头外衣整个塞了进去。火炉适时开始冒烟，可那件套头外衣也烧了起来。伊萨格立即控制住了火势，可烟囱短暂喷火的景象一时半刻让人很难忘却，就连他也被这段插曲弄得说不出话来。

如果能用烟把他熏走，那除此之外我们还盼望什么呢？

寒冷的冬夜，伊萨格会去别人家拜访。他经常会去看望杂货商克里斯托弗·马西埃森，也就是他在教育委员会中最狂热的支持者。还有几名当地人同他一起坐在杂货商的桃花心木桌子旁，不过没有扎卡里亚森牧师。伊萨格和这位牧师关系不好，后者认为他糟糕的教学手法令人尴尬。与之相反，马西埃森先生则认为招待这位曾被王储拍过背的博学绅士是一种荣耀。

"正如国王对我说过的那般"，这是伊萨格在那群人中最常说的一句话。他身穿燕尾服坐在那里，面前摆着一杯两指深的棕榈酒。描绘他与国王接触时的情景，就是这杯冒着热气的棕榈酒的酒资，每次端起酒，他都会称之为"仁慈上帝所造的寒冷的最佳对抗药"。

待到那药生效，他的下唇就会开始下垂，眼镜也会滑向阿尔伯特所说的"好天气"位置，显露出一张我们从未在学校见过的脸，说不上和蔼，不过是放松的。

一天晚上，伊萨格离开马西埃森位于莫勒街的家时，已经醉得站都站不稳了。雪下了一整晚，此刻石阶和街对面都有积雪。马斯塔尔是没有路灯的，所以在这漫天大雪中，镇上一片漆黑。吹的是东风，从港口直吹进莫勒街。

就着马西埃森家窗口照出来的灯光，我们看见了他的脸。有那么很短的一瞬，他脸上松弛的表情消失了，变回他惩罚学生时的那副愤怒面孔。我们满心期待着他会冲着大雪大吼"下贱胚"。但他没有，他的下唇垂落下去，眼神又变得一片茫然。

此刻，在外面雪堆的映衬下，他不过是个阴影。

我们跟着他走了一会儿，确定他会走教堂街回家。他走得很费劲，陷在雪堆中，要拼命用脚踢才能摆脱。这样或许有助于他暖暖身子，但他不能加快步速。

我们本可以当场抓住他。

那天晚上出来的只有我们年纪最大的孩子。尼尔斯·彼得是偷偷爬下阁楼房间，从后门溜出来的。汉斯·乔根撒谎说要去找朋友。那年冬天，他父亲出门远航，母亲开始拿他当成年人。伊萨格家的约瑟和约翰显然没有来。

我们都知道，这样的计划会在第二天带来这样或那样的麻烦。不过多挨一顿打对我们来说也没什么影响。

洛伦茨恳求加入我们。

"拜托，拜托让我加入吧。"他说。

"哈啊啊啊啊啊啊啊啊啊，"我们模仿他喘不上气时发出的声音，"我们跑得会很快，你跟不上的。"

事实上，如果真讨厌他，那我们就应该让他加入了。他全然不知那晚我们帮他免除了怎样的命运。

我们在教堂街和十字路的交叉口等待着伊萨格，晶莹剔透的雪花反射着头顶的星光。随后我们看到了他，一个模糊的影子，在闪着微光的雪花中慢慢变大。黑暗是一种保护，我们将围巾系在脸上，只露出眼睛在外面。呼出的气息在羊绒面料下面热乎乎的。我们自己也只是影子，是这个雪夜里的一群狼。

我们开始拿雪球砸他，凑到他的近旁，瞄准后狠狠地砸。不过这只是为了好玩而设计的游戏。至少到这一刻还是这样。只是一群男孩在打雪仗而已。

一个雪球砸落了他的帽子。他蹒跚着俯身去捡。然后又是一个，被一只想复仇的烫手满怀爱意地捏弄之后，那雪球表面已经结出了硬硬的冰壳。这一个准确地砸在他的耳朵上，在这严寒天气里，他的耳朵一定已经开始灼痛了。与其说那是雪球，不如说是石块。他摸了摸头。

"下贱胚！"他大喊起来，"我知道你们是谁！"

他朝我们逼近一步，一个雪球正好砸在他脸上，遮挡了他的视线。接着又是一个，砸中了他的脖子。他痛得咆哮起来。

"下贱胚！"他又吼了一句。

但他的声音中已经没有了力量。此刻的他在呻吟 —— 他吓坏了。

那正是我们想要的。我们不再抱着玩游戏的心态。现在他会看清我们的真实面目。他每后退一步，我们的恐惧就减少一分；我们已经领教了自己的力量，胃口更大了。出了教室，他什么也不是，只是个老醉汉，独自一人走在冬天的暴风雪里。不过我们眼中的他并不是那样，我们抓住的是撒旦本人。既然抓获了所有恶行的实施者，那我们一定不会心存怜悯——如果我们手下留情了，那余生都会活在恐惧之中。汉斯·乔根曾迫使伊萨格跪在地上，将他的胳膊扭在背后，但即便是那时，他也比我们强大，汉斯·乔根只能放他走。

这一次我们不会再让他逃脱。

我们暂时向后退去，他清理了眼睛上的雪，还是没看见我们。他似乎觉得自己很安全，而那正中我们的下怀。他放弃了寻找帽子，磕磕绊绊地穿过雪堆，嘴里还咕咕叨叨的。我们知道他是在骂我们，接着我们又展开了袭击。这一次的雪球更结实，完全是用冰块做的。而且射程已经很短了，不可能会错失目标。感觉就像是在照着他的脸砸，第一个砸在他的一边脸颊上，接着砸在另一边，迫使他的脑袋从一侧歪向另一侧。这是我们的抽人绳。我们一直保持着安静，他则哼哼唧唧，不停呻吟。他那张讨人厌的脸，我们本来是想砸断上面的每一根骨头的，但我们忍住了，因为不想让他倒在教堂街上。倒在这里的话，不等严寒帮我们完成任务，他就会被人发现。

我们等他一直走到新街路口，才再次将他围住，逼得他快速逃窜。我们想把他赶到海港旁边的荒弃地段，晚上没人会去那里。就快把他赶到布宜街了，这时他已经摇晃得站不稳了，有几次还头朝下跌倒在雪堆里。我们等他重新站起身，然后再度驱赶。

他开始放声大哭。

声音听起来十分吓人，但我们不会怜悯。暴风雪掩盖了其他一切声音，天地间只剩下这个折磨我们的人在哭泣。泪水沿着他的脸颊淌落，在那里冻成冰。雪挂在他的鬓角上，让他的两鬓看起来变长了，也松散了。抽泣，喃喃自语，他还在骂我们，或者是在求饶？我们不确定，但也不在乎。我们终于将撒旦握在了手掌心。

到了新街最低的位置，那里有许多高耸的半砖木结构的房屋，伊萨格想躲到一面墙下，却在已被积雪掩埋了一半的台阶上绊了脚，跌倒在地。等他双手撑地探起身来，汉斯·乔根用一个坚硬的雪球砸中了他的鼻子。这是一个漆黑的夜晚，但雪光照亮了一切，我们看见有血滴在雪地里，血迹先是一小块，然后越来越大。伊萨格朝我们转过头，他的声音已经因为恐惧而嘶哑，血水像鼻涕一样在他的鼻子下面晃悠。

汉斯·乔根再次出击，但没有命中，雪球砸中了那户人家的房门。

房子里面亮起一盏灯，灯光在结满霜花的窗户背后闪烁。

"谁在外面？"

我们听到门厅里传来脚步声。

我们拔腿就跑。有人沿着布宜街追了上来，是克雷斯滕·汉森，手提灯在暴风雪中摇晃。灼热的灯芯将闪烁的烛光投在他残缺的脸上。现在他是一名守夜人。他白天睡觉夜晚工作，以避免在镇上公开露面。他看起来吓人极了。但他为我们让了路，我们加速从他身边跑过。他将提灯放在雪堆里，黑暗又降临了。

第二天，在校门口没有看见伊萨格和大家打招呼。我们安静地走进空荡、冰冷的教室。但我们并不感觉轻松，反而觉得很奇怪，我们无法想象一个没有伊萨格的世界。他死了吗？

助教诺斯基耶走进来告诉我们，伊萨格生病了，让我们都回家去，明天再来。第二天教室里依然是空的，只是火炉里生了火。诺斯基耶进来通知："伊萨格的病需要很长一段时间才能痊愈。"在这期间，将由他来给我们上课，只是我们的学习时间会缩短，因为他还要教女孩们。

诺斯基耶并不比伊萨格更擅长教育，他也只会拿着我们几乎完全看不懂的《巴勒读本》，还有包括他自己在内没有人能明白的《克莱姆算术》照本宣科。但他从不打人。有时他会问我们是否听懂了他刚刚讲解的内容，我们会毫无顾虑地回答：没有，没听懂。他不会生气，也不会骂我们是蠢驴，或者给我们"发硬币"，他只会从头开始再讲一遍。

雪还在下，但我们没有堵塞火炉，也没有往墨水池里倒沙子。逃学的人也变少了。我们仿佛是想回报诺斯基耶。

据说伊萨格得了肺炎，我们的父母在家中谈论他是如何在那场暴风雪中迷了路的。

"他可能是被气疯了。"男人们说。女人们则缄默不语。

所有孩子都知道发生了什么，包括当晚不在场的那些。但我们从未有过任何表示，就连彼此间也一言未发。只要伊萨格不来学校，我们就高兴。我们没能按计划杀死他，但这件事很快就被我们忘记了。如果有人问我们是否真的想让他死，我们可能会回答，我们并不在乎，只要能摆脱他就行。

圣诞节到了，随之而来的是假期。伊萨格依然卧床不起。以往在新年前夜，为了感谢过去的一年，我们总会想办法折磨他，但今年我们没有。我们没有搞垮他的花园栏杆，没有打碎学校的四十扇窗户，没有用标志性的方法向他祝贺新年，也就是往陶罐里装满灰或是臭气熏天的垃圾，扔进他的窗户。

元旦过后，伊萨格回来了，一切又恢复了原状。

他脸色像外面的积雪一样白，连鼻子也失去了血色。但他穿着黑色燕尾服，眼镜高高地架在鼻梁上，那条抽人绳在他的右手中摇晃，像一条冬眠后醒来的蝰蛇，做好了攻击的准备。我们盯着他看，仿佛他刚刚死而复生一般 —— 更重要的是，我们已经想象过他在坟墓中的模样。

我们像往常一样唱起"黑夜已经结束"，嘴里的歌词掩盖了我们内心的感受。黑夜已经重新降临，一个幽灵在我们之中行走。

唱完圣歌，伊萨格大步走向利特尔·安德斯，一把抓住他的耳朵。就这一个动作，安德斯就顺从地跪在了伊萨格的两腿之间。伊萨格扬起那条抽人绳，做好了抽打的准备。

"罪恶是灵魂的疾病。所以它才让灵魂感到焦虑。"他平静的语气让我们恐惧。一般情况下，哪怕是在惩罚开始的时候，他也会怒不可遏。"这种焦虑我们称之为良心。"他抬起头，"你们明白吗？"

教室里一片安静。只能听到火炉中火焰燃烧的噼啪声。我们点点头。打完安德斯，伊萨格走向下一个男孩。阿尔伯特也顺从地跪了下去，伊萨格抓着他裤子的衬里。

"良心的目的是判断，是惩罚。"伊萨格抽得阿尔伯特跳了起来，这一次他出人意料，狠狠地抽在屁股上，秋天里那个部位已经变得坚韧，但长假过后它又恢复了敏感。"趴好。"伊萨格命令的声音和以前一样平静，他重新抓住阿尔伯特裤子的里衬。"那良心会怎么惩罚你呢？你犯下恶行后，它会让你的内心无法安宁。你们的良心让你们感到不安吗？你们感受到它的惩罚了吗？"

他放开阿尔伯特，环顾教室四周。我们又点了点头。"你们在撒谎。"他没有提高音量，紧接着往下一个目标汉斯·乔根走去。我们期待着之前的对抗画面再度上演，但汉斯·乔根也跪了下去，等待他的惩罚。伊萨格没有在意这次突如其来的胜利，继续他的训导，手里的绳子挥得更勤了。"你们对懊悔一无所知。知道为什么吗？因为你们没有目的。你们知道什么是目的吗？或许不知。目的是神为我们做的计划。不过神没有为你们准备计划。你们没有理智，你们没有良心。你们不明是非。"

他挺直身体，在教室里踱来踱去。尼尔斯·彼得是他的下一个目标。不过伊萨格没有立刻抽他，而是在他弓着的后背旁停下，挥舞起那条绳子。

"好好看看它，"他在下手痛打之前说道，"这就是你们的良心，而且是你们能拥有的唯一一点儿良心。只有抽打能教你们明是非。"

放学后，我们步行穿越了镇外积雪覆盖的旷野。谁都没有说一句话。我们在寻找农家子弟，想和他们打一架。时不时地我们还会偷偷看汉斯·乔根一眼。他让我们失望了吗？所有人都对伊萨格撅过屁股。没想到他也会。

天气阴沉，积雪也不像往日在阳光下那样闪烁，投下蓝色的阴影，眼前是一片灰色，目力所及只有几棵光秃秃的白杨树。四周一个人影都没有。

"这里没人。"尼尔斯·彼得嘟囔道。

我们又偷偷看了汉斯·乔根一眼。他原本稍稍领先我们一点儿，这时突然停下脚步，回头看着我们。

"希望你们不要觉得我怕伊萨格，"他说，"因为我不怕。"

他的声音听起来很愤怒。我们不知该说什么，于是都低头看雪。一片雪花从阴沉的天空飘落，接着又是一片。我们期待他能继续说，但他没有。

"你为什么会任他打你？"

尼尔斯·彼得提问时没有抬头，几乎像是在自言自语。汉斯·乔根迟疑了。接着他耸耸肩，仿佛已经提前战败。

"现在都不重要了。"他说。

阿尔伯特抬起头，眯缝着眼睛看飘落的雪花。

"我不懂。"

汉斯·乔根停顿了片刻。"好吧，我们没有抓住他。他回来了，比以前更坏了。一切都——"他再次张开双臂，"无可救药。"

"可他流血了。"阿尔伯特抗议道。他没有亲见，但听过几如绘画般详尽的描绘，知道伊萨格流血的事。

"是的，"尼尔斯·彼得说，"他是流血了。"

"那又怎么样？"

汉斯·乔根转过身，开始往镇上走。这时雪越下越大了。我们跟在他身后。有史以来第一次，我们不赞同汉斯·乔根的说法。他以前一直是我们的队长，可此刻我们必须自己寻找答案。

我们杀了那条狗，但没能杀死狗的主人。他抽打过我们的父辈，还将继续抽打我们。我们伸出手指计算。我们要在学校待满六年。阿尔伯特还要待五年半，汉斯·乔根只剩六个月，其他人的时限介于他们二人之间。如果伊萨格夺走了我们六年的人生，那么我们还要用多少年才能忘掉他的所作所为？听起来简直像是《克莱姆算术》中的问题，但该用什么方法计算，加法、减法，还是乘法，我们没有一个人知道。

我们看到伊萨格在那个冬夜流血，血水滴在雪地里的画面曾让我们心中充满希望。我们看到教室火炉里的火舌在舔舐尼尔斯·彼得的套头外衣，却没想明白那些火焰意味着什么。

而在这一刻，我们开始明白火焰的潜能。

汉斯·乔根从牧师扎卡里亚森那里受完坚信礼后便去了海上。八个月后，他披着一身冬日寒冰返回故乡，他用攒下来的工资给自己买了一顶老水手戴的高顶帽。

我们告诉他，现在是他找伊萨格复仇的时候了，因为他已经成年，没有人能再伤害他。但汉斯·乔根说，在船上挨的鞭子一样多，所以什么都没有改变，伊萨格已经不是他的老师了，他也就没有了将之撕成碎片的冲动。其实，他在街上碰到过伊萨格，后者问起他在海上的生活。他们还聊了几句。仿佛汉斯·乔根从来没有扭着伊萨格的手臂迫使他跪在地上，或者剥去他的衣服让他躺在地上，他们现在只是两个相识的成年人而已。

"那就为我们复仇，"阿尔伯特恳求道，"你个头大，身体强壮。你比去年更壮实了，斗得过他。"

"我已经把他给忘了，"汉斯·乔根说，"对他没有兴趣了。"

"你会这么想，是因为刚刚领了工资。"

"你们没听懂。"

汉斯·乔根蹲下身子，这样他的脸就和阿尔伯特在同一高度了。

"他们在船上也会拿鞭子抽你。无休无止。只会一再重复，一再重复。你们最好现在就学会习惯它。"

"这不公平！"尼尔斯·彼得十分恼火。

"对——"其他人也附和道，"这不公平！"

"教我们做加法题，教我们读书写字有什么意义呢？"汉斯·乔根问，"因为我们只需要知道如何承受鞭打，如果想前进的话。说到这个，没有比伊萨格更负责的老师了。"

我们犹豫地看着他，他是在嘲弄我们吗？

"当浪涛拍断前桅的时候，伟大的托登肖尔会抱怨吗？不会，他会对下属说什么？"

"我们胜利在望，小子们。"尼尔斯·彼得看着自己的脚，咕哝道。

"对了。我们胜利在望，小子们！只管记住这句话，停止抱怨。"

"他真的变了个人。"阿尔伯特事后说。

我们点点头，感觉比以往更加孤独。汉斯·乔根不再是我们队伍中的一员。他已经长大成人，对这个世界有了更多了解。可我们不喜欢他说的那些事。我们决定不相信他。

然而，从那天起，我们似乎更愿意隐忍了。伊萨格再拿绳子抽我们时，教室里的反抗少了，跳窗逃走的人也少了。

圣诞节和新年再度来临。前一年，伊萨格逃脱了我们的折磨，因为他卧病在床挣扎求生，但他赢了。现在是时候寻找更多的时令乐趣了。我们怀疑自己永远也无法摆脱伊萨格，但总忘不了教室里起火的那天。当时尼尔斯·彼得用套头外衣堵住了火炉烟囱，外衣烧了起来。看到火焰喷吐而出，我们对火有了更多了解，认识到火一旦起了势，就没有人能阻挡。

这，也是尼尔斯·彼得的点子。1815年那场大火是怎么烧起来的？那天晚上是人们举着火把点燃了茅草屋顶吗？不，是王子街上一座房子里的蜡烛被碰倒了。这就是火灾需要的全部条件！火焰从一座房子跳到另一座房子，直至镇上三分之一被烧成灰烬。远到欧登塞都能看见火光。

至今，阿尔伯特的祖母克莉丝汀说起那场大火，声音里依然能听出恐惧。

"奶奶，给我们讲讲那场大火。"每次她到访，阿尔伯特都会缠着她。奶奶会在火炉旁坐下，重新讲那场大火的故事。那天王子街上的卡尔森家，女佣芭芭拉·佩德斯达特点了一根用动物油脂做的蜡烛，自己则在脱粒场用铁梳梳理亚麻。可后来这个蠢女孩却把蜡烛拿到了脑袋旁边，想读心上人写来的信。这个心上人让她陷入了麻烦，她急于想知道，对方打算怎么办。考虑到这些，一切都是这个心上人的错。拆信的时候，这个糊涂女孩却打翻了蜡烛，亚麻烧了起来，很快有麻烦的就不只是芭芭拉·佩德斯达特，而是整个小镇了。"呼呼。"奶奶一边讲还一边在空中挥舞双手，描摹火焰迫不及待蹿出茅草屋顶的情景。她见过那场大火，永远都无法忘记。

"你要求上帝保佑你永远都不必经历我们当时遇到的灾难。"她讲完故事后说道。

但阿尔伯特向上帝祈求的是，大火将再次烧起。

那是新年前夜，和往年一样，我们吃了蒸鳕鱼配黄芥末酱的传统晚餐，然后出门钻进漆黑的冬夜，四处敲门捣乱，砸烂栅栏，乱扔陶土罐。我们找到一条狗，用一截旧绳子将它拴住，倒挂在一棵树上，直至它的吠叫声将主人引来，然后我们就用更多的陶土罐砸主人。

这一次，我们还将麦秆塞进套头外衣，等四周足够漆黑了，就包围了伊萨格的房子。里面仍有灯光照出来，我们朝客厅窗口扔了两只陶土罐进去。我们听到肥胖的伊萨格夫人发出尖叫，很快，门厅里就传出更多的声音。

随后伊萨格手里拿着一根棍子走出了家门。

"下贱胚。"他喊道。

"随你怎么叫喊。"我们回嘴道，朝他那边投去更多的陶土罐。一只砸中了他的肩膀，里面灌的臭东西从他的黑色燕尾服上淌下来。他停止了叫骂，像是被掐住了脖子要呕吐一般咳嗽起来。又一只陶罐从他身边飞过，砸进了门厅。约瑟和约翰站在那里，看到窗外父亲的样子都笑了起来。新年前夜，他们从来都不能出门加入恶作剧的队伍，所以这就是他们的复仇。但他们对即将发生的事情一无所知，因为我们没有告诉他们。

我们沿着学校街狂奔，伊萨格紧追不舍，举着棍子准备出击。这时从房子的另一面也传来玻璃被砸碎的声音，是尼尔斯·彼得和阿尔伯特·马德森砸碎了一扇卧室窗户，正往里面扔点燃的麦秆。火烧起来了。

"赶快出来，不然我们就烧了你们的房子。"

我们拐上特瓦尔街，快速冲向王子街，身后依然能听见伊萨格的叫喊。这时我们回到了学校，等于兜了个圈子耍了他。我们感觉风越来越大了。头一天雪已经开始融化了，街道上的积雪大部分都在融化，是受温和的西风的影响，它总能将冬天从我们身边吸走。整个镇子都能听到风声。

　　那座房子两侧的玻璃都被我们打碎了，伊萨格追赶我们时没关房门，风直接穿堂而过，吹拂着卧室里那把燃烧的麦秆。火焰开始舔舐墙壁。我们从未见过这样的火，那景象令我们毛骨悚然，原来饥饿之火就是这样！比我们想象中还要疯狂和激烈，它直接蹿至屋顶，整个房子像被一千根动物油脂蜡烛点燃了。随后火焰从每一个开口喷射而出。

　　伊萨格尖叫起来，我们看到他妻子跟跄地钻出大门。她在台阶上滑了一下，肥胖的屁股重重跌坐在地。于是她坐在原地，像个孩子一样响亮又哀怨地哭了起来。

　　伊萨格冲了过去，用棍子狠狠地敲了她一下，仿佛降临在他们头上的灾难都是因她而起。这时候约瑟和约翰观望着眼前的场景，仿佛与他们无关。住在街对面的乔根·阿尔伯森跑了过来。

　　我们站在教堂街的另一头，队伍还在壮大。我们想大声欢呼，但知道这不是明智之举，便小声哼着童谣《小蜗牛》的旋律，一边鬼祟地你看我我看你，一边傻笑着。

　　折磨我们的人得到了应有的惩罚。

　　大人们提着装满水的水桶匆忙赶来，可那也无济于事，因为此刻西风正在劲吹。风不光穿过了伊萨格的房子，还在像魔鬼一般肆意前进，点燃了窗帘、墙纸、家具和阁楼。火焰跳上风的后背，乘着它从伊萨格家来到了德赖曼先生家，从德赖曼先生家又来到了克罗曼先生家。

　　利特尔·安德斯不再哼《小蜗牛》的旋律，尖叫起来。着火的是他家。他看到母亲抱着英国锡釉陶制汤锅跑出家门，那是他们家拥有的最好物件。很快学校街的半边就全部烧起来了。这时又开始下雪了，但这一定是撒旦之雪，因为雪花是黑色的，不是白色的。

火一直烧到特瓦尔街转角才熄灭。街道在这里变宽了，另一侧的房顶盖的是瓦片。但在不远的地方，火焰余烬纷纷撒落在鹅卵石街道上，任何人大着胆子走过去，回来时衣服上都会是烧出的窟窿。与此同时，整条学校街上，烟雾和火焰直冲天空，仿佛火龙抽动的尾巴。

终于，消防车来了。马也吓得嘶鸣起来，它们也从未见过真正的大火。热浪使得它们无法进入学校街，消防队将车子停在特瓦尔街转角，试图阻止火焰蔓延到全镇。与此同时，学校街上的灭火行动已经停止，莱文·克罗曼曾大吼着要我们加入，我们也的确加入了。但现在温度过高，我们无法靠近伊萨格的房子，只能紧贴在对街房屋的墙壁上，手里提着桶，用刺痛的双眼观望着海浪一般熊熊燃烧的火焰。

我们从没想过，正是我们引发了这场难以想象的火灾。不，火焰本身才是元凶。它有力量，想吞噬一切，完全属于它自己，与我们没有任何关系。

我们的时机终于来了。我们所有的痛苦、恐惧与仇恨——这热情过于巨大，小孩狭窄的胸膛根本无法容纳——煽动了这场火灾，火势令人惊叹，清除了我们内心的所有仇恨和多余情绪。整座整座的房子被这些火焰烧得只剩焦黑的残骸，明天这里将会满目疮痍，令人悲伤又可怕。但今晚，这情状只是令人惊叹。这就是我们的感觉，别无其他。

不过西风总是预示着雨的到来。火焰上方的高空密布着乌云，一场大雨倾盆而下，将火龙和我们的喜悦都淹没了。

第二天上午，我们四处转悠，查看那些被烧毁的房屋残骸。学校街一片疮痍。墙壁依然立在那里，空荡荡的窗框像一个个豁开的黑洞，镇上的居民都目瞪口呆地往后退去。元旦这天放假。男人们戴着高顶帽，熟练地查看着损毁情况，都是一副颇有鉴别力的样子，仿佛是见惯了大火的评估员——尽管上一次火灾已经过去近四十年。妇人们，包括没有失去任何东西的那些，头上都蒙着黑披肩，正大声痛哭着。看样子，恐惧已经征服了马斯塔尔的妇女，恰如昨夜的大火征服了那些房屋。而大海向她们徐徐注入的也是同一种恐惧，她们害怕失去一切：兄弟、父亲，还有儿子。不过大火也展示了比大海仁慈的一面。它没有夺走任何一个人的性命。

在这一切景象之中，我们听到伊萨格夫人呼唤卡罗的声音。她似乎忘了那条狗早就死了。其他妇人和她说话，但她只顾摇头，继续喊个不停。

尽管狗和人都活了下来，但许多家庭都失去了生活必需品，比如家具、衣服、记忆和厨房用具。阿尔伯森家找到一口还能用的铸铁锅，斯瓦内家挖出来一口煎锅，手柄已被烧掉，但木匠莱夫斯·彼得森说他可以新打一个。

我们用陶土罐砸伊萨格的房子时，火已经烧起来了。我们每年都这么干，我们——甚至包括没参加的那些男孩——每年都会为此遭受惩罚。因为从不举报对方，所以在伊萨格看来，我们都有罪。但今年我们没有遭受惩罚——因为与那地狱般的景象相比，我们扔陶土罐的恶作剧实在是微不足道。

它们被遗忘了，我们也是。起火时，伊萨格在街上，根本没想过火灾与我们有关。他无法想象我们会是如此灾难的元凶，他低估了我们的能力。他不曾意识到自己在我们心中种下的邪恶种子，而他的愚蠢则为我们提供了保护。

接下来的日子里，我们得知他的肥胖妻子失去了理智。她一直在走来走去，呼唤着卡罗的名字。她觉得是火焰把它吓跑了，每天都会把它的饭碗放在外面，好引它出来，不再躲藏。

"她变好了，"约瑟说，"总是忘记揍我们。"

大火不曾殃及学校，教师之家得到了重建。没过多久，学校街又出现了新的房屋。但学校里的一切都没有改变。伊萨格卧床不起了一段时间，但还是战胜了死神。他的房屋曾被烧毁，而罪魁就是我们，他的学生。可他总能东山再起。我们输了。实在是叫人绝望。

我们再次伸出手指计算剩下的时间。或早或迟，我们都将长大离开学校。那是我们抱持的唯一希望。

洛伦茨受完坚信礼后，去特瓦尔街的面包店当了学徒。考虑到他看不出男性特征的肥胖身材，我们觉得很合适。随着年龄日渐增长，他的身材也变得更像女人。他的胸部也长大了。伊萨格家的男孩曾把他带到尾巴海滩，强迫他脱下衣服，好看看女孩的身材是什么样。约瑟将洛伦茨紧紧抱住，身体贴着他颤抖的肥胖肉体扭动。一有机会就哭着流下黏稠泪水的敏感约翰，也对洛伦茨做过一些事。过后，他们两个总会朝我们投来心照不宣的目光，仿佛拥有了一个秘密，只有我们苦苦恳求，才会告诉我们。但是我们并不想知道是怎么回事。是的，我们不想知道。

洛伦茨到特瓦尔街的面包房上班是在晚上，负责捏生面团。不过，他只坚持了几个月。他说，热烤炉旁边的面粉钻进了他的肺叶，他无法正常呼吸。那都是胡扯。他因为肥胖一直有呼吸问题，这得怪他和他母亲。他是家里的独子，而他母亲是个寡妇。她从早到晚一直喂他吃东西，就像要养肥一只预备留到圣诞节吃的鹅。不，面包房其实也不想要洛伦茨，因为他一无是处，他唯一能做的就是耸着肩膀气喘吁吁。于是洛伦茨去了海上，那年冬天带着黑眼圈回来。他说，汉斯·乔根说得对。船上也会打人。他又向我们流露出哀求的神情："我现在能加入你们的队伍了吗？"

但我们仍像往常一样，挪开了视线。过后我们想到，他如果那副模样出现在安妮·玛丽·伊丽莎白号的船员队伍里，那就永远都不会有机会。

没有人会尊重一个站不起身的懦夫。

洛伦茨声明船上也会打人时，汉斯·乔根并不在场，所以不能说一句："我就说吧！"他那时已经随着约翰妮·卡罗利妮号一同沉没了，那艘船又被亲切地称为"举世无双号"，一个秋日，它了无踪迹地消失在波的尼亚湾。

我们未来还将遭遇更多的鞭打和溺亡事件，却依然渴望大海。童年对我们意味着什么？被捆绑在岸上，生活在伊萨格的抽打之下。那海上的生活呢？我们还需要学习它意味着什么。有一个想法却在我们心里扎下了根：当我们待在干燥的陆地上时，一切都不会发生变化。伊萨格依然是伊萨格。他的儿子们恨他也怕他，我们也是。没有人知道他妻子是否也恨他怕他，但她不会再揍他了。她现在生活在自己的世界中。我们杀死了伊萨格的狗，也夺走了他的房子和他妻子的理智，但他依然没有改变。他仍像往常一样抽打我们，什么也无法教会我们。我们像往常一样反击，什么也学不会。冬天的夜晚，他在杂货商马西埃森那里喝完两指深的棕榈酒步行回家时，我们不会再骚扰他；新年前夜，我们也不会再往他家的客厅投掷肮脏的垃圾。但我们依然会往墨水池里填沙子、堵塞火炉、跳窗逃走、逃学、偷他的书。很快，将他按在地板上混战的人会变成尼尔斯·彼得，有一天会轮到阿尔伯特。

伊萨格是永生的。

正 义

我们熟悉那条抽人的绳子。不过现在是时候见识见识大海了。

真如汉斯·乔根所说，鞭打永远不会停止吗？

劳里斯·马德森曾给阿尔伯特讲过永不沉没号上是怎么罚人的。在那艘海军护卫舰上，任何犯法的人都会被绑在桅杆上，被鞭打到流血为止。他们会揍得他拉出七种屎，劳里斯说。这不是我们熟悉的表达方式，但劳里斯告诉我们，这是美国的说法。"七种屎"，我们不由得想到，岛外的世界应该就是那样，伟大的美国应该就是那样。他们什么都拥有更多 —— 包括屎在内。至于我们自己拉的屎，我们从没注意过有多少种。颜色可能会变，质地可能是稀的，也可能是块状，但屎就是屎，不是吗？我们吃各种东西 —— 鳕鱼、鲭鱼、鲱鱼、甜粥、猪肉肠加蔬菜汤和卷心菜，但我们只知道一种基本形式的屎。所以这就是广阔世界将带给我们的。它将改变我们的饮食，我们能吃到本地渔民从来没捕捞过的深海怪兽，比如鱿鱼、鲨鱼、快乐的跳跳鱼、鲜艳的珊瑚礁鱼；还有本地农民都不知道的水果，比如香蕉、橘子、桃子、杧果和木瓜；印度咖喱、中国面条、椰奶炖飞鱼、蛇肉

　　　　　我们，被淹没的

和猴脑。等他们鞭打我们时，我们也会拉出七种屎。

但在那些日子里，我们主要是运送粮食到波罗的海上的德国和俄国港口，也去挪威和瑞典拖运木材。吃不到外国香料、奇怪的鱼和新品种的水果，每天吃的都是豌豆、粥、腌鳕鱼、甜西米汤、大麦饺子和干梅子。我们所有的酱汁和汤类食物中都有糖浆和醋，又甜又酸，不过我们会努力寻找海上生活美好的一面。挨揍时，我们拉出来的还是同一种屎。

我们向母亲告别。长这么大，她们一直在我们身边，可我们却从来没有好好看过她们。父亲远在海上时，她们要一直忙碌于弯腰洗各种盆锅，脸被热浪和蒸汽熏得发红发肿，撑起家里的一切；每天晚上，她们手里都会拿着织补针，坐在厨房的椅子上打盹。我们熟悉的是她们的忍耐与疲惫，不是她们本人。我们从来都不会向她们要任何东西，不想让她们操心。

那就是我们表达爱的方式，以沉默。

她们的眼睛总是泛红。清晨叫我们起床时，熏红她们眼睛的是炉烟。晚上依然穿戴整齐地和我们说晚安时，她们的眼睛发红是因为劳累。有时是为某个再也不会归家的人哭红的。如果问我们母亲眼睛的颜色，我们会回答："不是棕色，不是绿色，也不是蓝色或灰色，是红色。"我们会给出这样的答案。

现在她们走到码头边来道别。但我们都沉默着。她们的目光穿透了我们。

"要回来，"她们的目光在恳求，"别离开我们。"

但我们不会回来。我们想出去。我们想走得远远的。在码头道别时，我们的母亲往我们心上插了一把刀。我们离开时也往她们心上插了一把刀。就那样，我们通过施加给彼此的疼痛而被联系在一起。

新生活中有些内容，我们在家里已经学习过。我们知道如何捻接两个绳头，如何打结。我们能攀爬绳索，不会害怕桅杆的高度。我们知道该怎样在船上四处走动。不过我们只在冬天才上过码头上的甲板。我们还需要学习大海有多么广大，一艘船又是多么渺小。

我们从厨师干起。

"拿着。"船长说着，拿起一口早已失去光泽的铜锅递过来。

这口锅是船上厨房里的唯一厨具，在那个年代，所谓的船上厨房不过是艏楼中的一个黏土炉子，烟道是用四块木板钉在一起做成的，从甲板上的一个洞里穿出去。下雨时水会流进来，遇到暴风雨，海浪冲上甲板，海水倾泻而下，会浇熄炉火。有时候，我们要站在齐膝深的水里。最小的风也能让船身倾斜，那时候我们必须将铜锅固定在一个位置，防止它在地板上滑来滑去。我们拉下袖口，好让手指不被发烫的锅柄灼伤，即便双眼被煤烟熏得刺痛，也要观察西米汤的火候。我们做的事没有一件足够好。总得有些小家伙在船上挨鞭子，如果没有狗，那就只能是我们。

我们早上四点起床，白天任何时候都要备好咖啡。任意两杯咖啡之间的间隔时间都只够快速打个盹，然后我们会被人一脚踢醒："我的天啊，你又在睡觉啊，小子？"

我们从来都没能获得一个小时的时间，好上岸去参观装卸货物所在的城镇。在海上生活一年后，我们去过特隆赫姆、斯塔万格、卡马尔、瓦尔贝里、柯尼斯堡、维斯马、吕贝克、安特卫普、格里姆斯比和赫尔。我们见过岩石海岸，田野和树林，塔楼和教堂尖塔——我们距离它们，并不比空中楼阁近。我们唯一踏过的陆地就是码头，唯一进过的建筑就是仓库。我们了解到的广阔世界是由船的甲板、烟雾缭绕的船舱和永远潮湿的床铺组成的。

每天晚上船只在港的时候，我们都必须等到午夜才能睡，因为要等着帮船长脱鞋。

"你在吗，小子？"他脸上有疤，在铺位上坐下后伸出两条腿，用浑厚的声音气喘吁吁地说。

那之后我们才能上床睡觉，但几小时后就要被叫醒。

伙伴们每年冬天都会重聚，那时候船都会返回家乡，等待春天到来，海水解冻。

"你们还记得汉斯·乔根说过的话吗？"尼尔斯·彼得说，"他说伊萨格教给我们的最重要的事，就是接受挨打的命运。"

"他应该教我们怎样才能保持清醒。"约瑟说。

他是伊萨格的儿子，但还是出了海，约翰则留在家里照顾母亲——火灾之后，她就开始穿着破烂的衣服，在旷野里游荡，呼唤着卡罗的名字。约翰希望能像父亲一样，到学校当老师。

我们点头表示赞同。我们出海第一年的经历大致可以概括为：挨打和永不结束的守夜。

"咖啡喝完了。"阿尔伯特说。他跟着快艇卡特里内号航行了一年。"我只拿到四分之一磅的量，却要煮足够三个男人喝七天的咖啡。船长还说必须煮浓一些，他们总是冲我大吼大叫，因为我煮得太淡。不过最后我报复成功了。"

"你做了什么？"尼尔斯·彼得问道。他比阿尔伯特多航海一年，却依然要与咖啡问题做斗争。

"我们有许多干豆子，我烧了一些，掺在里面，船长说：'真是一杯美味浓郁的咖啡，足够让人清醒站立了。'但没多久他和二副开始肚子疼，他们就是那样发现的。我给一杯咖啡里放了四颗豆子的粉，不过从没告诉过他们。不管怎样，后来我不得不换别的粉，便烧了一锅黑麦来代替。现在我煮的浓郁咖啡总能获得称赞。"

"每次粥烧干了，豆子不够软，黑麦面包发霉了，"约瑟说，"就会挨批评。"

"我的船长认为，食物如果变质，我就该吃了它。'吃了那块发霉的面包，'有一天他对我说，'吞掉那些生豆子。'我对他说：'不，我又不是猪，别以为随便倒点儿泔水就能打发我。'"

阿尔伯特挺直腰背。我们看得出，他为自己的答复感到骄傲，但我们知道，那句话会让他付出怎样的代价。

"之后发生了什么？"

"我有两天都没吃到早餐和晚餐。"

这时洛伦茨走了过来。约翰跟在后面，正低头看着街道上的鹅卵石。约瑟挑衅地看了洛伦茨一眼，洛伦茨瞪了回去，他讨好我们的岁月一去不返。他个头还是很大，但大块头中注入了新的力量。我们从没像幻想女人那样幻想过他肥胖、白花花的身体，但过去抽他柔软的肉体时，我们心头曾掠过一股让人痒痒的暖意。现在你要是再去打他，会打碎自己的指关节。

他一句话也没说，我们都后退了一步。他爬上安妮·玛丽·伊丽莎白号的绳索后，终于变成了一个有种的人吗？

阿尔伯特又跟着卡特里内号航行了两年。去过弗莱克菲尤尔、滕斯贝格、费德列斯达、哥德堡、里加、施特拉尔松德、汉堡、鹿特丹、哈特尔浦和柯科迪——但什么都没看见。他解约下了船。他想远离那口黄铜锅和咖啡战争。大海永远在变，可给他留下的印象却是千篇一律。秋天他看见海面在低垂的层积云下仿佛凝固了。海水动得很慢，像液态汞。温度下降后，冬天来了，他看见自己的人生倒映在缓慢结冰的海面。

云层在冰封的海面之上变换着形状，但他已经熟悉了它们所有的形态。可以大饱眼福，但对灵魂毫无意义。他的渴望是天空无法满足的。在这颗星球的某个地方，一定有一种不同的光芒，一片映照着全新星群的大海，一个更大的月亮，一个更热的太阳。

船长提出可以将他的名字列入普通海员队伍。

"你现在是水手了，"一天晚上在斯图伯克宾，阿尔伯特帮他脱靴子时，他说道，"你能修补飞伸三角帆和上桅帆，了解罗盘，能驭风航行，还能赶在风的前面。"

但阿尔伯特和父亲一样，去了汉堡，找了一艘能带他去往更远地方的船。

离开之前，他上了家里的阁楼。在一袋袋土豆和谷物之中，放着父亲劳里斯最后离家时丢下的那双高筒靴。他们后来才意识到，这是一个预兆。遇到暴风雨天气，屋顶摇晃，山墙震动，阿尔伯特的母亲总觉得能听见空靴子在阁楼上四处嗷嗷踩踏的声音。但没有人敢上去看。

拉斯穆斯和艾斯本从没碰过那双靴子。或许是因为恐惧——或者只是因为他们的身高不及父亲，双脚的码数也不够大。只有阿尔伯特继承了劳里斯的体格。

他拿着那双靴子走下楼梯，靴子的木底上还留着劳里斯那次著名的天堂之旅留下的烧焦的痕迹。

"你拿它们做什么？"母亲问道。她眼中充满不安，像是既希望又害怕他把它们丢出去。

"我想穿。"阿尔伯特说。

"不行！"

她伸手捂住嘴巴。是害怕如果他穿了那双靴子，噩运就会跟上他吗？这是迷信，还是预感，很难分得清。这当然是一个母亲会有的担忧。或许她感觉到了，这一次他会走得很远，一走就会是许多年。而对她来说，这与死无异。

"我要穿"就是他的全部回答。

现在，他必须弯腰才能穿过门框，肩膀和门一样高了。

"你答应过我父亲，说能让它们恢复如新。"他走到国王街上补鞋匠雅各布森先生的工坊说道。

"那是十二年前的事了。记性真好，"雅各布森说，"不过一言既出。礼拜日来取。"

阿尔伯特在汉堡一艘开往西印度群岛的双桅横帆船上当了七个月的普通海员。他见到了椰子树海滩和飞鱼。他见到了黑皮肤和棕皮肤的人。他看见他们眼中流露出牛一样的神情，他们弓腰塌背。无须任何人提醒，他也知道这些人明白挨鞭子的滋味。在这里，像伊萨格一样的人不是老师。他们是这些阳光小岛的统治者，包括那些讲丹麦语的地方，也都是被鞭子所统治的。

他喝过椰奶，吃过鳄鱼肉，滋味类似鸡肉。他拉七种屎，但没有一种是被揍出来的。

他逃脱了。

汉斯·乔根说过"鞭打永远不会结束"。但它确实结束了。当你变成一位全能水手时，当你年满十七岁，强壮到足够保护自己时，它就会结束。阿尔伯特看着在船上装卸货物的黑皮肤和棕皮肤的人。他们并不拥有自己的所有权，永远都受制于绳索。他在想，假如他生来也和这群人一样，注定要被剥削至死，会发生什么。他最终能逃脱吗？还是说他会找个人，将屈辱转嫁出去，这样他就稍微能感受到做人的尊严？他会找一条狗将它杀死，找一座房子将它烧毁，找一个女人将她逼疯？

每年冬天，在马斯塔尔相聚时，我们都会掂量彼此。我们正在成长为男人。眼睛看上去更深邃，颧骨凸出，似乎经过时间的洗礼，我们所遭受的毒打已经促成了一些永久性的改变。我们的双手长大了，手掌结实，二头肌鼓胀起来，肌腱和血管在前臂蛛网般的蓝色文身下方争夺空间。我们的块头更大，体格更强壮，足够折磨那些绳索。

阿尔伯特没有回家。他返回汉堡后又离开了，这一次去了南美。返程时，他在安特卫普解约下船，登上一艘利物浦三桅帆船，准备去加的夫运煤。他想学习英语。

当水手长大喊"全员起锚"和"拖，我的水手们，使劲拖"的时候，他听到了父亲的声音，感觉他的papa tru再次回到了身边。他记得父亲教他的那些美洲语词汇，惹得他母亲暴怒，他和兄长们却很开心。

"Hanggre。"到了餐厅他说。

人们摇摇头，嘲笑他。

"Monki。"[1] 他们说。

过了很长一段时间，他才意识到，他的papa tru之前说的并不是美洲语，而是皮钦语，是中国人和卡纳克人讲的英语。他的papa tru教他的就是皮钦语，他们眼中的野人讲的语言。

阿尔伯特跨越赤道，像父亲曾经那样接受了洗礼。他们强迫他亲吻赭色的安菲特里忒雕像，她坑坑洼洼的脸颊上戳着尖利的指甲。他们给他浑身涂满动物油脂和煤灰，蓝皮肤和黑皮肤的男孩将他按在水里，直至他的肺叶几近爆炸。他们用一把生锈的剃刀给他刮胡子，留下一条疤，从此他都要

---

① 意为"猴子"。

用络腮胡来掩盖。

他学会一首歌，给我们唱了许多年。他说那是有史以来关于大海的最真实的歌谣：

> 剃他的胡子，痛击他，
> 把他按进水里，泼溅他，
> 折磨他，撞击他，
> 但不要放他走！

他南下绕过合恩角，在那里听到企鹅在漆黑的夜里高声尖叫。他终于成了一个全能水手。他造访过鸟粪堆成的卡亚俄岛和罗布斯岛，就在赤道以南。他返回欧洲，签约登上一艘新苏格兰三桅全帆缆船前往纽约。抵达后，他上岸在一艘美国船上找了份工作，那里的工资应该更高。或许是papa tru的美国梦迷住了他。

但是他在艾玛·C.利斯菲尔德号上遇见的不是他的papa tru，而是别的东西，伊萨格和他的鞭子又卷土重来。这一次斗争必须结束。

后来，他告诉我们，他永远也不会忘记第一次踏上那艘船的甲板的时刻。

但我们问他，他难道真不知道上美国船的条件吗？那里的船员经常会叛乱；大副的选拔条件不是航海技能，而是体力和战斗能力；拳头和左轮手枪下达命令的次数，比船长更多，他难道真不知道吗？他难道不知道这些？

阿尔伯特移开目光轻笑了几声，仿佛内心深处十分清楚，但并不想承认。

他看着我们的眼睛。

"是的，"他说，"我不知道会那么糟。那十个月简直是在地狱。我以前也下过地狱，但如何找到出口，该死的伊萨格却从没教过我们。"

艾玛·C.利斯菲尔德号的桅杆前有十七个人，其中有六个是斯堪的纳维亚人——在阿尔伯特看来，他们是船上唯一像样的水手。他会这么想，我们并不觉得奇怪，因为我们总是青睐自己人。不过他的看法是基于他所观察到的一件事：他们是登船时仅有的几个没摔倒的人。

汽艇将新近骗上来的水手送上艾玛号，一群法国人喝得烂醉如泥，只能用强力将他们掀翻在甲板上，动手的是两个面目狰狞的监工——专门敲诈上岸水手的人与寄宿处联手，这群法国人已经被诈得身无分文。随后送来的是一群烂醉的意大利人和希腊人，第三趟送来的是一些喝醉的英格兰人和威尔士人。每个水手腋下都夹着一小包衣物。那便是他们所有的财产。他们头发蓬乱，脸上有疤，口袋里伸出的威士忌酒瓶已经半空。他们吆喝的或许是各种不同的语言，但都来自同一个地方。他们是全世界每一个港口的渣滓。

那一天，所有人都干不了活。他们盯着锚链，但显然全然不知它们将引向何方。抬头看看索具，头晕眼花地笑过之后，他们只能踉踉跄跄地走回自己的住处。走下通往前甲板水手舱的楼梯后，他们就消失在自己的铺位上，或者直接睡在空无一物的地板上，打起了鼾。

船长伊格尔顿是个年轻人，胡须浓密，眼神诡诈。他命令阿尔伯特下楼梯到宿舍没收水手们半空的威士忌酒瓶，然后丢下船。阿尔伯特从那一刻起就知道，他将永远无法赢得船员的尊重。伊格尔顿应该自己去丢，而且是当着全体船员的面，而非趁他们睡觉时背地里命令别人去干，这一点显而易见。阿尔伯特看着酒瓶在海浪里上下起伏。他已经注意到，甲板上用螺钉固定了一把结实的大扶手椅，像是为不在场的国王准备的王座。阿尔伯特凭借自己对水手的了解，知道伊格尔顿不是会跟船员打交道的类型，不会到甲板上来，所以那不是他的座椅。他推测可能是大副的，不过目前还无法判断，因为大副尚未露面。

与此同时，水手舱突然吵闹得吓人，船长命令阿尔伯特下去查看。黑暗中传来愤怒的吼叫。

"你偷了我的威士忌，你这死狗。"一个英格兰人吼道。

一个意大利人回了一句，随后那人说的应该是希腊语。间或有一些词，阿尔伯特听得懂，但弄不清整句话的含义。这些人在国际化的船员队伍中待了许多年，现在都会讲多种语言。

有一件事是明确的，争吵是因为消失的威士忌酒瓶。阿尔伯特听到一声重击，接着是一个身体砸在舱壁上的声音。从舱口往下看，他看见有个人手里挥舞着一把刀；随之而来的是呻吟声，以及船员起锚般的奋力呼吸声。但此刻他们在抬升的却是另一种东西。它黑暗而吓人，来自内心的深处。

阿尔伯特在甲板上很安全，但还是退了几步。在下面黑暗的洞穴里，他什么也做不了，喧闹最终会因为大家吵不动了而平息。他以前也见过那样的斗殴场景，不过最后很少会出人命。第二天人们会走出水手舱，带着淤青、割伤和严重的宿醉，睁着充血的眼睛，一声不吭，不情不愿地开始工作。今天他们是一群动物。但明天他们会变回水手。

他担心的并非下面水手舱里的暴行，而是船长没有威信。

"让路！"

有人抓着阿尔伯特的肩膀，粗暴地将他掀到一边。他回头看见一个怪兽般的人高耸在那里。他脸上最显眼的是圆胖的红鼻子，纵横交错的伤疤令他面目全非。他的脑袋像被人砍过的南瓜。半沉在这堆曾遭过重创的血肉中的是他的眼睛，瞳孔像沉在幽深湖底的黑石。他肌肉结实的巨大身躯被包裹在一件脏兮兮的破衬衫中，上面的疤痕像是有人想拿尖刀去摘巨人的心脏而弄出来的，但那人后来放弃了。那就像拿刀去捅一列蒸汽火车。

阿尔伯特立刻明白了站在面前的人是谁。他是那把王座的主人，这艘船的真正统治者。

大副显露了真容。

这个巨人没有走楼梯，而是径直跳下了水手舱，他巨大的身躯直接砸在斗殴的人群中。下面又传来一声撞击，以及几声咆哮，骚动更加剧烈，还掺杂着号叫声、痛苦的呻吟、拳头的重击声，还有一阵似乎与这争斗场面毫无关系的奇怪呜咽。喧嚣持续了一段时间，后来开始减弱，最后只能听见一个声音——那是大副的声音。

"闹够了吗？都闹够了吗？"

更多的呜咽声。接着又是几声重击——或者是踢打？最终归于寂静。

大副喘着粗气从前甲板爬上来。在下面的黑暗中，他又得了几条伤疤。他的前额有一道很深的割痕，脖子在淌血，但他只是漫不经心地擦了把脸，一侧浓密的眉毛里淤积着血，仿佛对他来说，碍事程度不过和汗水相当。

阿尔伯特原本定在被推倒的位置没有动弹，但此刻浑身是血的大副又将他掀到另一边，好视察其他船员的情况，仿佛在考虑要继续施行他刚刚在楼下开启的惩罚。

"我姓奥康纳。"

听到这句话，甲板上的人纷纷点头，像在回应一道命令。

奥康纳走到他的王座，重重地坐上去，打了个嗝。额头上的血迹让他看起来像一尊异教偶像，除了活人献祭，其他什么都不要。阿尔伯特在想，奥康纳会不会叫人拿来肥皂和水好清洗伤口，但他就那样坐在那里，任由血水凝固，仿佛伤疤就是文身，而他刚刚又为那件可怕的艺术作品，也即他的脸和身体，增添了全新细节。

接着他突然吹了一声口哨，一条没有人见过的狗，迈着狼一般的潜行步伐悄悄走了过来，盘坐在他脚下。那狗长着一身长毛，活像一头黑毛怪。奥康纳从土布裤的口袋里掏出一把大口径的左轮手枪，若有所思地旋转起了枪筒。

那晚阿尔伯特大着胆子下楼梯去了水手舱，但他很快又爬上来了。借着动物油脂灯的微光，他看到大家躺在地板上，姿势古怪扭曲，还有一些坐在长椅上，双手抱着头。他分辨不出他们是不是在睡觉。但舱壁上有血，地板上满是呕吐物。他宁愿睡在甲板上。

第二天早上，水手们出来了，身上残留着昨日殴斗的痕迹。有些跛着脚，有些走得很慢很小心，像是衣服下面的身体十分疼痛。他们的脸都是肿的，眼睛周围有青灰色的肿块。一个男人断了鼻子——根据形状判断，已经不是第一次断了。这些都是硬汉，习惯了打架和长时间酗酒之后的副作用——都是些不管被怎么对待，都不会抱怨的男人。但你很少能在水手脸上看见那样的表情。他们看起来像是被吓到了。他们甚至不曾对视彼此，听到奥康纳大声发号施令，也从来不敢抬头看他。相反，他们都盯着自己的手，或者任目光飘向索具。

艾玛·C.利斯菲尔德号有个好厨子。好厨子与我们在马斯塔尔的小艇上做过的那种厨子之间有什么区别？阿尔伯特指出来时，我们都明白。那时我们都才开始海上生活，都是从厨房做起，基本没有任何烹饪技能。只知道在暴风雨中扶稳烧水锅，确保热咖啡的供应，满足船员的胃口。相比于品尝美味，他们更希望填饱肚子。

但阿尔伯特说，乔瓦尼完全不是那样。他是个意大利人，每天都能确保从船头到船尾有新鲜的烤面包吃，午餐和晚餐有热食，还有许多派和糕点。我们吃的比在最好的寄宿处还好，哪怕是汉堡卡斯塔尼巷的帕勒夫人提供的食物，也无法与乔瓦尼相提并论。

总之，艾玛·C.利斯菲尔德号是一艘古怪的船。船员虽然操着不同的语言，却完全能理解彼此，并且达成共识。在美国所有的商船中，艾玛号拥有最坏的大副和最好的厨子。厨房是天堂，甲板是地狱。

乔瓦尼是最后登船的人，但他并非孤身前来。他带来了两头乳猪、十只母鸡和一头小牛，并为它们在前甲板上建了一个圈。奥康纳的狗变得焦躁不安，它从主人的脚下离开，开始四处漫步，咧着血盆大口，眼中流露出饥饿的凶光。乔瓦尼看见这狗，径直走了过去。狗龇出牙齿，气势汹汹地咆哮着，似乎觉得整艘船都是它的领地。乔瓦尼直视着它的眼睛，慢慢抬起双手——不是要打它，而像是要解释。那狗像是被催了眠，趴下来发出可怜的呜咽，然后拖着脚退了回去。一头凶猛的怪兽，肚皮贴着甲板，从一个机敏的小块头男人面前撤退，这场景是如此有趣，水手们看得都大笑起来。

　　奥康纳也看见了。但他没有笑。

　　奥康纳从不和其他管理人员一起吃饭。相反，他会坐在自己的甲板王座上，等别人将他的食物端过来。他从不为天气困扰，他的身体似乎对一切都有免疫能力。他从不换衣服，总是穿同一件破烂的衬衫，外罩的马甲没有扣子，也没有扣眼。白天，只有雪暴和冰雹才能让他从椅子上起身。到了夜里，他们说他睡在另一把椅子上，用螺钉固定在船舱里的一个舱室中，里面臭得像野兽的巢穴。他总是十分警惕。传言他即便是在睡觉时，肌肉也是紧绷的。

　　第二天，乔瓦尼为他端来了食物，但奥康纳没有将餐盘放在膝头，而是放在甲板上，然后冲狗打了个手势。那狗立刻跑来，狼吞虎咽地吃下了盘中所有精心陈放的食物。这期间奥康纳的目光紧锁着乔瓦尼，而乔瓦尼也看着他。他不怕奥康纳，也不怕他的狗。他只需一个简单的手势就能控制那动物。但奥康纳不受他的控制，他多了一个死敌。

接下来的一天，乔瓦尼将奥康纳的食物装在一只狗盆里，端过来放在他脚下的地板上。

"请享用你的食物。"说完他便转身欲走。

"我的饭在哪儿？"

奥康纳的声音低沉阴狠。

"那儿，"乔瓦尼指着狗盆，"我要是你，就会赶在狗前面去吃。"

那一刻，他的命运就注定了。

乔瓦尼远不只是一位厨师。每当有船在纽约停靠，上船的不只是水手，还有补鞋匠、屠夫、船具商和水果商——所有船在起航前都离不开这些商贩。是的，随他们一起来的，还有一群鱼龙混杂的销赃犯，出售假金戒指，以及稍稍碰一下就走不了的怀表；针头肮脏不堪的文身师，他们每刺下一个图案，都会造严重感染；乞丐和魔术师；杂耍演员、托钵僧、算命人；皮条客、男妓和窃贼。乔瓦尼站在甲板上，墨黑的头发上扎着一条扎染印花大手帕，能同时抛接四枚鸡蛋而不丢下一枚。他跟这些人在一起，似乎比和艾玛·C.利斯菲尔德号的船员在一起更自在。而他一开始也正是那样走进我们之中的。

没有人记得他最后是怎么来到海上生活的。他一开始是个马戏团演员，当过投刀手和杂耍演员。不当值的时候，我们偶尔会在门口逗留，看他做事。他能抛接三四把尖利的刀具，直到它们像致命的纺车一般旋转起来。他从来不会让一把掉落在地上，从未接丢过一把，也从未割伤过自己。

"乔瓦尼在铺桌子。"只消有人在甲板上喊一嗓子，船员们就会冲进餐厅，抢个前排位置，观看他如何在脚下不移动一英寸的情况下铺设餐桌。刀、叉和锡盘从空中飞过——精准地落在正确位置，落在彼此的旁边。观众们兴奋地看得眼花缭乱。他从未摔碎过任何东西——没人明白他是怎么做到的。

"你是怎么做到的，乔瓦尼？"

他笑着摇摇头。没有秘密可言。"全靠手腕的掌控。"他说着开始屈伸两只手腕。

男人们冲彼此眨眼。他们为这位厨子而骄傲。威士忌酒瓶被丢下船，船起航以后，是乔瓦尼让他们挺直腰背，像个船员一样开始工作。

那是他们离开纽约的第十四天。艾玛·C.利斯菲尔德号刚刚穿过赤道，正往布宜诺斯艾利斯驶去。人们正像往常一样欣赏着乔瓦尼的活计，这时奥康纳突然出现了。乔瓦尼正忙着布置餐桌，一只只盘子划过空中，精准地落在目的地，这时奥康纳伸出他巨大的拳头拦住了一只，盘子砸在了地上。锡盘不会碎，但是奥康纳的蓄意破坏所引发的反应，却比盘子摔成碎片严重得多。

乔瓦尼瞬时做出反应。表演中的他总是专注又轻松。但此刻，他们看见他立刻换上了一副新的表情，是谨慎。奥康纳的拳头打过来时，他闪电一般敏捷地躲开了，和水手看见他抛餐具和盘子时一样敏捷。那一拳原本可能将乔瓦尼五官精致的窄脸砸得血肉模糊，撞在舱壁上发出可怕的碎裂声。但乔瓦尼重新站稳后，只有指关节在流血。

他站在那里，表情中没有敌意、恐惧、愤怒或恐慌，有的只是专注。他就像一位杂耍演员，正站在马戏团帐篷的高空中，准备在没有安全网的情况下完成复杂的跳跃动作。奥康纳再度出拳，他再一次准确躲开。

奥康纳跟跄向前，像是失去了平衡。但仔细观看的人感觉得出，要出事了。他的眼睛眯成细缝，满是疤痕的肿脸上有一股平静的寒意，这说明他跟跄的步伐是事先设计好的。

乔瓦尼跳到一边，为那倾覆的巨人让开道路。但奥康纳没有伸出双手阻止自己跌倒，而是甩出一条胳膊，抓住那个小个子意大利人，将他拉倒在甲板上。人们猜测奥康纳可能会跨坐在乔瓦尼身上揍他，挤了过去，试图将前者拉开。但是两个倒地的人就那样并排躺了片刻，一动也不动。最后乔瓦尼突然痛哭失声，紧紧握住自己的手腕。他的手古怪地垂在那里，完全没有力气。奥康纳只用他那只强壮的手迅速一扭，就将它扭断了。

大副平静地站起身，在乔瓦尼身旁，用目光将他死死钉住。接着，奥康纳连看也没看一眼，抬起一只脚，狠狠地踩在乔瓦尼受伤的那只手上。他们听见了他手指断裂的声音。

奥康纳离开餐厅时，众人都为他让了路。但凡手中有一把尖利的厨房刀，他们就会将其从背后深深插进他体内，深到足够扎破他腐烂的心，熄灭其中燃烧的地狱火焰。

人们围在乔瓦尼身边，搀着他站起身来。他还抓着那只被毁掉的手，眼泪从脸颊上滚落下来。他哭不是因为痛，而是因为他残废了。他们看着他断掉的手指，一根根都戳在那里，角度怪异。他们在船上见识的事故足够多，知道他再也无法使用那只手了。几分钟前，他还是一位表演艺术家。但现在他勉强算一个普通男人。

他们带着他去找伊格尔顿船长，后者为他做了包扎。会有一些帮助，但连医生也不可能救得了他的手。当他们为乔瓦尼的遭遇发出抗议时，伊格尔顿船长移开目光，仿佛和他没有关系。

"奥康纳，"他说，"有他自己的原因。"

那就是他对这件事的全部评价。

乔瓦尼把所有人都团结在一起。但奥康纳想要的却正好相反，他希望每个人都单独面对他。不是因为他没有能力同时对付一个以上的人，而是因为他知道，这群人在无法和同伴分享内心的恐惧时，才最害怕他。

船长说奥康纳总有他自己的原因，这是在撒谎。而且是个大谎。奥康纳做的任何一件事都没有原因。他打人，用拳头砸人，折断别人的骨头，都只是为了找乐子，不是为某件事做出的惩罚。他要他们就像神在戏耍信徒，留下人们思忖自己为何会遭受此等折磨。正是这种变幻莫测让奥康纳成了可怕的怪兽。他不管有怎样阴暗的动机，都深埋在心里，表现出来的只是他对船上所有事物的憎恶。为了逃避他无目的的恶意，人们闪避不及，或者会努力让自己变小一些，恨不能变成隐形人——即便如此，也总是不够。他的眼睛如同猎鹰，总在麦田里搜寻着老鼠的动静。

他们无处可躲。对那些生活在全能统治者掌心里的人来说，能有什么地方是安全的呢？除了做对每一件事，再三揣测他最微不足道的念头之外，还能有什么选择呢？

"乔瓦尼做错了什么？他是有史以来最好的海上厨师，肯在醉汉和愚蠢船员身上浪费天赋的最优秀杂耍表演者。他让我们每一个都变成了比神规划得更好的人。他做了什么，要被人折断手？他犯了什么事，要遭受这样严苛的惩罚？"阿尔伯特问道。

一个叫以赛亚的小伙子只得接管厨房。他来自美国，十四岁，黑皮肤耀眼而光滑，看起来像是永远都湿漉漉的。清晨，他点燃炉火，闪烁的小火苗映照在他黑色的脸颊上。他尽了最大努力，但现烤的面包、派和蛋糕都没了。

乔瓦尼在水手舱坐了几日，就着昏暗的光线凝视着手上的绷带。虽然发生了这些事，但他没有崩溃。他很快又走上了甲板，走进厨房指挥以赛亚。接着他的左手苏醒了。毕竟那是表演者的手，和他的右手一样灵活。他或许只能算半个人，但能力依然强过大部分全整的人。很快盘子又在桌子上方飞起来了。但他的动作中多了一种蔑视的意味。他知道自己在玩一个危险的游戏。他的眼睛闪闪发亮。船员们守护着他，随时准备保护他，尽管他们比他更恐惧。

但猎鹰一直在寻找机会。

乔瓦尼和以赛亚短暂独处的时刻，奥康纳再度发起了攻击。听到他的尖叫，人们都冲了过来——但为时已晚。奥康纳已经攥住他的左手。乔瓦尼用右手抓起一把刀，可悲的是，断掉的手指已经丧失了所有力气，动作也毫不精准，他只能勉强把刀举起。他知道他在为自己的生命而战，但他所能做到的极限，只是擦伤奥康纳的胸膛。

把刀使成那样，乔瓦尼得多么绝望。水手舱的人曾鼓励他复仇，并答应替他掩护——是的，他们甚至愿意自己承担责任。他却回答："我是一个投刀手，不是谋杀犯。"

盘子再次飞过桌面，重新唤起了我们的食欲，那就是乔瓦尼的复仇。只是现在，他拿起了刀。以赛亚后来说，他看见那位艺术家用被毁的那只手握住武器的时候，眼中有泪光闪烁。仿佛在那一时刻，当他被迫使用敌人的卑鄙策略时，他的荣耀也跟着消失了。

奥康纳笑着将胸膛迎了上去。

"来啊！"他咆哮道。

但乔瓦尼将刀放在了桌上。

等他们抵达时，为时已晚。致命的一击已经挥出。

乔瓦尼的遗体被裹上帆布，当天就被海水吞没了。伊格尔顿船长没有出席葬礼。奥康纳倒是露了面。船员们怀疑，他出席只是为了享受胜利的滋味，尽管那毫无意义。

以赛亚从厨房铲来一铲子火灰。

"尘归尘，土归土。"男孩说着，将火灰撒在乔瓦尼的遗体上，那时候遗体还停放在甲板上，上面盖着水手专用的帆布裹尸衣。

就在那一刻，一阵风吹了过来，像一只复仇的手，将火灰不偏不倚地撒在奥康纳损毁的脸上，灰烬灌进上面的每一条皱纹和裂缝，包括他的眼睛缝，灼痛又刺痒。他大喊着胡乱扑打起来，仿佛被真正的敌人突袭了一般。人群四散逃开，谁也不想被他肆意挥舞的拳头砸中。他们远远地看着他对死者犯下最后一桩亵渎行径：他叫骂着举起乔瓦尼脆弱的遗体，像扔一片垃圾一样，轻松地举过栏杆扔了下去。

　　他们看着这场为反叛者举行的葬礼。至少那是伊格尔顿船长传递给他们的信息。

　　但在甲板之下，他们计划夺取奥康纳的性命。

每个人都主动提出愿意承担这份工作。说到杀死奥康纳，没有人有任何顾虑。就算在刚签约登上艾玛·C.利斯菲尔德号时，不是所有人都是硬汉，他们现在也都是了。他们每天都在遭受虐待，没有一个人没挨过大副的拳头，没有一个人身上没留下印记。他甚至还殴打同行的管理人员。二副，一个名叫古斯塔夫松的瑞典人，一只眼睛总是闭着，可能再也无法恢复视力了。

艾玛·C.利斯菲尔德号上没有法治可言，他们必须自己创造一套。这不是叛乱，而是为了正义。

他们唯一的担忧是技术上的。该怎么做？

奥康纳比他们任何一个都壮，这一点他们都心知肚明。即便正面交锋，他们永远也不可能击败他。可光是想想自己的弱点，就足够点燃他们的怒火。

"趁他睡着。"一个名叫迪米特洛斯的希腊人说道。

那会是正确答案吗？他们交换着眼神。有两个问题，首先奥康纳总是随身携带一把上了膛的枪，其次是那条狗。大副在甲板座椅上打瞌睡时，那狗总是躺在他的脚下，一旦有人靠近，它便会扬起巨大的脑袋，凶狠地吠叫起来。谁也不知道，该如何在不吵醒那条狗的情况下靠近奥康纳。到这里，他们的反叛计划开始崩溃。他们一直在讨论那条狗，但真正害怕的却不是它。是那把左轮手枪吗？

不，是奥康纳。

即便没有那条狗和那把枪，他依然不可战胜。最让他们害怕的，是他那疤痕累累的南瓜脑袋里的所思所想。但他们永远都不可能坦白这一点。毕竟，他们是十七个对一个。他们静默地坐在那里，有些人盯着桌面，有些人盯着舱壁。

打破沉默的是阿尔伯特。"不管怎样，杀人难道不是不对的吗？"

他们盯着他看，仿佛从没想过这事。或许有些人的确不曾想过。他们对彼此的过往所知甚少，不过也知道，在海港或大海上，任何事情都有可能发生。一个人溺死并不总是意外——奥康纳或许并不是艾玛·C.利斯菲尔德号上唯一逍遥法外的杀人犯。

"乔瓦尼会希望那样复仇吗？"阿尔伯特又问。

"我不在乎乔瓦尼希不希望。"威尔士海员里斯·卢埃林仔细看着自己叠放在膝头的毛茸茸的手。大副在他一边脸颊上留下了一道淤青——他梦想着能将这一"招呼"还给他。"我说的是我自己的想法，"他看看四周又说，"但我也在为大伙儿考虑。不是他死，就是我们死。不是为了复仇，是为了生存。"

其他人都默许赞同。

"乔瓦尼不想拔刀，"以赛亚说，"我看见他把刀又放下了。"

他的声音很犹豫，能听到吸气的声音。他只有十四岁，要在一群职位和年纪都在他之上的男人面前发言需要勇气。"你们记得他说他是投刀手，而非谋杀犯吗？我们是谋杀犯吗？"

"闭嘴吧，你这条黑狗！"威尔士人反驳。

"不，我就不！"他的回答出人意料。以赛亚现在已经找到勇气。他大声说出了自己的想法，破坏已经造成。"我和你们一样，也挨过他的打。所以我有权发言。我觉得我们不该杀他。"

"这孩子说得对，"阿尔伯特说，"我们不想变得和他一样。他正等着我们变得和乔瓦尼一样绝望，然后将刀插进他的身体，那正是他玩的游戏。那正是他想要的。你们觉得他蠢吗？在这样的时刻，他可能正盼着我们设计杀死他，那样一来，他就能抓住我们的把柄。我们真的想和他一样吗？"

他们咕哝着，再度低下了头。毫无疑问，有些人的确想变成奥康纳那样，但他们永远也做不到。他们必须寻找其他能战胜他的方式。

"我想我知道怎么才能赢，但需要耐心。"阿尔伯特说。接着他摆出了自己的计划。

一开始他们不明白他是什么意思。

"这不可能办得到。"这是人们的普遍反应——有多少人，几乎就有多少种语言的回应。不管这些水手来自何方，没有人听说过阿尔伯特提出的这种实现正义的方法。这个点子不只是陌生，还有悖于所有的经验。

"但这里是美国。"阿尔伯特一直重申。

"这里不是美国，是在船上，"他们说，"船上有船上的规矩。"

但阿尔伯特主意已定，拒绝让步。他们看得出，他每驳倒一条反对意见，就变得更确定一些。每次发言的最后，他都会提出同一个问题："还有谁有更好的点子吗？"

没有人有，除了杀掉奥康纳——但在内心深处，他们知道自己做不到。他们没有勇气，不管是以个人的力量，还是集体行动。

那么最终让他们改变主意，同意阿尔伯特提议的，是怎样一种难以说明的奇怪需要呢？是良心吗？是的。不过也掺杂了许多其他东西，比如恐惧，还有阴险、谨慎，以及团结之心，以至于到最后，没有哪一种渴望是特别强烈的。"所以为简单起见，我们就说是良心。"阿尔伯特后来讲述这个故事时，总是这样说。

与奥康纳一起航行八个月后，他们抵达了西印度群岛中的圣伊阿古，装载了糖之后，准备返回纽约。弃船潜逃的机会有不少，但船员们都留了下来；一旦逃走，他们的计划将再也无法实现，他们遭的罪都将只是徒劳。对他们力量的真正考验将发生在圣伊阿古。这与肌肉力量毫无关系——这一点早就经过了反复验证，他们每天忍受奥康纳的暴力时，肌肉力量上的缺陷也得到了证实。但是他们坚持住了，看奥康纳的眼神也越来越大胆。因为他们发现了一种力量，那个残忍的大副绝对不知情。它的名字叫作坚韧。

水手中经验丰富的早已清楚，正是在这里，伊格尔顿船长会试图逼他们弃船潜逃。他们在其他船上也经历过这种事。旅途接近终点时，坏船长会残暴地对待船员，以逼迫他们认输。不管怎样，一旦被打上逃兵的烙印，他们就会失去未到手的酬金——这样一来，也就增加了这趟航程的利润。艾玛·C.利斯菲尔德号也不例外。首先，奥康纳减少了他们的淡水供应，任他们在赤道的炎热天气中汗流浃背。接着，食物也在减少。乔瓦尼在自己的厨房被杀后，以赛亚学了一些厨艺，可现在他有限的知识也完全派不上用场了。船员每天的食物配给减少到每人三小块压缩饼干，礼拜六才能吃到米饭和一片咸肉。他们的肚子强烈地渴望食物。奥康纳的狗都吃得比他们好。整个策略实在是太他妈的聪明了。如此残忍、卑鄙和狡猾。你跟一个残忍、恶毒的狱卒一起过了八个月，然后他打开了你牢室的门。

然而，他们拒绝走出来。他们还有一笔账要与他清算。但是，他们是多么渴望摆脱他险恶的身影，摆脱他们自身的恐惧啊。

他们留下是因为他们有一个计划。他们留了下来。

他们又饿又渴，头晕眼花，却还要在赤道的毒日头底下用沙子和石头擦洗甲板和甲板室。他们的起床时间，比圣伊阿古停靠的其他船上的船员早整整一个小时。整个海港都睡去很久后，他们才能上床休息。在一张展开的船帆投下的荫凉下，奥康纳坐在他的椅子上，手里举着一把上了膛的枪，脚下躺着一只巨型猎犬。但他的存在并不为确保他们努力工作。事实上，如果有一个人离开热浪逼人的甲板，飞快逃往舷梯，然后划船上岸，奥康纳绝不会举起一根手指去阻拦他。相反，他会露出胜利的笑容，并且祝他一路顺风。

洗衣女坐着独木舟来了，头发用发卡高高盘起，肩膀裸露在外，穿着喇叭裙，轻佻地喊着："我们要上船了！"奥康纳站起身，举枪威胁她们离开。

这场意志力之战让人精疲力竭。每过一天，他们的疲惫就增添一分，也变得越发沉默和憔悴。但这时候，他们受的伤却是一次胜利。他们看出奥康纳的目光开始躲闪，他面目全非的脸上开始出现疑惑的神情，打破了他一贯的平静。

抵达纽约后，他们做了两件事。首先，他们签字下船，面对每日所受的虐待和羞辱，唯一的安慰就是被动忍耐所换来的有限成功。然后，他们一起来到最近的警察局，举报了艾玛·C.利斯菲尔德号的大副。

这就是他们的计划。是阿尔伯特的点子帮助他们坚持下来。他们讨论过要杀死奥康纳，但出于某种原因——或许是自己的恐惧，而非其他——他们没有这么干。阿尔伯特早就意识到，如果船长不能阻止像奥康纳这么出格的人，那船上就会无法无天。不可能因为船长未能在船上立规矩，就由船员来代劳，除非是通过叛变。但这么做无异于哭着求饶，只能给船上的无法无天再添一笔。所以如果船上找不到正义，那么岸上一定能找到。

所以他们才一同去了警察局，不为向奥康纳复仇，而是为了寻求正义。

他们来询问这里是否可以伸张正义。

而且他们得到了答案。

他们一路在下东区行进，直至抵达十二街的警察局。他们紧紧地靠在一起，将整个人行道都占满了，路人不得不退到一边为他们让路。内心深处，他们依然感到惭愧，因为没能依靠自己的力量对付奥康纳。他们是十七个肩膀宽阔的大块头，习惯了苦干，却要恳求他人来主持正义——只为对付一个人。

只有弱者才会依靠法律吗？

他们走到一座肮脏的黄色建筑旁，上面的标识牌表明，这里是法律之家。进入之后，他们看见和自己相差无几的人被警察从街上拖进来。一时间，他们不确定自己属于法律的哪一边。不过，他们走向一个柜台，然后站在那里，迟疑地轻推彼此。最后是阿尔伯特做了代言人。他向警察举报了谋杀乔瓦尼的人，瑞典二副展示了自己瞎掉的眼睛。

警察写了一份报告。他们看到自己的证言被记录在纸上的那一刻，一些事情发生了变化。他们又可以直视彼此的眼睛，挺直腰背站好了。他们不再是一群受挫的人，投诉时得到的不只是对方轻蔑地耸耸肩。

两名警察陪同他们返回船上。奥康纳正坐在甲板的椅子上，狗躺在他脚下。他们知道他口袋里有一把上了膛的左轮手枪——你不会朝法律开枪。如果你射杀了一名警察，会有十名警察来接替他的位置。

他们看到奥康纳一脸震惊。他逐一瞪视了艾玛·C.利斯菲尔德号的船员。见没有人躲避他的目光，他明白了。他们做了让人难以置信的事。他们没有揍他，没有设法反击，没有试图杀掉他——这些做法他都赞同。事实上，他一直在等待，因为那才是他能使用和理解的语言。但是现在，他们的行动方式他完全无法理解，强权和正义不是一码事。

他迟疑片刻，将他们从头到脚打量了一番，又看了看那两名警察。警察不露声色，只是看着他这个大块头，他满是疤痕的怪异脸庞，他破烂的衣服，他装了把左轮手枪的鼓鼓囊囊的土布裤子。不过船员却看到他们绷紧了身体，双手在寻找武器的手柄。

奥康纳也看见了，露出一个船员们难以相信他竟然会做的狡黠表情。他问警察有什么事。警察回答，他被指控谋杀和袭击罪，证人就站在他们旁边。他们通知他已经被捕。

奥康纳主动交出左轮手枪。水手们看见，他被夹在两个警察之间带走时，竟然拼命想装得弱小一些。奥康纳竟然会这样做！

他们面面相觑。

法律是如此强大，它只是打了个响指，就能将最嗜血的怪兽变成羊羔。

他们从来都不相信，奥康纳竟然有谈话的天赋。当然他从未在他们面前展示过他丰富的词汇量。他从前最爱的表达方式就是哼哼和吼叫。现在他展现了全新的一面。他同意跟警察走时，他们只注意到他眼中一闪而过的狡诈。此刻，在法庭上，他们才开始真正明白，在他那团残忍的肉身里面，潜伏的是怎样一个精于算计的魔鬼。

法庭宣布奥康纳被指控的罪名后，他抓住《圣经》热烈地亲吻起来。在此之前，那样的激情他只留给怒火爆发的时候。他举起一只手，发誓自己一生中从未动过任何人一根手指头。接着，他紧紧抱住严重受损的脑袋左右摇晃，仿佛他的脖颈是个托座，他想把脑袋从上面拧下来一般。

"看看这张脸，"他大声说，"这像是一张杀人犯的脸吗？"

他直视着法官，然后看向公众旁听席。

如果说从他每一根凸起的肌腱都看不出潜在的暴力倾向，那有些旁听公众可能会爆笑出声。他宣称自己无辜，这实在是太怪异了。很难想象有比他那张脸更符合残忍杀手形象的面孔了。

然而，当奥康纳紧盯着法官时，就连法官本人也低下了头。他们开始怀疑，哪一方更加强大：是法律，还是奥康纳。

奥康纳再次转过头。

"看啊，"他说，"看看我被毁的脸。这不是一个会还击的人的脸。哪怕遭到不公正的袭击，这张脸的主人也只会容忍。"

他直视着证人席，没有一个船员敢与他对视。他先向法庭展示了一侧脸颊上的疤痕，然后又展示了另一侧。"如果我真像人们说的那样坏，那您真的会认为，我会让任何人靠近我吗？"他用夸张的动作撕开破烂的衬衫，他竟然把它穿到了法庭，露出满是疤痕的胸膛。"这里，"他的声音因为激动而变得空洞，"这是一个乞怜者的身体，这是羊羔的身体。"

"他要赢了。"庭审结束，他们坐在离法庭最近的酒吧里，古斯塔夫松指着自己被毁的眼睛。"你们看到法官有多害怕他了吗？"

"但是法律不害怕他。"阿尔伯特反驳。

"如果法官渺小又软弱，罪犯巨大又强壮，那么法律有什么用？"里斯·卢埃林问道。

阿尔伯特是唯一一个仍然相信法律的人。他们每天都出庭，作为证人一个个轮流接受传唤。奥康纳每次都会厚颜无耻地反驳他们。他看着法官，而对方总是移开视线。他们的伤痕开始愈合，青色和黄色的淤伤开始褪色。只有古斯塔夫松的眼睛仍然闭着，可即便是用瞎掉的那只眼睛，他也没有勇气去迎奥康纳的目光。

他们找新工作的时间必须推迟，要等到审判结束。他们越来越不安，已经失去了信心。他们在各个酒吧流连，将积蓄都喝光了。

"我们根本就不该举报他的。"他们对阿尔伯特说。

"法律比奥康纳强大。"他回答。

"看看那个法官。"他们反驳道。

他们不相信海岸上的正义。之前是阿尔伯特说服他们相信的。很快奥康纳就会被释放，他将开始复仇。他们本该咽下自己的失败，永远不该寻求法律的帮助，反正它总是站在最强者的那一边。

"看看那个法官，"他们重复道，"他矮小，还驼背。他秃头。他的个头不过比一个孩子大一点儿。"

"那就别看他，"阿尔伯特说，"听就够了。"

"那你们听到什么了？"下次庭审结束后，阿尔伯特问他们。

他们咕哝几句就移开了视线。看来，他说得有道理。如果你认真倾听了那位法官想表达的真正意思，会改变对他的印象。他像一头斗牛犭般咬牙切齿，你不可能摆脱他，因为他会一直提问，直至弄清问题的核心，直至那个巨人失去控制，一拳砸向身前的桌面，咆哮声响彻法庭："我是个爱好和平的人，每个人都能证明！"

"除了艾玛·C.利斯菲尔德号上的船员。"法官回应道。他又移开了视线，但声音依然平静。

"他引用的都是法律。"阿尔伯特说

"不，他是在表达自己的心声。"里斯·卢埃林说，"不过他干得漂亮。"

经过十六天的审问，法官证实奥康纳有罪，宣布他因袭击罪和过失杀人罪而获刑五年。因为无法证明他是蓄意杀害乔瓦尼的，尽管这一点无人怀疑，所以无法判定他为谋杀犯，并将他绞死。不过他们连这个结果都不曾料到。他们以为他会被当庭释放。

判决结果宣布时，奥康纳像野兽一样咆哮起来。

"活该，你这个恶徒！"古斯塔夫松喊道。

法官扭头愤怒地看了他一眼，这是整个审判期间，他们第一次看见他流露出怒意。

离开法庭后，他们向彼此道贺，但并未因为击败敌人而感觉到胜利的喜悦，心中有的只是宽慰。就好像受审的是他们自己。而现在他们已经获得自由。

"我终于摆脱了伊萨格。"许多年后阿尔伯特说。

"可我们不想听他的故事，"我们说道，"我们想听靴子的故事。"

航　海

我签约上船去了新加坡，从那里转道范迪门斯地岛，到了霍巴特镇。这是有人在此见过我父亲的最后一个海港。不过那里不光是他最后出现的海港，也是每一个人的终点。就算不是你的，那很快也会成为你的，如果你没能及时离开的话。想象一下马斯塔尔的劳动救济所，霍巴特就是那样一副面貌。

这是1862年。我遇见一个独眼男人，他从1822年起就在这里了。四十年的大部分时间里，他从未有过一天的自由。他数过关押期间挨过的所有鞭子，说总数是三千。现在他自由了，但意志已经崩溃，一如他背上的皮肤，那上面隆起的疤痕比搓衣板上的纹路还要多。他不是唯一一个遭遇那种命运的人。他会给你讲故事，来换一杯金酒，而他有四十年喝不到酒的岁月来编故事，所以乐得每天给你讲上十遍。但在霍巴特镇，听故事的人并不多。这地方多的是和他一样的被流放者和前科犯，为了一杯酒就肯杀人。

自1803年盖起第一座房屋以来，霍巴特就是个罪犯流放地。现如今，他们管这里叫自由人生活的城镇，但因为每一位居民都要么是前科犯，要么是狱卒，所以怎么叫并没有区别。这些人都习惯了打人或者挨打。一起昂首挺胸地活出个人样，显然任何人都没有想到过这个选项。在那里，没有人正眼看过我的脸。他们的目光一直落在地上，如果抬起，也是在判断你口袋的深浅，以及里面装的东西值不值得将你杀了。人们说，他们会从袋鼠的育儿袋偷窃幼崽。袋鼠将幼崽放在育儿袋里，这个你知道吧？

霍巴特镇有许多老人，但年轻人很少。任何人只要还有力气，或者还残存着一丝希望，都会逃离这里，去寻找更好的地方。一群群脏兮兮的小孩到处乱跑，看不出是有父亲的样子。不过他们的母亲却很平静，因为据说罪犯长期待在牢房，会对女人失去胃口，转而找其他男人作为替代。这是真是假，我不知道，也不在乎。但有一件事可以确定：我纯粹是在这些人渣身上浪费工资。

我从警察局开始搜寻，但他们的说辞和我找过的其他所有政府部门一个样："一个人要是想做小伏低，不留痕迹地从地球表面消失，就会选择霍巴特镇。"

可 papa tru 没有任何消失的理由，那我是知道的。警察们只顾摇头，说帮不了我。

于是我在利物浦街来回奔走。这条街上有一半酒吧都叫"手中鸟"。我能理解，在霍巴特镇，酒精比任何鸟儿的歌声都甜，你如果没有其他东西可信仰，就会去相信任何能抓在手里的东西。

我给任何一个看上去有故事可讲的人买金酒。而所有人都符合条件。他们开场会问我 papa tru 的身高、国籍和相貌。接着，他们会说，哦对了，他们清楚地记得他。然后他们会抓挠脏头发，直到死虱子掉落。他们悲伤地看着喝空的酒杯，低声下气地告诉你，再来一杯金酒或许就能唤醒记忆。当然了，现在他们想起他了：那个高个子丹麦人，留着大胡子，眼神冷漠！他待在麦考瑞街的希望与锚酒吧，后来签约上了……

噢，但是船的名字他们记不起来。他们会不满足似的再看一眼喝空的酒杯，只要重新倒满酒，船的名字就会脱口而出。

几个礼拜后，情况已经明了，霍巴特镇曾有过上千个劳里斯·马德森，我的papa tru签约上了一千艘船，去往了一千个目的地。我的手中没有一只鸟儿，但灌木丛中有成千上万只。劳里斯·马德森不是一个人，他是一整个族群。

即便如此，我还是去希望与锚酒吧打听失踪者的消息了。我已经走了这么远，不准备放弃。吧台后的男人名叫安东尼·福克斯。和其他人一样，他也有前科，但和他们不同的是，他实现了发家致富——靠从他们的痛苦中赚取利润。他站在黄铜柜台后，用布擦拭着台面，直到它锃亮发光。我凑过去向他提问时，看见台面映着自己的脸。我在想，它曾经是否也映照过我父亲的络腮胡。

我点了一杯金酒——这次是为我自己——说起我父亲的名字。我只提了他的名字，因为到这时，我已经吸取了教训。我可以说劳里斯是个霍屯督人，浑身长着羊毛一般的火红色毛发，与正常人不同的是，他有三条腿。就算这样，他们也都会说，是的，我清楚地记得那个丹麦人的事，所以我只说了名字。

他在那里站了片刻。"叫什么名字来着？"他问，"他是哪一年来的？"

"五〇年或者五一年。"我说。

"稍等片刻。"

他叫来一位服务生接替他站在吧台后面，自己进了后室，回来时腋下夹着一大本分类账簿。

"我从来都记不住人脸，"他说，"却记得住欠款。"

他将分类账簿放在吧台，开始一页页翻找。

"有了！"他得意扬扬地喊了一声，将账簿推过来给我过目，"我就知道。"

他指出一个名字。写的是劳里斯·马德森。

我不敢说我认识父亲的签名笔迹。他消失时，我还不识字，而且他并不会经常写自己的名字。

"他欠你什么？"我问。

"他欠我两杯啤酒钱。"安东尼·福克斯说。

我掏钱付了账。

"现在我们两清了。"

"别告诉我，你跑了大半个世界，就为了结清马德森欠的钱？"

我摇摇头。

"他消失了。我在找他。"

"是水手还是罪犯？"

他以探寻的目光看了看我。

"水手。"

"那我想他一定是溺死了，水手常有的结局，要么弃船逃走了。"

他伸出胳膊，笼统地比画了一下，可能囊括了太平洋和其中成千上万个海岛，以及南边冰雪覆盖的极地，那里从未有人踏足过。

"世界很大，你永远也找不到他。"

"可我找到了他的欠条。"我说。

"消失的人并不都想被人找到。水手属于何处？甲板，还是妻儿身边？有时他自己也闹不清。他会开始一种抽陀螺式的生活，不停地转啊转啊。他溺死过十次，又回来十次——每一次怀里都搂着一个新的女人。在老家，家人在哀悼他。他却坐在另一块大陆，守着另一个摇篮咯咯笑。直到他连那个家也受够了。相信我，我见过这种事。"

"我竟不知道，霍巴特镇的酒吧是由智者经营的。"

他冲我咧嘴一笑。"你是他儿子，我说得对吗？"

"我记得你说过，你从来都不记得人脸。我长得像劳里斯·马德森吗？"

"我不知道。我不记得他。但看到被冒犯的人，我认得出来。一个男人被人说欺骗家人，只有他儿子会满脸不悦。"

我转身准备离开。

"等等，"安东尼·福克斯说，"我给你一个名字。"

"一个名字？"

我在希望与锚酒吧的门口停下脚步。

"是的，一个名字。杰克·刘易斯。记下来。"

"杰克·刘易斯是谁？"

"和你父亲一起喝过啤酒的人。"

"都十年了，你还记得那个人？我猜他也欠你一杯啤酒钱吧。"

"他欠我的可不止一杯啤酒钱。帮我找到他，提醒他还欠着酒钱。"

我转身回到吧台，半空的金酒杯仍在那里等着我。福克斯没有收拾，他知道能把我叫回来。

时候还早，我是希望与锚酒吧的唯一顾客。

"你想吃点儿什么吗？"他问。

"如果是羔羊肉，那就算了。"我吃腻了羔羊肉。那是霍巴特镇唯一的肉类。

"我有海鲈鱼，"我们在一张桌子旁落座，"这里空间广阔，"他说，"澳大利亚比欧洲要大，还需要更多居民。太平洋占了地球面积的一半，我管它叫无家可归者的故乡。"

"你出过海吗？"

"我做过各种事情。务农，木作，航海，犯罪。因为那都是生意。有两种人会来太平洋。一种是只想躺在椰子树下，永远不用工作的人；另一种是为了追逐金钱。"

"金钱？"

"杰克·刘易斯就是后者。鸦片、武器、人口拐卖，只要是你想得到的罪行——我说的可不只是能称重和测量尺寸的货物——杰克·刘易斯都愿意接受，做你谦恭的供货商。你如果是为追逐金钱，就需要紧跟特定的路线。其中有一条能带你找到杰克·刘易斯。"

"告诉我他的船叫什么名字。"

"飞云号。不过你开始前，需要在某些方面下定决心。你需要判定，你父亲是什么样的人。是椰子树那种，只想躺在树荫里消磨时光的，还是追逐金钱的？如果他是椰子树型的，那你永远也找不到他。美拉尼西亚群岛、吉尔伯特群岛、社会群岛、桑威奇群岛，这些地方花十辈子也找不完。但如果他是另一种类型，那你还有机会。杰克·刘易斯再也没来过这里。不过他就在某个地方。"

"那我该怎么找呢？"

"不要去任何登记表上找。杰克·刘易斯是那种官方完全不知道的人。但他存在于许多人的记忆中。包括我的。"

"给我讲讲他欠的债。"

"只消报我的名字就够了。安东尼·福克斯。数量是一千英镑。"

"一千英镑！"我惊呼，"可你为什么要把一千英镑交给一个臭名昭著的骗子？"

"我想是因为贪婪，"安东尼·福克斯毫不避讳地说，"况且，我自己的钱来得也不合法。就当是骗子之间的债务吧。现如今我只走高尚的窄道。不过，单纯是因为缺少门路。"

"真是个乱七八糟的世界，"我说，"大部分人行窃都是出于需要。"

"我曾经也是。好吧，我不只是窃贼。这个就留待你去猜吧。今天我过着诚实的生活。人们很留意前科犯。飞云号。你已经知道那人的名字了，也知道那船的名字了。"

"那我能找到吗？"

"我不保证你能找到你父亲。但你会找到杰克·刘易斯。

我对收回借出去的钱不抱希望。但现在你知道了，杰克·刘易斯是个骗子。你想对他做什么都行，我祝福你。"

这就是霍巴特镇人对彼此说话的方式，一个前科犯对另一个前科犯。我想到太平洋一望无际的洋面。我已经横渡过一次。谁会留意距离海岸几千英里的甲板上发生的事，或者是比船大不了多少的小岛上发生的事呢？

近来，这个世界教会了我"自由"这个词。我必须远航以理解它的含义。在霍巴特镇，我听到这个词从一些被贪婪所禁锢的人嘴里钻出来。自由有一千张面孔。但罪行也是。想到一个人能做多少种事，我就感到眩晕。

"火奴鲁鲁，"安东尼·福克斯说，"我建议你从火奴鲁鲁开始寻找。"

"如果你知道我能在何处找到他，那为什么不自己去要回你的钱呢？"

"我已经变成一个诚实的人了，只有蠢货才偷富人的钱，聪明人都偷穷人的钱。法律一般会保护富人。"

"所以你不偷穷人的钱？"

"是的，我只是利用他们的弱点。"他指着吧台和上面的大量酒瓶，"卖酒利润更高，而且风险小。手里有瓶酒比把钱存进银行更好。穷人就是这么想的。"

"啊！这么说所有这些及时行乐的酒馆都是你开的？"

"的确是。"我起身离开。"再等片刻。"他这是在耍花招，故意把信息拖延到最后一刻，"我的确记得你父亲的一件事。"我看着他，心脏在胸膛中怦怦直跳。"他看上去像个失去了什么东西的人。你知道他失去的是什么吗?"

"不,"我的心依然在狂跳,"他消失时,我还只是个孩子。"

我走出门去,最后一次听见安东尼·福克斯的声音。

"你忘了付钱!"他大喊,"我要把你记在账上。"

　　我大喜过望，急着想离开霍巴特镇。之前我都会头枕着水手储物箱，锁上房门睡觉。即便如此，我还是不止一次遭遇了不速之客，不得不在黑暗中与他们搏斗。

　　现在我要去火奴鲁鲁了。我花了一年时间才抵达那里，不得不签约上下船好几次，从霍巴特镇没有直接前往夏威夷的航线。那趟旅程中我见识了许多，诱惑我停下的海岸不止一片。如果安东尼·福克斯是对的，来太平洋的人真的有两种，那我知道自己是哪一种。我想找片椰子树树荫和一片蓝色的潟湖。

　　但我一直前行。除了杰克·刘易斯的名字，我脑海中什么也没有。

　　我必须在火奴鲁鲁等待十四天，如果不是要找杰克·刘易斯，可能余生都会留在这里。

　　这里的女人穿着及踝的红色连衣裙，露着肩膀，她们扭动臀部的姿态会被马斯塔尔人说不体面。但掌管他们生活的，是与家乡不同的自然世界，一种更加丰饶的自然世界。这里的空气中弥漫着浓郁的香气。一开始我以为是女人身上散发出来的，诱惑我，也诱惑其他人。但香味实际上来自花朵。我叫得出名字的只有茉莉和夹竹桃，不过那里遍地都开满了花朵——房子前，树荫里，路边。这里的人不喝金酒，喝波旁威士忌，我会坐在有树荫的露台上，一边喝一边看面前海滨步道上经过的人们，同时倾听浪花拍岸的声音。

城里的房子是白色的，搭配绿色百叶窗，道路宽阔笔直。路面铺的不是鹅卵石，是像地毯一样的碎珊瑚。高大的行道树枝繁叶茂，阳光根本无法穿透。男人穿的衣服和城镇是一样的颜色：白上衣，白马甲，白裤子。甚至连鞋子也是白色的。他们每天早上都会在帆布上涂涂画画。女人戴着吉卜赛人的帽子，上面装饰着鲜花。

密克罗尼西亚人肤色很浅，喜欢在脸上刺文身。让你印象最深的是男人。他们剃着光头，脖子往上的皮肤全部覆满文身，所以他们的脸庞只是一片片蓝色的阴影，只被眨眼时一闪而过的眼白光芒所点亮。

霍巴特镇和火奴鲁鲁分别位于太平洋的两侧，我从未去过两个差异如此大的地方。我最早听说杰克·刘易斯的名字是在霍巴特；但在火奴鲁鲁，我每次提起他的名字，就好像身上有什么脏东西。人们会用怀疑的目光看着我，让我觉得自己不受欢迎。有个人甚至往地上啐了一口，然后彻底背过身去。感觉整个火奴鲁鲁都在回避我。

一个戴宽檐草帽的美国传教士怜悯地看了我一眼，用慈爱的口吻对我说："你在其他方面看上去像个体面的年轻人，为什么要去找那个可怕的人说话？"

我无法解释自己的目的，只能哑口无言地站在那里。他误解了我的沉默，以为我有所隐瞒，便摇着头走开了。

我感觉自己很肮脏。

但最后我得到了要找之人的消息。我得知，杰克·刘易斯有望在几个礼拜之后到来。不过，因为对飞云号的兴趣，我付出了代价。我只能独自喝波旁威士忌。

　　飞云号在火奴鲁鲁港外抛锚，杰克·刘易斯乘船上岸时，我正在海滩上等待。划船的是四个卡纳克人船员。他们脸上都是蓝色文身，我注意到其中一个缺了只耳朵。杰克·刘易斯选择只让土著人留在身边，我认为这意味着，他不相信任何人。我估计有秘密的人更喜欢这样的同伴。他会和这四个蓝脸人说什么呢？我猜什么也不会说。那些人有自己的人生目标，而他也有他的——他们的道路永远都不用真正交错。
　　杰克·刘易斯是个干瘦的小个子，皮肤被信风和赤道正午的阳光烤成了红褐色。他脸上尽是皱纹，眼窝很深，像只老猴。他身穿一套洗旧了的棉布套装，上面的条纹早已褪色。他的脸隐藏在稻草帽投下的阴影中，只在要看对面说话者是何人时才会仰头，那架势就像地方长官在维持法庭秩序。
　　乍一看，他毫不起眼。看外貌，他并不像个船长，完全不像。或许像个低调的商人。不过围绕着他有各种各样的谣言。我已经吸取教训，光是提他的名字就足够让我变得不受欢迎。
　　船员将船拉上海滩。他站在旁边盯着沙子，似乎深陷在思绪之中。我走过去自报姓名。他抬头看我。我看着他的脸，但我的名字似乎并未让他想起什么——或者就算想起了，他也没有表露出来。
　　接着，我提到了安东尼·福克斯。他干脆背过身去。他的船员似乎没有听我们讲话，不过显然在等待命令。

"我来不为讨钱，"我说，"是为别的事情。"

他突然转过身看着我。

"每个来这里的人都是为钱，还能有什么别的原因？"

"我来找人。"

他用那双深陷的猴子般的眼睛紧盯着我。"马德森，"他说，"你是劳里斯·马德森的儿子。"

"那么明显吗？"

"很简单，只有儿子才会找马德森那样的人。"

"那话是什么意思？"

我朝他走近一步，感觉怒火中烧，可其中又掺杂着对我可能发现之事的恐惧。愤怒和恐惧一旦交织，任何事情都有可能发生。

杰克·刘易斯没有动。他一直盯着我的脸，眼神难以捉摸。我看得出，这个人早已练就只用一个眼神就能控制别人的本领。

"听我说，"他说，"你还年轻。你要找你父亲。我不知道原因，这不关我的事，也无关道德。我对是非善恶不感兴趣，也从不评判任何人。我感兴趣的只有一个人是否适合在我的船上工作。"

"我父亲不适合吗？"

我的声音中依然透着愤怒，一种荒谬的感觉掠过，我感觉父亲的尊严受了伤害。毕竟这个对他下评判的人不过是个罪犯而已。

"我第一次见到你父亲时，他像是失去了一切。一般来说，那样的人在我这个行业是有用的。他们没有幻想。他们

是幸存者，生活已经教会他们什么是真正重要的东西，那便
是钱。我好奇问一句，你不一定要回答——他失去了什么?"

我摇摇头。"我不知道。"

"他的家人? 他的财富? 或者某种奇怪的荣誉感?"

"他有我母亲。他有三个儿子和一个女儿。他能得到他想
要的所有工作。他是个受人尊敬的水手。"

杰克·刘易斯做了个邀请的手势。"我们别这样站在海滩
上。咱们进城喝一杯吧。"

几小时后我们分别时，我讶然发现自己已经喜欢上杰
克·刘易斯了。他让我想起安东尼·福克斯。如果是在马斯
塔尔，那我可能会像躲避瘟疫一样对他避之不及，但远离家
门时，你会学着欣赏最奇怪的人。他是个喜欢思考的人。他
很直接，从不伪装成任何他不是的模样。他邀请我明天去飞
云号上看看，我接受了。

我们俩都没提到我父亲。

阳光透过天窗照在杰克·刘易斯低矮船舱的桌子上。中
央有一个空海龟壳，上面摆着一种奇怪的水果——卡纳克人
管那叫菠萝——我来夏威夷前从没见过。一盏鲸油灯在燃
烧，但真正的光芒却仿佛来自那种水果。它是金色的，发光
的样子像是被切出来的一片太阳。

舱壁上挂着一根长矛和一面盾牌，还有两张迷你肖像画。
我仔细观察过，一幅画着一个胖胖的绅士，留着连鬓胡子，
眉毛浓密；另一幅是个面色苍白的虚弱女人，鼻子很尖，我

觉得是他妻子。

"你是在浪费时间，"杰克·刘易斯说，"我不知道他们是谁。是在一艘失事的船上找到的，我觉得我的房间需要一些装饰。那样的两张肖像能让人获得一些体面，让他看上去像个有祖先、有家史的人。但实际上，我两样都没有，也都不想要。对我这个处境的人来说，那些东西很愚蠢。看看他，"他继续说，"一个大块头，对人生有很多野心。然后再好好看看她，一个痛苦的贪食者。我猜她的尖鼻子总是哭得通红。他从她那里得不到太多乐子。我时不时地会看看他们，提醒自己，我为什么会在这里。把太平洋当作你的新娘吧，她会为你带来金钱，以及你盼望的所有乐子。"

我指着那两样武器。

"那些呢？"

"太平洋送的礼物。一个健康人士与一个从未有人去过的偏远小岛上的食人族打了起来。那样的战斗能让你感受到自己还活着。尤其是打完后在海滩上游荡，看着被你斩杀的敌人之时。那些武器是战利品。它们提醒我，我为什么会在这里。"

他打开一个壁柜，拿出一个瓶子。形状很罕见，里面的白色液体像雾或沸腾的牛奶一样在旋转。我觉得自己看到了里面有一些黑暗的东西在搅动。杰克·刘易斯摇摇头，将瓶子放了回去，然后又挑了另外一瓶。

"喝苏格兰威士忌？"

我点点头。我们面对面坐了下来。

"我父亲呢？"

"他对事情有不同的看法。他不同意我关于美好时光的观点。他想要的东西和我不一样。但我不知道他在追逐什么，所以我们分道扬镳了。"他冲我举起杯子，我们开始喝酒，"可惜，"杰克·刘易斯说，"他有这个能力。他本可以在这里干得很好。我喜欢他。"

他站起身，拉开下层铺位的帘子。他在找什么东西，片刻后他直起身子，手里拿着一个小包裹，布皮原本是白色的，但已经随着岁月变黄。他冲我咧嘴笑了起来。

"既然我们需要了解彼此，那么有样东西我想让你看看。可以说是要领你走进教堂禁地。"

他将包裹放在桌上，然后缓慢而小心地解开缠绕在黄色布皮上的绳子，几乎像是在邀请我见证一个仪式。接着他迅速一扯，解开了布皮。

呈现在我面前的，是我见过的最恶心的东西。

一开始我甚至想不起那东西的名字，但我的眼睛动得比脑子快。甚至在我还不明白面前桌上的东西是什么时，我的胃就已经开始痉挛，心脏似乎已经停止跳动。那东西比一个握紧的拳头大不了多少。上面被熏脏的头发之前一定是白色的，此刻在脑后编成一条麻花辫。

我用手捂住嘴，挣扎着站稳，杰克·刘易斯赞许地看了我一眼，仿佛我的反应符合他的预期。

"你脸色惨白。"他说。

我抓住桌子寻求支撑，然后像被蝎子蜇了一口一般抽回手，那恶心的东西还在桌上。我突然有了个可怕的想法。我对父亲的脸只有模糊的记忆。家里没有他的画像，每次想回忆他的容貌，想象力似乎都会召来一些像云彩一样变幻不定、无法信赖的东西。

"这是我父亲？"我小声问道。

我从没想过，有一天能看到杰克·刘易斯如此爆笑的模样。但听到我的话，他冷酷的面具裂开了，他开始狂笑——声音既不温暖，也不亲切，而是像他的相貌一样干巴而严酷。但他总归是在笑。

"看在上帝的分上，"他笑得打起嗝来，"这当然不是你父亲。你拿我当什么人了？"接着他又是一顿爆笑。等他终于停下来，这才意识到，我双手一直握着拳。我的恐惧已经转为愤怒。"别生气，"他举起手掌要我冷静，"我只是想教你些知识。"

他从桌上拿起那颗人头。

"你知道如何制作一颗这样的萎缩人头吗？显然得从剥头皮开始。现在美国的红皮土著只收头皮和头发。要制作这样一颗萎缩人头，你必须割掉整张脸，因为颅骨无法收缩。接着你得用火把它烤干。如此一来，就很难看出从前的容貌了。萎缩的人头并不能反映其主人原本的模样。"他将那颗头举到我面前仔细检查，还转来转去，好让我也能看个清楚，"不过，总还能保留下一些蛛丝马迹。他老妈还是能认出他，你说是不是？"

"这是个白人。"我说。

"是的，当然是白人。你觉得我会留着食人族的头吗？不，白人的头是很罕见的。我在马莱塔岛上用五把步枪才换来的。那里的人都是人头猎手。那是一桩买卖。我把枪递过去，还教了那些食人族如何射击。可他们却瞄准了我，所以我不等他们数到三就开了枪，将他们五个全都杀死了。碰巧，他们本来就不会数数。当然，我的射击经验更丰富。不过，我忘了告诉他们，扣动扳机前，需要先松开保险栓。可悲的是，我不可能把一个白人的萎缩人头拿出来公开展览。不过，我一个人，或是和信得过的人在一起时，就会把它拿出来，好好端详。"他将那东西重新放到桌上。我看着它扭曲得吓人的面部细节——依然认得出属于人类，而那正是最可怕的地方。"如果说我有信仰，那就是他了。他一个字也不会说，却能告诉我关于人生的一切。瞧！我们是什么？是他人的战利品吗？敌人吗？是的，可以那么说——最重要的，是一件商品。没有东西不能买卖。我是用步枪交换的。如果那些可悲的食人族知道什么是钱，那我会支付合理的价格，我们也就可以避免那场不幸的枪击事件。顺便说一下，我对那件事并不感到后悔。那也是一笔交易。对我有利。再来一杯？"

我想拒绝，但我需要再来一杯。我们坐在杰克·刘易斯的舱室里喝酒，在我们之间的桌子上，放着一颗萎缩的人头。我用眼角余光瞟它，最后慢慢习惯了它的存在。

"他是谁？"我问。

"就算我知道，也不会告诉你。我们这么说吧，我叫他吉姆，所以就当他是吉姆吧。你有没有看过镜中的自己？"杰克·刘易斯的目光定在我身上。

我家里有一面小镜子，不过藏在母亲的一个抽屉里，很少会拿出来。相比于照镜子，我更多地是看自己在窗玻璃上的投影。我待过的船上水手舱里都没有镜子。

"并不经常。"我回答说。

我对这个问题并不感兴趣，也不知道杰克·刘易斯为什么这么问。

"明智的决定。你永远都不该端详镜中的自己。除了谎言，它什么也不能告诉你。人一旦开始照镜子，就会开始对自己产生各种错误的认识。我说的不是镜子对女人的影响。男人不用通过镜子来了解自己有多英俊。男人的荣耀不在脸上，而在别的地方。但镜子还是会让他觉得自己独一无二，完全不同于其他任何人。但只是表面如此。你知道我们给彼此留下的是怎样的印象吗？在这面镜子中。"

他指着自己的眼睛。

"我展示给你看。"

他用爪子一样的手抓住吉姆的辫子，将他拎起来，在我面前晃悠。我吓得跳了起来。

杰克·刘易斯又得意地笑起来。

"那就是你，"他说，"那就是你在我眼中的样子。也是我，也是我在你眼中的模样。那就是我们在彼此眼中的样子。我们遇见一个人，首先会问自己：他对我有什么用？我们所有人对彼此都只是枯萎的头颅而已。"他再度坐下，给自己又倒了一杯酒，然后鼓励地看着我，"再来一杯？"

我摇摇头。我只想尽快离开这个人。但没有这个选项。我为了找到他已经游历了太远，没有他我永远也不可能找到我的papa tru。我还没问他父亲的下落，他倒是抢在我前面说了出来。

"我知道你父亲的下落，"他说，"我跟你做笔交易。我带你去找他。但当然是有条件的。"他看着吉姆又笑了起来，"交易就是这样。任何东西都不可能凭空到手。船上只有卡纳克人做伴，我已心生厌倦，但要雇到同一种族的船员，对我来说太难了。你来当我的大副——我想，这是升职吧，毕竟你还这么年轻。你没有酬劳，但可以免费坐船。接下来是最重要的条件，"他举起食指，盯着我，眼神中的严肃似乎是伪装出来的，但我对他还不够了解，无法破译他的表情，"我是你的船长，你要服从我的命令。"

"我只服从我自己的良心。"

"那你的良心会吩咐你做什么？"他嘲讽地问道。

"我的良心不在乎我们走哪条航线，也不在乎酬劳和要耗费的时间。我不害怕艰苦的工作。但有些事情，它禁止我做。"

"我们会弄清楚的，"杰克·刘易斯说，"轮到你选了。你的父亲还是你的良心。"

"他在哪儿？"

"我不会告诉你。太平洋很大，他在很远的地方。不管信风往什么方向吹，我保证不会绕远路。那么，怎么样？干还是不干？"

于是我回答："干。"

十四天后我们起航了。货舱里装得满满当当——装的是什么，我不知道。装货时，杰克·刘易斯船长故意支开了我。

"像往常一样。"他这样回答我的问题。

我知道再问也无益，看得出他又起了嘲笑我的念头。

"记住你的良心。你不知道的东西伤不了你。"

我们的航向是西南方，但那等于什么也没告诉我。夏威夷在太平洋东部，航向只确认了我已经猜到的事，即我的 papa tru 在那片广袤的大洋之中，成千上万座岛屿中的一座之上。

我负责掌舵，一路都有一阵微风带着我们前行。杰克·刘易斯站在我旁边。他说话算话，他之前说只有卡纳克人做伴非常孤独一定是真的，因为现在他很少离开我。

"你或许没注意到，"他说，"但你横跨太平洋的理由是错的。"

"这话什么意思？"

他总能激起我的好奇心，尽管我很少赞同他那一套。

"如果我问某个像你一样的人要去何处，而你又是一个对生命充满热情的年轻人，你知道你应该怎么回答吗？你应该说，我要去往全世界。去往所有的大洋，以及其中所有的岛屿。年轻人出海是为了逃离他的父亲。而你却是要寻找他。方向搞反了。是因为你母亲吗？"

"他死了对我母亲更好，那样她还有一个坟墓可守。知道他仍活着对我母亲没有好处。"

"这么说你不是为了她。你确定这么做对你自己有好处吗？"

"我需要知道真相。"

"你想从你父亲那里得到什么？"

"人需要衡量事物的准绳。"

"准绳？找个别的吧。找艘船，自己行动。让太平洋成为你的准绳。看看这涌浪，任何地方都找不到比这更大的涌浪。半个地球都是它的助跑场。你还年轻。你拥有整个世界。别被过去困住。"

我没有回答。无论我想从我父亲那里得到什么，都与杰克·刘易斯无关，那他为什么要干涉？再说，我们已经达成协议，我并没有质疑我们行驶的方向。

我想起我的 papa tru。很久以前，我想他想得那样厉害，心每天都会疼。后来我长大了，那份思念中开始悄悄掺杂着苦涩。我从不怀疑他还活着——我猜他之所以消失，是因为他想那么做。我必须弄清楚原因。仅此而已。他过着怎样的生活？等我见到他时，我会说什么？我不知道。我没有准备过。我只是必须见到他。然后又该怎么办呢？

那个问题我也无法回答。我只知道，在我寻找他的时候，他已经变成了另外一个人。那正是关于他的真相。他已经变成了一个陌生人。或许那就是我想要确认的。我需要找到他，好和他说声再见。

离开霍巴特镇已有一年时间。我在太平洋上一番来回，却不曾好好看过它，杰克·刘易斯说得对，我在旅途中一直背对着它。但现在我开始第一次观察它。我看见海面有长长的涌浪，那是过去风暴留下的残迹；我看见海豚跳跃，鲨鱼的鳍划破水面；我看见巨大的金枪鱼群将海水搅出泡沫。我只是很少看见海鸥；陆地一直很远很远——我看见有信天翁张着巨大的翅膀滑翔而过，它不需要靠近陆地。

他们说太平洋和其他任何大洋一样，只是更大。但我认为那是无稽之谈。它可以像北海一样荫翳而狂暴，像南菲英岛海域一样平静，但我在任何其他大海上方，都没见到过这样蔚蓝而广阔的天空。虽然地球并不是平的，也没有边缘，但我发现太平洋就是它的中心。

晴朗的夜晚，当我独自一人掌舵，就连总是高谈阔论的杰克·刘易斯也向睡眠投降的时候，星群就是唯一的地形图。我感觉自己也是它们中的一颗，漂流在宇宙的中央。

卡纳克人坐在甲板上，安静地仰望着星群。我知道作为一个航海部落，他们曾靠宇宙中最偏远的恒星导航，在这里他们也感觉像是在家中一般自在。我突然间理解了我的papa tru。在一个水手的人生中，他不再属于岸上的时刻终将到来。正是在那时，他向太平洋投了降，因为在这里，没有陆地阻碍他的视线，天与海映照着彼此，直至上与下失去了意义。此时银河就像一股碎浪中的泡沫，地球本身如同一艘航行在那片星空里起伏浪涛中的船。在这个海上之夜，就连太阳也不过是个会发光的小小磷光点。

我对未知充满了急切的渴望，其中包含着一种冷酷。或许这正是杰克·刘易斯想表达的意思，他说正是对探险的需求让年轻人渴望见识整个世界、所有的大洋和其中的全部岛屿。太平洋广阔的洋面散发着神秘的气息，我的papa tru曾经也一定有过相同的感受。而一个人一旦感受过这种神秘，便不会再回头。

我想起故乡海滩上的一个夏夜。风已经停息，海水完全平静下来。在黄昏的光线中，大海和天空都染上了一层紫色，海平线已完全消融，海滩成了唯一的固定点，白色的海沙标记着世界最遥远的边界，跨过去就是无边无际的紫色地带。第一次划水让我感觉到，我正在游往上空无垠的宇宙。

那晚在太平洋上，我有同样的感受。

飞云号从船头到船尾都散发着干椰肉的气息。这本身没有任何奇怪之处。干椰肉是这些地区最重要的商品。但考虑到杰克·刘易斯的名声，我突然想到，干椰肉味或许是为了掩盖别的气息。杰克·刘易斯声名狼藉并不是因为干椰肉交易——只是我想不出他还可能做什么别的交易。

安东尼·福克斯说起过"奴隶"这个词。我向杰克·刘易斯提起，那是他唯一的一次没能像平常一样直接回答。

"我做的事所有水手都在做，"他说，"我运载物品前往需要的地方。那就是世界运转的方式。我没有使之更好，也没有使之更糟。"

"奴隶贸易？"我问道。

"你可能还不知道，我可以告诉你，奴隶贸易在这片地区是非法的。我是个遵纪守法的人。"

他冲我揶揄一笑。

"种植园劳工?"我问道。

众所周知，买卖卡纳克劳工的交易广泛存在。他们被骗去大型种植园工作，不但挣不到钱，最后还陷入债务的无底洞。雇主拥有一切，包括租借的房屋和工人，以及工人们购买食物的商店。种植园工人的合约可能是两年，结果他要工作十年才能返回故乡海岛，身无分文，满身伤痛。而且前提是他能找到跨海回家的路。

杰克·刘易斯摇摇头。

"我们开启的是个好玩的游戏。不过别以为我会告诉你答案。你不是个实干家。况且你还有敏感的良心。随便考虑到哪一条，你都最好睁一只眼闭一只眼。"

杰克·刘易斯经常在午夜时分安慰我，准确来说，是在午夜轮班开始的时候。一开始我很好奇，后来觉得，一定是有什么秘密令他不得不独自面对星空。一个温暖的夜晚，船帆垂在桅杆上，平静的海面上倒映着银河，使得白色星光看上去就像在暗礁上撞碎的浪花，我搬来寝具准备在甲板上过夜。

杰克·刘易斯立刻命令我下去，他的声音很尖利。

"卡纳克人在甲板上睡。那里不适合白人。"我有些犹豫，并不想返回下面闷热的舱室。"好吧，待在上面，呼吸些新鲜空气。"此刻他的声音已经平静下来，我听得出他想聊天。我坐在栏杆上，四周非常安静，只听得见索具发出的尖锐而短促的声音。"我对你撒谎了。"杰克·刘易斯说。我能听见他在黑暗中自顾自地咯咯笑。"我很清楚吉姆是谁。但你不会相信。"

"想说就说，我相信你。不过先说说，你现在为什么想告诉我真相？"

"哦，这么说我得到你的祝福了，是吗？我真幸运。我为什么突然想告诉你吉姆的真实身份？因为这个故事实在太过精彩，我不能憋在心里。精彩的故事就是奇怪。不分享就没有乐趣可言。所以听好了，吉姆真正的名字是——"说到这里，他还故意停顿片刻以加强戏剧效果，"詹姆斯。"

我失望地看了他一眼。"那又怎么样？"

杰克·刘易斯笑了。"我猜对你来说，他的姓氏比名字更有意义。库克，詹姆斯·库克。"

我倒吸一口凉气。"就是那个詹姆斯·库克？"

"是的，就是那个詹姆斯·库克。决心号和发现号的船长。友谊群岛、桑威奇群岛和社会群岛的发现者。那个詹姆斯·库克。"

"但这不可能吧！"

"那你告诉我他的坟墓在哪里。继续，告诉我他埋葬在哪里。"我摇头。我不知道。"詹姆斯·库克在夏威夷被杀害了。在凯阿拉凯夸湾。他严格但公平。如果要和卡纳克人打交道，你必须如此。一个卡纳克人偷走了詹姆斯·库克的六分仪，他割掉了那人的耳朵。"他的双眼紧盯着我，确保我理解了他刚才所说的话。我的确听明白了。杰克·刘易斯自己的卡纳克船员中，也有一个缺了一只耳朵，毫无疑问是因为受了这个故事的启发。"詹姆斯·库克射杀了夏威夷的一位酋长，因为那人想偷走他的一艘小艇。数千名当地人将他和他的手下包围起来，但他原本是可以幸免于难的。当地人认为他是他们失踪的神，相当于龙诺神①的回归。"

"他不该射杀他们的酋长。"

"我就知道你会这么说。但事实正好相反。射杀酋长是必不可少的。库克杀鸡儆猴，展示了自己的力量。他错在也暴露了自己的弱点。当地人害怕遭受袭击——尽管他们的人数大大超过了库克一方。但当时有个土著射了一支箭。或许不是故意的。没人知道。但那箭射中了詹姆斯·库克。没有造成严重损伤，那不是杀死他的元凶。他死是因为犯蠢。"杰克·刘易斯用平时想教育我时会用的眼神看着我。尽管我不知道詹姆斯·库克犯了什么蠢，但我猜随后就会有一番关于人类之不幸的讽刺性评论。我没有猜错。"在卡纳克人眼中，他是一位神，而神是无所畏惧的。但库克被箭射中后却尖叫起来。那等于给了卡纳克人攻击的信号。一万五千人朝他冲过去，将他撕成了碎片。毫不夸张。他们将他的肉架在篝火上烤——只留下九磅送还决心号。他们将他的心挂在一间小屋里，后来被三个孩子找到，他们以为是狗心，就把它给吃了。船上的官员后来找到了他的一些骸骨，为他举行了海葬。但他的头却消失了。"

"那你是怎么找到的？"

---

① 龙诺神（Lono），夏威夷掌管种植和农产品的神明，也是和平之神。当地每年会举行盛大的玛卡希基节（10月至次年2月），龙诺神只在节日期间降临。

"很不容易。你瞧，卡纳克人把它藏了起来。在他们的部落内战中，那颗头成了战利品。最后它离开夏威夷，开始在太平洋上游荡——几乎像是在重复其主人多年前的航程。一度有谣传，太平洋地区有不少于五颗头颅，都有人声称是詹姆斯·库克的。但我找到了真正的这一颗。我有信息渠道。我最后追踪到它在马莱塔岛。与我交易的酋长受过教育，能用英语读写，有个传教士教过他。但后来他津津有味地把那个传教士给吃了，或者他也可能是在吹嘘。他清楚库克的身份，以及其头颅的价值。而且他认为狩猎人头并无野蛮之处。'我读过你们的《圣经》，'他说，'里面那个伟大的战士大卫，他击败巨人歌利亚后，不也砍下他的头拿去给扫罗王看了吗？'"

这次谈话结束后不久，我就回到了甲板下方，很快就在我那张狭窄的铺位上睡着了，睡得很不安稳。我呼吸着闷热的空气，梦到新年前夜伊萨格的房子烧了起来，那已经是许多年前的事了。我站在街上，透过窗户往里看——我看见伊萨格的头被割了下来，放在餐厅的桌子上，它正回瞪着我。

接着我听到低语声，还有赤足走在甲板上的声音。我感到困惑，不知是不是新的梦境取代了之前的那个，醒来时胸口有点闷。我起身下床。船发出嘎吱的声音，海浪起伏翻涌，风已不再宁静，我决定返回甲板，去感受清新的微风吹拂脸颊的感觉，却发现舱室的门被关起来了——我可以发誓，我睡前是开着门的。我转动把手，但门被人从外面锁住了。

有一些我不被允许看见的事情正在发生。现在我明白是怎么回事了。

我使劲擂门，叫着杰克·刘易斯的名字，但没有人过来。我撞不开门，最后只能放弃，返回床上。令人惊讶的是，我又睡着了。

醒来时，阳光从打开的舱室门倾泻进来。我发现杰克·刘易斯在他自己的舱室里喝咖啡。他看上去像是一直在等我。我一进门，他就露出灿烂的微笑。

"喝咖啡吗？"说着他示意我在他对面的椅子上落座。我没有回答。"是要再来一轮吗？把我们那些苏格拉底式关于伦理的对谈再来一轮如何？相信我。我做的每一件事，都只为保护你敏感的良心。"

"闲置的良心根本算不上良心。"

"今天早上我们是多么富于哲理啊。没有什么东西能比一扇锁闭的舱室门更能让人思考。如果不是因为你的良心太敏感，你的门就不会被锁上。不过，随时欢迎你上甲板来享受夜晚。只要你记住，我是你的船长，我的话在船上就是法律。"

"所以说是奴隶吧？飞云号是贩奴船？"

"当然不是。飞云号上只有自由人。"

"那么白天被锁在货舱里的是什么人？"

"他们随时都能离开这艘船。只不过，我不希望他们跳进大海中央。他们会溺死的。哪怕是最强壮的游泳者也不可能游到任何陆地。不过卡纳克人很迷信，他们害怕在黑暗中游泳。所以夜里他们在甲板上是安全的。"

我什么也不明白。

"随时都能离开这艘船？"

我的声音中充满愤怒与怀疑。杰克·刘易斯是在把我当傻子耍。

"是的，一旦抵达陆地，他们就能自由离开。"他起身伸出一只手，"飞云号的船长向你保证。"

我依然站在原地，双手垂在两侧。

"如果他们是自由人，那为什么让他们上船？我猜是有目的的吧？"

"每件事都有目的。"

"你的目的，还是他们的目的？"

我看了一眼他背后的橱柜，里面有把温彻斯特步枪。我知道他没必要回答我。

那天夜里我掌舵的时候，他登上甲板来接替我。

"下一轮值班我再守两个小时。"我说。

"随你。"

他的脸在月光下像一面木雕面具。

第一个小时，什么也没发生。卡纳克船员在甲板上睡觉，因为夜里依然暖和。然后杰克·刘易斯叫醒了他们。他们都毫无怨言地起床了，尽管正值午夜，月光是唯一光源。我看得出，这是他们的惯例。他们走进厨房不见了，返回时拿来了一罐罐水和一碗碗煮过的米饭，将之放在甲板上后，抬起了舱口。一个黑洞出现在甲板中央，我在想我所有的疑问是否终于都能得到解答了。我终于就要看见那些白天被锁在货舱里的"自由人"了。

一个卡纳克人朝洞里大喊了一声，下面有几个人齐声回应。随后他们便一个接一个地走了出来。我试过计算他们的数量，但在黑暗中太难了。我不知道他们有多少人，但我认为都是男性。他们的皮肤像没有月光的夜晚那样黑，他们的脸藏在如云一般蓬松的头发背后。月光下的他们看起来就像非洲人，但我知道他们一定是太平洋东部的美拉尼西亚人——这片广袤大洋中生活的所有种族中肤色最黑的一支，不仅是最嗜血的战士，也是最狂热的人头猎手，因此在白人中臭名昭著。

现在他们平静地在甲板上漫步，眼前很快展现一片生动的景象，我想你在他们村落中见过。一些人围坐在饭碗周围，一些人拿起水罐喝水，或者将水倒在手掌中洗脸。还有一些人走到栏杆旁边解手。很快他们都在甲板上坐下来，聚成更小的圈子，嗡嗡地咕哝起来。

有个人开始唱歌，其他人也跟上。很快他们就开始齐唱一首歌，似乎将太平洋当成了节拍器，他们的身体庄重而缓慢地起伏，配合着无边海浪翻涌的节奏。接着，就像开始时那样突然，歌声在没有明显原因的情况下停了下来，寂静再度降临甲板，飞云号横渡大海，朝着一个只有杰克·刘易斯知道的目的地驶去。

我转身去看他。只见他正倚在甲板室的墙上，手握着一把温彻斯特步枪。

同样的场景每晚都会重复上演。舱口打开，那些黑影，或者说自由人，在甲板上四处走动，进行日常活动，然后又消失不见。我不知道等待这些自由人的是怎样的命运。但杰克·刘易斯已经多次向我宣扬他的哲学，我不相信会有任何好事。

为何他要如此坚决地否认，说不会将他们卖身为奴隶？说到底，他不是个虚伪的人，我不得不承认。那么那群人在船上做什么？

"我早就告诉你了，马德森，我再跟你说一次：他们不是奴隶，也不是种植园劳工。他们是自由人，和你我一样。"

这是我下一次追问时，他给出的答案。从那以后我就不再问了。

几天后他找到我，他脸上的表情告诉我，我将大吃一惊。

"现在告诉你也无妨，马德森，"他说，"我们要去萨摩亚，你父亲在的地方。"

"这么说，我终于知道了。"我说，但我承认，我并不想感谢他。相反，我问他："是什么让我们没有分道扬镳呢？现在已经没有任何东西能将我们捆绑在一起了。"

他笑着伸出胳膊，仿佛是想拥抱我。"当然有，亲爱的孩子。看看你周围。大海啊！那就是束缚我们的东西。你靠自己怎么去萨摩亚？游过去？游到一个任何海图上都不会标记的荒岛，希望碰到过路的船？不，你被绑在这艘船上了。就和货舱里的那些自由人一样。"

杰克·刘易斯是对的。就算知道我父亲在哪里 —— 即便我能从这条信息中获益，我也担心自己要为它付出高昂代价 —— 也改变不了任何事。

"路上我们会停靠一次，"杰克·刘易斯继续用那种扬扬得意的口吻说道，"不过我相信，你不会想抛下我的。"

"为什么不会？"我反问道。

"别反抗，我的孩子。你太聪明了，不可能会在荒岛上了此余生。"

"如果那是座荒岛，那我们还去做什么呢？"

"和我在其他地方做的事一样，贸易。"

"如果岛上没有人，要和谁贸易？"

"问得好，我的孩子，比想象中深刻。是啊，和谁呢？这个问题我只能用一个新的问题来回答。人是什么？对啊，是什么？"他直盯着我，"你能回答我吗？"

杰克·刘易斯笑的样子说明，他对我的答案不感兴趣，我们的谈话到此为止。

两天后，我们看见一只海鸥，三个礼拜以来看见的第一只。但视野范围内并没有陆地。我拿出海图，在附近没找到任何一个小岛的标记。

　　杰克·刘易斯派一个人爬上了索具。那人不久后就叫了一声，表示肯定。几小时后，海平线上出现一片椰树掩映的海岸线。

　　"你说的那座荒岛？"我向和我并排站在栏杆旁边的杰克·刘易斯问道。

　　他点点头，但什么也没说。

　　靠近以后，我看见海岸上还有一艘船。我指着那座岛。

　　"看来有人抢先我们一步。"

　　"是一艘搁浅的船，"刘易斯说，"撞上了暗礁，在那儿好多年了。是晨星号，我就是从那上面弄到了红鼻子女士和她丈夫的肖像的。"

　　"船员呢？"我问。

　　"我发现这艘船时，船员早就死了。"

　　"发生了什么？"

　　杰克·刘易斯耸耸肩。"只有他们自己知道。正如人们所说，死人讲不了故事。"

　　"叛乱？"

　　他转身向一个卡纳克人下令。我意识到打探不到更多信息了，但从他脸上的表情也无法分辨他是否有所隐瞒。

我们从暗礁前方越过，寻找着靠近的航道。杰克·刘易斯向失事船只那边导航。即将抵达时，我们看见轰鸣的浪涛中有一个缺口——晨星号的船员显然是冲它而去的。因为没能精准穿过，他们付出了高昂的代价。那船高高地架在暗礁上，仿佛是被用力甩在那里的。它的位置也解释了它为何看起来依然完好无损，所以我第一眼看到它，还以为它是抛锚停靠在潟湖边上。船身几乎没有倾斜，三根桅杆都没有损坏。船尾依然能看清它的名字。还有一尊饱经风霜的艏饰像，穿着飘逸的白色长袍，正伸出双手，向海岸、向那场船难中仅有的一位僵硬的幸存者发出恳求。

　　下一刻，我们成功进入半透明的潟湖之中，在那里，能看清楚每一条在海床上横冲直撞的鱼。暗礁外的海浪是深蓝色的，仿佛处在阴影之中，但在这里却是令人眩晕的绿宝石色，你会觉得下面的沙子里蕴含着某种和太阳一样强大的能量源。海滩是白色的，旁边长着葱茏的灌木，与后方的丛林融为一体。我感觉那片浓密的植物是一堵墙，杰克·刘易斯的秘密就藏在后面。

　　我一定是出神了，因为我甚至都没注意到，我们已经抛锚停船，最后杰克·刘易斯突然回到我旁边，手里紧握着一个双筒望远镜。他在海滩上寻找什么东西。我什么也看不见，而他发出了满意的哼哼声。

　　"现在正是时候。"

　　"正是什么时候？"

　　"向你证明我说话算话的时候。我说货舱里的人是自由人，不是奴隶，你不相信。现在你自己来判断。"

"你手里有枪。"

"人总得采取预防措施。但我不打算使用。"

他命令卡纳克人打开锁闭的舱口，然后藏在桅杆前方的水手舱里。那是一个奇怪的命令，但他们似乎没有疑问，于是我猜测，他们已不是第一次参与这种程序，不管怎样，将要见证的人是我。

杰克·刘易斯示意我们应该藏在甲板室后面，并用一根手指摁住嘴唇，示意不要发出声音。他看上去很紧张，我注意到他的另一根手指还摁在步枪的扳机上。很快我们就听到从甲板上传来的说话声和脚步声，那些"自由人"从货舱里钻了出来。刘易斯示意我不要动，我们就那样听了一会儿。接着我听到水花拍打的声音，他的脸被微笑点亮，仿佛一切都在按计划进行。他点点头，冲我无声地笑了。又是一声水花泼溅，然后是第三声。

根据刘易斯嘴唇和手指的动作，我看得出他在计数。等他将一只手的五根手指数过四轮，数到二十后，他兴奋地拍了拍我的肩膀。

"好了，我的孩子，"他说，"有什么问题吗？"

我往潟湖那边看过去，那些人几分钟前还被困在货舱里，现在却在往海滩上游。他们几乎是在同一时间抵达的——然后就消失在丛林里。没有一个回头看。

我不知该说什么。感觉比之前更困惑。杰克·刘易斯昂起头，盯着我看。"瞧，"他说，"自由人。你看见有人阻拦他们了吗？"

"你是个讲求实际的人，刘易斯先生，"我说，"你供那些人吃喝这么多个礼拜，却换来看着他们消失，我不懂。这对你有什么好处？那些人要在这个荒岛上干什么？"

"那当然是他们自己的事。我不知道他们要去干什么，也不关心。我只知道，他们有选择权。你亲眼所见，我下令打开了舱口。"

"如果另一个选项是待在一个黑暗的洞里，那谁不会选择逃走呢？那真的是一个选项吗？"

"是一个选项，"杰克·刘易斯说，"而且是我提供给他们的。不过该说的已经说了。我们下去看看来这里的真正原因。"

他走向水手舱，向卡纳克人下达命令，那些人立刻爬上甲板，开始将上岸用的小艇备好。

"我认为你应该跟我们一起上岸。你会发现，这一趟是值得的。"

他肩上扛着一把老式步枪，还有一个火药筒和一根推弹杆，我不解地看了他一眼。他手里还握着一把温彻斯特步枪。

"别问，"他咧嘴笑着，"我是个迷信的人。这把老枪是我的护身符。"

我和两个卡纳克人一同爬上小艇，他们负责划桨。海滩上空无一人。在一座荒岛上，还能发现什么呢？

我们将小艇拖上岸，杰克·刘易斯在海滩上来回走动，扫视着灌木丛中的情况，像是在搜寻什么东西。随后他挥手让我过去。在一棵开花的木槿树后，我看见一排葫芦。旁边的沙地上有一张兽皮，里面堆满鹅卵石一样的东西，但隔得太远，我看不真切。

　　杰克·刘易斯走向那张兽皮，用皮绳将其系成一个小包。这期间卡纳克人开始往小艇上搬运葫芦。那些果实发出液体晃荡的声音，我意识到里面装有淡水补给。杰克·刘易斯用手掌掂量兽皮小包的重量。我听见一种窸窸窣窣的声音，如果他那张面具般的脸庞有能力表达类似快乐的情绪，那么他现在表达的就是。

　　就在这时，岛那边传来一声枪响。

　　刘易斯僵住了。

　　"该死！"他惊呼，"真他妈的该死！"

　　他抓紧皮包，朝我转过身来。

　　"快！"他说，"尽可能多拿一些葫芦！"

　　他冲卡纳克人大声发号施令，那两人迅速将小艇推回水中。他紧紧地抓着包裹奔跑起来。从他脸上的神情，我能分辨出，我们疯狂逃命就是为了保护那东西，它甚至比我们的生命更重要。不管里面包的是什么，显然是他的海岛宝藏。

　　此时小艇已经下水。我必须蹚进齐大腿深的水里才能爬上去。卡纳克人立刻开始划桨，杰克·刘易斯站在小艇中间，举起了他的步枪。他瞄准海岸，只听得一个雷鸣般的爆裂声，转身发现海滩上已经挤满了土著。其中有几个还拿着枪，正准备开枪反击，齐射的子弹打进我们周围的水域。杰克·刘易斯开火反击，我看得出他是个神枪手。一个土著已经四肢摊开地倒在沙地上。很快另一个也翻倒在地。

　　"哈，"他嗤笑了一声，"幸好这些魔鬼不知道如何瞄准。"

　　"我记得你说这是个无人居住的岛屿。"

"我从没说过这是个无人居住的岛屿。我说的是没有人类住在这里。你再称这些魔鬼为人，我就要把你赶下船了。那样你就能和自己的族群生活在一起，如果你想要的话。"

他龇着牙冲我冷酷地笑着，同时继续射击。又一个土著倒下，其他的则继续开火。

"所以你是怎么决定的？"

我摇摇头。

"我觉得我还是留在船上吧。"

我一点儿也不理解。这些土著是谁，他们为什么要朝我们开枪？他们不可能是刚从货舱里出去的自由人。他们把枪藏在何处？还有那些装淡水的葫芦，以及那些让杰克·刘易斯僵硬的面孔上堆满喜悦的神秘鹅卵石，它们是做什么用的？他管那叫交易，但买卖似乎进行得很不顺利。

是的，我一点儿也不理解。我所知道的就是我的心从未跳得如此猛烈。仅有的两把桨在卡纳克船员手中，而我因为没有任何任务可转移注意力，在这场枪林弹雨中，几分钟的时间感觉就像是几小时，甚至几天。飞云号停靠的位置离海岸应该只有两根缆绳的距离，此刻看起来却是那么遥远。幸运的是，留在船上的两个卡纳克人已经发现我们身处困境，开始起锚，但这并未减轻我们的危险程度。又一群土著早已将一叶长独木舟拖过海滩，在离第一群土著不远的地方下了水。他们的子弹依然很密集，但杰克·刘易斯凭借精准的枪法，此刻已将他们的人数削减至一半，海滩上到处都是尸体。

独木舟迅速追赶上来。一半人在划桨，另一半站定在那里朝我们射击，所以刘易斯必须同时躲避来自两个方向的子弹。他朝海岸开了最后一枪作为永别，又一个土著倒地。接着他集中注意力对付独木舟，我看见他们打头的船员横倒在水里，而我们自己的小艇则突然放慢了速度。

在这一刻之前，对于眼前的这一幕可怕景象，我只是怀着恐惧，沉默地在一旁观看。对于这场结局尚无定论的戏剧，我的角色只是一名观众。如果命运足够残酷，这样的景象可能会让我付出生命。就在这时，一个卡纳克水手发出一声痛苦的号叫，倒在了船桨上。我将他从横坐板上推到船底，他躺在那里紧紧地握着受伤的肩膀。血水喷涌而出，汇成一条闪烁的溪流，不过因为他的肤色很暗，所以几乎看不见。我终于有角色可扮演了，像从未拿过船桨一般划了起来。双手一旦有事可做，我感觉终于能控制自己的命运了，黑暗的思绪烟消云散，时间——片刻之前似乎已经静止——则继续前进。很快飞云号就越来越近了。主帆和前帆已经升起，多亏了留在船上的卡纳克人灵活的手指。我想着我们得救了。可就在这时，刘易斯破口大骂起来。

"哦，真该死！"

我还以为他是射偏了，随后才意识到，他已经停止射击了。他的弹药用完了。

我抬头看。只见他撕开那个皮包，在里面翻找起来。随后他掏出一个小东西，举起来迎着光看起来。杰克·刘易斯用手指捏着那东西转动着，阳光照射在上面，它的颜色从白色变成粉色，又变成紫色、蓝色，最后又回归为白色。

是一粒珍珠！

我不能说那是我有生以来见过的最美的珍珠，因为我一共也没见过多少，更没有亲手拿起来观察过。但那粒珍珠非常之美，一时间我完全被它征服了。不知为何，它就像是在邀请人们进入梦境。虽身处险境，我却任自己走神，进入一个完全不同的世界，全然不顾我们的小艇人手不足，后面还有一群嗜血的土著乘着独木舟在追赶，他们动作轻快，正迅速拉近与我们的距离。

杰克·刘易斯狠狠地敲醒了我。

"划啊，你这个该死的，划啊！"

原来我盯着那粒珍珠看的时候，坐在那里停下了动作，只把船桨握在手中。这时我看到刘易斯从肩头取下那把旧步枪，将火药灌进枪筒，然后将那粒珍珠也塞了进去，最后用推弹杆整个压实。接着他举起那把被他称为护身符的枪，仔细瞄准。不等爆炸声消失，就有一个土著向后飞去，像是被一只巨手推了一下，消失在水中。

"我把账单寄给你们，可恶的魔鬼！"杰克·刘易斯大喊着，他的脸已经愤怒得变形了。

他重新装填弹药，手指摇颤着将另一粒宝贵的珍珠塞进枪筒。我几乎不敢相信自己的耳朵，他紧闭的嘴唇发出一个奇怪的声音，我敢发誓那是一声啜泣。然后那枪发出砰的一声。

我身后的卡纳克人跳了起来。我以为他被子弹击中了，原来是他的桨因为太靠近桨架而被直接击中，碎成了两半。现在只剩下我一个人在划桨。

我们的性命取决于那些珍珠、杰克·刘易斯的命中率，还有我双臂的力量。我拼命划，直至双臂快要脱落。绝望赋予了它们我之前从不知道的力量，追赶的独木舟离我们越来越远。他们的人也变少了。刘易斯的子弹和珍珠命中率都极高，干掉了一半的敌人。敌人的胜利之歌在我们脑海中回荡，仍和之前一样来势汹汹，但合唱的人数已经少了。我们终于抵达了飞云号，一条绳梯垂在那里等待着。我将那个受伤的卡纳克人扛在肩上，完全没感受到他的重量，爬上船舷，一起翻过栏杆，这期间完全没顾及两人一起该是多大的一个目标。身后传来几声枪响，但都没击中。

留在船上的卡纳克人早已做好出发的一切准备，锚吊在船头，帆已经升起。如果能进入船长室，拿到他收藏的枪，那他们毫无疑问会将上好膛的步枪递给他，好让他能持续朝追捕的土著射击。但碰那些枪是个禁忌，他们不敢打破。

我们一回到甲板上，杰克·刘易斯就冲进他的舱室，出来时又拿了一把新的步枪和一盒子弹。接着他跪在栏杆后面继续开火。他脸上的表情是要结束个人恩怨，而非制伏危险的敌人。每失去一粒宝贵的珍珠，他都要让那些土著付出代价，珍珠不光结束了他们的性命，还有附加利息。每次干脆利落地干掉一个敌人，他都会发出一声胜利的吼叫。

"尝尝这个，你们这群魔鬼！"

他轻蔑地往栏杆外吐唾沫。

只能由我来掌舵，船长正忙着满足他的杀戮欲。轮到我来开船跨过这片潟湖，穿过暗礁上的缺口。我的成功无关乎航海技术，完全是风与潮汐带来了好运，这两样都于我们有利。风不知从何时起变大了，不等我们开出潟湖就将我们的帆张满了。潮汐落下去了，洋流争相流出暗礁上的缺口。信

我们，被淹没的

徒可能会说，是我主耶稣向我们伸出了援手。但就算上帝存在，我也不信他会站在杰克·刘易斯那一边。我想说的就是，在那幸运的一个小时里，大自然命令大海和风站在了他那边。

最后一刻神奇获救的念头一直在我心头徘徊不散。但我无法推测，如果大自然决意将飞云号困在那个潟湖，那么倒霉的会是谁，是我们还是那些土著。他们人数众多，但杰克·刘易斯的枪法 —— 这么说毫无疑问能满足他的虚荣心 —— 却准得吓人。

我们快速驶过晨星号的残骸，那期间杰克·刘易斯暂停射击土著人，而是将步枪瞄准了那艘搁浅的船。我听见一声枪响，看见船艏饰像的脸变成了碎片。仿佛敌人的血已经无法熄灭刘易斯的怒火 —— 在那一刻，我感觉我们并未逃离危险。它只是变了形状。现在它跟我们一起上了船。

抵达开阔海域后，我原本可能会觉得终于安全了，可以喘口气放松一下了，如果我没有看到杰克·刘易斯脸上那副残暴表情的话。他终于放下枪，离开了栏杆，此刻正在来回踱步，同时喃喃自问：

"全都毁了……那个杂种是谁？……如果能找到那个天杀的杂种就好了。"

他怒视着我，仿佛怀疑我也是罪犯，但他的表情有几分是真，我却无法弄清。他的计划不管是什么，都已经失败。对于我们刚刚经历的那噩梦般的情景，他欠我一个解释。但我知道现在不是问他的合适时机。如果我珍视自己的生命，那么可能永远也不会有合适的时机。

我不安地看了他一眼，想掂量他不绝于口的低声咒骂背后是怎样的情绪。所以当他的脸突然被微笑点亮时，我有点猝不及防。

"哎呀，我从没有……"他惊叹道，像是刚刚看到一个思念已久的老友，马上就要张开双臂去迎接。

我转身去看是什么吸引了他的注意力，就在距离船尾一根缆绳远的地方，土著人的独木舟正在我们行过的闪烁尾迹中起起伏伏。我难以相信自己的眼睛。他们怎么会觉得到现在还有机会打败我们？

他们正疯狂地划桨。所有人都坐在船上，谁也没有站起身举枪瞄准。还剩下七八个人，或者他们是想提前确认，这

我们，被淹没的

一次能击中目标。他们甚至有可能打算登上船来。他们难道没有吸取任何教训吗？

我完全不担心他们会发起攻击。我只是怜悯他们，以及他们的天真愚蠢。看样子他们不光是在与死神打赌，而且是主动向它发出了邀请。他们的大胆让我感觉到深切的悲伤。

不，我不害怕土著和他们的自杀式袭击。我害怕杰克·刘易斯的嗜血渴望会再度苏醒。

"多么让人欣喜，"他宣称，"我刚才还以为欢乐时光已经结束。"

他抓起步枪架在肩头。然后又放了下去。

"太远了，"他的声音里透着失望，"让他们追上一点儿。顺风航行。"

"但是，船长，"我反对道，"他们不可能赶上了。眼下流的血已经够多了吧？"

他失望地看着我。"我们遭到袭击，我们要自卫。就这么简单。"

"但此刻我们没有遭受袭击。只要我们坚守航向，就不会遭到袭击。"

"顺风！"

我双手放在舵盘上，依然有所迟疑。他走上来，小眼睛因为愤怒而睁得很大。

"马德森先生，我是飞云号的船长，刚才向你下了一道命令。如果这位年轻的绅士不满意，不想服从，那他就是叛变者，我不会原谅叛变者。"

他用枪筒抵着我的脸，有那么一刻，我们都盯着彼此的眼睛。

我之所以执行了他的命令，不是因为他愤怒的目光，也不是因为咄咄逼近我的枪筒。他手中的枪在颤抖，我感觉到他虽然声音很平静，却无法控制心中的怒火——不是冲我或破坏他计划的土著的，而是冲整个世界的。他不在乎要为此付出代价的是谁，是那些土著，还是他的大副。对他来说，这都没有区别。

"是，是，船长。"我说着转动舵盘。

他放下步枪回到船尾。船速在下降，最后停了下来，只有船帆在微风中拍打着。土著的独木舟靠近了些。杰克·刘易斯举起步枪，一枪干掉一个。每次直接命中，他都会满足地发出一声短促的咕哝。

独木舟滑行前进。土著们一个接一个站起身，举枪瞄准，开枪，然后倒下死去。

最后船上只剩下一个人，但他仍在划桨向我们靠近。杰克·刘易斯暂停射击，他的注意力似乎暂时转移了。显然他的怒火已经减轻。

"随他去吧，"我说，"足够了。"

他抬头冲我露出一个困乏的微笑。在那个瞬间，他脸上呈现出一种奇怪的温柔，仿佛一个刚刚苏醒的孩子。

"你说得对，"他说着向我走来，"足够了。"

"是，是，船长，一直向前。"

风再一次将船帆张满。我们像之前一样全速前进。有一段时间，我们两人谁都没有说话。我逃离了死神，却又被拯救我的人以枪威胁——而此刻他就站在我身边，假装什么都没有发生。

"天气很好，"他突然感叹，然后深吸一口气，"海上的空气！没有什么能和它媲美。它让水手的人生值得一过。"

和杰克·刘易斯一起度过了几个月，听他说了那么多话，这句普普通通的评论却显得最为奇怪。一时间我无法相信他是真心的。不过，我乐于接受他这句评论。过去几个小时里，我的恐惧已经减轻。我们再次回归船长和大副的身份，回到我们横渡大海的旅途中。

"是的，"我模仿他的动作，也深吸一口气，"海上的空气极其有益。"

一个卡纳克人不安地跑过来，打破了我们的闲适。他指着后方，我们两个都转过身去。原来仅剩的那个土著驾着他的独木舟来了，在我们闪烁的尾迹的映衬下，他只是个黑影。他就在后面不远处。真是让人难以理解，他是如何赶上我们的？只有他一个人，驾的是一叶为好几个划手设计的独木舟。

我们看了他很久。我们的船速并不一样，但距离却始终不变。我扭头看了一眼杰克·刘易斯，什么也没说。我希望他再次抓起他的步枪，结束他一时心软留下的那人的性命。但他没有。

最后他转身来到舵盘旁，命令我调整航向。我不时回头看向身后的海面，那土著依然在。距离依然没变。他没有赶上来，但也没有落后。

就这样过了几个小时，看着那位追捕者，我对他的看法发生了改变。我现在看见的，是一个孤身划着独木舟出海的人。他不再是个土著，不再是刚刚袭击过我们的野蛮队伍中的一员。我已不知道他是谁、他想从我们这里得到什么，也不知道他到底是追捕者，还是个有所求的人。我所看见的，只是一片广袤无垠的大洋，而他失落的身影就在大洋中央。我感觉他一定是个信使，却不知道他想告诉我们什么。

"必须停止那样的行为。"杰克·刘易斯最后说道。

那时我知道自己什么也做不了。

他回到放步枪的位置，拿起了枪。我没有看他，而是一直望着大洋中央那位孤独的划手。不知为何，我想趁他生命最后的几分钟，向他告别，确保我不会忘记他。我的记忆将是他唯一的墓碑。

他一定看见了杰克·刘易斯举起温彻斯特步枪瞄准的动作，因为他突然也站起身，将自己的枪扛在肩上。刘易斯的步枪发出砰的一声响，与此同时，那土著的枪口也射出一道闪烁的红光。他们是同时开的枪。我们的追捕者向后倒在独木舟里，船体随后横了过来，在海浪中上下起伏。很快，我们之间的距离就拉大了。不久后那独木舟和上面死去的人便都消失在视野之中。

我因为全神贯注于那土著的命运，完全没有注意到飞云号上发生的事情。这时候我听到一声响亮的呻吟。是杰克·刘易斯发出的。我转身去看，他四肢伸开躺在甲板上，一块红渍在他衬衫的前襟扩散开来。那土著的子弹也命中了目标。

卡纳克人不解地跪在船长身边，像是在等待他的命令。他们难道看不出，杰克·刘易斯即将在他们眼前死去吗？

有那么一刻，我在想，他们以为他是不死之身，是不是因为他行为中所透露出的那种不可预知的残忍，跟他们自己的神明所表现出的是同一种。他割掉了他们中一个人的耳朵，除了命令口吻，我从未听到过他用任何其他语气对他们说话。他拿他们当象棋中的卒子，不给他们任何报酬，反而可能要他们付出生命代价，而且他的确曾牺牲他们的性命，却不给任何解释。那么他们为什么还认为他是神？说到底，神就是这样行事的，不是吗？他们的行为难以预测，说是肆意专断也不为过，不是吗？信徒们会祈祷，甚至献身，但从来没有人找到过一种能保证他们的祈祷会得到回应的参拜方法。

看到杰克·刘易斯伸开四肢躺在甲板上，血渍在他衬衫前方绽开，我意识到他也早已变成了我的神。他曾承诺会送我去找我的papa tru。但他没有践约，而是将我带去一座不存在于地图上的海岛。在那里，我见证了一些神秘的交易，以及一场残酷的屠杀。乘坐的船运载的都是人，他却坚称那是自由人。

我与他航行是为了解开一个谜团，结果却发现了另外一个。

我就像他手下的卡纳克人。但我也是个白人，我感觉他欠我一个谜底。他就要死了，我想赶在那之前得到他的解释。

我命令一个卡纳克人掌舵，走到了杰克·刘易斯身边。我的papa tru打过仗，克里斯蒂安八世号冲向灾难时，他见过周围的人都被炸成碎片的情景。而我和他不一样，我从未见过人死去的过程。我见过人掉下船、消失在海里，但那不一样。他们被海浪吞没，但在独自沉入海底深处前，他们早已消失在视野之中。他们没有死在你眼前。他们只是离开了你的视线。

杰克·刘易斯就要死了，对此我十分确定。就像我也同样确定，此刻他躺在甲板上，就像一尊从底座上倾覆的神像，他的石头外表即将裂开，露出里面赤裸的人身。他的伤口在流血，他很快就要恢复人身，和詹姆斯·库克在凯阿拉凯夸湾时一样。

可当他看着我的时候，我意识到自己的想法是错的。杰克·刘易斯或许是一尊倾覆的神像，但他毕竟还是一个神。他眼中没有恐惧，我不知道自己为什么会觉得曾在他的眼中看见过恐惧。那么，他眼中有悲伤吗，他不得不说再见了。悔恨呢，对于他没能实现的所有？还是说，其中只有纯粹的愤怒？

我曾见过他失去自控力，在他不得不动用宝贵的珍珠当子弹时。他是那样看待自己的死亡的吗？和浪费了一粒珍珠一样？

我还年轻，从未认真思量过自己的死亡问题。他人的死亡所激发的情感，会提供一个预警，让你提前经历咽下最后一口气时的感受吗？我就要弄清答案了。

"去拿威士忌来。"杰克·刘易斯每说一个字，都必须咽一口气，但他的声音依然维持着过去的权威。他用无力的手拍了拍甲板，像是邀请我去他舱室中喝最后一杯。"还有吉姆，"他发现我呆呆地看着他，"你聋了吗？"

我困惑地摇头，然后走进他的舱室，执行了他的命令。我打开包裹那颗可怕头颅的布巾，将它放在刘易斯身边，然后打开威士忌酒瓶，往手掌里倒了一些。我从来没有处理过枪伤，但隐约记得得用酒精清洗。

"你在干什么？"杰克·刘易斯吼道。

"我给你清洗伤口。"

"我的伤口！"他大喊，"我的伤口又不渴。是我渴。去拿两个玻璃杯来。"

等我拿着玻璃杯返回时，杰克·刘易斯正仔细端详着吉姆，仿佛后者问了他一个问题，此刻正在等待答案。

那几个卡纳克人定在甲板中央。掌舵的那个也放开了舵盘，我大吼一声，他才归位。但他一直在回头看。而他的眼睛一直打量的并不是将死的船长，而是他手中那颗枯萎的人头。

"这样好吗？"我问杰克·刘易斯。

"不关你的事，"他的声音里满是轻蔑，"当然，把一颗萎缩的人头展示给一群刚刚被吊起胃口的食人族看，的确愚蠢到家了。不过我马上就要死了。所以那是你要操心的问题，不是我的了。"

他胸口传来汩汩的声音。他龇着牙做了个怪脸，可能是想微笑。

"给杯子满上。我们为接下来的旅途干杯。我要前往未知。而你将成为一名刚长满羽翼的船长，率领一艘只有食人族的船。"

我往杯中倒满酒递给他。他没有力气端，我只好扶起他的脑袋，将杯子举到他嘴边。他呻吟着一饮而尽，但分不清是因为喜悦，还是因为痛苦。

"那些自由人，"我说，"我想要你告诉我那些自由人是怎么回事。"

"那些自由人和这里的吉姆一样。"

"所以他们是商品？"

"是的。"杰克·刘易斯说完目光变得涣散，仿佛这场对话引不起他的兴趣，而他前往未知的旅途已经开始。我必须抓紧时间。

"那么交易内容是什么？"

"沙粒，"他小声说，"鹅卵石，孩子们的玩具。"

他的头歪向一边，眼睛闭了起来，像是睡着了。那一瞬间，我害怕他已经死了。随后他睁开眼睛看着我。

"我们鄙视土著是因为，他们沉迷于玻璃装饰物。我不知道他们如何看我们。我们为了牡蛎壳中沉积的一粒沙子也会展开厮杀。"

"你用什么换他们的珍珠？"

"用那些自由人。"

"所以他们并不自由。他们是你的囚犯。"

"不。"杰克·刘易斯说着摇摇头，他碎裂的胸膛再次发出汩汩的声音，"你还是没明白。他们不是我的囚犯。他们是我的学生。"

"你说得对，我还是没明白。我觉得你对我说了太多的谎言。"

"听我说。"杰克·刘易斯依然躺在那里，一边的脸颊贴着甲板。他再次抬头看我时，眼中有一种逗弄的神情，很难想象一个将死之人竟然会有这样的神情。"那些野蛮人没有自由的概念。他们是自由的，却不知道。所以在学会珍视自由之前，他们必须先失去自由。"

"所以你就把他们关在货舱里？"

杰克·刘易斯做了个苦脸。是嫌弃我脑子转得慢，还是又想微笑，我无法确定。

"不，我没有把他们关在货舱。我只是将他们留在里面，让他们感受自身的恐惧。我确保他们永远见不到日光。到了夜里，他们就会对前方等待着的可怕命运产生各种各样的想象。待我打开舱口，允许日光照进去的时候，对他们的教育就完成了。他们立刻就明白了自由是什么，便会抓住它。"

"那和珍珠有什么关系？"

"答案在于晨星号，"杰克·刘易斯说，"那本是一艘贩奴船。但它搁浅了，货舱里的奴隶于是发动暴乱，杀掉船员并占领了那座无人居住的岛。奴隶中有女人和儿童，所以只要他们用心，就不会被困在那座荒岛上。他们相当于被赐予了一整个新世界，可以在那里从头开始。他们的天堂只缺一样东西，这样我才能登场。"

胜利的喜悦照亮了他的脸，我突然明白了，他为什么会将这一切告诉我。他对自己的残忍行径感到无比自豪，无法忍受将秘密带进坟墓。他已经将自己的一生都打造成了谜，但此刻他需要有人了解这桩罪行的全部细节。他认为这是最后的证据——证明的不是他的狡诈，而是他对人类思维的独特领悟。

他沉浸在胜利之中的样子令人厌恶，我将目光转向詹姆斯·库克，看着他张大的鼻孔和被缝住的眼睑。那一刻，相比于杰克·刘易斯的脸，我偏爱他那张扭曲可怜的脸。但我必须继续提问。虽然我担心，通过倾听，我最后也可能会成为他的同谋，但我无法停止。我必须知道自由人的秘密。

"那么天堂中的野蛮人缺少什么？"我问。

"改变饮食。"杰克·刘易斯答道，他的脸扭曲成一个可怕的鬼脸，我认为那是这个将死之人强做出的笑容。他的声音很快就凝结成一阵类似于空洞笑声的咳嗽。他像是噎住了，血从他裂缝般狭窄的嘴里渗了出来。我慢慢明白了他的意思，厌恶的表情一定表现得非常明显。

"你知道，他们是食人族。"他像是在对小孩子解释。

"所以你出售人肉。"我说着又将目光转向吉姆。

"这个世界并不是个简单的地方，"杰克·刘易斯说，"我不卖人肉。我出卖胜利的机会。而那正是天堂里缺少的，你明白。每一个天堂都缺少。那是它们的结构性缺陷。蛇不是敌人，它只是个引诱者。我说的是真正的敌人，你必须与之战斗，否则就会被征服的那种。我说的是在战斗中检验自己的机会，要么赢要么死。那就是我给予那些食人族的机会，并非一船人肉，而是一个证明他们自身价值的机会。看在上帝的分上，他们是野人，但毕竟是人。除非战斗，否则就无法生存。我每年会拜访他们一次。我为自由人提供逃生机会。至于游泳上岸以后，谁会打赢这场战斗，那就与我无关了。"

他安静下来，那一瞬间，我再次以为他已经死了。他闭上了眼睛。

"然后他们会发现一群更厉害的新敌人。"我大声说，不光是在对他说，也是在对自己说。

杰克·刘易斯睁开眼睛，用责备的目光看着我，仿佛我刚刚让他想起了什么不快之事。

"有个白痴卖了枪给他们，毁了我的生意。"他咆哮着，想往甲板上啐一口，吐出来的却是血，"本来那里的生意运转良好，可以持续许多年。他们得到可供战斗、杀戮和吞食的对手。我得到珍珠。但那个杂种来了。"

"谁？"我问。

"与你无关，"他又啐出更多的血，"再给我倒杯酒。"

我又给他倒了一杯威士忌，端到他嘴边。他咳嗽起来，酒从他的下唇滴下来，与血混在一起，此刻血水已经汇成一条连绵不绝的溪流。他叹了一口气。

"你将继承这里的一切。一包珍珠，一艘船。对年轻的水手来说，是个很好的起步。超出你应得的待遇。"

我不知该说什么。我不想接管这艘船，不管他的主人说什么，它都只是一艘贩奴船。我也不想碰那些珍珠。它们粉红的色泽让我想到的不是沙粒，而是干涸的血。

我没有说话。虽然对杰克·刘易斯并无敬意，但我尊重他胸口的那个窟窿。他要死了，而对于将死之人，我们理应聆听。

"天堂，"他咕哝道，"一个拥有一切的天堂，包括做好了杀死你的准备的敌人。"他看了那几个卡纳克人一眼，龇出发黄的牙齿，血水正从牙缝中渗出，"你转身的那一瞬间，他们就会将刀插进去。我躺在这里，他们看得见。而且他们已经见过吉姆。白人也会死，他们就算以前不知道这一点，现在也知道了。"

杰克·刘易斯再次闭上眼睛叹气。他没有动弹，片刻后我意识到他再也不会张嘴了。他临终的话语还在我耳中回荡，但我不可能向卡纳克人隐瞒他的死讯。

我不能把他留在船上，走下甲板去了他的舱室，看能找到什么将他裹起来并丢进大海的东西。我想找一面旗帜，但没找着，于是拿了一块没用过的帆布。他衬衫前襟已经浸满了血，可我没法让他换上干净衣服，我不想碰他浑身是血的黏糊糊的身体。他就躺在那里，被裹在一块帆布里，用一截绳索捆扎着。一个生命结束了——在我看来，并不是一个美丽的生命。我对杰克·刘易斯所知不多，但我所了解到的，不足以让我对他的过世产生哀悼之情。

我叫来那几个卡纳克人，同他们一起将杰克·刘易斯推出了栏杆。他在船的尾迹里起伏了一会儿，然后沉了下去。在沉没之前，没有鲨鱼绕着他打转。他觉得他的人类同胞不过是屠夫砧板上的肉。我不知道他是不是基督徒，但还是双手合十向他致敬，并念了主祷文。

我是用丹麦语念的。那几个卡纳克人安静地看着。看到我双手合十，他们也照做了。我将之视为一个表达尊重的手势，向我，也向逝者。现在我是他们的船长了。除此之外，他们还有些什么想法，我一无所知。他们密布蓝色文身的阴暗脸庞没有透露任何信息。这是凯阿拉凯夸湾事件的另一次重演吗？杰克·刘易斯逃脱的命运会降临在我头上吗？他们会把我撕成碎片，吃我的心，将我的头放在篝火上烤吗？思索这些可能性时，我想躲进自己的舱室，可又觉得一旦走进黑暗的保护中，便再也出不来，因为我害怕他们会拿着刀子等在门外。

于是我握住了舵盘。

　　我意识到，我首先必须做的，是克服自己对卡纳克人的恐惧，杰克·刘易斯已经狡猾地将这种恐惧植入我心里。只要我还受制于这种恐惧，刘易斯就依然在船上，依然控制着这里。我必须发布自己的命令，并且假定它们会得到执行。我需要自由地进入自己的舱室，不用担心有伏兵；我需要安然入睡，知道我将再次醒来。简言之，我必须做数千年来人们在船上都曾做过的事：成为船长。

　　但我还太年轻，从未掌管过一艘船。我要独自面对四个卡纳克人，其中有一个丧失了行动能力，而且我们正身处太平洋中央。我对我们将要前往的目的地知之甚少，知道即便自己率领飞云号去了一个安全港，也不能解决问题。谁会相信我的故事？

　　掂量自己前途的时候，我偶然看了一下甲板。詹姆斯·库克那颗萎缩的头还在那里，就在杰克·刘易斯与它告别的地方。我将声音镇定下来，命一个卡纳克人来替我掌舵，然后拾起那颗头颅，拿着它走下甲板，进入杰克·刘易斯的舱室，将它放在铺位上。

　　我无法解释自己为什么没有立即将它丢下船。我不想留着它，也不想再看见它。但当我用双手将它捧起，眺望着波光粼粼的海面时，有什么东西阻止了我。杰克·刘易斯最后一次要求看到这颗头颅时，是我为他打开包裹取出来的。可当时我一心只想着他即将死去，完全忘了手中捧的是一件可怕的人类遗骸。

此刻我越发清晰地感觉到詹姆斯·库克皮革般坚韧的皮肤，以及麦秆般干枯的头发。生理接触似乎将我与这个男人在萎缩成一件野蛮象征物之前的身份联系起来。我可以将船长的尸体推过栏杆。但我不能对詹姆斯·库克这样做。

不只是因为杰克·刘易斯告诉过我吉姆的真实身份。我信他吗？信，也不信。但归根结底，两者没有区别，不管怎样，整件事太不真实了。如果这真是詹姆斯·库克的头，那应该把它送回英格兰——尽管我不知道英格兰人会怎么处理。因为这件事令人为难，所以要对它的存在保密吗？举行一个仪式让它安息？或许还要为它准备一副棺木？但一个人能被埋葬多少次呢？如果有一天又找到一只脚呢？那时候又不得不举行第二次葬礼吗？

一开始，将这颗头命名为吉姆似乎是个弃满恶意的玩笑。但此刻这个玩笑关系到詹姆斯·库克。我觉得最好让他安息，但他的头还留在这里，作为一个惨死之人的最后遗骸。把它扔出栏杆，像丢掉一件破碎的器皿，或是一块已经开始发臭的肉一样，我做不到。

就在那一刻，我明白了我和杰克·刘易斯之间的区别。对刘易斯来说，吉姆只是一颗萎缩的头颅。对我来说，他是一个人。

我经常在想，对我来说，吉姆是不是比卡纳克人更像人类，毕竟那些人脸上刺的蓝色文身如同深不可测的黑暗，隐藏了他们的个人特征。我在他们眼神中寻找某种属于人类的东西，但除了陌生，什么也没找到，就好像他们的眼睛也是文身。我从没听见过杰克·刘易斯与他们交谈，我自己也永远做不到。我发布命令，他们执行。在为那个受伤的卡纳克人包扎时，我注意到他就是那个缺了一只耳朵的。我为他清洗伤口时，他挪开了视线，包扎时依然看着别处。我们之间有一条界线，永远也不可能跨越。但随着日子一天天过去，我对他们的恐惧消退了。这艘船透露了我们的身份，我是船长，他们是船员。信风总是从同一个方向吹来，风力也总是不变，这让我们放下心来，确信每一天的每一件事都是理所当然。

正是在这种情况下，我开始以一种自己都觉得很奇怪的方式行事。我开始与吉姆说话。我会走下甲板进入那个舱室，点燃鲸油灯，将他从包裹中拿出来，放在面前的桌子上。在闪烁火光的照耀下，他的脸庞呈现出一副专注的神情。我能感觉到，他在集中注意力，在那被缝起来的眼睑背后。但他从未回应过我。我很高兴。如果回应了，那将是我发疯的终极证据。

我会把那包珍珠放在他面前，一粒粒拿出来给他看。然后我会问他，我是否应该留着它们。

我最大的冲动是将它们丢进海里，和杰克·刘易斯的尸体一样。事实上，有时我会后悔自己没有当着他的面丢，趁他还有呼吸的时候。那样或许能象征某种胜利：我战胜了他，也战胜了他显然以为已经感染了我的不道德，但时不再来。我已经犹豫太久。一瞬间已经延长为好多个瞬间，现在我把珍珠藏在吉姆旁边。不久以后，我可能会把这个包塞进衬衫里，开始拿生命守护它，给卡纳克人制造一个将这两样东西从我这里夺走的充分理由。他们难道不知道珍珠的价值，不想用它换钱去购买东西——尤其是自由吗？

我感受着这个鼓鼓囊囊的小包的重量，如同将自己的整个未来都握在了手中。我甚至不需要飞云号。我可以买一艘自己的船；可以买三艘船，变成船主，再买一座属于自己的房子；甚至可以买厄弗雷海滨大道上在火灾之后建的那座美丽大宅，教区牧师住宅对面的那座。我开始想象有人住进去，有妻子和孩子，是的，甚至还有仆人。我看见我未来的妻子穿着一条淡紫色的连衣裙，正在花园里摘玫瑰。

我从没向吉姆描绘过这些幻想。相反，我要求他做我的裁决人。他必须帮我拿主意。赋予他资格的并非他在变成一颗萎缩头颅之前所经受的折磨，而是他的沉默。我可以把任何想要的答案都塞进他嘴里。

"所以啊，吉姆，"我在照进船舱的暮光中问，"我应该留着这些珍珠吗？你觉得呢？"

吉姆从来不说是或不是。他只是透过被缝合的眼睑看着我。我感觉我所有问题的答案都藏在那后面。

我开始经常思念我的papa tru。我从未向他寻求过建议，他也从未给我过任何建议。就这件事来说，我们分别太早。但现在我在寻找他。那是我在太平洋上的任务，寻找我失踪的papa tru。不过我想从他那里得到什么？等我找到他，又该做什么呢？向他讨要一些好的建议吗？重建我们失去的关系？

上次见到他时，我还是个孩子。现在我已经长大成人，时钟无法倒拨。那我想要什么？向他展示，我靠自己能立足世界？我跨越大半个世界，就为了向他证明，在他缺席的时候活下去是多么简单？

我意识到自己竟从未想象过，再次与他面对面站着会是怎样一幅情景。我是个技能娴熟的水手。我跨越了浩瀚的大洋，可说到这个话题，又感觉自己仿佛刚来到这个世界——倒不是因为我不了解世上繁忙拥挤的港口、长满椰树的海岸和狂风拍击的岩石，而是因为我对自己的灵魂知之甚少。我可以靠海图导航，可以用六分仪确定自己的坐标。我身处太平洋中的一个未知之地，在一艘没有船长的船上，却依然可以找到道路。但我无法为自己的思想或者生命的航向绘出地图。

我清空了杰克·刘易斯橱柜里的瓶子，将它们拿到甲板上一并扔下了船。我一瓶也没打开——甚至连最神秘的那瓶也没有，里面装的是白色液体，有时还能看到一个黑色的轮廓——就丢进了水里。杰克·刘易斯为我打开的门，只能通向满是恐惧的房间。我看着那些瓶子从船尾掉下去，消失在海浪之下。

我知道自己应该把吉姆也扔下去。但他还是留下来成了我的同伴。那些珍珠也是。

日子一天天过去。我幻想着自己的未来。这一刻，我觉得这些珍珠是一笔意想不到的巨大财富；下一刻，又觉得它们是个诅咒，如果拿去出售，我就变成了杰克·刘易斯的同谋。

我们的航行一直指向萨摩亚。

只要吉姆不回应，我就感觉自己依然是自由的。任何事情都还悬而未决。我已经叫停了时间。我发现自己竟然希望能永远留在这个混沌的内部世界，我和吉姆一同在暮光照耀的船舱中创造的世界。在这里，梦想能够实现，而且不用为此付出任何代价。我忘了自己真正的所在。

白天大多数时间，我都一个人待着，但孤独并不是个负担。我在船舱中用餐，卡纳克人在甲板上进食。他们准备食物，有米饭和蒸芋头。时不时地，他们会将钓鱼线扔过栏杆，钓上一条黄鳍金枪鱼。

我上甲板只是为了纠正航向，调整船帆的展幅。

一礼拜后，信风停了。是在一个傍晚消失的，那时太阳像个红色的球一般沉下了海平线，云层在四面呈扇形展开。

我视之为凶兆，准备迎接飓风的到来，但第二天天亮以后，等待我们的却是迥异的境地。海面如死一般寂静，仿佛上面加了个沉重的盖子。排山倒海的热浪表明，一场雷暴雨即将降临，不过天空如煤气火焰一般幽蓝，海平线上全无乌云的影子。

我依然相信有什么事即将发生，但我的想象力只能想到恐怖的飓风。

日子一天天过去，我们没敢轻举妄动。船帆松悬着，我们在船身中部搭起一个遮阳篷，好提供阴凉。有一段时间，我不得不和吉姆分离，因为船舱里空气凝滞，热得让人无法入睡，可我又不想把它带上甲板。我该把珍珠也留在下面吗？

但我在下方船舱里孕育的阴暗思想却不肯离开。我开始随身携带那个皮包——里面装的是我的整个未来，将它塞在衬衫下面，贴着胸膛。它在热浪中紧贴着我的身体，变得如此令人窒息，让我连呼吸都很困难，仿佛有一条绷带塞住了我的嘴。我将珍珠和吉姆一起锁在船舱里，光着膀子走上甲板。时不时地，我会将水桶放进海里吊起一桶水，将微温的咸水泼遍全身，可不管是冲澡，还是夜幕降临，都不能让炎热有丝毫减轻。

一个夜晚，我无法入睡，便朝甲板走去。卡纳克人在索具上拴了吊床，正躺在那里轻声说话。我第一次感到孤独是个负担，但我知道，接近他们或者尝试搭话是软弱的标志。

我们已经锁定舵盘，不必坚守航向。没有洋流可供搭乘，我们无法前往任何地方。我抬头仰望天空，依然万里无云，连星辰的光芒也变得微弱了，仿佛它们也放弃了为我们引路。那一刻我感受到，我们与世界的隔绝是多么彻底。飞云号就像一颗偏离轨道的行星，行将消失在宇宙最深邃、最黑暗的角落。

一个吊床边传来呻吟声。我走近一些，是那个肩膀上缠着绷带的卡纳克人。过去这些日子，他的伤口已经开始愈合。他呻吟是因为又开始发烧、伤口感染了吗？我知道感染后会是什么情况，却不知该如何处理，只知道用最原始的方法，定期用威士忌清洗。四周太暗了，什么也做不了，我决定等天亮以后再说。

那晚我没有睡，天气太热了，我感觉急躁难安。倒不是因为这死一般的平静意外截停了我们的旅途，将我们与世界隔绝开来，而是因为它让我离开了一些更重要的东西，即船舱内的世界，在那里我可以用手指抚摸珍珠，与面前桌子上的吉姆聊天。我的生活一直是从那里展开的，现在我却无法接近。

第二天，我查看了那个卡纳克人的肩膀。白色绷带上有黄渍，伤口渗出了脓液，快愈合了，但边缘还有红肿。我尽力做了清洗工作。那卡纳克人的蓝脸上依然没有表情，但每次我碰肿胀的伤口，他的肩膀都会抽动。我往上面浇了威士忌，任他的卡纳克同伴为他换绷带。我知道他们也在处理他的伤口。他们有自己的治疗方法，我不打算干预：我已经开始怀疑自己所用方法是否有用了。

那卡纳克人的感染让我产生了恐怖的想象：我觉得我们四周淤滞的空气都被下了毒。我们身处大海中央，却感觉周围有一片茂密的丛林，腐烂的植物吐出有毒的气体。只有我一个人感觉到，一只巨手在挤压他的胸膛吗？

我看着那些卡纳克人。他们的行动似乎也变迟缓了。他们也像我一样呼吸困难吗？这种平静，这种将我们钉在无垠大海上的平静，也压在他们身上，像一具死尸吗？他们蓝色面具下的深色眼睛里也开始浮现不安的疑问神色吗？就像污浊的沼泽地底开始冒出气泡，他们的内心也冒出了迷信的恐惧，想为我们这种被诅咒了一般的死局寻找更多解释吗？我这个陌生人不属于他们族群，他们的答案会是把我当作赎金，去对付这难以解释的处境吗？

我们投下钓鱼线，但没有鱼咬钩。我再次感觉到，周围的一切生命都已经消失。海水深处已经和表面一样平静了。我想游游泳来醒醒脑子，没有做不是因为怕鲨鱼，而是担心在接触水面那一刻，大海就会将我吸下去，我将永远消失在黑暗之中。

第四天，我查看了我们的补给。还剩半袋芋头、几千克大米。我不害怕挨饿，因为我还有足够的常识，知道大海会在某个时候，将它的丰饶释放一些出来，我们可以钓上一条金枪鱼。淡水是我们面临的大问题。从那座岛上获得的补给不够，淡水即将用尽。一场大雨或许能满足我们的需要，但天空依然是一片残忍的蓝色。我只能定量供应淡水，却又害怕这样做会引发暴乱。所以我决定从现在开始，我们一起在甲板上用餐，这样卡纳克人就能看见，每个人分到的水一样多。

我们并不平等，也不应当平等。船上成文和不成文的规矩都必须遵守。但我们所受的苦难应该平等，否则我们永远也不可能一同熬过去。我慢慢开始明白，对一个羽翼刚刚丰满的新手船长来说，这种不能航行的局面，比任何风暴带来的挑战都大。

我们每天都会持续放下钓鱼线，但总是一无所获。鱼避开了我们的船。我看到那些经验丰富的卡纳克人也露出了困惑的表情，他们这辈子都待在这一带的海域。我们身处大海中央，却钓不到一条鱼！我们被诅咒了吗？

　　每顿饭我给每个人都分一杯水。某天，我查看了一下最后一个水桶，发现快见底了，至多还能坚持两天。我们唯一的希望就是信风开始吹拂，带来降雨。

　　到了第七天，水耗尽了。随着烧热的涨退，吊床上那个卡纳克伤员的轻声呻吟也时断时续。他皲裂的嘴唇再也得不到水分的滋养了，他的眼睛向上翻着，像是希望顺着索具逃走。眼睛重新闭上之后，他又开始呜咽了。没有其他声音打破船上的寂静了。他的呻吟既是生命的象征，也是我们即将迎来的命运的预兆。

淡水耗尽的第二天，我们正吃着海水煮的芋头时，一个卡纳克人突然指向海平线。我抬头看到一朵云。它低低地垂在水面，迅速而奇怪地移动着，仿佛沸水锅中飘出的蒸汽，只不过它没有像蒸汽一样上升，而是立刻向四面八方扩散开去，仿佛秋日马斯塔尔郊外田野上空聚集的一群群迁徙的椋鸟。阳光穿透了这朵云，它正缓缓向我们靠近，尽管依然没有风。它像是在搏动，仿佛里面有旋风在搅动，摇晃着一片茂密森林里的树叶。

接着，那云飘到了我们上方，很快我们就感觉像是站在秋日森林中，数不清的枯叶落在我们身上。这时候我才意识到，那并非枯叶，在我们周围旋转的是活物，它们正扑扇着丝绸般的黄色翅膀。我们被一大群蝴蝶包围了。

一定有几百万只。在很远的地方，远离我们现在所处的这片残暴的平静海域的地方，肯定起了一场风暴。风暴将它们从一座岛上吹了过来，吹到了大海上。它们一定是在寻找陆地，结果却找到了我们这艘在劫难逃的船。它们落在各处，落在索具上，落在数不清的绳索上，将松垂的船帆覆盖，使之变成明亮的黄色挂毯。几分钟的工夫，这群筋疲力尽的昆虫就将飞云号变成我们认不出的模样。

蝴蝶还落在我们身上，显然无法区分木头、绳索、帆布和人类的皮肤。它们也和我们一样极度干渴，伸出细小的管状长嘴在我们皮肤上四处试探，想吸取其中的汗液。不像蜜蜂蜇和蚊子咬那么疼，但很快就刺痒难忍，逼得我们几欲发狂。我们一放松下来，那些生物又一群群地落在我们身上，寻找嘴唇和眼睛里湿润的角落。我们只得紧紧闭上以寻求防护。如果张嘴怒吼去吓唬它们，它们会立刻挂在我们的牙齿上，盖住我们的舌头，扇动着翅膀挠得我们的上颚发痒。

我们像盲人一样，摇摇晃晃地胡乱砍打。但我们是它们最后的救命稻草，没有任何东西能将之吓退。我们将一些拍烂在脸颊上、额头和眉头，但另一些还是在不断飞扑过来，纵使扑向毁灭也在所不惜。我想我们都乐意跳进海里好摆脱掉它们，但船四周的海域也被占满了。飞云号如同教堂地板上停放的一副棺木，四周撒满了鲜花。

我趁机将眼睛睁开一条缝，想找到去栏杆的路，却看见一个卡纳克人，他蓝色的脸庞和脑袋也被蝴蝶盖了个半满。我一时间竟然忘记了危险，看着眼前的可爱画面怔住了：只见他圆滚滚的蓝色脑袋被包裹在一片柠檬黄中，那些昆虫正慢慢扇动着半张的翅膀，而他的黑色眼睛正从那些闪亮的扇子背后向外看。和我不同的是，他似乎觉得十分舒适。是不是因为他已经接受命运并且投了降，我从来没弄清楚。因为下一刻就有水花泼溅在我脸上。原来早有一个机智的卡纳克人从海里舀起一桶水，将他自己和其他人弄湿。其他人也如法炮制，直到这一刻，我们才成功摆脱那些扑扇翅膀的寄生虫。

片刻后，蝴蝶又落到我们脸上和光着的躯干上寻找水分，最后又终于放弃。我们倒在甲板上，现在上面已经满是被踩死和淹死的蝴蝶，黏糊糊的。仿佛船上的所有生物都已经精疲力竭。

我无意间看了一眼那个卡纳克伤员睡的吊床。疲惫的他刚才根本没有能力防卫，此时数不清的纸片一样薄的翅膀正震颤着，已将他埋起。我们把水桶拿过去，将水泼在他身上，然后再擦掉他皮肤上剩下的几只昆虫，甚至根本不知道他在下面是否还活着。他唯一能做到的防御动作，便是用胳膊护住脑袋。我们发现他时，他仍然维持着这个姿势。他的胸口在起伏。他还在呼吸。

我们在甲板上为他清出一块空地，将他放在那里。我从自己的舱室里给他取来一条床单，又给我们其他几个拿来干净的衬衫。梯子上、舱壁上，就连客舱门前的小走廊的地面，也都落着厚厚的一堆堆蝴蝶。我不得不把它们从门把手上拂去才能进入。门开后，其他蝴蝶立刻飞离舱壁，拥入此刻尚未被占领的全新领域。吉姆还在桌子中央，和我离开时一样。蝴蝶落在他白色的头发上，那些美丽的翅膀仿佛一种装饰，而它们也仿佛在向他表达某种敬意，虽然这个人无法为它们提供任何东西。但至少他不会介意它们的入侵，不会将它们打掉。

我离开吉姆返回甲板，拂去刚刚在舱内落到我脸上的一层蝴蝶。随后我们——船长和船员——一起坐了下来，都穿着我从刘易斯的抽屉和我的水手储物箱里找到的衬衫。

那天接下来的时间，我们就待在甲板上，天黑以后就睡在那里。蝴蝶已不再搅动。再也找不到更多的水了，我们也吃完了最后一点儿芋头。这个世界不仅没有一丝风，也没有了所有的一切。徒留我们和数百万只蝴蝶。其他的一切都死了。大海已经停止呼吸，我们正头枕在它毫无生气的胸膛上。很快我们的心也会停止跳动。

我不迷信，也不知道卡纳克人是否迷信。他们很可能是迷信的，只是他们口中的信仰，在我们看来却是迷信。但我觉得，这令我们窒息的死一般的平静是某种惩罚，不为杰克·刘易斯的所作所为（因为如果死后真有判官——我觉得没有——那杰克·刘易斯此刻就在他面前），而是为我犯下的某桩罪行。

运气让我成了飞云号的船长。我毫无准备，而且太年轻，但这不是借口。船长就是船长，我却没能履行职责。

我总是坐在船舱里，和吉姆和满满一包珍珠待在一起，想着我自己，而非我的船员。就算我想过那些卡纳克人，也只是因为我害怕他们会阻碍自己的计划。

那我应该怎么做？我不能御风，不能让它服从我的命令。我该怎么为这诅咒一般降临我们头上的平静负责？

发烧，干渴，令人窒息的酷热，将死的蝴蝶，大海的铅灰色盖子，白日里煤气火焰一般蓝的天空，夜里越来越遥远的星辰，一定是它们影响了我的大脑，驱赶着我的思绪走上了这条疯狂的道路。

有人完全理解大自然吗？风为什么会突然停下来？

是不是因为大自然根本不在意我们是死还是活？

怪罪自己似乎是一个远远没那么吓人的选择。

我站起身，下楼走进船舱抓住那包珍珠，然后返回甲板，竭尽大不如前的力量，将它远远地丢进了海中。

　　这是我唯一的赎罪方式，也是我最终摆脱杰克·刘易斯的唯一办法，因为我知道他还在船上。我一直在和影子一同航行，生活在一个都是幽灵的世界。这种做法虽然迷信，但直到今天，我依然感觉自己当时的行动完全合理。终于扔掉那包从来不属于自己的东西之后，我也从愚蠢的梦境中清醒过来。我已经赢得了自称船长的权利。现在我想起了身为船长的荣耀，以及他唯一的职责，那便是带领船员活着回去。

　　我已经将所有未来的梦想都丢下了船，只留下一个期待，那便是暴风雨会降临，然后将我们从这硬化的岩浆一般无法动弹的境地中解救出去。

　　我站在栏杆边，在海上四处搜寻，可海面依然没有变化。我转身看向卡纳克人，他们都伏在甲板上，那个受伤的朋友俯卧在他们中间。他们看着自己的双手，在这令人窒息的酷热中打着瞌睡。

　　我不知道他们是否看见我将珍珠丢入了大海。如果看见了，他们一定会觉得，我是在向一位和他们的神明没有多少区别的神明献祭。

　　但我那么做不是为了取悦任何神明。我是为了自己，为了再次确定我的责任感。

　　太阳落下去了，恰如自死寂攫住我们以来的每个傍晚。在死寂攫住我们的第一个晚上，它像一颗红色子弹，射进了我的心脏。现在它的颜色变得更加深沉，不像血，而像弹孔本身。整个世界都是猎物，被一个未知的猎手杀死了。

我是被噼里啪啦的声音吵醒的。一开始，我刚从睡梦中醒来，以为酷热导致飞云号自燃，船上失火了。随后我意识到，这并不是干木头燃烧发出的噼啪声，而是什么东西重重地砸在头顶遮阳篷上的声音。我用手肘撑着坐起来，感觉到一阵风扑打在脸上。起风了。而且它带来了雨。

我站在栏杆边张开嘴。冰冷、沉重的雨滴落在我脸上。它们击中我的肩膀和赤裸的胸膛，我打了个冷战，体内仿佛有什么东西复活了。

我听到身后有动静，转过身去。那些卡纳克人来了，还搀着受伤的同伴。我们一同站在栏杆边，任雨水将我们浇透。我以前从来不知道真正的干渴是什么感受，也从未像被最初的几滴雨水打湿嘴唇时那样感恩过。我又咬了几口空气，一时间简直忘记了自己是谁。

大海开始翻搅，最初的几波海浪试探性地打在船身侧面时，船只是微微晃动着。它仿佛已经等待许久，希望接到邀请再次动起来。第一道海浪碎了，浪花在月光下闪烁着白光，我们头顶的斜桁在风中重重地拍打着。一场风暴正在酝酿。

我们匆忙奔走起来，操纵船只做好准备。雨水聚在遮阳篷上，压得它垂了下来。在把它摘掉之前，我们先把水桶接满了。喉咙已不再干渴，但我们已经有好几天没吃过东西了，忙碌起来时，能清晰地感受到身体有多虚弱。不过没关系，即便要在没有食物供给的情况下迎接暴风雨，我们也无法抑制住自己因为风和雨的回归而感受到的喜悦。复活的风在索具之间咆哮，每次我大吼着下达命令，卡纳克人都用我听过他们唯一会讲的一句英语回应"是，是，先生"，就像一个合唱团在回应一个独奏者。

听起来或许奇怪——甚至鲁莽，我们是怀着兴奋驶入暴风雨的。没有任何其他词语能形容我们的心情，我们全身都湿透了，但还是紧紧地盯着海浪在四周摔打，将大片大片的飞沫推得高高的，让海天融为一体。我们给飞伸三角帆拴了两根绳索，很快又不得不放下除前桅帆以外的全部船帆，防止桅杆和索具脱落。我将自己捆在舵盘上，巨大的海浪在我们头顶发出雷鸣一般的轰响。从船首到船尾，没有捆牢的东西全部被冲了下去。我在舵盘旁待了两天。可以每隔四小时就命令一个卡纳克人来换班的，但我没有。倒不是因为我不相信他们，而是我必须向自己证明一些事情。我想他们能明白。

卡纳克人将绳索拉开并铺在甲板上，要在船上活动时，就拉着绳索前进。但大多数时间，他们也和我一样，把自己捆在一个地方。他们将伤员捆在索具上海浪打不着的地方，不时还会爬上去送一杯水润润他的嘴唇。有一个也给我送过水。

一道海浪将一条金枪鱼冲上甲板，这是一个信号。之前，鱼都躲得远远的；现在，它们找到了我们。大海是慷慨的。两道海浪之间的短暂时刻，一个卡纳克人猛扑上去抓住那条鱼，用刀子将它破开。他给我送来一块生肉，拿过来时那肉还在他手中颤动。

暴风雨持续的两天里，我的狂喜心情丝毫没有减弱。我手握舵盘站在那里，用绳索将自己绑在岗位上。就算感到疲惫，我也完全没有注意到。

最终，到了第三天，风平息了，于是我解开绳索，允许自己松一口气。有那么短短的一刻，我就那样摇摇晃晃地站在甲板上——直至突然间被疲惫压倒。我想我要晕倒了，只能回到舵盘旁边撑住身体。我的目光落在甲板上，想恢复平衡。

再次抬起头时，那几个卡纳克人在我身边围成一圈。受伤的那位也从索具上下来了，不靠支撑站着，仿佛挂在绳索上让他的伤情好些了。我伸出手，他们看着我的动作，也伸出自己的手，一个接一个地与我握手。他们没有说话，没有露出点亮黝黑脸庞的笑容。他们只是握着我的手摇晃。我不知道他们是不是从白人那里了解了这个动作的含意，还是说他们也会使用这个手势。但在那一刻，我知道这个动作的含意。我们已经达成协议。他们是水手，而不是野人。

我走下甲板，躺在杰克·刘易斯的铺位上。我感觉自己已经挣得了睡在这里的权利。直到第二天早上，我才发现吉姆不见了。我记得自己把他留在了桌子上——此刻他却不在那里。我找了底层铺位，找了锁闭的橱柜，却遍寻不着他的踪影。最后我趴在地板上，他才重新现身。原来他滚到了一个角落，不知为何，他以那种卑微的姿态滚落到了并不十分干净的地板上，这个发现让他身上的恐怖色彩消失了，而原本这既对我充满吸引力，又让我想排斥。我擦掉他头发上的灰尘，用磨损的布皮将他包好，重新锁进橱柜。

我从未想过要像扔掉那些珍珠一样将他也丢进大海，一刻都没有。他不再是个威胁。吉姆是杰克·刘易斯黑暗内心的见证物。我也进去见识过，而且平安归来了。

我们花了一个礼拜才抵达萨摩亚，但在这段时间里，我都没有想过旅途的目的，而是忙着履行作为船长的义务。我测量太阳的高度，标绘我们的航向，关注船帆的状况，下达命令。我们有许多淡水，靠吃鱼肉生存。我们没有看见其他船只，信风也总是从同一个方向吹来。

　　当我站在船首，看到海浪永不止息地拍打着，白色浪花像撒在石地板上的珍珠一般闪亮时，我想起杰克·刘易斯说过的话：一个年轻人应该游历所有大海和其中的每一座岛屿。可当我的目光投向船尾，看到带状的白色尾迹在阳光下闪烁时，我突然想到那是一种桎梏。我知道从自己成为飞云号船长的那一刻起，我就既是自由的，也是被束缚的。

　　大海是如此浩瀚无垠。它能带你去任何地方，但也能将你束缚。

　　阿皮亚港形如一个瓶颈，是个被两座半岛环绕的大型海湾。西部的半岛名为穆利努乌，东部的名为马塔乌图。半岛以外还有一座暗礁，有点儿像马斯塔尔港周围环绕的防波堤。这里海浪轰鸣，你很难听见自己的说话声，即便是在五千米以外，阿皮亚港背后高耸的绿色山峦中，你依然能听见海浪的怒吼。在阿皮亚，如果有位船长想在暴风雨中通过暗礁上的缺口，结果造成船难，没有人会说他航海技术糟糕，因为那几乎不可能做到。相反，他们会说他不负责任，或者无知，因为每个人都知道，天气条件恶劣时，如果有风迎面吹来，开阔的外海比他们这个毫无遮蔽的海湾更加安全。

但当我在船长刘易斯的舱室弓身查看海图时，我对这些一无所知。对我来说，阿皮亚不过是地图上的一个地名。不过从那次以后，我就了解到，如果让船失事能拯救一个人的荣誉，那么船难也可能是件受欢迎的事。

随着我们逐渐靠近阿皮亚，我心里一直非常惦记自己的荣誉。我该如何解释自己是怎样成为臭名昭著的飞云号的船长的？关在货舱里的自由人、晨星号上的食人族、杰克·刘易斯之死、扔进大海的一皮包珍珠——谁会相信我的故事呢？

但我已经与这艘船绑定了，如果没有它，我不可能抵达目的地。杰克·刘易斯和我是不可分割的。他设计了航向，我除了追随，什么也做不了。从现在开始，不管人们觉得我是杀害他的凶手，还是他的同谋，我的荣誉都将与他联系在一起。

我也考虑过更改航向，但我要负责的不只是自己一个人。况且我们还能去哪里？我们不可能只吃鱼肉过活，只靠天气之神来补充淡水。我感觉自己的命运已被浇铸完成——而且不可逃脱。只剩一件事可以坚持，那便是履行我作为船长的义务。我必须率领这艘船和上面的船员前往安全的海港。

但我在盘算时，却忽略了一个因素：大海。

每个水手都了解这种苦涩的感受：海岸就在附近，但你知道自己永远也无法抵达。还有什么比陆地近在眼前，却只能溺死更让人心碎的事吗？我们之中有哪个不曾至少经历过一次安全港就在眼前，心头却一直笼罩着它会溜走的恐惧？

我想，与灰白色的狂暴大海完全抹去地平线的痕迹相比，溺死也就没那么骇人了。但最后一次闭上眼睛，忘记某件宝贵的事物——一个希望，一只朝你伸来的手，那种感受一定是最糟糕的。就连恐惧也需要有一根准绳，而为未知准备的准绳当然是已知？

我们能看见陆地。当萨摩亚的绿色山峦出现在地平线上的时候，一阵大风吹进了船舱，仿佛它一直潜伏在海岛背后，等待着我们的到来。我们坚持了二十四个小时。上一刻，我们被抛到一道山一般高耸的海浪顶端，得以一瞥萨摩亚的身影；下一刻，又一道海浪将我们的船头重重地压在水下，世上又一次只剩下我们和大海。我们一直未能拉近与目的地之间的距离，但也没有离得更远。接着，又一道巨浪打来，船身打横倾倒了，支撑桅杆的紧绷的侧支索和拉索嘎吱一声断裂了，桅杆和索具都倒塌下来。那感觉就像我的一条肢体被切断了一部分，此刻只靠着几束肌肉悬挂在躯干之上。

我依然相信，我们能够驶出风暴。在那座甲板上，我有充分的自信。但我意识到，真正威胁我们生存的，并非残损的船，而是我们自身的疲乏。因为近来经受的磨难，我们的身体依然虚弱而疲惫。在那样的状态下，我们根本不是风暴的对手。我们必须登上陆地。

虽然从未来过阿皮亚，全然不知在暴风雨中强行通过暗礁上的缺口有多危险，但我明白我们所有人都面临着相当大的危险。如果撞上暗礁，船沉了该怎么办？在与潟湖中的土著搏斗的过程中，我们已经失去了小艇。我们会在距目的地咫尺之遥的时候溺死吗？

我让那几个卡纳克人将桅杆锯成段，捆扎在帆桁上，做成一个简易的救生筏，万一我们没能穿过暗礁，还可以划着它渡过最后一段距离，抵达阿皮亚。与此同时，我让飞云号转而顺着侧风的方向——这个办法和我们要使的其他招数一样充满危险。如果那一刻有一道巨浪砸在我们头顶，那么一切都结束了。我们都知道，所有人都命悬一线。

卡纳克人很卖力，集中精力使着斧子，很快筏子就在甲板上固定好了。我很早就将父亲的靴子和吉姆放进水手储物箱中了，这时也下令让卡纳克人将它们绑在筏子上。随后我打直船身，向暗礁开去。

在一道海浪的顶峰，我再次看见了萨摩亚，就在风暴之中毒药般的紫色天空下方。在岛上绿宝石色的山峦之上，阳光已经突破云层，突然照亮了山体——我不能说是这景象激励了我。相反，它让我感觉到，天气在愚弄我们，在嘲笑我们徒劳的生存希冀。

我紧握着舵柄，像以前一样感受着大海的力量。舵盘在手中猛烈抽动，像是在与我掰手腕。海浪推着船往相反的方向前进。突然间，我感受到一股新的狂暴力量抓住了船体。是洋流，它站在我们这一边，抵抗着风暴，将我们直接吸进了海湾的颈口。舵盘再次摇晃起来。那一刻，我失去了对它的控制。或者说对我自己的控制。

是我放松了警惕吗？是我失职了吗？我无法回答这些问

题，它们至今仍萦绕在我心头。

一道巨浪将我们抓住并抛向暗礁，整艘船都在震动，最后一根桅杆也从船上掉了下去。我发现自己背靠着一道栏杆，一侧的肩膀和手臂疼得厉害，我以为它们被压断了。接着又一道浪砸在船上，几乎要将它掀翻。水花像瀑布一样倾泻在甲板上，然后又冲回大海——也将我冲下了船。我抓住一根断裂的索具，手臂被它拖住时，疼得大喊起来。我设法抓紧不放，这样我至少知道手臂没有断。船一直没有恢复平稳。每一道海浪砸在它身上，都像一个拳头猛砸在一张毫无防备的脸上，一切都被砸成了碎片。我紧紧抓着那段索具，重新爬上歪斜的甲板，看见卡纳克人已经割断固定救生筏的绳索——筏子正沿着甲板往下滑，很快就消失在翻腾的泡沫中。那几个卡纳克人也跟着跳了上去。

我犹豫了片刻，然后也纵身一跃。连绵的海浪不停翻腾着越过暗礁，将我吸了下去：我感觉到有尖利的珊瑚在割我的脚，随后水压又将我挤了上去。等我冲破海面，只见筏子就在两米开外的地方。我划了几下水就够到了它，卡纳克人将我拉了上去。

我们紧紧抓着救生筏，希望海浪能将我们带进潟湖。那暗礁卡住了船，却将我们这只平底救生筏放了过去。我以为我们终于在海湾里找到安全地带了，结果却是误判。这里的海水也在翻腾。暗礁打断了海浪的节奏，却没能将它们阻断。海湾颈口里的海浪和外海一样强劲。

筏子和捆扎用的绳索都在呻吟。

但此刻将我吞噬的却并不是恐惧，相反，我感受到一种巨大的释放感扩散开来。我终于摆脱了飞云号。等我抵达陆地，就能将杰克·刘易斯甩在身后。我相信大海会抹去飞云号的所有痕迹。我心里已经为它重新命了名，换了一个熟悉的名字，约翰妮·卡罗利妮号，就是那艘随汉斯·乔根一同沉在波的尼亚湾之前我们都梦想着能乘坐的马斯塔尔纵帆船。我要将故事改头换面——谁又能否认呢？我不是不想为自己的行为负责。只是我不打算为与自己无关的罪行承担责任。这是避开杰克·刘易斯及其丑陋行迹的方法。

我们仍然紧紧抓住筏子，海浪的重击一下接着一下。在这样连续的捶打下，筏子在不停地震动。此刻绿色的山峦就在眼前，但已经被阴影笼罩，毒药般的紫色云层遮挡了太阳，抽打山峦的雨水似乎和砸在暗礁上的海浪一样凶猛。这是风暴最猛的时候，海岸尽管就在附近，却不能让我们有任何喘息的机会。

我们能听见海浪的轰鸣。我用手肘撑起身体，能看见我们离白色海滩有多近。从我所在的浪尖看过去，我似乎与摇晃的椰子树顶一样高。就在那时，我意识到自己所抱的希望毫无道理，这显而易见，我就像坐在一座即将坍塌的房屋顶上，我们乘的海浪会将我们打碎，全部抛进海底。伴随着无数瀑布的怒吼，救生筏裂开了，从我身下射向了远处。我在快速旋转下落，天在下，而海在上。

我不能说眼前一片漆黑，事实上，是像热带海洋一样的绿。我落了下来，落在某个被记忆遗忘的地方，这里有的只是虚无。醒来时，我躺在一个卡纳克人的怀中。在我们身后，又一道巨浪拍过来，之后又摔得粉碎。我看见我们身处翻腾的泡沫中央，巨大的海浪耗尽了力气，然后投降，被沙滩吸了下去。可我们找不到立足点。我呛了一大口水，喘不过气来，救我的人的蓝色脸庞依然一动不动，正专心拖着我们俩游完到海岸的最后几米。我看到他缺了一只耳朵，意识到他就是我从潟湖背到船上，后来又照料过的那个卡纳克人。现在我们两清了。

又一道海浪冲过来。惊恐中我胡乱踢打着脚，可一只脚却触了底。我想站起来，很快又失去了平衡，于是改成四肢着地，爬着穿过了汹涌的泡沫。海浪耗尽了力气，形成一道激烈的水下逆流往后撤去，喷洒在我脸上，从下方拉扯着我的四肢。就在我又要被拉回海里时，那个卡纳克人抓住了我。我靠着他的支撑，站直身体走完了最后几米。

海滩上一片荒芜，我们像是到了一个被遗弃的世界。我早已筋疲力尽，想倒在沙滩上，但沙尘暴抽打着我半裸的身体，让我浑身刺痒。接着，我听到一个响亮的断裂声，抬头看时，是一棵椰树断成了两半。上半截从空中翻落下来，落在一座小屋的屋顶，小屋应声倒了下去。我们不能待在这里，如果想寻找避难所，必须继续向内陆走。

身后传来一声叫喊。我转过身，只见又有两个卡纳克人在海浪中挣扎，然后跌跌撞撞地走上了海滩。接着又出现第三个。现在全部船员都安全着陆了。蓝色的脸庞让他们看起来像是从沸腾的泡沫中诞生的男人鱼。

我感觉到巨大的安慰。飞云号沉了，但我没有弄丢一个人。事实上，他们不仅自救成功，还救了我，我不能居功。不过，他们幸存下来了，这让船的失事变得更易接受。

近处的小屋都是空的，经过时，风拍打着我们的背，推着我们向前走，所以我们几乎都站不直身体。很快我们就放弃了踉跄奔跑的姿势，换成四肢着地往前爬。周围到处都能听到树叶撞击地面所发出的沉重声响，暴风号叫着穿过剧烈摇晃的椰子树干。我将注意力集中在手和膝盖上，那是我在这可怕的天气中仅有的能接触地面的身体部位。感觉我们像是在爆炸中被抛进了无垠的宇宙。

最后我们的呼救声终于得到了回应，有人让我们进了小屋。里面没有生火，居民都坐在那里，吓得不敢出声，像是希望让自己隐形，来躲避暴风雨的怒火。小屋在摇晃，屋顶的震颤给人以不祥感，但它坚持住了。我太累了，无心顾及会给主人留下怎样的印象。我是一个遭遇船难的水手，只想寻求庇护。我是个白人，可这对他们来说没有区别。暴风雨将我们都变成了平等的人。

很快我就睡着了。醒来时，四周一片安静。是夜里，我听到周围熟睡的人的呼吸声。我往黑暗中看了一会儿，然后重新进入睡眠。

次日早上，我离开了那几个卡纳克人。我们第二次，也是最后一次握手。救我的那个独耳人一只手搭着我的肩膀，目光从他脸上深不见底的蓝色中射出，固定在我身上。我回应了他的目光，感觉我们之间存在一条纽带，虽然我想那应该不是友情。我们以前一句话都没说过。但此刻，就在我们即将分别的时候，他们每个人都说了句什么，我至今还记得，是"帕莱亚""洛亚""考乌"。第四个词很长，类似于"凯利伊基亚"，但我不确定。当时我以为这些词的意思都是"再见"。后来我突然想到，他们告诉我的是自己的名字。

我走下海滩，浪依然很大，但空气中已不再弥漫着飞沫。随处可见被砸烂的椰子树，以及被风雨摧毁的小屋。我想到我们是何其幸运啊，那间避难的小屋竟然顶住了暴风雨。我壮着胆子，尽量走到离海浪近一些的地方，在这片沙滩战场上不安地搜寻起来，生怕看到飞云号的残骸，因为那样就会证明我准备的故事是假的。一根帆桁，一块木板，或者一个舵盘还好。但一块船名板却可能毁掉一切。我扫视着海平线和暗礁所在的位置，却没看到一丝船的影子。大海已经彻底毁灭了飞云号，不管它的残骸最终落在何处，可以确定的是，不在阿皮亚的海滩上。

我的水手储物箱绑在救生筏上，但我完全不抱能再见到它的希望。失去它是我与杰克·刘易斯切断联系所必须付出的代价。

我在海湾的西部，靠近穆利努乌，我在地图上查看过。我沿着海岸向东走，希望看到一些能证明有白人在此的建筑。很快我就在椰子树后发现一些红瓦砖房，便朝它们走了过去。这些房子也没躲过风暴的侵袭，有一座塌了一面山墙，另一座瓦片被掀飞了，裸露出里面的椽子。

这里的建筑很稀疏，房屋都散落在椰子树丛中，没有聚集在一起形成街道。我感觉到财富和秩序的氛围，房屋都很高大，通风良好，墙壁刷成了白色，带屋顶的走廊和宽阔的屋檐为住户提供了阴凉。这在阳光炙烤的热带地区是人们梦寐以求的建筑形式。白人和土著都在忙自己的事，井然有序的清理工作已经展开。

我漫无目的地游荡，感觉自己多余又陌生。当然，这的确是我的处境。没有人注意我，也没有人向我打招呼。我猜许多人都只是路过，商人、水手，以及像我一样的探险者。

我停下来查看一块刚抛光过的黄铜名牌，它在房子白墙的衬托下闪闪发亮。但愿这里会有个什么官方机构，我能进去提交自己编的约翰妮·卡罗利妮号失事报告。

上面用德语写着"德国贸易和种植协会"。

我刚读完上面的文字，就听见背后有人在清嗓子。我转过身，看见一位一身白衣的绅士。他的套装纤尘未染，熨烫得平平整整。扣眼里别着一朵新摘的木槿花，看上去好像昨天的暴风雨之夜，他都在为一场豪华的晚宴做准备。他头戴一顶宽檐帽，灰色的眼睛正从下面观察着我。晒成古铜色的脸颊上有几道浅浅的皱纹，髭须向两侧展开，形成半圆形，让人印象深刻。此刻他正用一只手抚摸着那两撇胡子。

"请问需要帮忙吗？"他用英语问道。我立刻辨识出他的口音，于是用德语作了答。

"我是一名丹麦水手，过来是想给我失事的船做汇报，来自马斯塔尔的约翰妮·卡罗利妮号，暴风雨中搁浅在阿皮亚港外的暗礁上。您能不能告诉我，附近有没有我能去的领事馆或其他官方机构。"

"啊，你是丹麦人啊。那样的话，我们差不多算同胞了。这里显然没有丹麦领事馆。至于有没有能去的官方机构……"

他耸耸肩，仿佛那个词在这一带并没有什么意义。他放开髭须，在地上看了一会儿，像是在寻找什么东西。随后他将两只手背在身后，换上一副沉思的神色。"好吧，我差不多算是领事；我是说，我是德国领事。所以我想我应该是最适合处理你的案子的人。我的确听说有艘船在暗礁上搁浅了，但暴风雨太猛烈了，不可能做任何救援。我们自己能活下来就已经是个挑战了。"他伸出手，"海因里希·克雷夫斯。"

"阿尔伯特·马德森。"

"马德森？这个姓氏听起来很耳熟。"他摘下帽子，用手帕擦了擦眉头，"不过这里的炎热气候对人是有影响的，能毁了人的记忆力。"

"他也是丹麦人。"我说，我的嘴巴已经干了，心脏怦怦直跳，"萨摩亚应该还有一个姓马德森的人，"我继续说，"我想见他。"

"是的，我敢肯定有那个可能。我四处打听一下。不过，我必须提醒你。在这一带会见同胞，结局并不总是愉快的。"

他一只手搭着我的肩膀，探询地看了我一眼，然后笑着说："进来吧。你看上去累坏了。不过运气总归是站在你那头的，不是吗？撞上阿皮亚的暗礁，还能完整活下来的人可不多。其他船员呢？"

"汉森船长没能挺住。"我简略地回应道，这是我撒的第二个谎，良心感到一阵剧痛。

"或许你可以洗个澡，吃点儿午饭。之后再做汇报。"

一个土著仆人帮我准备好了浴缸，他和主人一样，也穿一身纤尘不染的白色衣服。我脱掉肮脏的破烂衣服，在一面镀金边框的全身镜中审视自己的面容。镜框太过优雅，几乎让我自惭形秽。我瘦出了棱角，身上满是淤青。脸上也因为近来遭受磨难而留下了痕迹，有半愈合的割伤和擦伤。有一道将我的右眉分成了两半，脸颊上还有一条血红的线。我看上去像个醉酒的水手，刚从打斗中清醒过来，而非一个刚遭遇船难的人。我在想，为什么领事没有立刻打发我走。我感觉船难汇报只是走个形式，不会有人去调查，也不会牵扯到官方人员。我要和阿皮亚的其他居民混在一起，应该很容易，没人会注意海滩上多了一个流浪汉。

我甚至没必要撒那个谎。现在既然说出去了，就没有撤回的余地——海因里希·克雷夫斯应该不会揭穿我，甚至试都不会试。我猜他只是想证明自己的重要性。我现在的角色，就是让他能扮演恩主，让他解解闷——显然在这一带，飓风并不是新鲜事，算不上激动人心。也就是说，他给我的印象，和我在太平洋地区遇见的大多数白人一样：在文明与秩序的外表下，你能感觉到，他们全都有所隐瞒。

倒不是说我对海因里希·克雷夫斯的秘密有任何兴趣。我近来的发现已经足够多，够我消化一辈子的了。

我走出浴缸，发现椅子上放着一套白色套装，旁边地上还有一双粉笔白的帆布鞋。海因里希·克雷夫斯把他自己的衣服借给我了，但因为我比他高出许多，所以裤子和上衣都太短，衬衫甚至都扣不上。我只能完全放弃鞋子，赤着脚去吃午餐。我看上去还是个流浪汉，但是个幸运的流浪汉。

餐厅里凉爽宜人。白色落地窗帘滤去了外面的日光。餐桌上铺着织花桌布，上面有瓷器、银器和水晶杯。我在许多餐桌旁吃过饭，但没有哪张桌子能与海因里希·克雷夫斯的这张媲美。

这时他走了进来。他脱掉帽子，浅棕色的头发梳在脑后，用黏性发油紧紧定了型。

桌子是为两个人用餐准备的。

"你一个人住？"我问。

"我正处在事业起步阶段。我的妻子和三个孩子之后会过来。"

食物呈上来了。"一点儿小小的惊喜。"海因里希·克雷夫斯说道。

餐盘放到面前时，我难以置信地眨着眼睛。因为不知道那道精美菜肴在德语中叫什么，我便用丹麦语说道："Flæskesteg①。"

"对，Flæskesteg。"主人模仿得几乎无懈可击，"我当然去过丹麦，发现丹麦人和德国人都很喜欢吃猪肉。我知道你们丹麦人非常推崇烤到嘎嘣脆的猪肉，不过恐怕你现在只能放弃那个想法了。我的厨子做其他菜肴都很出色，但没有做那道菜的天赋。"克雷夫斯盯着我，然后指了指那道菜，"你可以随身携带许多东西。你可以重建家园，在周围摆满宝贝物件，以及故乡的文化作品，阅读熟悉的作家的书，吃儿时喜欢的菜肴，说自己的母语，就和我们现在一样。但又不尽

① 意为"烤猪肉"。

相同，因为有些东西永远无法重建。或许甚至是你一度想摆脱的那样东西。一个人起初为什么要离开？我经常问自己这个问题。你为何会来这里？你经历了船难，忍受了各种各样的折磨。都写在你脸上了。但所为何事？"

"我是一名水手。"我回答说。

"的确。但你为何要当水手？上帝当然不曾用手指着你，命令你出海吧？我猜那是你自己的选择？"

我摇摇头。

"我父亲是个水手。我的两个哥哥也是水手。我姐姐也嫁给了一个水手。我所有的同学都是水手。"

"波罗的海对你来说还不够大吗？它能满足大多数人。为什么要来到太平洋？你想在这里寻找什么？"

我憎恶克雷夫斯的好奇心，如果那是好奇心的话。或许他只是喜欢听自己的声音。他想跟我套近乎，但我不打算和任何人推心置腹。我再次低头看着餐盘，集中精神进食。

"这个真的很美味。"我说。

"我会向大厨转达你的赞美。"

我从他的语气分辨得出，他觉得自己受了侮辱。我拒绝了他发出的邀请，不肯信任他。我们之间已经产生分歧。

"这个马德森，"他终于提到这茬儿，"是你亲戚？"

我开始后悔提到了父亲的姓氏。但这是座大岛，我必须用这种或那种方式找他。

"不，"我撒谎道，"不是亲戚。碰巧来自同一个镇子。"

"还同姓？"

"马斯塔尔很多人都是这个姓。我答应他家人，要看看他过得怎么样。反正都来了。"

"反正都来了。既然你碰巧经过萨摩亚。"

他的声音里满是轻视。他不相信我，但没有直说，而是冷嘲热讽。

我不在乎。我洗了澡，还吃了一顿热饭。他要是想，现在就可以把我赶走。没有他的帮助，我也能自己想办法。我用织花餐巾擦干净嘴。

"谢谢招待我这么美味的食物。"我佯装礼貌地说。

我看得出，克雷夫斯正在重新考虑自己的处境。

"还有甜点，"他说，"请别忙着起身。"

走廊上吹着微风，细竹片制作的软百叶帘轻轻摇晃着。尽管正是热带阳光最猛烈的时候，但这里和室内一样宜人。土著们仍在忙着收拾昨晚风暴造成的破坏。海浪拍打着海滩。我看到远处的暗礁就像一道泡沫屏障，昨天我差一点儿在那里丢了小命。

克雷夫斯问过我船难的情况。我提到救生筏和汉森船长，当时他回甲板下的舱室去抢救船上的文书，再也没上来，约翰妮·卡罗利妮号最后突然倾斜，一道海浪将我们冲下了大海。他问及卡纳克人，我说他们和我一起活着上了岸，但之后就消失了，除此之外，我对他们一无所知。他耸耸肩，仿佛这个细节无关紧要。

他再次看着我微笑起来，很快我就识别出，这是一种意味不明的微笑。

"一顿好饭食竟然能达到这样的效果，真是令人惊讶。你难道不同意吗？"我点点头。"以我为例，"他继续说，"我的记忆复苏了。马德森，是的，我现在想起他来了。如果你觉得休息够了，我可以找个土著为你领路。那样一来，你最早今天下午就能见到他。"

"我真的不能这副样子去见他。"我说。连我都听出自己的声音在颤抖。

"当然不能，"克雷夫斯又笑了，"你是个恪守礼节的人，我现在看出来了。等你见马德森的时候，你想穿什么服装呢？"

"我自己的。"我说。

我能听出自己声音里的虚伪。在我看来，我们彼此都在演戏。但说实话，我在这出喜剧中找不到任何好笑的地方。事实上，我很害怕。这么多年过去，我害怕见到我的 papa tru，我害怕海因里希·克雷夫斯，因为他似乎知道我父亲的一些事，却不想告诉我。他已经感觉到，我有多么渴望见到我的父亲——他已经感觉到我的恐惧。他在玩弄我，但我不知道是为什么。他的目的是什么？

克雷夫斯借口离开了走廊。这天剩下的时间，我都在海滩上闲逛，对着大海思考着自己的处境，以及经历的这一切。我应该远离我的 papa tru 吗？我应该离开他——就像我应该离开死者，不打扰他的平静吗？因为如果不是我要寻找他，他对我来说已经和死人无异，和马斯塔尔长名单上溺亡的父亲、兄弟和儿子一样。我想从他那里得到什么，他显然不想和我有任何关系。他原本轻易就能回到马斯塔尔，但他没有。他排斥我们。一个十五年来一直背对着你，甚至不肯回头看你一眼的父亲，你要对他说什么？你拍拍他的肩膀。他转过身后，你要做什么？

揍他一拳？

傍晚时分，我回到海因里希·克雷夫斯的房子。他邀请我留下来过夜。我接受了，因为我不想在海滩上睡觉。餐桌已经为我布置好了，但克雷夫斯不在。

走进他们安排给我过夜的房间，看见里面的家居装饰，一开始我还以为那是克雷夫斯为他自己和盼望已久的妻子准备的。像是走进了一座帐篷，或是在船上的遮阳篷下。一切都是和餐厅里一样的梦幻风格，带顶篷的床大到足够两三个人睡，一面墙上悬挂的巨大镜子为房间额外增加了一整个维度。

这是我睡过的最奇怪的卧室，爬上床前我犹豫了一下。地板似乎更适合我。不过话说回来，我还从没在云彩上睡过觉，我觉得经历了这么多磨难，应该睡得舒适些，所以最后还是跳上了天堂一般的鹅绒床。

夜里有人试探性地碰了一下门把手，我惊醒了。门把手被推下去，然后又松开弹了回去。不久后，我听到走廊木板发出的嘎吱声。随后寂静重新降临，我又迷迷糊糊地睡着了。

第二天早上，我是被敲门声叫醒的，困倦地应了门。仆人走进来，手臂上搭着一堆叠放平整的衣服，一只手中拿着一双高筒靴。

"您的衣服，主人。"他说完便消失了。

我展开衣服，惊讶地看着它们。的确是我的衣服，但不是昨天穿的那些。而是我曾在岸上穿的衣服：深蓝色长裤和短上衣，有领白色亚麻衬衫，以及我自己缝补的灰色羊绒袜。那双靴子我拖着跑了半个世界，是我的papa tru的。我确信筏子沉在阿皮亚外海湾时，我为数不多的随身物品都丢了。但此刻它们却出现在这里，在我手中。

我穿好衣服，蹬上靴子。几个月没穿过它们了，感觉很沉重，而且在这炎热的天气中穿着很不舒服。我向餐厅走去时，双脚很疼。海因里希·克雷夫斯在等我用早餐。他像往常一样穿着纤尘不染的衣服，扣眼里别着一朵新摘的木槿花，头上擦了发油。我的水手储物箱放在织花桌布上，在这整洁的房间里，它看上去就像一大摊发霉的污点。上面写着我的名字，是我亲手写的。

"昨晚漂上岸的，"克雷夫斯说，"我一个手下找到了它。"我没说话。"我猜那颗萎缩的人头不是你家人吧？"

"不是，"我回答说，"他叫吉姆。"

"好吧，那句话足够解释一切。他也是马斯塔尔人吗？"我摇摇头，得出的结论是最好不要回答。"你是个非常有意思的年轻人，阿尔伯特·马德森，"克雷夫斯的目光越过杯沿看着我，"非常有意思。"

"而你未经允许就偷看他人的物品。"我眼也不眨地回看了他一眼。希望他看不出我有多么愤怒。

"不这么做，就永远也了解不到任何信息。"他说话时没有转移目光。

"你想知道什么？"

"许多事，"他说，"你像人鱼一样从海浪里爬出来，子

250　　　　我们，被淹没的

然一身地出现在这个世界，说着你从哪里来、你是谁的故事。但这个故事没有人能确认或否认。"

"我的名字写在那个储物箱上了。"

"而里面有一颗萎缩的人头。还是个白人。"

我伸手去拿银质咖啡壶。

"那是另一个故事了，与你无关。"

"没必要生气。你说得很对，与我无关。顺便说一句，你可以放心了，你的朋友在海上没有受到损害。想想真是不可思议，你不觉得吗？"

克雷夫斯搅动着他的咖啡。我听不懂他说的话。他在耍我，而我感到憎恶。

男主人歪着头仔细打量我。接着，毫无预警地，他吹起了口哨，是我没听过的旋律。

"如此疏离，"他终于再度开口，听起来几乎像是在说他自己，"如此年轻，如此愤怒，如此难以接近。多么令人悲伤。"他摇摇头，"啧，啧，啧。"接着他继续说道，"目前为止，你最异乎寻常的地方在于，你对你那个同姓人的兴趣。你瞧，那种兴趣——这件事你可以信任我——在阿皮亚这个地方，是任何其他人都不具有的。"他突然站起身，"好了，我们出发吧。"他冲仍放在餐桌上的储物箱点点头，"你最好带上它。我猜你想留在你的——"他迟疑片刻才哑摸着那个词说，"朋友那里。"

我点点头，一时却不知所措。我之前甚至没有想到那一步。不过，我想克雷夫斯是对的。我会待在我父亲那里。他十五年来从未回头看我一眼，现在我轻轻拍拍他的肩膀，他就会转身邀请我留下吗？我感觉之前的不安又回来了。这一切都考虑欠周。针对旅途的这一部分，我真的没有海图可参考。

我站起身，拿起那个储物箱。

"当然，随时欢迎你回来，如果和朋友在一起待得不愉快的话。我会很乐意重新了解你。"克雷夫斯夸张地鞠了个躬，然后用手画了一条弧线指着大门，"你会骑马吗？"他问。我们从走廊步下台阶，两匹已经备好马鞍的马正在待命。

"这个嘛，我可以试试。"我说完便将一只脚踩进了马镫，希望动作看起来老练。接着我摇摇晃晃地爬上马背。有一瞬间，我以为自己要从另一边滑下去，能感觉到自己身上的擦伤和击伤有多严重。我将储物箱稳稳地放在马鞍上。

"动作相当漂亮。"克雷夫斯掂量着我的举动说道。

他用鞭子轻轻一抽，他的马就以散步的速度走了起来，我尽全力模仿他的做法。一个穿白衣的仆人跟在我旁边小跑起来。我猜他跟来的目的是，如果我的马决定为难我，他就要控制局面。我们沿着海滩走了一会儿。海浪拍击的声音使得对话无法进行，但当我们转而往内陆方向走时，海浪声便退去了。克雷夫斯开始滔滔不绝，一直到我们抵达目的地都不曾停止。我因为太过沉浸于自己的思绪，没怎么留意他在说什么，不过后来记起来了——连同其中埋藏的警告。

"看看四周，"他说，"我们对这一带做了宏伟的规划。眼下我们拥有的地不多。但局面会改变的。"他用鞭子对着这里或那里指指点点，身姿挺得笔直，我从未见过像他那样趾高气扬的人。"你十年后再回来，亲眼看看会发生什么变化。到那时，所有混乱和失序都将不复存在。"

说到这里，他轻蔑地嗤笑了一声。我回想起他的房子。是的，那里明亮且通风，但归置得是那么整洁，以至于一个水手储物箱放在他的餐桌上，一个像我这样的人坐在桌边，都显得那般格格不入。我跟随着他挥鞭的动作，起初我以为他所指的混乱是暴风雨造成的破坏。随后我意识到，他所谓的失控，是大自然本身。

"横竖成行，"他说，"十年后，到处都将横竖成行。石墙将被砌成直角，而在它们后面，将种满菠萝、咖啡树和可可树——排成阵列！干椰肉种植园，要，但椰树也要整齐成行。牧场区，一片平坦，有牛有马。大道两旁遍植棕榈树，像接受检阅的士兵！还有喷泉！"随着未来美景的清单越列越长，他的声音也时断时续。随即他停了下来，似在沉思。"当然，我们必须引入劳工。当地人完全无用。"

"为什么？"我问。不过我主要是在佯装对他激情洋溢的讲话感兴趣，因为我的思绪在别处。

"哦，倒不是说这里的土著比世界上任何其他地方的土著更懒。土著就是土著。我当然能举出几个辛勤工作的土著例子。但这样是无法持续的。"他看着我，仿佛是在暗示他接下来要说的话非常有趣，之后才继续往下说，"家人是他们的诅咒。我的仆人回去探亲时，我会让他们脱下上好的制服。以阿道夫为例——是的，我给他们取了德国名字，那样叫起来更容易。"他指着在我的马匹旁行走的那个仆人，"我曾允许阿道夫盛装回家探亲。他对它们颇感骄傲。可他回来时却一身破烂。家人拿走了他的制服。时不时地，我会遇见他的家人神气活现地到处晃悠。这个堂亲穿了他的马甲，那个兄弟穿了他的短上衣，一个叔叔穿了他的衬衫，他爸则穿了他的长裤。他们一次只穿一件，其他的都不穿——哦，那么做不打紧，是吗，阿道夫？"他用鞭子戳了一下那个仆人，但阿道夫目视前方，仿佛不曾听到克雷夫斯说的话，或者根本就听不懂。看来听不懂的可能性最大。"萨摩亚人不工作，"克雷夫斯说，"他到处闲逛，不是你们那种勤劳的小蚂蚁。更像是蝗虫。"

"蝗虫？"

"蝗虫。你瞧，如果一个萨摩亚人暴富，不管是通过勤劳工作——虽然这完全不可能，还是因为运气，他整个家族的人立刻就会找上门来。哪怕是族谱中最远房的支脉也不会错过。我见识过。整个村庄都会行动。他们就像一群蝗虫。不把他剥得分文不剩，他们是不会离开的。在萨摩亚人的语言中，'拜访'和'厄运'是一个词，读作'malanga'。结果你可以想见。这种系统回馈的是乞丐，惩罚的是辛勤劳动者。苦干无异于邀请他人来抢劫。这样是存不下钱的。所以聪明人会怎么做？他要确保自己挣到足够满足基本需求的钱，这样他才能保证自己和最亲近的人有东西吃，仅此而已。那样的人对我毫无用处。是的，所以要引入劳工。引入没有太多需求的单身汉，最重要的是，没有大家族的人。"

克雷夫斯滔滔不绝间，我们已经走过了最后几座房屋，现在周围只有本地人的小屋。道路终结了，我们只能绕着纵横交错的栏杆行进，在那些编结的栏杆背后，有长毛黑猪在泥地里哼唧。一群小孩围在我们四周。阿道夫吹了声口哨以示警戒，像是赶狗的口哨。孩子们尖叫着逃开了，但很快又叽叽喳喳地冒了出来。每重复一次这样的过程，他们的数量都会增多。在那些小屋的开口处，有女人在盯着我们。

"好了，这里就是欧洲结束的地方，"克雷夫斯说，"现在我们走进野人堆啦。"

一阵狂风吹过高大的椰子树，吹得树冠沙沙作响。我抬头望着。巨大的叶子像海葵一般开合，我瞥见其中一棵树上有个人。是个白人，上身光着，留着浓密的灰白络腮胡。随后叶子再次合上，隐藏了他的身影，仿佛那棵椰子树就是他的家，而他此刻关上了家门，以阻挡好奇的旁观者。

一时之间，我有些怀疑自己的眼睛。最重要的是，我想无视那个奇怪的幽影，他看上去属于一个梦幻世界。克雷夫斯也看见了。他停下马匹，朝我转过身来。

"我们到了，"他说，"我要回去了。"他示意我下马，我抱着储物箱下了马，他俯身与我握手，"希望你不会后悔。随时欢迎你来我家。"他紧攥着我的手，然后驾马掉头，接着又回头看了我一眼，脸上浮现一个嘲讽的微笑，"祝你和你的父亲好运。"然后他抽了一鞭，疾驰而去。

我站在那里，腋下夹着储物箱。孩子们直瞪瞪地看着我，打着手势，但我没有理会。最后他们终于安静下来，在我周围蹲下，好奇而期待地看着。周围小屋里的女人仍在看着我。目力所及之处没有男人。

我抬头看向那个男人藏身的椰子树。他可能是我的papa tru，刚刚短暂地露了一面，穿着为岸上生活准备的衣物和及膝长靴站在那里，没说一句话。我感觉燥热且不安，便仰头冲那棵树大喊。

"劳里斯！"

我没有叫他papa tru。我叫不出口。这一切怪极了。我不想成为那个站在某个遥远的太平洋海岛上呼唤自己老爸的人。一开始什么回应也没有。

"我看见你了，"我喊道，"我知道你在那里！"

我不耐烦起来，随即怒不可遏。但那是一种不知该如何发泄的愤怒。"快下来！你以为你是谁？一只该死的猴子吗？"

我被自己的声音吓到了。我和他说话的架势，仿佛我是飞云号的船长，而他是个原始的卡纳克人。

椰子树叶沙沙作响，随后那个男人钻了出来。他四肢强健，留着络腮胡，腰间缠着一块当地款式的花布。如果不是肤色较浅，胡子发白，我会以为他是个萨摩亚人。他用一双大手抓住树干，将光着的双脚稳稳地停在粗糙的树皮上，用一种当地的爬树技巧爬了下来。那动作让他看起来几乎像是

我们，被淹没的

走下来的。他砰的一声落在地上，站到了我对面。

他看着我的双脚。

我仔细观察起他的脸，以及上面浓密的络腮胡。就算我先前有过片刻的怀疑，此刻它也已完全消散。我不能说这么多年过去，我还认得出他，因为一个四岁小孩的记忆能算什么？但我认出了我自己。我并不常有机会照镜子，如果有人要我描述自己的外貌，我缺少的不只是词汇，还有兴趣。但此刻站在我对面的人，几乎像是我在镜中的投影。时间在我父亲的脸庞上留下了印记。他凹陷的脸颊上爬满深深的皱纹，还有一些从他的眼睛周围展开，像是鸟儿在湿沙滩上留下的爪印。但那就是我。我们是父亲与儿子，现在我终于明白，海因里希·克雷夫斯是如何得知他所知的那些事的了。他所需要做的，就是看我一眼。

我完全不知道该说什么，或者该做什么。是我的papa tru打破了沉默。他的目光从我的靴子上挪开，此刻定在我身上。

"我看见你把我的靴子带来了。"

"现在是我的了。"

我咬紧牙关，让声音和他一样冷酷。但他依然注视着我。此刻我脑海中的唯一想法就是，他绝不可能拿走我的靴子。随后他用土著语言说了几个词，围在我周围的孩子中有三个站了起来。

"跟你的弟弟们打个招呼。"

他络腮胡下的嘴唇上隐隐浮现一个微笑。他指着那几个男孩一个个地介绍："拉斯穆斯，艾斯本。"到最小的那个时，他迟疑了，我猜那男孩应该和他离开时的我同龄，"阿尔伯特。"

我不知道他接下来又对那三个男孩说了什么，但他们谁也没有表现出想进一步了解我的迹象，他们的父亲也没有鼓励他们这样做。他们只是和其他孩子一样，咯咯笑了起来。

我本就不明白他刚刚说了什么。他似乎生活在一个新的家庭中，和过去的那个一样——也有三个儿子，还是用我们的名字命名的。这一切就像一个愚蠢又恶毒的梦。但如果这真的是梦，那它持续的时间已经太久。papa tru离开我们已经十五年了。这个梦已经吞噬了我整个一生，将黑夜颠倒成白天，直到我再也不知自己属于何方，是在光明中，还是在黑暗中。

我不知道那一刻我脸上是什么表情——是震惊、迷惑、愤怒，还是茫然。不管怎样，papa tru表现得就仿佛他刚刚说的话没有任何重要意义。而出于自尊心，我也表现出同样的反应。但我能感受到，憎恨在我体内聚集。我知道它会继续长大，直到变成某种危险得多的东西。

我应该当场转身离开的。让他在身后呼唤我，恳求我留下，乞求我的宽恕，为他消失的这些年。但我当时就已经知道，他不会那么做。这么些年，他没有我，也熬过来了。当他终于又见到我时，他唯一感兴趣的，竟然是他的靴子。

我留了下来。我明确地知道原因。

因为我想要他拥抱我。就一次。

"好了，我们回家，去十字路吃点儿东西。"他说。

他已经完全疯了吗？十字路！拉斯穆斯，艾斯本——还有阿尔伯特！这样下去，什么地方可能还有一个女孩叫埃尔塞。感觉就像是在凝望深渊。在这里，在椰子树的树荫下，我父亲已经将他抛在身后的家庭重建起来了。如果他一直过着另一种完全不同的生活，我可能会接受他的背叛，如果……我不知道。但这一幕！

在我身边一路小跑的深色皮肤的男孩叫阿尔伯特。那这样一来，我是谁？一幅早期草图吗？

男孩们跟在 papa tru 身后快跑的样子，并没有触动我的心。他们是我同父异母的弟弟，我却感觉自己与他们并没有血缘关系。我能感受到的，就是一种突如其来的强烈苦涩。现在我明白海因里希·克雷夫斯的警告是什么意思了。该死，我甚至证明了他的嘲讽是对的。我看着父亲围裙之上的结实后背。我的父亲！不，他不是我的父亲。他是这几个深色皮肤小男孩的父亲。我们的血脉联系消失了。

我看着脚下的红土，看着四处走动的母鸡，看着栏杆后面哼哼唧唧的黑猪，看着通风良好的小屋。我听到椰子树顶发出的沙沙声。在我梦想着太平洋的岁月里，那种声音对我来说像是一种召唤。现在我来了，与父亲重聚，没有梦想成真，反倒丧失了希望。相比于他本人，我宁愿找到的是他的坟墓。

"Papa tru！"我冲着他的背影喊道。

他甚至没有转身。

"Papa tru，"我模仿他曾经的腔调，"你以前教我这样喊你。你真的知道这个词的意思吗？Papa tru —— 我真正的父亲。可你算哪门子父亲啊？一个弥天大谎 —— 那就是你！"

我应该在那一刻转身离开的。但我跟着他进了他的小屋。

他喊了一句什么，我明白他是在吩咐为客人和他自己准备食物。一个女人出现在门口。我没有看她。我不想知道任何事情。我不知道她是不是知道我的事情。我们坐在那里等待。孩子们在四周围成一圈。

劳里斯又看着我的靴子。

"把它们给我。"他说。

"你别想！"我所有的失望都用这句话表达出来了，我又重复一遍，"你别想！"

他困惑地看了我一眼，像是没料到自己会遭到拒绝。

我看着他的脸，在他眼中看到了一种奇怪的冷漠——我知道他迷失了。他不再是我的父亲。也不再是劳里斯·马德森。他已经将一切都抛在身后，包括一部分的自我。现在我明白了，他将老家的人名和地名散布在周围，不过是一个绝望的尝试，他想抓住某些已经永远消失的东西。我的愤怒变成了恐惧。我想起身离开。我四处寻找我的储物箱，刚刚放在地上了，现在却遍寻不着。

"靴子。"劳里斯又说了一遍。

他恢复了命令的口吻，但我在他眼里却发现了某些其他情绪。我没理会他，转而开始寻找我的储物箱，最后在栏杆边找到了。男孩们把它拖了过去，正在将它打开。他们满怀期待地咯咯笑着。最大的那个把手伸进去翻找起来。

随即他呆住了。他瞪大着眼睛，像是发现一条毒蛇，然后尖叫起来。他的弟弟们四散逃开。一个词语，我不知道它的含义，但很容易猜到，在椰子树丛中回荡，响彻整个村子。

劳里斯也呆住了，他眼中的冷漠变成了恐惧。

不知为何，我立刻就明白，他那混乱的大脑里在想些什么。那个男孩发现了吉姆——劳里斯此刻觉得我是个残酷的杀手，将死者的头颅装在储物箱里四处游荡。或者他甚至以为我来是为了报仇。

实在是太荒唐了，我开始大笑。如果不笑，那我可能会像受伤的动物一样号叫起来。

我父亲直瞪瞪地看着我，因为恐惧而不敢动弹。随后他像螃蟹一样，在尘土里爬着往后退。他以为我笑是因为大获全胜，以为我要报仇。他惊骇得浑身发抖，像个藏身在阴暗处的可怜生物。

在正午炎热的日头中，他那副模样让我心中五味杂陈，不安又恐惧，困惑又愤怒。有那么短暂的一刻，我甚至想向他道歉。不管我心中有多少同情，此刻都已化作蔑视。我站起身走向我的储物箱。一股邪恶的冲动让我抓着吉姆的头发，拎着它在空中晃荡起来。我威胁似的朝那个曾是我父亲的人逼近了一步。

Papa tru 依然蜷缩在尘土中。他两腿之间的沙地上有一块地方湿了。在这恐慌的时刻，他失去了对膀胱的控制。他的孩子们紧紧地抱着他。如果我会讲他们的语言，那我可能会冲他们大喊：不要从一个如此糟糕的父亲身上寻求安慰。男孩们的母亲出现在门口，个头巨大，体格结实。她和孩子们一样，也惊恐地睁大了眼睛。

我将吉姆放回储物箱，把箱子夹在腋下，举起一根手指抬到帽子的位置道了别，然后便上路了。最初的几步，我走得很谨慎，随后便奔跑起来。在奔跑的过程中，我感觉到眼泪在脸上倾泻如注。土著们小心翼翼地看着我。我打断了他们的午休。

　　劳里斯一定是看到我撤退才恢复了勇气，因为我听到他在我身后又喊了一遍。

　　"我的靴子！"他喊道。

　　但我没有回头。

　　我再也没有见过我的父亲。

我回到霍巴特镇，这趟被诅咒的航行开始的地方。算不上快乐返航，因为这个恶劣的地方没有任何东西能让任何人感到快乐。但这里是一切开始的地方，所以也必须是一切的终结之地。

我去了希望与锚酒吧向安东尼·福克斯问好。待到离开时，他浑身青一块紫一块。那就是我给这个故事写下的结局。

福克斯看见我并不高兴，他没有理由为我们的再次见面而感到高兴。但他尽了最大努力掩藏。对他来说，我一定是个死而复生的人。

我告诉他，我也像他一样，从不忘记任何一笔债务。那句话抹平了他脸上佯装出来的微笑欢迎的表情。他伸手去掏放在黄铜吧台下面的左轮手枪，霍巴特镇最先进的一把，但我早已料到，而且动作比他快。最后我们去了后室，他很能打，看得出来经验丰富，坐牢时学到了许多肮脏手段。但我年轻，个头比他大，最终将他击倒在地。他很长时间都爬不起来。我一直重拳出击，哪怕他投降也没停手。我的怒火需要发泄。

踢断他最后一根肋骨后，我说："杰克·刘易斯向你问好。"

不是因为我欠杰克·刘易斯任何东西，而是为最后清算账目。我和他都被同一个诈骗犯给骗了。是安东尼·福克斯把枪卖给了杰克·刘易斯那座岛上的土著，他告诉我刘易斯的名字时，一定觉得我不可能活着回来。

我不知道他和杰克·刘易斯之间发生过怎样的故事，也根本不在乎。他们两个是一丘之貉。如果有什么区别，那就是刘易斯可能更坏，毫无疑问福克斯有很大的仇要报。

他玩弄了我的人生。我就算死了，也只是为他的游戏添一点儿佐料罢了。所以我们之间有一笔未偿的债务要清算。事实上是两笔。上次见面的金酒钱我还没付，当时他打发我踏上旅程，想着那将是我最后一次出发。离开希望与锚时，我往他满是伤痕的脸上丢了一枚硬币。

曾有一段时间，我以为如果找到我的papa tru，应该能学到一些东西。但并没有。我并没有变得更聪明。

我只是变得更冷酷无情。

灾 难

　　那是在很多年以后，我们才听到劳里斯·马德森的后续消息。阿尔伯特从未向母亲透露过任何事情，我们都赞同那样最好。彼得·克劳森回到故乡时，卡罗利妮·马德森已经去世，所以她从来都不知道，这些年来，让她思念到无可救药的人究竟发生了什么。

　　彼得·克劳森是马斯塔尔最后一个见过劳里斯的人。他父亲利特尔·克劳森参加过埃肯弗德峡湾的那场战斗，后来与劳里斯一同被德国人俘虏。在那之后，利特尔·克劳森当了领航员，并搬去了镇子南部森德街上的一座住宅。他在屋顶造了一座木塔楼，这样就能观察过往船只，他对本港水域的专业知识可能用得上。

　　彼得·克劳森是在1876年来到萨摩亚岛的，是和一群水手弃职离船的。彼得开始与一个本地女孩交往。一开始，他靠蹭吃蹭喝为生，完全是当地人的蝗虫做派。后来，他碰到了劳里斯，意识到如果忘了自己的身份可能会发生什么。劳里斯从德国的战俘营出来后就已经开始转变了，随着年纪的增长，也没有变得和蔼可亲。而且完全相反，不管是出于什么理由，总之，他甚至变得更加迟钝和孤僻。他逐渐爱上了当地的椰子酒。所以你经常会发现他待在树上，用一把大弯刀割开椰子树的树干，收集渗出的汁液。但他只能秘密行动，因为那些年，萨摩亚禁止饮用椰子酒。劳里斯最后成了个怪人，不被白人同胞尊重，也不受他选择一起生活的当地人喜爱。

彼得·克劳森决定成为一名商人。他建立了自己的小小交易站，在门外的旗杆上升起丹麦国旗。那段时间，他娶了一位土著妻子，很快就与她生了孩子。他学着劳里斯的样子，为孩子们取了丹麦名字，不过从来没有尝试过教他们丹麦语。几年过去，他只能勉强维持收支平衡。

一如当地的风俗，他的萨摩亚家人认为交易站是一个共有的收入来源，于是都像蝗虫般落在他家的草坪上，直至他把他们赶回家。如果说马斯塔尔人有一个永远也不会丢弃的地方传统，那便是节俭。彼得·克劳森不反对在节日场合款待亲人，那完全合情合理，但若要他每日宴请，那绝对没门儿。所以他把他们都赶走了。如果他们不能领会他的意思，他很乐意以枪相逼。

他说，他们的问题在于，他们不理解"日常"这个词的含义。他们认为每一天都是一场漫长的派对，从不错过任何盛装打扮和放声歌唱的机会。你不得不教育他们什么是平常的一天。

妻子很生气，但在践行自己的意志上，彼得和他父亲一样。最后，至少根据他自己的说法，他获得了一致的尊重。他不是"mata-ainga"，意志薄弱，向家庭屈服的人；也不是"noa"，这个词的意思是"乞丐"或"懒汉"。

时间来到1889年，这一年，彼得·克劳森将变成一个举足轻重的人物，劳里斯·马德森也将恢复理智。

有一件事改变了他们两个的人生。

那时候，英国人和美国人也加入了德国人的队伍，将手伸到了萨摩亚。三班人都想将这个岛据为己有，阿皮亚湾停满了战舰。他们还在卡纳克人的内斗中选边站，不限量地向他们提供枪支，只要他们宽阔的棕色肩膀扛得动。

海因里希·克雷夫斯此时已是一位重要人物。他的所有计划都已有了成果，善妒的竞争者宣称，他是太平洋上唯一一位拥有私人海军的种植园主。的确，这个德国人会纵容自己的每一个奇思妙想。他身兼政治家和庄园主两重身份。他的椰子树横竖成行，仿佛在接受检阅。他挥鞭的样子会让你觉得，他的土地就是练兵场。人们把他的种植园简称为公司，仿佛萨摩亚除了海因里希·克雷夫斯和他梦想中的直线之外，其他什么也没有。尽管在这个时候，阿皮亚已经有了一位美国领事和一份英语报纸。

势必会有一场战争。当地人这时已经拥有大量枪支，而且很享受射击的乐趣，但他们从不费心瞄准，所以互相攻击时，他们很少遭遇惨重的损失。

接着护旗战争开始了。殖民大国已将旗帜插遍这座海岛，一开始他们在这里并无业务。首先，是有人朝英国国旗开了一枪。接着，一面美国国旗被焚烧，德国人为此遭到谴责。德国军队登陆后发现进了卡纳克人的包围圈，五十个人很快就被干掉了。冲突结束时，据说德国人坚守的那座房屋上，窟窿比渔网还多。里面的德国人是被美国人杀死的，英国人负责提供补给。突然间，阿皮亚湾被三个国家的七艘战舰挤得水泄不通。每个人都在等待第一声枪响。

但并未发生炮击战，而那也正是这个故事的全部意义所在，彼得说。因为不等开炮，大海就抢先展开了攻击。

气压读数降到了29.11英寸汞柱。任何了解阿皮亚湾的水手都知道那意味着什么，你必须以最快速度赶向外海。但这些海军战舰上的军官毫不知情。他们只想着挑衅彼此，这些可怜的傻子并未意识到，他们最邪恶的敌人是大海。风力达到了飓风级别，海湾里的浪涛高到连我们这些见过斯卡格拉克海峡或北大西洋秋季风暴的人也觉得害怕。

第二天早上的景象，可以说是最恐怖的战争惨状。三艘战舰搁浅在暗礁上，两艘倒在海滩上，龙骨都露在外面，还有两艘沉没在海湾底部。大海吞噬了大炮和弹药，并在它们缺席的情况下毁灭了一切。溺死的水手脸朝下在满是泡沫的海浪中上下起伏，最后被冲上海岸。

太阳升起来了，耀眼的光芒洒遍天空，看不见一丝云彩。但海滩上就完全是另一幅景象了。寻回的尸体被摆放成一列，幸存者在尸体队列中沉默地走来走去，颤抖的样子要么是因为疲惫至极，要么是对大海的威力还心有余悸。他们是战士，不是海员，他们经历的应该是其他类型的胜利和失败，死亡和生存，而非我们所熟知的这种。他们是战士，却品味了水手的命运。

他们没能创造历史。没有人会记得他们。萨摩亚战役的赢家不是美国人，不是英国人，也不是德国人。赢得这场战役的是太平洋。

劳里斯走在这些被水浸泡过的尸体中，死者的脸都朝下贴着沙滩。没有人知道为什么要将他们摆放成那样。或许摆放的人觉得，一下子看到这么多死者的脸，会太过恐怖。就在昨天，这些人还做好了彼此射击的准备，此刻却已经无法区分谁是德国人，谁是美国人，谁是英国人。劳里斯不停地指着他们，像是在计数，每清点一具尸体，他似乎都很高兴。

"看到那一幕，我觉得他真是疯了。"彼得·克劳森后来说道。

那天早上，他也去了海滩。但和劳里斯不一样的是，他不是去清点死者，而是去计算生还者的数目。每一个活下来的人都是一个潜在的顾客，现在三个国家的舰队都被撞得七零八落，所有食物补给都随那些船员一同丢失了。

"幸运的是，活下来的人比死去的多。"彼得·克劳森说。他说的幸运是针对幸存者，还是他的生意，我们并不清楚。但不管怎样，阿皮亚湾的这场灾难后来成为他的交易站积累财富的转折点。

"我所知道的是，"克劳森回到劳里斯的话题上来，"他如果真的失去过理智，那天也找回来了。我不能说他是否找回了过去的自己，因为我不知道他以前是什么样的人。但那天他出现在我门口，问我有没有他能做的事。那真是破天荒第一次。以前他无事不登门。他一直都是那样。别误会。我很乐意为他提供合情合理的帮助。我从没拒绝过他一顿饭、一杯咖啡。毕竟我们都是马斯塔尔人。但我并不喜欢他的陪伴。他每次吃饱了肚子离开时，也从未感谢过我。但如果说曾有过一个不一样的劳里斯，那就是清点完海滩上死者后被我看见的那个。我不禁想起他也曾是海战的失败方，并且成了俘虏。那一定给他的自尊心造成了沉重打击。现在他仿佛得到了救赎。"

他的父亲利特尔·克劳森说："劳里斯看见过圣彼得的光屁股。他上过天堂，站在天堂之门的门口。但之后又下来了，他的脑子可能因为那件事而遭受了一定程度的损坏。起死回生对人没有任何好处。"

"啊，那我倒是不知道，"他的儿子说，"我完全不知道疯子会想什么。但重要的是，他几乎又回到了正常人的状态。在那之前他只是个土著化了的椰子酒疯子。他像当地人一样过着蝗虫式的生活。萨摩亚的白人并不尊重他。他们倒也没有多尊重我，因为我也和土著女人生了孩子。尽管我给孩子们取的都是漂亮的丹麦名字，他们还是被人叫作杂种和混血儿，那可不是什么好词。说到给人贴那样的标签，英国人是最坏的。但现在我有钱了，美国海军是我的顾客，所以我才不在乎他们叫我们什么。我的孩子们会继承那个商店，所以也不会有什么麻烦。

"那些日子，德国人很低调。海因里希·克雷夫斯变成了一个安静的人。现在他身上像俾斯麦的地方不多了。他又成了生意人。劳里斯也变得几乎算体面了。他剪了胡子，不再喝酒。我有时甚至会让他照看店铺。他给自己造了一艘小渔船，自己缝了船帆。他会像当地人一样在海浪中航行，然后带鱼回来，也不在椰子树顶玩自己的大拇指了。我只有一次问过他，想不想老家的家人。我可能是犯傻吧。都四十年没见了，还说什么家人？他转身背对着我，带着一张雷雨云一样的脸消失了。我想他又要去过蝗虫式的生活了，可几天后他就回来了，还是新劳里斯的样子。第二天，他划着他的小渔船越过了暗礁，再也没有回来了。那艘船也一直没找到。大部分人都会说，那就是劳里斯的结局了。但我有一种奇怪的感觉，他是出发去为自己开启新生活了。"

阿尔伯特不想听彼得·克劳森讲的故事。但克劳森一走，我们还是告诉了他。他安静地听完，什么也没说。之后他俯下身去，用夹克的袖子擦拭起他的靴子来。

"我留着这双靴子，"他说，"对其他的一切都不感兴趣。"

他站起身，脚上还穿着那双靴子，而此时距离他到访萨摩亚已经过去了三十年。

第二部

防波堤

我们不能确定赫尔曼·弗兰森是不是谋杀犯。但如果他是，我们知道是什么驱使了他。

缺乏耐心。

我们镇上没有隐私这回事。总有眼睛在看着，总有耳朵在听着。每个人都积攒了整整一档案馆那么多的秘密。每个人都制造了一筐筐的闲话。你最漫不经心的言辞，也能引发重磅新闻一般的效果。一个躲闪的眼神立刻就能得到回应，而且那人自己也逃不开旁人目光的审视。我们总会为彼此起新名号。外号说明，人们都不属于自己。它想表达的是，我们已经给你改了名，你现在是我们的人了。我们比你更熟悉你自己。我们仔细观察过你，对你的了解比你从镜中获知的还多。

抽屁股的拉斯穆斯、虐猫人、小提琴屠夫、粪堆伯爵、克劳斯寝室、臭尿汉斯、豪饮卡马，谁敢说我们不知道你的秘密？嘿，问号老兄，我们这么叫你是因为你驼背！至于"桅顶"这个外号嘛，一个人头小身长没肩膀，还有比这更贴切的名字吗？

我们镇上的每个人都有故事 —— 但不是他自己讲的那样。故事的作者有一千只眼睛，一千只耳朵，五百支从不停止涂画的笔。

没人看到赫尔曼·弗兰森干了什么。时间来了又去，带走了一个人的生命，一个永远熄灭了的生命。没人知道发生了什么，又是如何发生的。全都是猜测。因为我们不能确定，似乎也就不能放任不管。

但我们知道他的动机。我们发现那动机也存在于我们自己内心。

那是1904年的一个夏夜，赫尔曼十二岁。他偷偷溜出船长街自家住宅的大门，你能听到从房子里传来的各种动静。他的母亲埃尔娜和继父霍尔格·耶普森正呻吟和窃笑着，弄得桃花心木床嘎吱作响。赫尔曼向南走，直到将最后几座房子也甩在身后。他继续往海滩的方向走。在他头顶，银河照亮了夜空，向他前进的方向延伸，从国王街的屋顶上方铺开，消失在尾巴海滩那一头的某处。无边无际的宇宙中没有地图，但银河在我们马斯塔尔人心中却是一条真正的道路，一条通往大海的道路。

赫尔曼一路不停地走到水边。他脱掉鞋子，双脚站在起了泡沫的海浪中，看银河从他头顶一直伸向远方，心头涌起的情绪很容易被误解为孤独。与其说那是一种孤儿会有的被遗弃感，倒不如说是年纪大些的男孩去探险却把你丢下时，你会感受到的那种失落。你感到极度痛苦，却没有意识到那是一种因为缺乏耐心而产生的感觉。你渴望长大，在此时此地已迫不及待。你认为童年是一个不自然的阶段，你体内有一个更大的人，一个你现在无法成为，但只要跨越了海平线便能成为的人。

赫尔曼从未跟我们任何人讲起过那个夜晚。
但我们知道，我们自己也去过那里。

赫尔曼很早就失去了父亲。有过这种经历的人很多，但这样的失去尤为残酷。1900年，银街的弗雷德里克·弗兰森在纽芬兰航线上随他的船一同沉入了海底。赫尔曼的两个哥哥莫滕和雅各布也在船上。当时赫尔曼只有八岁，家里只剩下他和母亲。埃尔娜是个魁梧的女人，身高和腰围都与丈夫相当，而她丈夫生前必须低头侧身才能进门，不管是在奥菲利亚号上他那间低调的船长室，还是在银街的家中。家里的天花板十分低矮，有人如果想站直身体，只能出门到上帝赐予的新鲜空气中去。赫尔曼当然是个例外。

埃尔娜很快就改嫁了，这让她背上了一个冷酷无情的冤枉名声——虽然你有足够多的证据证明，她完全不是那样。她迅速改嫁是因为无须哀悼吗？还是因为她的心灵太脆弱，面对孤独只能去其他地方寻求安慰？新任丈夫霍尔格·耶普森是两姐妹号的船长，住在船长街，性子安静，似乎早已习惯了单身生活。他肌腱发达，骨骼看起来像是被绳子捆起来的一般。但他个头小，体格也不算健壮，站在大块头的埃尔娜身边简直没人看得见，那场面简直滑稽。结婚后他有了外号，人称"那小子"。

但你看得出来，耶普森激起了埃尔娜心中的某种东西。她变得面色红润，那在以前是从未有过的。而且，她嘴唇上的胡子也消失了。在耶普森出现之前，她的上唇上方总有一块阴影，扎不扎人没人说得清，因为她并不会到处亲吻别人，至少不会亲吻她自己的儿子。弗兰森生前是个莽汉，所有人都同意，肩宽体壮的埃尔娜和他是天造地设的一对。但现在她变得简直很温柔，如果你能想象一个双手像铲子一样大的女人也有温柔模样。耶普森好像在这个大块头女人的内心发现了一个体格和他自己差不多大的女孩，并且引诱她走了出来。

可赫尔曼却不高兴。他已经失去了父亲和两个哥哥，或许他觉察到他也将失去母亲。他在耶普森家中一定感觉漂泊无依，仿佛身处一个操不同语言的陌生国度，但是耶普森待他很亲切，不久后就带他参观了自己的船，还教他摇桨、张帆、系结，以及出海所需的其他所有技能。但在赫尔曼眼中，耶普森却犯了一桩不可饶恕的罪，也就是将埃尔娜变成了一个笑个不停的傻子。所有身体接触和牵手都对健康有害，他这样告诉每一个肯听他说话的人。他表现得如同埃尔娜的合法主人，眼看着自己的财产遭到了不妥当的处置。他傲气冲天、义愤不平的样子活像个十足的小大人，你都会以为他觉得胡子才是埃尔娜相貌中最棒的特征。

赫尔曼将母亲的突然去世也归结为继父的错。埃尔娜死于给鳕鱼掏内脏引起的败血症。那鱼体内埋藏的鱼钩刺破了她的中指，但她没有在意，眼睛都没眨一下就将鱼钩拉了出来。那正是旧日的埃尔娜，赫尔曼喜欢的模样。但两日后她死了，尽管耶普森找来了克罗曼医生，后者也竭尽了全力。

赫尔曼认为，如果父亲还活着，母亲就不会死。如果留在银街的家中，她就能活下来，还是曾经的那个坚韧如铁钉的大女人，而非耶普森让他们搬到船长街后将她变成的那副总是战战兢兢、脸红，没了胡子且爱害相思病的软弱模样。虽然赫尔曼童年的大部分时间都在船长街住，但父亲去世很久之后，他还是会念叨"在银街的家里"。这本该引起他继父的警觉。

埃尔娜和耶普森没有生孩子。在韦伯咖啡馆里，我们一群快活的伙伴聚在一起时，最喜欢讲一个笑话：耶普森太矮，无法攻克埃尔娜宏伟的大腿，她的腿又长又粗，活像两姐妹号的后桅。埃尔娜死后，赫尔曼在这世上再无亲人，但耶普森却将他曾给予埃尔娜的爱全部转移到了这个男孩身上。他这么做倒不是为男孩考虑，更多是因为心软。他确信男孩最需要父亲的爱与指引，远超世上其他任何东西。

可赫尔曼却持相反意见。他最想做的事，便是摆脱继父。

而且他的确摆脱了，比任何人所料想的都快。

而他摆脱的方式，让我们既钦佩，又隐隐感觉到一种奇怪的恐惧。

防波堤   279

赫尔曼·弗兰森受过坚信礼后就出了海。霍尔格·耶普森只想给继子最好的条件，便错让他签约上了两姐妹号，而非其他的船。他们的关系当时就已经问题重重，尽管意见分歧从未真正引向拳脚相向。耶普森在船上的威望比在陆地上要大。他虽然身体瘦削，声音却很洪亮，他就用那声音命令赫尔曼上下绳梯和帆桁的踏脚索。

"永远不要相信你的两只脚。"他冲赫尔曼喊道，而赫尔曼身形已经过于庞大，像一头晕船的大猩猩般晃来晃去。"脚会打滑，绳子会断，你会从六十英尺的高空跌落，接受一生中最无用的教训。大海不会把你吐出来，如果你掉在甲板上，我们会用铲子把你铲掉。"

赫尔曼看着自己的两只脚。如果不能信任它们，那他还能信任谁？赫尔曼停在帆桁高处，像一只被人忘了上紧发条的玩具钟。他不理解耶普森说的话，不是因为恐惧或惊慌，而是因为不信任。

耶普森只得自己爬上索具，去接继子下来。他爬上帆桁，伸出一只手。

"过来。"他轻声说。

赫尔曼绷着脸，手将绳索抓得更紧。

"别怕。"耶普森一只手抓住赫尔曼的胳膊。

但赫尔曼不怕。他只是不情愿。

耶普森不得不一根一根地将他的手指掰开。那是一场跟力量有关的测试，但耶普森赢了。"我们走，慢慢地，一次一步，一次用一只手。"

他对赫尔曼说话的语气像是对待学步的小孩。赫尔曼低头看向甲板。全能水手和大副都抬头看着他。他们也以为他害怕了。

"我自己能行。放开我。"他小声说。

耶普森仍看着他，拉着他走。"现在你记住，"他说，"用你的两只手握紧。如果不能使用两只手，那就用牙咬。如果牙齿也咬不住，那就用你的睫毛。"他咧着嘴笑，鼓励赫尔曼，还冲他挤眉弄眼。赫尔曼回以不快之色。

一年过去，我们都在想，赫尔曼是不是该签字下船了。他们之间已有积怨。

在一个春日，就在赫尔曼年满十五岁后不久，两姐妹号驶出了海港，船上除了霍尔格·耶普森及其继子赫尔曼，再无其他人。他们要去鲁德克宾接一名大副和两名全能水手签约登船，然后再前往西班牙。到鲁德克宾的路途并不远，但我们仍然觉得耶普森是在冒险，竟然只带一名房间服务生上船。也许他想把这次航行当作未成年继子的首航？也许他的好心肠已被消磨殆尽，觉得有必要向赫尔曼证明谁才是这艘船的掌控者，一劳永逸地解决问题？

事后证明，这次航行的确是一次针对男子气概的测试，结局却并非耶普森所设想的那样。

那天耶普森和赫尔曼很早就出发了，我们想着要过七八个月才能再见到两姐妹号，等它取道纽芬兰，返回马斯塔尔的码头，应该已是冬天了。但当天下午，那船就再次露面，直冲着海港而来。人群迅速在轮船桥上集结。怎么回事？那船的帆已张起，还有微风在轻快地吹拂。隔着这么远的距离我们都看得出，它的航行速度过快。会发生撞击事故，要么在海港入口撞上防波堤，要么撞上港内黑焦油缆桩上系泊的其他船只。

掌舵的只有一个人，他似乎也是整艘船上唯一一个人。随着两姐妹号越来越近，我们发现那位独行舵手是赫尔曼，他穿一身黄色防水服，戴一顶防雨帽。有那么一刻，那船看上去就要直接撞在码头上。不过就在这时，在最后的关头，赫尔曼掉转舵盘，谁也没有错过他动作中的那份优雅。船开始沿着码头边缘滑行，只隔着几英寸的距离。只是船速依然是最快的，而且即将撞上其他船。如果不是此情此景太不同寻常，更别提这不顾一切的架势，我们可能会觉得这男孩只是想炫技。

突然，一个大块头从轮船桥上看热闹的人群中跳了下去，落在两姐妹号的甲板上。是阿尔伯特·马德森。他这时已经年过六十，却做了我们其他年轻人应该做的事。他发觉情况很不对劲，甲板上只有男孩一个人，所有帆都张着，船即将发生撞击。

阿尔伯特应该已有十来年没出过海了，但内心的那位船长依然活着。

他大步跨过甲板，一只手搭在赫尔曼的肩头。这时，赫尔曼抬起头来，做了一件没道理的事。他试图袭击阿尔伯特。

大块头的赫尔曼和结实的老阿尔伯特差不多高，体形也相当。男孩虽然年轻力壮，马德森却胜在经验及迅速反应的能力。他的手掌出击招式十分有名，力道足够让一个成年人飞出甲板好几英尺。这一次也不例外。

两人没有说一句话，没有动嘴的时间。等阿尔伯特掌握舵盘，将船身转向一侧时，距离海港中央拴在缆桩上的厄俄斯号只有几英尺。两姐妹号的船尾撞上了厄俄斯号的船头，好在速度已经大减，未造成任何严重的破坏。

赫尔曼挣扎着爬起来，一只手紧紧捂住火辣辣的脸颊。防雨帽丢了。他看阿尔伯特·马德森的愤怒眼神，会让你觉得仿佛那位老船长毁了他一直在玩的游戏，而不是阻止了一场事故。我们将两姐妹号系在码头，开始查看毁坏情况，所有人都知道，赫尔曼觉得受了巨大的屈辱。没有人责备他，但也没有人夸赞他，而他或许是值得夸赞的。他才十五岁，凭借一己之力将船领进了海港。事情或许就是在这时变坏的，在阿尔伯特揍他，而我们都沉默不言的时候。但可能在赫尔曼心里，有些事情很早以前就不对劲了。或许他在凝望银河的那天晚上，误解了星辰的沉默。

我们不得而知。

不管怎样，赫尔曼敏感的少年之心此刻并不是我们首要考虑的对象。一艘船抵达港口，但船上只有一名房间服务生。船长去哪儿了？是在鲁德克宾上岸了吗？赫尔曼是驾船潜逃的吗？

"耶普森船长去哪儿了？"我们问他。

他却只顾着摩挲自己酸疼的脸颊。"他掉下水了。"

他听起来心不在焉，仿佛需要时间回想耶普森船长是谁。

"他掉下水了？这么小的风，没有人会在马斯塔尔和鲁德克宾之间的海域落水。"

"也许是我没说清楚。"赫尔曼说。那一刻我们才第一次觉察，他的语气中有一种可怕的自大。"我想说的是，他跳水了。"

"耶普森？跳船？"

我们所能做的，就是愚蠢地重复赫尔曼说过的话，像一群鹦鹉。我们不可能理解他的意思。

"是的，"他说，"他总是哀叹思念我妈。最后我猜他再也无法承受了。"

你听得出，他每说一个字，就变得更自大一些。我们想问一问，他是不是从来没为埃尔娜"哀叹"过，她的死是不是从来没给他带去过打击，不像他继父那样。不过，后来我们明白了真相。赫尔曼很早以前就失去了母亲，从她嫁给耶普森的那天起。到她真正死去的时候，他已经毫无感觉，对继父的绝望也只是抱着蔑视。他甚至对发生的事情可能只有一种病态的情感。继父的悲伤和痛苦让他感到满足吗？或者——说到这里我们有所迟疑，我们从未说出口，但私底下会想（当有足够多的马斯塔尔人私下里都会想同一件事，那么和大声说出来也就无异了），他什么时候给耶普森"搭了一把手"？

"他在哪儿跳的？"我们问道，尽管我们感觉，这种提问方式可能会让我们离真相更加遥远。

"我不知道。"男孩厚颜无耻地答道。

"你不知道？你肯定知道。是在莫克迪贝特吗？斯特里诺岛外？想想看，这很重要。"

"为什么？"他挑衅地瞪了我们一眼，"大海就是大海。淹死了就淹死了。死在哪儿没有什么区别。"

我们找他问不出任何信息。

早晚有一天，耶普森的尸体会漂上岸，漂到群岛的许多小岛中一个的岸边，斯特里诺岛、塔辛格岛或者朗厄兰岛海岸，或许远至林德尔斯诺岛。它会躺在那里，在海藻中晃荡，被鱼和螃蟹吃掉一半，但不会是你见惯的那种浮尸。我们许多人都是这么估计的。因为尸体的前额上会插着一根长钉、一根系艇桁，或者船上能被用来杀人的众多其他武器之一。

但耶普森的尸体一直没有被找到。或许他沉入了海底，脖子上被绑了一块石头；或者也可能随洋流一路长途漂流南下，进入了波罗的海深处。不管怎样，他都再也没有出现，证实我们的任何一种猜测。

我们从来没有说出自己的想法，只有一些人会小声暗示："那个赫尔曼有些地方很不对劲，不是吗？耶普森——真的是跳海的吗？"

人们开始逐渐疏远赫尔曼。他只是个十五岁的男孩，但又是别的某种东西，某种与众不同且格格不入的东西。我们甚至会拍着他的肩膀称赞他，因为他将两姐妹号安全带回了马斯塔尔。我们必须称赞，因为他实现了一项壮举，一件其他同龄男孩都不曾做到的事。换了其他孩子，可能都会惊慌失措，或者干脆放弃。是的，赫尔曼有成为优秀水手的潜质。但他身上那份让我们称赞的坚韧，也是我们疏远他的原因所在。

赫尔曼继承了两姐妹号和耶普森位于船长街上的住宅。但不管是对于船还是房子，他都还不到能成为它们法定主人的年纪。于是耶普森的兄弟汉斯被指定为他的监护人。汉斯·耶普森给这艘船找了一位新船长和一班船员，不过当赫尔曼要求签约成为船上的普通海员时，他却拒不接受。

"你出海经验不足。"他说。

"我曾独自一人驾驶一艘该死的船！"赫尔曼大喊。他涨得满脸通红，朝汉斯逼近一步——汉斯也以同样威胁的姿态朝男孩逼近一步。

"你还只是个孩子，你应该像孩子一样出航。"

"那是我的船！"赫尔曼咆哮道。

汉斯·耶普森已有多年的大副经验，并不为反叛的房间服务生所动，不管他们长得多高，嗓门有多洪亮。

"船是谁的，我一点儿兴趣都没有。"他用一种狂怒的声音低吼道，那架势却比任何吼叫都吓人，"等你到了年纪才能成为普通海员，别想着提早，你这个自命不凡的小崽子！"他高昂着胡子拉碴的下巴。他从年轻的时候就跟随一艘美国船出海，会用"你死定了，伙计"和"你完蛋了"这类句子威胁人。我们一直都不是很明白，那些句子是什么意思，但当他咬牙切齿，像吐软骨一样地啐出更多美国脏话时，我们都能明白那架势背后的含意。此刻他瞪着赫尔曼，下巴绷得很紧。"我不知道你对我的兄弟干了什么，但你要是也错看了我，那就夹着你的大屁股滚蛋吧。"

赫尔曼有自己的骄傲。既然不能在他认为属于自己的船上当一名普通海员，那他干脆就不想随它出海了。他问遍整个海港，但没有人肯接收他作为普通海员或者担任其他职位。于是他去了哥本哈根，在那里签约上了船。

有很多年，我们没有他的任何音讯。后来他回来了，而一切都发生了变化。

讲述一个人的故事有许多种方式。阿尔伯特·马德森一开始写日记时，很少涉及个人信息，主要是聚焦于他生活的小镇及其发展。他写了西街的学校，现在那里是镇上最大的一座建筑；写了港口街上的新邮局；写了街道照明系统的改善及开放式下水道的拆除；写了向四面八方延展的路网，写了镇子西南郊新建的街道都以丹麦海军英雄的名字命名，如托登肖尔街、尼尔斯·尤尔[1]街、威廉姆斯[2]街、休特菲尔德[3]街。

人们经常会问一个水手为何上岸。每当有人提出这个问题，阿尔伯特总会回答，他没有上岸，只是把小甲板换成了大甲板。整个世界都在前进，就像海上的船。我们的岛也是一艘船，漂浮在无边无际的时间海洋中，朝着未来的方向。

他总是提醒我们，岛上最早的居民并非岛民。艾尔岛曾是诸多山丘中的一座，位于一片起伏的山地风景之中。后来

---

[1]　尼尔斯·尤尔（Niels Juel，1629—1697），丹麦17世纪末期海军发展的引领人，在与瑞典人争夺斯堪的纳维亚半岛南部斯堪尼亚省的战争中，率领丹麦舰队取得了重要胜利。

[2]　即彼得·威廉姆斯（Peter Willemoes，1783—1808），十七岁因在哥本哈根战役中的英勇表现而被提升为上将，1808年在西兰角战役中因军舰被英国逼入沙洲而战死。

[3]　即伊万·休特菲尔德（Iver Hvidtfeldt，1665—1710），出生于挪威，十六岁时向国王克里斯蒂安五世申请加入海军并获得批准。1710年在大北方战争的一次战役中战死。

巨大的北方冰川开始消融。一条条河流从乡野奔腾而过，注入南部的巨大淡水湖中，使其变得更大。接着海水倒灌而入，曾经的山岭变成了群岛。最先出现在岛上的是什么呢，阿尔伯特会问，是车还是独木舟？我们会怎么选，担负超出能力的重担，还是征服大海中遥远的海平线？

海港中回荡着海鸥的叫声、船厂锤头的重击声，以及绳索被风拍打发出的咔嗒声。比这些声音更加响亮的，是大海的咆哮。那声音是如此熟悉，似乎诞生于我们的双耳之中。那些年，每个人都在谈论美洲，许多人离开了。我们也离开过，但不是永久。早年里，我们只能将房子挤挤挨挨地建在海岸线上，因为别的地方都没有空间，田地是贵族和农民的。因为别无选择，我们只得将目光投向海上。大海就是我们的美洲，它们所抵达的地方比任何大草原都远。它们仍如同创世第一天那般桀骜不驯。它们不属于任何人。

每一天，我们窗外的管弦乐队演奏的都是同一首曲子：它没有名字，却无所不在。即便是在床上，在睡梦中，我们也会梦到大海。但是女人们从未听过它的乐声。她们听不见——或者是她们不想听。即使在户外，她们也从不眺望海港，而总是将目光投向内陆，投向岛屿本身。她们待在后方，填补我们留下的空白。我们倾听海妖之歌时，我们的妻子和母亲却堵着耳朵，俯身在洗衣盆上劳作。马斯塔尔的女人没有变得悲痛愤懑，而是变得坚强而实际。

阿尔伯特·马德森并不思念大海。生活在马斯塔尔这样的世界之都，他怎会思念？他可以坐在海港的长椅上，与第一个徒步穿越非洲的丹麦人克里斯蒂安·拉伯格交谈；或者找克努德·尼尔森，他在日本海岸生活了十七年之后刚回国。镇上有半数的男性居民都绕行过合恩角，那对全世界的水手来说都是一个充满危险的重要仪式，但对他们来说却像乘坐汽船前往斯文堡一般稀松平常。马斯塔尔的每条街巷都是通往大海的主路。中国就在后花园里，我们房屋的顶棚低矮，但透过窗户能看到摩洛哥海岸。

镇上有几个十字路口，但并无重大意义。特瓦尔街、教堂街和西街不能通往大海，而是与之平行。起初，我们甚至都没有一个集市广场。后来教堂街上开了一家肉店，跟着是一家五金店、两家布行、一家药店、一家银行、一家钟表店和一家理发店。我们拆了供水手住的寄宿宿舍，打算像其他城镇一样，建一个集市广场。突然间，我们就有了一条主街，只不过弄错了方向。它不能将你带到港口，而是绕过海岸转向岛屿的中央。它远离大海所蕴藏的危险，是一条属于女人的街道。

所有的街道都会相遇和交叉。一些属于男人，一些属于女人，它们共同构成了一张道路网。船舶经纪和航运公司坐落在国王街和王子街，女人购物则要去教堂街。不过那种平衡即将被打破。一开始谁也没有多留意，都不知道这样的变化将会带来什么。

19世纪90年代，马斯塔尔迎来了最辉煌的岁月。我们的船队规模不断扩大，最后只有哥本哈根能媲美，拥有的船舶数量达到了三百四十六艘。那是一段蓬勃发展的时期，所有人都染上了投资热。每个人都想拥有船舶股份，哪怕是船上的房间服务生和居家的女仆。每当一艘船远航归来，靠岸过冬，街道上便都挤满了小孩子，他们将一个个密封的信封投递到几乎每一个家庭，里面装的都是红利。

船舶经纪人需要了解，日俄战争会对货运市场造成怎样的冲击。他无须对政治感兴趣，但必须关注船长的资产，因此掌握国际冲突形势就必不可少。打开一份报纸，他会看到元首的照片，如果够聪明，他就能在元首的脸上读到他的利润前景。他可能对社会主义思想不感兴趣，事实上他会发誓说毫无兴趣，他从未听过这么多天真的胡言乱语。直至有一天，他的船员排起队来要求更高的工资，而他不得不花时间去解决工会问题，了解其他跟未来社会组织有关的新鲜概念。经纪人必须与时俱进，密切关注外国元首的名字、当前的政治形势、国与国之间的敌对情绪、远方发生的地震情况。他从战争和灾难中赚钱，但首先，他之所以能这样，是因为世界已经变成一座大型建筑工地。技术整合了一切，他需要了解其中的奥秘，了解最新的技术发明和发现。硝石、南美芸实菜、豆饼、坑木、苏打、染料木——这些对他来说不只是名称这么简单。他从没摸过硝石，从没见过染料木的样品。他从没尝过豆饼（在这一点上，他可以说自己幸运），但他知道它的用途，清楚哪里有需求。他不希望世界停止变化。如果真的停止，那他的办公室就得关门大吉了。他知道水手是干什么的，技术已经将世界变成一座大型工坊，而水手是其中不可或缺的帮手。

曾有一个时期，所有人运送的都是粮食。我们从一地买入，到另一地卖出。现在我们要周游全球，货舱里堆满各种货品，我们必须经过学习才能念对它们的名字，必须请人来解释它们的用途。我们的船已经变成学校。

和过往的几千年一样，它们以风帆为动力。但船舱里堆叠的是未来。

阿尔伯特·马德森上岸时约五十岁，和我们绝大多数人一样。如果届时你存够了三万克朗，那就可以将它们存进银行，他们提供每年百分之四的利息，你每月能领到一百克朗，足够维持生活。但阿尔伯特挣的钱远远不止那个数目，而且他没有将钱存进银行。相反，他将之投入船舶市场，成了船主和经纪人。那些年里，包括岛屿内地农民在内的许多人都会购买船舶股份，他们对船舶业一无所知，需要从有过航海经验并且熟悉大海的人那里寻求建议。这样就催生了一个被称作代理船东的职业，阿尔伯特成了其中最特别的一位。在过去四处航行的岁月，他认识了鹿特丹的一位犹太裁缝，对方会登上码头停靠的船只，为水手制作衣服，两人成了朋友。这位裁缝名为路易斯·普雷瑟，是个精明的生意人。离开鹿特丹之后，他迁往勒阿弗尔，并在那里建立了自己的航运公司，船队中共有七艘大船。他将公司的船注册在马斯塔尔，并请当时刚上岸的阿尔伯特担任他们的代理船东。

阿尔伯特在勒阿弗尔爱上了普雷瑟的妻子，一位美丽的中国淑女，名唤程素梅。对方也爱上了他。两人看着彼此，都意识到相见恨晚，于是决定维持朋友关系。路易斯·普雷瑟因肺炎突然去世后，寡妻程素梅接管生意，甚至做得比他在世时更成功。或许她一直都是背后那个支持的角色。不管怎样，现在她成了阿尔伯特背后的女人。当初也是她建议阿尔伯特辞去双桅横帆船公主号的船长职务，开始管理十艘船。

两人的生意最终紧密地交织在一起，以至于很难将程素梅在勒阿弗尔的公司与阿尔伯特在马斯塔尔的业务区分开来。阿尔伯特也有赚钱的天赋。年轻时，他曾航行在太平洋中，站在一艘船的甲板上，手捧一包足以实现他所有梦想的珍珠，但他却将之投入了大海，因为他感觉那笔财富可能会变成一个诅咒。现在，一个中国女人又将一包新的珍珠放在他摊开的手掌之中。而这一次他打开了它。

阿尔伯特·马德森和程素梅在个人层面的联系是否也和生意层面那般密切，我们不得而知。生活让他们两个都做出了很多的改变，一开始他们不得不扼杀内心与日俱增的爱意，代之以友情；现在爱情的大门再度向他们打开，他们抓住机会了吗？

程素梅没有自己的孩子，她经常把公司拥有的那些华丽的大船，比如克劳迪娅、苏珊和热尔梅娜，称作她的"女儿"。她此时年纪已太大，无法再生育子女，尽管她的外表不可思议地永不显老，你根本无法看出她的年纪。两人在公共场合牵着手，可能也一起安睡。这位中国淑女身材纤细，高颧骨上的皮肤光滑而闪亮；这位丹麦男士却个头巨大，身材壮实，轻轻松松就能占满一张双人床。但他们没有结婚。

程素梅出生在上海，从没见过双亲，靠在街头卖花才生存下来。我们许多人都在鹿特丹见过她，那时普雷瑟还活着，会上船来为我们量体裁衣。但也有人在悉尼、曼谷、巴伊亚和布宜诺斯艾利斯见过她。有人声称曾在一家妓院见过她，有人说她曾是一家寄宿处的女经理人。所有人都相信自己了解她的一些情况，但谁都无法确定任何事实。要出现在我们以为见过她的所有场所，那她得像猫一样活上九辈子，像任何一位长途水手那样四处远航。

但她从未来过马斯塔尔，总是阿尔伯特去勒阿弗尔找她。直至有一天他不再去了。起初我们以为他们的爱情已经破灭，后来才得知是她去世了——实在是相当出人意料。阿尔伯特没有向我们透露任何信息，这些都是我们自己拼凑出来的。他们为什么没有结婚呢？他们为什么没有一起生活呢？阿尔伯特不够爱她吗？或者是她不够爱阿尔伯特？

如果有人鼓起勇气问阿尔伯特为什么没有和她或其他女人结婚，他会回答："我当时太匆忙了，完全把这事给忘了。"那答案让我们发笑。他有过许多机会。

阿尔伯特刚上岸时，买下了一位老商人的房子，就在从海港往王子街走的右边。后来，他搬到街对面，住进他为自己建造的一座崭新住宅里，那里天花板很高，还有二楼。站在朝东的大阳台上，他能看见防波堤和群岛。还有一扇凸窗开向街道。前门上方的窗格玻璃上用金漆写着他的名字：阿尔伯特·马德森。

在阿尔伯特家的斜对面，住着洛伦茨·约根森，他比阿尔伯特早许多年就开店做了船主和经纪人。小时候的洛伦茨身体肥胖，经常气喘吁吁，眼睛里总是流露出一种哀求的神色。后来他在海上得到了历练，我们都忘了印象中他只是个没种且软弱的娘娘腔。他在海上待的时间不长，结束领航考试后就上了岸。虽然工资不多，没能存下多少钱，但事实证明，他有挣钱的天赋。他购买船舶股份，懂得如何与马斯塔尔储蓄银行洽谈业务。他与镇上最成功的船主达成了某种合作关系，对方名叫索菲斯·博耶，外号"农民索菲斯"，因为他出生于从马斯塔尔往内陆走三千米处的奥默尔村。

洛伦茨·约根森还不到三十岁的时候，就说服我们从朗厄兰岛牵一根电报线过来。他满口"世界市场"和"电报"之类的词。这些词语对我们几乎没有意义，可他却想方设法告诉大家，世界市场之于水手的重要性，就相当于土壤之于农民，没有电报，我们永远也无法连通世界市场。

我们为架设电报线而向政府申请财政援助，却遭到了拒绝。于是洛伦茨去找了索菲斯·博耶。农民索菲斯虽然拥有镇上最大的航运公司，但为人十分低调，甚至偶尔还有人看见他在渡轮码头当行李搬运工挣几个小钱。他没有所谓的办公室，只用食指敲敲前额，说所有信息都存在里面。但当洛伦茨描述那根会说话的电缆能将距离缩短为零时，农民索菲斯听得很认真。

"无论你是生活在大城市还是小城镇，都没有关系。哪怕住在大洋中央最小的岛屿上，只要有一根电报线，你就位于世界中央。"

这类谈话在大多数人听来都很稀奇，对农民索菲斯却不然。在其他事情上，他差不多都已经失聪。他随洛伦茨来到马斯塔尔储蓄银行，让他把刚才讲的电缆的事给经理鲁道夫·奥斯特曼再说一遍。

"世界中央。"洛伦茨坚称。

银行经理自认是个很爱开玩笑的人，差一点儿就要问，有没有机会使用这根电报线联系到仁慈的上帝，但农民索菲斯一个犀利的眼神让他脸上嬉笑顿无。结果，鲁道夫·奥斯特曼很快就皈依，成了这项发明最狂热的信徒。他经常宣称："电报局是一个镇子的心脏，是一项纯粹的赐福。应该建在教堂里。"他完全忘了听洛伦茨第一次说起时，自己几乎要脱口而出的那个玩笑。

有了马斯塔尔储蓄银行和镇上最大船主的支持，其他投资者也都参与进来。如果政府不愿帮忙，那我们只能自力更生。

为镇子提出海损互助保险计划的人，也是洛伦茨。一开始，我们只保障小型船只，后来随着马斯塔尔日渐繁荣，大型船舶也被纳入了计划。1904年，海运保险公司在学校街和港口街的街角，拥有了自己的大楼。是一座宏伟的红砖建筑，正立面上嵌有一块浮雕，描绘的是一艘张满帆的纵帆船。这座大楼和防波堤发挥的是同样的作用：保护我们。

什么事情都逃不过洛伦茨的眼睛，他做事一丝不苟，而且富于想象力。接受任命成为港务长后，他下令建造了四百英尺长的轮船码头，也即轮船桥。他还联合创办了马斯塔尔乳品厂，那是一座被刷成白色的建筑，有着高耸的烟囱，位于西街。他买了一匹马，每当骑着它穿过镇子时，钉了铁掌的马蹄踩在鹅卵石街道上橐橐作响，令人难以忘怀。他是镇上的真正监工——尽管他为马斯塔尔建造的环镇城墙是隐形的，设计目的却是保护我们，不受一切海上突发事件的影响。

洛伦茨的妻子是比他大两岁的凯特琳·赫尔曼森。两人结婚很晚，却生了三个孩子。长子移民去了美国，次子被送去英格兰学习航运贸易，最小的女儿留在家里，嫁给了新街上的修帆工默勒。他们的四个孩子每天都会去外祖父位于王子街的办公室，用温柔、清亮的嗓音为他唱歌。洛伦茨的办公桌上堆满了来自阿尔及尔、安特卫普、丹吉尔、布里奇沃、利物浦、敦刻尔克、里加、克里斯蒂安尼亚、什切青和里斯本的电报。晚年的他发了福，又变回出海前的模样。但再也没有人取笑他块头大。当他坐在办公室的转椅上，聆听外孙们唱歌时，那模样总让我们想起中国寺庙中那些身材圆胖、神态惬意的佛陀。

洛伦茨总有一天会躺进墓地里，而那墓地也是新建的，和那段岁月里马斯塔尔的许多其他地方一样。以前，人们都被埋葬在教堂街和西街之间的教堂墓地，安眠在山毛榉的树荫下。但现在，我们安躺在镇外全新的墓地里。它位于一片山坡上，面朝奥梅尔斯路的海滩，从那里能看见群岛风光。我们在里面修建了一条大道，两旁栽种的花楸树至少能生长一百年。那里的空间足够容纳许多死者。

我们当然希望，镇子以后也能像当时一样人口众多。我们或许甚至还想让人口变得更多。我们一定也曾希望，人们不再死在外国的港口和海上，而是在熟悉的环境中咽下最后一口气。

一座慢慢被填满的墓地传递出一条抚慰人心的信息：你将死在你出生的地方，你所爱的地方，你所属的地方。你将能看着自己的子女长大。你将坐在那里，因为衰老而佝偻着腰背，聆听孙辈为你唱的歌谣，你的人生在身后伸展开去，就像一片山坡，从海滩狭窄的白色边缘地带开始，结束在一座能眺望群岛风景的小山上。

有人问起我们之中的一员，当他的船被困风暴之中时，哪怕死亡的结局看似确凿无疑，他为什么仍不愿放弃；他给出的回答可能其他人都会觉得奇怪，除了一个马斯塔尔人，那便是莫滕·塞耶尔，花神号的大副。那是 1901 年的 12 月，花神号满载一船英国煤炭，准备前往基尔港。船长是安德斯·克罗曼。当时吹起了一阵西风，而且风势越来越大，有六天时间，花神号都在狂风中随波逐流，船上结满了霜，只张着可收缩的主帆和支索帆。接着，风暴变成飓风，吹走了附载的大划艇、厨房和操舵室。船员要想在甲板上活动，只能绑着安全绳，房屋一般高耸的巨浪从四面八方砸到他们身上。到了第十天，一道巨浪冲走了牵拉船桅和风帆的索具，货物也发生了位移。花神号再次钻出汹涌海浪时，面临的形势非常严峻。船桅、索具和所有上层结构都已经消失，只剩残骸漂浮在海浪中，船身因飓风压力而覆满白色泡沫。

他们聚集在船舱，克罗曼船长讲话直率，让他们别指望活到圣诞节。

这时，又一道巨浪砸上船来，将他们都摔在舱壁上。此刻他们都已确信，花神号刚刚承受了最后一击，知道它即将沉没。大家都做好了进入水下坟墓的准备。

但受损严重的船壳依然漂在海面。

就在那时，莫滕·塞耶尔想到了那个最终救下所有人的主意：抛弃全部货物，让船尾能抬升到吃水线以上。他们不敢打开舱口，害怕海水会淹没整艘船，只能用斧头一点点凿开船尾，进入船舱。然后他们开始起吊煤炭。自三天前索具被吹走以来，没有一个人合眼。然而，虽然被扫过空甲板的咆哮海风冻得失去了知觉，被不停冲来的冰冷海水浇得浑身湿透，花神号上的六名船员却凭借水桶和麻袋，将四十吨煤炭都挪走并丢进了大海。他们只用了一夜时间，每人搬运了将近七吨的量。

事后，据莫滕·塞耶尔说，所有人都累得站也站不稳，很快就沉沉地睡去——船员们睡在此时已经腾空的船舱，克罗曼船长和塞耶尔睡在隔间小屋。

醒来时已是 12 月 24 日的上午，风暴已经停歇。他们估摸着距离奥克尼群岛还有十六海里，但因为风暴掀掉了救生艇，所以他们远远看见陆地，既象征着救赎，也意味着劫难。于是他们将两条锚链缠在一起，免得船身漂进足以致死的岩石海岸。

终于等来了救援。一艘丹麦渔船出现在海平线上，花神号的船员立刻登上甲板。

"是什么让你们坚持下去的?"我们问塞耶尔。

那是个愚蠢的问题，但不管怎样，我们还是问了，哪怕每个人都能给出答案。莫滕·塞耶尔想再次看见他那座位于布宜街的房子。他不想与妻子格特鲁德，还有两个孩子延斯和英格丽德分别。他们需要他，而他也需要他们。他想回家过圣诞节。和任何其他的水手一样，他想拥有一艘自己的船，当上船长，然后再永远登陆。总的来说，就是：他还远远不到死的时候。

但莫滕·塞耶尔没有给出上述任何一种解释。相反，他说了一些完全不同的话，对于那个蠢问题，他给出了一个堪称智慧的回答。

"我坚持下来，是因为想被埋在那座新的墓地里。"他说。

你可能会觉得，这是个奇怪的答案。或许只有水手才能理解，但我们那座新墓地代表的是希望。

代表着某个吸引你回家的理由。

如果有一个陌生人对我们说，那座墓地将会一直保持着半空的状态，只有几块墓碑能代表曾经生活在此的生命，或者我们沿着大道栽种的花楸树有一天会被高草吞没，只有眼光敏锐的人能辨识我们在那片荒野中规划的景观，我们会怎么做？

如果有一个陌生人对我们说，将我们与马斯塔尔连在一起的血脉联系很快就会断裂，一些比大海更强大的力量将把我们带走，我们会怎么做？

我们可能会嘲笑他是个傻子。

阿尔伯特·马德森不信上帝，也不信魔鬼。他相信，只是稍微相信，人类向善的能力；至于邪恶，他曾在自己驾驶的船上见证过。他还相信常识，不过，连常识也不是他最强烈的信仰。阿尔伯特·马德森相信伙伴情谊，胜过其他的一切。据他所知，相信上帝的人并不能证明上帝的存在。但阿尔伯特却能证明他所信仰的伙伴情谊的真实性，而且它的真实性坚不可摧。每天早上，当他站在王子街的经纪人办公室，往山墙窗外眺望时，都能看见它；从一楼办公室的凸窗也能看见，事实上，这正是他为房子增设窗户的原因所在。当他走下门前的三级石阶，然后右转沿王子街走向海港时，仍然能看到它铺展在面前。

小镇用了四十年时间才修起那道坚固的防波堤。它横亘在海湾正中，长度超过一千米，高度为四米，修筑用的岩石每一块都有好几吨重。就像埃及人修建金字塔一样，我们也修建了一座巨大的石头纪念碑。但我们不为保存死者的记忆，而是为了保护活着的人。从这一点来说，我们比他们明智。防波堤是法老的作品，阿尔伯特告诉我们，法老拥有许多张面孔。而它们结合在一起，就代表着他所谓的伙伴情谊。

这是阿尔伯特的晨间礼拜仪式：他那水手的目光会在天空及各种形状的云朵之间漫游——那其中蕴藏着丰富的信息，供有能力的人去解读——之后会投向防波堤。它能给他带去宁静。它横亘在那里，是一支休眠的力量，比大海更强大，能平息堤外的浪潮，为船只提供庇护，是人类伙伴情谊活生生的证据。我们航行，并非因为大海在那里。我们航行，是因为海港在那里。我们起航并不为前往遥远的海岸。我们首先寻求的是庇护。

阿尔伯特很少去教堂。但碰到节日和一些特殊场合，他会去参加仪式，因为教会也是人类伙伴情谊的组成部分，他不想与之分离。他对仪式本身并没有特别的尊重。但教堂就像一艘船，有一定的规矩，一旦登上船，你就必须遵守。如果你不能，那就该远离它。

多年来，许多教区牧师都抱怨过，教堂维护得很糟糕。在其他方面与阿尔伯特关系要好的阿比尔高牧师甚至辩称，拨给学校的资金应该拿来维护教堂的外墙，但没有人在意他怎么想。阿尔伯特说，如果要在教育和宗教之间做选择，他无论何时都会选择教育。学校代表的是年轻人和未来 —— 教堂则不然。如果西街的学校规模比教堂大，那其实更好。任何相信未来的城镇都应该牢记这一点。

"那道德问题该怎么处理？"阿比尔高反驳，"孩子们不到教堂学习这些，还能去哪里学？"

"在他自己的船上学。"阿尔伯特的答案很简单。

"或许还要去外国海港学？"牧师回嘴道。

阿尔伯特不再说话。

阿尔伯特对海上生活并没有幻想。他做过房间服务生，经历过那种不受保护的生活。在他的描述中，他忙得像条狗，待遇却比狗都不如。然而，时代已经改变。船上的生活条件已经得到改善，变得更加人性化。孩子们受到了更好的教育，假以时日，会成为更好的船长。阿尔伯特相信进步。他还相信水手的荣耀感。伙伴情谊正诞生于此。在船上，一个人的失职可能会给所有人带去致命后果。水手很快就会明白这一点。牧师称之为道德，阿尔伯特则称之为荣耀。在教堂里，你要为上帝负责。在船上，你要为每一个人负责。因此，船上是更好的学习场所。

根据阿尔伯特的经验，归根结底，每件事都是船长的责任。船长清楚船上每个物件的功能，包括每一块船帆和每一条绳索，船员也一样。同样地，每个人也有自己的职能，如果船长不能从一开始就为每一个人划分明确，那么船员只能靠争斗自行解决。那样一来，最弱小的人——尽管不一定是能力最差的——就会发现，他自己沦为人群中的底层。他在艾玛·C.利斯菲尔德号上见识过这种事的发生，当时的伊格尔顿船长任野蛮的大副奥康纳篡了他的权。最强的人并不总是最适合领导职位。船长必须像了解船体布局一样了解人心。

等阿尔伯特自己成为船长后，他发现偶尔会有船员弃船潜逃。但他从不认为这是水手违令的表现，或是他们品德不良的证据。他更多地认为，那是他对人类本性认识的失败。他没有给那人足够的关注，未能将其拉上正轨。他相信每个人心中都有善的一面，恶当然也存在，但他的基本观点是，经过训导，恶能够得到控制。

19世纪80年代的某个时间，在墨西哥的拉古纳，有一次，一个全能水手对阿尔伯特拔刀相向。他当时没有武器，伸手便握住了刀。他从不觉得自己在做什么非同寻常的勇武之事，只是做了必须做的事，好继续掌控局势。那位海员呆住了，皱眉瞪着阿尔伯特伸出的手，努力想理解眼前的情形。阿尔伯特趁此时机，使出全身力气一拳砸向他的下颌，将他打倒在地。接着，阿尔伯特一脚踩住那人的手腕，从他紧握的手指中将刀抽走，然后又将那个一脸茫然的人拉起来站稳，冷静地痛揍了他一顿——同时还十分小心，避免对其造成永久性伤害。他这么做既是在实行惩罚，也是在维护自己的权威。

但整个过程中，他都清楚，自己并不代表善，而那个拿刀的海员也并不象征恶。他们两个只是两支对抗的力量而已。没有人会张满所有的帆驶入怒吼的狂风之中。你不会正面对抗风暴。你会调整船帆找到平衡。所有可靠的命令都建立在那种平衡之上，而非建立在对他人的打压之中。刻在石头上的规则往往都名不副实。

当詹姆斯·库克在夏威夷的凯阿拉凯夸湾面对一群暴怒的土著时，在被棍棒击中后脑勺、匕首割断喉咙之前，他曾挥手向他的船员呼救。但那艘本可以拯救他的船却掉头驶向大海。在岸上的船员本可以冲过去保护他，但他们却丢下步枪逃进了海浪中。在驾驶决心号最后一次航行的途中，船上的十七名全能水手中，有十一名被库克船长鞭打过，他一共抽了他们两百一十六鞭。因此当他需要帮助时，船员们都转过身去，将满是伤痕的后背对着他。他的鞭子抽错了地方。

每一艘航船上都有数英里长的绳索，几十块盖板，数百平方码的船帆。如果没有人一直拉扯绳索，不停地调整船帆，船在风暴中就会陷入绝望境地。管理船员也是一样的道理。

船长手握几百条无形的绳索。让船员控制就等于让风掌控舵盘，最终结局便会是船只遇难。但如果由船长全权控制，船就无法航行，哪里也去不了。如果他剥夺了船员的全部主动权，他们就不会竭尽全力工作，只会不情愿地敷衍了事。这完全是一个关于经验和知识的问题。但首先又是一个关于权威的问题。

阿尔伯特揍完后，那叛乱的船员浑身是伤地躺在甲板上。他扶那人站起身，然后让厨房服务生取来一盆水，好让那船员洗净脸上的血水。事情就此结束。那人又回到了船员队伍。

阿尔伯特自己也曾挨过那样的抽。但他从来都不像伊萨格，那位老师既不惩罚也不奖励学生，只是一再地抽他们。他也不像奥康纳，那位大副仗势放纵自己的杀人欲望。但阿尔伯特也不是詹姆斯·库克，依靠抽人来维护自己摇摇欲坠的权威。相反，他变成了艾玛·C. 利斯菲尔德号的伊格尔顿船长从未达成的模样。与服从或打破规则无关。生活教给他的，是远比正义复杂的东西。它的名字是平衡。

1913 年，阿尔伯特决定为自己的个人信条建一座纪念碑，打造一块石碑，立在新建的轮船桥旁边。他已经选好了石头，也了解其出处。那块石头大约有四米长，三米宽，两米高，躺在波罗的海中，尾巴海滩的外围。海上风暴刮起时，你从陆地上偶尔能看见它。夏天，男孩们会游到它所在的海域，站在上面，那样他们小小的金色脑袋才勉强能钻出波光粼粼的海面。

　　阳光在海浪上跳跃，闪烁着划过石头巨大的侧腹，有时，阿尔伯特会将船划到那里，放下船桨静静地凝视它。只见它稳固地躺在那里，躺在荡漾的浅绿色水波之下。不过，就连这块岩石也是经过一番航行才抵达这里的，它乘着冰川从北方而来。现在它必须再度迁移。这一次，它将抵达一个永恒不变的位置，提醒马斯塔尔人铭记防波堤的建造，铭记人力胜天的功绩。

　　他甚至想好了石头上应该镌刻的铭文：团结就是力量。

　　一个晴朗的 6 月天，阿尔伯特坐在船上，身体探出栏杆凝望着下方拍打的海水。一股剧烈的眩晕感袭来。他突然感觉到，世界正在失去凝聚力，他所信仰的每一样事物都注定要毁灭。他感觉到，有一个远比愤怒的海风和拍打的海浪更危险的影子：他有一种预感，灾难正在迫近，而这一次，就连坚固的岩石防波堤也无法保护马斯塔尔。那是一种做梦般朦朦胧胧的感觉，因此他觉得自己一定是在午后的阳光中短暂地打了个盹儿。接着，他的目光紧盯着水中的那块岩石，在它印痕累累的侧腹上辨识出自己的影子，现实感重又回归了。

就是在那一刻，他产生了那个想法。它匆促到来，如同灵感乍现。是该反思的时候了，他决定建造一座坚固的大型永久性纪念碑，以抵冲刚刚突然涌现的劫难预感。他决定用那块石头。

这次顿悟后没过几天，阿尔伯特便在港口街的海运保险公司里召集了会议，跟受邀聚集在此的宾客陈述了自己的想法。兴建纪念碑的提议得到大力支持，为此，他们还组建了一个委员会负责开展前期筹备工作。他们计划当年就将石碑安放到位，赶在秋天到来之前。

一个礼拜之后，阿尔伯特协同海港委员会及海运保险公司的各位主席，一起去勘察了那块岩石。一股强风从西面吹来，涌来的海浪撞碎在岩石上，随之岩石顶部也展露出来。

7月中旬的一天早上，两艘起重机驳船被拖到岩石附近。船上有阿尔伯特·马德森、海港委员会的主席、港务监督长、一位渔民，以及一位来自镇上船厂的索具装配工。一群马斯塔尔女士将三明治和茶点送到白色沙滩上，渡轮将它们送到在两艘驳船摇晃的甲板上汗流浃背的男人手中。两点，岩石已被吊起，用系链稳当地固定在两艘驳船之间。返航的护送队经由轮船桥进入海港，旗帜升起来了，码头上等待的人群欢呼起来。

我们在为自己庆贺，为我们自己，为我们这个繁荣的城镇。

两天后，岩石被吊上陆地。阿尔伯特已提前致电斯文堡，请他们派来一辆平台拖车帮忙运送，拖车于次日搭乘渡轮抵达。人群蜂拥赶来，每个人都自告奋勇，提出要帮忙拖运。船厂老板、索具装配工、全能水手、船主、商人、职员，就连储蓄银行的那位经理也化身为骡子，紧抓住绳索；还在上学的孩子们则绕着圈子大呼小叫，直至也在队伍中找到位置插进去。就连早已退休的老船长也暂停了在港口长椅上的闲聊，嘴里牢牢叼着烟斗，伸出了援手。不过，此时人称刚果领航员的约瑟·伊萨格则将双手插在口袋里，绷着脸刻薄地说，这种活计根本不配他出手。洛伦茨·约根森也在一边袖手旁观，借口自己年纪太大，块头太大。喧闹声一直传到了特格街，海景画家的寡妻安娜·埃吉迪亚·拉斯穆森闻声也牵着孙辈的手来到港口旁观。村里的白痴安德斯·诺尔兴奋极了，在人群边缘上蹿下跳。阿尔伯特看见他，将他也轻轻推进拖运的人群。绳索一缠上肩膀，安德斯就不可思议地安静下来，似乎和其他人一样专心致志。

接着，阿尔伯特本人抓起一根绳索，高高举起一只手，转身面向拖运的人群。

"做好准备，使劲拉！"他大声喊道，同时手握成拳在空中重重地捶击。

那是出发的信号。阿尔伯特使出全身力气。他年届六十八，但并不觉得衰老。仿佛整个人生中，他强壮的身体一直在积蓄力量，就为等待这一刻，迄今为止，他做过的每一件事都是在为这一刻做准备。阳光晒红了他的脸，他心中涌起一阵幸福感，仿佛是直接从他搏动的血液和绷紧的肌肉中涌出来的。

平板拖车震动了一下，慢慢地开始移动。他们这一次拖行了一米——直至拖车停止。地面过于松软，石头压得拖车陷入砾石中，无法动弹。两百个男人绷紧大腿也无济于事。他们拽着绳索，身体前倾，似是在合力与那块岩石一较高下。但岩石岿然不动。

阿尔伯特直起身来，再次面向人群。

"大家伙再加把劲，"他再次捶击空气喊道，"一、二、三——拉！"

但拖车纹丝不动。

人海中的某处，有个水手唱起了号子。其他人也加入进来，很快，所有人都唱了起来，和着古老的劳动号子摇摆着身体，那节奏已在海上回荡了几个世纪。可依旧无济于事。

阿尔伯特叫来一个男孩，请他跑去托登肖尔街的海事学院叫些学生来。男孩冲了出去，过了不多时，就有三十个年轻海员沿港口街齐步走来。他们撸起袖子，露出臂上的文身，将绳索甩在肩上。阿尔伯特想，那是我们的年轻人，我们的未来。现在那块岩石可抵挡不住了。

果然，那平板拖车再次运转起来，车轮发出抗议般的嘎吱声，仿佛整个车子都在承受巨大的压力，即将四分五裂。在翻越一道路缘时，人们紧张了一阵子，那岩石摇晃了一下，但没有移位，水手号子仍在继续。直到这一刻，阿尔伯特才听清号子的内容。

我要喝威士忌，又热又烈的威士忌。

威士忌，伙计！

我要喝威士忌，喝一整天的威士忌。

给我威士忌，伙计！

年轻的小伙子们将嗓门扯到最大，欢喜地唱着。那歌词便是他们男子气概的证明。这些导航员练习生在领唱。他们都已航行过足够长的时间，自觉是完全合格的海员，而这首号子是属于他们的，在桅杆前度过的岁月赋予了他们资格。而对老海员来说，这首号子只是一段记忆。阿尔伯特突然想到，在场的人群中，应该大部分都有过伴着这首威士忌之歌的旋律悬挂船帆和转动绞盘的经历。这首歌就是所有水手的国歌。用哪种语言唱都无关紧要，要传达的信息在旋律中，而非歌词中。它不是说教，而是经由水手们的肌肉进入他们心中，提醒他们记住自己的能力，忘掉疲惫，一起努力。

阿尔伯特想用那块石碑传递的信息是"团结就是力量"，但在将石块吊上拖车时，他兴奋得浑身大汗，意识到镌刻"给我威士忌，伙计！"这行字或许更好懂。这句话虽然较粗鄙，但也是伙伴情谊的体现。

他昂起涨得通红、大汗淋漓的脸庞，面朝太阳露出微笑。

石头已经抵达目的地。

阿尔伯特在艾尔岛酒店举办过几次公开会议，都是关于那块纪念石碑，或者按他私下的叫法，伙伴石碑的。兴建石碑将和马斯塔尔兴建任何重要设施时一样，要募集小额捐款，通过伙伴情谊。他站在讲台上，就他的主题越讲越起劲，因为太过高兴，以至于都忘了有些重要的事他还没解释过。该以什么由头竖立那块纪念碑？1900年是防波堤兴建七十五周年，也是世纪更替的年份，但当时没有人组织纪念活动。如果要等到一百周年的时候，还需要十二年。他不敢指望自己能活到八十一岁高龄，他不像那些自大的人，会设想自己能活到永远。可为什么是现在呢？为什么要在1913年？

幸运的是，没有人问过他这个问题。"好啊。"他第一次提出这个建议时，所有人都这样回答。这个镇子当然应该有一座纪念石碑——还有比兴建防波堤更好的纪念理由吗？所以，从来没有人请他解释过那个问题。6月的一天，他在尾巴海滩以南的海面晕了头，产生了那些他自己也不明白的预感。他没有办法站在讲台上谈论这些。事实上，甚至无法对朋友坦陈，他实际上是因为那些预感，才让两百三十个人集结在平板拖车周围，拖运一块十四吨重的岩石。

为什么是现在，为什么要选在1913年？

趁现在还为时不晚，趁我们还没有忘记自己是谁，忘记我们为何做我们所做。

为时不晚？你这么说是什么意思？

不，他自己也几乎回答不上来这些问题。他所知道的是，他被一种注定灭亡的感觉压倒。为了对抗它，他开始组织人力，将那块岩石竖立起来变成纪念碑。

阿尔伯特站在艾尔岛酒店舞厅的讲台上，一次又一次地重述马斯塔尔防波堤的历史。这里的港口曾经要靠北风、东风，是的，还有南风的怜悯过活，海水经常会突破我们口中的那个尾巴海滩。冬天码头上停靠的船甚至可能会被掀上岸来。我们的海港如此脆弱，在所有人都面临着毁灭之时，一个人站了出来。阿尔伯特说，你可以认为他就是我们今天这个镇子的实际奠基人，尽管他的奠基不在陆上，而在海中。是他让我们结为伙伴，我们今天竖立石碑，就是要纪念伙伴情谊的力量。他就是拉斯穆斯·耶普森船长。他鼓励镇上的居民签字承诺建一道防波堤。在那份文书上签字的，有三百五十九人。有人付出劳力，有人提供石材，有人出资。所有人都有所付出——只有一个例外，他拒绝的理由非常可耻，他觉得应该优先考虑自己的需求，而不是为后代而赌上一把。

　　"我会控制自己，不提那个人的名字，为他还在世的亲人考虑。"阿尔伯特在讲台上说。

　　这时，所有人都转身盯着汉斯·彼得·莱文森船长，他是纪念碑最热心且慷慨的资助人，因为他总算等到机会，可以洗刷家族八十八年来的耻辱。

　　阿尔伯特继续说，现在，他追溯到 1825 年 1 月 28 日，那一天是弗雷德里克六世①国王的生日。一百个人齐聚冰面，高举伙伴情谊的旗帜，为那个庞大的建筑项目垒起第一块圆石。就连大自然也是支持他们的，因为如果当年及随后几年的冬天不结冰，那他们永远都不可能建好防波堤。他们成功了，于是马斯塔尔有了防波堤，那是一个永远的标志，象征着人

---

① 弗雷德里克六世（Frederik Ⅵ，1768—1839），克里斯蒂安七世之子，1808—1839 年任丹麦国王，1808—1814 年任挪威国王。

类团结一致、勤劳苦干所能达成的功绩。

"当你看着那道防波堤的时候，"他对人群说，"你看见的是一条用圆石垒成的线。但永远不要忘记真正的建筑材料，是强壮的手臂和坚不可摧的意志。"

最后，他提醒大家，富于开拓精神的拉斯穆斯·耶普森因为这项成就而被授予国旗勋章。所有水手，不管看起来多么任性和倔强，其实都是君主拥护者，只要事关丹麦国旗，他们都会铭记于心。毫无疑问，说到这里，人们总会自发地热烈鼓掌。有时候，阿尔伯特会允许自己接受少许赞美，接受纪念石碑倡议人的称号，但在内心，他感觉自己并不配。因为在这段狂欢般忙碌的日子里，他所做的事发端于变幻莫测的精神领域，源于云朵般瞬息万变的想象世界。

7月19日早晨，雕刻家约翰内斯·西蒙森从斯文堡乘坐邮政服务船抵达马斯塔尔，查看了那块巨石。他认定石头适合雕刻，于是设计了一系列草图，返回斯文堡之前，还交代要清理干净上面的苔藓和海藻。于是人们用漂白水擦洗石块，又用稀释过的盐酸溶液冲洗。我们挖出一个两米深的坑用作地基，往里面填满混凝土。8月初，石碑基座和铁栅栏浇铸完成。同月中旬，石碑安放到位。阿尔伯特·马德森和委员会其他几名成员都亲自参与了工作。

将石头安放到基座的那天，有六艘鱼雷船进入海湾。和港口的其他船一样，那六艘船也装饰着彩旗，悬挂有国旗。码头上很快就挤满了观众。这还是有史以来第一次有战舰停靠马斯塔尔，就连阿尔伯特的委员会成员也暂停工作，走到轮船桥来观看。当天晚上，为迎接战舰上的军官，艾尔岛酒店举办了盛大的欢宴，阿尔伯特出席了宴会。白天在轮船桥上目睹那些青灰色的狭窄船体时，他心里涌起一阵奇怪的不安感，此刻他感到一阵眩晕，就像第一次在海里观察那块石头时所经历过的一样。整个宴会期间，他都很奇怪，心不在焉的，几位出席者觉得，他会分心，是因为临近纪念碑竖立的最后阶段，承受的压力过大。宴会中的某些时刻，他感觉整个活动仿佛发生在海上。桌子似乎在水面漂浮，椅子在海浪中起伏。他看到身下灰蓝色的深处，有黑色的影子一冲而过。

有人在叫他的名字，他被拉回现实。是那六艘鱼雷船的指挥官古斯塔夫·卡斯滕森，他想表达自己的赞美。

"我听说了纪念石碑的来龙去脉。我听说你是负责人，你发动整个镇子将其运送到位。嗯，年轻人精力充沛，这只是个协调的问题。作为船长，你比绝大多数人都更明白纪律的重要性。"

"我信奉不同力量之间的平衡，我信奉伙伴情谊。"阿尔伯特说。

"伙伴情谊当然重要。"指挥官沉思般看向远处。阿尔伯特的回答显然提醒了他，让他就这个问题继续展开思考。"但伙伴情谊只能通过塑造产生。因此，我们需要一份能促使人们相互扶持的伟大事业。眼下人们只想着自己。我们已经有好几代人都没打过仗了，而战争能将我们的年轻人团结在一起，往一处使劲。"

阿尔伯特看着他，因为头脑眩晕，目光依然不能聚焦。

"但战争会杀死许多人，不是吗？"

"这很显然，那正是战争的代价。"

指挥官的声音中渗出一丝犹豫。他用探询的目光看了阿尔伯特一眼，仿佛直到这一刻，他才开始注意面前交谈的对象，怀疑自己之前可能对他有误解。

"不管怎样，死者都将拥有一座坟墓和一块墓碑，不是吗？"阿尔伯特没理会他的反应，继续说道。

"当然，当然，那自是不用说。"

卡斯滕森现在才明白，他们的谈话拐上了错误的方向。

"去看看这里的墓地吧，指挥官。你会看见许多死者都是女人，还有一些是小孩。你会看见其中有农民、一两个商人，还有和我一样古怪的船主。但你不会看见太多水手。他们不在里面。他们从来都没有墓碑。他们没有可供寡妻和子女凭吊的墓地。他们溺死在遥远的海上。大海这个敌人对敌手全无尊重。我们马斯塔尔在打自己的仗，卡斯滕森指挥官。那对我们已然足够。"

这时，有人提议为海军举杯，指挥官抓住时机，结束了与阿尔伯特的这番谈话，而阿尔伯特依然留在原地沉思。

这一晚，纪念碑施工现场遭到破坏。一群醉酒的船厂工人撞倒了木栏杆，那是为雕刻家刻碑时提供防护用的。阿尔伯特当即将事故上报给了艾勒斯克宾的地区警察局局长克拉贝，并在三天内得到了答复。局长通知他，治安法庭已经因其醉酒扰乱治安行为，罚了他们总计三百一十五克朗的罚金。

随着纪念碑揭幕日期的临近，阿尔伯特的不安与日俱增。幸运的是，还有许多工作需要处理。他写了一篇介绍防波堤详尽历史的文章，封缄在一根铅筒中，埋在碑石地基的水泥里。现在他开始写揭幕典礼时诵读的演讲稿了。在他的描绘中，那座纪念碑仿佛是人类，有着人类的失望与希冀。他认为生活是"一个喜悦、悲伤和失望交织的地方，在那里，哪怕是最缜密的计划也并非总能开花结果"。

他搁下了笔。

你以为你在写什么呢？他自问。你应当赞美防波堤和人类的团结精神，可你已把自己逼入了绝境。

他摇摇头，关掉桌上的台灯。这些怀疑从何而来？他没有理由质疑自己一生的事业。镇子如今的繁荣景况前所未有，而那也正是纪念碑竖立的目的所在。这可恶的眩晕感又在困扰他。这些预感，眩晕的大脑，幻觉。无稽之谈。

他准备上床睡觉。睡眠或许能让他有所缓解。

他的一只脚愤怒地跺了一下，仿佛要赶走那些不安的思绪。他最不希望发生的就是像个孩子一样对黑暗日益恐惧。

那一天终于到了，1913 年 9 月 26 日。参加典礼的有数百人，阿尔伯特重述了防波堤的兴建历史。一个少女合唱团唱诵了一首歌曲，歌词是阿尔伯特亲手写的，他没有在其中流露任何悲观主义的暗示，曲调则借自《我誓要保卫我的国家》。接着，他揭掉了覆盖着石碑的巨大丹麦国旗，与此同时，观众开始抛撒花束。之后是港口委员会主席发表致谢演讲，最后大家为国王克里斯蒂安十世三呼万岁，这一天也是他的生日。

　　活动结束后，宴会在艾尔岛酒店开始，一百名宾客应邀出席，包括艾勒斯克宾的警察局长克拉贝，阿尔伯特护送他的妻子进入宴席。菜单上有烤野兔、蛋糕和各种酒类饮品。阿尔伯特是主发言人。讲话结束后，他邀请全体宾客起立，为国王陛下三呼万岁。接着，他们合唱了《克里斯蒂安国王站在高耸的桅杆旁》，阿尔伯特大声朗读了他写给国王的生日电报贺词，并邀请出席者签名支持。之后大家又为丹麦王国和国旗数次举杯，镇上的几位显要也发言赞美彼此。十一点半时，国王陛下的回电传来，他对他们表示了感谢。接着，舞会开始了。

　　在阿尔伯特看来，这个夜晚没有任何不顺。整场宴会期间，他都没有离场，而且没有任何预感。衣着华丽的宾客们漂浮在海上、精心陈列的餐桌随波浮动之类的幻觉也完全没有出现。

　　凌晨两点向最后一批离开的宾客道别后，他绕过王子街转角回到家中，一夜无梦。

　　上午醒来时，他终于感觉内心平静下来。

　　阿尔伯特·马德森六十九岁，已经实现想达成的目标。尽管没有子嗣是一件憾事，但他生活的小镇仍在繁荣发展。造船厂空前繁忙，而且几家龙头船厂很快就要转向现代船舶制造，投资生产钢质船舶，替代木船。去年春天，国王陛下大驾光临，镇上到处都悬挂彩旗以示欢迎，海军的六艘鱼雷船也来了。镇上还打算新建一个邮局，为教堂造一座黄铜尖塔，替代屋顶原有的角楼。

海港竖立的那座用以纪念防波堤的石碑表明，镇上的居民记得自己的历史，承认祖辈留下的恩惠。约翰内斯·西蒙森雕刻的"团结就是力量"字形灵巧、优雅，现在阿尔伯特·马德森的信条变成了全镇的信仰。

他清楚地明白，那天早上心中涌起的幸福感，不只是因为宏伟项目的成功完成、纪念碑的顺利揭幕，以及随后举行的宴会。原因远比那些宏大，他在自己及自己所处的不断繁荣发展的世界之间，感受到了一种和谐。他推开山墙窗，在9月初这个上午的柔和阳光中，越过那些格构式桅杆的顶部，可以看见那道防波堤和那片群岛就躺在那里。海鸥的叫声飘上来，与船厂锤头发出的铿锵声和锯子发出的刮擦声混在一起。他知道这样的声音在每一片大陆的每一个港口都能听见。他感觉自己是一个远比小镇更加广阔的世界的一部分，心中顿觉一阵欢欣。

后来他会觉得，这一天就是"结局"，尽管他从没明确表达过，结束的是什么。当然不是他的生命，因为他还要再活一些年头。但在那些年头中，他半在现实中，半在梦境中，这两个世界被一座恐惧之桥连接在一起。在梦中获知的事实，他既无法独自承受，也不能同任何人分享。他最终生活在一个到处都是死者的小镇上，成了死亡的沉默见证人。

幻　梦

　　船舶经纪人在日志中会写些什么呢？他会记录货运市场的波动、他缔结的货运协议、再也没有归来的船舶、获救的船员、保险问题、利润空间和公司命运。但这些日子里，阿尔伯特·马德森记录的既不是生意上的事，也不是出海的船。他也不会写下自己的思绪，很少记录自己的想法。他的确会记录脑海中出现的一些东西，但大部分他都不能理解。

　　他脑中住着一个陌生人。他会书写那个陌生人的事。

　　阿尔伯特书写他的梦。

　　但不是都写。

　　和大多数讲求实际的人一样，他曾以为，梦境只在理性思维冬眠之后才会出现，是对意外和几乎已被遗忘的事件的混乱总结。那些事件曾经或许拥有清晰的意义，但现在都已遗失在模糊的不完整世界。阿尔伯特和我们其他人一样，对于自己的大多数梦境几乎都不能理解，也从未尝试过去理解。

　　1877年12月的一个夜晚，当时他还是双桅横帆船公主号的船长。他梦到有个声音叫自己，提醒他前路有危险。他跳下床冲上甲板，船的确快要搁浅了，前方有一大片平坦的沙洲。船原本会不可避免地撞上去。那个梦提醒了他。他脑中似乎存在自己从未意识到的知识。一个神秘客人住了进去。

两年后，他又有一次类似的经历。这一次，他梦到公主号在一次强风暴中沉没了。不过这次他虽然怀疑这是个警告，但还是决定先不管，第二天一早就起航离开了格兰奇茅斯，当时海港外吹起了西南风。他整个上午都沿着海岸航行，最后不得不丢弃船锚，砍倒桅杆，免得搁浅。他紧趴在倾斜的甲板上，看着索具飞入空中，突然想到，有可能存在不止一种现实。

阿尔伯特的天赋并非人人都拥有。他也知道，必须保守秘密。在他留给我们的笔记及其他文书中，我们已经读到过。他写道，如果梦里的预感被公众知晓，几乎可以肯定，他们会伤害他，或者至少也会诋毁他。

我们不是经常坐在水手舱里倾听船怪①的故事吗？要不就是吊在后桅横桅索上的镰刀死神的故事，他脸色苍白，油布衣服湿淋淋的。或是"飞翔的荷兰人号"的故事。或是那只在夜里吠叫、寻找失踪之船的狗的故事。阿尔伯特在船上当房间服务生时也听过，他很害怕，却又莫名被吸引。而内心深处，他一直持怀疑态度。每一件不同寻常的事都理应有合理的解释，只是科学尚未发现。黄昏时我们坐下来讲着故事，说明天地间还有多少事物是我们梦也梦不见的，这时候他总会那样论断。

---

① 船怪（Klabautermann），传说中住在船上的水中精灵，会提醒船员危险即将降临。

如果那时他透露自己拥有在梦中预见未来的能力，那我们绝大多数人都会毫不犹豫地相信他有超能力。他在船上的声望，可能还包括威信，都会得到进一步巩固。但那样一来，我们的敬畏中或许会掺杂着恐惧，那是他不希望看到的。阿尔伯特认为，船长的权威应当建立在众人对他的技能的信任，而非神秘的巫术之上。

纪念碑揭幕后的那段日子里，阿尔伯特面前出现了一片灰色的虚无。在梦里，他认识的一些人死去了，可第二天又会讶然看见他们鲜活地走在街上。他的梦境里充满谜团：他不知道自己梦见的那些人何时会死，但梦境总是激烈又吓人。他看见人们被射死在甲板上，看见船舶燃烧起来，看见海上有黑色的阴影，可又完全无法理解这一切。

只是他从不怀疑，这些梦境是在讲述真相。他知道，所有那些人——他刚打过招呼的，刚握过手的，不久前才交谈过、如今却只想避开的——都会在无法解释的恐怖情境中死去。那些人自己却毫无知觉。

他在一个到处都是注定要灭亡之人的小镇里四处游荡。

阿尔伯特第一次梦见未来的灾难，是在1913年9月27日的夜里。

他看见一艘自己认识的船，和平号，马斯塔尔的一艘三桅纵帆船，接着就听到一声枪响。船员们立马爬上甲板，撑住帆桁，降下上桅的帆，然后准备放救生艇下水。出于一些他不能理解的原因，那些船员似乎非常重视那声枪响。但船体没有被明显损坏。

传来更多的射击声，一个人突然捂住了自己的肩膀。他的手臂无力地垂在那里。另一个人的脑袋被掀得向后倒去，仿佛有一只无形的手薅住了他的头发，血液从他的额头喷涌而出，他倒在了甲板上。此刻射击声不断。一些子弹击中了正在下降的救生艇，船身刚接触到海面，就开始漏水。船上的人立刻起身封堵漏洞，水已经漫至他们的腰部。猛烈的射击仍在继续。随后桅杆一根接一根地倒下，船也沉入了海水深处。

正值暴风雨的天气，海面风浪大作。云层在天空中快速掠过。救生艇被淹在水中，水手拼命划桨。一开始他们神色惊恐，后来只剩疲惫。光线越来越暗，四周黑了下来，很长时间过去才重现光明。阿尔伯特意识到，刚刚的事发生在夜间，现在天亮了。风暴仍未止息，海浪高涨，撕裂的云层快速移动。救生艇上有两个人四肢摊开着躺在那里，其他人将他们举起来丢进了大海。他瞥见一张灰白的脸，面颊凹陷，已是一副死相。是克里斯滕森船长。就在两天前的晚宴上，阿尔伯特还与他碰杯，庆祝纪念碑的落成。

第二天晚上，他梦见H.B.林内曼号纵帆船发出求救信号。和前一晚的梦境一样，他看见船员争抢着爬上甲板，想放下救生艇。他再次听见射击声，却分辨不清是从哪里来的。很快阿尔伯特认出了船长 L. C.汉森，他正站在后面的甲板平台上，丹麦国旗在头顶飘扬。汉森船长用手捂住一侧大腿跪在地上，裤子上的一大块深色斑块正不断洇开来。片刻后，他的脑袋被击中，从生者队伍中消失了。之后又有三名船员在很短的时间内相继中弹。

阿尔伯特终于明白了这一切的含意，那些爱好和平的海员为何会被残忍、无情、莫名地杀死，船舶为何会沉没。

他预见的是一场战争。

他想起卡斯滕森指挥官，他的战争愿望即将实现。阿尔伯特将得到什么呢？在这些梦里，他有一种不祥的感觉，他所见证的，不只是熟人的死亡。他所见证的，是整个世界的末日。

他无法再以更多的细节来描述这种感觉。这感觉攫住了他，仿佛一股深沉的悲伤，吞没了他办公室山墙窗外的所有光亮。几年之后，那道防波堤还能发挥什么作用？是的，水手过去是与大海开战，但很快就将有另一场更加残酷的战争，是任何航海技术都无法战胜的。

凭借阿尔伯特的想象力和政治洞察力，他根本无法设想谁会开启这场冲突，梦境也不曾告诉他。但他想起自己在海上看见过的战舰、海港停靠的鱼雷船，以及在报纸上读到过但从未亲见的潜水艇。它们哪一个是帆船能媲美的？一个都不能。帆船上确实有了不起的架构。但那些漂浮在海上的新式战争机器呢？潜水艇似乎是比着鲨鱼的样子造的，鱼雷船活像全副武装的两栖动物。整个现代军事工业采用的模板似乎都是几百万年前地球上生活过的史前怪兽。

阿尔伯特早就听够了英国人达尔文的物种起源理论，知道生物会进化，却不会退化。但人类发明这些战争机器，目的却完全在于退化，难道是想回归过去那些野蛮而简单的生命形式？

他的梦境是想告诉他这些吗？想告诉他，在未来，人会重返两栖动物的进化阶段，成为自身最残忍的敌人？

梦境在继续。他看见纵帆船腾起熊熊火焰。他看见船头突然爆炸，船被炸成碎片，几分钟后就消失在大海之中。他看见人们漂浮在下沉的救生艇中。他看见海员脸上的惊恐，听见他们的求救声，然后他们都被吞没在海底深处。最后，他所能看见的只有大海，以及不断拍打的海浪。有很长一段时间，他感觉自己仿佛漂浮在铁灰色的海面上，孤身一人，头顶是一片阴云密布的天空。他想着，创世之后，生命诞生之前，世界一定就是这个样子。

他开始记录梦中沉船的名字，也写下自己认出的死者的名字。他将这些名字列在办公室分类账的左栏，右栏空置，准备用来记录梦境成真的日期。他觉得这一定是最奇怪的分类账，自己一定是最古怪的簿记员，因为他对待梦境的方式，就好像它是真的，一定会准确应验。

阿尔伯特体格健壮，络腮胡剃得很短，虽然年岁渐长，一头浓密的头发却没有变得稀疏。多年来，他都没有什么变化，依然给人一种克制、有力的印象。倒也不是说他依然维持着年轻的相貌，而是说他似乎已经不会受时间的影响，衰老的蛮力已无法对他发挥效力。但现在他开始明显衰老下去。他自己也看得出，而且知道人们都在议论。他依然会精心修剪络腮胡，将一头浓密的头发打理得清爽整齐，但他宽阔的肩膀开始下垂，他似乎突然间变小了。他总是独来独往，拒绝邀约也从不找借口，随便别人怎么想。他发现要与人群为伍尤其困难，因为他在梦中见过那些人的死况。前方的命运是如此悲惨，他们怎么能如此轻松地过活？

阿尔伯特刚走出办公室，就被埃里克森船长在王子街上拦住。他怎能只知谈论货运市场，以及停在港外的科勒迪贝特海峡挖泥船呢？他难道没意识到自己剩余的时间已经屈指可数了吗？

阿尔伯特简单地寒暄了几句，便朝港口街走去。随后他开始为自己的无礼后悔。很快人们就会开始议论，说他越来越奇怪了。好吧，不用放在心上。不这样，他还能做什么呢？拥抱埃里克森，为他哭泣？提醒他？可以，但提醒他什么呢？提醒他避开大海，避开战争？

"什么战争？"埃里克森会问，然后就有理由相信，阿尔伯特已经精神失常。一个难以承受的重担压在阿尔伯特的肩上。他所见证的那些灾难和不幸，其起源和本质他都无法理解。如果他是个有信仰的人，情况会容易一些吗？他能在上帝那里找到安慰吗？但人需要的并不是安慰，而是行动的机会。所以那些梦境就像一种疾病。它们在攻击他的生命核心，削弱了他的精力和意志力。他有生以来第一次感觉到自己的无助。这种感觉侵蚀了他的灵魂，让他筋疲力尽。

随着圣诞节临近，一场猛烈的暴风雪自东北方向吹来，海港的水位开始上涨。阿尔伯特走到岸边观看船员们系附额外的系泊设备。马斯塔尔停靠着超过一百艘船舶，东北风将许多牵拉船桅和风帆的绳索吹歪了，发出的咆哮声像协奏曲一般回荡在镇子上空，还能听到绳索撞在木头上发出的拍打声和甩击声，以及船在等待船员重新系泊时互相碰撞或者撞在码头上所发出的猛击声。水位继续上涨，船位越升越高。在暮色中的纷扬雪花中，它们的轮廓显得凶神恶煞，宛若一支"飞翔的荷兰人号"组成的舰队，前来宣告小镇的毁灭。但随后水位便停止上涨，唯一遭到毁坏的是轮船桥，海浪击毁了铺石地面。

阿尔伯特继续在笔记本中记录那些目前还活着的人的名单，他这样评价防波堤："我们父辈的伟大成就依然经受住了考验。"他是在反抗中写下这句话的，仿佛是要反抗自己的所有梦境。防波堤阻止了水位的继续上涨。

但他也知道，防波堤的时代已经结束。更强大的敌人即将到来，那时候，防波堤将无法保护我们。

　　有时你会看见可怜的安德斯·诺尔在街道上匆忙奔走，一群男孩追在身后对他大加奚落。他迈着僵硬的大步子，而且步幅越跨越大，像是急着逃走，但又不敢跑起来。他可能是担心，逃跑的姿势太过明显，反而会引得追捕者做出某些骇人之举。不管怎样，他都不可能跑得过一群男孩。

　　这种追逐的结果往往是，安德斯被逼到一堵墙前，蜷缩着靠在粗糙的砖块上，脸颊被蹭到，发出轻声的呻吟。接着一股无能的愤怒占据上风，他像动物一样咆哮起来，转身去追赶那群男孩。男孩们会像松鼠一样四散逃开，尖声尖气地大笑着。

　　一般情况下，会有成年人出面干预，但不是每次都有。有些人会觉得这样的场景很好笑。

　　也正是在一次这样的场景中，阿尔伯特·马德森真正认识了安德斯·诺尔。安德斯年纪比阿尔伯特要大，但不可思议的是，除了花白的头发和络腮胡，他并不显老，只不过花白的须发并未为他赢得调皮孩子的尊重。

　　阿尔伯特遇见安德斯的那天，男孩们从集市广场开始，追着他一路走完学校街和特瓦尔街，终于将他堵在王子街韦伯咖啡馆对面的花园围墙边。阿尔伯特举起拐杖，像是要打人，还威胁地大吼大叫。男孩们迅速逃走了。

　　"我陪你走路回去吧。"他对安德斯·诺尔说。

　　安德斯站在那里，先前一直用手捂着耳朵，眼睛也闭得紧紧的。这时他才睁开眼睛看着阿尔伯特。他家在镇子外围的雷贝巴宁街，住在一间小屋里。他会整日坐在屋子里，用纺车纺线，然后再制成纱。自大家有记忆以来，他一直在做这份无聊的工作。大家普遍认为，他是个低能者。

阿尔伯特挽着安德斯的胳膊，他欣然接受了。

"你最近去过教堂吗，安德斯？"阿尔伯特问道。

安德斯·诺尔点点头。"我每个礼拜日都去。"

人们会觉得安德斯·诺尔头脑迟钝，并不是因为他没有说话的能力。相反，他的声音温柔而动听，总能清楚明白地表达自己的观点，与人谈话并不成问题。更多是因为，他的神情总是一片茫然，似乎无法表达任何情绪，加上他的生活凄惨而乏味。他一直和母亲一起生活，直至她最后去世。据说，他成年很久以后，每晚仍和母亲同床睡觉。他母亲去世后，妇人们将她的遗体停放在床上，决定等第二天再帮她入殓。但到了早上，她们却发现，安德斯·诺尔睡在她身旁，因为昨天夜里他仍和往常一样，爬上床和她睡在一处。葬礼上的他并无任何悲伤迹象。事实上，他一生中唯一表露过的情绪，是一种极端的固执，如果固执能称得上情绪的话。如果你反驳他，或者阻止他做想做的事，他会跳将起来，挥舞手臂，叫嚣一些无意义的词句。他不是为了打任何人，这显而易见。他那样做只是太绝望。随后，他会冲出小屋，消失在旷野之中，几天后重新出现时，已是精疲力竭，满身泥污。

但在他体内的某处，是有理智存在的，而且并不少，甚至可以说相当多。唯一的问题在于，那些理智似乎并不能服务于任何有用的目的。如果告诉他一个人的年纪和出生日期，他立刻就能算出此人已经活了多少天，甚至能考虑到闰年的影响。有人甚至问过他，自耶稣在马槽诞生以来，已经过去多久，他立刻就能给出答案。离开教堂后，他能逐字逐句背出牧师布道的内容，重新讲给镇上的那些水手听。因为礼拜日的早晨，相比于教堂的靠背长凳，他们更喜欢坐在港口的长椅上。

从春天到来的第一天起，他就会脱下鞋袜，光着脚四处走动，直至冬天回归。寒冷的季节，他会在废品堆和垃圾箱里翻找食物。没有人想让他挨饿，但他似乎喜欢这种生活方式，因为这个，我们判定他是个低能者。

阿尔伯特总会与安德斯·诺尔打招呼，不过这并没有任何不同寻常之处。村子里的白痴都属于公共财物。我们都会以高人一等的态度，和善地与他们交谈，直呼他们的名字，轻拍他们的肩背。但这并不表示，他们有资格用同样的方式对待我们。

这一次，阿尔伯特继续询问礼拜日仪式的事，安德斯·诺尔欣然回答了他的所有问题。不管礼拜仪式激发了他怎样的想法和情感，他都没在语气中有丝毫表现。就连他解复杂数学方程式的能力，也显得毫无灵魂。但在他内心的某处，是有灵魂存在的，对此阿尔伯特很确信。那是一个人类的胚胎，没有人想过要去培育和开发的胚胎。现在或许已经太迟。

安德斯·诺尔放开阿尔伯特的胳膊，不再需要他的搀扶。

男孩们没有伤到他，他哪怕是恼了，消极的脸上也没有透露出一丝一毫。

他们经过集市广场，沿马克街行进，然后走上雷贝巴宁街，直至抵达安德斯·诺尔那座挨着旷野的小屋。在最后一段路上，安德斯开始逐字逐句复述阿比尔高牧师的礼拜日布道内容，供他的同伴消遣。阿尔伯特突然呆住了，身旁这只学舌的鹦鹉似乎在向他直接传达一条紧急信息。

他盯着安德斯的脸，但安德斯似乎没有察觉。他的声音没有改变，仍是以同样的音调复述。区别在于，他的用词是那么地不同一般。那些词语真是阿比尔高牧师说的吗，还是来自一个完全不同的地方？若是后者，那来自何处？来自安德斯的灵魂，他终于觉醒了吗？

"你当时能力是最强的。"安德斯说道。他没有看任何人，语气也没有任何变化。所以这些话语的确听起来像是来自另一个地方，为说话人赋予了尊严，以及神谕的权威。

"你感觉世界需要你的力量，因此而欣喜。可接着却发生了变化。你的力量消散了，世界离你而去，你感到孤单。世界原本像一个灿烂的微笑，引诱着你，召唤着你。后来却发生了变化。黑暗艰难的时世降临，阴云遮挡了世界的笑容。你原本的人生充满欢爱。后来却发生了变化。你所珍爱的事物被夺走了。"

阿尔伯特感到喉咙发紧。这些语句莫名地触动了他。他感觉有人在直接跟自己讲话，只跟他一个人。他想着，只要有人说，就一定有人听。终于，他能卸下孤独的重担了。终于，他能与人分享一直憋在心里的所有秘密了。安德斯说的每一个字都是真相。阿尔伯特的力量的确已被夺走。同样被夺走的，还有他的人生欢乐。他从前的生活中有热爱的事物，万事不缺。他能与说出这些语句的人分享自己的痛苦。但那人是谁？阿比尔高牧师？他拒绝相信。是安德斯？那更不可能。还是另有其人？若是如此，那会是谁？

有那么一刻的工夫，他迷失在自己的思绪之中。接着，他又听到安德斯的声音。礼拜日的布道即将结束。此刻讲到的是过去熟悉的主题，每个礼拜日都完全相同，即上帝的神秘方式、各各他①的十字架、基督之爱。这个礼拜日，"爱"这个字眼被一再提及，比如基督对于爱的看法、他慈爱的帮助、通过他的爱所实现的救赎。都是宗教面对人生困境时兜售的老一套便利说辞。所以，终究还是阿比尔高的说辞。

有那么短暂的一瞬，那位牧师的话语成功进入了阿尔伯特内心。但他需要的不是宗教。能安慰他的不是甜言蜜语。但应该是什么，他并不能准确说出。或许就是这样，他有善于倾听的耳朵，但并不适合倾听牧师的布道。

对于阿尔伯特的困境，阿比尔高了解些什么呢？一无所知，不管他怎样布道。他怎么可能知道，阿尔伯特被生之世界驱逐，航船搁浅在一片无人知晓的晦暗海岸，上面堆满骸骨，挤满死者？

阿尔伯特像一只被淋透的狗一样发起抖来。他感到寒冷。他内心的某些东西在颤抖。他随独居的安德斯进入他的小屋。安德斯是欢迎他这位访客，还是希望独自待着，从他的表情

---

① 各各他，耶稣被钉十字架之地。

中看不出任何端倪。室内没有任何其他家具，阿尔伯特随他一起坐在床上。没有取暖设备，冬日的寒气阻断了最难闻的气息，但这里的环境依然算不上吸引人。

"你会做梦吗，安德斯？"

阿尔伯特看着安德斯，试图捕捉他的眼神。但和往常一样，安德斯并没有回应。阿尔伯特倾身向前看着地板，像是在自言自语，或是在对一只已搜寻良久的隐形耳朵讲话那般说了起来。

"问题是，"他说，"我一直会梦到一些奇怪的事。"

他清楚地感觉到一种如释重负感。这是他第一次跟别人讲起自己的梦。他已经能感觉到，压力在减小。

"我一直会梦到死亡，看到船舶沉没，人们被子弹射死，或是溺死。都是这个镇上的人，我认识的人。"

没有回应。他在期待什么呢？这不是告解，除非你认为向一个空旷的空间或一堵空白的墙壁卸下心头重担是告解。他怎么会希望从一个傻瓜这里得到反馈呢？他已经知晓答案，因为他也觉得，自己进入的是一片属于傻瓜的黑暗领地，一片未知的领域。在那里，只有疯子在以熟悉的悠闲步态移动，可他却是个新来者。从某种程度上来说，他在寻求帮助。

阿尔伯特被对方的沉默压倒了，不知接下来该怎么办。但他感觉到，有些事情已经发生。安德斯·诺尔的双手依然静静地放在膝头，眼神仍和从前一样空茫，不过此刻在那片空白之后，有某种东西正在显形，某种不同于无休止的机械计算的东西。

"你做过那样的梦吗？"

阿尔伯特尽量让声音温柔些，仿佛是想触碰安德斯·诺尔隐藏的灵魂。不过他知道，他这番笨手笨脚的摸索，是为了寻找自己的灵魂。

　　一时间，安德斯·诺尔只是呆坐在那里。随后，他咆哮一声跳将起来，那是一声粗重而口齿不清的咆哮。他冲到门口，拉开大门，转身激动地看了阿尔伯特一眼，然后便消失在暮色之中。

　　阿尔伯特仍坐在床上。追逐安德斯毫无意义，他是知道的。安德斯会长途跋涉，穿越旷野，一两天后才会回来。而阿尔伯特甚至不能从他的床上起身。安德斯的反应让他无法动弹。他想，自己真的处境不妙，连村里的白痴都给吓跑了。即便是在安德斯·诺尔如此熟悉的黑暗国度，阿尔伯特也被当作怪物。

　　阿尔伯特心想，他会像我一样做梦吗，还是会像动物一样，比人类早许多就觉察到地震即将到来，在大地裂开之前的夜晚惊恐地号叫？

战争开始后，阿尔伯特松了口气。

事情就是那样，他告诉自己。如果你对什么事的恐惧足够深刻，那么即便是最恐惧的情况发生，你也会觉得安慰。

镇上的水手开始丧命，他不知该作何反应。但就目前来说，他的孤独感减轻了。现在他能和别人讨论战争了。

丹麦宣布保持中立，尽管如此，战争依然对我们的镇子造成了严重影响。所有的货运服务都被立刻取消了，马斯塔尔的船队8月就进港越冬了。太阳仍高悬空中，孩子们仍在周围的水域拍打水花、在闲置的船队中玩耍，纵帆船却挤满了海港，林立的桅杆宛若森林，那景象煞是奇怪。这些年，镇子的繁荣前所未有，海员们都赚了不少钱。在酒吧里就能看见证据，突然失业和未来形势的不明朗让人不安，也使得醉酒的人越来越多。

到了10月，货运订单来了，要求运送粮食前往德国北部的港口，但没有人敢起航。海损保险不涵盖战争造成的损失，德国人已经在波罗的海撒满漂浮的水雷。较小规模的投资者担不起风险。

"那至少对镇子是件好事，"阿尔伯特写道，"航运巨头不至于残忍到让船员冒着生命危险去赚一笔快钱。"

战争爆发时，他自己的船都离欧洲很远。他让它们留在原地等待战事结束。

每个人都害怕水雷，因为大家都有船舶股份。北海也到处都是水雷。

　　阿尔伯特马上开始记录被水雷炸毁的船只。马斯塔尔人因为谨慎，所以暂时安全，可就在德国宣布与法国开战的三个礼拜后，两艘丹麦汽船，马里兰号和克里斯蒂安·伯贝格号沉入了北海。两天后，一艘从雷克雅未克开来的拖网渔船被炸毁。9月3日，又有一艘丹麦汽船消失。

　　阿尔伯特继续记录着，一直到年底。有时遇难的船会与他梦见的某一艘对上号，每次发生这种事，都会对他造成严重打击。他曾到过现场，亲见悲剧的发生。清单中记录梦中名号的左栏比右栏要长许多，但战争毕竟才刚开始。许多人推测，随着各个战线迅速取得突破，冲突很快就会结束——他听到这种话只能摇摇头不予理会。出于一些显而易见的原因，他不能告知他们自己为什么如此笃定。

　　"还会死很多人。"他说。

　　他原是个对未来充满信心的人，此刻却出乎意料地悲观，人们觉得这是上了年纪后软弱的表现。阿尔伯特·马德森已经丧失了勇气。

　　最后，他将自己的观点都隐藏在心中。

　　战争爆发的几个月后，我们举行了一个集会，声援苦难中的比利时人。这件事标志着，战争在人们的感觉中依然非常遥远，我们还有怜悯匀出来去关怀其他人的苦难。阿尔伯特被说服加入了一个委员会，负责筹备一次特别的公开展览，展出与镇子及其航海历史相关的物品，门票将全部捐给比利时。

展览很成功，吸引了大量观众。展品有艾尔岛的古老服饰、精致的蕾丝和刺绣作品、剪烛花的黄铜剪刀，以及一些雕刻得十分精美的橱柜和衣柜。我们欣赏这些物品，但它们并不能激发我们任何怀旧之情。相反，它们证明当下好于过去，未来还将变得更好。展出的物品记录了航运贸易的发展，也更加凸显了我们的进步。

"看啊，"我们指着一艘马斯塔尔快艇模型，对彼此说着，"注册吨位只有二十四。而旁边索菲斯·博耶的造船厂制造的那艘三桅纵帆船，运载能力为五百吨，而且已经是二十五年前的数据了。"

阿尔伯特感兴趣的主要是镇上的海员从世界各地带回来的奇珍异宝。海螺壳、蜂鸟标本、锯鳐的整套牙齿，这些物件将他带回了青年时代。看到电报员奥尔夫特·布拉克收藏的中国珍宝，包括挂毯、刺绣，以及一套完整的稀世官服，他不由得停下脚步陷入沉思。

"是的，"他对阿比尔高牧师说，"水手根据经验知道，世上不存在传统这回事。或者说，传统的种类太多，不只他一个人有。这只是我们这里的传统，比如农民居住在祖辈的土地上。但其他人就不一样，比如说水手，他的见识更多。农民提供的是他自己的标准，水手知道这并不符合他的情况。眼下整个世界都在打仗，俄国、英国和法国因为土耳其与德国结盟而向土耳其宣战，这才过去不到两个礼拜。数百万人都在彼此争战，但世界因此而变大或者变小了吗？船队静静地停在港口，水手无法出海带回新的故事。我们现在能做的，就是坐在这座小小的海岛上，变得像农民一样愚蠢。"

"你不该那么说，这样对他们不公平。"

牧师不是本岛人，他对本地的任何事都抱着一种外人的好奇心，觉得稀奇又有趣，展览的那一部分就是他负责的。阿尔伯特知道，阿比尔高甚至在记录镇子的历史，因为他不时会来寻求建议。两人的关系已十分友好，虽然算不上热络。阿尔伯特经常会想，相比于马斯塔尔这样的航运城镇，这位牧师或许更适合乡村教区。考虑到他生活在桎梏之中，农民毕竟比水手更符合基督教的基本教义。要谦恭地低下头，接受仁慈命运的安排，这样的思想正是为阿比尔高那样的人准备的。水手当然也受大自然的控制，不过他们会与天气和大海抗争。水手是反叛者。

不过，牧师与我们其他人的关系并没有恶化到产生冲突的地步。他的核心会众都是在布道时瞌睡的虔诚老妇人，即使是外围信徒，也丝毫没有反叛之心。我们觉得应该有一名牧师，因为阿比尔高从来不会不质疑我们的生活方式，因此我们之间的关系可以概括为互相包容。

"你真的不该说农民愚蠢。"牧师坚称，"农民支持公共教育理念，我知道你也是支持的。看看成人学校。但水手呢——好吧，还有比他们更迷信的人吗？还有镇上新办的那份激进报纸——如果航海这门职业真像你说的那样开明，从业者都精通国际事务，为何那份报纸无人问津呢？还有选举的时候，你难道没注意到，这里的人们总是不可避免地会支持保守派？你又该怎么解释？"

阿比尔高牧师换上了调侃语气。

"是因为产权概念的影响，"阿尔伯特说，"如果船上的房间服务生拥有百分之一的船舶产权，那就已经足够让他感觉自己是船长。他相信他们的股权是一样的。"

"那又有什么问题呢？"牧师继续说，"看看你自己的那句宣言。你煞费苦心地将它刻在一块十四吨重的花岗岩上，还伴着歌颂爱国之心的歌曲给它揭了幕。它传达的信息正是，团结就是力量。"

"我那句话是从社会主义者的层面来说的，"阿尔伯特已被牧师激怒，想反击，"如果镇上居民不知如何团结，那这里会变成什么模样？我们拥有全国第二大的舰队，尽管按人口规模来算，我们最多只能排在第一百名。我们有海事互助保险，由镇上的水手出资。我们有防波堤，建造者不是外人，就是我们自己。我说那就是社会主义。"

"我下次布道会讲这些。我会告诉马斯塔尔坚定的保守派公民，他们实际上是社会主义者。我一般会觉得在教堂里哄笑不合时宜，不过，下个礼拜日我会破例。"

阿尔伯特意识到，他给出的理由不够有说服力，不过他拒绝放弃。一时间，他过去好斗的精神似乎重新点燃了。

"以水手为例，"他说，"水手签约登上一艘新船。周围环绕的都是陌生人，不仅有从本国的其他城镇和地区来的，往往还有从完全陌生的国家来的。水手必须学会与他们合作。他的词汇量会扩大，他会学习新的词汇和语法，见识新的思考方式。他会变成另一个人，跟一辈子都在操同一把犁的人完全不同。他们才是这个世界需要的人，民族主义者和好战分子并不是。我担心这场战争伤透了水手的心。"

牧师又笑起来，已经准备好怎么做新的还击。

"是，然后这位世界主义者回到马斯塔尔，操着一口比马斯塔尔方言丰富得多的语言，声称农民一定是愚蠢的，就因为他自己到过农田之外地方生活，说一口无人能懂的外语。是的，你的确已经创造了一位合格的世界公民，马德森船长。但我还是偏爱民族主义者。他的团结之心更为包容，接纳上下各个阶层，不管是农民，还是水手，只要他们共享一样的语言和历史。哪怕是在这段令人不快的战争岁月，我也看不出这种伙伴情谊被摧毁的迹象。相反，我觉得它变得更加牢固。"

阿尔伯特再次发言已经是很长时间之后，阿比尔高牧师竭尽所能藏起自己那点小小的胜利喜悦，以为这次谈话已经结束，于是准备继续欣赏展品。但阿尔伯特一直背着双手站在那里，打量着自己的鞋头，最后终于清了清嗓子，目光坚定地直视着阿比尔高的眼睛。

"战争开始前的岁月，你经常步行去轮船桥观看渡轮起航吧？"

"对，"阿比尔高说，"我敢说，那是镇子必须提供的唯一娱乐活动。不过，显然必须刨除渡轮的返航。返航给人带来的激动远超起航。是的，我当然会去看。"

"你有没有特别注意过什么事？"

牧师摇摇头。"我记忆中没有。"

"你没看见大批携带沉重行李的农民？"

"啊，我知道你要说什么了。"

阿比尔高的笑容能让人卸下防备，不过他知道自己先前小小的胜利喜悦会被夺走，但他愿意保持风度。

"是的，我确定你知道。但不管怎样，我说出来并无大碍。那些农民要移民去美国。他们曾是这个国家的精神和文化主心骨，拥有古老的家族农场，里面的土壤都是祖辈培育数百年的结果。但他们却背弃一切离开了。然而，我们的水手，我们这群无根、躁动的人，我们这群无国籍的海盗……"

"我从没那样说过。"阿比尔高想打断他。

"……喜欢争论和破坏的人，恶棍，半个身子在牢房里的罪犯，醉鬼，在每个港口都有女人的浪荡子，说的丹麦语里掺杂了各个大陆的词汇、连家里的母亲也听不懂的胡言乱语者，手臂和胸膛的文身足以凑成一副扑克牌——红桃、方片、黑桃、梅花……"

"我必须抗议，"牧师说，"我无比尊重本镇养家糊口的人，绝不会用这种词来侮辱航海这个职业。"

"既然如此，那你就有充分的理由了。因为你从没见过马斯塔尔的水手在轮船桥上排队，将值钱的财物都装在箱子里扛在背上，移民前往美国。我们的确有可能一走就是好几年，但总归会回来。因为我们是水手，我们会留在故乡。"

进入春天后，海港空了下来，因为保险公司推出了一项新举措，以防止船主因为战争导致的船难而遭受经济损失。从那以后，货运市场的发展只剩一条路，那便是繁荣向上。航海业的发展前所未有，我们不光前往挪威、瑞典西部和冰岛，还一路去往纽芬兰、西印度群岛和委内瑞拉，甚至跨越战区前往英吉利海峡两岸的英法港口。一切又恢复了正常，而且情况更好了。我们只抱怨英国人，因为他们制定了数不清的复杂航海限制条件，还要收取高额的领航和拖船费。在这方面，德国人就合理得多。波罗的海沿岸的德国港口都会提供免费的领航和拖船服务。到目前为止，马斯塔尔尚未损失一艘船。

随之而来的是潜艇大战的开始。

1915 年 6 月 2 日，我们损失了第一艘纵帆船，也即萨尔瓦多号，因为起火而在温暖的正午时分沉没。阿尔伯特在分类账的右栏记下一笔。这一栏将被慢慢填满。

没有人员遇难。船员回到家中，表现得像是完成了重要任务。他们在酒吧里和街道上咯咯笑，引得好奇的旁观者都挤在周围打探。就像是去海上野餐了一顿。他们的确损失了船，但德国人的 U 型潜艇拖回了他们的救生艇。他们的大副汉斯·彼得·克罗曼露面时总叼着烟斗和香烟——顺便提一句，是汉堡牌的香烟，质量非常好。船长延斯·奥勒森·桑德因为平安归来还得到了两瓶法国白兰地。德国U型潜艇的船员怎么样？都是非常和善的人，就是脸色有点儿苍白，或许是在深水中潜行太久的缘故，除此之外，都是非常值得尊敬的水手。

"真遗憾。"桑德站在潜艇的甲板上，看着萨尔瓦多号被焚毁的情景，对潜艇船长说道。

"那是战争所致。"那德国船长耸耸肩，歉疚地回答。

的确，他不是英国人，但算得上一名绅士。潜艇船员最后解开拖拽缆时，还礼貌地询问，萨尔瓦多号的救生艇上是否有充足的补给。厨师丢了帽子，他们便送给他一顶防雨帽。之后，丹麦与德国双方互相保证，此事的确无关私人恩怨，这才分道扬镳。第二天，一艘英国拖船接管了救生艇。事实证明，船员也都非常和善。

几个月后，德国政府寄来一封信，表示萨尔瓦多号的沉没毫无道理可言。船长桑德为此得到了威廉二世皇帝亲笔写的道歉信，以及两万七千丹麦克朗的赔款，正是这艘船投保的数额。

几个月后，又一艘纵帆船起火，阿尔伯特在右栏"萨尔瓦多号"的下方写下"椰子树号"。

船员也平安返回，称这场战争不过是胡闹。U型潜艇将他们送到刚好在附近的另一艘马斯塔尔纵帆船卡琳·巴克号上。这艘船的船长阿尔伯森同意接纳这群船员，于是得到允许，可安全通过海域。那艘U型潜艇离开后，又返回来归还了船员匆忙间落下的衣物。

"这个嘛，我必须说！德国U型潜艇的服务水平可不差！"

"那你咋不让他们给你洗内裤？"奥利·马西埃森的这句玩笑引得大家又一次爆笑。

电报机突突响着传来各条前线损失情况的可怕消息。但我们马斯塔尔人都觉得，这场战争不过是茶余饭后的笑料。

阿尔伯特·马德森继续记他的分类账，随着战争的持续，他简直着了魔。他认为那其中包含着一条信息，只是目前尚未破解。他相信数据能说话，为此罗列出马斯塔尔生活必需品的价格清单，包括黑面包、黄油、人造奶油、鸡蛋、牛肉和猪肉。他了解船员的工资、补贴费、欧洲和远洋航行的奖金，以及不幸遇难或伤残的事故保险费。他一直在留意货运市场、船只价格，以及汇率和估价。

船主必须做好这一切才能顺利开展工作。但他也需要列出长长的清单，记录被水雷炸毁的船只、被鱼雷和大火毁坏的船只、北石勒苏益格损失的人数，以及1916年1月9日英国损失的人数吗？他需要记录有两万四千一百二十二位军官死亡，五十二万五千三百四十五位初级军衔的人被杀吗？阿尔伯特记录的数字让人无法理解。而这也正是这些数字没有给人留下印象的原因。那他为什么还要记录？他为什么还要一再与我们谈起这些事？

他只是一个船舶经纪人和船主，生活在一个海滨小镇，所在国家根本没有参与这场世界大战，从某种程度上来说，也就没有涉入这个世界，那他为什么还要列一个两栏的清单记录遇难的船只，左栏记录他在梦中看见沉没的那些，右栏记录现实中真正遇难的那些？他想证明什么？

战争爆发的第一年，小镇损失了六艘船，第二年只有一艘。马斯塔尔没有人被杀，尽管其他国家死了几百万人，但都不在我们的视野范围。我们所见的世界无人死亡。正好相反，我们看见航运市场迅猛发展，新造的船只第一年就能赚回启动资金，水手的工资都增加了两倍。我们觉得这很好理解。早在1915年，船舶的价格就已经开始上涨。哪怕是在海上风吹雨打多年的老木船，售价也几乎是战前的两倍，到年底甚至变成了三倍，而且接下来的一整年都在持续上涨。马斯塔尔最著名的代理人彼得森号1887年曾创造南美到非洲的最快航行速度纪录，曾被估值两万五千丹麦克朗，最终售价为九万。

马斯塔尔开始损失船队，但不是U型潜艇造成的。

阿尔伯特意识到，在清单的左右栏之间，应该再添一栏，一个梦境从未提醒过他的栏目，记录被卖掉的船只。填写这一栏比其他两栏要快，而且其长度很快就超越了它们。不过这个列表中没有戏剧性事件。其中没有梦境，也不涉及死人，它记录的只是不可思议地涌入我们小镇的巨额财富。房屋得到翻新和涂刷，曾经着装低调的女士们，如今每天都穿着礼拜日的最好服饰，商店里堆满了价格更贵的新式货品。一度以节俭闻名的马斯塔尔人，现在生活得仿佛不用考虑明天一样。

但这并不是对战争的极度恐惧所导致的疯狂，而是一种因为钱太多而造成的眩晕。

战争终于来到了马斯塔尔，而且挂着一张并不算高兴的脸。"终于"这个词是阿尔伯特在笔记中使用的。隔在他与我们其他人之间的墙壁即将坍塌，所有人很快都将知道他早已知晓的事。人们在大海中死亡，这样的画面不再只存在于他孤独的梦里。在现实生活中，他们将被子弹射死、淹死、冻死、渴死。幸存者回到家中，他们的故事让阿尔伯特的梦境成为现实。其他人则消失得无影无踪。

柏林的皇家特使带来一条信息，宣称阿斯特拉号已经失踪。没有信息透露它的行踪和消失过程。失踪的七个人中，有两个马斯塔尔人，分别是船长亚伯拉罕·克里斯蒂安·斯瓦内和大副瓦尔德马尔·霍尔姆。其他失踪者还包括一个法罗群岛人和一个佛得角的全能水手。

阿尔伯特梦见过他们死亡的情景：船着了火，他们乘坐一艘救生艇，在飞舞的残渣碎片中仓皇逃生。那是一个风平浪静的阴天，海面如同一匹灰色的绸子。他看见海水将他们淹没，他们的肺投降，吐出的最后一个气泡也破裂了。

德国宣布开启无限制潜艇战[1]。过去两年里，马斯塔尔只损失了七艘船，而现在单是一年就损失了十六艘，接着是一

---

[1]　无限制潜艇战，一战期间，德国为迫使英国退战，达到封锁目的，宣布英国周边海域为战区。凡进入该区域的船只，无论商船还是油轮，德国潜艇会免于警告而直接击沉。

个月损失四艘。返回的幸存者不再烂醉如泥地吹嘘自己的经历。相反，他们开始躲避众人的目光。和平号的船员目睹了船长和水手长被子弹射死的场景，乘坐一艘一直在下沉的救生艇在海上漂流数日，又有两名同伴遇难，之后他们就留在家里陪伴家人。上街时如果有熟人靠近，他们会立刻掉头钻进最近的小巷。

九头蛇号连同船上的六个人一起消失得无影无踪。船员并不都是马斯塔尔人，但整个镇子都为这笔损失而感到伤痛。

我们的队伍中开始出现裂缝。

阿比尔高牧师走进特瓦尔街上的约根森杂货铺。店主的全名是克雷斯滕·米诺尔·约根森。他曾是一名大副，上岸后开了这家店，卖食品杂货和航海补给品。他亲自守在大木柜台后，是个驼背的小个子，光头像抛光过一般锃亮。夏天，每当他穿着卡其色短上衣外出漫步时，光滑的头顶都会反射日光，路人只能眯缝着眼睛。

阿比尔高走进店铺，门上悬挂的小铃铛发出烦人的声响。有两个老船长坐在门右边的一张木长椅上聊天，阿比尔高没听清他们在谈论什么，因为从他带上门的那一刻起，店铺里就是死一般的寂静。

用"死一般"来形容的确很合适，因为死神或许也随他一同走进了店铺。约根森在木柜台里面后退了一步，一脸震惊。阿比尔高转过身，想着店主一定是在他推开门时看到街上发生了惊人的事。这时候，两位船长的目光也在牧师和店主之间来回切换，像是在等待一桩影响重大的事件。

"早上好。"阿比尔高说得结结巴巴。他有些犹豫，店内气氛这么沉重，不知是不是应该这样轻松地寒暄。

约根森没有回应。

牧师走到柜台边，准备订购货品。约根森又后退一步，举起双手，摊开手掌。他的嘴依然张着，看上去像是已经停止了呼吸。他们看着彼此，店主似乎已在昏迷的边缘，敏感的阿比尔高呆住了。

这时，一位船长往墙角锃亮的黄铜罐里吐了一大口唾沫，那声音将约根森从恍惚中惊醒。

"请告诉我，拜托，拜托请告诉我吧！"他乞求道。

"一磅咖啡。不过我要现磨的。"阿比尔高机械地转述了妻子的指令。

约根森用双手捂着脸，发出一种介于笑和哭之间、像是吸鼻子的奇怪声音。

"咖啡，咖啡，他只想要咖啡！"他的声音像是要窒息了一般，从手指缝中传了出来。

他控制不住地笑了出来，走到咖啡磨旁，往里面灌起了豆子。他笑得两手发抖，豆子撒在柜台和地板上。

接着他总算冷静下来。

"今天的咖啡我不收钱，牧师。"

但阿比尔高已经被激怒了。"能不能烦请谁行行好，解释一下刚才发生了什么？"他用布道般洪亮的声音问道。

"约根森只是觉得很幸运。"身后的一位船长指出。

阿比尔高用他能摆出的最威严姿态看着约根森。"如果这是什么玩笑，那我向你保证，我丝毫不觉得有趣。"

约根森窘迫地低下头，与此同时，脸上又浮现一个喜悦的微笑。他摩挲着光秃的头顶，仿佛要再抛光一次，向牧师致敬。

"请您原谅，牧师。是这样，我原以为您是为乔根而来的。"

"乔根？"

"对，我的儿子乔根。他是海鸥号上的一名全能水手。我不介意告诉您，我本来担心，您来是为了通知我船被鱼雷击中了，乔根……乔根……"他大口喘着气，仿佛直到现在仍被恐惧攫住了一般，"我以为乔根他……"店主清了清嗓子，"……出事了。"

这件事之后，阿比尔高变得害怕上街。他突然反应过来，每当他走出教堂街上的牧师住宅，人们都会觉得他是要去通知死讯。他原本心性乐观，根本无法承受这样的事。他竟变成了死神的通报者，像一只戴着硬挺衣领的乌鸦，被悲伤困在低矮的前厅。他挣扎着想正常呼吸。每次向刚刚丧亲的人宣讲神通过耶稣之爱传达的仁慈、帮助与安抚时，他都有一种即将窒息的感觉。那些话语从他口中讲出来，听起来是那样奇怪，充满绝望与犹豫，仿佛其中并不包含真正的答案，无法回答丧亲者的问题。

他过去经常去刚刚失去父亲或儿子的家庭，带去信仰的安慰。此刻他却再也不忍这样做，因为死者实在是太多。死讯——父亲，兄弟，儿子——接连传来，就像一大群迁徙的椋鸟，盘旋在马斯塔尔上空，破灭的前景像瓢泼大雨一般倾泻在小镇的屋顶上。

阿比尔高牧师变成了隐士。他尽可能待在室内，只在礼拜日不得不穿过几百米的距离去教堂，或者去主持葬礼时才出门。幸运的是，与往常相比，葬礼的数量并未增多。毕竟死于战争的人也是无法返乡的。

每次必须传达一条死讯时，安娜·埃吉迪亚·拉斯穆森都会拜访死者悲痛欲绝的家人。她是位寡妇，丈夫卡尔·拉斯穆森是海景画家，曾为教堂祭坛做过装饰。安娜对这些悲伤的家庭非常熟悉。她自己的丈夫死于从格陵兰岛返航的途中，死因成谜，从那以后，她又失去了八个孩子中的七个，而且都是在他们成年之后。只有女儿奥古丝塔·卡汀卡还活着，但她远在美国。

安娜·埃吉迪亚·拉斯穆森住在特格街一座有高大落地窗的大房子里，那是她丈夫设计的作品，他还在阁楼上为自己打造了一间工作室。多年来，如果哪位邻居有亲人在海上丧生，必须突然告别父亲、兄弟或儿子，她会一直为他们提供帮助和安抚。她有一项奇特的技能，能像某些人领唱一般领哭。她已将那项技能打造成自己独有的一门艺术。与大多数人的想象不同，哭泣并不是因为情绪失控，以至于流下泪水。相反，它是一个情感宣泄的渠道，一种引导它们走向健康方向的方法。她人生的任务就是寻求宁静。过去，她需要宁静是为了与丈夫相处。她丈夫性情急躁、心思敏感，因为内向，总是陷入沉思。卡尔·拉斯穆森会在海滩上一站就是几个小时，只为凝望大海，全然不顾天气情况及自己的健康，最后安娜不得不将他拖回去。他明明已经冻透了，可只要咳嗽声一停，就会乞求她别打扰自己。事后他浑身滚烫地睡在床上，牙齿直打战。每当遇到那种时刻，她的镇定就不可或缺。虽然那样一来，丈夫会痛斥她缺乏想象力，无法理解他的性格，不能分享他的热情和幻想。

这位寡妇成了许多家庭的第二位拜访者。第一位当然是死神，而她紧随其后。她安抚的不只是自己家中的许多孙辈，还包括特格街周围的许多家庭。每当有人去世，死者的家人就会派人去请安娜·埃吉迪亚。她会穿着一条磨损的黑色丝绸长裙赶来，坐在房间中央，支走成年人，牵起孩子们的手。每当一户人家的母亲生病住院，父亲又远在海上，安娜·埃吉迪亚就会将那家里的孩子接回家照料。一直有人邀请她去当新生儿的教母，仿佛她在看守生命出口的同时，也负责照管入口。

阿尔伯特听说阿比尔高开始深居简出后，想着这下牧师在这片白骨累累的海岸线上也沉默了。以前听他关于死亡的说教，就连阿尔伯特也会被触动。但他从未见识过死亡。现在他见识过了，也沉默了。

阿尔伯特走进牧师的住宅，自愿协助寡妇拉斯穆森的工作。他感觉是梦境强迫自己做的。他被领进牧师的书房，阿比尔高正坐在窗边，凝望着外面的花园。窗外有一棵紫叶山毛榉树，看起来黑暗又阴沉，仿佛不知何为春夏，永远生长在秋天，叶子的边缘已被霜打得发黑。附近那片让阿比尔高夫人为之自豪和喜悦的玫瑰花床上，鲜花正开得灿烂。

阿比尔高起身与阿尔伯特握手，然后又回到窗边。阿尔伯特说明来意后，牧师很久都没有回应。接着他突然用双手捂住了脸。

"我的神经啊！"他惊呼道。

他的窄肩在颤抖。他摘下钢框眼镜放在面前的桌上，双手握拳按住眼眶，像小孩一般抑制不住地哭起来，眼泪沿着剃得十分光滑的脸颊滑落。

"请，请原谅我，"他结结巴巴地说，"我没想过……"

阿尔伯特起身走到他身边，一只手搭着他的肩膀。

"你不必为任何事道歉。"

牧师用双手紧紧握住阿尔伯特的手，按在自己的额头上，仿佛是想减轻内心的痛苦。

过去良久，两个人都没有说话。阿比尔高哭干了眼泪，然后将钢框眼镜重新架在鼻子上。阿尔伯特起身准备离开时，看见牧师的桌子上有一个黑色物件，像是一只爪子，但不是鸟类的。不，看上去更像是人手被切断后蜷曲的手指，指甲如老骨头一般发黄。

"这是什么？"他问。

"是件可怕的东西。我不知该如何处理。"

阿比尔高听起来像是又要哭了。阿尔伯特拿起那个物件仔细观察。

"不，你不该碰它。太邪恶了。"

那的确是一只人手。阿尔伯特立刻想起那颗萎缩的人头。但这只手采用的是另一种保存工艺，像是用火熏干的。

"从哪儿来的？"他问。

"你认识约瑟·伊萨格吗？我想人们都叫他刚果领航员。"阿尔伯特点点头。约瑟·伊萨格许多年前曾在刚果河上当领航员。他曾为比利时国王利奥波德[1]工作，归来后因为忠诚效命而获得一枚勋章。他不愿谈论在非洲的岁月，但邻居们表

---

[1] 指利奥波德二世（Leopold II，1835—1909），1885年以开发非洲的名义，创建了刚果自由邦，使其成为他的私人领地。他的强征劳动，导致300万刚果人死亡。

示，有时夜里会被尖叫声惊醒。是约瑟·伊萨格的尖叫。有一回，他踢坏了床头柜，宽大的桃花心木框碎裂时发出一声巨响。他一跃而起，往四下投起了碎片，仿佛正与敌人对峙，而他在奋勇求生。床上的寝具都凌乱地堆在地板上，浸泡在汗水中。他告诉我们是因为疟疾。

阿尔伯特听过这种夜间喧嚣的故事，有自己的判断。那不是因为疟疾发作，而是做了噩梦。约瑟·伊萨格梦到了非洲。

"他拿着这只被切掉的人手找到我。一只手——一只人类的手！'你想要我怎么处置它？'我从震惊中恢复过来后问他。'按照基督教的做法为它举行葬礼。'他答道。'是谁的手？'我问。'我不知道，'他告诉我，'某个黑女人的。你真该死，牧师！'接着他怒气冲冲地看了我一眼。或许我不该说这些事给你增添压力，马德森船长，但那个人吓到我了。"

阿尔伯特点点头。那位刚果领航员同样也吓到了他。约瑟·伊萨格是个难搞定的家伙。但像他那样的人还有许多。生活对他们拳打脚踢，他们会反击。他是学校老教师的儿子，曾和阿尔伯特一同上学，但那位老教师会残忍地折磨学生。他被夹在中间，无法选择任何一边，因为不管支持谁，他都会是叛徒。他靠拳头来发泄怒火，痛揍他哥哥，总是哭唧不止的约翰。后来他去了海上，没人知道他经历过什么。犯下新的暴行，找到新的施暴对象。毫无疑问，他总要为自己的沮丧找个发泄的出口，因为事情就是那样。不过或许他也找到了出口。至少阿尔伯特如此推断。海洋是广阔的，在无边无际的大海上，一个男孩尽可以将儿时所受的屈辱抛诸脑后，重新发现自我。

约瑟出海后，我们好多年都没见过他。我们听说他取道安特卫普去了刚果，航行在那里的大河之上。他后来回到丹麦，但没回马斯塔尔。之后他再度离开。非洲已经深入他的血液。我们不知道原因。许多年后，狂热退去，他上岸当了理赔员，先是在哥本哈根，后来回到马斯塔尔。他的妻子玛伦·克斯汀是马斯塔尔人，很早就嫁给了他，两人定居在国王街。

一开始，他根本不提在非洲的岁月。如果我们问起，他就轻蔑地摇头，仿佛没有力气描绘，反正说了我们也不懂。但有一天，他找到阿尔伯特，问能不能看看那颗萎缩的人头。他坐在那里，双手捧着詹姆斯·库克的头颅，翻来覆去地掂量了好一阵子。他在用一种专业的目光审视。

"唔，跟我们以前的制作方法不同。"最后他说道。

"我们？"阿尔伯特皱起眉头。

"是的，"约瑟漫不经心地答道，"我们更喜欢用烟熏。"

他笑了——阿尔伯特不确定他是因为嫌恶，还是讥讽。

"这一颗他们花了大气力，"约瑟继续说，"我们只确保熏干水分。那样一来，这些头颅看上去就像在睡觉。双眼紧闭，嘴唇微张，好让你能看见一线白牙。"他虽看着阿尔伯特，眼神却非常悠远，仿佛在打量记忆。

"你说的是谁？"阿尔伯特当时问道。

那刚果领航员突然从恍惚中清醒。

"黑人啊，还能有谁？"他听起来很失望，"我们必须让他们知道，谁才是主人，你明白的。有个比利时船长，用黑人的头颅做装饰，围绕在他的花坛四周。一颗头颅一个坑。"

他又笑了，这一次阿尔伯特觉得自己察觉到一丝尴尬。他感觉到，那尴尬并不是因为约瑟提及那些被割下的头颅，而是因为他的无知。或许他曾把阿尔伯特当作同谋，结果却意识到自己弄错了。阿尔伯特看着他的老同学，不知该说什么。

"我见过你此刻脸上的表情，"约瑟的声音突然变得严肃起来，"但那是他们能理解的唯一语言，是为了他们好。否则我们只能开枪将他们全部射死。他们不想工作。他们只想摊开四肢躺在草席上晒太阳，就像沙地上的鳄鱼。他们可以那样，没问题，他们骄傲又自负，但除此之外，他们和动物没有两样。"

"我以为你是领航员？"

"是，我在博马是当过领航员、驻港船长和海事专员。我沿着卢瓦拉巴河一条狭窄而曲折的支流逆行而上，一路抵达了马塔迪港。在我之前，远洋轮船最远只能到达博马。后来他们也能一路前往马塔迪了。但我是第一个。"

他的语气中充满自豪。他抬头直视阿尔伯特的眼睛。一时之间，约瑟仿佛站在很高的地方俯视着他，尽管他们当时都坐在椅子上，而且阿尔伯特比他高。约瑟眼窝深陷，鼻子高挺，髭须的两端一直延伸到结实的下颌。他的目光变得傲慢起来。

"我曾是刚果河上最好的领航员。我曾是博马的驻港船长。这些我都干过。但那并不重要。最重要的是……"他用食指戳戳脸颊，"你的肤色。这才是决定性因素。我是个白人。我调查的一切都归我所有。非洲热得像地狱，但与你内心熊熊燃烧的火焰根本无法相提并论。那是非洲的礼物，它终于教会你认识到自己的力量。只有四分之一的人能返回。其他四分之三都被热死了——要么热死，要么被黑人杀死。但一切都值得。"

他凑过来，凝视着阿尔伯特。他眼中的傲慢已经消失。他似乎在恳求阿尔伯特的理解。他的语气变成了恳求。"我试过给在家里遇到的人们解释。但他们不能理解。除非自己尝试过，不然谁都不能理解。你以前见过的每一件事——都不值一提。那之后发生的每一件事——也不值一提。就像透明的海市蜃楼。你从刚果只能带回一样东西，不是我摆在家里的小玩意儿。我们有首歌，不，我不打算唱给你听。"他清了清嗓子。

"刚果，"他的声音突然颤抖起来，十分动情，"就连最强大的人也会闭紧嘴巴，永远躺下。就连最强硬、最狂野的人很快也会变成老鼠的食物，像刚果的苍蝇一样死去。"他的语气越来越急迫，几乎充满激情，"但我没有死。我活下来了。是的，我活下来了。"他用手掌狠拍了一下桌面，"不像在这里！这里的不是生活！"

阿尔伯特依旧没发言。他想移开视线，但他们一直盯着彼此，阿尔伯特知道自己在约瑟眼中看见的是什么。这位刚果领航员早已学会用只有神才能做到的方式评判他人。他的目光在问：应该允许这个人活下来吗，还是说他应该死？这个眼神就是约瑟·伊萨格，学校教师之子，从非洲带回来的唯一一件东西。

约瑟继续讲着。他仍和从前一样强悍，但他老了，非洲需要的是年轻和活力。于是约瑟返回马斯塔尔，返回故乡，活得像一位流亡的国王。没有人臣服在他威胁的目光下，只有玛伦·克斯汀例外，她沉默而惊恐地见证着他夜里的怒火。

"他为什么突然想埋葬这只手，他说过吗？"

阿比尔高摇摇头。"我问他是怎么弄到这个东西的。他说是纪念品，和象牙、项链或长矛没有区别——他回家时带了很多那种纪念品。他说这东西很常见，仿佛是个非常普通的物件。比利时战士会砍掉他们杀死的土著的双手，以此来证明他们不曾浪费子弹。也就是在那种情况下，这只手落入他手中。我不知该说什么。"牧师绝望地看了阿尔伯特一眼，"我不想要这只手。但他还是丢在这里。'你是个牧师，'他说，'死人归你管。'我没办法亲手将它丢掉，但也无法将它放进棺材埋进墓地。它甚至没有名字。我束手无策。"

"阿比尔高牧师，你曾在一次布道中描述过，你感觉世界正在后退，在你最需要力量的时候，它却消失无踪。"

阿比尔高惊喜地抬起头。

"你去听那次布道了，马德森船长？我很高兴你能记得我的布道。是的，用那句话来形容再贴切不过。"

阿尔伯特本来还想继续说，此刻却沉默下来。阿比尔高再度陷入沮丧。

"我该怎么处置那只手？"他悲叹着再次看向窗外，仿佛花园能告诉他答案。

財富继续涌入马斯塔尔港。航运市场的行情从未像现在这样顺利，海员的工资也达到了有史以来的最高水平。船舶价格继续以不可思议的速度上涨。街上或许有一半的住家都在服丧哀悼，但那些安然无恙的家庭却无法完全抑制内心的激动。女人们有的穿礼拜日的盛装，有的做了寡妇只穿一身黑。商店的门脸装饰得仿佛圣诞节已经到来。没有灵车被推向墓地，也不再有少女在车前抛撒花朵。为了维持体面，死去的水手都被安葬在看不见的地方。他们不会来打扰，那年夏天大街小巷都长满了接骨木果，开满了鲜花。

每年春天，船队出港之前，所有马斯塔尔人都能闻到焦油的气息。水手们都举着刷子，将黏糊糊的焦油涂抹在房子的石头底座上，仿佛房子是船，底座也需要填缝，以应对夏天的出航。房屋的山墙上都有铸铁号码牌，刷成黑色，昭示房子的建造时间。1793，1800，1825。如果你仔细观察涂过焦油的底座，便会发现一层层剥落的焦油宛如树干的年轮。只是数量永远对不上。与其说焦油的层数是在记录年代，不如说是在记录缺席。只有男人在家时，才会给底座涂抹焦油。

现在男人们一个接一个地消失，女人们只能接手这项原本属于男人的活计及其他许多活计。很快我们就会看到，她们用来涂抹焦油的刷子，和她们刚戴上的寡妇黑纱一样漆黑。

领航学校的学生们骑着自行车兴奋地在镇上穿行。他们假装要撞倒街上玩耍的孩子们，孩子们也假装惊恐地冲他们叫喊。这些小伙子正要返回寄宿处，去吃热气腾腾的午餐。阿尔伯特看到他们呆住了。他以前也见过这些人。U型潜艇正在等待他们。他们认为未来将会带来金钱和探险。他们的血管中流淌着年轻的热情，不惧怕任何东西。只有阿尔伯特这样的人会替他们担忧。

他对于这场战争及其起因抱着一些奇怪的想法。这段日子，他会定期去教堂。他们刚开始给新建的尖顶内部镀铜，中殿里白天一整天都回荡着锤击声，所以阿尔伯特总是等白日施工结束后，在夜晚前去。他想寻求宁静。在这里厚实的墙壁背后，在这个凉爽的白色房间里，黄昏总是早早到来，就好像这个空间有自己的昼夜节奏。他感觉在这里自己有思考的时间。

而他思考的是死亡。有人会埋怨，当死亡过早到来，一个孩子、一个年轻母亲，或者一个水手就要供养一个家庭。他从来都不能理解那样的想法。诚然，对那些被留在人世的人、那些被夺走大部分人生的人来说，这的确是一桩悲剧。但其中并没有不公。死亡超越了这类概念。在他看来，丧亲之人在徒劳地咒骂人生的不公时，往往忽视了内心的悲伤。说到底，没有人会胡说什么风对树木和花朵不公。的确，当太阳收起光芒，冰雪让你的船遇危倾斜时，你可能会感到不安。但愤慨、震怒或者生气就大可不必。没有意义。大自然无所谓公平，也无所谓不公。这些词只适用于人类世界。

他非常清楚自己为什么会有这种想法。他的思考既是超前的，也是回溯过去的，他并不是只关注任何特定的人。他考虑的是一代又一代人的整体，从父母到儿女，然后儿女长大也会成为父母，生育自己的儿女。生命就像一支行进中的庞大军团。死神一路相随，在这里或那里挑走一位士兵，但这并不影响战斗力。行军仍在继续，军团规模似乎也不见缩减。相反，它会继续增长，直至永恒，如此一来，没有人是孤独死去的。总会有人跟随而来。那才是最重要的。那就是生命之链，是无法打断的。

但这场战争却改变了一切。阿尔伯特会沿着海港漫步，只有区区几艘船闲置在码头沿岸，或是海港入口中央的缆桩上。仍有船主没有准备好冒失去生命的风险，但大多数船舶都已起航。尽管有水雷和无限制潜艇战，但他们还是出发了。一个月里沉没的船就可能有六艘，下个月是四艘。大海从未要求过这种规模的献祭，船主和船长本该将船停靠在海港，但一场肆虐的风暴却将他们卷入了更为可怕的战争之中。

这种蔑视死亡的态度，这整个掉以轻心的风气从何而来？两个月里损失十艘船，两船人失踪，毫无疑问已经足够教人们学会宝贵一课了吧？

在马斯塔尔绵延一英里半的海港沿线，停泊着几百艘越冬的船，它们在水中起伏，等待春天再度起航。那就是我们的小镇。但这番景象我们却再也看不见了。链条已被打断。

伙伴情谊哪里去了，阿尔伯特所认为的团结精神哪里去了？就在四年前，他还为纪念这种精神立了一块石碑。当时他以为自己竖立的石碑是为了纪念某种活着的精神。此刻他才明白，那是一块墓碑，标志着这座小镇立身的精神已经终结。他在分类账的第三栏记下终结的原因：逐利。高昂的价格，更高的工资，十倍增长的航运订单，船舶的保险金。负责任的船主将船留在海港，却只能眼睁睁地看着船员签约登上别的船。每个人都想分一杯羹，得到一些战利品。

于是我们卖掉了自己的船。既然能卖出三四倍于成本的价格，那闲置在手里又有什么意义？造船费用一年就能还清，所以我们出卖的不只是磨损的旧船，还有刚下水的新船。对于这场可怕的战争，我们都态度虔敬，发誓这将是最后一战。但可怕是对战斗中丧生的数百万人来说的，而我们作为幸存者，却从中获利颇丰。

丹麦没有参战，不支持任何一方。但我们真的相信，我们之所以能幸免于难，只是因为船身画着丹麦国旗吗？水手需要冷静的头脑。但这种想法可谓鲁莽。马斯塔尔地处战区的中心。战线在干燥的陆地上，不过海上也有前线，而且镇上的半数水手每天都要面对。

是什么驱使我们的？是构成这场战争核心的获利前景吗？是赤裸裸的贪婪吗？阿尔伯特现在才看清，哪怕是他曾以为再熟悉不过的人也概莫能外。只是因为他老了吗？某些决定性因素发生了变化？或者他一直都是这样，只是自己没意识到？

阿尔伯特突然觉得荒谬。他从前还担心自己失去了理智，因为那些包含信息的噩梦是如此可怕，他不敢讲给其他人听。那么，如果他一早就将梦境告诉我们，会发生什么？我们难道不会嘲笑他，不理会他的提醒吗，哪怕并不怀疑他所说的是真相？

死？好吧，有这个可能。

他和他，一位大副，一位全能水手，一位船长。我们或许会指给别人看，自己却不会看。贪婪让我们觉得自己是不朽之身。我们会思考明天吗？或许会思考我们自己的，但绝不会关注他人的。

当年准备建防波堤时，莱文森船长曾抗议道："你们应该只为自身做准备，而不是为子孙后代。"曾经，整个镇子都为他这番话感到羞愧。

但此刻短视的莱文森却已成为我们的模范。

赫尔曼返乡时手握一根白骨手杖，是拿一头鲨鱼的椎骨做的。他不是马斯塔尔第一个手执鲨鱼椎骨从东印度群岛或太平洋返乡的人，却是第一个挂着它在街头转悠的人，那架势活像挂着一根权杖，而他是国王。他高傲地与旧时的熟人打着招呼，手杖在空中划过，一派浮夸的炫耀气息。

　　然后他用那根手杖敲响了监护人汉斯·耶普森的家门。这期间，一群男孩一直隔着安全距离观望着他的动向，同时念咒一般地喊道："食人魔出逃了！食人魔出逃了！"

　　汉斯开门后，赫尔曼在他面前挥舞着水手记录簿。他现在是个全能水手，他想证明自己有资格获得尊重。他没有问候汉斯，而是直接宣布自己的年龄：二十五岁。他说话的架势像在打拳。如今他已到年纪，便上门来宣布废除汉斯·耶普森作为两姐妹号上的官方船主身份，收回船长街的这座住宅。

　　但汉斯·耶普森像是没听见，只看着赫尔曼挥舞的那根白色手杖。

　　"我明白了，你是跟鲨鱼群展开了一场进食竞赛，"他说，"而且你赢了。真遗憾不是相反的结果。"

　　赫尔曼在空中挥舞着手杖，而汉斯已经重重地摔上了门。那鲨鱼椎骨撞在涂绿漆的木门上，啪的一声碎裂开来并四处飞溅。男孩们尖声大笑，一边四散逃开，一边大喊："食人魔出逃了！食人魔出逃了！"

他们等了一段时间才返回，拾起赫尔曼丢弃的手杖碎块。我们不知道孩子们为什么要叫他食人魔。他们总有自己的理由，可能是害怕他，所以采取了孩子们面对任何可怕事物时都会选择的行动：凑拢过去，指着那东西，给它起一个外号，然后用哄笑来掩饰内心的恐惧。他们将拾到的椎骨碎块装进锡罐和盒子，拿到户外供举行秘密仪式时使用，或者放进镇外大路旁空心的白杨树里，装饰他们的隐秘基地。

连续一个礼拜的时间里，赫尔曼每天都会去韦伯咖啡馆请所有人喝东西，庆祝他有钱人的新身份。他的脸颊涨得通红，挂着一副谅你也不敢的好斗表情。他一直在测试我们，仿佛是想让我们宣誓效忠，隆重立约将顺从他的心意或者承担一切后果。他不耐烦地握紧两只大手，然后又放开，仿佛是想抓住某样东西捏碎。只消快速瞥一眼他的动作，就能想见所谓的后果是什么。比起上次在镇上露面时，他长大了，肩膀更宽，二头肌令人过目难忘，胸膛仿佛卡车的车头。不过，他也长出了小肚子，虽然还很年轻，却已经开始发胖。

我们问他有没有去拉森排骨店和尼尔森煎饼店吃饭。我们在哥本哈根找工作时，经常吃这两家的炖菜和杂煮。

"我吃的比那好。"赫尔曼说。

他找新港的汉斯刺青店在右臂上文了一头蹲伏的狮子，一副蓄势待发准备攻击的模样。上面的横幅里写着"聪明且有厉"[1]的字样。

---

[1] 赫尔曼原本想要的文字是"聪明且有力"。

他又请所有人喝了一轮。

"你们就等着瞧吧，该死的，"他说，"你们就等着瞧吧！"

他的声音中有某种东西让我们想到，那天在马斯塔尔和鲁德克宾之间的某处海域，他应该也是这样出其不意地吓坏了霍尔格·耶普森，让他落了水，或者是跳了水，又或者是被推下了水。

赫尔曼曾去过远方。我们全都去过，但他去过一个我们从未去过的地方，哥本哈根证券交易中心。说起那里，这个我们看着长大的男人，可能是为了掩盖罪行所以总是愤怒又不快的男人，突然变成了一副能言善辩的陌生面孔。不过看起来还是很可疑，和十年前他讲述继父死因时一样奸诈。

我们当然知道证券交易中心是什么地方。那是个只有富人和精通数学的人才会经常光顾的地方，那里的一切都能用金钱来衡量，金额可能增长或减少；在那里，人们可能这一小时赢，下一小时就输；在那里，生活可能在分秒之间就由胜利转为悲剧。我们知道这些。我们还知道，我们要服从金钱的支配法则，运费率不仅由货物重量和航程长短决定，还取决于供需关系。但我们不知道的，马德森、博耶、克罗曼、格鲁贝和马斯塔尔其他船舶经纪人和船主却知道。我们虽然知道这个圈子有法律管辖，但也明白那不是我们该去的地方。对我们之中的任何人来说，想从证券交易中心挣到钱，比挺过台风的侵袭还难。但赫尔曼离开的这些年里，似乎将半数时间都花在那里，那个吞噬人与财富然后又吐出来的地方，并且成功驶出了金钱与债券制造的大漩涡。他把那里叫作新美洲。

"要想发家致富，没必要非得一路远航至美国。只需要在哥本哈根抛锚，连送奶的男童也会在证券交易所做投机买卖。你可能今天还在送奶，明天就成了百万富翁。"

他说话的样子，衬得我们像是一群大字不识、光屁股的野人，而他是传教士，过来是为了启蒙我们，让我们知道迦南福地的存在。他的声音中混杂着一股纤尊降贵的语气，这与他并不相称，也惹恼了我们。路德维格号的大副托基尔·福尔默一脸嫌恶，轻蔑地反驳道："马斯塔尔的女仆们也都有船舶股份。"

赫尔曼笑道："哈哈！是的，百分之一的股份。多少的百分之一呢？一艘破烂不堪的旧船，一季度能挣多少？就靠那点儿钱，谁能变成百万富翁？小气的马斯塔尔人要活到两百岁，还要不吃不喝才能达到。"

接着他又发出那种令人不快的笑声，应该是想证明他比我们其他人都聪明。

这个人的嘴里永远都挂着新词。保证金，牛市，熊市——对理解词意的人来说，这些词都是魔咒；但对我们其他人来说，它们纯粹是听不懂的吃语。他提起在证券交易中心的朋友们的名字，说他们都是有勇气的梦想家，称得上这个新国度里的先驱。黑刺客、起伏的人行道、拔牙器、红犹太、变道人，正如他们开心接受的外号一样，这些人不拘礼节、直言不讳，只要态度端正，想快速发财，任何人都能加入他们的俱乐部。哪怕是普通海员，或者船上的房间服务生。

"我只消提及我继承的遗产，他们就借钱给了我。就因为我一双蓝眼睛的力量。借钱给我，一个船上的房间服务生。"赫尔曼的脸色短暂地沉了下去，然后环顾咖啡馆里围坐的人群，"他们和其他我叫得上名字的人都不一样。"

他不曾忘记，曾经马斯塔尔没有一个人愿意与他签约，接受他上船当房间服务生，更不用说当一名普通海员了。但证券交易中心没有将他拒之门外。对哥本哈根那些出色的金融家来说，他已经有足够的资格。于是他们便将他引入圈子。我们曾经对他避之不及。现在他回来了。

"你们就等着瞧吧。"他眯缝着眼睛，把这句话念叨了无数遍，"你们就等着瞧吧，该死的！"他端起啤酒大喝了一口，然后吐在地板上，"啤酒——哈！哥本哈根可没人喝这洗碗水一样的玩意儿。我们早餐都喝香槟。"

韦伯咖啡馆挤得水泄不通，赫尔曼成了星级景点。他卷起两只衣袖，我们看见他右臂上的狮子图案，还有其中"聪明且有厉"的字样。他或许是个谋杀犯，或许只是个傻子。不过话说回来，也可能他说的每一句话都是实话，我们才是傻子，他的确是"聪明且有厉"的那一个。我们和曾经追着他满镇跑的那群男孩不一样，不会对自己暗暗恐惧的人大加奚落。我们成年人没有一个敢嘲笑赫尔曼，我们太害怕沦为他嘲笑的对象了。相反，我们都连连点头，装出一副懂行的样子，隐藏起内心的厌恶。早餐喝香槟！真要了命了！香槟是在布宜诺斯艾利斯妓院的露台上，配着棕榈树、喷泉和墙上的淫秽壁画才喝的玩意儿。它是欢场女孩的果汁。除非是阴茎勃起的时刻，否则没有哪个自重的男人会喝那玩意儿。它是弄湿未婚小姐的润滑剂。"好人，请给我买一小瓶香槟吧。"香槟就是一部分嫖资。

我们看着杯底升起的气泡。它们看上去就像从溺水之人的肺里挤出的最后一丝空气。我们也可以吐在地板上的。但我们没有。我们喝光杯中的啤酒，觉得滋味寡淡得有些奇怪。

　　　　　我们，被淹没的

一个温暖的夏天傍晚，一群人不分老少地聚集在轮船桥上。此时的水面和天空仿佛一张粉彩画，全是浅蓝和粉红的色调，海面平如地板，像是可以一路走到朗厄兰岛去。新一代的年轻人在长辈面前也敢大胆直言。因为战争的缘故，口袋里有钱，所以明明只是在海里打湿过脚丫子，他们却觉得自己经验丰富。不过这天他们的注意力都集中在人群中的一个陌生人身上。

连赫尔曼也沉默下来。他专心地看着那个陌生人，是个精力充沛的高个子，头戴一顶宽檐草帽，浅色夏装短外套松松地搭在宽阔的肩膀上。他的嘴唇十分丰满，淡赭色的头发随意地散落在前额。只有一双布满血丝的眼睛告诉你，他不是来海滨消遣的消夏客。他总是微笑着张开双臂，讲话时声调激动昂扬，显然是为年轻听众的关注而感到高兴。这时候，老船长们都退到了人群的外缘，因为本能地反感人群中的赫尔曼，还是因为这陌生人明显是赫尔曼的盟友（的确，连高大的身材和夸耀的姿态都很像他），真相不得而知。

赫尔曼露出一个我们从未见过的表情，是钦佩。他的目光从未离开那位发言者的嘴唇。不仅如此，他自己的嘴巴也开始动起来，像是在无声地应和那个陌生人的发言，准备一有机会就复述。

赫尔曼向来不崇拜任何人。阿尔伯特·马德森曾救下他的船，让它避免了一次严重的撞击事故，但那次事件只是让赫尔曼心怀憎恨，而没有感激。当时阿尔伯特打了他，从此他就怀恨在心。这时，他看见照例在港口边散步的阿尔伯特，便邀请其加入人群。但他此举并非出于善意。"晚上好，马德森船长。"他的意图很快就表露无遗，他礼貌邀约阿尔伯特只是为了向那位陌生人致敬，"请允许我介绍一下，这位是工程师亨克尔先生。"

"爱德华·亨克尔。"那陌生人说着朝阿尔伯特伸出手，露出灿烂的微笑。

阿尔伯特从未忘记他跳上两姐妹号甲板的那天，赫尔曼看自己的表情。他没想到那孩子会猛地出手，不过他轻而易举就躲开了，而且救了那艘船。他不是第一次做那种救急的事，碰到舵手无能就直接空降取而代之。他原以为，当时十五岁的赫尔曼会对自己出手是因为恐惧，但那孩子眼中除了不顾一切的愤怒，别无其他。阿尔伯特因此毫不怀疑，赫尔曼完全能实施谋杀。他的个性中有一种残忍。就其本身而言，并不是坏事。但除了那份残忍，赫尔曼身上似乎有某些东西已经彻底坏死。就像一块木头的化石，他永远也不可能萌芽，他的生活不可能以意想不到的方式开花吐蕊。其中没有生气，有的只是残忍。

阿尔伯特非常明白，这个年轻人视自己为敌人。但这种敌意不是相互的。他在这个年轻人面前有一种几乎是生理性的不安感。不过，他也觉得遗憾。最重要的是，他觉得自己老了，听天由命了。他谨慎地朝赫尔曼走去，仿佛面对着一头爪子被陷阱卡出血的危险动物。

他与亨克尔握手，然后冲赫尔曼转过身去。

"我听说你把两姐妹号卖了。真遗憾，是艘好船哪，外观赏心悦目，也着实是镇上的骄傲。"他听出自己的声音里有一股傲慢，于是对自己感到生气。

　　"或许吧，"赫尔曼答道，"不过我赚了一大笔。这是最重要的。"

　　"对一个商人来说，是的，但对水手来说则不然。除了短期利益，将我们与船绑在一起的，当然还有其他因素。"

　　"你现在听好了……"赫尔曼的声音中透出一丝不耐烦，仿佛在对一个听力不好的人说话，"我可以驾驶两姐妹号下地狱再回来，但即便是在航运利润十倍的如今，我航海挣的钱也从来无法与售卖相提并论。"

　　"你这只是短视思维。"阿尔伯特重复道。

　　此刻他们显然成了人群中的主角，观众围在四周，仿佛他们在进行一场决斗。亨克尔不安地将双手扣在背后，唇上露出的微笑似乎满含期待。

　　"谁说我还想再买别的船？哦，船主这个词听起来真是美妙极了。但它或许很快就将成为一个虚名。"

　　阿尔伯特听得出来，赫尔曼对他全无尊重。这个自命不凡的年轻人竟然敢说，他的时代结束了，他的经验一文不值。他怎么敢？他看着站在面前的这个年轻人，看着他叉开的双腿和脸上的轻蔑，一时间不禁怒火中烧。这是个温暖的夏夜，赫尔曼随意挽着衣袖，所以你能看见他手臂上的文身，那头狮子正准备发起攻击，还有"聪明且有厉"的字样。

　　"你的文身里有个错别字。"

　　阿尔伯特说完立刻就后悔了。他掉以轻心，结果被对方牵住了鼻子。咬住对方下的钩毫无意义。赫尔曼是个冷酷无情的人。但他的残酷只是时代精神的反映。他阿尔伯特呢？他的时代已经过去。对镇子来说也一样。但似乎没有人意识到这一点。

赫尔曼上前一步。他将一双大手握成拳，但亨克尔伸出一只手搭在他的肩头。他立刻定住了，仿佛是在执行一道秘密指令。阿尔伯特正准备离开时，那位工程师发话了。

"您之前的发言说出了许多真相。那些都是老水手的肺腑之言，我没猜错吧？我本人是在尼博德长大，最早在海军造船厂当学徒。每次看到水手我都能认出来，我知道热爱大海意味着什么。"

赫尔曼僵在那里，眼中流露出一种危险的愤怒神情，仿佛自己中了埋伏。亨克尔却不理会他，继续发言："丹麦航运业的确正在经历一次复兴，战争为我们带来了繁荣，我们需要维持这样的增长态势。"他朝赫尔曼点点头，"更多的船！更多的造船厂！这才是这个国家需要的。马斯塔尔即将拥有能建造钢船的造船厂。您听说过凯隆堡钢船建造厂和科瑟的船厂吗？请允许我介绍一下，我是这两家船厂的幕后主人。现在轮到马斯塔尔了。正是赫尔曼让我产生了这个想法。他已经同意当船厂的共同所有人。当然，他很低调，没有亲自宣布。不过他将卖两姐妹号所得收入的相当大一部分都投入其中了。因此他是我们的第一个投资人。我们要建造马斯塔尔的未来，以及丹麦船舶业的未来。"亨克尔的大手上长满斑点，还长满一层浓密的淡赭色毛发，他安慰地捏了捏赫尔曼的肩膀，"的确，赫尔曼，马斯塔尔有理由为你骄傲。你是这座城镇的真正子孙。"

阿尔伯特看着赫尔曼，只见赫尔曼平静地让亨克尔的手搭在他肩上。于是阿尔伯特明白了，这位来自哥本哈根的工程师做成了其他人都未做到的事，他驯服了赫尔曼·弗兰森。他是如何做到的？或许是当这位年轻的梦想家夸口自己的宏大计划时，他点头应允了，而非摇头拒绝。但阿尔伯特觉得事情没有那么简单。亨克尔之所以能驯服赫尔曼，是因为他对莽撞的赫尔曼有吸引力。他们两个是一路人。

阿尔伯特举起拐杖道别。这个夏夜，他想独处一段时间，然后再回家睡觉，饱受噩梦的折磨。

离开时，他听见那位工程师邀请人们去艾尔岛酒店喝香槟。人群报以热情的欢笑。阿尔伯特没有回头，而是继续朝纪念碑走去。他突然感觉到，自己已经活得太久了。

他不信亨克尔的承诺，也不信赫尔曼的吹嘘，但亨克尔和赫尔曼属于活人的世界。

而他阿尔伯特属于死者的土地。

　　阿尔伯特坐在教堂里想镇静下来，阿比尔高牧师又哭了，所以只能由他去宣布坏消息。在当船长的岁月里，他经常被邀请去宣布水手的死讯。那时候，他与死者私底下都是熟人，对他们都很了解，因此从来不需要说些空泛之词。不过即便是在当船长时，他也同船员保持着距离。他足够了解人性，能注意到人们的怪癖，懂得该如何说场面话。阿尔伯特知道，船长的发言意义重大——甚至比牧师还大。教区牧师或许离上帝更近，但并不更靠近生死，以及生死之间的界限。而那也便是他这样做的意义所在。人们记忆中竖立的隐形墓碑上，铭刻的是船长的话，而非牧师的；至于水手的葬礼，镇上的人往往不会请牧师到场。

　　马斯塔尔是个小镇，所以即便阿尔伯特不是十分了解死者，也总会有所耳闻。每当战争夺走一个年轻人的生命，他可能认识死者的父亲，便会被请去发言。如果死者年纪较大，那他可能认识死者本人，甚至曾雇死者做过船员。所以每次举办葬礼时，阿尔伯特总会出席，如同随死亡而来的豁开的空虚中的一个定点。从某种程度来说，他阻挡了死亡，如同挡在死亡之门上的缓冲器，吸收了丧亲之人一开始所感受到的震惊和痛苦，让他们能尽早面对失去，从伤痛中恢复过来。

　　但关于死者，有一件事他不能与任何人分享，那便是他们最后的时刻，因为他在梦里见证过。他看到他们臣服于泛着白沫的海浪。他看到他们被子弹打得面目模糊。他看到他

　　　　　　　　我们，被淹没的

们在寒冬的海面挣扎了一天之后，被冻伤了脸，一动不动地横在敞篷救生艇的划手座上。他将这些画面藏在心里，即便如此，他的安慰话语中依然有所透露。他撒的是只有了解真相的人才能撒的谎。他隐藏了恐惧与痛苦，但并不掩盖死亡。他不谈论死后的世界，因为他不是阿比尔高牧师。而那也正是人们相信他的原因。他已经老去，而且生在马斯塔尔：他是小镇上不变的风景之一，连带着他宽阔的肩膀和整齐的络腮胡，自上岸以来就没有改变。即便是在死亡面前，他依然维持着船长的权威。他坐在死者家中的客厅，或许以前从没来过，此刻他的到来却为死亡赋予了一种若非如此，人们可能根本意识不到的意义。他帮助哀悼之人抵御黑暗。他们并不感觉孤单，因为坐在他们身边的不只是阿尔伯特，还有整个镇子和它所代表的一切：伙伴、亲族、过去和未来。死亡已被打了个半死，而生活还将继续。

马德森船长在场的时候，没有人会想听耶稣的教诲、询问死者此刻在哪里，或者他们是否开心。船长传达的信息很简单：事情就是这样。他教我们张开双臂接受一切，直面生命的真相。大海带走了我们，但当海水没过我们的头顶，灌满我们的肺叶时，它并无深意要传达。这样的安慰或许听起来很奇怪，但阿尔伯特的话却给我们吃了一颗定心丸：事情从来都是如此，我们所有人面临的都是相同的处境。

阿尔伯特明白，有些人若没有救世主，便无法度过危机。他把这些人交给了卡尔·拉斯穆森的寡妻。他并不会把他们的信仰当作软弱的标志。他明白人们应对危机的方法各有不同，可他个人却没有信仰。他被梦境困扰着。他感到孤独，他对伙伴情谊的信仰崩塌了。离开那些悲伤的家庭时，他会将腰背挺得笔直，但他的内里却在萎缩。

他不知道自己需要什么，便坐在教堂里整理思绪。大部分时间，他都盯着自己的双手，不时也会抬起头去看拉斯穆森创作的祭坛画，描绘的是耶稣平息加利利海风浪的场景。外面的世界，战争仍在肆虐。死去的水手多于以往，他将亡故的人都记在分类账里。他有时觉得自己就像安德斯·诺尔，那个傻瓜唯一神志清醒的表现，就是那些如划破漆黑夜空的闪电般划过他脑海的无穷无尽的数字。如果耶稣身处一场世界大战，他会做什么？数百万的人奄奄一息地被困在带刺铁丝网里，肠子挂在体外，面对此情景，他一个被长矛刺穿侧腹、钉在十字架上的人似乎根本无能为力。

至于阿尔伯特，他将数字记录下来。还有别的什么办法能阻止所有这些令人费解的毁灭？如果有人发现他的分类账簿，他们会怎么想？会觉得是疯子的记录吗？

他从漆成蓝色的结实靠背木长椅上哆嗦着站起身来。刷成白色的教堂内部很冷。他又看了一眼手中的电报，是官方部门发给航运公司的，通知三桅纵帆船路德号失事。地点：大西洋。从圣约翰斯前往利物浦。失事描述：失踪。风与天气状况：未知。"路德号自离开纽芬兰起，就再未有人见过。推测所有人员均已遇难。"

那些简短的失事原因判定中，提供的信息只有"未知"，阿尔伯特的工作是将其转译为人们能听懂的语言。一艘船在广袤的大西洋的某处沉没，失事范围的半径为一千海里，可能是冰川、风暴或恶浪造成的。也可能是不知从何处钻出来的铁壳史前怪兽造成的，它倾吐着鱼雷，是残忍无情的化身，提醒人们大海不是唯一的敌人。其结果就是，一个马斯塔尔年轻人失踪，再也没人看见，而这个消息将被送到汉西格妮·科赫面前。两年前，这位水手的寡妻就已因为海港的一次翻船事故，失去了另一个七岁的儿子。阿尔伯特的任务就是，将那位妇女安全引到港口，确保她在听到消息后不会被海水吞没。

早先，他站在凸窗旁看见洛伦茨拿着这封电报过了街。他让后者走进门来。洛伦茨将外套挂在门厅，慢慢艰难地坐到沙发上。忙碌的岁月让他付出了代价。他经历过一次心脏病发作，儿时的弱点重现。他经常喘不上气，尤其是在寒冬腊月。此刻他的肩膀起伏不定，吁吁的喘气声分外刺耳，在雨夹雪中顶着尖风横穿了一条马路就累得筋疲力尽。他忘了戴帽子，稀疏的头发湿漉漉地贴在头皮上，佛陀般的脸庞涨得通红。不离身的手杖和他一起进了客厅。

他只说了一句"这一次是路德号"。

在此之前，洛伦茨已经损失了两艘船，每一次他都会亲自通知丧亲的家庭。现在他或许也想那么做，但以他的身体条件，在镇上走一遭将不啻要他拼了老命，骑马的话，他又太老。

"你忘了戴帽子，"阿尔伯特说，"我替你去说。"

于是阿尔伯特先去教堂街通知阿比尔高牧师，然后去教堂平静心情。此刻他终于站在温克尔街的那座房子前。是汉西格妮·科赫亲自开的门。

"我知道您为何过来，"她看着阿尔伯特站在门前台阶上的高大身影，"是彼得。"她说出儿子名字的那一刻，仿佛遭了电击。她眼睛下方的皮肤失去了血色，嘴唇开始颤抖。"别只站在外面。"她的语气很粗暴，阿尔伯特知道她这样做是为了不让自己崩溃。她走进厨房去煮咖啡，无论访客带来的是怎样的坏消息，都逃不过那一杯咖啡。阿尔伯特走进客厅坐了下来。这个房间并非每日都在使用，火炉是冰凉的，但他知道，她希望在这里招待他。他听到厨房里咖啡壶发出的咔嗒声、擦火柴的声音、燃气火焰燃烧发出的呼呼声。但汉西格妮没发出任何声响。如果她在哭，那也是在悄无声息地哭。

她端着咖啡杯走进客厅，是英国产的锡釉陶器，丈夫送她的礼物，又或许是传家宝。她弯腰点燃火炉，阿尔伯特没有提出要帮忙，没有请她不必劳烦，也没有称他们喝咖啡的这间屋子已经够热了。他明白，在这样的时刻，微不足道的家务活能给她支撑，就像其他日常活动将帮助她熬过接下来的时刻。煮咖啡是一项仪式，和她将永远不能为儿子举行的葬礼一样重要。

她坐在阿尔伯特对面，将咖啡倒进杯子。他尽力讲了那艘船失事时的情况。能说的不多。"失踪"只意味着，它没能抵达利物浦，重要的是，不能让她对这种不确定的局面抱希望，因为那样一来，她的悲伤将永无尽头。不过，也有可能不管怎样，她的悲伤都将永无尽头。希望能截停时间，而时间只有停止流逝，才拥有治愈的力量。这些他是知道的。

他没有提及战争。

"您觉得是U型潜艇干的吗？"她问。

他摇摇头。"没有人知道，科赫夫人。"

"我两天前收到他写的信，从圣约翰斯寄回来的。他说许多水手都已弃职离船。艾吉尔号甚至无法起航——船上一个人都不剩。娜塔莉亚号和博纳维斯塔号也没人了，哪怕船上有黑面包，而路德号上只有饼干。'要是有爷爷喂母鸡的面包皮吃就好了。'他在信里这样告诉我。我经常担心他在船上吃不饱饭。"

她还是没有哭。

"做母亲的永远不能放心，"她继续说，"有时候我都觉得只有死了才能停止担心。从他出海的那一刻起，我就一直生活在恐惧中。"她沉默下来，然后又突然张口，"为什么非得这样？总是要面对同样的恐惧，但U型潜艇是最可怕的。"

阿尔伯特握住她的手，他知道就是U型潜艇，在梦里亲眼见过。众船员未及离船就被子弹射倒了。彼得在甲板上准备救生艇时，一颗子弹将他的胸膛射开，他倒了下去。接着潜艇的船员登上他们的船，四处泼洒汽油，然后将其付之一炬。索具和船帆熊熊燃烧起来，路德号在噬噬声中消失在海浪中。

这总是最艰难的时刻。他握着她的手的时候，必须让自己的手停止颤抖。他很孤独。但与她相比，他的孤独不值一提。她已经失去了丈夫和两个儿子。

她直视着他，依然强忍着眼泪，仿佛在接受某种可怕的耐力测试。"马德森船长，我没有任何感觉。"她的声音里有怀疑，是腰部以下都已瘫痪的事故受害者突然发现自己的双腿失去知觉表现出的那种怀疑。"我就知道。"她对自己说。

"您知道什么，科赫夫人？"他的声音很温柔。

"小艾伊尔淹死的时候，我就知道我再也哭不出来了。我以前从没为他担心过。一个出门玩耍的孩子能出什么事？接着他就淹死在港口。哦，马德森船长，那天我的心脏都停止了跳动。我记得自己计过秒数，但我的心没有任何动静。一拍也没跳，一次撞击都没有——完全没有。它在我的胸膛里完全静止下来。当时彼得还在家，他抱着我，将我搂得紧紧的，和多年前我抱着小时候的他一样。'妈，我很高兴，我还有你。'他说，虽然他并没有驱走我的悲伤，但我的心跳终于恢复了。他每次写信回来，都会请我去墓地向艾伊尔问好。"她的眼眶依然是干的，"现在他也走了，"她说得断断续续，"再也没有人和我一起回忆艾伊尔了。"

她低下头，泪水滚落在阿尔伯特手中。

时间在流逝。阿尔伯特一句话也没说。

"好了，事实证明，我的眼泪总算还没用完。"她终于说道。

他能听出她松了口气。耐力测试结束了。她已经恢复了感知。

"还有一些东西你没有用完，"阿尔伯特说，"别忘了还有人需要你。"

科赫夫人困惑地看了他一眼，然后突然一跃而起，像是有人在叫她。"艾达！"

洛伦茨给阿尔伯特介绍过这家人的情况，艾达是科赫夫人的第二个孩子，是个女儿，十一岁。今天她在西街上学。

我们，被淹没的

"我还有艾达，"科赫夫人忙乱地站起身，又念叨了一遍女儿的名字，"我得去接她。"

她快速穿上外套，然后站在门厅里准备出门。他们一起沿着温克尔街和云雀街前行。阿尔伯特提出陪她去学校，但她拒绝了。

"您刚才说的话非常对，马德森船长。"

她与他握手道别。

"总有人需要我们。有时候我们会忘记这件事，但也正是这种被需要的感觉让我们能够存活于世。"

阿尔伯特拐上新街，雨夹雪扑面而来，他打了个哆嗦。他是有用的人吗？有人需要他吗？

他烦躁地踩着泥泞的雪地，擦了一把被打湿的脸。

海景画家的寡妻也经常去教堂。她独自坐在一张靠背长椅上，抬头盯着耶稣和翻滚的海面。她或许是在想着救世主，或者是她的孩子，他们一个接一个被夺走，最后只剩下一个。也有可能她是在思念亡夫。实情不得而知。阿尔伯特第一次在教堂看见她时，她正背对着他坐在那里。阿尔伯特不想打扰，便不出声地离开了。他当时甚至还看了一眼时间，想着也许她有定期来教堂的习惯，之后他就将自己来教堂的时间提前了。如果他停留的时间够久，她总会出现。她看到他，也不会离开，只是坐在一段距离之外，静静地开始自己的礼拜。他能听见她的衣裙窸窣作响，还有鞋子刮擦的声音。有一次他起身离开时，她抬起了头，他出门时便对她轻点了一下头。那之后他每天都在同一时间来。最终，她也会出现。两个老人，静静地坐在教堂的两端。

　　阿尔伯特并不是个懂得该如何寻求安慰的人。他知道如何成为对他人有用的人，而有时这两件事其实是一码事。但他所承受的重担却无法与任何人讨论，因为他不相信上帝，那就等于他根本无法谈论那件事。不过他还是每天都会来教堂，赶在安娜·埃吉迪亚·拉斯穆森露面的半小时之前。他坐在那里，似乎是在等待她的到来。

　　如果他造访教堂不为寻找上帝，那或许是想寻找人类？

　　有一天，她走进来坐在了他身边。他想着，这是否就是自己一直在等待的结果。他的目光从手上抬起，迎上她的目光。

"您又来了，马德森船长。"她说。

他点点头，不知道接下来该说什么。九头蛇号已被报告失踪，他又有一条死讯要去传达，这一次要找的是伊莱·约翰内斯·拉施船长的寡妻。拉斯穆森夫人也有一条要传达。

"这场可怕的战争是不是永远也不会结束？"她叹了口气，然后像往常一样，凝视着亡夫创作的祭坛画。

"是的，永远也不会结束。"他愤怒地说道。他突然做出了他曾发誓永远不会对丧亲之人做的事：表达自己对战争的看法。"只要有人能从中获利，它就永远不会结束。"

"怎么会有人从如此恐怖的事情、从如此多的死亡中获利？"

"到教堂街上走一走，看看那里的商店。这座小镇从未有过这般繁荣的景象。"

"马德森船长，您真的认为是马斯塔尔这种小镇的居民，在推动战争的庞大引擎吗？您难道看不见，战争给这座镇子带来了多么巨大的悲伤吗？您一定看见了。和我一样，您也几乎每个礼拜都要宣布一条死讯。"

"是的，拉斯穆森夫人，我看见了小镇的悲伤。您和我之所以能看见，是因为我们会探访那些遭死亡打击的家庭。而其他人却只是将鼻子贴在商店橱窗上。人类的本性就是逐利的，那正是导致这场战争的主要原因。"

"我对政治一无所知，"她低着头说，"我只是一个老妇人，已经活得太久了。"

"您比我还年轻八岁呢，据我所知。"

"我想是的，但作为一名寡妇……"

她话没说完，害羞得无法继续。

"如何？"他鼓励她。

"作为一名寡妇，你不再拥有自己的生活。你只能通过其他人来生活。仿佛衰老是一下子到来的。自卡尔去世后，我就感觉自己老了，而那已经是二十四年前的事了。"

"我注意到，您经常来教堂。我想您是在思念他。"

"我来教堂的理由和您一样，马德森船长。是为了思考救世主的事。"她快速而审慎地看了他一眼，"我想您是信徒吧。"

"我曾经是，"他说，"但我不信救世主。我信仰的是其他东西。我曾相信这座镇子，以及建造它的力量。我相信伙伴情谊，相信由人组成的社群。我相信苦干和勤勉。但现在我不再信了，很抱歉说这话。我也感觉自己活得太久了。我已不再明白这个世界。"

"您听起来好像不开心，马德森船长。我也不明白这个世界。我觉得自己从来就没明白过。尽管我有信仰。"

"或许那正是您信仰的原因。"

"什么意思呢？"

"您说您不明白这个世界。所以您才必须信仰上帝。信仰是神秘的。是我不能分享的一个奥秘。那究竟是不是一种限制，我说不清。"他用询问的眼神看着她，仿佛是在等待答案。他感觉自己即将在这个妇人面前揭下面具，但他并不觉得害怕。她身上有一种接纳一切的温柔，他感觉自己再也没有任何东西可失去的了。"我梦到过这些。"他听见自己说道。向她倾吐的欲望压倒了一切。

"梦到什么？"

他迟疑片刻，然后跨了过去。

"那些溺死的水手，"他说，"我看见了他们溺死的过程。我几乎每晚都能看见他们，仿佛我就在现场。我在事情发生的很久之前就看见了。如果您不相信，可以问我马斯塔尔接下来要死之人的名字。我可以告诉您，一个不漏。"她盯着他，仿佛不明白他在说什么，但他再也克制不住了。"这些年来，我行走在这座镇子上，就像一个陌生人。我觉得自己像是从死地来的信使。我就是船怪。"

他停了下来，恳求地看着她。她能明白他说的话吗？

她沉默了很久，然后握住他的手。

"那对您来说一定很可怕，"她说，"那超出了一个人所能承受的。"

有那么一刻，他担心她会谈起救世主。但她没有。

"这么说，您相信我？您相信我有这种特殊的能力？"

"您既然这么说，马德森船长，那我就相信。您在我的印象中，从来都不是爱幻想的人，也从来都不需要引人关注。"

"我早已目睹了这场战争，拉斯穆森夫人，"他展开双臂，"所有这些死去的人。我看见寡妇眼中的恳求。'我的埃里克或者我的彼得是怎么死的？'我知道答案。我可以告诉她答案。但我不能。那让我感到无比绝望。绝望，是的，那就是我的感觉。我是一个旁观者，既睡着也醒着。不管是白天还是夜晚，我都在目睹痛苦与悲伤。我被困在其中。对此我却无能为力。"

她依然握着他的手。他们就那样坐了一会儿，谁也没有说话。接着她抽回手，站起了身。

"跟我来，马德森船长，我们该去探望死者的亲人了。"出教堂的时候，她转身看着他，"我相信您的那些梦。但我不希望知道具体的内容。我更希望对上帝为我们做的安排一无所知。"

我们，被淹没的

两人都会继续去教堂，但现在会坐在一起。有时他们一言不发，都陷入自己的思绪之中。但大多数时候，他们会轻声交谈。他们没有身体接触。那天她握住他的手就是接纳的标志，无须再重复。

12月到了，暮色中，冬天的湿寒似乎都聚集在没有暖气的教堂之内。

"这里太冷了，"有一天她说，"去我家喝杯咖啡吧。"

她家位于特格街，他走进客厅环顾四周。墙上挂着拉斯穆森的两幅画作。他知道她把大多数作品都卖掉了，不过显然也留了一些。有一幅画的是格陵兰岛的一个小女孩。拉斯穆森是丹麦最早涉足那片冰原的画家之一，不过那幅肖像不是他的典型风格。他真正的主题是大海和船，他以海景画家的名号闻名。另一幅画的是一个穿长袍的男人，正跪在沙漠中祷告，背景中还有一个女人和一头驴。奇怪的是，男人的脸模糊不清，仿佛没有画完，或者拉斯穆森创作人类肖像画的天赋还不够。

"那幅是《逃往埃及》。"拉斯穆森夫人端着咖啡壶走进客厅时说道。阿尔伯特礼貌地点了点头。她无须告诉他的。他虽然不是信徒，但也熟悉《圣经》的内容。"他很少从《圣经》故事中获得灵感。真是遗憾。我本以为那样能给他指明一个新方向。但最后似乎并无结果。不管怎样，他都非常满足，真的非常满足。他是个精神上极度受苦的人。请不要觉得我对他的真正个性视而不见。"

第一次遇见画家卡尔·拉斯穆森时，阿尔伯特还是个小孩，画家比他大几岁。那时的拉斯穆森就给他留下了深刻的印象，不只是因为他杰出的绘画天赋，还因为他身上罕见的纯真。

他来自邻镇艾勒斯克宾，第一次来马斯塔尔，便被一群坏小子团团围住：他是个外来者，必须迫使他认清这一点。但他的某种态度却让那群小子不敢靠近。他似乎完全不在意自己正面临挨揍的危险。于是那群小子不仅没找他麻烦，反而和他建立起友谊，那个漫长的夏天，他们一同在岛上闲逛。卡尔绘画时，小子们就在一旁羡慕地观看。他还大声为他们读书，唤醒了他们对知识的渴望，那些在伊萨格的死板课堂上学不到的知识。阿尔伯特至今仍记得《奥德赛》这部史诗给自己带来的冲击，故事中的忒勒玛科斯苦等父亲二十年，从未怀疑过他还活着。谁知道呢，阿尔伯特的人生之路或许在听到这个故事的那一天就已经确定。

但这种田园牧歌式的生活结束于一次对峙。阿尔伯特已经不记得原因了，只知道卡尔离开时鼻子上都是血。那以后他就没再见过卡尔，直至他成年后携家带眷地搬来马斯塔尔。那期间，卡尔·拉斯穆森已成为著名画家，并且挣了许多钱，都投入了镇上的造船业。他为教堂创作了祭坛画，请当地船长当耶稣门徒的模特。耶稣本人的脸参考的则是在教堂对面非法经营酒吧的木匠。那实在是个大胆的选择，但拉斯穆森还是混了过去。镇上的人对他才华的热情从未衰退。他所创作的肖像作品非常怪诞。

卡尔也曾提出为阿尔伯特画像。但阿尔伯特拿出了詹姆斯·库克，要求一同入画。拉斯穆森看到那颗萎缩的头颅胃里就翻腾起来，不得不在沙发上躺下。

阿尔伯特一直有种感觉，这位画家来马斯塔尔是为了寻找一样他从未找到的东西。人们觉得拉斯穆森是自杀而死。那并非恶意谣传，而是根据基本航海知识得出的结论。很难相信在风和日丽的日子，有人会从船上落水。拉斯穆森上一刻还站在甲板上绘画，下一刻就消失了。

安娜·埃吉迪亚·拉斯穆森将咖啡倒入一只蓝色图案的瓷杯。

"请尝一块饼干，"说着她将一只碗推到阿尔伯特面前，"是我亲自烘焙的。不过我主要是给孙辈们做。"她笑着说道。

阿尔伯特拿起一块饼干，在咖啡里蘸了蘸。

"您的丈夫曾多次与我谈论他的画作，"他说，"不过宗教题材的倒是从没聊过。"

"是的，我记得十分清楚。您认为他只描绘艾尔岛和其他岛上的日常生活是在限制自己。我认为他最后是认同您的。"

"我不是画家，"阿尔伯特说，"可能没有资格提建议。我相信进步。或者至少以前相信。可您要怎么描绘进步？我回答不上来。"

"描绘烟囱正冒烟的蒸汽船？"

他听出她声音中的讽刺，笑了起来。

"您是对的，拉斯穆森夫人。我们这些外行还是应该少打探艺术的事。我曾以为，防波堤能够代表这座小镇的人所能达成的一切成就。但那样一堆石头永远也无法成为画家描绘的对象。现在我意识到，有一样东西是那道防波堤无法替我们阻挡的，那就是我们自身的贪婪。我必须承认，人们眼下出售谋生工具的架势，和战争一样，让我无比惊恐。"

"您是说出售船舶？"

"的确。我们是在海上讨生活的。如果切断与大海的联系，那这座镇子会变成什么？我们的时代似乎已变得软弱。突然间，水手不再是个令人满意的职业。我猜这里面有教育情况得到改善的原因。孩子们学的东西多了，看到的选择也相应地多了起来，不再只拘泥于像祖辈和父辈一样出海谋生。但我觉得也和当母亲的有关。她们不会错过任何机会，给儿子们讲述父亲艰难渡海的故事，以及父亲出门时她们需要承受的所有悲伤与不安。那样的抱怨扼杀了小伙子们出海的欲望。既然市场行情向好，为什么还要死守着船呢？于是传统无人延续。"

"您有没有想过，水手家的孩子过着怎样的生活？"

"当然想过。我就出身于海员之家。"

"那我们来设想一个十四岁出海的小伙子。在他即将离开成长的家园时，您觉得他见过父亲几次？"他能听出她声音中的倔强，知道她并不是在提问。她想用这句话引出自己的看法，而他需要做的就是倾听。"我来告诉您，马德森船长。他的父亲可能每隔一年才回一次家，而且每次回来停留的时间都只有短短几个月。那么等这个男孩年满十四岁将要出海的时候，他一共只见过父亲七次，相处时间加起来最长只有一年半。您管马斯塔尔叫水手的城镇，但您知道我的看法吗？

我认为这是一个寡妻的城镇。住在这里的是女人。男人只是来探访。两岁的男孩牵着父亲的手在街上学步，您观察过他们的脸吗？他们仰望着爸爸，小小的脑袋瓜里在想什么，脸上写得再清楚不过。他们在问自己，这个男人是谁？而等他们刚刚熟悉这个才认识的男人，他又走了。两年后，同样的故事再度上演。男孩四岁，即便是与父亲相关的最快乐的记忆也已经褪色。而这个父亲也必须重新熟悉一个他几乎不认识的男孩。对一个孩子来说，两年的时间等同于永远，马德森船长。这算哪门子的生活？"

　　阿尔伯特没有说话。他就着咖啡，又吃了一块香草饼干。他自己的父亲就让他大失所望，他永远都不可能原谅。但他发现，自己一直以来都以为父亲的缺席是自然秩序的一部分，尽管其他行业的男人从来不会一走就是好几年。

　　"是啊，这算哪门子的生活？"那寡妇又念叨了一遍，"父亲几乎不认识自己的孩子，孩子们像孤儿一样长大，哪怕他们的爸爸还活在地球另一面的某处。被留在家里独自照顾他们的母亲，则永远生活在恐惧之中，担心船失踪的消息传回。她为什么就不能说服儿子们远离大海？我们有电灯、电报和烧煤船，为什么女人和孩子们不能享受技术的进步，非要像上个世纪的人一样生活？您相信进步，马德森船长。那么您为什么不欢迎这样的发展？就因为它改变了您所熟知的那个世界？如果我理解对了，那正是进步的本质。它不只让世界变得更好，还让它变得与从前截然不同。"

　　阿尔伯特没有子女。他从来不曾怀抱过活生生的生命，从来没有牙牙学语的小家伙叫他父亲。这一切完全超出了他的经验范围。他有时会感觉自己的生命有所缺失，但他从不后悔。事情的发展就是如此。

他五十岁回到岸上生活时，要组建家庭已经太迟。再说，到了五十岁你还能找到谁呢？甚至连个老姑娘都找不到，除非是有严重缺陷的。找个寡妇？是的，寡妇很多，也都渴望结婚，尽管多数都是出于现实原因。但她们几乎都已不能再生育，子宫凋萎，乳房干瘪。要找年轻女人来负担他这样时日无多的老家伙，谁又愿意呢？

那是他对我们解释时用的说辞，对懂得倾听的人来说，那些略带侮辱色彩的轻松语句其实能透露很多真相。现在他对那寡妇说："好吧，我无法发表意见。我从来没有养育过孩子。"他又吃了一块饼干，"真的很奇怪，我对家族事务如此热心，以至于都忘了确保自己血脉的延续。"

"我也一直都不理解，马德森船长。您应该结婚的。"

她对从前那位中国淑女一无所知。

"哪怕我经常出门远行？"他打趣道。

"说是那么说，您还是能当个好丈夫的。您有责任心，有远见。这些在我们看来，可都不是普通的品质。孩子是一份大礼。您却拒绝了。您不该拒绝的。"

"哪怕多次经历礼物被收回的结果，您还会这样说吗？"

她低头看着膝盖。"再来杯咖啡？"她问道。

他点点头。他感觉自己可能有点过分了，竟然提及她失去的孩子们。他将瓷杯举至嘴边，透过水汽望着她。

她抬头迎上他的视线。

"是的，马德森船长，您不会因为失去了一个孩子，就后悔养育过他。生养孩子不是与人生做交易。正如我所说：孩子是一份大礼。孩子走后，留下来的是关于他生前的记忆，而非他的死亡。"

她停下来，他能看出她很动情。他想做那天她在教堂长椅上对他做的事，伸手握住她的手。但这样一来，他就必须站起身，绕过桌子。他感到笨拙又羞怯，时机也就过去了。他依然坐在原位，他的沉默可能会被解读为尊重，但他自己知道这是因为尴尬。

"我已经学会屈从，"她再度直视他的眼睛，"我相信上帝让每件事发生都自有目的。如果不是那样，我永远也无法承受。我有我的主。"

他再度无言以对。她心中有些东西是他无法理解的，他们之间横亘着一道鸿沟。他在想，他们对世界的不同看法，是否只是因为男女有别，因为他们两人之间存在差异。他在每件事物中寻找意义，一旦找不到就激动不安，而她只是接受生活——即使面对最沉重的打击，比如失去一个孩子。她有一种他不具备的勇气。他或许永远都无须像她那样坚强，但他感到那些梦境已沉重得让他无法承受。他一直都很敬重卡尔·拉斯穆森的这位寡妻。现在他依然钦佩她，哪怕她对生活的看法与他相悖。

寂静再度降临他们之间，这一次打破的人还是她。

"我身边还是有许多孩子。我有孙子——还有邻居的孩子。"

"是的，我知道您会走进需要帮助的家庭。"

"有时候我会帮忙照看孩子。我想发挥作用。如果感受不到自己有用，我想我是活不下去的。"

她再度直视他的眼睛。"您觉得自己是有用的吗，马德森船长？"

"有用？"他重复道，"我觉得自己有用吗？我不知道。我不能和任何人讲述我的梦。哪怕是您也会觉得反感……"

他迟疑片刻，再次感觉自己过分了。责备这位寡妇是不公平的。毕竟她倾听了他的梦，没有像安德斯·诺尔一样逃走。他满怀歉意地看了她一眼。她平静地回望着他。

"我们谁都不是多余的，马德森船长。"

"但您刚才说——"

"我承认我有时会说些悲观的话。一想到与卡尔永世相隔，我就觉得自己已经活得太久。但是当你已经活得太久，却又不能死去时，那就必须制造活下去的理由。您觉得自己无用？或许是这样，但那只是在您自己看来。世上总有需要您的人。关键就在于找到他。"

阿尔伯特没有说话。他给科赫夫人带去路德号失踪的消息时，也使用了几乎一样的说辞，但他觉得这些话不适用于自己。他和安娜·埃吉迪亚看人生的方式不同。她已经找到了人生的目的。他却失去了自己的，而且在他看来，事实的确如此。

她俯身朝他靠拢。

"听我说，"她说，"我刚好认识斯内尔街的一个小男孩。他很早就没了父亲，祖父也在他出生之前就死在了海上。他家里几乎没有其他男人，因为都是水手。他母亲出生于比克霍尔姆岛，顺便说一下，是个孤儿，因此没有家人相助。您不觉得这样的小家伙需要有人带他去港口散步，甚至是带他去划船，帮他熟悉大海吗？"

"是的，我敢肯定是需要的。"他好奇她说这事的目的何在。

安娜·埃吉迪亚突然露出微笑，那么美，足以让你忘记她薄薄的嘴唇毫无血色。"幸好有您，马德森船长，您是一位经验丰富的老水手，还抱怨自己对任何人都没有用处。"她的声音中透出调侃的意味。说完她停下来，鼓励地看了他一眼，仿佛在期待他的回答。

"所以？"他理解得很慢。

"您真的不明白我在说什么吗？"

她凹陷的脸庞几乎被笑容填满了。阿尔伯特摇摇头，感觉自己很笨。她在和他玩游戏。

"我觉得您可以做那个男人，牵着小男孩的手，带他去您的船上划船。"

"可我甚至不认识那家人。我不可能就这样从天而降，闯入他们的生活。"

"我向您保证，那男孩的母亲完全不会觉得你闯入了他们的生活。她会感激不尽，并以此为荣。"

"我完全没有和孩子们相处的经验。"

他用粗鲁的语气来掩饰自己的窘迫。他感觉自己被出卖了。她为他设了一个陷阱，而他已直接跌入。因为一时的软弱，以及难以承受的孤单，他对别人敞开了心扉。他之前以为，他们只是两个在谈论自己人生的老人。老哥们儿相见时，总会谈论大海，可他却不能与任何人分享自己的内心世界。他对她敞开了心扉。他以为她是出于同情，可她却有一个隐秘目的，此刻才坦露出来。原来他只是她慈善事业中的一个走卒。

他起身准备离开，拒绝的不是那个男孩，而是她。

"您难道不想知道他的名字吗？"她领着他走进门厅。

"不，"他说，"我没有兴趣。"

男　孩

第二天，她领着一个男孩出现在他家大门前。阿尔伯特站在门口不知该说什么。他不擅长估摸孩童的年纪，猜测这个小家伙应该有六七岁。他一头金发，耳朵支在外面，被12月的严寒冻得发红。

"您不请我们进屋吗，马德森船长？"

那寡妇冲他微笑。昨天他还很喜欢她的脸庞被微笑照亮、变得圆润柔和的模样，此刻却觉得那是个缺点。他向后退去，示意他们进门，帮寡妇脱下外套。这期间男孩自己脱掉了外衣。

"跟船长打个招呼。"寡妇吩咐道。

男孩伸出一只手，身体僵硬地鞠了个躬。

"你不打算告诉船长你的名字吗？"

"克努兹·埃里克。"男孩鞠躬鞠到一半便定在那里，尴尬地看着地板。阿尔伯特被他的羞怯触动了。

"你几岁了？"他问。

"六岁。"男孩羞得满脸通红。

"我们快别站在这里挨冻了。"

他领着两人走进客厅，叫来了管家。

"咖啡?"

寡妇点点头。

"是的,谢谢。"

"你想喝点儿什么呢?"

"我不渴。"男孩的脸更红了。

"那我想你应该想吃一块饼干?"

男孩摇摇头。"不用,谢谢,我不饿。"他耸耸肩,试图将自己隐藏起来。阿尔伯特从窗台拿起一只粉红色的大海螺。

"你以前见过这样的海螺吗?"

"我家里就有一个。"男孩说。

"从哪儿弄来的?"

"我爸带回来的。"

男孩耸着肩膀,看上去像一只收起翅膀的鸟。他咬着下唇,眼睛紧盯着一块波斯挂毯,仿佛被上面的涡旋纹深深地迷住了。他的身体在微微地发抖。现在轮到阿尔伯特不自在了,他看着寡妇。而她只是无声地摇头。他觉得自己像个傻子。

"我这儿有些东西,你应该从没见过。"他打破了寂静,"跟我来。"阿尔伯特牵着男孩的手,将他领往隔壁的办公室。窗口有一个公主号的木头模型,长度超过一米,高度几乎和真人相当。阿尔伯特小心翼翼地将其搬进客厅,放在地毯上。"我一般是不让任何人碰的。但是你可以,只要你保证会小心。"

"我保证。"

管家端着咖啡走进来,阿尔伯特在寡妇对面落座。男孩忙着查看模型船的锚具。接着他非常小心地转动起舵盘，轻轻推着公主号在地毯上行进。他用双手扶着船体，轻轻地左右摇晃，同时还模仿海浪的声音，以及索具间风的吟唱声。

阿尔伯特留神看着男孩。看到男孩已完全沉醉其中，他便将目光转向寡妇。

"我告诉过你，我对孩子一无所知。"

拉斯穆森夫人笑了起来。

"哦，那您就不用担心了。把他当你的船员对待就行，当最小的船员。您就当您的船长，和过去一样。"

"他不会想和我这种老头子在一起的。"

"他当然想。您就像他的神。只管给他讲您的旅行和经历，您会发现您拥有了一位前所未有的听众。您就别吵嚷了，因为我不会再恭维您了。"

第二天他去斯内尔街接克努兹·埃里克。男孩的母亲克拉拉·弗里斯正在孕期，分娩日期已经不远，她的身体壮硕且沉重，罩着一件黑色披巾。他不记得以前见过她，这让他感到惊讶。马斯塔尔是个小镇，他已经在此生活很久，却已不再了解这里。

她邀请他进门喝杯咖啡，他拒绝了，不希望给她添麻烦。此外，他也希望尽快结束这次探访。他感觉自己是被骗来的，心里对拉斯穆森夫人仍有怨恨。

男孩静静地跟在他身边，往海港的方向走去。这是个晴朗的日子。男孩没有戴手套，两只手冻得通红。

"你的手套呢？"

"弄丢了。"

他们沿着港口街一路走到轮船桥，观察起桥下的海水。夜里结了一层薄冰，阳光在白霜中闪烁。阿尔伯特觉得应该说些什么，却又不知该从何说起。跟孩子们应该说什么呢？他对寡妇的恼怒又添了几分。

"过来。"男孩看着结冰的水面陷入沉思，他招呼道。两人沿着码头走，经过储煤场后下行往王子桥走去。

"淹死是什么感觉？"男孩问道。

"嘴里灌满水，然后你再也无法呼吸。"

"你有过那样的经历吗？"

"没有，"阿尔伯特说，"要是溺水了，你就会死。但我还活着。"

"每个人最后都会被淹死吗？"

"大多数人都不会被淹死。"

"我爸被淹死了。"男孩的语气透露出，这种死法让他感到骄傲，也提高了他父亲的声望。随后他的声音里添了犹豫。"如果淹死了，我们还能回来吗？"

"不能，那样就再也回不来了。"

"我妈说我爸现在是个天使。"

"你必须相信你母亲说的话。"

阿尔伯特感觉越来越不自在。他害怕男孩会突然哭起来。那样一来，他该怎么办？把他送回家？他不能将一个哭泣的孩子送回家。那样就等于丢了货物，任大海控制你的船。他试着转移男孩的注意力。海港停满了系泊的船只，有些是因为战争，船主没有出海，有些只是回来越冬。没有迹象表明马斯塔尔的航海岁月正在结束。阿尔伯特指着那些船。

"你长大了要出海吗?"他刚问出口就后悔了。

"那我会像我爸一样淹死吗?"

"大多数水手都能回家,然后像我一样变老,最后死在床上。"

"我想像我爸一样当个水手,"男孩说道,"但我不想淹死之后被鱼吃掉,也不想死在床上,因为我的床是用来睡觉的。有什么办法可以不死吗?"

"没有,"阿尔伯特说,"没有办法。可你还非常小。你还要活许多年。这就相当于不死。"

"你想死去吗?"

"我现在不介意。我非常老了。所以就算死也没关系。"

"那你不难过?"

"是的,我不难过。"

"我妈就难过。她总是哭,然后我就安慰她。"

"你是个好孩子。"阿尔伯特说着指向海面,"看,那里有一艘汽船。等你出海的时候,应该也是乘坐汽船。"

"汽船会沉吗?"男孩问道。

阿尔伯特看着那船涂黑的钢壳。船头写着"记忆号"几个白色大字。

"会,"他说,"会沉。"

他在梦中见过记忆号沉没的场景。

"汽船的底部总是在燃烧,那里跟锅炉房烧水时一样热。人们往火堆里添燃料。他们日日夜夜都在添煤加火,只有睡觉或吃饭时能出来,永远也看不见太阳和月亮。而在上面的舵盘室里，大副靠双手来掌控舵盘，引导汽船安全横渡大海。"

"那就是我想成为的人。"男孩说道。

"是的，那就是你想成为的人。这样的话，你就得在学校用功读书，不然你就进不了航海学院。"

他们此时已经过了停泊轮船的海港，正继续下行往船厂走。涂成红色的木板墙壁背后爆发出有节奏的锤击声。唯一安静的地方是马斯塔尔钢铁船厂在布宜街附近新建的船坞。亨克尔先生无论何时到访，总会吹嘘他在挪威签下的所有订单。但到目前为止，那里连一艘船都没造过。

男孩似乎迷失在自己的思绪之中。他抬头看着阿尔伯特。

"汽船沉没时是什么样子？"

阿尔伯特在记忆中搜寻。他清醒时从未目睹过，但梦境却向他呈现了记忆号被海浪抛来抛去最终沉没在海底深处的每一个细节。

"你能听到从船体核心部位传来爆炸声，"他对男孩说，"因为冰冷的海水渗入了巨大锅炉的中心。沸腾的蒸汽会从每一个开口爆发出来。大块大块的煤飞起来冲出烟囱和天窗。"他指着记忆号说，"那边，还有那边，船身翻倒过来，瞬间就翻个底朝天。"

"底朝天！"男孩惊呼，"那么大一艘船 —— 船底翻在空中！"

"是的，"阿尔伯特震惊于自己讲的故事在男孩身上所产生的效果。

"再多给我讲一些。"男孩期待地看着他。

"先下沉的是汽船的船尾。最后船首几乎竖直立在空中。在整艘船被海浪吞没之前，你能看见的最后一点儿痕迹是船的名字。"

阿尔伯特停了下来。男孩拉着他的衣袖。

"再讲。"

"没有可讲的了。"

男孩失望地看着他。阿尔伯特意识到，他这还是第一次详细复述自己的梦境，一扇关闭的门出人意料地打开了。在男孩看来，这个故事就是一次盛大的冒险，从他眼睛发亮的样子就看得出来。阿尔伯特可以告诉他一切，甚至告诉他，这些知识都源于夜里那些无法解释的梦。男孩会照单全收，把它当作幻想世界的一部分，其中的一切都无须解释，任何人都不会因为能看见未来而被视为怪人。

是的，他从前对孩子一无所知，但此刻已经有所了解，孩子的心灵对一切都是敞开的。他的梦里有如此多的死亡，实际上可以说，除死亡外，别无其他。但他感觉，对男孩来说，故事中的死亡是一回事，现实世界中的死亡是另一回事。他还讲过一艘被U型潜艇炸沉的船。尽管男孩的父亲和九头蛇号的其他船员一起，都在海上消失得无影无踪，但男孩似乎并未将这两件事联系起来。至于阿尔伯特自己呢，他也不能完全明白，自己为什么会破天荒地重述梦境。但他知道这件事很重要。

"没有可讲的了。"他重复道，"但过些日子，我可以再给你讲别的故事。"

"你知道许多故事吗？"

"是的。等春天来了，我教你划船。走吧，现在该回家了。"

男孩的脸被冻得通红。他跳了几步，然后将冰冷的手插进阿尔伯特的手中。两人沿着港口街一同往回走。

　　阿尔伯特开始频繁造访克努兹·埃里克家。安娜·埃吉迪亚没时间一直当他们的中间人，所以他只能自己去接送男孩。事实上，男孩也可以自己去阿尔伯特家，然后再回去，虽然他们住在镇子的两头，但马斯塔尔毕竟很小。只是他觉得，克努兹·埃里克是被托付给他的。他对此负有责任，所以总是遵守程序。阿尔伯特在斯内尔街的大门口将他接走，之后再将他送回去。

　　他上门时，克努兹·埃里克的母亲会来应门，尽管总是羞怯得几乎说不出话来。这时她已经生产，他上门时，她总是将宝宝抱在怀里，像是为了掩饰不安。第一次过来，他拒绝了她的咖啡，因为不想给她添麻烦，第二次他接受了，担心她会将他的拒绝看成是优越感作祟。

　　船上不同的地方各有差异。比如船首和船尾，比如船长那无法突破的禁地，阿尔伯特私下里称之为"孤岛"。但这些都是出于现实需求，是为了强调地位和权威，他从不认为那些是社会阶级的象征。走进克努兹·埃里克家，他瞪大了眼睛。克努兹·埃里克的父亲亨宁·弗里斯是个普通海员，结婚很早，之后就没再得到提升。大多数男人都会等到二十八九岁才结婚，因为那时他们有经济能力，念完了航海学院，也在船舶上拥有了股份。但亨宁·弗里斯却早已深陷爱情，或者也有可能只是不小心。

　　从前看到某个人未能出人头地，阿尔伯特总觉得是因为那人能力不够。现在他开始意识到，或许还有其他原因。男孩的母亲出身于一个与他不同的社会阶层，一个看不到盼头的阶层。他从她近乎沉默的谦逊中看得出来。她说出口的句子都像是被吞了一半——"不用了""太多了""您不必"。她的目光总是落在地板或宝宝身上。这种在"上等人"面前丧失行动能力的习惯，根植于祖辈的行为之中。

她的房子干净整洁。窗台上摆着天竺葵和桂竹香，不过家具是随机从各处搜集而来的货色。墙上没有挂画，潮气在墙纸上留下了褪色的斑块，不管清洗多少次都无法去除，它们是自墙体内部长出来的，是因为建筑质量糟糕，那是给穷人建的房子。这样的一座房子不会被人忽视，因为被人忽视就是它的本质。

冬天，室内要么滴水成冰，要么就像温室一样温暖潮湿，取决于是否有钱买煤。阿尔伯特突然造访时，呼出的气息会在冷空气中凝结成白雾；若是克拉拉·弗里斯知道他要来，还邀请他进屋喝咖啡，那么墙角的火炉就会塞得满满的，闪烁着红光，将房间烘成一间蒸汽浴室。不管是否用了火炉加热，里面的空气都一样不利于健康，让人不舒服。

他们从未认真交谈过。她羞怯顺从的姿态表达了她的感激。她没有直视过他的眼睛，也没有说过任何心里话。他们之间的隔阂依然存在。

海港结冰后，阿尔伯特带着克努兹·埃里克在被冻住的船舶之间漫步。冰面上有一些用木头支起的货摊，小贩们在卖苹果馅的煎饼和热乎乎的接骨木果汁。生意很红火，因为人们都出门来滑冰了，冬天清澈的空气中回荡着欢呼声。阿尔伯特教男孩辨认不同类型的船只。小快艇和双桅纵帆船有着圆润、丰满的弧线，船尾扁平。各种类型的帆船都能看见：纵帆式双桅帆船、上桅横帆纵帆船、顶桅纵帆船、横纵帆结合式双桅船，还有巨型双桅帆船，这一种是男孩的最爱，毫无疑问是因为它们的尺寸。对他来说，船帆如何张满是个巨大的谜团，因为此刻所有的帆都被撤掉了。只有映衬在冬日天空下的帆桁和索具的黑色轮廓暗示着它们的秘密。

"就像在学校里学习读书，帆的布局就是水手的字母表。"阿尔伯特告诉他。

"给我讲个故事。"男孩会说。

阿尔伯特便讲了。要么是他自己经历过的，要么是梦见的。对男孩来说，这都没有区别，久而久之，阿尔伯特自己也失去了界线感。他感觉在内心深处，某种曾被猛力击碎的东西，又重新连在了一起。

时不时地，男孩的眼睛会往滑冰的人群里瞟，阿尔伯特看得出，他的心思飞去了其他地方。

"你知道怎么滑冰吗？"阿尔伯特问，男孩摇摇头，"哎呀，那最好教教你。"

出游的最后，他们总会前往阿尔伯特位于王子街的家。克努兹·埃里克将木跟鞋放在门厅里，在火炉前坐下，脱掉羊绒袜，脚趾在热浪中扭动。阿尔伯特也将靴子挨着克努兹·埃里克的放下。冬天，他仍会穿劳里斯的那双旧靴子，里面很宽松，足够多加一层羊绒袜。那两只靴子就立在那里，在男孩的鞋子旁，及膝的皮筒竖着，上面盖着金属罩。

管家会端来热巧克力配新鲜的发泡淡奶油，阿尔伯特坐在桌边画画。他是个一丝不苟的出色绘图员，素描中会详尽地描绘不同类型船只的船帆和索具。他还会画上海鸥和一阵顺风，这样船体就会稍稍倾侧，让人能一瞥甲板上的情况。他会在舵盘后面安排一个叼烟斗的人。还能看到船上的厨房、排气罩和舱口。他还总会在船身前方画一个螺旋形图案。

"那是什么？"有一天男孩问道。

"一个大漩涡。"

"什么是大漩涡？"

"就是一道能吞噬一切的涡流，瞬间就能让船消失无踪。"

男孩抬起头来，然后指向舵盘后火柴棍一样的小人儿。

"舵手会拯救这船。他会把船开去别的地方。"

"他不能，"阿尔伯特说，"太晚了。"

男孩凝望着那艘注定要毁灭的船，眼里蓄满泪水。

"那不公平。"他脱口而出，随后迅速抓起画，撕了个粉碎。阿尔伯特本打算抓住他的胳膊，但忍住了。

"对不起。"他说。

"你总是那样，"男孩说，"你总是画那种……"他还不会说那个词，"那个东西。你为什么那样？"

"我不知道。"阿尔伯特意识到自己没有说真话。为什么每次画船总要在船首画一个大漩涡？他从未过多思考。是涡流控制了他的铅笔，像一道不可抗拒的力量。他画画依循的是一道只有铅笔能执行的秘密指令，与他自己无关。

"我觉得这些船很可怜。"男孩说。

"是的，"阿尔伯特说，"我也觉得。但它们的时代已经结束了。航海时代已成过去。"

"但是海港里还有许多船。"男孩反驳。

"是的，有。但已经没人想出海。"

"我想，"男孩说，"我想当一个水手。"他转过身，用反抗的眼神看了阿尔伯特一眼，"就像我的爸爸。"

这些日子，克拉拉·弗里斯脸上已不会再流露出悲伤的表情，看上去了无忧虑。阿尔伯特觉得是生活唤回了她。丈夫死了，但怀里还抱着一个婴儿。随着时间的流逝，她的情感天平必须从一方移向另一方。孩子需要她，是个女儿，阿比尔高牧师施洗时为她取名伊迪丝。悲伤必须让位于那份需求。克拉拉的沉默寡言没有丝毫改变，但眼睛已不再死死地盯着地板。

克努兹·埃里克为他俩破了冰。他在阿尔伯特面前早就不害羞了，只是当母亲在场时，他会重回旧样，仿佛母亲和阿尔伯特各自代表的是他无法连通的两个世界。但现在他会以响亮、清晰的嗓音向母亲汇报每天发生的许多探险故事。一开始母亲还会让他别说话。但因为她自己无话可讲，渐渐也就随他去了。

阿尔伯特有时发现，她会偷偷看自己一眼，然后立刻又低下头去。但她的脸庞已不再是哭肿的模样，头发也恢复了光泽。她还会为他的来访用心打扮。他觉得这也和他们身处不同的社会阶层有关，她是在为上流社会打扮。

"我现在会滑冰啦，马德森船长还要教我划船和游泳。那样我就不会被淹死，就能当个好水手了。"

有一天，他们坐在客厅，像往常一样喝着咖啡时，克努兹·埃里克发表了这样一番宣言。

"我不想听这种话！你不能当水手！"他母亲声音尖利地

说，她线条柔和的脸颊明显绷紧了，克努兹·埃里克低下头去。"你现在就去厨房！"

男孩离开了房间，依然垂着头。克拉拉·弗里斯转过头来，阿尔伯特已经起身。

"我想我该走了。"

"请别走。"她的声音突然充满不安。

阿尔伯特站在那里没有动。

"请别对他太严苛。"他说。

她从椅子上起身，迎上前来。"请不要误会——我不是要……"她停下话头，无法继续；她不知道该往哪儿看。泪水盈满了她的眼眶。他一只手扶住她的肩膀。她上前一步，站得离他近一些，将额头靠在了他胸口。她的肩膀在他的手下颤动。"对不起。"她哽咽道。他只能听见她的吞咽声。她仿佛是想忍住不哭。"这太——艰难了。"

他的手停在她肩头，希望这重量好歹能让她平静一些。她依然站在那里流泪。他能感觉到她身体的热量。她抓着他的外套翻领，像是担心他会将自己推开。他比她高出许多，她仿佛消失在他宽阔的肩膀之中。他是如此贴近一个女人，早已被遗忘的身为男人的感觉重又涌上心头。

他笨拙地拍拍她的背。"没事的，没事的，"他说，"坐下来。再喝点儿咖啡，你会发现，一切都会……"他轻轻地扶着她的肩膀，引导她重新坐在椅子上。她弓下身来，将脸埋在双手中。他重新倒了一杯咖啡，递到她面前。接着他被一股突如其来的柔情压倒，轻抚了她的头发。她抬起头来，但没有接咖啡，而是用双手紧紧握住他空着的那只手，用乞求的神情看着他。

"克努兹·埃里克非常需要您。您不可能知道，那对他，对我们意味着什么。我不是说……"她停顿下来，阿尔伯特趁机挣脱了手，在她对面坐了下来。"相信我，弗里斯夫人，"他说，"我理解您，明白您的处境有多艰难。我会尽己所能来提供帮助。"最后那句话把他自己也吓了一跳。他从前一直能明确地将男孩和他的母亲区分开来。他和男孩已经建立起深厚的感情。但此刻另一道屏障也消失了。

她掏出手帕擦拭起眼泪，声音变得粗重。"不，那不是我想说的，"她说，"我们能应付。只是……"她又开始拼命控制眼泪，"这太难了……"泪水从她的脸颊滑落，拿手帕的那只手也垂落在膝头，被她遗忘了。

这时克努兹·埃里克突然出现在厨房门口。他的眼睛睁得大大的，里面写满恐惧。

"妈妈，你怎么了？"

她说不出话来，只得用手势表明自己需要时间恢复。但他冲了进来，她将脸靠在他胸前。他伸出双臂抱着她。

"妈妈，不要难过。"

他的语气中有一种成年人的口吻。阿尔伯特意识到，克努兹·埃里克和他在一起时是个孩子，但和母亲一起在家里时，却是个成熟的男人，负担着成人的责任与义务。

"我先走了。"阿尔伯特轻声说。母子二人谁也没有抬头。

随手关门时，他听见克努兹·埃里克的声音。

"我向您保证，妈妈，我保证。我保证永远不当水手。"

遇上不适合外出散步的天气，阿尔伯特和男孩就会在镇上四处拜访不同的人。以前阿尔伯特是个独来独往的怪人。现在我们却到处都能看见他。有一天，他敲响了克里斯蒂安·阿伯格家的门，待那五十过半的船长打开家门后，阿尔伯特将男孩介绍给了他。

"这位是克努兹·埃里克，他想听听非洲的故事。"

男孩伸出手来鞠了一躬，和初识阿尔伯特时一样。这一次他没有呆站在原地看自己的鞋子，而是高兴地跟着两位船长走进客厅。在那里，阿伯格船长回忆了他横穿非洲的经历，以及率领二十二个黑人驾船在坦噶尼喀湖上航行的往事。

"你想看看黑人用的长矛吗？"他问。

克努兹·埃里克点头。

阿伯格的客厅里有两只铁箱。"它们跟随我一路前往非洲，又回到家里。"他指着箱子说。

"你自己扛吗？"克努兹·埃里克问。

阿伯格笑了起来。"一个白人在非洲是不用自己扛任何东西的，"他说着打开一个箱子，"瞧，一根黑人用的长矛。一块盾牌。你为什么不自己拿一拿试试呢？"阿伯格将长矛递给克努兹·埃里克，又向他展示了怎样握一块盾牌，"你现在是个合格的黑人战士了。"

克努兹·埃里克挺直身板，抬起手臂，像是要投掷长矛。

"当心，"克里斯蒂安·阿伯格提醒道，"那根长矛够杀死一个人的了。"

去过中国的电报员布拉克先生向他们展示了中国服饰和筷子。不过他们没有拜访约瑟·伊萨格，阿尔伯特认为他的断手不适合让孩子看见。他们去了埃马努埃尔·克罗曼家，他曾绕行过合恩角，擅长模仿索具在世上最危险的海上风暴中所发出的骇人号叫。

"我听过企鹅在漆黑的夜里发出的高声尖叫，"他说，"我们当时在海上航行了两百天。水耗尽了，我们就用葡萄酒杯喝融化的冰水。等到了瓦尔帕莱索，我们吃了整整一麻袋土豆，甚至都没煮，实在是饿坏了。"

"真的吗？你们生吃土豆？"男孩惊呼。

他们每到一处，见到的水手储物箱都装满了各式奇怪的物件：鲨鱼下颌；刺鲀；锯鳐的牙齿；一只巴伦支海龙虾的钳子，有马的脑袋那么大；毒箭；火山岩块和珊瑚；努比亚羚羊皮；西非弯刀；一把火地岛鱼叉；里约哈希的葫芦；一支澳大利亚回力镖；巴西短马鞭；鸦片烟枪；拉普拉塔的犰狳；鳄鱼标本。

每一个物件都讲述了一个故事。男孩每次离开一座有着高耸屋顶的低矮房屋，都会因为世界的无限多样性而兴奋得头脑眩晕。每个物件都在他耳畔低语：卡拉巴尔河的皮革手鼓，凯法洛尼亚岛的双耳陶罐，印度护身符，一只正与眼镜蛇大战的猫鼬标本，土耳其水烟袋，河马的牙齿，汤加群岛的面具，一只有十三条腕的海星。

"往那个方向走半千米，"阿尔伯特指着王子街集市广场的方向说，"是乡村的起点。生活在那里的人只知道自己的土地。他们对田地以外的世界一无所知。他们在那里老去，一直到死，他们见过的东西还不及你现在多。"

男孩抬头看着他笑。阿尔伯特能感觉到，他的渴望已向四面八方延伸。克努兹·埃里克没有父亲，但阿尔伯特为他找到了新的父亲，那便是小镇和大海。

春天来了，阿尔伯特教了男孩驾船。

"多好听的声音啊。"克努兹·埃里克坐在划手座，聆听着水波拍打船舷发出的汩汩声。他们坐的是一只鱼鳞式木壳船，细细的木板呈鱼鳞状一块叠一块。男孩以前也听过这样的声音，但都是站在码头边听见的。而此刻这声音环绕在他四周，完全是另一种体验。

阿尔伯特抓住男孩的两只手，放在船桨上。

阿尔伯特深知，他这是在鼓励男孩。但他这么做，确实只是在鼓励一个马斯塔尔男孩本性中固有的某种特质吗？不可能有其他解释。可他不敢当着克拉拉·弗里斯的面说这些。他看得出，还未熟悉寡妇这个身份的她有多脆弱和不安。或许是他太懦弱了，不敢支持克努兹·埃里克，不过他觉得现在为时尚早。生活将成为克拉拉·弗里斯的老师。她已经告别了丈夫，有一天也将不得不告别儿子。但那是另一种告别，不是向一个死人告别，而是和一个即将远行、傲视死亡的活人分别。

所以克努兹·埃里克过着两种生活：一种是在家里，不得不向母亲保证，他永远也不会出海；另一种是在阿尔伯特身边，梦想着能追随父亲的脚步。大海的蓝色和船帆的白色是男孩唯一在乎的两种颜色。他要成为一名海员。或许可以说得再简单些，他要成为一个"男人"。驱使一个男孩出海的动力，是对男子气概的渴望。

那么一个女人为什么会爱上水手呢？因为水手是迷失的，被远方的某样无法企及、最终也无法了解的事物所束缚，甚至被他自己所束缚吗？因为他的离开吗？因为他的归来吗？

在马斯塔尔，这个问题的答案很直接。这里能爱的男人不多。对马斯塔尔的穷人来说，家里的儿子要不要出海，这从来都不是个问题。他从出生的那天起就属于大海。唯一的问题就是，他第一次签约要挑哪艘船。那是他唯一能有的选择。

克拉拉·弗里斯来自比克霍尔姆岛。那是一座小岛，春季我们离开海港，都会经由那里的莫克迪贝特港前往大海。阿尔伯特记得那些春日，天空高远，凉风习习，冰面破开，一百艘船一同离开马斯塔尔。就好像整个镇子在用扬帆起航来庆祝春天的到来，而展开的船帆，洁白得仿佛那些散在水面迅速融化的浮冰。感觉灌满船帆的是阳光而非清风：是明亮、跳跃、温暖的阳光在推动我们前行。我们的春日船队足够填满半个群岛的海域。我们一艘接一艘地打量彼此的船只。我们即将前往一百个不同的港口，但这一刻将我们团结在一起。我们感觉到一种伙伴情谊，这样的感觉不断加深，最终迸发成一种喜悦。

那些小岛上的农民会下到海滩上，冲经过的我们挥手。他们站在那里，小小的，就像白色沙滩上迅速变小的斑块，被拴在他们有限的土地上，四面环绕的皆是无边无际的海洋。大海每日召唤，他们却每日拒绝，只满足于挥手。

克拉拉·弗里斯就是这样看待她的水手的吗？她想要逃离自己的小岛，于是爱上了一个比她更想逃离的人吗？她在那些洁白的船帆中看见了希望，却没能明白，那希望是给男人的，而非给女人的？

喝咖啡时，阿尔伯特向克拉拉·弗里斯问起比克霍尔姆的事。她不是在那里出生的，但她家是何时搬去那座岛上的却不得而知。他问起她的父母。安娜·埃吉迪亚说过，他们都已去世，不过没说是在何时。

克拉拉·弗里斯咬着下唇。"我们老师是个名副其实的怪兽。"她说，像是迫切想告诉他一些关于比克霍尔姆的事，并且找到了不让他靠得太近的办法，"我总是耳朵疼。他喜欢拧人耳朵。"

阿尔伯特点点头。他对那座岛上的教育状况有些许了解，那里只能与相邻的约特岛共用一位老师。学校上两个礼拜学，放两个礼拜假。只有稀少的知识能被输入到比克霍尔姆的孩子们小小脑瓜里。

克拉拉·弗里斯看着自己的双手，沉思了片刻。她抬起头来，他看见她眼中的黯淡神色，不是之前的悲伤，比那更深沉，仿佛一只动物在为自己的生命而担忧，却不知敌人是谁。

"您去过比克霍尔姆吗？"她问。

他摇头。"我的船曾从那里经过。那里没什么值得一看的。我知道那座岛地势非常平坦。"

男　孩

"是的，最高点只比海面高两米。"

她轻笑了一下，似乎是在为此道歉。接着她的神色又黯淡了下去。

"有一次风暴潮，"说着她耸耸肩，"我永远也不会忘记。当时我八岁。水一直在涨啊涨。陆地完全消失，我们根本看不见了。只剩下大海。到处都是海。我藏在阁楼上，吓坏了——里面非常黑。所以我爬到了屋顶上。海浪往房子这边砸来，水花直接打在我身上。我浑身湿透了，感觉冷得不行。"

她在发抖，仿佛此刻仍能感觉到刺骨的寒冷。说话间，她蜷缩起来，声音也在颤抖：她是个吓坏了的无助孩子，在向他倾吐秘密。虽然他没有意识到，但他说话的语气变了，换成了安慰无助孩子的语气。他在心里询问她的父母，简直是在召唤他们。在这个故事里，他们究竟去了哪儿？当时肯定有人照顾她吧？他希望出现一只救援的手：一个父亲，用结实的双臂紧紧地将这个女孩搂在怀里；一个母亲，将她紧紧抱住，用体温来温暖她。但听讲述，她好像是独自一人在那座屋顶上，在洪水的中央。

"屋顶上没别人吗？"

"有，卡拉在。"

"卡拉是你妹妹吗，弗里斯夫人？"

他仍称她为弗里斯夫人，其他任何称呼都显得高人一等。但在这一刻，这个称呼对一个孩子来说却显得太正式。

"不，卡拉是我的布娃娃。"

"那你父母呢？"他终于问了出来。

"我坐在屋脊上，抱着烟囱。天黑了。我看不见任何东

西。感觉就像有人往我头上套了只装煤的空口袋。整个世界
只剩下我和卡拉。风在烟囱里发出可怕的咆哮。海浪撞击着
房子，好像在撞一艘船。我以为墙壁会倒，但我还是睡着了。
只可能睡了一分钟。可当我醒来时，卡拉已经不见了。我一
定是放开了她的手，她一定从屋顶滑下去了。我一直喊她，
一直喊她。但她再也没有回来。"她突然笑了起来，"我真是
个话匣子。您让我讲了最愚蠢的事。对您来说，这些一定都
纯粹是胡话。您在海上航行那么多年——我敢肯定，您有过
比这糟得多的经历。"

他郑重地看着她。"不，弗里斯夫人，我没有。我遇到的
事，没有一件能和你独自面对洪水的那个夜晚相提并论。"

她的脸红了。他看出她眼中有恐惧。在那一刻，他们两
人之间连起了一条他永远也无法切断的纽带。她交付给他一
些宝贵的东西，对他讲述了一个埋藏在内心最深处的秘密。
他对她依然知之甚少，但她肯坦露自己的恐惧，这就已经足
够。这就已经将他与她联结在一起。

"卡拉，"他念叨着这个名字，思忖着，像是在自言自语，
"和你的名字很像。仿佛她是你的双胞胎妹妹。"

"对，"她答道，"和克拉拉很像。"

她感激地看着他。现在他不会再打扰她了，不会继续打
探她的隐私了。他知道了卡拉和克拉拉，无须知道更多。她
无须再证明、解释或回答任何事情。和他在一起，她可以是
以前从不曾有过的模样，可以成为一张白纸。她有了一个全
新的开始。

他再也没问过她父母的事。

夏天来了，战争仍在持续。阿尔伯特近来做梦的次数变少了，梦见的那些事对他所造成的影响也不比过去。现在他有了克努兹·埃里克。

"你又做梦了吗？"见面时，男孩会问他。

"昨晚没有。"他答道。

"昨晚没有。"男孩重复的语气听起来充满失望，"希望你很快能重新开始做梦。"

克努兹·埃里克的梦境扭曲而奇怪，和大多数人一样。但他讲述时总是用一种欢快的惊奇语气。

但有一个梦与众不同。他梦到自己即将溺水。

"我喊我的爸爸，但他没有出现。"他讲的时候眼神一片茫然。那一刻，他和第一次见阿尔伯特时一样，缩头弓身地坐着。"所以我就淹死了。"他最后木然地说道。

他们在船上相对而坐。阿尔伯特用双手捧着男孩的脸，直视他的眼睛。"你不会淹死的。那不过是个噩梦而已。如果你快要被淹死，可以叫我。我总会赶来的。"

男孩缩紧的肩膀放开了，能感觉到他的放松。片刻后他就把这事忘得一干二净。他划桨的动作虽然不够专业，但充满激情。他的眼睛闪闪发亮。

"今天往哪儿划？"

他们正在海港正中央，观望着记忆号开过轮船桥，黑丝带一般的烟雾正从它高耸的窄烟囱中喷涌而出。阿尔伯特认

我们，被淹没的

真看了那艘轮船很久，知道它不会返航。男孩冲经过的聋挖沙人挥了挥手。

"保持节奏平稳。"阿尔伯特下令道。

那晚阿尔伯特做了最后一个梦。他会知道这是最后一个，是因为它和三十年前的第一个有同样的开场。有同一个声音在说话："你正前往危险之地。"

但这一次他没有醒。和第一个梦不同的是，他不在船上。他最后一次上船已是多年前。他可以跳下床冲上阳台凝望黑暗，但外面没有船难，没有人需要救援。他在干燥的陆地上，尽管他已说不清，干燥的陆地是否就安全。这是个令人不安的梦，充斥着吓人的片段。和那些宣告战争即将来临的梦一样，他也不知道这个梦意味着什么。

第二天，他告诉男孩："昨晚我做了个十分奇怪的梦。"

男孩抬起头期待地看着他。

"快点儿告诉我。"他见老人有些犹豫，便催促道。

"我看见一艘幽灵船，"阿尔伯特说，"不过我见过许多幽灵船。这不是最奇怪的部分。"

"幽灵船是什么？"男孩问道。

"就是鬼船。"

"你怎么知道？"

"船上的一切都是灰色的。没有其他颜色，只有灰色。"

"就像一艘战舰？"男孩问道，尽管鱼雷艇造访海港那天他还太小，不可能有记忆。

"是的，就像一艘战舰，只不过它不是战舰。它是一艘货船，蒸汽轮船，有点儿像记忆号，但通体是灰色的。"

"然后发生了什么?"

"接下来才是奇怪的部分。明明是半夜，却亮得像是白天。黑色天空中高悬着晃眼的灯。它们不像星星那样一动不动，而是在慢慢落向水面，碰到大海就熄灭了。但一直有新的灯亮起。海岸上有建筑着火了，但不是我们知道的那种建筑，是一种没有窗户的正圆形巨大建筑。里面射出来的火焰比建筑本身还要高。到处都是大型枪械在开火。你想象不到有多喧闹。还有飞机。你知道飞机是什么吗?"

男孩点点头。"飞机做什么了?"

"投掷炸弹，于是有些船着火沉没了。"

男孩非常安静地坐在那里，过了一会儿才问:"是世界末日吗?"

"也许。"

"你知道吗?"男孩说，"这是你讲过的最精彩的故事。"

阿尔伯特冲他微笑，然后移开了目光，向海上看去。有一部分内容他没有告诉男孩。黑暗中他看不清那艘幽灵船的名字。但就像在其他预言性梦境中一样，他感觉到了一种奇怪的确定性。他认得出男孩在那艘船上。克努兹·埃里克在上面。就在那世界末日的场景中。

阿尔伯特有一种感觉，他生命中的某件事情即将结束。不光因为战争。他有一些账目需要清算。阿比尔高牧师放在桌上的那只黑人的手一直盘踞在他心中，让他不得安宁。他自己也保存着曾属于一个人的身体残余部件。在他看来，约瑟·伊萨格虽是个无比鄙视同类的人，行动却比他更讲道义。毕竟，约瑟要求为那只手举办一场基督教葬礼，尽管他曾将那只手装在行李箱中，当作廉价的纪念品，丝毫不在意它是从一个人身上残忍砍下来的。

一颗被割下来放在箱子里的头颅——和那只手相比，有任何区别吗？他当然也欠詹姆斯·库克一场葬礼吧？

他绕行至国王街上约瑟·伊萨格的住所敲响大门。他听见里面有动静，但无人应门。阿尔伯特再次敲门，里面的声音仍在持续，但因为门的阻隔，听不清是什么声音，不过听起来像打架。有人在跑。接着是喘气声，一个身体重重地撞在墙上的声音。阿尔伯特抓住门把手，门立即开了。他走进黑暗的小门厅，重重地敲了客厅门。

"有人在家吗？"

动静停息了。他向下转动门把手。约瑟正站在客厅中央，手执棍子仿佛准备出击。玛伦·克斯汀站在沙发上，像个做了不该做的事被抓个正着的小姑娘。她显然是因为恐惧才爬上沙发的，平素总用发网固定的头发一团蓬乱，灰色的发绺垂在扭曲的脸上。她用一只手捂着嘴，仿佛是想忍住尖叫。

约瑟转身面对不速之客。

"下一个轮到你？"他大吼着满脸凶狠地走上前来。

他的脸仍和从前一样可怕，浓密的髭须耷拉下来，冰冷的眼神写满傲慢，但他衰老的身体佝偻着，一副颓然的模样。阿尔伯特从他手中夺走棍子，抵在大腿上折成两半。一股小小的胜利喜悦油然而生，他依然是有力的。

"我们这儿不打女人。"他说着用一只手将约瑟按在沙发上，另一只手则伸向惊呆的玛伦·克斯汀，后者抓着他的手爬了下来。

"你受伤了吗？"他问。

她摇摇头，哭红的眼眶里却满是泪水。她拖着脚，踉踉跄跄地走进厨房，然后带上了门。看到她离去时吓坏的模样，阿尔伯特怒火中烧。约瑟头晕得站不起来，于是阿尔伯特抓着他的翻领，前后摇晃他。

"你竟然打自己的妻子？"他吼道。

约瑟鹰一样的脑袋垂了下去。他的眼神依然冰冷，但阿尔伯特看得出，这位从前的领航员已经变得多么脆弱。就算他还残存着任何力量，那也只存在于他的意志中，而不在手上。

"哈！"约瑟·伊萨格嗤了一声，"我已经太老了，该死的。这些日子我揍她，她甚至都没有感觉。"

在他们身后，厨房的门轻轻地开了。

"请不要苛责他。"玛伦·克斯汀用可怜的声音恳求道。

阿尔伯特放开约瑟直起身来，无助地站在那里，不知接下来该做什么。约瑟倒在沙发上，没有抬头看。他脸上一片煞白，仿佛刚刚那番关于肌肉力量衰退的告解榨干了他最后一丝力气，他已心甘情愿地向衰老投降。

"请坐，马德森船长。我去冲些咖啡来。"

玛伦·克斯汀的声音回归正常，仿佛到家里来的所有访客都要先对男主人动粗，然后才能喝咖啡。

阿尔伯特和约瑟面面相觑地坐在那里，这期间玛伦·克斯汀则在厨房忙前忙后。最后她终于走进来布置好餐桌，然后端着咖啡和一些糕点回来了。她已将头发拢回发网，眼睛已经擦拭过，但还是红的。倒完咖啡后，她重新消失在厨房。

约瑟出声地喝着咖啡，全然不顾髭须蘸了进去。他往嘴里塞了一块糕点，嚼的时候有许多屑皮撒落在桌面。

"你来干什么？"问话间他嘴里仍在吃着。他想向这个刚刚让自己安分下来的男人表达轻蔑。

"那只黑人的手——"阿尔伯特说。

"哦，手怎么了？"约瑟打断他的话。

"你为什么把它拿给阿比尔高牧师？"

"与你无关。"约瑟轻轻地闭上嘴唇，将糕点都吸进了嘴里。他仍在嚼。他虽然有下垂的髭须，但乍一看就像一头没有牙的老母羊，在靠肿痛的牙龈嚼食。

"你要说的就这些？"

"是的，你他娘的最好相信！"

约瑟已经吃完糕点，嘴里空出来后，发音变清晰了。他突然站起身猛推桌子，推得很狠，咖啡杯都翻倒了，里面的液体泼洒在绣花桌布上。

男 孩 425

"玛伦·克斯汀！"那刚果领航员咆哮道，"玛伦·克斯汀！你冲的咖啡淡得像尿！我要喝正常人的咖啡！"

他一只手端着咖啡杯，推开厨房门，走进去后将门重重地摔上。紧接着是杯子砸碎在地板上的声音。

阿尔伯特盯着门，似乎在拿主意。接着他从桌旁起身，离开了这座房子。

第二天，他将詹姆斯·库克的头沉入了大海。

莫克迪贝特港似乎是很适合那位伟大探险家的安息之地。那么多的航海之旅都是从这里开始的，每年一有春天来临的迹象，马斯塔尔的船队就会从这里出发。要在本地的公墓寻找一座墓穴太复杂了，而且阿尔伯特觉得阿比尔高的精神头已不足以应付一场葬礼。

他决定邀请克努兹·埃里克一同前去，加入库克的最后一次航海之旅。他从未向男孩展示过那颗萎缩的头颅。他觉得不适合给孩子看。但此刻他将所有这类考虑都放到了一边。他已经往男孩的脑袋里填满了沉船和烧船的恐怖故事，而且男孩很喜欢。他可能也会喜欢这颗可怕的头颅。

不过，邀请男孩同去的真正理由，是他想为这颗萎缩的头颅举办一次像样的送别仪式，希望男孩当见证人。他觉得詹姆斯·库克的故事与道德有关——尽管他想得越多，就越不能肯定那会是一种怎样的道德联系。

詹姆斯·库克在刚开始的两次航程中，对遇见的当地人都以礼相待。他把他们当成平等的人，可对方却态度轻蔑。他从错误中吸取教训，变得残忍无情。从某种程度上来说，他和约瑟·伊萨格，以及其他在非洲大陆的白人一样。

詹姆斯·库克的人生平衡点在哪里？

在船上，船长的工作就是寻找平衡。但一艘船不是全世界，这个世界比船大得多。世界的平衡在哪里？阿尔伯特自己知道吗？真的有什么知识是他能向一个七岁男孩传递的吗？

詹姆斯·库克生活在巨大的压力下，必须不断向他自己和其他人证明自身的价值。尽管他是伟大的太平洋海图绘制者，却没有图表能帮他导航，走完他自己的人生。

阿尔伯特曾想找到一个父亲，结果却一无所获。他不得不走自己的路，克努兹·埃里克也一样。或许他可以告诉男孩这些。或许他应该什么也不说。或许到最后一切都一样。

但他还是带上了男孩。

他提早将包裹那颗萎缩头颅的布包装进一副临时棺木，是个装满石子的木箱。他将木箱放在他和男孩之间的划手座上。

"是个惊喜，"他告诉男孩，"我们等到了再打开。"

他们轮流划桨。不过大部分时候都是阿尔伯特在划。轮到克努兹·埃里克时，他总是用尽全力。他们很快就抵达莫克迪贝特港，从那里能一览比克霍尔姆岛的平坦风景。

"那是你母亲的故乡，"阿尔伯特指着海岸说道，"春天的某一日，她站在那里，你父亲扬帆而来。于是她就陷入了爱恋。"

这番话是他编的。克拉拉·弗里斯可能从未对男孩讲过她与他父亲初识的情景，但阿尔伯特为男孩父母的爱情故事添了一番声色，这对男孩并无妨碍。

"那她知道他是个水手?"

阿尔伯特点点头。

"那她为什么不肯让我出海?"

"你母亲总有一天会答应的。她只是需要一些时间。她现在还在为你的父亲难过。"

男孩沉默了一会儿。"我想看看那个惊喜是什么。"最后他说。

阿尔伯特打开木箱,取出那颗萎缩的头颅。它看上去仍和五十年前刚从飞云号船长手里继承下来时一样,也仍被当时的那块破布包着。他打开破布,将那头颅举了起来。

克努兹·埃里克打量着那张暗沉的脸,上面布满皱纹和其他纹路,像颗核桃仁。

"这是什么?"他的声音中没有恐惧。

"是一个人的脑袋。他许多年前就死了。"

"你死了也会变得那么小吗?"

阿尔伯特笑了,然后解释了制作萎缩头颅的技巧。

"他是怎么死的?"

"他死在夏威夷的一片海滩上。他当时在为生命而战,但当地人的数量远远超过他。他最后被打败了。"

"然后他们就把他做成了一颗萎缩的头?"

阿尔伯特点点头。克努兹·埃里克盯着詹姆斯·库克看了一会儿。

"能把他给我吗?"他问。

"不能,是时候让他在海底安息了。"

"他再也不会回来了?"

"是的。他是世界上最伟大的探险家。但现在他需要休息。"

"能让我抱着他吗?"

克努兹·埃里克不等阿尔伯特回答,就拿起詹姆斯·库克的头,捧在手中。"你最后是死了,"他对着那颗萎缩的头说道,"但你战斗过。"他拍拍库克船长干枯、褪色的头发,仿佛在为他的成就而鼓掌。

他们将那颗脑袋用布重新包起来,放回木箱。

"我想说几句话。"阿尔伯特说。接着他念了主祷文,和当初在飞云号上,将衣服被鲜血浸透的船长杰克·刘易斯包裹在帆布里丢下船时一样。从那以后他就不曾祷告过。

木箱在水面漂浮片刻,随后被石头拽了下去。一些气泡浮上水面,木箱消失在蓝绿色的深海之中。

阿尔伯特思考着男孩对那颗萎缩头颅说的话。克努兹·埃里克从阿尔伯特讲述的少量信息中提炼出了他自己的教训。那其中有一种智慧,或许是最基本的智慧:"你最后是死了,但你战斗过。"只要男孩能记住这句话,那么事情就不会变得太糟。生活日后自会揭示其自身的复杂性。

他们将船系泊在王子桥,男孩想从船上跳到桥上去,但计算失误,落入了水中。阿尔伯特伸出一只手,将他拉了起来。

克努兹·埃里克笑着说:"我们再来一次!"

"你已受洗过,"阿尔伯特说,"一次是在教堂,一次是在海上。你现在是水手了。"

"我刚才差点儿淹死了吗?"男孩试图摆出庄重的姿态。

"是的,你可以拿这件事去吹牛了。但不要告诉你母亲。一次落水,两次落水,但绝对不能有第三次。记住这一点。"

"第三次会发生什么?"男孩问道。

"第三次的旅程最短,"老人说,"那是通往死亡的旅程。只需要两分钟。等你变成水手后,确保每一次都要选择更长的旅程。永远不要选择短的。记住这一点。"

男孩看着他,郑重地点了点头。他一点儿也不明白这番话,但他感觉得到,这番话非常重要。

阿尔伯特脱下男孩的衣服,挂在前面的划手座上晾干。"好了,"他说,"我们继续划船吧,能让你暖和些。"

"不能继续下去了，"我们谈起战争，"一定会结束。"

我们一无所知。我们不理解政治。

"美好时光很快就要结束。"夏日里，老船长们坐在港口的长椅上说道。他们布满皱纹的脸庞和晒成接近皮革的棕褐色的皮肤，没有透露任何信息。他们的眼睛隐藏在光滑、发亮的帽檐下，因此无法分辨他们这番话是大难临头时的幽默，还是真是心中所想。

阿尔伯特也感觉，战争很快就要结束。现在右栏几乎和左栏一样长了。9月到了。男孩去上学了，两人和从前一样，依然在下午见面。又损失了七艘船。最后沉没的是汽船记忆号。接着战争就结束了。阿尔伯特向丧亲的家庭传达了最后的信息。虽然战争又持续了几个月，但就马斯塔尔而言，战争已经结束。

阿尔伯特和老船长们一同坐在海港旁边，享受9月的艳阳，赶在冬天来临前，最后暖暖他们那把老骨头。船长们不安地挪动着位置，都不习惯他在身边。

"是的，好日子的确结束了。"他说话间并未隐藏讽刺的语气。船长们再次挪动起来。

"丹麦损失了四百四十七名水手，"他记得这些数字，"其中有五十三名来自马斯塔尔。也就意味着，淹死的人中，大约有九分之一来自这个镇子。"

他停顿下来，让他们消化这个事实。接着他继续罗列数字。

"马斯塔尔的居民总数只占丹麦总人口的千分之一。结果是什么呢，先生们？考虑到我们牺牲的总人数，这算得上好日子吗？"

他从长椅上起身，用手指摸了摸便帽，迈步离开了。

他们看着他挥舞着手杖朝港口街走去的背影。是的，他擅长算术，阿尔伯特擅长算术。

没了五十三个人手，阿尔伯特走在港口街上，心里继续想着，或许是我没道理。小镇忘性很大。他们的母亲、兄弟、妻子、女儿不会忘记。但小镇。小镇会朝前看。

亨克尔先生依然会到马斯塔尔来。他身材高大、强壮，上衣后摆在身后轻盈地拍打着。他沿着教堂街大步流星地往艾尔岛酒店走去，在那里有一个可永久支配的房间。为欢庆他的到来，小镇会举办盛大的香槟酒会，投资者和其他利益相关团体都会参加，因此总是宾客如潮。与此同时，赫尔曼已经卖掉了两姐妹号和船长街的房子。他无家可归，搬进了艾尔岛酒店，很快便债台高筑。由于全部财富都投入了亨克尔先生的工程，他一时半会儿还还不上。但酒店经营者奥尔拉·伊埃斯科表示不打紧，他很乐意让赫尔曼和亨克尔先生赊账。奥尔拉·伊埃斯科本人也是一名投资者。他知道每一分钱都能带回十倍的收益，每一瓶香槟都是为将来的利润买的。而赫尔曼只喝香槟。

亨克尔在雷贝巴宁街尽头村里的白痴安德斯·诺尔曾居住的地方，为船厂劳工建了宿舍。与镇上大多数小型房屋相比，那宿舍楼堪称壮观。它有两座楼梯井，八层，还有个复折屋顶。和一般蹲伏在狭窄街道里仿佛在避风的房屋不同，它立在旷野上，四面敞开，从那里能看见波罗的海，设计师似乎就是想挑战风和大海。除了西街的学校和港口街富丽堂皇的邮政大楼——有花岗岩底座，每扇窗户下都有旋动的水泥花环装饰，亨克尔建造的这座劳工宿舍是马斯塔尔规模最大的建筑。在这里，人们是彼此的上下楼邻居，没有后花园，也没有直通街道的大门。

"这是给大批劳工住的，"亨克尔先生是个充满激情的人，"这只是个开始。总有一天，我们要拆掉镇上所有古老的垃圾建筑，充分利用空间。"除马斯塔尔、科瑟和凯隆堡的船厂外，他还拥有一座砖厂。"我有足够多的方砖。只要你们想，我们可以重建一座崭新的马斯塔尔。只需你们一声令下。"他坐在艾尔岛酒店的酒吧里夸夸其谈，眼睛里布满血丝，衬衫上洇着大块的汗渍。说完他会请酒吧里的每个人再喝一杯，我们会为暴风骤雨般扑面而来的新时代举杯。我们已经习惯了香槟。气泡升至表面，爆破开来，刺得嘴唇发痒。气泡的上升与破裂源源不断，设计师的想法也源源不断。

赫尔曼也举起酒杯。这些日子他在衬衫上戴上了袖扣，不再卷起衣袖走来走去。所有人都听说了他文身中有错别字的事。

以前马斯塔尔只有一家储蓄银行，现在有了一家大银行。菲英岛斯文堡的商业信贷银行在这里开办了一家支行。就在阿尔伯特的经纪公司斜对面，比学校、邮局和亨克尔的劳工宿舍还高，宏伟地矗立在王子街旁。宽阔的花岗岩台阶引向一扇涂有油漆的橡木大门，上面装了一个黄铜把手，看上去像是一座城堡的大门。

时不时地，你能听到马斯塔尔钢铁船厂传来铆钉锤作业的声音，但目前尚无船舶下水。

阿尔伯特结束了一天的工作，沿着布宜街往回走，路上遇到造船工彼得·拉豪格，便朝他点头致意。拉豪格伸出一根手指指向便帽，停下了脚步。

"我们什么时候才能看到你们的船完工啊？"

拉豪格将工具箱放在鹅卵石街道上，强壮的手臂交抱胸前，隐藏在髭须下的嘴轻蔑地嗤笑了一声，然后摇了摇头。"他们做生意的方式真他妈奇怪，"他说，"如果架设龙骨等同于造了一整艘船，那我最近造的船已经很多了。不过我还没见到他们造任何框架和船壳板。"

"那是怎么回事？"阿尔伯特问，"我完全看不明白。"

"我们其他人也都是凡人。但这是因为，我们不像亨克尔那么聪明。是这样，马德森船长……"拉豪格朝阿尔伯特凑过去，像说知心话一般耳语道，"他的做法是，一旦龙骨造成，他就让挪威人支付一期款项。然后他邀请他们过来参观，给他们倒香槟，炫耀龙骨，让他们以为整艘船都会像那根龙骨一样坚固可靠。可他们怎么知道，上一批客人看到的也是同一根龙骨？我们向所有顾客展示的是同一根龙骨。"

"这么说，亨克尔卷了一大笔钱，却永远不会交船？那是欺诈啊！"阿尔伯特怒不可遏。

"您可以这么说，马德森船长。恕我无法评价。但我必须尽快寻找新工作。因为这种模式他妈的根本不可能持续。"

彼得·拉豪格又摸了一下帽檐，消失在街道前方。

阿尔伯特出海捕虾已经有些年头了。我们许多人上岸后都会做这个。有些人是出于需要，而阿尔伯特只是为了消磨时间。本地的水域都属于男孩和老人。儿时他就摸清了群岛附近的路，探索过所有岛屿、海湾、海岬、沙堤和无形海潮。在童年与老年之间的岁月，他的航迹遍及世界所有大洋，现在他又回到海图上最小的一方领域，探索所有旧日熟悉的场所。这是从一战前的太平年代开始的，当时那些预言性质的噩梦刚刚降临，他靠捕虾来摆脱恐惧的笼罩。在流云下方摆弄渔网虽然不能给他带去和平，但至少能让战火暂时停息。

一天晚上，阿尔伯特告别克努兹·埃里克和他的母亲后，沿新街往王子街家的方向走，一路上开始思考捕虾的事。虾。下次收网，他要带克努兹·埃里克一起去。他要教男孩捕虾，然后给他装满满一桶拿回家给他母亲。他们可以把剩下的虾拿去海港卖，那样克努兹·埃里克的口袋里就能有一些钱，能像个小大人一样挣些钱。那样就能在玩耍中帮帮他那手头拮据的寡妇母亲，她不肯接受任何形式的帮助。平时他都是把虾送给刚好来办公室的人，或者是街对面的洛伦茨。

那年夏天，他沿着朗厄兰岛海岸将网撒下，从索雷克雷根一路到里斯廷厄。凉爽的夏夜，他捕虾时，海面波平如镜。第一缕阳光照亮东北方向时，他划船穿过入口进入海港，摇桨声一直传到海面很远的地方。

他问男孩要不要一起去。

暑假已经开始。克努兹·埃里克不用上学，漫长的白日无所事事。天气不好不能去海边游泳时，他就四处闲逛。经过一番犹豫，母亲终于同意让他出海捕虾。阿尔伯特和克拉拉之间已经连起一条纽带。他能强烈地感受到它的存在，但不曾探索其实质。只是他发现自己开始越来越多地照镜子，有时他发白的浓密络腮胡背后会浮现笑容，能一眼看出的那种。他在镜中看见的是一位旧友，一位多年不见的旧友：他年轻时的自己。

晚上他会去接克努兹·埃里克，然后带他回家。男孩会在他家客厅的沙发上一直睡到凌晨三点。之后他会叫醒男孩，一起到海港去。他抵达时，克拉拉正在家里烙厚厚的煎饼。是本地的一种特色食物，她做完直接端出厨房，好让他们趁热吃。阿尔伯特站在门口，看着她熟练地将面糊倒进烧热的平底锅，划出数字8的形状，面糊迅速膨胀，变成紧实的小饼。煎至金黄色后，她会将它们盛起来放在牛皮纸上沥干。克努兹·埃里克站在她身边，焦急地等待着第一个出锅，然后迫不及待地往上面撒糖。

她烙煎饼时与儿子并无交流，但这样的沉默让人舒适。阿尔伯特站在门口，双臂交抱胸前。他意识到在这个年轻女人面前，自己有一种回家的感觉。

她头上缠着一条围巾，好抵挡油烟。每次有头发松落下来，垂在眼睛上，她都会撩起来，欢快地看他一眼。他也笑着回应。

搭配煎饼的是糖渍醋栗，阿尔伯特问她是不是自己制作的。她点点头。他们小小的后花园里种了醋栗。镇上最可怜的人家也有花园。她做的煎饼太多，他们吃不完。她会用茶巾将剩下的包好，连同一罐醋栗一起拿给他们。

"你们晚上饿了吃。"她说。

她转身递给克努兹·埃里克一件羊毛衫。

"海上很冷。"

"不会冷。"克努兹·埃里克的语气表明，他刚拥有的男子汉自尊遭到了冒犯。

"哎呀，我也会带毛衣的。"阿尔伯特说着将一只手搭在男孩肩上，"跟你的母亲说再见。"

克拉拉站在门口挥手道别，他们朝教堂街走去。

凌晨三点，他叫醒克努兹·埃里克，递给他一杯热咖啡。地平线上金光灿灿，但天色依然是暗的，晨星仍在闪耀。

"帮你醒醒脑子。"

男孩一只手挠头，另一只手端起杯子。

"吹一吹。"

男孩照做了，小心地噘起嘴，出声地喝了第一口。他做了个怪脸。阿尔伯特从他手中接过杯子，加了一茶匙糖。

"再试一下。"

男孩又喝了一口，这次露出了微笑。阿尔伯特将羊毛衫从男孩头顶套下去。他自己已经穿上了一件冰岛毛衣。

他们离开王子桥的系泊处，开始朝海港入口划去。男孩蜷缩在划手座上，又累又冷，身子抖个不停。阿尔伯特递给他一把桨。

"搭把手，好不好？"他说。

男孩在船尾的划手座上坐好，将船桨伸入水中，双手握着手柄开始旋转，那动作像是在往水中拧螺丝。他用的是双桨划船的技巧，是阿尔伯特教他的。

他们过了轮船桥，向里斯廷厄进发。克努兹·埃里克已经暖和起来，他们快速划过光亮透明的海面。时间还很早，海面只有他们这一艘船。一小时后，他们来到了索雷克雷根。渔网里网满了虾。

"留一些给你母亲。"阿尔伯特说。

他们在划手座上舒舒服服地坐好，开始吃煎饼。此刻，地平线上太阳的轮廓已清晰可见，一条低垂的云带仿佛被点燃了一般。除此之外，天空一片晴朗。

"今天适合待在海滩上。"阿尔伯特宣布。

"给我讲讲那颗萎缩的头颅的故事。"克努兹·埃里克说。

几小时后，他们回到海港入口。太阳升得更高了，阿尔伯特已能感觉到阳光的温暖了，尽管时间还早。他们经过轮船桥，来到了王子桥。克努兹·埃里克走到船尾，悠闲地做着系泊的准备。阿尔伯特装满一桶虾，然后将男孩送回斯内尔街。男孩手里提着小桶，快速冲进门去。

他母亲出现在门口。

"谢谢您的虾，马德森船长。您为什么还站在外面？快请进。"

她让到一边，好让阿尔伯特走进狭窄的门洞。他尽量缩起身体，但胳膊还是蹭到了她。他熟门熟路，向沙发走去。已经为他备好一杯茶。女主人走进厨房，端了一个咖啡壶回来。

"捕虾是门好生意，"阿尔伯特说，"克努兹·埃里克会成为一个富有的人。"

她的脸绷紧了。"我们不能接受您的钱。"

"这不是礼物，弗里斯夫人。他干得很卖力，理应分一份报酬，这样才公平。"

克努兹·埃里克激动地上蹦下跳。

"快去找你的泳裤和毛巾，这样就可以一口气冲到海边去。"

"真的吗，可以吗？可以吗？"这时候他的蹦跳节奏开始加快。

"是的，当然。快去吧。"

男孩冲进厨房，片刻后拿着一条卷起来的毛巾冲了出来。他挥手朝阿尔伯特告别，快冲出门厅时又突然停下脚步，走到阿尔伯特身边来伸出手。他僵硬地鞠了一躬，感谢阿尔伯特今日的付出。阿尔伯特伸手拍了拍男孩的脑袋，轻轻地揉了揉他的头发。"不客气。"

"他是个可爱的小家伙。"克努兹·埃里克出门后，他说道，"好好照顾他。"

"您已经替我做到了。"

她说着又露出微笑，他抬起头来。他们的目光交会在一处，他不能确定这是不是偶然。他感觉自己应该看别处，却似乎动弹不了。他意识到一个微笑正不受控地在自己脸上绽开。克拉拉·弗里斯的脸慢慢变红。她似乎也无法从这一刻脱身，时间仿佛从秒变成了分，又变成了小时，感觉奇妙又毫无重量。最后，她低下头去。他突然感到一阵羞愧，仿佛骚扰了她。他必须克制住不去道歉，哪怕什么事情都没有发生。

他清了清喉咙。"感谢你的咖啡。"

她不解地看了他一眼，像是被他打断了幻想。她的脸还是红的。

"您现在要走吗？"

"是，我想我该走了。"他说。他希望这句话听起来是不带感情的，这样他的离去就不会显得像是对刚刚尴尬处境的一种裁决。

"哦。"她像是对他的话感到惊讶。

他依然坐在那里，等待她继续发言。她则看着自己的双手。

"我无意给您造成压力。不过您今晚想来用晚餐吗？毕竟我们有虾。"她抬头看着他说。

"我乐意之至。我会带一瓶葡萄酒来。"

"葡萄酒？"她更显尴尬。

"啊，或许你不喝葡萄酒？"

她擦擦额头，然后突然捂着脸笑起来。

"我从没尝过。"

"凡事都有第一次。那就择日不如撞日。"

阿尔伯特走出门，注意到赫尔曼矮胖的身影正大步流星地往海港走去，平顶帽低低地压在额头上。这时赫尔曼抬起头，快速扫了一眼弗里斯的房子，然后又看了一眼阿尔伯特，一根手指淡漠地敲了敲帽檐。阿尔伯特也招呼回去，但两人没有说话。

阿尔伯特继续往教堂街的方向走，一路都在琢磨那个年轻人刚刚看自己的眼神。是在调查他吗？察觉到什么了？接着他耸了耸肩。这都是什么无稽之谈？他和克努兹·埃里克的母亲没有发生任何事。可今晚的邀约呢？葡萄酒呢？就在不久前，他还将这个哭泣的寡妇搂在怀里。刚刚他们谈论葡萄酒的时候，她的语气简直有点在卖弄风情。还用手捂住了笑容。她爱上他了吗？或者应该反过来说？他对每件事的解读都有一定的角度，是因为爱上她了吗？

他自顾自地摇摇头。光是想一想就觉得不合适。他不知道两人的具体年龄差，但一定很大。他完全可以当她的父亲，甚至是祖父。

他有自己的生活和习惯。他不希望它们被打乱。他的所见所闻已经太多，远远超出了必要：噩梦已将他彻底击碎。他将那些经历视作对自己人生残酷而邪恶的截停，他厌恶施加这一切的残酷的神。因此他既不渴望相信神，也没有乞求怜悯的冲动。他过去信仰的是人类，现在已经失去这份信仰，堕入黑暗，仿佛一个在船难中遭受重创的人，沦落至世界尽头的一片只有累累白骨的海岸。

但出人意料的是，他的人生重启了。一个七岁的男孩让他恢复了信仰。此刻男孩的母亲也成为其中的一部分，而这种新生活的吸引力一直在增强。无法否认，在克拉拉·弗里斯面前，他莫名感觉到一种振奋。他一直生活在孤独之墙背后，克努兹·埃里克在上面敲开了一个洞。如今，当克拉拉·弗里斯在身边时，他感觉整面墙都濒临崩溃。

是的，这的确不合适。但他却无法停止微笑。

下午晚些时候，阿尔伯特坐在浴缸中，为晚餐做准备，这时他脑中突然一阵刺痛。换作自负感稍欠、不那么顽固的人，可能会说这是因为焦虑。再一次，他的思绪围着克拉拉·弗里斯转了起来。人类都有对别人评头论足的需要。如果他们突然看到他和年轻许多的女人在一起会怎么想？一些男人，比如残忍的奥康纳，可能会出拳痛击；但也有其他方式可以造成破坏，人言可能是最邪恶的武器。在流言蜚语的法庭上，是不可能诉请裁决的。但他为什么要在意呢？他已经完成了人生的职责。他已经赢得尊重，组建了一支船队。他的工作业已完成，他却仍然活着。余下还有什么呢？在这人生的最后岁月，难道还有新的意想不到的自由在等待着他？

他走出浴缸，擦干身体走到镜子前，用毛巾在结满雾气的镜面擦出一个舷窗的形状，这样可以好好观察自己。他很少透过他人之眼观察自己的身体。于他而言，身体是一件工具。不管是在甲板上与大海搏斗，还是意图在不服从的船员面前用结实的肌肉树立权威，力量和耐性总是他评判的准绳。如果暴风雨要求他一直坚守在甲板上，那他能清醒多长时间？他能施展多少力量？

透过镜子，他看见自己的胸膛已经凹陷，长长的勒痕从肩膀一路延伸至胸肌，那里的肌肉已经因为自身的重量而下垂。胸膛上覆盖的鬈曲毛发多年前就已经灰白。但只要穿上衣服，他的身材就能和从前一样令人赞叹。

很久以前的一个夏夜，他与程素梅在她位于勒阿弗尔的那座郊区大别墅中温存，全然不知那将是他们的最后一次。那个夜晚和其他许多夜晚一样。有蜡烛，火焰笔直地矗立在无风的夜色中，能闻到熏香的气息。她朝他俯下身去，好让他宽解她的丝绸和服，展露出她赤裸的身体。她的身体如牡丹花瓣一般洁白，还带着一抹淡淡的色彩，算不上黄色，更近似奶油色。她的皮肤光滑如磨光的玉石雕像。他不明白她青春永驻的奥秘，觉得那与东方无关，只与她自己有关。他认识她的这些年，只有嘴巴周围的几条皱纹能透露她是个成熟的女人。如同画作中的线条，它们只增添了她的美。

程素梅散开一头长发，任其洒泻在肩头。他将自身完全埋进那浓重的黑暗之中。这是他们温存前的永恒序曲。他闭上眼睛，臣服于她的双手，任其温柔地爱抚他的颧骨。接着她的嘴唇印了上来。

第二天早上，她没有醒来。她仍躺在那里，黑发散落在白色丝绸绣花枕头上。她死了，仿佛只是扭头去看另一个方向。她从未衰老，从未被疾病击倒过。但她的生命已经结束。

程素梅去世了。他想象中的画面是，她夜里从床上起身，然后去世了，离开了他。他看着她死去的身体，下方的床单宛若她之前脱下的那件和服。那之后的很长时间里，他每天晚上都会期待听见熟悉的窸窣声，她在他面前宽衣解带时丝绸衣料所发出的声音。虽然黑暗已经统治这个房间，他闭上眼睛，等待着她的双手滑过他的脸颊。

白日里，他努力工作。但即便是日常活动也无法转移他的注意力，或者为他提供逃避空间。因为他们过去的合作太过密切。他会陪伴她前往她的办公室，晚间他们会带着电报和报纸回家，然后一起讨论全球运价和政治事件。他从她那里学习，她也从他那里学习。他有一手的航海知识，如果遇到船员的问题，或者不满船长的决策，她会向他咨询。如果一个新市场正在打开，他们会展开广泛的讨论，然后共同做决定。他们发现了经纪行业的共同基础，从根本上来说，那是他们之间最强韧的纽带。

他至今依然记得自己爱上她的那一刻。当时路易斯·普雷瑟第一次邀请他前往别墅用晚餐。从那以后，他在那里度过了那么多个夜晚。还在餐桌上时，他就被她迷住了。他不得不集中精神，好让自己不盯着她看，强迫自己关注谈话内容，那晚的谈话是用英语进行的。片刻后，连他自己也意识到情况十分尴尬，简直有点怪。他甚至没有跟她讲过话，除了偷瞄，根本不曾看过她。如果说他有任何感觉，那就是敬畏。在他眼中，她的美蕴含着某种透明的质地。这让她显得神秘，几乎拥有了超自然的力量。他没想过她会自降身份，做出张口说话这种亵渎自己的事来。所以当她跟他说话时，他惊讶得如同某个异教神明的信徒看到自己跪拜的神像张开嘴亲切问好。

"马德森先生，您想听我讲讲我爱上西方的那一刻吗？"她问道。

她念他的姓氏时带着浓重的法国口音，除此之外，她的英语堪称完美。她的眼睛闪闪发亮，充满好奇和嬉闹的意味，仿佛她察觉出他的羞怯，想揭开自己的神秘面纱。他之前不曾注意过她的眼睛，只见过她低垂眉眼时露出的浓密长睫毛，而没有看过后面的眼睛。

"那是我第一次看见一场大火被扑灭，"她继续讲，"您知道，在中国，我们认为火灾是由邪祟引发的。所以当一座房子着火时，我们会试着赶走邪祟。"她停顿片刻，仿佛是想强调接下来要说的话，"用噪声驱赶，鼓啊，钹啊这类乐器。我见过许多房子在鼓声中被夷为平地。英国人在上海组建了一支消防队。当时，我家对面的一座房子着了火。是夜里烧起来的，英国绅士们从晚宴上直接赶来，都是志愿者，还戴着高顶礼帽，穿着燕尾服，上过浆的白衬衫的衣领很快就被煤烟熏黑。他们将粗大的橡皮软管对准火焰。大火在咝咝声中熄灭时，那房子的大部分还立在原地 —— 就在那一刻，我爱上了西方世界。您明白我在说什么吗，马德森先生？大体说来，我的哲学非常简单。你们能用水灭火，所以我选择生活在这里，而不是中国。"

她说完笑了起来，他也笑着点头回应。

"好吧，我的哲学倾向于水是用来航行的。不过我想，从根本上来说，我们的区别并没有太大。"

就在那一刻，他的敬畏转化成了爱。这个女人的人生态度与他相似。她的开朗直率解放了他。她的美突然间变得可以接近。丈夫死后，程素梅接管了生意，并且经营得非常成功，阿尔伯特并不感到惊讶。他早就看出她有那样的能力。

与她在一起时，他不只是一个人，而是好几个人。因身份需要，任何水手都必须在家是一副模样，在甲板上是另一副模样，在外国港口则是第三副模样。但他内在的不同自我在时空中是分开的，总是距离遥远。他就像一艘船，为了不沉没，体内有防水舱壁。不过与程素梅在一起的时候，阿尔伯特发现自己能同时成为好几个人。他首先是自我认知中的真实模样，是水手和船长。他经常觉得自己和程素梅就像同一艘船上的两个船长——是十分古怪的一对，但他们尊重彼此的权威，从不拿船的安危来冒险。

但他也是记忆中那个从青年时代起就开始光顾妓院的男人。那个自我并不总是粗野的。年轻的他走进巴哈或布宜诺斯艾利斯的妓院，宛如走进了大理石宫殿。满目是喷泉和棕榈树，床上铺的是丝绸床褥，天花板和墙壁上挂满镜子。他惊讶得说不出话来。而那里的女孩，是的，是百依百顺的精灵，降生在大地上，就是为了能在那些抛弃信仰的短暂时刻，满足他的心愿；她们是百依百顺的，但也是高高在上的。在她们娴熟的双手中，他感觉自己完全说不出话来，脸涨得通红，无比羞怯和无知。与此同时，他也无限感激：她们的双手了解一些连他自己都从未察觉的身体问题——他那副饱受摧残的身体，肌肉总是酸痛，是索具导致的酸痛，皮肤表面满是水疱和尚未愈合的伤口。那是一段极其需要自立自强的艰苦岁月，身体必须时刻保持警惕，时刻做好反击的准备。

在那些妓院中，他从来都不觉得自己是任何人的主人。他光顾妓院不为享受做主人的可疑特权：他感觉自己像个客人，表现得礼貌而克制。在那些地方，他永远紧握的拳头才能松开片刻。但他从中一无所获。离开时，他并没有成为一个更好的情人。他依然是原来那个笨拙、尴尬的人，在女人面前因为毫无把握而总是表现糟糕。

他和程素梅在一起时，感觉就像年轻时代光顾妓院。在卧室里，她是那个百依百顺又高人一等的精灵。两人相处时，他变回年轻时的自己。他不知道自己算不算一个好情人。欲望从来都不是他身体中难以满足的居民，从来都不具备重整他人生的力量。他失眠时想念的并非温存时刻，而是作为一个人的感受。

他擦干身体，伸出一只手去梳理短发，虽然浴室里很潮湿，但头发已开始风干。他找到一把剪刀，开始修剪络腮胡。他仔细端详镜中的脸庞，思忖自己在克拉拉·弗里斯体内唤醒的是什么。年纪和地位给了他安全感。他猜那正是她所寻求的。当他聆听她在比克霍尔姆受困于洪水的故事时，他在她眼中看见了感激。

他想从她那里得到什么？难道只为满足虚荣心吗？尽管她算不上漂亮，脸上也已不见悲伤的痕迹。要知道，他们第一次见面时，她的脸看上去既浮肿又塌陷。这些日子，她在穿着上更用心，怀孕时走样的身形已经恢复。他看得出她有一副可爱的身材。但吸引他的不是她的外形，也不是她的个性。他其实并不了解她。她总是寡言少语，因为两人都十分清楚的社会地位差距而显得很不自然。是某种无关乎个性的东西激发了他这种感觉，而他迟迟不肯承认，这种感觉就是欲望。不，和她无关，甚至和她内心的那个女人无关。是她的青春，那种与夏天一起复苏的最根本的自然力量，那个还未被生儿育女和贫穷拖垮身体、还未被丧夫之痛击倒的女人的残影。从某种程度来说，这是他自己造成的。他一开始只是出于善意去关注她，结果却重燃了她的青春。

先与他熟悉起来的是男孩。之后他们三个一起坐下来，突然变得像一家人，这是他从未拥有过而她已经失去的。但除非他和克拉拉能像男人和女人那样交往，否则又怎能成为那样的一家人呢？

他是个老人。他再次提醒自己。老人有自己的常规轨道，正如行星绕太阳运行的轨道。但它们绕行的太阳正在冷却。这时，他停止了思考。他应该待在自己应待的轨道上，绕着正在消逝的太阳运行。他正处于生命的冰河期，任何尚未被冰雪覆盖的开阔地界都只能长出青苔。

他的双手却有不同意见。他系紧了白色帆布鞋的鞋带，将草帽戴在了头上。经过餐厅时，他停下脚步，从管家放在桌子中央的花束中摘下一朵白雏菊。在门厅的镜子前，他再次用手梳理了头发，并将雏菊插在夏装外套的扣眼里。随后，他打开前门，步下台阶向王子街走去，心中充满盲目的狂喜，这是人们终于下定决心，打算违背更明智判断时会有的那种情绪。

　　阿尔伯特被请进了门，发现克努兹·埃里克也在。克拉拉·弗里斯已将长发挽起，他注意到她还洗过。她穿着一条长及小腿的连衣裙，他很少注意教堂街上 I.C. 延森商店橱窗里应季的时装展示，但从她所穿衣裙的剪裁来看，那不是最新流行的风格。她一定是专门为这个场合拿出来的：也许她新婚头几年穿过后就收起来了，或者甚至更早，是她青春正茂、满心憧憬之时穿的。

　　餐桌是为三人陈设的，他感到失望的同时也觉得放心。有克努兹·埃里克在场，就能避免犯任何愚蠢的错误，不过克拉拉·弗里斯给他开门时羞红了脸。她让到一边，和早上迎他进门时一样，还微微低着头。发髻下露出的脖颈看上去十分纤细，他不得不强忍冲动，才没有伸手去触碰，越过保护与占有欲之间的那条界限。

　　四下都没见小伊迪丝的踪影，阿尔伯特便问了一句。克拉拉告诉他，已经喂小伊迪丝吃过饭，送她上床睡觉了。

　　她邀请他在桌边落座。克努兹·埃里克的头发被太阳晒得发白，蘸了水梳得整整齐齐。他最后一个拉出椅子，以一种不自然的僵硬姿态坐了下来，盯着远处看。桌子中央放着一只大碗，里面是刚煮好的虾。阿尔伯特带来的葡萄酒放在一个篮子里，用一块缎子餐巾包着。他拿出酒瓶，起开木塞，发出轻轻的砰的一声。他原本拿不定主意是否该带葡萄酒杯。他知道她家里没有，又担心如果自带，会突显出她房子的寒酸与生活的贫困，冒犯到她。最后胜出的是他的习惯。他不喜欢用普通玻璃杯喝上好的葡萄酒，便带上了最好的水晶杯。老年人的确有他们的轨道。他甚至还带了一个螺旋形开瓶器。

他往杯子里倒葡萄酒时，看了克努兹·埃里克一眼，发现男孩正目不转睛地看着自己。"差点儿忘记你了。"说着他掏出一瓶甜果汁，放在男孩面前。男孩笑了起来。

"就像是在野餐。"他看着葡萄酒瓶上凝结的水珠，轻轻地碰了碰。"是冰的。"他的声音充满惊奇。

阿尔伯特·马德森和克拉拉·弗里斯举杯相碰。她紧紧握住杯子，仿佛担心它会坠落。他越过杯沿看她。她的脸又红了，好像不熟悉喝葡萄酒的仪式。她慌乱地躲闪着目光不去看桌子，接着仰起头喝了一大口，仿佛杯中的浅色液体是药，最好快速喝完。她露出苦相，脸又红了。

"请问，我能尝尝吗？"克努兹·埃里克问道。

"不是给孩子喝的。"母亲严厉地看了他一眼。阿尔伯特看得出来，她的斥责是为了掩饰自己的慌乱，这顿饭迥异于她所有的经验。

"我不是孩子，"男孩反驳，"我都自己挣钱了。"

"那就允许你尝一口。"

阿尔伯特冲克努兹·埃里克的母亲眨眨眼，将自己的杯子递给男孩，后者用双手小心地接了过去，试探性地举到嘴边，像是已经开始后悔。

"就抿一小口。"他的母亲命令道。

克努兹·埃里克一脸的痛苦。

"啊，"他惊呼，"是酸的。"

阿尔伯特笑了起来。"我想你母亲也同意你的说法。"

"是的，"她承认，"我想我喝不惯葡萄酒。"

"一开始喝都会那样觉得。慢慢地，你就能学会欣赏。"

"我就不了，"克努兹·埃里克宣告，"我永远也不会学习欣赏它。"

阿尔伯特希望时间能停在这一刻。他拥有了一个家庭。陪他用餐的男孩可以当他的孙子，女人则可以当他的女儿，他别无他求。他已将战争年代的孤独抛诸脑后。他差不多觉得，他仿佛拥有了一个家。在这个家里，有的不只是他自己和他的记忆。

他想起下午在浴室的情景，在镜子前精心装扮的心情。他打扮得很得体，穿着一件夏季外套，扣眼里还别着一朵花。他内心或许还残留着一星火花。但如果是这样，那也是最后一星火花，是经过一夜时间燃烧殆尽的余烬里突然蹿燃的一星火花。在灰烬中找不到燃料，它很快便会熄灭。有那么一刻，他在虚荣心面前屈服了，但他需要的不是一个女人。他需要的是两个能让他感觉自己有用的人，两个光是在身边就对他有用的人。

他转动着杯柄，自顾自地笑了起来。

"您在笑什么？"

"啊，恐怕连我自己也不知道。我只是觉得在这里很舒服，可以说是满足。"

"听您这么说我很高兴。"克拉拉·弗里斯站起身，"该吃甜点了。"

她端上来一碗糖渍大黄和一罐奶油。克努兹·埃里克跟在后面，拿来三只小碗，分别摆在他们三人面前。

"我看出来了，你很会帮你母亲的忙。"

"是的，他是个好孩子。"

她坐下来分食物。

"你吃完了可以出去玩。"

克努兹·埃里克狼吞虎咽地吃着，奶油都溅到了桌布上。他母亲皱起眉头，但没有说话。之后男孩便出了门。她看着他的背影笑了起来。

"某人看来忙得很。"

"毕竟是夏天。"阿尔伯特说。

餐厅里天花板低矮，光线已经半暗，但外面的街上依然亮如白昼。阿尔伯特将椅子向后推开。"谢谢款待，非常可口。我想我现在该回去了。"

她低头的样子像是遭到了拒绝。"请再待一会儿吧，"她看着他恳求道，"您瞧，我的葡萄酒都还没喝完。您答应过会教我享用的。所以您不能现在就丢下我。"她的声音中透着一种妩媚风情，仿佛儿子不在时，她准允自己拥有更多的自由。

"那我就再留一会儿。我建议我们到外面花园里欣赏这夏夜风情，你觉得怎么样？"他看得出来，她对这个提议感到惊讶。她的花园很小，就是个厨房花园，更多是作为装饰，不是个空旷的庭院，不是她想待客或消磨时间的去处。

"请容许我。"他说着，拎起两把颜色很深的高背餐椅，搬出厨房，并排放在花园里。这期间克拉拉走进卧室去看了伊迪丝。整个晚餐期间，那孩子都睡得十分安稳。等她返回，两人再次碰杯，这一次他越过杯沿捕捉她的眼神，她回应了。

柔和的霞光为她的灰色皮肤笼上一层耀眼的光芒，平添了一层神秘气质。她冲他微笑。他也笑着回应。一时间，两人都有些尴尬。

他环顾小花园，看见后面有黑醋栗和醋栗树丛。还种了土豆和大黄。一条碎石小径通往一块花圃，四周镶嵌的海螺壳已被海水和阳光漂白。马斯塔尔大多数人家的花园四周，都装饰着这样的海螺壳。紧挨着房子的地方，种着一小丛玫瑰。花园里没有露台，他只能在土壤中四处散落的石板上寻找平衡位置，好放置两把椅子。他看得出来，花园打理得很整洁，连石缝里也不见杂草的影子。

街上传来孩子们的叫喊，隔壁花园里有女人们在小声聊天。外人不会注意到男性声音的缺失，但阿尔伯特注意得到。夏天是女人的季节。春天到来的迹象甫一出现，船队就开始做准备，要离开防波堤的庇护。有些船圣诞节就会返回，但许多会继续航行，一走好几年。男人不在的时候，让镇子运转的是女人。此刻他坐在女人的生活中，被夏日的霞光及接骨木的气息所环绕。从某种程度上来说，就像是在体验马斯塔尔的生活中，他多年不曾体会过的那一部分。

他俯身拾起一只海螺，贴在耳朵上，聆听从里面的螺旋中涌来的奔流声。

"你听，"他将海螺递给她，"现在人们发明了无线电。但在我小时候，我们把海螺当作无线电。"

克拉拉没有将海螺贴在耳朵上，而是放回了花坛边缘，表情像是在说，他将其拾起，打破了花园里的秘密平衡。

每个人都能在海螺中听到一段旋律。对年轻人来说，海螺唱的是对远方海岸的渴望；对老人来说，它唱的是缺席与悲伤。它为年轻人唱的是这一首，为老人唱的则是另一首；为男人是这一首，为女人则是另一首。但它唱给女人们的总是同一首，一如拍岸浪涛声那般单调：总是失去、失去。海螺带给女人的不是魔法。女人们将耳朵贴近海螺，听见的只有自己悲伤的回音。

他们在花园里坐了半小时。太阳在一个屋顶背后沉落，天空变成更深的紫色，布满纹理的晚霞从醋栗和黑醋栗树丛间洒落下来。

"啊，都过了他睡觉的时间！"

克拉拉跳将起来，这才想起儿子。是阿尔伯特该告辞的时间了。不等他起身，克拉拉已进门去了厨房。他将椅子搬回室内，放在餐桌旁，然后在客厅一直等到她将克努兹·埃里克带回来。

"我打扰你们太长时间了。"他满怀歉意地说。

"可您都还没喝咖啡呢！"她将他领到桌边，按在一张椅子上。她的动作中添了一份新的自由。"您坐在这里等我。"她从一个抽屉里掏出几块亚麻织品，在沙发上为克努兹·埃里克铺了床，然后就离开了。男孩脱掉衣服，钻进被单。

"我们明天早上还去捕虾吗？"他问。

"不，明天不去。你乐意的话，我们可以划船去兰厄姆游泳。"

男孩没有回应，他已经睡着了。

克拉拉端着一壶咖啡走出厨房。

"真是漫长的一天。"

她坐在他对面，给他杯中倒满咖啡。客厅里还没开灯，暮色中她衣领上方的灰白皮肤在发光。他们就那样安静地坐了片刻，黑暗在他们四周不断加深。能听到克努兹·埃里克在沙发上发出有节奏的呼吸声，睡得十分安稳。附近谁家里的钟敲响了，十点，钟声深沉而响亮。在这不断加深的暮色中，克拉拉的面容越发突显出来，飘浮在他眼前，仿佛在做着奇怪的鬼脸。

"感谢你让我度过了一个美好的夜晚。"他说着站起身。

她像是突然惊醒一般吓了一跳。

"您要走了吗？"

她的脸在暮光中像一个白色的斑点，他读不出上面的表情。她喝醉了吗？她喝了第一杯，而他又给她倒了第二杯。那之后她便没有再喝，但女人的酒量不比男人。他突然对整件事充满不安。他想离开。

她起身陪他走进门厅。但她没有开灯，还关上了身后的客厅门。他的心跳重如锤击，胸膛宛如结实的墙壁，心脏是其中乞求被释放的囚徒。他再次感觉到脑海中泛起一阵尖利的刺痛。接着他感觉到了她。她的双手在他胸前笨拙地摸索着，显然没有觉察到他怦怦的心跳。接着，她的双臂突然环住他的脖颈。

"我想好好地跟您道别。"她咕哝道。

她的嘴唇在他的脸颊上探寻，直至找到他的嘴，并贴了上去。他的心跳更加猛烈。内心一股黑潮涌起，他感到绝望。他想将她推开，却做不到。她全身的重量都靠在他身上，他能感觉到她柔软的胸脯。她亲吻着他，发出一声呻吟，像是落泪前的序曲。

"妈。"客厅里传来一个声音。

她呆在那里，屏住了呼吸。

"妈，你在哪儿？"

克拉拉倒吸了一口气，畏缩起来。

"我在这儿，在门厅。"

"你的声音听起来很奇怪，出什么事了吗？"

"没有，回去睡觉吧。很晚了。"

"你在做什么，妈？"

"我在和马德森船长道别。"

"我也想道别。"

他们听到他拖着脚走过地板的声音，接着他黑色的身影出现在门口。

"为什么没开灯？"

克拉拉找到开关，打开了电灯。阿尔伯特伸出一只手，抚摸起男孩的头发。

"晚安，小伙子。我想你母亲说得对，该睡觉了。"

他朝克拉拉转过身，但没看她的脸。

"晚安，弗里斯夫人，谢谢你让我度过了一个美好的夜晚。"

他与她握手。她的手掌又热又湿。哪怕是这种正式的接触，突然间也感觉太过亲密。他抽回手，从衣帽架上拿起草帽，然后打开了门。

他听到身后传来关门的声音。心情太过激动，不能直接回家，于是他朝海港走去。拐进港口街后，他看见有个人影

　　　我们，被淹没的

从桑德伦登街对面船长们经常坐的长椅上站起身来。

"晚上好，马德森船长。"

阿尔伯特点点头，没有摘草帽。他不想开启对话。那人却追上来，跟着他一起向前走。

"您这么晚出门。"

阿尔伯特认出赫尔曼的粗壮身材。

"我想我没必要向你做解释。"他毫不客气地说道。

"衣服很漂亮。"赫尔曼无视阿尔伯特语声中的敌意。阿尔伯特加快步速，赫尔曼也一样。"您今晚看起来相当年轻。"他假笑着说，无意隐藏语气中的虚伪。阿尔伯特突然停下脚步，朝那年轻人转过身去。

"告诉我，你想从我这里得到什么？"

赫尔曼伸出双手。"从您那里得到什么？您这话是什么意思？我不想从您那里得到任何东西。我只是想陪您走一会儿。但或许您想自己一个人走？"

阿尔伯特没有回答，而是转身沿着港口街继续走。他一路走过了船台和船厂。

"祝您今晚有美梦！"赫尔曼在身后喊道，"有了今晚的这番努力，您应该能一夜安眠。"

阿尔伯特吓了一跳，紧紧地握住手杖。有那么短短的一瞬，他想回头惩罚那无赖，但很快就放弃了这个想法。那样的岁月早已过去。他和赫尔曼是差不多的身高和身形，但他们相差五十岁，不是势均力敌的对手。阿尔伯特不仅会输，还会尽失尊严。意识到这一点，他像是被打倒在地一般，或许已经躺在地上流血了。

他回到王子街的住所，走上门前的石阶，回到了家中。进入客厅后，他没有开灯，径直重重地坐在沙发上。那个无赖是如何得知寡妇家中发生的事的？他一直在监视他们吗，还是靠猜？发生的事情难道如此显眼吗？但今晚的事情甚至连阿尔伯特自己也觉得惊讶。难道其他人看到了他自己没注意到的事情？

是的，在做赴宴准备时，他的确有过一些轻浮的想法，他承认。但他也意识到，他实际上并不是那么迫切地想要。可能会发生一些事情，他当时的确享受那样的可能性。但此刻事情已经发生，他突然感觉自己失去了遮挡。如果连赫尔曼都能看出来，那么整个镇子都能发现。他现在必须打住。他明白自己在那个门厅里的感觉，当克拉拉臣服于他的时候。那是一种恐惧，恐惧他的习惯被打破，恐惧生活滑向不可预料的方向，恐惧他在步入晚年时放弃的一切会重新回来找他。他知道，克拉拉比他强大。正如赫尔曼一样。原因是相同的，那便是他们都还年轻。

黑暗门厅里一个气喘吁吁的拥抱，街上的一场搏斗，那是年轻人才有资格做的事，不属于老人。愿上帝保佑这个离年轻人太近、想着能靠青春的火焰取暖的老人。那样做的代价是遭受嘲笑，而他必须承受。

老人应当坚守他们将沉的太阳。这座房子是他建立和管理生意的地方，是他围绕着旋转的太阳。他不该反抗掌控人生暮年的重力法则。战争时，他赢得了怪人的称号。现在，他或许应当坚守那个名号，话说回来，他受得了。但他不想被人视为傻子。盛装打扮着在镇上走来走去，在他人看来却像是赤身裸体，那样的羞愧他无法承受。

第二天他睡到很晚，而且没有出门。接下来的一天，他独自划船去索雷克雷根查看了捕虾网。和往常一样，里面网得满满当当，捕到差不多十磅重的虾。他将捕到的虾全部倒进船上的养鱼槽，坐在那里思忖着这数不清的小生物。他记得克努兹·埃里克提着满满一桶虾回到斯内尔街时有多么骄傲。他将虾重新装进水桶，抬上船舷，翻倒回海里。有那么短暂的一瞬，虾聚集在一起，像一团棕色的云，然后才四散消失。

海面无法让他获得平静。他想念男孩。但还有某种别的东西，某种更加强烈的东西在撕扯他，是一种内在的压力，他越是拒不承认，那压力就越是强大。在那个门厅里，克拉拉靠在他身上时，他感受到的不只是恐惧。还有一种生理上的刺激，他已经多年不曾感受过。此刻，光是回想起那段插曲，他就出乎意料地勃起了。

一个老人，坐在一艘船里，漂在夏日清晨的大海上，下体却是勃起的。他对自己感到愤怒。与此同时，他也需要释放。他心中的某种疾病已行至关键阶段。唯一的解药是时间。还有距离。

両个礼拜后，他回到家中，发现克拉拉·弗里斯坐在他的客厅里。他进门时，发现她坐在沙发边上，穿的还是那个宿命之夜穿过的连衣裙。在那松垂的单薄衣料下，他看得见她身体的轮廓。

"您的管家让我进来的。我告诉她说我有重要信息要转达。"

他仍站在门口，防备地看着她。他知道自己的行为很粗鲁，但他担心如若多走一步，冲动之下他可能会控制不住。他在海上的躁动时刻不愿承认的那种冲动重新控制住了他，跟那晚在那个漆黑的门厅中一样。恐惧的同时又有激动。

"是克努兹·埃里克，"她说，"他不明白，您后来为什么不上我们家去了。他每天都在问，又害怕来找您。您完全放弃他了吗？"她直视着他。提到克努兹·埃里克，阿尔伯特的恐惧便似乎消失了。

"亲爱的克拉拉。"说着他朝她走了过去。

他用双手握住她的手。她看着他，眼眶突然红了。

"还有另一件事。我也非常想念您。"

她抽回手，伸出双臂抱着他，嘴唇重重地亲吻他。突然间，他被愤怒征服，握着她的腰想将她推开，但双手的动作却完全相反。他将她紧紧抱住，毫不怜悯地重重地亲吻她。她屈服了，他将她推倒在沙发上，然后重重地压在她身上，使劲拉扯她的衣裙。

"等一下，等一下。"她喘着气说道。

她将裙子掀起来围在腰上，做好准备迎接他。他的愤怒没有消失。他喘着粗气进入她，重重地打她的脸。在那激情的时刻，他觉得打她是出于自卫，出于反抗她的年轻和诱惑。接着他气喘吁吁地倒下去，一切俱已完成，他的暴力也好，她屈服的身体也好，他几乎都已经看不见、感觉不到了。她紧贴着他，显然未被他的重击影响，只有脸颊上留着炽热的红印。

阿尔伯特的头枕在她胸口。他感觉到她的柔软，于是心生憎恶。在她怀里，他是个没有防备的小孩。他知道自己已经被困住了。他将回到她身边，然后再次打她。他因为羞愧而脸红。他挣脱她的怀抱，重新开始整理衣服。她迎上来，脸颊枕在他的肩头，依然能看见他手掌留下的印记。

"您喜欢我吗？"她问，"您真的喜欢我吗？"

"是的，是的，"他厉声说，"现在让我整理衣服吧。"

他不认同自己。这场征服中，他感受不到胜利的喜悦。相反，他感觉一场灾难已然发生，而且正慢慢将他笼罩。

克拉拉站起身，对着五斗橱上方悬挂的一面镜子固定自己的头发。完事后，她转过身来。

"您想让我怎么回答克努兹·埃里克？"他没有回答克拉拉，耸了耸肩，转过头去。"他知道我来见您。如果您放弃他，他会非常失望。"

"我明天去接他，我们出海去捕虾。"

在门厅里，他们又恢复到恭敬的姿态，握手后她才离开。这个黑暗的小空间就像外面镇子的一间接待室，对所有好奇的眼睛敞开。她走到街道上后，阿尔伯特仍站在门口。在街道的对面，布商的妻子延森夫人正往银行门口的花岗岩台阶上走去。他冲她点头问好。对方在黑草帽帽檐的遮掩下，审视地看了克拉拉一眼，然后快速地一点头，回应了他的目光。他在公众面前，成了赤身裸体的人。

第二天，他去接克努兹·埃里克，男孩却不在家。他母亲说，她差他去取牛奶了，很快就会回来。小伊迪丝正在午睡。他惊恐地看见，克拉拉的一侧脸颊是肿的，而且变得黄青斑驳。

"别那样看我。"她说着拉起他的手，举起来深情地贴在脸颊上，"不要紧。"

她靠在厨房的餐桌上，朝他伸出双手，仿佛是想将他拉过去。他扭过头，身体却接受了她的邀请。他再次感觉到，自己这副老人的身体羞耻地勃起了。他用力拉扯她的裙子，将其卷在她的髋部，他痛恨自己。他再次进入她，但这一次很快就疲软滑了出来。他刚刚完全将男孩忘记了，这时才突然想起他来，意识到他们这般疯狂地结合是多么鲁莽和不负责任。

但她仍紧紧抱着他。这一次，他没有打她，而是粗暴地挣脱出来。他不知道他们想从彼此那里获得什么，便说出了自己的困惑。

"这样做不会有任何好处。"她没有回答，像听不见一般，沉默地将头靠在他胸前，这种反应更添了他的怒火。"你听见了吗？"他摇晃着她的身体问道。

她的头耷拉着，仿佛失去了意识。随后他们听到男孩进门的声音，便快速将彼此放开。克努兹·埃里克将奶桶提进厨房放在桌子上。

阿尔伯特觉得男孩的举止很警觉，不过很快又意识到，这只是因为他自己很尴尬。他们下行至海港，直至来到海港入口，两人才重新回到过去熟悉的自在状态。他本以为，他需要解释自己的长时间缺席，但克努兹·埃里克没有问起。他只是坐在划手座上，展示着自己的划桨技巧，脸因急切和用力挣得通红。

阿尔伯特怀疑，克拉拉那次只是拿男孩的伤心作为上门拜访的借口。如果他能将那两种情感分开就好了——他对那个儿子的爱，以及他对那位母亲的着迷。可她却不肯放过他。谁是始作俑者？他应该诚实承认，打破他宁静生活的并不是她，而是他自己内心的某种东西吗？那它又是什么？欲望，还是对欲望的记忆？是对从前没有抓住的那部分生活的渴望吗？现在机会最后一次到来，以克拉拉·弗里斯的形状。

但到了这一刻，原因已经不再重要。他不能拿他与男孩的关系冒险。但他该怎么停止这件事？

克拉拉和阿尔伯特并不常交谈，说起话来也主要是围绕日常，就好像他们已经认识很久，所有重要的事情都已经说完。阿尔伯特认为，或许是因为他们想对彼此说的话很少。开始的时候，在餐桌边，或者喝咖啡时，他们无言的陪伴让人觉得惬意，只有他们四个人。现在，他们见面的气氛却紧张极了，有一种令人躁动的不耐烦，他们在等待独处的时机，等待男孩离开。

小伊迪丝开始蹒跚学步，牙牙学语。每当她拽住阿尔伯特的裤腿，抬头用期待的眼神看着他时，他总是觉得很不舒服。他会将她抱起来放在膝头，上下摇晃。但他的表情依然很严肃，不知该对她说什么。晃悠悠，晃悠悠，他想这么说，但没有说话。

"爸爸。"有一天伊迪丝叫道。

他看向克拉拉，后者尴尬地微笑了。

"我不知道她从哪儿学会的那个词，不是我教的。"

小孩子会像长出乳牙一样自己学会语言吗？"爸爸"是她自然掌握的一个词吗？

他不再抱着她摇晃。不再在心里念叨"晃悠悠"。他严厉地看着面前的孩子。"不，"他说，"不是爸爸。是阿尔伯特。"

伊迪丝哭了起来。

克拉拉和阿尔伯特之间没有变得亲密。他们从来没有一起待过一个完整的夜晚；事实上，即便是在做爱之后筋疲力尽的温情时刻，他们也从来没有赤身睡在一起。相反，他们之间的交锋总是十分忙乱，甚至半带着敌意。每次拥抱她的时候，他的胸膛就成了战场，他满心的不情愿，但最后总是难抵诱惑，结果也就不可避免：他对她残忍无情，事后又感到后悔。当他粗暴进入，她大声呻吟的时候，他从来都不能确定，她是因为迷醉，还是因为痛苦。高潮时，他发出的声音像是肚子被人揍了一拳。

他没有再打她，但他知道这只是因为他第一次出手在她脸上留下了印记，整个镇子都能看见。在被伤害她的冲动压倒时，他没有出手，只是因为担心名誉受损。是的，他那位硬挺的伙计也能达成和出拳一样的效果，也能施加痛苦，但在这方面，年纪背叛了他。他的耐力已不比从前。

他们做爱时就像两个有伴侣的人，只能非法、短暂、屏息凝神地见面。而他们的情况的确如此，他娶了自己的老迈，而她嫁给了自己的年轻。从踏上应当见面的那座桥起，桥就坍塌了。他不理解自己，也不理解她，而且知道，如果让她解释她对自己的情感，她也不会回答。

克努兹·埃里克开学了，一场秋雨迫使他和阿尔伯特放弃了出海之旅，但他们会继续见面。他们想到还有其他事情可做。克努兹·埃里克经常在下午拜访他。窗外暮色四合时，他们会一起检查他的家庭作业。阿尔伯特有时会去斯内尔街，但克拉拉从来不去他家。他们从未达成正式协议，但两人对此都心照不宣。他能进入她的世界，她却不能进入他的。

阿尔伯特不再探访海景画家的寡妻，这感觉是他惭愧的最终证据。整个镇子都知道了吗？他对此确信无疑。他举不出具体的例子，但周围充斥着各种信号。过路人会盯着他看，长椅上的谈话会在他路过时戛然而止，熟识已久的商店老板会用沉默来迎接他。

有时他会遇见赫尔曼。上次那番对峙之后，这个年轻人便不再与他交谈，而只是挖苦般地用手指轻触帽檐，或者鄙俗地咧嘴而笑，就仿佛他们是同谋。阿尔伯特无视他，却担心在往返斯内尔街途中遇见他的次数过多。那懒汉难道没别的正经事可做，只能监视他吗？

我们看见阿尔伯特深夜仍坐在面朝王子街的凸窗里，手里拿着一本书试图阅读。但大部分时间里，他只是盯着空中的某点。

他在想什么？他老了，但并未获得宁静。

他是否意识到，漫长的生命并不能自动带来智慧？

阿尔伯特和克拉拉倒是有一个共同点，那便是对克努兹·埃里克的关心。她心中相信他对男孩有着深刻的洞见，尽管他并无自己的子嗣。他的存在使得克拉拉不同于马斯塔尔的大多数女人。丈夫出海后，那些女人只能既当爹又当妈。她们会用近乎严苛的姿态来掩藏任何针对自身能力的怀疑。每年都有许多个月，有时甚至要持续好几年，她们的生活都像是寡居生活的一次带妆彩排。

克拉拉·弗里斯现在拥有一项罕有的特权，身边有一个男人。这是一份意想不到的奢侈，也使得她屈从了内心的软弱，而她本该拼命反抗的。她将事情都交给他处理，不再自己做决定。她指望着阿尔伯特，仿佛是在期待从今往后他将替她安排生活。

她坚持的只有一件事，就是克努兹·埃里克不能步他父亲的后尘。她听过海螺里的声音，听见了死神的催命。她儿子一定不能出海讨生活。每次谈起这件事，她都会一改在阿尔伯特面前的被动姿态，在椅子上坐直身子，声音中也平添了一份少有的严厉。

克拉拉每次提起这个话题，男孩都会退缩。阿尔伯特听过他对母亲发誓，说他永远不会成为水手。但男孩的脸上写满不甘。阿尔伯特几乎有点愧疚，尽管他很早以前就已经私下里断定，没有其他出路可走。事实上，他正是激励男孩的部分原因所在。他的故事、源源不断的关于外国和船队的谈话、划船技能练习，所有这一切都在将这个敏感的男孩往那个方向推。但也有其他力量的影响，远超母亲或父亲所能控制的。那就是防波堤以外永不止息的海浪声，上桅横帆纵帆船、顶桅纵帆船和双桅帆船的船帆被早春的清风张满，准备展开壮阔的旅程，前往伟大的中途港：拉普拉塔河口、纽芬兰、波尔图、勒阿弗尔、瓦尔帕莱索、卡亚俄和悉尼——这些传说中的地方出现在每个男孩的精神地图上，用力拉扯着他们年轻的灵魂。

克拉拉·弗里斯明白这一点。她的严厉实则带着一丝恳求，那恳求是指向阿尔伯特的。如果他想，他完全有能力将男孩扭向相反的方向。

她的目光从男孩身上转向老人，然后又转了回来，她感觉这两人在密谋。"你的阅读能力进展如何？"她问儿子。

"很好。"和任何被问及学业的孩子一样，男孩不愿过多作答。

"他才刚上二年级，已经能流利阅读了。"阿尔伯特赞许道。

克拉拉看着他。"这么说，他在学校成绩很好，"她说道，"或许船舶经纪的工作适合他？"

这个问题把阿尔伯特吓了一跳。他必须承认，他从未想过男孩能走那条路。在他看来，一个好的船舶经纪人不是从办公室做起来的，而是要从甲板做起，然后再走进更加抽象的运费率世界。他就是这样一路走过来的，而且他希望将来所有的船舶经纪人都能这样做。

"绝对可以。"阿尔伯特虽这么说，语气却有所躲闪。他无法向她解释自己的原则。而克拉拉感觉到他缺乏热情，就以为他不肯帮助男孩。她的嘴抿成一条细线，沉默地跌坐下来。"只要成绩够好，有许多工作你都可以做。当然现在还有点儿早——"

"我知道您要说什么，"她打断他的话，"您想说，一个受过良好教育的人也能通过导航考试。但相信我，那不是我儿子要走的路。"她朝儿子转过身去，"听见了吗，克努兹·埃里克？"

男孩的头点了点，然后垂了下去。一滴泪从他脸颊上滚落，他吸了口气，发出一声响亮的抽噎。接着他从椅子上一跃而起，冲进厨房。克拉拉责备地看了阿尔伯特一眼，仿佛把男孩逼哭的是他，而不是她。

"镇上有好几家船舶经纪公司，"他说，"等时机成熟，我轻松就能为他找个职位。"

"那就再好不过了。"她的脸色柔和起来，向他投去一个微笑。随后她走进厨房想将男孩拉回来。隔着墙能听见她的声音。他独自坐在那里，觉得自己的承诺空无内容。

"等时机成熟……"他自顾自地念叨着，在心里快速计算了一番，"等时机成熟，我就死了。"

克拉拉在等待阿尔伯特来访，门口却传来一阵不熟悉的敲门声。她走过去打开门，发现赫尔曼站在台阶上。丈夫亨宁还在世的时候，赫尔曼就是家里的熟人。两人曾一同出海，亨宁曾和她谈起过他。他听说过赫尔曼谋杀继父的传言，但并不相信。亨宁总是说，赫尔曼是个很好的伙伴。他们都喜欢吹牛，克拉拉猜测，两人的感情多半是在水手酒吧里建立的。

赫尔曼重返马斯塔尔后，曾来家里拜访，表达过他的哀悼。她记得那件事，因此也对他多了些好感。从那以后她便没再与他见过面，不过在街上遇见时，他会亲切地招呼她，有一次还停下来询问她是否有什么需要帮忙的。

此刻看到他站在门前，她讶然后退了一步。

"我只是想过来看看你们怎么样了。"他不等邀请，就大步进了门。一时间，两人挤在狭窄的门厅，过了片刻才走进客厅。"你好。"他快活地向克努兹·埃里克打招呼，像是老朋友一般揉揉男孩金色的头发。克努兹·埃里克不认识他，于是向后退了一步，这时候克拉拉仍定在门口。

"他累了。"她说。

"我不会逗留太久。"赫尔曼在沙发落座，叉起两腿，"我听说你们过得不错。"克拉拉没有回答。他看着她。"老马德森是个不错的对象。"

她的目光变得严厉起来。"你在说什么？"

"我在说什么？镇上的每个人都在谈论这件事。我们都听到婚礼的钟声了。你和孩子们都有了依靠，真是个好主意。"

克拉拉臊得面红耳赤。她垂下目光，咬住下嘴唇。等抬起头来，她不再看这位不速之客。

"不过是人们说闲话罢了。"她的声音很虚弱。

赫尔曼继续往沙发里面坐，仿佛在自家一般。"快别紧张，"他说，"男孩需要一个父亲。我理解老人对孩子们是很好的。好吧，确实，他并不是每次都非常小心。不过一点点水不会伤害任何人。"

"你什么意思？"她几乎是在低语。克努兹·埃里克看着他们二人，但克拉拉却忘了儿子的存在。

"哎呀，有一天这孩子从船上掉入水中，差点儿淹死。不过我以为马德森告诉你了。"

克拉拉十分震惊，便转身去问克努兹·埃里克："赫尔曼说的是真的吗？你差点儿淹死？"

克努兹·埃里克看着地板，脸色发红。"没什么大不了。我只是落水而已。"

克拉拉打开门厅的门。"我想你还是离开的好。"她的声音突然间恢复了力量。

"如果不欢迎，那我当然可以走。"赫尔曼从沙发上抬起庞大的身躯，走到门口又转过身来，"我改天再来。"

他走后，克拉拉摔上大门。接着她在一张椅子上落座，握紧双手，指关节都握得发白，表情十分专注。男孩不安地看着她。

片刻之后，她打破寂静。"你为什么没告诉我你落水的事？"

"可是，妈，什么都没发生。"

"什么都没发生！你可能被淹死。你为什么没告诉我？"克努兹·埃里克没回话，紧咬住嘴唇。"是马德森船长要你不告诉我的吗？回答我！"

他眨眨眼移开视线。一滴泪水滑落他的脸颊。他咽了口气，然后点点头。

一小时后，阿尔伯特来访，克拉拉抱着伊迪丝在门口迎接他。"您有什么事？"她没有回应他的招呼，厉声问道。

她直视着他，眼中的愤怒为她的柔弱增添了一丝凶狠。他想到，这是一个母亲在保护她的孩子，立刻就明白，她不欢迎他进门。她开门只是为了阻止他进屋。她不允许他进门彰显他的权威。是的，他只能站在街边，感受自身的渺小。

克努兹·埃里克出现在克拉拉身边。"进屋去。"她命令道。男孩便消失在屋内。她重又转过身来，昂起脑袋，仿佛是要顶撞他。

阿尔伯特本能地后退一步。"我不懂……"他说道。

"您不懂什么？"她用的是命令口吻，像是在对男孩说话。

"我知道你在生我的气。但我不懂为什么。"

"您不懂为什么？看看这孩子，好好看清楚。看看我和我的孩子。这个孩子从来没见过她的父亲。"她的声音越来越大，也越来越愤怒。伊迪丝吓得尖叫起来，在母亲的怀中挣扎着想要下地。接着她朝阿尔伯特伸出双手。"爸爸。"她喊道。

克拉拉的愤怒没有减弱。"您想把克努兹·埃里克打造成水手。那样他就能像他的父亲一样被淹死！那就是您想要的，不是吗？"她冷笑道，"您想要他和他的父亲一样，和您一样，和这个该死的小镇上所有的男人一样，像个真正的男人那样被淹死！"

"但是战争结束了。"他试着抚慰她。到目前为止，她的控诉都是老生常谈，但他从没听到过她用如此怨恨的声音说话。

"所以水手就不会再被淹死了？所以船就不会再消失了？所以现在每个人在北大西洋上经历过冬季风暴后，如果不幸丢了船，都能漂浮在海面幸存一两天——甚至游泳返回马斯塔尔？所以和平年代就不会有人被淹死？或许我们都已经长出鱼鳃？您是想对我说这些吗？"

他站在那里，被这个女人的这番爆发吓呆了，他还以为她就是个半哑人。他耸耸肩，看见男孩的脸出现在她身后的窗口。而她感觉到男孩的目光，于是立刻吼道："别待在那扇窗边！"

"弗里斯夫人。"他用上了平时称呼陌生人的尊称。

"安静，"她大声道，"我还没说完。而且我只能从陌生人那里听到儿子差点儿被淹死的消息。他落水后，您平静地将他拉起，还让他别告诉我实情！好吧，真是了不得。他的亲生母亲却要从别人口中听说。听听您给他的脑袋瓜里灌输的那些故事：船难，毁灭，萎缩的头颅，疯狂的探险！您觉得那样帮助一个父亲死在海上的孩子合适吗？您说话啊？"

她直视着他的眼睛。他却挪开了视线。他不知道该说什么。他觉得她是对的，便照实直说："我想您是对的。我对孩子一无所知。"

"对孩子一无所知，"她嗤笑着说，"是的，您对孩子一无所知。您……"她上下打量着他，像是在搜寻正确的字眼，"您是个单身汉。"

"我尽了最大努力，"他说，"有人告诉我，这孩子需要成人的陪伴，所以我来了。"

"是的，您是来了。那现在请您离开吧。'我想当个水手，像我溺亡的爸爸一样！'克努兹·埃里克跟着您真是学到了有益的一课。"

男孩的脸又出现在那扇窗口。"你给我走开！"她大喊道。

"爸爸。"伊迪丝又哭了。

克拉拉·弗里斯背过身去，重重地摔上了门。

他对着那扇关闭的门，摘下帽子，然后转身沿斯内尔街向前走去。他感觉得到，男孩的目光落在自己的背上。

一场11月的冷雨正瓢泼而下。一滴冰冷的雨落在他围巾下的脖颈上，一路流淌而下。

阿尔伯特回到家中，走了一圈，打开各处的灯。他坐立不安，但不知该拿自己怎么办。他没脱外套就上了楼，走到外面的阳台上。他眺望着远处的防波堤，任雨水淋湿自己的头发。暮色中，那长长的一排岩石似乎在闪烁，好像它们是由雾气构成的。

他回到室内，请管家为他泡了一壶咖啡。接着他坐在凸窗里，观望起外面不断加深的黑暗，感觉像是在屏息凝神，仿佛只要他呼出一口气息，就会发生什么激烈且难以预料的事。比如，他可能会开始吼叫、哭喊，或者做出某种超乎想象的事。

他被一种感觉紧紧抓住，被直接带回了童年：在德雷耶浅滩，他惊恐地看着躺在崖壁底部乱石堆里的卡罗，它的脊背断裂，那时他感受到的也是同一种感觉。当时阿尔伯特想抚摸这只小狗的皮毛，想着些许温柔或许能让它的脊背复原。但在那一刻，他意识到不可挽回的事情已经发生，这个念头在他心中震荡着，发出漫长且骇人的回响。此刻，那回响仍在震荡。

他抿了一口热乎乎的无糖咖啡，试着平复心情。他必须清理思绪。他从未有过婚姻生活，从未见识过女人情绪爆发的时刻。他曾笑称，他与程素梅的关系是灵魂的交会。而那样的交会从未出现在他与这个年轻的寡妇之间。克拉拉的愤怒程度有多深？她的愤怒真是因为他对克努兹·埃里克所做的事吗？看在老天的分上，所有男孩迟早都会经历落水。有人会把他们拉起来，事情就是这么简单。

不，他不相信问题在于男孩。克拉拉生气是因为他们两个之间发生的某些事情。但据自己的人生经验，他不知道是什么事。或者他阿尔伯特自己才是问题所在。他想要她，也不想要她。对他的生活来说，她是一股扰乱性力量。不管怎样，现在她已经拒绝了他。那么最明智的行动方案不就应该是，让这种被拒绝的局面维持下去，不管有多痛吗？

那男孩怎么办？

如果能把这两件事分开该多好。但此刻它们却无可救药地纠缠在一起，而责任正在于他本人。他的思绪团团打转，无法将他引向任何地方。他喝着咖啡，凝视着黑暗。

管家进来询问晚餐想吃什么。他没有胃口，请她等到八点。他重新穿上外套，回到11月的冷雨中。几分钟后，他站在特格街拉斯穆森夫人住所的对面。他上次来这里已经是很久之前了。她现在会怎么看他？曾经他们关系很近，但此刻他已不能再去找她。她会审视他，而以她的那种坦率，她很快就能命中他最伤痛的点。毫无疑问，她完全是出于善意。但善意对他无用。他感到彻底迷失了。

他转身走上哲学大道，然后继续向南，沿着海港行进。很快他发现自己又回到了克拉拉家门前。里面亮着灯，但暖气让窗户蒙上了一层水雾，他看不见屋内的样貌。他继续漫步，一小时后第三次回到这里，心下对自己很生气。

他被渴望拉回原地，但每一次又被恐惧赶走。

等待的时间开始了。阿尔伯特在等待什么？他不知道。但他深深地感觉到，自己死期将近。他看着镜中的自己，先前发现自己力量不减，此刻却只看见时间摧残的痕迹。他之前并不知道自己的人生缺少的是什么，直至遇见克努兹·埃里克和克拉拉。没有他们，他的老年生活无异于伊萨卡岛失去了佩涅洛佩和忒勒玛科斯。[①] 那有了他们会怎样？生活还能继续吗？

一场无法停止的倒计时似乎已经开始。

他白日里不再外出，害怕遇见克努兹·埃里克。他不知该和男孩说什么。他不想看见男孩的脸庞焕发光彩的样子，或者更可怕的是，看到男孩失望离开的样子。

晚餐他多数时间几乎一口未动，夜里他总会坐立不安，然后走出门去，走进11月的黑夜。我们看见他在大街小巷游荡，冰冷的雨滴抽打着他的脸庞。

他再度站在斯内尔街，观望着她家窗口的闪烁灯火。

后来，等待的岁月结束了。一天，克拉拉出现在阿尔伯特家门前，并要求进门说话。再次看见他时，她脸上并无喜悦，依然是一副冷酷而难以靠近的神色，仿佛她已经做出重大决定，此番前来只为通知他。他帮她脱下外套，陪她走进客厅。说话间她并不看他，而是低头看着膝盖。她的声音听不出情绪，几乎可以说很单调，仿佛是在背诵提前记住的说辞。

---

① 伊萨卡岛是奥德修斯称王之地，佩涅洛佩和忒勒玛科斯分别为他的妻子与儿子。

我们，被淹没的

"我想，关于我们之间发生的事，我们需要找到解决方法。"她说完深吸一口气，只有不平稳的呼吸透露出些许情感色彩，"我们不能再这样下去。您总是来看望我们，马德森船长——我该叫您阿尔伯特。那样是不对的。我听到人们的言语，还有他们投来的眼神，我完全明白他们在想什么。他们认为我是个被包养的女人，我不希望人们那样想我。"

她停下来，原本不自然地放在膝头的双手，此时突然紧握成拳。

"但是，克拉拉，亲爱的……"他伸手去触碰她的手，她先是呆在那里，然后又抽了回去。

"让我把话说完。否认没有意义，因为他们的确是那样想的。我比您更了解人言的可畏，马德森船长。"她依然没有抬头，目光落在自己的手指关节上，"我不能那样生活，"她继续说，"亨宁死了。我是个寡妇。但克努兹·埃里克和伊迪丝需要一个父亲，如果那个人不是您，那就必须另有其人，阿尔伯特。事情只能是这样。"

他注意到，她对他的称呼在姓和名之间切换。他跟不上她的思绪。"我是个老头子。"他无能为力地说。

"对我们来说并不算太老——您知道我的意思。"她移开目光，然后又深吸一口气，仿佛接下来要说的话不只是骇人听闻，还有违她的本性一般，"所以我提议克努兹·埃里克、伊迪丝和我搬到这里来，我们两个结为夫妻。那样一来——那样一来，事情就都解决了。"她突然塌下身去，紧握的拳头也打开来。她已经传达了来意，此刻正筋疲力尽地等待着命运的宣判。

阿尔伯特体内的一切都收缩起来。他没想到事情会这样发展。他感觉应该立刻给出明确答复，却完全没有头绪。他问道："那你爱我吗？"他用的是面对陌生人时尽责、礼貌的口吻，此刻他们之间并无信任。

　　"您爱我吗？"她严肃地反问道。

　　"我很想你。"他的声音变得粗重。他不能做出爱的宣言，但也没办法用更准确的方式表达内心的混乱。他说这话的口吻，听起来像是在乞求怜悯。

　　接下来是片刻的安静。她全身一阵颤抖，然后紧紧握住了他的双手。"我也很想您。"她向他靠过去，泪水流了下来。此刻她已卸下负担，可以投降了。他茫然地抚摸着她的后背，自身的麻痹却并未消除。他无法像她一样放松。他们已经走到这样一个时刻，他觉得不能拒绝她的要求。他的答复实际上是由她口授强加的。

　　他自己愿意接受吗？这个问题是无法回答的，就像问他爱不爱她一样。

　　"那就这样决定吧。"他终于发言。他很想让那句话听起来像是保证，但克拉拉不可能没注意到其中隐藏的无奈意味。

　　她赢了。但他们两个都感受不到胜利的喜悦。

　　第二天，他们一同出现在公共场合。他们行走在教堂街，她挽着他的胳膊，他则将身体挺得笔直——不是因为自豪，而是不想在她面前露出老态。从那以后，她就经常带着克努兹·埃里克和伊迪丝来访，并且一起吃晚饭。她没有留下来过夜。他们从未一起度过一个夜晚，现在也没有这样的打算。

整个镇子依然在盯着他们。他们两人都觉得不该越界。他们毕竟还没有结婚。

克努兹·埃里克对阿尔伯特的态度出乎意料地变了，仿佛他这才意识到，他的父亲永远不会再回来了。其他的什么人即将占据他母亲身边的空位。在这之前，他感觉自己被阿尔伯特所吸引。但现在磁力转了方向，他开始抗拒阿尔伯特。

拜访阿尔伯特时，他不情愿地跟在母亲身后，到了阿尔伯特去斯内尔街看望他们时，他总是变得很内向。就好像他只想分别与他二人相处。当母亲的世界与阿尔伯特的世界最终合二为一时，他似乎失去了对这两个世界的所有权。只有和阿尔伯特单独相处时，过去的那份自在才会复现。

阿尔伯特没对克拉拉说起这件事。他们之间未曾言说的事情还有许多许多。对恋人们来说，沉默有时是更好的语言，但在他看来，却只是一种没有词典可供查阅的未知语言。他一直能感觉到一股深不可测的压力。有克努兹·埃里克在场时，他和克拉拉从不亲吻和拥抱。以前他们也不曾这样做过，但那时候他们毕竟还有所隐藏。现在一切都公之于众，他们却连握手安慰的举动也不再有。

难道他们之间没有感情，有的只是突然爆发的不被世俗许可的原始激情？那难道是无法带来缓解的释放？他不熟悉婚姻习俗，无法解释他们之间发生的事。

从前和程素梅在一起的时候，他们对彼此相敬如宾。他一直认为，那是因为她的中国人特质——或许也因为他的丹麦人特质。但当他们坐在桌旁，面前铺满电报和运费率文件时，他们有时会一起抬起头来，忽然露出惊讶的微笑，仿佛是第一次看见彼此。他们从未将彼此的存在视为理所当然。

他们很亲密，但亲密不等于习惯。其中一直有火花闪耀。

他思念她。

"您的那位中国女士漂亮吗？"克拉拉有一次突然问起。这个问题把阿尔伯特吓了一跳。他不知道她也听说过那些传闻。他耸耸肩，不想和克拉拉谈论程素梅。"她也和其他中国女人一样，裹着一双小脚吗？"

"不，她没有缠足。那是富贵人家的女儿才有的习俗，穷人家的女儿不用。她很小就开始自食其力了。"

克拉拉看着远方，这个信息显然让她十分惊讶。"那她是孤儿？"他从前问起她在比克霍尔姆岛度过的童年时，她避开了这个词。

"可以这么说。"

"那她在这个世界是孤身一人。"克拉拉说。

他原以为她会问更多问题，不只是关于程素梅的外貌，还有他们对彼此的感情。他害怕这种危机四伏的局面，每一个回答都有可能引发不利的比较和阵阵妒意。而且他知道自己会怎样回答，声音一定很冰冷，充满距离感。那是他的私人领域。

但克拉拉却沉默下来，几天之后才再次提起这个话题。这一次她的问题转向了另一个方向，仿佛已经有过充分的思考。

"那位中国女士很富有吗？"她问。

阿尔伯特解释说，她是嫁给普雷瑟后变富的。普雷瑟死后，她继承了他的生意，而且打理得非常成功。"她是个独立的女人。"他说，"一个女商人。"

"独自一人在这个世上。"她若有所思地说，仿佛这句针对程素梅的简短评价正在将她引向她对自己下的结论。

圣诞节快到了。对阿尔伯特来说，这个假期是个借口，可以帮他将婚礼推迟到新年的某个尚未确定的日子。首先得过了圣诞节，之后才能结婚，她才能搬来和他一起住。她不会从斯内尔街带太多东西来，与他的那些相比，她的物品大多都是垃圾。但或许它们对她有某种意义？

他没有问，但注意到她开始用一种全新的眼光审视他的家。她四处转悠，掂量各种东西，在她以为他没有看的时候，小心地挪动一把扶手椅或一张桌子，或是搬动一张沙发，只挪动几英寸。但她眼中的神情却显示，个中变化远非标尺所能测量。

他的世界即将发生巨大变动。这是他仅剩的世界，一个本就简化过的王国，但毕竟还是一个王国，既是由家具和地板构成，也由他的习惯构成。现在他将不得不连同那些习惯一起放弃。

阿尔伯特和克拉拉越来越疏远。每次她提议一个婚礼备选日期，他的回答都模棱两可。他的消极是显而易见的。他会笼统地回答"行"，紧随其后的却是一连串未说出口的细碎的"不行"。

一想到必须拜访阿比尔高牧师，请他在教堂宣读他们的

男 孩

481

结婚预告，他身体的每一个部分都会抗拒。他曾与这位教区牧师有过很多的讨论；在战争的黑暗岁月里，他曾代为履行牧师职责，探访丧亲之家，因为阿比尔高没有能力履行牧师的职责照顾会众，甚至在他面前流过眼泪。而现在，阿尔伯特却不得不站在他面前，将所有弱点向他坦露。

阿比尔高一定会冷嘲热讽，甚至表现出极大的优越感。毋庸置疑，他当然有脸去扮演牧师的角色。是的，他一定会忍不住对阿尔伯特实施报复，向这个比他年长许多、经验丰富许多的老者发表演讲，毕竟这个人过去在数不清的问题上对抗过他。阿尔伯特虽然发自内心地相信，自己多年前就已经不问马斯塔尔的权力斗争，但依然不愿意作为祈求者出现在教区牧师的办公室。

他不曾改变那么多。他不曾放弃最后的斗争精神。他不想牺牲自己的尊严。但他知道非如此不可，因为另一个人的尊严遭到了威胁。克拉拉将不得不顶着受损的名誉，活得比他更长久。她还有一个小儿子，以及一个更小的女儿要照顾。他死后很久，她将依然存活。她那天来找他的真实目的就在于此。她将寡言和谦逊的个性放在一边，成了一个保护儿女的母亲。

他们是在王子街过的平安夜。餐桌上铺着锦缎桌布，摆了银器和瓷器。圣诞树立在客厅。阿尔伯特装饰的时候叫了克努兹·埃里克来帮忙，男孩确实来了，但仍和最近一样闷闷不乐。阿尔伯特费了很大劲才习惯：他不理解，还发现自己觉得男孩这是忘恩负义。这种反应他也全然陌生。他以前从来都不觉得接受礼物的人欠自己任何人情。所以他现在既气自己，也气克努兹·埃里克，还骂过男孩好几次。他没有注意到，克努兹·埃里克其实也对自己的情绪消沉感到羞愧，想摆脱却没能做到。阿尔伯特的突然责难只让情况变得更糟。

他们的坏情绪一直延续到餐桌上。整个晚餐期间，克努兹·埃里克没说一个字。克拉拉也恢复了过去被动的姿态，表现得像个被请上主人餐桌的仆人，随时都想返回厨房。阿尔伯特则沮丧又紧张，心里充满不祥的预感。等在一旁的管家也绷着脸，一脸的不赞同。阿尔伯特看到克拉拉投来的遮遮掩掩的眼神，立刻明白作为她的丈夫，他的第一个任务将是辞退这位陪伴他十五年的管家。

伊迪丝爬上阿尔伯特的膝头，用勺子打着大米布丁玩。"爸爸。"她叫了一声，另一只手则开始扯他的胡子。他没有说话，已不再试图纠正她。

他们从餐桌旁起身，绕着圣诞树跳起了传统舞步，但树太大了，他们手拉手也无法围合，便心照不宣地放弃了这种尝试。他们也没有唱圣歌。阿尔伯特心想，我们永远也无法成为一家人。我们只是其他家庭的残骸。她是位有两个孩子的寡妇，而我却是个原本永远不该走出洞穴的古怪修士。

树下摆着几件礼物。克拉拉买的礼物不多，鉴于他们之间的新关系，阿尔伯特也无法再从赠送礼物中获得快乐。他为克拉拉买了一双皮手套，给克努兹·埃里克买了一盒锡兵玩具，给伊迪丝的是个玩偶。他得到的是个烟草袋。他们沉默地拆着礼物，礼貌地向彼此道谢。

返回斯内尔街前，克拉拉走到门口又转过身来。

"我们需要确定一个日子，您必须告诉阿比尔高牧师。"

圣诞节到新年的这段时间，他们见面的次数更多了。先是阿尔伯特的姐姐从斯文堡来访，后来他们去看望他的朋友埃马努埃尔·克罗曼。现在每个人都视他们为一对，理所当然地认为婚礼将近，所以谁也没有莽撞地询问婚期。

阿尔伯特和克拉拉之间的压抑气氛没有缓和，但他们最终达成一致，将婚期定在1月底的一个礼拜六。元旦一过，他就不得不拜访牧师，确保对方会为他们宣读结婚预告。

1月总是绵绵无尽的阴天，气温总在冰点上下徘徊。阵雨和雨夹雪横扫荒芜的街道，商店里整日亮着灯。教堂街的牧师住宅也一直灯火通明。阿尔伯特经常在雨天从那里路过，但都不曾敲门。和与克拉拉疏远的那段日子里对待斯内尔街那座住宅的态度一样，他既无法远离，也不想进入。困扰他的不只是要与阿比尔高见面。他当然能应付，真该死。阻止他的是另一个更强大的理由，但不管他如何努力尝试，都说不清那究竟是什么。他感觉自己站在一座陡崖顶部，等待着一脚踏入虚空。阻止他迈出致命一步的，是沉默的生之本能。除此无他。

"您为什么没和那位中国女士结婚？"

他没必要回答。他从她的表情中看得出，她已经有了自己的解释。"您就是那样的人，不是吗？"她说，"您永远不会娶她们。"

"您和阿比尔高牧师说了吗?"下一次他到斯内尔街时,
她问道。

他移开视线。"还没有。"

"为什么?"

他没有说话。一种无力感征服了他 —— 还有羞愧。他不
知道该怎么回答。她咬着下唇,不知该如何让他开口。她没
有察觉他的恐惧与抗拒,只专注于自己被遗弃的感觉。

"因为我配不上您吗?"她问,"是那样吗?"他没有回答。
"您答应过。"她的目光变得强硬起来。

"我会去的。"他咕哝着。作为一个习惯了顶着狂风在甲
板上发号施令的人,他上岸后也不曾放弃那样的习惯,因此
这样的口吻在他身上十分罕见。但这句回答比沉默更糟糕。

"我不知道该相信什么,"她摇着头说,"不管怎样,我想
这件事并不重要。我以为那是您想要的。"

"我会去的。"他重复了一遍。

他痛恨自己,也痛恨她,因为她对他说话的语气像是在
对待小孩 —— 而那是他自己造成的。

"那就去。明天就去。"

他无法再承受这羞辱性的时刻,没有告别就起身离开了。

"您是在嫌弃我!"她在身后大喊。

忏悔节①前夜，阿尔伯特家的门楣上点了灯。于我们而言，这是一份邀请：根据忏悔节前夜传统的不成文规矩，每一扇亮着灯的人家都是敞开的。如果不想让奇装异服的纵酒狂欢者进门，你就关掉电灯。

管家应门后请我们进去，她看上去像是为我们的到来做过准备。支架上有潘趣酒碗在等待着我们。客厅里为迎接访客的到来，放了沙发和椅子。我们刚落座，主人就走进门来。看见他露出惊讶的表情——是不快的惊讶，甚至有讨厌的意思——我们立刻意识到自己犯了错。

阿尔伯特和管家可能误会了彼此。但后来我们推测，管家让我们进门是为了报复。宅子里可能会迎来另一个女人，她不可能高兴得起来，这就是她报复的方式。

我们显然应该道歉并离开，但那晚我们都充满一种特殊的能量。想控制我们可没那么容易。

阿尔伯特后来的忘我表现是我们的错吗？不，主要是他自己的错。丑闻是他的，不是我们的。忏悔节这天，你必须做好准备，容忍一些玩笑。我们无意伤害——好吧，是无意造成太大伤害。此外，我们也欢迎主人以牙还牙，一起找乐

---

① 基督徒思罪忏悔的日子。由于复活节前有四十天的大斋期，因此人们会在斋戒开始前的三天里纵情狂欢。大斋首日为圣灰礼拜三，忏悔节则为之前的礼拜二。

子。一切都只是因为情绪高涨。我们对接下来发生的事当然不负有责任。

我们对阿尔伯特·马德森只有同情。他对马斯塔尔有过贡献，所以哪怕他在暮年迎娶一位年轻的妻子，我们也没有异议。只要那是他自己的意愿，而不是出于某些更糟的原因。但他拖延婚期似乎表明，事情没有那么简单。

他打开门，看见我们坐在他的客厅，眼前简直是地狱般的光景。一头母牛坐在他的沙发上，正猛拉着漆黑的鼻子上悬挂的黄色弹性纸卷。旁边的一位西班牙小姐在挥舞扇子。她鲜红的嘴唇微微张开，仿佛在邀请一个吻，连头上包的丝绸头巾也沾有唇印。一个身材矮胖的农民妻子站在客厅中央，头戴一顶灯罩当帽子，手上戴着男款手套，撑在髋部两边。房间里充斥着胶水、樟脑丸和其他奇怪的气味。一个穴居人将棒子靠在墙上，还有一个戴黄色纸面具的中国女士，涂着一双黑色的吊梢眼，正从头顶的一个毛线球里抽出两根巨大的编织针，撞得铿锵作响。在房间的一个角落，一头粉红色的两脚猪在满足地哼唧着，旁边的海盗则挥起利剑，仿佛想一击宰杀这畜牲。

"晚上好，小阿尔伯特。"我们齐声喊道。

小阿尔伯特没有说话。一个不好的预兆。

管家将潘趣酒倒进玻璃杯，递给我们大家。我们在面具和长筒袜对应嘴的位置挖了洞，还带了自己的吸管，所以谁都不用摘面具露脸。

这毕竟是忏悔节。

那晚我们大多数人都装扮成女人的样子，胸脯丰满的宽肩女人。论体重，“她们”应该能将我们推翻，实际上却被我们像鹅绒枕头一样推来搡去。我们穿着有天鹅绒带子的羊绒裙，紧身衬衫，绣花围裙，以及长度足够包住脑袋、胸脯和屁股的围巾——都是从戏服箱底翻出来的，多年来补了又补，就为了今天晚上能派上用场。

我们又是扭屁股，又是手舞足蹈，狂热的劲头令人眼花缭乱。这不仅是因为我们一晚上喝了太多的潘趣酒，还因为男扮女装所带来的莫名自由感。我们藏在披肩、旧式女帽、软帽、灯罩和假发下面，面具上画着噘起的红唇和圆睁的大眼睛，黑色睫毛像扇子一样大。我们向离得最近的充满男子气概的怀中偎依过去，用假女声像鸽子一样说着绵绵情话，大胆地发言——污言秽语会说得尽可能地直白，反正我们现在都扮成了贞洁淑女，可以混过去。

那个夜晚最粗俗的狂欢者是装扮成新娘模样的人。她在连衣裙外面围了一条衬裙，肥硕的腰间系着一条肉色吊袜带。奶油色的丝绸胸衣下面，双乳向两侧摇摆着，每当她转身卖弄风情，它们就撞在一起，发出响亮的啪的一声。她头顶一副金色的假发，上过浆的面纱硬挺得如同冻住的蕾丝暴风雪。

她走到马德森船长身旁，拧起他的耳垂。马德森船长愤怒地扭头避开。

“你的爱情生活怎么样啊，小阿尔伯特？”新娘用一种村妇在葬礼上哭丧时会用的高音调问道，“婚礼定在何时？”

马德森船长的脸色似乎在说，他已经认定这是某种耐力测试，只要坚持得够久，测试就会自行结束。

新娘将一只戴着大手套的手放在他的大腿上，靠近腹股沟的位置。

"那下面有困扰吗？"她一时之间忘了自己的角色，粗声爆笑起来。

这时那头猪从海盗手中挣脱，朝他们走了过来。两只尖尖的乳房从粉红色的肚皮上戳了出来，硬挺地立在那里，像两根指控的手指。"您已经失去兴致了吗，小阿尔伯特？"那猪问道。

新娘发出亲吻的声音，猪则将自己的鼻口凑上前去。

这是忏悔节。一切都是为了好玩和游戏。

这时候管家已经离去，大潘趣酒碗也已差不多喝空。"小阿尔伯特。"那头猪吟咏道。它一定爱好诗歌，因为它开始以我们的主人为主题即兴创作起来。

> 您对今晚的娱乐
> 失去兴致了吗？
> 是女孩太扫兴
> 还是您已太衰老？

马德森船长盯着地板。

那头猪扬起蹄子，仿佛乐队指挥在要求乐手集中注意力。我们齐声吟咏那首粗俗的诗。我们都兴致高涨，这种恶作剧实在是信手拈来。这时阿尔伯特抬起头，挥出巨大的拳头，我们从没想过这个刚刚被嘲笑的老头动作竟然能如此快。他一拳击中那头猪的鼻口，将它完全揍扁。虽然有面具的缓冲，但这一击还是将那头猪打飞到支架上，撞得潘趣酒碗摔碎在地板上。那猪躺在碎玻璃中，血水从被揍扁的鼻口滴落下来。

这时新娘仍站在马德森船长身旁，只见她一拳捶在船长脸上，他的后脑勺狠狠撞在了墙上。船长摇晃了几下，然后重新站稳。他伸出一根手指，小心地摸索裂开的下唇，双眼茫然地直视着前方。

新娘看样子准备再度出击，却被我们制伏并拖走了。局面已然失控，我们必须叫停，尽管不明白哪里出了错。是我们越界了吗？但可以肯定，忏悔节的全部意义就在于不设界限。在这个夜晚，一切皆被允许。说到底，我们只是做了以往经常做的事，那便是用娱乐的方式，向一些家庭揭露真相。任何人都没有必要动粗。

我们将翻倒的桌子放回原地。潘趣酒碗我们爱莫能助，只能交给管家打理。接着，我们将那头昏过去的猪抬进门廊，下了台阶走上王子街。

这时候，我们转过身抬头看向凸窗。阿尔伯特正在那里俯视着我们。在2月的冷雨中，我们的面具已经开始分崩离析。新娘冲窗口的黑影挥了挥手。

"是女孩太冷淡？还是您太衰老？"她大喊。

她的一只袖子被撕掉了，露出健壮的前臂，上面的文身描绘的是一头蹲伏在那里准备出击的狮子。黑暗中，你看不清图案中的文字。

北极星

早上下过雨，但后来天气又变了。盖子一般笼罩着海岛的乌云散开来，露出高远的蓝天，这预示着霜冻即将来临。

阿尔伯特被绝望攫住，盲目地蹒跚而行。"您是在嫌弃我！"克拉拉在他身后这样喊道。不，他并不嫌弃她。他是为自己感到羞愧。他必须离开，走一走，让头脑清醒清醒，下决心做出明确的表态，是或否，然后坚持下去。他想说是，却做不到。他本可以拒绝，却又不想那么做。"心之所愿，无所不成"这句话用在这里并不合适。一切都取决于他的意愿，但两种选择都会让他走向虚空。他已经太老了。那些大肆羞辱他的忏悔节蒙面狂欢者是对的，所以他才对他们出手。他无法应对生活中的如此剧变。他意识到这一点时心中无比愤慨，绝望的怒火无处发泄，只能憋在心里。

阿尔伯特朝海滩走去。远处，出现了一个人影。走近些，他才认出是赫尔曼，便做好了与之对峙的准备。那晚在他家嘲笑并袭击他的新娘是谁扮的，并不难弄清。

尽管天气寒冷，赫尔曼还是解开了衬衫纽扣，一路开到腰带处，毛发浓密的肚皮上肥肉四溢，在艾尔岛酒店过了这么多个月的舒心日子，他的大肚子并没有收缩。他的脸被冻得通红，木讷的眼睛直视着前方。经过阿尔伯特时，他并没有多看一眼，而是径直向前，仿佛要走向远处的一个目标，一个比马斯塔尔的建筑群更远的地方。为了抵达那里，他已准备好穿墙破壁。

阿尔伯特为避开了冲突松了一口气。他继续走，很快又沉浸在自己的思绪之中。他想离开这座镇子，希望离开这个被海天包围的地方后，解决办法会自动出现。"哈！"他轻蔑地哼了一声，"唯一的答案就是永远离开这里。"他大步向前，心里半期待着在那段狭窄的沙滩上，会出现某个真正的避难所，某个中间状态，在那里没有人能强迫他做决定。

在湿沙滩上行走是很费力的。走了一段时间，沙滩消失，浪花冲击留下的鹅卵石像地毯一样铺开。他跌跌撞撞地走着，直至抵达沙嘴坡顶灌木浓密的地方，那里的小路常有人走，一路蜿蜒穿过灌木丛。继续走，沙嘴像弯折的手肘一样拐了弯。这地方位于沙嘴和防波堤之间，水面沉重且泛着油光，仿佛在盼望霜冻的到来，水马上能冻结成冰。海面点缀着座座小岛，深厚的淤泥中钻出了灯芯草和芦苇。防波堤横在他和镇子之间。他能看见冬季海港中的船桅。再往后就是马斯塔尔的红瓦屋顶，以及新建的教堂黄铜尖塔。

他正凝望着沿海岸线铺展的小镇全貌，为折磨自己的两难境地寻找着解决方案，这时却突然意识到自己被困住了。他已偏离沙嘴，走进一座被灯芯草覆盖的小岛，身处岸边的一片浅水之中。

泥泞拉扯着他。他先拔出一条腿，然后是另一条，如此费力，几乎失去了平衡，但仍然无济无事。他感觉冰冷的海水已渗进靴子中，难以置信地低头去看，随即却大笑起来，那是强做出的粗鲁的笑，嘲笑的是他自己的愚蠢。他绷紧右腿肌肉，再次尝试。随着重心的转移，他的左腿突然陷得更深。这里不是流沙区，他不会被吸进去，只是被困住了而已。没关系，他必须再试一次。他弯下腰去，想通过拉靴子将自己拉起来，不料却几乎翻倒。他是个大块头，身穿厚重的冬衣，而且身体早已不再柔韧。他意识到，他越来越绝望，但仍旧拒绝接受自己已身处险境的事实。荒谬，的确，但并不危险。如果跳进灯芯草丛呢？那里能找到结实的地面，能把脚拉起来吗？但他不知道那浓密的植被下面会有什么。它们或许扎根在水中，那里也和他此刻身处的地方一样泥泞，那样一来事态只会更糟。

太阳即将沉下地平线，黑夜降临后，霜冻就会到来。他并不为此感到恐惧。他只觉得自己像个傻子，竟然粗心大意地走入险境。很快这件事就将成为一段尴尬的记忆。他为这次蠢行付出的最大代价也不过是一次感冒。这时他感觉到彻骨的寒冷已从双脚扩散到腿部。他颤抖了一阵子，接着拍打起身体以取暖，但很快便筋疲力尽。他停下来，双臂无力地垂在身侧。他不能待在这里。他必须想办法。他再次绷紧腿部肌肉，但无济于事。淤泥不肯让步。

此刻，大地上的万物都投下了长长的影子。桅杆和索具的影子投在灯芯草中，像一张巨大的蛛网。教堂塔楼的影子越过沙嘴，投到他身后的水面，而他自己的影子则像是跨坐在塔顶上。接着，太阳消失在一座房屋背后，小镇的黑影将他完全吞没。马斯塔尔就在附近，却又像是在另一颗星球上。

他突然想到，许多年来，他一直是从海港里观望这座防波堤。从那里看过去，它就像一道防护墙。这还是他第一次从外部观察它。此刻它不再提供保护，而是将他隔绝在外。

他环顾四周，黑暗似乎是从大地和海洋中升起来的，他想起荷马笔下死者的黄昏国度①，在那里，所有的欢愉都冻结了。他意识到那正是自己此刻身处之地。他清晰地感觉到冰霜凝结在他的皮肤表面，很快就将扩散到四肢。他第一次想到自己可能会死。

星星出来了，他脚下的泥泞凝固起来，最后他仿佛站在了一块有形的寒冷之上。他抬头仰望北极星，想起了克拉拉·弗里斯。在衰老朝他逼近的最后时刻，他却伸手去触摸年轻。但对一个老人来说，年轻就像冬夜的北极星一般不可企及。现在他确定，都结束了。他的生命即将终结，如同在突如其来的暴风雨中遇难的船一般出人意料。

他被冻得麻木了，一动不动地站在泥泞中。就好像他打算站着死去一般。他想起克努兹·埃里克，一股暖意涌遍全身。这是他的心脏在分配最后的热源。

接着寒气渗入，开始阻塞他体内流淌的血液。

---

① 见荷马史诗《奥德赛》第十一卷《入冥府求问特瑞西阿魂灵言归程》。奥德修斯来到哀地斯祭祀死去伙伴的灵魂，那里的居民日复一日、年复一年地生活在黑暗之中，阳光从来不照临他们。

我们不知道真实情况是不是这样。我们不知道阿尔伯特最后时刻的所思所为。我们不在场。我们只有他留下的笔记和几栏数字，事实证明，它们记载的是这座镇子终结的开端。在讲述这段故事时，我们每个人都会添加自己的想象。我们想象中的他由万千思绪、希冀和观察组成。他完全是他自己，又是我们每一个人。

我们曾步行来到尾巴海滩。我们曾造访阿尔伯特死去的地方。我们曾穿着靴子踩进泥泞，并试着将自己从那吞没一切的大地中拔出。有人说，是的，他被困住了。也有人说，不，他本可以挣脱的。也有人说，他本可以滚动起来，逃脱那个寒冷与泥泞的陷阱的。打湿冬装和长裤实在是为死里逃生付出的很小的代价。哪怕得肺炎也比突然去世要好，况且他是个强壮的人。

我们实际上一无所知，我们每个人讲述的故事版本都不一样，因为我们都想在阿尔伯特身上寻找自己的一点点影子。有些人想谴责他，有些人认为他绝非心胸狭隘之辈。对于阿尔伯特，我们都有自己的看法。过去他去哪里，我们就跟到哪里。我们曾目睹他经过我们的窗口，将他的话口口相传，并非每次都出于善意，可能也并非他的原话，但我们认为他理应或者有可能会说那样的话，便将它们安在了他头上。

我们一次又一次地回顾他的人生，正如我们在谈话中也经常回顾彼此的人生——有时是窃窃私语，有时是大声议论。阿尔伯特是我们所有人合力雕刻并竖立的一座纪念碑。

我们自以为对他了如指掌。但生活并非那样。毕竟，我们永远也不能真正了解彼此。

阿尔伯特于次日被人发现。

那晚下了一整夜的雪，早晨几个男孩来到防波堤附近。他们的船连划带撞地穿过新凝结的冰面，准备去往石灰窑。这样危险的行为，势必会招致他们父亲，或者任何逮着他们之人的一顿毒打。碰到夸耀自己精通水上规则的男孩，我们每一个人都应该扮演父亲的角色，行使权利，承担责任。

但这一次他们没有遭到毒打。

他们是在防波堤覆满积雪的花岗岩顶发现他的，当时他们正像山羊一样在上面四处跳跃着。

"一个雪人！"叫安东的男孩喊道，"谁在那儿堆了一个雪人？"

他们冲过硬挺的灯芯草丛，霜冻过后的草丛发出钢刃碰撞般的响声，又跨过了岩石一般坚硬的泥地、冻得结结实实的水坑，以及冰封的浅湾。

他就在那儿。

他们永远也不会忘记他那副模样。实在是太罕见了，有些人会说绝无仅有。

在马斯塔尔和大海之间，被冻死的阿尔伯特笔直地挺立在劳里斯的靴子中。

后浪

被淹没的

我

们，

VI, DE DRUKNEDE

CARSTEN JENSEN

［丹］卡斯滕·延森——著

陈磊——译

下

贵州出版集团
贵州人民出版社

第三部

寡妇们

阿尔伯特死后的几个月里，克拉拉坐在斯内尔街的家里，茫然地望着空中。路过的人往亮灯的客厅里看，总能看到她，她忘了拉窗帘。她的大脑似乎停止了工作。一开始，我们以为她是在哀悼。过了一会儿，我们才意识到，她木然并非悲伤所致，而是因为深陷于沉思之中。

有时生活会出人意料地投来许多可能性 —— 可能性很多，光是想想要做选择，就可能将你难倒。克拉拉正面临这样的问题吗？作为一个不习惯自己做决定的普通人，突如其来的自由仿如洪水，她会溺死吗？

后来有一天，她雇来一辆马车搬运家具，自己则叫来伊迪丝和克努兹·埃里克。三人手牵着手走到了王子街，抵达后她从钱包里掏出一把钥匙，进入了阿尔伯特空荡荡的大宅。她将自己的家具放进阁楼，阿尔伯特的那些则留在原地。她坐在他的沙发上，睡在他的床上，仿佛是个闯入他人生活的访客。管家自己离了职。

克拉拉坐在面朝街道的凸窗里，再次凝望着空中。

克拉拉·弗里斯，一位出身贫寒的水手寡妻，继承了一座宏伟的宅子、一家经纪公司和一支船队。她一下子成了镇上最大的船主之一。她靠着脸上残存的最后一抹青春光芒，伸手摘取大奖，并且如愿成功。阿尔伯特生前不曾与她结婚，死后却履行了诺言。

我们马上就议论起她所继承的身家，却没能理解，阿尔伯特的遗产最吸引人的并非其体量，而是它所能赋予的力量。也正是在克拉拉呆坐凸窗的这几个月里，马斯塔尔镇的命运成了定局。

一天，克拉拉停止了沉思，去特格街拜访了那位海景画家的遗孀。当初，是睿智的安娜·埃吉迪亚注意到，没有父亲的克努兹·埃里克缺乏自信，需要成年男子的鼓励。克拉拉·弗里斯能认识阿尔伯特，完全是因为安娜·埃吉迪亚，所以她觉得自己欠对方一个人情。克拉拉此行是为了告诉拉斯穆森夫人，对于夫人孜孜不倦地在做的慈善事业，她愿意倾力相助。而且还不止于此。她们坐在客厅，墙壁上有高大的窗户和油画，她说自己计划在马斯塔尔建一座孤儿院。

"这将是一座与众不同的孤儿院，"她说，"孩子们将体会到被爱的感觉。他们不会感觉自己是累赘——最好能让他们知道，他们值得活下去，不只是因为对其他人有用。是的，他们会感觉到，他们有权活在这个世界上，为他们自己。在这个地方，最不受关爱的孩子也将感受到温暖。"她描绘那些志在改善无人重视的孩子们的生活与未来的计划的时候，声音本该充满希望与力量，却奇怪地颤抖不已。

拉斯穆森夫人长久地看着她。

"你过去非常了解孤儿院里的状况，对不对？"她轻声问道。

克拉拉·弗里斯点点头，哭了起来。这是她的故事中说不出口的部分，从前她无法向阿尔伯特·马德森倾诉，即便是在他们最信任彼此的时刻，当时阿尔伯特已经猜到了卡拉的秘密，那个遗失在夜间洪水中的破玩偶。

在寡妇安娜慈母般的目光中，她感觉终于能够倾吐自己的故事。她是在菲英岛上的吕斯灵厄孤儿院长大的。后来被人"领走"，她使用的是这个词。不是收养，至少她从来没用过那个词，因为那个将五岁的她领走的比克霍尔姆农民并无养育儿女的冲动。她对他来说不是人类：只是额外的一双手，不需要什么工资，吃得少，也不需要投入什么感情。她笑得很苦涩。是的，在感情方面，她一文不值。爱是一件奢侈品，人人都可获得，但孤女是例外。

在比克霍尔姆岛上，是不可能避开大海的。大海环绕着小岛，就像一堵围墙，圈出她狭隘的生活领地，但大海也象征着逃离。她梦想中的骑士不是骑白马，而是驾白色帆船乘风而来。每年春天，她都幻想着他的到来。几百艘船经过小岛，然后消失不见。它们从马斯塔尔来，于是马斯塔尔镇成了她的渴望之地。有一天，大海变成洪水席卷而来。来的是世界末日，而非骑士，海浪卷走了她的玩偶。此刻，借助阿尔伯特的财富，她能将手伸入水中，重新捞起卡拉。

"您想知道我是怎么遇见亨宁的吗？"她突然问安娜。此刻她充满自信，不等对方回答，又继续讲起来。"我是一个冬夜在冰封的海面遇见他的。"

"在冰上?"安娜惊讶地抬起头。

"当时我还很小,只有十六岁,想去朗厄兰岛参加舞会。"

海面结了冰,地势平坦的比克霍尔姆岛看上去仿佛变大了,意欲与周围的群岛融为一体。在那个月色明亮的礼拜六夜晚,雪晶照亮了通往世界的小路,她难以抑制心中的渴望。她没有可以穿去参加舞会的衣裙,便问农场里的一个女孩借了一件,然后骑上自行车,跨越冰面,朝朗厄兰岛而去。她不是要逃走,只是想去远处岛屿上灯火通明的大宅,享受片刻的欢愉。那时的她还有做梦的胆量。

但她没骑多远就碰到了黑水。前方冰面上突然出现了一条裂缝。往返于斯文堡和马斯塔尔之间的渡轮 A.L.B. 号正用巨大的钢壳破冰。渡轮驶过时,烟囱里火花四射,她脚下的冰层则在战栗。A.L.B. 号的尾流中驶来的是归家的九头蛇号,它张着帆,捕捉着霜冻之夜最微弱的风。

九头蛇号的船员挤在栏杆旁,完全没想到会看见一个身穿舞会服装的女孩站在冰面中央。

"你要去哪儿啊?"他们冲她喊道。

"去朗厄兰岛跳舞。"她回答。

于是他们邀请她去马斯塔尔跳舞,还将她和她的自行车都拉上了船。

"看上去您都冻僵了。"船员中最英俊的亨宁·弗里斯说。她的确冻得不行,裙子下面的腿是光着的。他将她带到甲板下的水手舱,躺在顶层铺位上暖身子。就那样,她成了他的人。因为衣服不够厚,她整个人冻得像可怜的冰块,发紫的嘴唇抖个不停,还有感染膀胱炎的风险。她不是立刻怀上孕的。克努兹·埃里克是后来才怀上的。后来，亨宁开始酗酒，在酒馆间流连忘返，出海航行也周而复始，没有尽头。

有一年，亨宁回家时带回一只长尾猴毛绒玩具。

"长尾猴是所有动物中最邪恶的，"他说，"世世代代都是不义的子孙。"那是一个阿拉伯人告诉他的。

"那我该怎么处置它呢？"她问。

"你想我时，就看看它。"他回答的声音充满鄙夷。他们二人的关系就是如此发展起来的。

"水手最坏的地方不在于偷了你的贞洁，而在于偷了你的梦想。"她对海景画家的寡妻说。

现在九头蛇号消失了，连同亨宁一起。

"有一天，马斯塔尔会成为一个适合成长的美好之地，"她说，"男孩不会再被培养为水手，然后成为鱼食，女孩不用再当他们的寡妻。"

"你真的觉得你能终结马斯塔尔人的水手传统吗？"安娜问道。

"是的，我能。我有办法，而且知道该如何实施。"克拉拉·弗里斯的声音中多了一丝执拗，脸上因为反抗的神色而变得丑陋。

安娜想着，年轻的克拉拉·弗里斯或许是被悲伤和自己继承的巨额财富扰乱了心绪，便立即将话题引回孤儿院。让她欣慰的是，克拉拉·弗里斯又恢复了理智和务实的模样。

但克拉拉始终没有提起她计划中最重要的部分。

阿尔伯特死去的同一天，亨克尔先生宣布破产。

在他持百分之九十九股份的凯隆堡造船厂有限公司的全体大会上，他出人意料地投票支持清算自己的公司。真相很快被揭露，船厂欠凯隆堡银行一千二百万克朗。银行崩溃后，将其他企业也一同拖下了水，包括最后才被殃及的马斯塔尔钢铁船厂。造船工彼得·拉豪格提醒过阿尔伯特，这种模式根本就难以为继。他的预言得到了应验。

投入马斯塔尔船厂的近一百万克朗都打了水漂，船厂的拍卖价只有三万五千克朗。艾尔岛酒店老板伊埃斯科先生将幸存下来。他还可以靠酒店。但赫尔曼已经变卖了他在船长街的房子，还有两姐妹号。除了债务，他一无所剩。

随后举行了庭审。爱德华·亨克尔和凯隆堡银行经理被逮捕。哪怕是魔鬼也弄不懂他们的账目。亨克尔太聪明了，他们是斗不过的。你可以说他是个天才，刚好忘了这片土地上的律法，最后做了错事。他相当大方地承认了一切罪名。他的确不负责任，甚至欠考虑，但他的出发点是好的。

我们想象着他站在码头上的样子，肩宽体壮，头戴宽檐帽，燕尾服后摆快速拍动着，仿佛将进取心的清风也带上了法庭。他充血的眼睛神采奕奕。他挥动双臂承认所有错误时的样子，让你觉得他是在邀请法官、记者、辩方律师和公诉人去参加香槟酒会。

结果表明，他根本不是什么工程师。跟其他一切一样，这个头衔也是编的。他要进监狱了。他倒是有点男人样，接受了三年刑期，拒绝被这个判决打垮。他在生活中冲锋陷阵，为自己也为他人制订了宏伟的计划；如果不得不通过坐牢的方式曲折实现，那这不过是个暂时的阻碍。终有一天，他会出狱归来，到那时他会让我们见识他的厉害。

我们不再频繁光顾艾尔岛酒店。上过浆的衬衫都留在家里，又是只留到婚礼、坚信礼和葬礼上才穿。我们回到韦伯咖啡馆，重新习惯了走味的啤酒。听到亨克尔被判坐牢的消息时，我们没有幸灾乐祸。我们甚至没法生他的气。是的，他欺骗了我们，但一个巴掌拍不响，也怪我们没有准确判断。我们当然不觉得他是邪恶的。他的热情和进取精神是发自内心的。他的问题只在于想法太多，根本践行不过来，以至于最终无可救药地乱成一团。但是这人愿意冒险，这值得我们尊重。我们一直都是这么做的。我们在亨克尔身上发现了自己的影子，不是指他的欺诈行为，而是他的进取精神。

我们为他干杯，就像过去为失去所有船员的船舰干杯一样。

赫尔曼挨门挨户地走访各家船运公司，寻找着工作机会。我们还以为他会一走了之，和当初汉斯·耶普森让他安分点，拒绝签约让他作为普通海员上两姐妹号时一样。那之后他又以一副大人物的派头荣归故里，大话说得头头是道，还有了与之匹配的财力；而现在他失去了一切，一切又回到起点。他的投资是冲动之举。不过话说回来，他并不孤单。我们有相当多的人都犯了和他一样的错。从那个角度来说，我们所有人都在一艘船上。

我们从来没指望过赫尔曼失势后就会变得谦卑。那不合他的个性，他固执而傲慢。我们以为他会逃避耻辱，等口袋里有钱了才会再露面，重又夸夸其谈。但他却在这座见证了他失败的小镇留了下来，签约上了信天翁号。我们忍不住去想，他一定是终于吸取了教训，接受了命运待他与别人并无分别，一定程度的屈辱便也顺理成章的事实。除去这些，他仍是从前的赫尔曼，好斗而难以捉摸。不过，他熟悉航海，所以找工作不成问题。

他第一次出海归来是以战斗英雄的身份，尽管战争早就结束了。他曾和信天翁号的两位同乡，因戈尔夫·汤姆森和伦纳特·克鲁尔，在尼堡的一家酒馆一同为保卫丹麦而战。

他坐在韦伯咖啡馆，滔滔不绝地讲述自己的英勇事迹，因戈尔夫和伦纳特则在一旁点头表示肯定，不时还插话补充。但面对他严厉的目光，他们的发言仅限于"是""不是"和"一点儿不错"。

当时他们和其他船员都在尼堡的一家酒馆，和一位名叫拉文的汽车修理工说话。那个小伙子一身油污，土豆一般的鼻头长满黑头，两手糊满机油。听说他们是马斯塔尔来的水手，他便从钱包里掏出一张照片给他们看，照片拍的是一艘着火的纵帆船。是九头蛇号，1917年9月在大西洋上失踪的那艘。一同失踪的还有船上的六名船员，其中有两名来自马斯塔尔，分别是船长和普通海员亨宁·弗里斯，后者留下了寡妻克拉拉和儿子克努兹·埃里克。失踪，意味着没有任何人看见过。没有人发现和埋葬任何一具尸体，之后也没找到浮货，甚至没看到一个写有船名的救生圈——毫无踪迹。

拉文来自南日德兰半岛的桑德堡。他曾被召集入伍为德国战斗，在一艘 U 型潜艇上服役。所有给 U 型潜艇击沉的船只都拍了照片，每个船员都能分到一张。他家里有一整本相册。

"我把那张照片拿回来了，"赫尔曼说，"你们想看看吗？"

他将照片传给桌边的人看，然后转身点单要大家再喝一轮。

我们立刻认出那是九头蛇号，见到它燃烧的情景，卸下了心头的重担。那张黑白照片让我们想起自己的船难经历。

"总之，"赫尔曼说，"拉文不会再四处吹嘘炸沉丹麦船舶的事了。"

"我们对他或许有点儿粗暴。"伦纳特说。听得出他声音中有犹豫。

"那是一场公平的战斗。拉文可以还击。我们完全不必负疚。"赫尔曼像是一个在为信徒免罪的牧师。"他罪有应得，"他转身对我们说，"我是为死去的人们揍他。也为九头蛇号。"

赫尔曼去找过克拉拉·弗里斯，想将拉文的故事告诉她。我们觉得他是希图从中获利。只是这一次，他会说："我是为亨宁揍他。"

克拉拉打开门。"有何贵干？"她看见赫尔曼站在门口，生硬地问道。他上次来也不是出于善意。"我有亨宁的消息。"他说。

她沉默地听着他的故事。他说有亨宁的消息时，她的脸色是苍白的；此刻当他坐下来吹嘘自己曾将炸沉九头蛇号的人揍得落花流水时，她的脸色变得通红。当他最后宣称，他那么做是为了亨宁时，她的脸再次变得苍白，嘴巴抿成一条细线。她眯细眼睛盯着他。因为完全不理解她的表情是何意，一时间他有些困惑。

"或许你不赞同打架，弗里斯夫人？"他突然变得非常郑重。但她还是没有说话。他在椅子上挪了下位置，后悔自己来了。

她终于打破沉默。

"我想请你陪我去哥本哈根。"她说。

这时候克拉拉·弗里斯已经雇下一名女仆，可在她离开时代为照顾儿女。她去I.C.延森商店订购了新地毯，向木匠罗森贝克咨询过符合她寡妇身份的新床的事情。她精力充沛，但没人知道她想做什么，除了重新安排她的生活，以匹配新的财富状况。

一直到登上渡轮的那一刻，她都没有向赫尔曼透露任何信息。赫尔曼没有想过她会透露，也不曾猜测此次哥本哈根之行的目的。她请他同行时，他觉得事情并没有准头，应承下来纯粹是出于好奇。他正在为人生寻找新的可能性，尽管无法确定此次探险的目的，但他觉得大有施展的机会。

"你认识哥本哈根的金融家，弗兰森先生。"她对他说。

她的称呼很正式，而他喜欢这样。这在他们之间营造出一种生意的氛围，他想做生意。

"我想让你把我介绍给他们。"

他瞪着她。她是愚蠢，还是天真得无可救药？她想被抢劫吗？他没有过多考虑过克拉拉·弗里斯的智商，但没有理由推测她是个傻子。这难道是一次测试？

他决定诚实以对——也就要求他诚实地面对自己，这种时刻十分罕有。

"你是指亨克尔吗？但他是个诈骗犯，你当然知道他现在进监狱了吧？"

"我当然知道。但你一定还认识其他人。你去过证券交易所。我需要与了解金融的人谈谈。"

"你是指像黑刺客、起伏的人行道那些人？恐怕他们跟亨克尔都是一路货色。你如果珍惜自己的钱，就别相信他们说的任何话。"

"他们不可能都是骗子。"

"或许不是。但像我们这样的普通人很难区分。"

他低头看着自己的大手，倾听着自己的声音，听起来很谦卑。他不习惯这样的说话方式。他用一种直率，甚至可算后悔的口吻谈论自己的失败。谁说得清他是不是伪装的呢？他是一颗流星，坠毁后感到后悔，于是从自己的错误中吸取了教训。

"被人抢劫以后，"他宣称，"我变聪明了。我觉得你的投资都是恰当的，为什么不维持现状呢？"

"你不明白，"她说，"我另有计划。"

但抵达哥本哈根中央火车站后，她没有了自信。她抓着赫尔曼的胳膊，宛若紧抓父亲之手的小孩，生怕在人群中迷失。在科瑟上火车时，他就察觉到了她的恐惧：她原本高傲地昂着头，但在踩上踏脚板的那一刻，她好像颤抖了一下，似乎难以控制心中的恐慌。她在他对面的椅子上笔直地坐着，刻意不往窗外看。经过斯劳厄尔瑟时，她终于不再神思恍惚，转过头去看风景，但很快就不得不闭上眼睛。她一生中的大部分时间，唯一能看见的风景就是比克霍尔姆的平坦草地。对她来说，马斯塔尔就已经是"城市"了。但哥本哈根的火车站是如此巨大，大到你可以把马斯塔尔的集市广场、教堂以及大街通通塞到它的拱顶下面，在这里，无数旅人的嘈杂声音汇聚成一片巨大的喧嚣回响。

他带她去的第一个地方是证券交易所的前厅。他故意挑了下午晚些时候，当日价格已成定局，被称为收盘后交易阶段的野蛮马戏已经开始。他的目的很简单，就是想吓退她。他发现自己有一种保护本能，如果他对自己的心理有一丁点儿兴趣，可能会称之为无私。他的钱被骗光了，没必要让她重蹈覆辙。他既然不能劝服她放弃她执意要开展的尚不明确的计划，那他可以用实例进行威慑。

前厅中央有个用绳索围起来的区域，像个拳击场。股票经纪人在里面大声报着价。

一个人从前厅的一头以古怪的大摇大摆的步态向他们走来。人群纷纷散开让路，避开他剧烈摇晃的肩膀。他看上去像个老水手，竭力想在风中起伏的船上保持平衡；他那些从没上过船的同事都叫他"起伏的人行道"。

他看到了赫尔曼，便摘掉圆顶硬礼帽行礼。他们是旧相识。赫尔曼回以热情的微笑，那人立刻走了过来。

"埃贾克斯·哈默费尔特。"他说着，优雅地牵起克拉拉

　　　　　我们，被淹没的

的手，噘起嘴在上面轻轻一吻。

不熟悉吻手礼的克拉拉吓了一跳，羞红脸低下头去，甚至都忘了介绍自己。赫尔曼代劳，并补充道："弗里斯夫人刚继承了一大笔财富，需要一些好的建议。"

"那你可找对人了，亲爱的弗里斯夫人。"起伏的人行道又摘下礼帽，仿佛他们马上要变成老熟人似的。他快速瞄了一眼赫尔曼，为接下来要做的事征求他的同意。见对方没有反应，他就当是默许，便继续发言。

"眼下航运业进步巨大，"他说，"你听说过没有烟囱的船吗，弗里斯夫人？"

克拉拉摇摇头，被他唬住了。

"先是汽船超越帆船，现在没有烟囱的船又将取代汽船。那是未来的方向，你有机会成为第一批投资者。你很年轻。"说到这里，他奉承地看了她一眼，然后用一种抛出决定性论据的语气说道，"未来属于你们年轻人。"

赫尔曼的目光在两人之间切换，不免对起伏的人行道感到钦佩。他当然清楚这人的把戏，也知道他是个骗子，兜售的是真假掺杂的广告。没有烟囱的船！听起来像是捏造，实际上却不然。若干年前，B&W船厂推出了塞兰迪亚号，配备的是柴油发动机。那艘船毫无疑问是汽船的继承者。他耐心地等待着哈默费尔特继续。真相部分已经说完，现在轮到谎言了。

"凯隆堡船厂，"起伏的人行道说，"那里将会是未来船舶的起航地。他们刚刚开始发行股票。今天结束之前将售出最后份额。打铁要趁热，你不觉得吗，水手？"他冲赫尔曼眨眨眼，依然视他为同谋。

克拉拉看起来十分惊讶，仿佛难以相信自己的耳朵。"凯隆堡船厂！可那是亨克尔先生的公司，对吧？他都进监狱了！"她问赫尔曼，后者点点头。

"是的，"他说，"没错。"

两人转身去看起伏的人行道。但那位趾高气扬的兜售明日财富的贩子，已经消失在喧嚣的人群中。

克拉拉·弗里斯已经得到了教训。

他们跨过证券交易所大桥，继续往城堡岛走。码头上挤满了人：码头工正忙着从自芬兰驶来的双桅帆船和横帆双桅船上卸下刚砍伐的芳香木材。他看了她一眼。她的表情又写满了不安。他只是想让她开开眼，可此刻她似乎丧失了信心。那不是他的本意，尽管他一直在问自己，她的真正目的是什么。她究竟想从这里得到什么？

他们从霍尔伯格街和港口街的交叉口穿过广场。她抬头仰望巨大的海军英雄青铜雕像，那伸展的手臂像是在指挥着交通。

"是尼尔斯·尤尔的雕像。"他说。

"就和老家的一样？"

马斯塔尔是她衡量一切的准绳，所以她可能是想起了老家的尼尔斯·尤尔街。她甚至有可能以为，这座雕像的名字就得自他们那座与世隔绝的小镇的那条街道。马斯塔尔没有雕像，只有马德森船长为纪念伙伴情谊而竖立的那座石碑。现在克拉拉可以将两座纪念建筑进行对比，从而对赠予她遗产之人的真正名望有一个现实感知。哥本哈根才是真实的世界。在这里，人们不会从海里拖出古老的岩石，将它竖立在某处，往上面刻几条线条。这里的人们目标远大，造的建筑也更高大。

赫尔曼突然有了一个想法。他指着角落里一座异国风情的建筑。窗户又高又窄，带有东方式尖角拱顶，屋顶像个沉重的盖子，仿佛马上就要滑落到街上。台阶上方是一扇结实的木门，安装在一米厚的墙壁中。这座建筑像是拒绝了整座城市。

"这里住的人能给你提供一些好的建议。"

她疑惑地看了他一眼，然后扭头仔细观察那座沙色的建筑。"里面住的是谁？"她问。

"是个彻头彻尾的普通人。名叫马库森，曾是个全能水手，现在是国王的朋友。有人说他的话比国王陛下的更有效力。他会帮助你。"

他们穿过广场，在大门前停下。她抬头打量起那建筑的外立面。门边的黄铜牌匾上写着"远东公司"几个字。

"是一座宏伟的大宅。"

"不比他在符拉迪沃斯托克和曼谷的宅子小。"

"我真的应该进去吗？"她问。

赫尔曼鼓励地点点头，但他其实已经在为自己的突发奇想后悔了。毕竟他的确是一时心血来潮。离开证券交易所后，他感到胸怀坦荡。随后他看到她脸上弥漫着挫败的神色，感觉有义务为她多做些事，让她振奋起来。对他来说，胸怀坦荡是一种陌生的新鲜感觉。他觉得很受用，便想在无私的阳光中多沐浴一段时间。但说到底，这件事还是很荒谬。如果她之前感受到的是失望，那么接下来遭拒之后，她的失望只会加深。他咒骂自己。这该死的一切！他根本就不该接受这个注定要失败的任务，陪她来哥本哈根。他那是一时心软，他没禁受住诱惑，想摆出重要人物的架势来。

"我在外面等你。"说着，他露出愉快的微笑。

不用等很久，看到她消失在那扇沉重的大门背后，他心里想道。但时间流逝着，她一直没出来。赫尔曼开始在人行道上来回踱步。为什么他们没把她赶出来？他走上台阶，推开那扇沉重的大门。一个穿制服的人将他拦住，问他有何贵干。赫尔曼心里一惊，他没准备好怎么回答。他越过门卫的肩膀往里看，但巨大的前厅里遍寻不着克拉拉的影子。门卫再次要求他告知闯入的理由。赫尔曼耸耸肩，出门退下台阶。

一小时后她才出来。

"我今晚还要和理事长见面。"她说。赫尔曼的表情充满不解。"我是说马库森。他给了我一些很好的建议。我非常感谢你的帮助，赫尔曼。"

他惊得下巴都要掉下来了。她的语气完全变了。她又开始叫他的名字了。之前，有短暂的一段时间，她称呼他为弗兰森先生，他视之为尊重的信号。但此刻她已拜会过马库森，直呼其名实际上是将他降至了仆人的位置。

她从手提包里掏出钱夹。"我很感谢你带我来这里，"她说，"我想给你一些钱，帮你解决麻烦。"

她递过来一张一百克朗的纸币。他的第一反应是拒绝。她把他当什么人了？她觉得他没有自尊心吗？他转念一想，他毕竟帮了她，也浪费了自己的时间。一百克朗不容轻视。他需要醉一场。到干草垛里打滚也无妨。她的钱多得成堆，他完全有理由接受，直至局势扭转，他们之间的地位再次发生变化。于是他抛开宝贵的自尊，将钱塞进了外套的内兜，没有道谢。

"你和马库森都谈论了什么？"他强做出漫不经心的姿态问道。

"理事长觉得我们之间的谈话应当保密。"

克拉拉·弗里斯将最后一个词说得缓慢而小心，仿佛是要确保赫尔曼听清了每一个音节。"保密"对她来说也是个新词。接着，她头一次露出了笑容。

她进入那座建筑后，发现其内部和外面一样令人生畏。身后沉重的大门刚关上，就有一个穿制服的人拦住了她，仿佛是要通知，她把大门和送货员进出的入口弄混了。她当即就觉察到自己最多只能到此处。

一个手执黑色丝绸礼帽的小个子男人走上前来，礼貌地询问是否能帮上忙。

那人就是马库森。

她当时极其惶恐。听到她提及阿尔伯特的名字，还有她继承的遗产，马库森的表情从礼貌转为不耐烦。他身材瘦削，眉毛已经苍白，同为白色的髭须修剪得整整齐齐。他脸上棱角分明，鼻头高耸，下巴果敢，但脸颊的凹陷却是衰老最早发起进攻的证据。他的目光添了些探究的色彩。门卫又走上前来，仿佛是在等待信号好带她出去。

最糟的情况，无外乎她似乎无法停止紧张所致的喋喋不休，只能自行离去，由此保全残存的尊严。但她没有，她支支吾吾地在自己的故事中越陷越深，确切来说，那都算不上故事，更像是慌乱之中倾吐的一堆杂乱信息。细究起来，她来这里并无实际目的。她只是需要有人倾听。

马库森突然变了神情。那以后她都未能描述出当时他脸上的神情，尽管她经常会尝试，因为她感觉到，那神情中不光藏着进入马库森本人内心的钥匙，还包含着其他许多关键信息。一种突然醒来的好奇？是的，那也是其中的一部分。阴暗、痛苦、渴望和后悔？或许都有。

总而言之，他的不耐烦突然间迅速蒸发消失了。他朝她俯下身去，探究般地审视起她的眼睛，那份专注让她惊恐。她不再讲话了。我都说了什么？她思忖道。他为什么那样看着我？

接着他抓住她的手。"来。"他只说了这一个字。

他们乘电梯去了他位于三楼的办公室。这是她第一次乘电梯。轿厢地板在脚下晃动时，她的手在他手中颤抖。

他让一名秘书打电话取消了自己正准备去参加的会议。他依然拉着克拉拉的手，仿佛是担心如果松手，她就会凭空消失。

他示意她进入他的办公室。"不要让人打扰。"他吩咐秘书道。接着他为她拉出一把椅子。他们在一张暗色的大木桌边相对而坐。透过窗户，克拉拉能看见楼下的尼尔斯·尤尔雕像。

"机遇是一种奇怪的力量，"他轻抚着白色的髭须说，"我完全不知道你是为何来找我，还差点儿就叫你离开了。不过实际上你我之间的共同点远比你想象的要多。"

"那正是我刚才所说的。"她嘟囔着低下头去。

"正是如此。不过你或许并不知道共同点是什么？"

她摇头，再次感觉到自己的不足。

"我明白，你有一些文件想给我看。我们先来解决这一点。"

他伸出手。她顺从地在宽大的油布包中摸索，然后掏出一个信封递给他，里面装的是阿尔伯特的遗嘱，还有相关的契约及股份证明书。

他花了片刻俯身阅读文书，不时还抬头以挑剔的目光看她一眼。她没有说话。最后他将文书拢成一堆放在桌上。"正如我所想，"他说，"航运公司的股份只占冰山一角。真正的财富被投入到东南亚的种植园和上海的工厂。你很富有，弗里斯夫人。程度虽不如我，但依然算得上富有。你在亚洲的资产实际上可以与我手下的企业相抗衡。听起来奇怪，实际则不然。因为这两笔财富都是由同一个人所创造。"

她震惊地看着他。

"你自己也提过她的名字。我指的是程素梅。我知道她曾是阿尔伯特·马德森的情人。她也曾是我的情人。她这个人不会让她的男人两手空空。"

他将双手叠放在桌上，一时间，似乎迷失在幻想中，目光也黯淡下来。"我有许多年都没有她的音信了。"他咕哝道，随后从恍惚中回过神来，焕发出新的活力，看着克拉拉，"现在给我讲讲你的计划。"

她以前从未对任何人完整描绘过，讲述的时候，拿不准这个陌生人听见会做何感想。她感觉自己正在突破一层孤独的壳，她已囚困其中数月。当她的话语终于开始减少，随即停止之后，他沉默了许久。

"你听说过波斯王薛西斯一世吗[①]？"最后他问道，"他想惩罚大海，因为在一场与希腊人的决定性战役前，风暴乍起，摧毁了他的船队。他的惩罚有点儿不同寻常，他命人用铁链鞭打大海。我想说的是，弗里斯夫人，你可谓是薛西斯的当代继承者。"他看着她，但她没有回应。他的话没有让她产生丝毫的感想。"我希望你明白，你的计划将对你的小镇产生致命影响。"

"恰好相反，"她鼓起所有的勇气说道，"我打算拯救它。"

[①] 薛西斯一世（公元前519—前465），波斯帝国第四代皇帝，于公元前480年亲率大军侵入希腊，因在萨拉米海战中战败，入侵企图以失败告终。

那天晚上，她与马库森共用了晚餐。地点位于丹格利特酒店中一个归他支配的套房，他总会在那里会见生意伙伴，举行重要会议。这天晚上，那房间成了讲述程素梅的故事的地方。

　　"女人，"他说，"自视为调解人。她们总能灵活变通，这并非出于本性，而是源于必要。女人需要有灵活的手腕。程素梅曾经也一样。但后来她找到了自己的真正使命。之后她的手腕就变得如钢铁般强硬。"

　　克拉拉听着他的讲述，凭直觉明白，这些事他从未对其他人吐露过。他和她是一样的人。除了陌生人，她也无法对任何人吐露心声。

　　她和马库森需要彼此。

　　他遇见程素梅是在上海。那时，他一直试图打入中国市场，但由于严重缺乏经验，装备又不足以应付恶劣的天气，因此遭受了新手都避不过的损失，情况十分不顺。

　　对身为丹麦人的他来说，程素梅的背景显得非同寻常。不过说实在的，那时候在上海这样的城市遇见她那一类女人并不奇怪。她很小就成了孤儿，靠在街头卖花才活下来。花并非她卖的唯一东西。不过他遇见她不是在街头。她被一位仁慈的犹太商人收养，那商人来自巴格达，人称西拉斯·哈敦先生。毫不夸张地说，他是那种会从排水沟捡海胆的人。

他收养了十二个孩子，为他们提供家园，养育他们成人，让他们接受教育，教他们英语、希伯来语和儒家礼教。他死的时候还相当年轻，却为每个收养的孩子都留下了一笔遗产。程素梅正是靠这笔钱买下了热门酒吧圣安娜舞厅的股份。马库森第一次见到她也是在那里的一次派对上。程素梅发现这位外宾显然有格格不入之感，便走到了他身边。

她的美尽显无遗，不过吸引他的，更多的是她的智慧，而不只是她完美的面庞曲线。他们谈论的话题仅限于生意。"那是我能谈论的全部。"马库森羞怯地说。

克拉拉·弗里斯看得出来，他不是第一次说这句话。

他去中国是想"分一杯羹"，这个词可以用来形容那个年代的外国活动。不过早有人抢了先机，他发现，相比于缺少关系的丹麦人，英国人、法国人、美国人，甚至连挪威人都拥有更有利的地位。尽管如此，他还是干得相当漂亮。他在上海外滩打响了名声，出租供沿海航行的船只、修建仓库，还建了一座造船厂。不过还没有一项开始盈利。

"填满您的仓库。"程素梅说。

他不解地看了她一眼。用什么填？还有什么货物是他不能销售的吗？

她笑着摇了摇头。

"纸面上即可，老爷。填满您的仓库，但只需要在账面上填。"

"要是被人发现我伪造记录怎么办？"

"在您的董事会里塞满社会权贵。那样就没人会知道。那才是上海滩的规矩，老爷。"

那次危机解除后，她建议他将航运公司的业务活动迁往旅顺港。沙俄领土扩张论者的大本营在那里，而不是上海。

"但是战争即将爆发。"

他非常了解政局，不得不了解。他已经听说，沙俄内政部长表示，能让俄国伟大的是刺刀而非外交官。中国当时是个毫无防卫能力的巨人，谁有劫掠它的权利，将由武器决定。至于赢家是谁，马库森丝毫不怀疑。

"的确，"程素梅说，"但战争结束后，您将有机会发挥您的优势。"

战争来了，旅顺港被围。马库森听从她的建议，留在了当地，没有撤回员工、抛弃公司。如果城市陷落，他能承担损失吗？城市的确陷落了，但他并未遭受损失，反而收获了一笔意外之财。沙俄军队及难民乘坐他的船撤退，为此他得到了丰厚的酬金。日本舰队封锁符拉迪沃斯托克后，他的船队还为严阵以待的俄国人运送战争物资。他们需要表面持中立立场的船队，以避免引起怀疑，如此一来，就能装卸货物继续前往黑龙江出海口尼古拉耶夫斯克附近的俄国防御工事。

"您现在吸取了教训没有？"程素梅问。这个问题带着嘲讽，但她总是这样，这问题也十分尖锐。"听我这个划舢板的小女子一言吧。您在旅顺港成功的原因，也正是您在上海落败的理由，老爷。您在上海落败，是因为各个大国早已将这里瓜分得一干二净，人微言轻的丹麦人连一点儿骨头渣都捞不着。英国商人，或者法国和美国的商人，总有炮艇来支持他们的主张。但丹麦人没有。所以丹麦人在某些地方是受欢迎的。没有人会担心有战舰援助丹麦人的商贸船队。作为丹麦人，您只能靠灵活的手腕和巧妙的手段。世界上有许多地方，最受欢迎的都是不拿武器的客人。弱小国家的人实际上等同于没有国籍。只管挥舞你们的丹麦国旗吧，人们不会觉得你们的红底白十字旗是征战的战旗，只会觉得那是块白布。所以用那纯洁的旗帜来包裹您自己吧，老爷。"

他没有生气。他不是个爱国者。他只忠实于他的分类账，哪怕都是伪造的。他认可她话语中的智慧。在出手之前，他就已经用丹麦公民这个身份来表明自己的无害了。他学会了女人的灵活手腕和轻盈。

"那你们两个为什么分开？"克拉拉问。

对彼此的信赖已让他们熟悉起来，不过两人都还没意识到这一点。

"有一天我会告诉你，但不是现在。我给你讲这个故事，是因为我希望你能从中学到一些东西，无关乎我，而是关于女人经营生意会是什么样。我有三个孩子，但只有女儿像我，两个儿子只会败家。要是把生意留给他们，他们很快就会挥霍一空。有天赋的只有我女儿，但性别对她不利。所以尽管她将成为整个公司的真正领导，但她却需要一位名义代表。她的贡献永远不可能得到任何认可。那是她的悲剧。她将通过欺骗来经营公司，而这也将成为她的优势。你必须和她一样。从现在起，你得把自己当成行骗高手。"

克拉拉·弗里斯回到马斯塔尔，却意外地遇见一位新对手。

死神。

一场全球流行的大流感已蔓延至岛上，小镇人口大减，和所有地方一样。流感不同于大海，后者只带走男人。流感带走的是每一个人，却是以仁慈的方式，因为人们都死在床上，让我们日后有坟墓可去凭吊。

阿比尔高牧师履行职责，前往每一座坟墓，给丧亲之人做演讲，主持仪式。流感让他产生的恐惧不及战争。墓地里有了新的墓碑，每个礼拜日的下午，花朵都需要浇水。因为亲友会前来与死者说话，他们有时会抽泣，但如果抬头时在相邻的坟墓旁看到邻居，他们很快就会热烈地聊起最近的新闻。孩子们会忘了身在何处，在刚耙过的小路上喧闹地跑来跑去，直至有人来轻声喝止他们。

对亲友们来说，这是一段难熬的日子，但还是得说，这就是生活。我们只能颔首接受。面对上天的力量，或者说这实际上属于尘世的力量，没有人会失控暴怒。"我们总会挺过去，我们必须。"人们相遇后询问彼此的近况时，都会如此回答。

尽管流感的袭击不问年龄和性别、富裕与贫困，但它似乎特别青睐农民索菲斯的家族。索菲斯·博耶早已在多年前去世，但他的船舶公司依然由其后代掌管。亨克尔破产的第二年，他们在海港更北的地方开办了一家全新的钢铁船厂。每当听到大锤往钢壳中哐哐锤击耀眼的铆钉时，我们脑海中都只有一个想法：我们依然能成功。是本镇出身的博耶家族创办了这家船厂。这些年来，其他所有尝试都已被证实为过眼云烟，注定走向失败，但我们自己创办的船厂却坚持了下来。和保护着海港的防波堤一样，我们建造的事物经久不败。

然而，船厂厂长波尔·维克托·博耶却没能坚持住。他是个仪表堂堂的高个子，鬈曲的络腮胡一直垂到胸口。作为一名船上木工和合格的船舶工程师，办公室和船台上的工作，他样样得心应手。如果厂里进度迟于预定，他总是会和工人们一同干活。但流感携着疾病的气息而来，吹灭了他的生命之光。

一个月后，他的两个姐妹艾玛和约翰妮也都失去了丈夫——两位都是通情达理的人，值得信赖，是博耶航运公司的联合经营者。战争期间，他们想方设法才勉强维持住账面平衡。他们损失了人和船，但从无资金亏损。后来他们感觉时机已到，形势即将发生重大转变，帆船时代将让位给蒸汽船，于是他们做好准备，打算助力推动。

但流感却另有安排。

半个镇子的人一齐出动，护送博耶家的棺木走上奥梅尔斯路，接着同样的事发生了第二次，然后是第三次。那些死在家里而非海上的人，让他们有些忙乱：按照旧有的传统，引导送葬队的女孩在鹅卵石路面撒下青枝绿叶，为死者铺好升往天堂之路。灵车随后驶来，由一匹黑马牵引。

几个礼拜之内，一个接一个地，农民索菲斯的继承人被葬入了墓园。第一次的时候，我们并不觉得发生了什么大事。但到了第三次，我们开始明白，埋葬的远远不只是三个人这么简单。

"好吧，走的可是船长和两名大副，"说话的是石匠彼得森，他用极少脱下的平顶帽蹭蹭脖子，"所以现在只剩下全能水手了。"

我们管彼得森叫"亡灵收集者"，因为不管死者是谁，彼得森都会用木头为他们刻一个小雕像。他总是缩在平顶帽的帽檐下，掂量我们的身材尺寸：方式与殡仪业者并不完全相同，但已足够接近。死者刚刚下葬，这位亡灵收集者就会将他的雕像摆出来，放在工坊的一个架子上。工坊位于墓园的正对面——这对彼得森和他的顾客来说都很方便，因为如此一来，闪亮的石碑及配套的十字架、鸽子、天使和海锚装饰就不必长途运输。亡灵收集者的工坊就是一座微缩的墓园——只不过你在这里看见的是死者本人的样貌，而非他们的坟墓。彼得森从未将那些雕像交给死者的近亲，若被问及原因，他就答称自己无意得罪任何人。那些小木雕普遍都很像它们所描摹的对象，不过是以一种冒犯的方式。在他的手中，大鼻子会变得更大，驼背会变得更严重，罗圈腿则像是双膝之间夹了一只看不见的桶。几乎所有死者都有外号，而亡灵收集者用他的雕像捕捉到了那些外号的起源。他天真地笑着，说他的雕像之所以会稍稍放大人物的怪异之处，完全是因为他技艺欠佳，而非出于恶意。

"要对我有点儿耐心，"他说，"这是我的最高水平啦。"

流感肆虐期间，亡灵收集者十分忙碌。他白天雕刻和打磨墓碑，夜里则叼着烟斗坐在那里刻木头。架子上的雕像越来越多了。

"眼下该让谁去驾船呢？"他问船长卢德维格森。这位船长的外号是"司令官"，他来是要给妻子预订一块墓碑。彼得森随即自己回答了问题。"女人。你就等着吧，看着克拉拉·弗里斯，记住我的话。女人会接手。"

卢德维格森摇摇头。"说到做生意，女人可是一窍不通。"

"我没说她们懂。我只说现在是她们掌控局面了。"

我们，被淹没的

克努兹·埃里克只在夜里一个人的时候哭。他不能在母亲面前哭。毕竟，他是她的小男子汉。而男人无论年纪大小，都不该当着女人的面哭。阿尔伯特死后，克努兹·埃里克看到母亲的眼泪，只得硬起心肠。这是她第二次服丧，他得是那个安抚她的男人。他得是那个陪在她身旁的男人，职责就是肩负起她的忧虑与悲伤。他有能力做到，他早已为此做好了准备。她红红的眼眶和悲伤的面孔总是在确认，他是不可或缺的。他是唯一理解她的人，唯一能如此专注地倾听的人。

有一天，她坐在那里看着远处，他将一只手搭在她的手臂上。

"妈，你在难过吗？"他的声音像往常一样，在邀请她的倾诉。她可以对她的小小男子汉吐露心声。

她的悲伤是一个重担，如此沉重，他几乎快被压垮，但他却不能置之不理。只有将那个重担扛在肩上，他才能成为一个有用的人。放下的话，他不知道她还能不能看见自己。

"不，我不难过，"他的母亲说，"让我自己待一会儿，我在想事情。"

他开始陪伊迪丝玩耍。"爸爸在哪儿？那个男人呢？"她问。

不过她并不真的想知道答案。她见阿尔伯特的次数很少。爸爸对她来说只是一个词语而已，她可能以为那是阿尔伯特的名字。她还只是个孩子。

连克努兹·埃里克自己也不知道自己是谁了。就在刚刚，母亲无视了他的安抚。这种情况还是第一次出现。他们的协议解除了吗？他不再是她的小小男子汉了吗？如果真是这样，那他是谁？

克努兹·埃里克在很小的时候就已经知道，世界会自行消失又复现。一块帘幕拉下来，一切都会消失在黑暗之中。几小时后，帘幕哗啦一下重新卷起，世界重又返回。白日的蔚蓝画布会让位于夜晚的漆黑，又在接下来的早晨复返。

死亡就像是那块帘幕不再卷起。死亡就是一个永不结束的夜晚。

他的父亲就消失在夜晚，但是有很长一段时间，他一直希望那块帘幕能哗啦一下重新卷起。他在地平线的位置搜索一条能快速拉扯的细绳，好将帘幕重新卷起，让他父亲——一个面孔早已消失在迷雾中的男人——能重新出现。他曾一再尝试回忆父亲的面部特征，但从来都不能确定，他想起的脸和上次见到的是不是同一张，最后只有"爸"这个称呼留了下来。他曾经拥有一个爸爸。他对此确定无疑，就仿佛他心里出现了一道裂缝，他记忆的画布上有一个白点。

现在他必须从失去阿尔伯特的伤痛中走出来。

他记得的都是阿尔伯特的好。他们曾经是伙伴，是朋友，是更多。阿尔伯特是整个宇宙，将他拥在怀里，双臂结实得足够保护他不被任何事物伤害。他知道老人生前是爱他的，尽管老人从没说出口。

死后的阿尔伯特将帮他最后一个忙。

安东长着一头姜黄色的头发，肌肉发达，脸上零星有几颗铁锈色的雀斑。他整个人充满了斗志，年纪大许多的男孩们也会恭敬地为他让路。他养了一只半驯化的海鸥，名唤托登肖尔，关在家中花园里的一个狭小竹笼里。要想和安东搞好关系，你就快速往托登肖尔饥饿的尖嘴里丢一只鲱鱼。他在兰厄姆斯角发现这只海鸥时，它还是一只幼鸟。安东每年春天都会划船去那里的海鸥巢偷鸟蛋，然后卖给南边一个名叫托内森的面包师。托内森将它们用在柠檬栗粉蛋糕和香草饼干里，由此为自己挣得了"海鸥面包师"的称号。

安东本人的外号是"马斯塔尔的讨厌鬼"。原因是有一次他拿气枪把路灯柱顶的瓷绝缘体打了个粉碎，导致半个镇子漆黑一片。那枪是问一个表亲借的，他一般都拿那枪替米德马肯的一个农民打麻雀，每射下来一只，能拿四欧尔[①]报酬。等那个农民将死鸟丢在粪堆上，安东便会将它们捡回，佯装是刚刚射死的，再卖一次。那个农民很容易轻信，因此同一批鸟安东能卖上四到五次。结果就是，那个农民有了一种夸大的印象，以为祸害庄稼的麻雀数量极多。

安东住在镇子北端的磨坊路，克努兹·埃里克目今所住的王子街则位于镇子南部。男孩们很重视那条将马斯塔尔一分为二的隐形界线，仿佛那是最近一次世界大战的一条前线。被称作北帮和南帮的两个派系忙着打他们那场永远不会停止的残酷战争。按理说，克努兹·埃里克和安东原本应该是天敌。安东是北帮中一个受人尊敬的成员，而克努兹·埃里克

无论是在学校操场上，还是在街头，都总是独来独往，不会参与任何帮派活动。

春季的一天，风像剪刀一样刮过防波堤外波峰的时候，放学回家的路上，安东悄悄跟在了克努兹·埃里克身后。克努兹·埃里克清楚安东的名声，便绷紧肩膀，等待他出击。但他本人并非恶徒，所以不知道那样的防御姿态反倒会引发他一直想躲避的争端。

"是我发现的马德森船长。"安东向他宣告。

克努兹·埃里克试着将身子缩得更小。他突然希望那男孩直接出手，赶快把事情了结。

"我想告诉你，他是个了不起的人物。"那个比他年长的男孩说道，"他死的时候还穿着靴子，站得笔直。我也想以那种姿态死去。"克努兹·埃里克不知该说什么，但紧张的情绪却开始化开。"你认识他，他就像你的爷爷，是不是？"他的语气全无嘲讽。

"是的。"克努兹·埃里克欲言又止，他停顿片刻，然后问道，"他当时是什么样子？"他想知道阿尔伯特临终时是否遭了罪。若是遭了罪，那么遗容上或许会有所流露。他害怕这个问题会让自己显得像个孬种。

"他的络腮胡和头发上都结了霜，其实是整个脑袋都挂满了霜。看上去真的很帅气。"安东说。

克努兹·埃里克鼓起勇气问道："其他的呢？"

"什么意思？就是正常的样子吧，我想。他当时毕竟已经死了，不是吗？"

他们静默无声地走了一会儿。正在他们头顶集结的云层开始变暗。他们沿着马克街行进，横穿过集市广场。克努兹·埃里克很快就要到家了，安东可能再也不会来找他。他想赢得这个大男孩的友谊，于是绞尽脑汁想说些有意思的事。这时他突然灵光一现。

"你见过萎缩的人头吗？"他问。

克努兹·埃里克的生活中已没有成年男性。但现在他有了安东，而安东获得成人世界的经验是通过与之发生的无数次冲突。安东了解成人世界，和军队间谍获取敌方军营信息一样，都是为了占领。

有一天放学后，安东和克努兹·埃里克一同步行返回王子街。他伪装成访客的样子，以掩饰自己作为观察者的秘密角色，从而摸清对手的实力。迎接他们的女仆穿着浆洗过的围裙，梳着盘起的发式。安东对她一番上下打量，仿佛是在考虑当晚要约她出去，而女仆则看着他的木底鞋，厉声要求他脱了鞋再进客厅。

安东在克拉拉·弗里斯面前的表现堪称榜样。他礼貌地回答了她的提问，介绍了父母的情况和学习成绩，但没有提他每月的报告单总是自己签名，事实上他母亲甚至根本不知道还有这种东西存在。克拉拉对这个模范学生印象深刻，自己的儿子赢得了他的友谊，而且这男孩显然是个良师益友。事实上，她喜欢安东的方方面面，除了他的眼神。他不安地扫视着整个房间，像是要将其中的每一个物件都记住。而且他的两条腿一直在桌子下面前后摇晃。安东总是觉得，在母亲们面前，他需要付出极大的努力才能依礼保持不动。

克拉拉问起他对于将来的计划。安东才十一岁，但再过两年，他就将行坚信礼，然后离开学校，所以他已经考虑过这个问题也不是没有可能。"我要去海上。"他的回答听不出热情，也没有丝毫的不情愿。他只是稍稍有些惊讶，竟然会有人提出这个问题。

"克努兹·埃里克不会出海。"克拉拉是故意要说出来的，她决计要将儿子与他的朋友区隔开来。他们应当知道，同辈中有怎样的一个角色。克努兹·埃里克注定要成就别的事业。

安东的眼神从母亲身上快速移向儿子，然后环顾起房间，又像是在盘点库存。这让克拉拉感到一阵不安。

"她很强悍。"再次见面时，安东对克努兹·埃里克说。他的语气像个拳击教练，正在掂量拳手的对手。见克努兹·埃里克的表情中没有戒备，安东伸出一只手搭在他肩头。"别担心，他们全都强悍得要命。"他安慰地说道，"她希望你到办公室做个船舶经纪人。你要穿戴上过浆的领子，打扮成滑稽的样子。没门儿。"

"是的，没门儿。"克努兹·埃里克说得犹犹豫豫，他在努力学习安东的语气。

"要想避免这样的命运，有个办法一定能成功，"安东提议道，"你只需要在学校表现得糟糕点儿。"

在学校里表现糟糕可比想象中要难。克努兹·埃里克只要知道答案，就很难压抑举手回答的冲动。毕竟他完成了家庭作业，而且本能地想做个好孩子。

他的成绩在班上一向是中游水平，现在他却故意要落到最后。这并未损害他在朋友们心目中的名声，却让他付出了受罚的代价。学校里的老师大部分都是未婚女性，有些很胖，有些则身材干瘦。但不管是什么体形，她们管教男孩们的时候，都会动用体罚手段，打啊，挠啊，拧啊都不在话下，还有其他一些方法，你根本想不到她们的身体里竟然蕴含着那样的能量。扬克森小姐会扯你的耳朵，莱克小姐会揪你后颈上的汗毛，赖默小姐会用手掌掴你。卡特巴尔小姐则会将不听话的孩子们架在膝盖上，重重地打他们的屁股，只有安东这样足够强硬的男孩才不害怕。愤怒会将卡特巴尔小姐的脸变成吓人的青黑色。我们害怕那种颜色——还有她随之而来的磕巴口音和飞溅的唾沫——远甚于打屁股这个惩罚本身。不过最可怕的还要数克鲁瑟先生。没有人能逃出他的手心，因为他是个男人，有着男人的力量。他会将犯懒的学生拎到二楼窗台上晃悠，威胁说要放手，没有人能承受那种足以吞噬一切的恐惧，下方的虚空仿佛在呼吸。他在课堂上提出的每一个问题都能收获一片像森林一般举起的手。

克努兹·埃里克会做家庭作业，在课堂上却闭口不言。他对这种做法感到很不自在，但他相信安东的建议，希望以后能获得回报，毕竟他还要在校园打发好几年时间。

在教室里，克努兹·埃里克和维尔耶姆是同桌。维尔耶姆有口吃的毛病，每次他努力回答问题时都会让老师们失去耐心——这反过来也会让他自己失去耐心，不等说完答案就中途放弃。克努兹·埃里克喜欢在他耳边小声提醒正确答案，或是将之写在小字条上。很快他就变成了类似口技艺人的角色，将自己拒绝回答的答案都通过蠢蛋维尔耶姆说出来。久而久之，他们两个建立起了一种友谊。

维尔耶姆带回家的是有史以来最好的成绩报告单，而克努兹·埃里克带回的却是最差的。

母亲克拉拉用责备的目光盯着他。

"你在学校都干什么了？"她问。他从她的声音中听出了关切，还有刚刚萌芽的慌乱和怒意。不过最多的还是怒意。她现在已经变了个人，他为她的改变而高兴。如果她还像从前一样总是动不动就哭，那他永远都不可能做成此事。他会忙着当她可靠的小助手。如今她会批评他，而他则会硬起心肠，就像冷面应对老师一样。她是那个女性军团中的一员，他在获得自由身之前必须忍耐。

"你真是个奇怪的孩子。"她对他说。

这句话刺痛了他，感觉像是遭到了嫌弃。有那么一瞬，他感受到一股冲动，想扑进她的怀里乞求原谅。他内心里有一部分依然热切地想与她和解，如此他就能重新变回那个大男孩，而她也将变回那个可怜的小妈妈，那样迫切地需要他。但她已经不再无助，她的愤怒教会了他：要毫不示弱地加以反击，还要坚定立场。

与此同时，安东对维尔耶姆的态度却依然有所保留。他无意将操场上的所有弱者都收归麾下，他之所以会对克努兹·埃里克感兴趣，也主要是因为他和已故的马德森船长的关系，随着克努兹·埃里克讲述的故事越来越多，这位船长在安东的眼中越来越趋近于一位英雄。安东听过船难和外国港口的探险故事——每个男孩孩提时都听过许多这样的故事——但他还从没听说过萎缩的头颅的事。跟那一类故事相比，几乎连一个完整句子都说不出的维尔耶姆能为他提供什么呢？

是的，在讲故事方面，维尔耶姆的确无法和克努兹·埃里克相提并论。但是他有一副好身手。此事得到证明是在一个冬日。当时他们在海港里一艘闲置的船上到处攀爬，突然维尔耶姆沿着索具越爬越高，一路爬上了桅杆顶部被打磨得锃亮的顶帽，那里距离甲板有二十五米。接着他趴在那橡子形的顶帽上，稳稳地保持着平衡，还展开了双臂和双腿，宛如在飞行一般。自从去年夏天丹尼布洛①马戏团到访以后，男孩们还从没见过任何类似的惊人举动。而且即使是在那个马戏团里，也没有人爬上过二十五米的高空。

其他男孩谁也不敢挑战维尔耶姆的这项壮举。胆子最大的也只敢爬到顶帽位置，然后犹犹豫豫地下来了——包括安东在内。有人期待着马斯塔尔的讨厌鬼能耸耸肩，说那根本不值一提：如果他不愿尝试，也只是因为觉得没必要。但安东并没有那样做。事实完全相反。

"真厉害，太勇敢了，"他说，"我根本没那个胆量。"

他拍拍维尔耶姆的背表示赞许，维尔耶姆的名气就此打响。他不再是一个局外人。

---

① 丹尼布洛（Dannebrog），意为丹麦人的旗帜，为丹麦国旗的别称。

事实上，维尔耶姆是有能力讲故事的，只是需要花费很长时间——而时间是我们所没有的。但有一次，我们听完了他的故事，他讲了一次濒死的经历，最终救下他的是运气。

事情发生在一个礼拜日的早晨，是相当早的时候。维尔耶姆同父亲一道去海港修家里的船。维尔耶姆的父亲是个挖沙工，完全聋了。也正是他的耳聋症让这个故事更加激动人心，让维尔耶姆的经历区别于我们所有人通常遭遇过的灾祸：在学会游泳之前，沉入水里是一个必经阶段。

维尔耶姆当时只有三四岁，父亲给了他一些指令，语速很慢，因此总显得像是在对虚空说话，每一个字都说得十分认真，仿佛不能完全确定其含义。"坐在那里，"他命令维尔耶姆，"你给我坐在那里不许动，如果需要我，必须摇晃我。"

接着他便背转身去，开始修补甲板上的一块厚木板。维尔耶姆看着清澈、平静的水面。他至今仍能向我们描绘他当时的心理感受。码头上的岩石是绿色的，非常黏滑，当阳光穿透水面时，一个色彩不断变换的仙境便出现在眼前，里面满是海星、碎步疾跑的螃蟹，还有一动不动地悬在那里的虾，只有触须在颤动。维尔耶姆向前倾身，想继续探索更远的地方，不料却突然头朝下栽进了水里。我们大部分孩子都有过那样的经历，但我们的父亲都不是木桩一样的聋子，而是我们溺水时的唯一施救人。

维尔耶姆像软木塞一般浮上水面，抓住船上的栏杆，并且在码头黏滑的岩石上找到了一个放脚的地方。然后他脚下一滑，只有双手还抓着栏杆，漂在浑浊的绿色深渊之上，最后一道冰冷的潜流裹挟住了他，将他往船下拖。

他的木底鞋早已脱落，只见它们漂浮在不远处，仿佛一艘正在沉没的船送出的救生艇。片刻之前还干燥舒适的衣服此刻已完全湿透，感觉沉重又陌生。父亲只是一个背对着他的穿蓝衣的巨大身影。仿佛整个世界都抛弃了他。他不顾一切地尖叫起来，但耳聋的父亲什么也听不见。他又尖叫了一次，声音是如此响亮，回声在荒无人烟的海港中回荡着。

"救命，爸！"

他耗尽了力气，手指抓不住栏杆了，掉进了水中。他踢它，咬它，在它体内挣扎，像是在与一头野兽搏斗；但它不过是温和、柔软的海水，将羽绒被拉上来盖住了他的脑袋，仿佛到了睡觉时间，而海水正在和他说晚安。

这时，父亲粗壮的手臂伸了过来，扎入水中朝他追赶。真是一条巨大的手臂，如果有必要，它可以够到海底，一路抵达死神的大门，将他拉回来。"就在那最最最后的时刻。"他说。

我们知道，他这句重复不是因为结巴。那真的是最后的时刻。

"随后他痛揍了你一顿，对不对？"安东问道，因为他家的情况就是那样。

但维尔耶姆没有挨打。这一次没有，其他任何时候也都没有。我们无法理解这是为什么，直至见到他的父亲，不过他看上去更像一位祖父。维尔耶姆是个老来子，他在父母面前和我们平时在祖父母面前差不多。他温和又忠诚，他们一家三口说话时都非常小心，好像家里面对的问题不是聋疾，而是对所有声音都非常敏感。一个奇怪的巧合是，他的母亲也听不见。

任何人都可以想见，这家人的交谈并不多。他父母说话时，总是一副热切的祈求语气，就好像是在卑微地请求。不过他们会一直触碰彼此，经常牵着手，抚摸彼此的头发和脸颊。维尔耶姆不光会接受这样的爱抚，也会对父母做同样的动作。这个家里没有谁打过任何人。

因此，在差一点儿溺亡的那天，维尔耶姆从父亲那里收获的并非一顿痛揍，而是其他的什么东西。我们并未意识到他收获的是什么，直至安东提出往常在类似场合总会问的那个问题："你觉得溺亡最可怕的是什么？"维尔耶姆给出的答案也非常奇怪。

当然了，安东对于马斯塔尔以外世界的了解之多超乎我们的想象。他认为溺亡最可怕的影响就是，会让他无法实现他原本想在以后人生中进行的所有探险。他能一口气说出世上最著名红灯区的名称。弗伦斯堡的奥卢夫·萨姆松斯帮、鹿特丹的席丹舍堤、安特卫普的西珀斯街、利物浦的天堂街、加的夫的猛虎湾、新奥尔良的老广场、旧金山的巴巴里海岸、瓦尔帕莱索的前桅楼街，这些地方当然不是他在西街学校的地理课上学到的。这是韦伯咖啡馆里会讨论的地方，他说的时候，是一副内行人才有的坚定表情，和他那个年纪的男孩很不搭。他向我们保证，法国女孩是最棒的，葡萄牙的最差，因为她们太咄咄逼人，而且身上有股子蒜臭味。如果我们问起蒜是什么，他会翻着白眼说我们蠢得没边。他还知道所有种类的酒名，盼望着有一天能亲口品尝：苦彼功比特酒，潘诺茴香酒①，苦艾酒——他说，那才是真正能放倒你的酒。至于啤酒，不管最后要死在何处，他都会是索伦国王啤酒的忠实拥趸。许多人夸赞比利时啤酒，但对他来说，那不过是些寡淡的猫尿。

"你尽可以列出世上所有红灯区的名字，"他总结说，"每一种酒的品牌名，然后将它们汇总在一起，你会发现其结果是从数学角度证明，溺亡是一种可怕的浪费。"

克努兹·埃里克说，溺亡最糟的地方在于，他再也看不到他的母亲。他说这话部分是出于责任心，因为他觉得自己应该说，不过也有部分原因是他依然思念着她。

维尔耶姆说最糟的地方在于，他的父母会难过。

"那就等于说，你们不是为自己而活，而是为你们的老妈和老爹。"安东说。他详细阐述了这个理论。如果你温顺、虔诚、礼貌、守规矩、尽责，那就等于你是在为他人而非为自己而活。

"所以我才不在乎那些优点，"他说，"因为我为我自己而活。"

当维尔耶姆被父亲从水里救起，浑身湿透地挂在父亲的手臂上扭动时，他看到了父亲的眼睛。他在其中看到的既非愤怒也非恐惧，而是悲伤。那是怎样的一种悲伤，或者是什么所致，他并不知道。但他立刻感觉到，必须确保再也不让

---

① 苦彼功比特酒（Amer Picon），法国苦酒，彼功为品牌名，以苦著称，须掺其他饮品饮用。潘诺茴香酒（Pernod），以白兰地加茴香香精调配的一种餐后酒，有浓烈的草药味，曾被法国陆军用作军人解热剂，潘诺为品牌名。

父亲有难过的理由。他本能地明白，该如何帮助父亲，方法就是尽可能地少引人关注。能隐形当然最好，退而求其次，就是尽量悄无声息地度过这一生。所以他就变成了一个安静、顺从的孩子。或许那就是他结巴的原因：他没有吸引目光的意愿。

和他相反的是，安东为他自己而活。维尔耶姆展开四肢，稳稳地趴在甲板上方二十五米高的桅杆顶帽上时，却像安东一样成为众人瞩目的焦点。在那个瞬间，他忘了隐藏自己。

安东当然也有父母，不过按照他的说法，倒不如没有。他几乎能让他的母亲谷德伦相信任何事情。当谷德伦发现，安东在成绩报告单的事上一直在撒谎时，她哭着说，等他老爹一回家，他就会结结实实地挨一顿揍——尽管她足够高大和强壮，自己就能打他一顿。最后父亲只是轻轻地打了安东一下，在极少数在家的时间里，他觉得为一些早就被人遗忘的陈年旧账而惩罚孩子，并非第一要务。正如他所说，他的确有能力痛揍儿子，但必须是"当场兑现"。他不想跟存在银行里的东西纠缠。

"要么当场打屁股，要么存进银行全然不顾！你明白吗？"父亲咆哮道，愚蠢地大笑着。

和维尔耶姆在差不多同一时间，安东也发现自己受父亲的影响很深。安东的父亲名叫勒尼亚，姓海伊。安东当然也姓海伊，不过他的中间名是汉森，是他母亲的娘家姓氏。

勒尼亚当时已经出海好几年，刚刚归来。妻子要求他惩罚孩子们，为他不在的那些年里，他们犯下的违规行为。他把儿子放在膝头，先是拧了他的耳朵。他出手并不狠，没料到安东竟然会反抗。他受了刺激，便问那小子叫什么名字。他可能是想确保，如果安东愿意认可他的父亲身份，那么他们父子将重归于好。也有可能勒尼亚是想确定自己打对了人，若是如此，那他便履行了父亲的职责，可以走出家门去韦伯咖啡馆了。

"安东·汉森·海伊。"安东答道。

"你他娘的说啥呢，小子？"父亲咆哮道。片刻之前，他将安东放在膝头，是抱着父子和解的心态。此刻他的脸气得通红，将安东架起来狠命地前后摇晃。接着他将疑惑的安东摔到地上，安东在涂有清漆的地板上滑了出去，最后被餐桌下的椅子腿拦住才总算停下来。

"你们敢信？"安东讲完这个故事后，说道，"那个浑蛋甚至不记得自己儿子的名字。"

父亲出海时，安东尚未受洗。而勒尼亚也从没费心看一眼儿子的出生证明，或者问一句洗礼的情况。他也从没想过，妻子会用娘家姓氏汉森为儿子冠名，因为他从不试图隐瞒自己对她娘家的憎恶。安东的母亲肥胖而顺从，从无反抗的想法。她顺从于她的丈夫，正如她曾经也总是顺从于她的娘家，最后她总是想讨好所有人。于是她就用娘家的姓氏作了安东的中间名。安东·汉森·海伊这个名字就成了家族不和的配方。

安东本人则完全不在乎。他从不支持任何一方，还总说自己的父亲是个蠢货。我们绝大多数人都管自己的父亲叫"老头子"。这是一个尊称，因为水手们在自己的团体内部，都用这个词来称呼船长。但安东不在乎任何人。他给自己的父亲起的外号是"外来人"。

不过，他们父子的关系原本可能更糟。说到底，安东对这个世界的绝大多数了解，都来源于这个外来人。原因不在于勒尼亚向儿子吐露过在异国他乡光顾妓院的秘密，而在于当休假的水手们坐在韦伯咖啡馆吹嘘时，他允许儿子旁听。

安东内心深处想成为父亲那样的人，但不曾对任何人说起过。事实上，他从没说起过关于勒尼亚一个字。从父亲因为不喜欢他的中间名而将他摔在地上的那一天起，他就再未提起过父亲。

从那一天起，他开始为自己而活。

　　　　　　　我们，被淹没的

在博耶船运公司，只有寡妇们留了下来：三个女人错愕不已，不只是因为突然丧夫所带来的悲伤，也因为她们所继承的陌生而庞大的使命。马斯塔尔的未来就掌握在她们手中。只有她们有足够的资本，能按照时代要求，将船队里的船只更换成汽船。帆船的时代已经结束，男人们早就明白了，现在轮到她们将早逝的丈夫们的愿景变为现实。公司已经购入五艘汽船：团结号、能量号、未来号、目标号和动力号——船名本身就代表着一个宏大的计划。

理论上来说，寡妇们知道必须做什么，但她们不知道该如何将之付诸实践。她们每天早上都会来到船运公司，喝着员工端来的咖啡，浏览送来的当日文书。在享用自己烘焙的香草饼干的同时，她们会思考运费报价、船只维护和员工费用，以及有关收购和销售的建议。全世界都在争夺她们的注意力，每一条信息、每一个数字、每一个问号都感觉像是一个无法解决的挑战。

没有人见过她们手捂耳朵的样子，但她们没准倒真的这么做过。每做一个决策，她们都要进行无休无止的讨论，等最终做出决定时，往往为时已晚。团结号、能量号、未来号、目标号和动力号原本是为运送大型货物安全越洋而造，现在大多数时候却都闲置在码头，不只是因为市场环境不利，还因为船主的糊涂。

埃伦是三个寡妇中最年长的一位，她身材高挑、仪态高贵，和她死去的丈夫波尔·维克托一样。但是不管她曾经拥有怎样强大的意志力，她都已将之让给了富于进取心的丈夫，而丈夫进坟墓时却没能归还。波尔的两个姐妹艾玛和约翰妮倒是更加自信。不过她们两个虽然在家里是仔细周到的女家长，到了外面的世界却一片茫然。她们看着埃伦，而埃伦则看着墓地，可是波尔却没有履行义务，不给她丝毫的提示。

寡妇们在小镇周边拥有相当数量的土地，便开始将其出售。收购者正是克拉拉·弗里斯。她坐在王子街的宅子里，观望着这三个寡妇的动向，宛如秃鹫在盯视一只又渴又累、即将倒地的可怜动物。博耶家的三块土地进入市场后，她咬了第一口。

三块地都在港口街上，第一块在银街路口，第二块在海滨大道路口，第三块位于港口街的尽头 —— 面积很大，四周围着栅栏，那里也是小镇终结的地方。农民索菲斯曾在那块圈起的土地上放羊，喂养母鸡和猪，确保规模不断扩大的船队能有生活补给品。但那已是遥远的往事，现在那里成了休耕地。每个人都说，克拉拉出手购买这三块土地是明智之举，她可以在上面大兴土木。

但克拉拉·弗里斯并没有那么做。刺人的荨麻依然欣欣向荣，农民索菲斯所种果树上结出的苹果和梨，依然是鸟儿和偷东西的男孩们的目标。马斯塔尔人看着不免感到好奇。那么，克拉拉打算拿这些土地做什么？我们问过自己，却问得不够深入。但凡有过认真思考，我们至少能隐约窥见即将到来的命运。

克拉拉依然着装简朴，仿佛没意识到自身地位的改变。这给索菲斯家的三个寡妇留下了一个好印象，她们认为节俭是一项美德。她们不是势利之人，没有瞧不起她，尽管她们拥有的财富比克拉拉多得多。家族好几代人都过着仆从簇拥的生活，但她们依然会参与家务劳动。每年圣诞节，她们都会自己动手制作香草饼干，做上很大一批，足够吃上一整年，而且这期间会变得像公司船上每日食用的压缩饼干一样硬实——唯一的区别就在于，你在桌子上把香草饼干拍碎，里面不会钻出蛆虫来。

农民索菲斯生前爱和大家打成一片，子孙们也都和他一样。他们没有自成一族，而是和其他人一样，都属于这个镇子。他们深知自己的钱源于水手的辛苦劳作，家里的男孩们都得遵循船上的残酷等级制度，从底层一步步往上爬，最后才能进入经纪人办公室，或是船舶公司董事会。他们在每日例会中所说的每一个字都表明，这些人有过亲身经历。但他们的寡妇被带进这个新世界之前，没有收到任何预警，也毫无准备。航运用语对她们来说只是一堆抽象术语，就像战场上的致命炮弹只是从她们耳旁擦过。

克拉拉·弗里斯有时会给她们合理的建议，或是突然表现出一种果决的态度，让她们大吃一惊。善良的品性让她们觉得，这位年轻的寡妇十分无助，需要她们的救济。因此当事实频繁打破她们的预期时，她们感到很困惑：竟然是这位年轻的寡妇拯救她们于危难之中。她们原本并不相信女人能有敏锐的商业头脑，以为克拉拉的有效建议纯粹是撞上好运气的意外之举。

她们当然不可能知道，克拉拉·弗里斯正在接受船舶经纪、所有权等许多领域的函授教育。就像那个破除了女巫诅咒的王子之吻，阿尔伯特留下的财富唤醒了她沉睡的才智。在那之前，她的头脑被自己的谦逊所封禁，而这种谦逊是被强加给她的，不光是她的悲惨童年，还有她在成人社会中的地位，处在这种地位，她用双手而非头脑工作。

如今，她的生活里再次出现了一个男人。但这一次，她不必动用自己已被时光侵蚀的女性魅力来引诱。马库森不同于可怜的阿尔伯特，对亲吻、拥抱，以及它们可能导向的结果都没有兴趣。是程素梅将他和克拉拉绑在一起，驱使着他去执行那项任务，即帮助波斯王薛西斯找到惩罚大海的恰当方式，而他在人生这样的暮年，最后一次燃起了好奇之心。

他们频繁通信，经常打电话。克拉拉·弗里斯有时还会去哥本哈根。她现在能独自应对了，不再需要赫尔曼或任何其他人的陪同。

"你无意接手一家濒临破产的船运公司，"马库森说，"你很快就能弄清船厂的问题。给她们一些好建议，但不会太好。不能让她们长了自信。你必须误导她们，让她们一直以为，只要做错一个决定就将招致灾难。告诉她们，这个世界有多危险。"他将所有建议都写在一张纸上，好让她牢记。克拉拉·弗里斯得到了她所需的支持。

不过决定航向的，还得是她本人。

三个寡妇完全错看了克拉拉·弗里斯，一方面高估了她的品性，另一方面又低估了她的能力。她们以为她的帮助是无私的，但她们错了。她们以为她能经常给出尤为有效的建议，纯粹是运气使然，在这方面她们也错了。她们发自内心地觉得，她们倾听她的发言是在帮她的忙。她们陪伴她，给予她一点点关注——对一个她那种处境的年轻女人来说，遭遇了可怕的丧夫之痛，独自拉扯一双儿女，这当然是她真所需要的，不是吗？

她们将自己亲手制作的面包送给她，让她带回家。

"我亲爱的。"约翰妮会一边唤着，一边轻轻拍她的脸。

她们在她身上认出了自己的影子。她是个女人——面对世界的运行方式，她一定像她们一样无助。

她们在寡妇身份所带来的困境中继续苦苦思索，终于恍然大悟。她们正身处丛林，要想在这样的环境中生存，需要其他女人一直需要的，那便是男人。

他名叫弗雷德里克·伊萨克森，曾是丹麦驻卡萨布兰卡领事，后受雇于一家著名的法国经纪公司。最早他从斯文堡的默勒公司入行，后来为伦敦的劳埃德集团工作。许多定期到访卡萨布兰卡的博耶公司的船长，包括卢德维格森，都推荐他。"有能力，有远见。"被其他船长推举为发言人的司令官宣称。

"可是，他能干好工作吗？我们能和他说上话吗？"埃伦问。

"我希望他不要太一意孤行？"听到队长说伊萨克森有远见，约翰妮不安地补充道。

"他啊，我听说过，"马库森在电话里对克拉拉说，"我愿意雇他那样的人，有干劲。他要是觉得马斯塔尔是个穷乡僻壤，就不会去了。他是看到了机会。老博耶的工作看来做得比我们预期的要好。银行里有存储资金，没有欠债。有进取心的男人靠这个条件能走很远。伊萨克森很有可能会给你出难题。"

在船长们的推荐下，伊萨克森得到了雇用，他抵达马斯塔尔是在8月中旬。从哥本哈根前往马斯塔尔这一程，他没有选择渡轮和火车，复杂的换乘会让旅途非常辛苦。相反，他选择了一路不停的定期客船，乘客一般出身卑微。他站在甲板上，将系缆索投给码头上的人，带着一种熟稔的悠闲，随后他开始挥舞宽檐草帽，仿佛是在向整个镇子问好。

他身穿一套白色亚麻套装，扣眼里别着一朵新鲜的康乃馨。脱帽时，我们看见他的皮肤是和水手一样的深棕色。或许那就是他本来的肤色。他的眼睛是棕色的，上下都镶着浓密的睫毛，让他显得温柔又神秘。

他是个阅历丰富的人，我们招呼他的时候也得出了这样的结论。我们不讨厌阅历丰富的人。因为我们自己就是那种人，任何新来者都无须故作顺从和谦逊来讨好我们。如果真有实力，那我们欢迎他稍稍炫耀一下。

伊萨克森的确有那样的实力，日子一天天过去，他也越来越受欢迎。那艘定期客船的船主阿斯穆斯·尼古拉森称，他们经过群岛时曾与伊萨克森交谈，他是个直言不讳、见多识广的人，充满了天然的好奇心。事实上，在回答了伊萨克森提出的所有问题后，尼古拉森判断，这个异国面孔的陌生人可能比自己更了解定期客货轮航运业务。他显然对船舶很了解，在船上帮忙的动作非常娴熟，而且一次也没有把漂亮的套装弄脏——这让尼古拉森对他越发敬重了，因为所有水手都很看重清洁。

当然，有个大问题依然存在。伊萨克森知道如何与寡妇们对话吗？

他先是与我们交谈。他在海港转悠了一圈，和老船长们一起坐在长凳上。他敲开航运经纪公司的大门，走进其中脱帽问好，然后立刻表明身份，不是来刺探情报的对手。他之所以选择来这里，是因为他感觉这个小镇是一个共同体，只有抛开内部竞争和嫉恨之心，团结一致，才能应对未来的挑战，总的来说，就是要敢于胸怀大志。

他的发言让我们想起阿尔伯特有关伙伴情谊的那次演讲。我们站在新立起的纪念碑前聆听他的发言，也就是几年前的事，但感觉却像是发生在上辈子。我们终于明白，1913年海港上的那天，标志着一个时代的结束。但当时我们没有一个人意识到。

伊萨克森的言论蕴含着一种魔力。他帮我们从外部视角看清了所发生的事。镇上航运公司的股票，由社区的许多成员共同持有，这种模式帮助我们走到今天，但小投资者的时代已经结束了。眼下需要的资金，远非一个女仆、一个房间服务生，甚至是一名优秀船长所能提供。大规模投资需要大笔资金，需要整个小镇的资本。马斯塔尔有那笔资本，关键只在于要懂得该如何运用。

"我建议马斯塔尔将资本集中到更少人的手里。唯其如此，商航运输业务及其管控权才能留在镇上。"

他在暗示什么？有些人觉得，他这副模样太像雄心勃勃的亨克尔先生，那人当初承诺，全世界都将是我们的领地，结果却把我们抢得一毛不剩。不过真相很快水落石出，伊萨克森想要的是截然不同的东西。他无意拿走我们的钱。他是想当我们的指南针。他想要指明航向，不只是为单独的某一家航运公司，而是为整个镇子。

他只遇到一个敌手，那便是克拉拉·弗里斯。他事先做过调查，所以当他看到马斯塔尔最著名的航运公司之一，掌控在一个衣着朴素的年轻女人手中时，并没有感到惊讶。他完全了解阿尔伯特·马德森及其与勒阿弗尔那位寡妇结成的联盟；他还知道，丹麦最后一批大船，美丽的苏珊号、杰曼号和克劳迪娅号，都是在王子街注册的。他在做调查时只忽视了一件事。他没有心思研究克拉拉·弗里斯及她的保险箱。他不知道她掌握着多少财富，更重要的是，他完全不知道她打算拿那样大一笔钱去做什么。如果他像成吉思汗一样，来到这里是为了将整个小镇夷为平地，那么她可能会欢迎他。但他却像亚历山大大帝，驾临这里是为了建立一座城市。所以她便把他当成了敌人。

他想建立一个全新的马斯塔尔，就在当初带来繁荣的航运贸易废墟之上。他提供的是一次再生的机会，而非一场葬礼。他不希望镇子发出天鹅临死前的最后哀鸣，而是希望听到面向未来的欢乐的致敬之声。

他触动了我们内心的某个部分。从前我们见识过一次进

步的盛景 —— 比绝大多数人都早 —— 我们起身向其致敬。现在他邀请我们再次起立去迎接那个时刻的到来。

招待弗雷德里克·伊萨克森时该穿什么？克拉拉·弗里斯思考过这个问题。最后她决定还是遵循往日的朴素风格，无论如何都不要将注意力引到自己身上。她不打算炫耀自己的财富，以及新近获得的自信心，说到这个，还有她的女性气质。不管怎样，她都不打算引诱他 —— 不只是因为她已青春不再，还因为她对自己的魅力评价不高。她认为，更保险的做法是延续从前的角色。经过大半辈子，她早已将这个角色扮演得十分娴熟，连她自己也深信不疑：作为一个谦逊、贫穷的妇女，面对人生像邪恶继母般施加的虐待，她应将怨恨隐藏在心里，除此之外，不该有更丰富的情感。她不会表现得像个彻头彻尾的蠢货，而是要让他以为，她已被焦虑打击得无法动弹，没有能力去理解男人掌控的这个庞大世界；她会假装成非常无助的模样，就像在那三个寡妇面前一样。

不管伊萨克森说什么，她都勉强回以机械的微笑，然后点一下头，但矛盾的是，她的眼神却一片空茫，显然是在暗示：对于他所说的话，她一个字也不理解，之所以点头赞同，只是出于女性典型的羞怯和顺从习性。

但伊萨克森没有放弃。他改变了措辞，将想法描述得更加浅白，更容易理解。他甚至开始热情地谈论水手生活的不确定性，以期能劝服她。他实际上是在提议一种全新的生活方式，会将水手的家属也纳入考量范围，从而帮助他们消除一直以来对于命运的不安。

"想想看，一个管理有方的大型航运公司能为水手的工作带来多么巨大的改变。定期休假，安全的船上环境，眼下迫使小船主冒险涉入危险水域的贫困也将不复存在。"

他睁着一双睫毛浓密的棕色眼睛，出神地望着她，而她的目光直到这一刻才与他交会。他的语气变得急切起来。听到他的发言，她的反应却是空茫的眼神，他感到不满足。她感觉到一股投降的冲动，但很快就被一种熟悉的恐惧所战胜。那是一种对黑暗和洪水的恐惧，黑色的潮水不断上涨，即将淹没她蜷缩的屋顶，卡拉消失在湍流之中，屋脊压迫着她的大腿根，宛如一架刑具。

她的额头渗出冷汗，脸色变得煞白，不得不用虚弱的声音假称突然犯了偏头痛，只能请他离开。

伊萨克森皱着眉头离开了。他感觉刚刚见证的那场表演十分怪异，其中有真实的成分，也掺杂着伪装，但目的何在，他却无法看透。他不可能想到，这个女人——让他想起一个羞怯的女仆——竟是他的主要对手。

在拜访不同的航运公司的间隙，伊萨克森也设法说服了那三位寡妇。他谈起大海和船舶，用的是一种他认为她们能理解的语言，以家务管理来作比。航运也有购物清单，要考虑开支、账目和仆人的因素。他知道这些妇人都是经验丰富的家庭主妇，便试着让她们明白，从某种角度来看，航运贸易与她们的日常经验并无太大区别。

这个策略取得的效果正如他所设想。寡妇们都安下心来，耳畔不再有子弹擦过的嗖嗖声。伊萨克森完成了她们交付给他的任务，将她们从战场上救了出来。责任此刻已经不在她们身上。

伊萨克森邀请博耶航运公司的所有者召开了一次盛大会议，与会者包括公司全体员工，所有目前在岸上的船主和大副，还有他们的配偶。他足够聪明，早就明白，和在家庭事务中一样，妻子们在海运事务中也是一支不容忽视的力量。他预订的场地是艾尔岛酒店的海事大厅。那是一间富丽堂皇的沙龙，墙上挂有宝蓝色的丹麦风格瓷匾、丹麦国旗，以及在马斯塔尔注册的船舶画像。餐食准备的则是三道菜的大餐。他给酒店厨房提供了马赛鱼汤的菜谱，作为第一道菜。他知道大多数船长在地中海地区航行的时候都熟悉了这道菜品。至于主菜，他选择的是脆皮烤牛肉。致辞时间则定在上马赛鱼汤和烤牛肉之间。

那是一场有关未来的演讲。

他以讲述自己在卡萨布兰卡度过的岁月开场。他就是从那个港口来的，他和许多马斯塔尔船长也渐渐熟悉了那个地方。显然他给那些船长留下了好印象，也想借此契机感谢他们的支持。他说，每当有马斯塔尔的船离开卡萨布兰卡时，他总是心情沉重。因为他总是害怕再也见不到那艘船。他不是指船在返航途中遇难的风险，当然，那种悲剧的可能性一直存在。是的，他想到的是另一种更可怕的结局：船可能就那样凭空消失，任何人都没有再见过。无论这种情况在他的尊贵宾客听来有多奇怪，它发生的可能性都比普通船难更大。与会者听到这里可能会非常惊讶，但船队的失踪如太阳的东升西落一样确凿无疑。

演讲进行到这里，他已经完全吸引了听众的注意，惊得他们瞪大了双眼。没有一个人想象得出，他这番怪异的陈词将引向何方。

"但是，听我说，"他继续道，"我知道这种大祸临头的预感听起来很奇怪，但我可以解释。而且，我能帮你们，确保这种担忧永远不会成真。每次看到马斯塔尔的纵帆船起锚离开卡萨布兰卡，我之所以会意气消沉——"说到这里，他垂下目光，长长的睫毛扫过深棕色的脸颊（连长桌最远处的宾客也能清晰看见，这情景让不止一位船长之妻以最不同寻常的方式长长地呼了一口气，将心放回肚子里，仿佛刚刚喘不上气来）。他突然换上了一种极平淡的口吻，将那句惊人的话重复了一遍："我之所以会意气消沉，是因为偶然得知，卡萨布兰卡的法国当局计划建一座新的港口。你们应该都明白此事的后果。"

说到这里，他再度停顿，这一次他没有低眉垂眼，而是急切地环顾四周，仿佛是在提醒我们想起某些原本熟知，但已暂时被遗忘或者封禁起来的知识。有一两个女人泪光闪闪地回应了他的目光，仿佛接收到了一份邀请；几个船长羞愧地看着桌面，仿佛对于伊萨克森将要说出的事实再明白不过，这本该由他们来说，或者他们至少应该想到。

伊萨克森继续演讲，此时他的发言仿若鞭笞，变得快速而锋利。

"这意味着，马斯塔尔的纵帆船将再也不能运输货物前往卡萨布兰卡。那里是北非最重要的港口之一，过去汽船不曾涉入只是因为当地缺少合适的海港。现在，它们就要来了，载货能力更强，航行速度更快。他们的到来就是分分钟的事。指南针规划航向，汽船依图航行，不会有任何偏航或延迟。而且这不光会发生在卡萨布兰卡。"

伊萨克森的声音变得越来越有力，此刻甚至有了一种充满厄运感的意味。

"还有英吉利海峡法国海岸的各个港口，过去那里的潮汐情况只允许帆船进入。而现在铁路正在接管那里的货运业务。还有巴西的里奥·格兰德港和委内瑞拉的马拉开波潟湖。这两地的水都很浅，过去只能通行小型船只。现在有了铁路，汽船面临的阻碍很快也将得到解决。"

他每提及一座港口，在座的船长和大副都肉眼可见地一惊，仿佛他正出拳威胁，而他们完全不知该如何防守。

"大海曾是你们的美洲。但如今美洲对你们关闭了边境。对你们提供的服务，需求会越来越少。货运合同将消失于无形。那意味着，你们的船队也会迎来相同的命运。你们可能会决定将船队卖掉。但是想想看，谁会出手购买？等待它们的将只有爆破拆迁队。在献给一个时代，献给你们这个时代的火葬堆中，化为木烟，然后消失得无影无踪。不过，并非所有希望都将成空……"

伊萨克森换上一种安慰的语气，如同教区牧师，刚刚描绘过地狱景象，现在又说天堂将打开大门，迎接任何看见光明的人。

"世上仍存在无人航行过的海域。那里的海港无法疏浚，或者说不值得疏浚。又或者那里洋流紊乱、礁石丛生、风暴频发，叫汽船永远无法通行。比如纽芬兰，"他语气中的安慰突然消失，"世界上条件最恶劣的海岸，地球上最危险的水域。马斯塔尔的纵帆船依然可以去那里装载臭气熏天的鳕鱼干。其他人不会染指的地方和货物依然会欢迎你们。但你们会沦落到只能靠世界市场的残羹冷炙过活。你们将沦为七大洋的弃儿，变成拾荒人。你们将成为掉队者。"

我们本以为他会发言鼓励。没想到他在宣读我们的葬礼祭文。餐桌上一片死寂。埃伦·博耶低着头，脸颊烧得通红。艾玛和约翰妮看着她，想从她那里寻求支持，却被她极度痛苦的脸色深深感染，几乎落下泪来。

这时伊萨克森又开始发言。他原本只是为了加强演讲效果，没想到这次停顿在我们听来却像是彻底终结。宣告完我们彻底落败的判决，他还能说些什么呢?

"马斯塔尔有无限光明的未来。"听到他这句话，我们再次扬起下颌专心聆听。现在我们意识到，我们不过是一群木偶，而他的巧言妙语就是操纵的牵引绳。"马斯塔尔的未来无限光明，因为这里曾有过辉煌的历史。但是辉煌的历史并不总能保证光明的未来。传统也可能是一种负担。如果我们认为，一个方法曾经行之有效，就会永远有效，那我们便会被过去束缚，从而错失未来。但马斯塔尔是不同的。你们设计了自己的船——船壳配备了心形船尾和圆形船首——而且以镇名为其命名。你们一直在尝试，直至找到最符合要求的模式。你们的传统就像是去捕风。你们或许会觉得这种说法很奇怪，如果是一个农民说出来的，的确会很奇怪。农民会认为，随风飘扬的人没有根，无法保持稳定，因为他抛弃了父亲的传统。但是用水手的思维想想看，捕风就意味着抓住时机，趁着顺风顺水，起锚扬帆。我敢肯定，你们都听说过英国人达尔文，还有他著名的适者生存理论。也许有人曾试图让你们相信：'适者'意味着'最强者'，达尔文的意思是，只有最强者才能生存。但那纯属曲解。适者就是捕风者，也就是你们。小镇的历史就是你们扬帆出航的历史：你们一直都知道，该如何寻找方向，渡过人生的起伏。你们可以带着那种技能继续前行。但必须抛弃让你们学会这项技能的船舶，因为它们正在下沉。帆船的时代早已过去，但水手的时代才刚刚开始。相信我，一个世世代代是水手家园的镇子拥有一笔独一无二的资本，因为在这个世界上，每一样事物都需要被运输，大陆之间的联系正变得前所未有地紧密。区别只在于，从今以后，你们的技能要运用在随着下方强劲的发动机一起震动的甲板上。"

他向我们展示的构想，和前几天在镇上的几家经纪公司讲述的一样。这一次他更进一步，吐露了一些之前不曾告诉他人的有关航运公司未来的秘密。他预测，博耶公司会适时与镇上所有其他航运公司合并，最后只留下一家大型公司。届时这家公司不仅会拥有充足的资本，更重要的是，也将拥有丰富的经验——几百年来，凭借发明创造的能力、坚持不懈的精神、远见卓识和求生意志所积累的经验。而也正是这些特质，推动我们建造了防波堤、添设了电报系统、组建了国内最大商贸船队之一。即便是在马斯塔尔走向衰落的今天，这笔经验仍在激励着我们继续战斗，寻找新的或者已被遗忘的角落，在那些多年前就早该被淘汰的地方，驾驶我们的帆船。

伊萨克森伸出一只手，用手指计着数：发明创造的能力、坚持不懈的精神、远见卓识、求生意志，更重要的是，为了个体无法达成的共同目标而团结起来的能力。

"这是世界上最优秀的手，"伊萨克森说，"有了这只手，你们就能塑造自己想要的未来，而那正是你们应该做的。公司已经拥有一家造船厂。这一点很重要，因为你们需要掌握航运贸易链中的每一个环节，从船只建造到装载货物的全部过程。但是造船厂必须彻底转变，不只是转行造钢船，还要造汽船和内燃机船。那样一来，我们就有能力控制公司推出的每一艘船的价格。而马斯塔尔已经具备合适的条件。毕竟造船厂里不缺技能娴熟、经验丰富的造船工。我们需要提高船只的吨位。我们需要疏浚海峡，以便能让新船通行。我们将建造自己的苏伊士运河，横跨群岛的浅水区，连通波罗的海的开阔水域。我们还需要涉足轮船补给业务，这样不仅能服务自己的船队，也能为其他船队提供补给。此外，假以时日，我们还必须打入燃料业务领域。我们将拥有煤矿，之后还将拥有油田，因为内燃机船终将取代汽船。如此我们就能以稳定的价格为自己的船队保证燃料供给。"

我们不仅要航行，还要管理半个世界，我们的镇子将成为全球的中心。那就是伊萨克森告诉我们的。

等他终于讲完，我们的面庞涨得通红。所有人都疲惫不堪，困惑又震惊，就像刚从旋转木马上下来一般头晕眼花。我们起立为他鼓掌，所有经纪人、办公室职员、船长、大副和羞怯的妻子都站了起来。连埃伦、艾玛和约翰妮也一样。

这一次，她们没有像平素那样，先观望彼此以寻求确认。过去每次到最后决定关头就表露出的犹豫也消失了。她们同我们其他人一起站了起来。

伊萨克森的热情中蕴含着一种力量，感染了所有人，让我们仿佛进入了一种心灵失重的状态。如果他再多讲一些时候，我们可能会飘浮起来，飞出艾尔岛酒店的窗户。

伊萨克森已经查看过指南针，而且规划好了航向。他甚至滔滔不绝地赞扬过我们泅渡人生最艰难时刻的能力，但他忽视了一个至关重要的问题，那便是驾船的技艺。你的眼睛不能只盯着指南针：还得检查索具，识别云层，观察风向、洋流和大海的颜色，当心突然拍过来的海浪，它们往往预示着前方有礁石。驾驶汽船或许不需要这些技巧，但在帆船上就是这样，从这方面来说，帆船航行就像人生旅途，光知道想去哪里并不够，生活是一趟风不停歇的航海旅程，行程多是偏航，因为海面在风平浪静和风暴大作之间不断变换。

导致伊萨克森失败的究竟是克拉拉·弗里斯，还是香草饼干，我们尽可以无限争论下去。伊萨克森对于女性的了解当然是不全面的。他原本以为，一个因焦虑而失去行动力的女人，需要的是一个有强烈行动冲动的男人。对于那三位寡妇，对于航运公司，事实上对于整个镇子，他就是这么看的。他认为我们是新娘，而他是新郎。他将我们从缺乏行动力中解救出来。但有的时候，能量的旋风只会弄巧成拙，搅得女人更加焦虑。

连续三个礼拜的时间，丈夫们始料未及地迎来虚妄的死亡结局，从那时起，妻子们内心作为水手之妻的那一部分，就从家里的前门离开了，连带她们仅有的一点儿勇气和忍耐力。而一个骨子里是农民之妻的女人却从后门走了进来，不管她的家族抛弃土地已有多久。这个女人疑心很重，总是一副幽怨而沉郁的样子，消极又执拗地固守在她命定的场所。

伊萨克森对此一无所知。他以为自己已经得了寡妇们的支持。说到底，她们不是也和航运公司的全体员工一同起立，为他的演讲鼓掌了吗？当然了，他到达之前就听说过她们的犹豫本性。船长们在卡萨布兰卡找他协商时丝毫没有隐瞒，都告诉过他，这群女人"很难讨好""难对付"，不过当时他们一致认为"她们需要的仅仅是一只强硬的手"——而他正是最佳人选。

伊萨克森本以为这群女人最不构成问题了，结果她们成了最大的麻烦。她们坐在那里，守着咖啡和不新鲜的香草饼干，一刻不停地蘸着、嚼着，像海狸一样，用她们的门牙测试着饼干的硬度。而那正是她们的真实面目：她们是一个海狸家族，在他的思想周围建造堤坝，阻挡他前往任何地方。

极度沮丧中，他登门求见，还带着一包从教堂街的面包师托内森那里买的新鲜饼干作为见面礼。但这件礼物起到的却完全是相反的作用。艾玛和约翰妮面面相觑。这么说，他是在嫌弃她们自己烘焙的饼干。所以他才大手大脚地浪费。所以他才从海鸥面包师那里买饼干带来！他真的以为她们不知道，托内森会从镇上的男孩手中买海鸥蛋，而男孩们的海鸥蛋是从海港外围小岛上抢来的吗？他把她们当什么了！

饼干酿成了一起外交灾难。伊萨克森很快就注意到其他不满信号。

"这风险太大。"听到他提议在钢船厂造一艘新的汽船,埃伦·博耶说道。

他解释说,货运市场正在复苏,很快就能收回投资。

"但实际能不能收回,根本无法保证,不是吗?"艾玛过了很久才回应,而这段沉默的时间里,她们又重新开始嚼饼干。伊萨克森听得出来,艾玛不是在提问,而是在拒绝。他语气坚定地答道,她们雇他是一种信任的表示,如果想从中获得回报,就需要赋予他完全的行动自由。

"但你确实可以自由行事啊,"埃伦威严地说道,"只不过,时局太不稳定。"

"我需要授权书。"

授权书?三位寡妇面面相觑,不太理解。她们再次产生了疑虑。他不相信她们吗?"克拉拉·弗里斯说——"

"克拉拉·弗里斯?"这些日子,伊萨克森在这三位寡妇面前,总是忍不住昏昏欲睡。这一刻他清醒过来,突然弄清了原委。

"克拉拉·弗里斯说什么了?"

克拉拉·弗里斯说了什么,他不能完全确定。但她一定说过什么,而且对她们造成了影响,那是显而易见的。"不稳定""风险太大"是她经常会用的词。这些词喂饱了寡妇们心中农民之妻的部分,滋养了她们的疑心,让她们越发坚定地相信自己简单的道理:你知道自己拥有什么,但不知道自己能得到什么,所以最好坚守所拥有之物。

"但那道理在这里是行不通的,"他绝望地说,"如果只知道固守陈规,那你们连眼下拥有的财产也会弄丢。时势就是如此。只有冒险一试，接受未知的风险，才有收获的机会。"

"我不懂，"高个子的埃伦以一种受伤的口吻说道，"什么道理？我们根本什么也没说。"

伊萨克森这才意识到，他把心中所想大声说了出来，刚刚等于让她们听见了自己内心一直想说的话。他是在试图说服她们允许他开展他受雇到此要做的工作。

他站起身，借称感觉不适，然后离开了。他需要新鲜空气。他知道她们会盯着他离开的背影，一旦他走出大门，就会展开讨论，气氛比她们允许他参与的任何一次都热烈得多。

他沿着港口街前行，然后拐上王子街，敲开了克拉拉·弗里斯的大门。一位身着硬挺围裙的女仆领他进入客厅。克拉拉·弗里斯从沙发上站起身，他在她眼中看见的不只是惊讶。还有恐惧，像是被他抓了个正着，揭下了伪装的假面。

"您有何贵干？"她不自觉地问道。

他看得出来，她正竭力恢复上次接待他时的空茫神情。但她脸上写着警觉，眼中充满警惕，这证实了他的猜测。他便直奔主题。

"我想知道，你为什么要与我作对。"他说，"我不明白你的动机。你认为我们是敌人吗？作为一名船主，你当然应该考虑什么对小镇最好。"

他平等地与她对话，希望能给她留下好印象，说服她放弃她的神秘游戏。

"您说话的口吻如同一位镇长，"她说，"但我们现在已经有一位了。"

她挑衅地看了他一眼。她已经揭下面具。他想着，天哪，那真是太好了。如此一来，我就不必再忍受她一贯用的女人借口。如此一来，她就不能再随心所欲地假装听不懂我的话。

他大声说："镇长的权力并不大。但是，只要你允许我开展我的工作，那我愿意承担镇长的职责。你也一样。我知道你继承了一家航运公司，而且打理得相当专业。"

"我只在乎我自己的生意，"她说，"您也应该和我一样。"

啊，她终于说出来了，他心里突然想到。我们又回到了起点。如果你不肯公开反对，那么固执就是你最后的防御手段。

"那正是我想做的，"他反驳道，"但我每次提出一条建议，试图争取寡妇们的支持时，都会听到同样的一套说辞。时局不稳定，风险太大。有人说明智的做法是等待。她们还总是提起一个名字。你的名字。"

他感觉得出，心中的怒火正越烧越旺。他想起她在港口街沿路购买的那些地块，都闲置在那里。而那些地方原本可以建造一座生机勃勃的海港，引入各种企业，充满活力。眼下那些地块就像一片思想的荒原，没等到繁荣的机会就被摧毁了。

"我每天走过你购买的那些地块，看到它们荒废的样子，觉得可耻极了。或许它们恰好代表了你内心的想法：你希望整个小镇变成废墟。但是让我来告诉你吧，弗里斯女士，"他将数月来的沮丧都发泄了出来，"你说你只在乎自己的生意，要我说，你是在无视其他人的生意。我们谈论的是整个小镇。谈论的是这里的历史和传统。"

"我恨大海。"她突然大喊道。

伊萨克森当时如果认真听了她的话，就会发现，她给了他一个至关重要的线索，他本可以抓住机会。但是愤怒占了上风，此刻的他毫不怀疑，他终于弄清了所有问题的根源，以及他为马斯塔尔所准备的计划为什么会越来越不可避免地走向失败。这将是他职业生涯的第一次失败。他希望也是最后一次。

"听起来多奇怪啊，"他厉声说道，"简直就像听到一个农民说他憎恨土地。那样的话，我只能告诉你，你是在错误的时间出现在了错误的地方。"

"不，恰恰相反。我是在正确的时间来到了正确的地方。"

此刻的她和他一样愤怒。但除了义愤，他还从她的声音中听到了更多：他听出自己浪费了一次机会。他听到了一个人觉出自己被拒绝之后的怨恨。他刚刚没有认真倾听。

"如果我刚刚对你的指控有失公允，我很遗憾。"他试图挽回自己的失误，换上一副和解的口吻，"请问我们能不能试着理智一点儿，好好谈一谈？我觉得我们有许多共同点。"

"我必须请您离开了。"她坚定地说。

他轻轻对她点了一下头，转身走了出去。直到重返街头，他才意识到，她甚至没邀请自己落座。整个对峙期间，他们都是面对面站在那里。他感到十分震惊，她竟然如此失礼。

伊萨克森又去见了寡妇们，要求拿到授权书，以便最终执行他为公司和造船厂制定的方案。

"我必须申明一点，索取授权书是我发出的最后通牒。"

寡妇们问他，什么是最后通牒。他们的关系已经变得十分紧张，以至于他都没有施展自己备受人们艳羡的游说能力，开始越来越多地使用冰冷、正式的法律语言。他解释说，最后通牒就是说，如果要求无法得到满足，他会提交辞呈，去别处另寻他就。

"老天哪！您在这里难道不快乐吗？"

他回答说是的，谢谢。他在这里很快乐，但也不尽然，他也非常不快乐。他心怀小镇。他看得出来，她们的航运公司拥有相当大的潜力，而且前途远大，但每天都有人在阻碍他的工作。他说着说着，又变得愤怒起来。"我明白，你们更倾向于采纳克拉拉·弗里斯的建议。但我要提醒你们。她在乎的并不是你们公司的利益。"

埃伦愤怒地瞪了他一眼，那一刻他明白自己败了。

"克拉拉·弗里斯，那个可怜的女人。但凡您知道她都经历过什么，都不敢那样说她！"

判决书已经宣读。都清清楚楚地写在她们脸上。他是个坏人。行吧，他已经尽职了。他可以离开了。不过确切来说，他并没有成功履职，也正是这一点刺痛了他。他的确发现了一个机会，但没能得到利用它的许可。这对他内心最深处所坚持的价值观发起了挑战，他没能竭尽全力，没能完成任务。他失败了。他辜负了这家航运公司，辜负了这座小镇，辜负了自己。他的说服力尚不足够。他的心理透视能力仍有欠缺。他是人群中唯一知晓航向的人，却无法执掌舵盘驾驶航船。但除了自己，他无法责怪任何人。他不是爱找替罪羊的人，尽管这座小镇为他提供了好几个。

第二天他便递交了辞呈。

伊萨克森和其他任何旅人一样，也选择乘坐渡轮离开。

他没能适应——人们普遍都是这么觉得的。

但并非所有人都赞同。有些人意识到，他在艾尔岛酒店晚宴上的述职演讲中预言过的末日劫难，现在即将成为现实。唯一能阻止的，正是做出预言的那个人——而他即将离开。弗雷德里克·伊萨克森登上渡轮，但背过身的不只是他一个。整个世界都对我们背过了身。

他离开的那天是个下着飘泼大雨的秋日。他握着一把雨伞，但是一股狂风自西边吹来，他的棉布雨衣的肩膀位置早已湿透。一个由船长和大副组成的代表团聚集在码头为他送行。他在艾尔岛酒店激情演讲的那个夜晚，这些人都在现场。

发言代表卢德维格森船长迈步上前。他一直是伊萨克森最忠实的支持者，以前从未梦想过能踏足汽船。但他自认为是个富于远见的人。

"没想到落得这样的结局，实在是令人惭愧。"卢德维格森说道。

"不要为我感到遗憾。"说着伊萨克森报以鼓励的微笑，仿佛卢德维格森才是需要安慰的对象，"弄成这样都是我个人的责任，怪我没有认真倾听。"

船长不确定自己是否明白伊萨克森的意思，只说了一句"该死的妇人之见"。

"您不该责怪她们，"伊萨克森说，"女人们并不经常能身处那样的职位。她们只是做了自己认为最合适的事。"

这时，渡轮鸣笛提醒出发时间已到。

"您打算去哪里？"卢德维格森问道。他原本准备了一段短短的演讲词，可一时却想不起具体的字句。

"纽约。默勒公司在那边开了一间新的办公室。您什么时候去纽约，记得过来找我。我会一直为马斯塔尔人保留工作机会的。"

伊萨克森与船长握了手，然后转身和每一个人告别。渡轮鸣响了最后一声汽笛。他举起雨伞，脱帽致敬，然后走上舷梯消失了。

此刻再没有人能阻止我们落入伊萨克森所预言的境地，我们不可避免地要沦为掉队者。

海鸥杀手

"阿尔伯特把詹姆斯·库克埋在哪儿?"

安东在谋划大事。他已成为北帮的首领,但还不满足。打从他记事起,马斯塔尔就有北帮和南帮两个帮派,将镇子一分为二。但现在,尼尔斯·尤尔街和托登肖尔街的男孩们也组建了自己的派系。这两派尚未脱离南帮,但云雀街的克里斯蒂安·斯戴克已经获得独立。斯戴克这个姓氏意为"强大",事实证明,他人如其姓。而且他还用这个姓氏给帮派取了名,就叫强大帮。

这种势头让安东很担心。他凡事都喜欢争先,现在担心自己会被"甩到船尾",这是他的原话。他说服克努兹·埃里克将阿尔伯特的长筒靴偷拿出来。那靴子就放在王子街住宅的阁楼上,阿尔伯特在遗嘱中交代,等有人修建博物馆,就将靴子赠予他们。安东决定用阿尔伯特的名字组建一个新的帮派,只接受愿意发誓准备像阿尔伯特一样穿着靴子赴死的人。马德森家族留下的那双旧靴子已经相当破了。安东要求第一个试穿,可尺码对他来说太大了。但他依然决定:每次有新成员做效忠宣誓,他都会穿上那双靴子,然后命新成员跪地亲吻每只靴子的靴尖。

克努兹·埃里克和维尔耶姆持反对意见，觉得他永远都招不到任何一个愿意那样做好男儿，而如果想让帮派有加入的价值，队伍里就需要有真正的好男儿。两人都当面表示过拒绝。他们甚至都没想过自己会突然违抗命令。安东最终做出了让步，三人达成一致，新成员不用亲吻靴子，只需要穿着靴子做入帮宣誓。连安东也看得出来，那样更庄重。詹姆斯·库克萎缩的头颅将成为帮中的吉祥物。对其秘密存在的知情会将成员紧紧联系在一起。

问题只有一个：詹姆斯·库克的头颅沉睡在海底。

同属北帮、住在斯科夫斯街的赫尔默得到许可，借来了祖父的小渔船。七个男孩挤在船上，只有维尔耶姆和克努兹·埃里克知晓任务内容。安东只告诉我们其他几个，说要划船去海上一个叫莫克迪贝特的地方寻宝。他描绘了木骨灰盒的模样，但没说里面装的是什么——只说胆小的人不要看。

海鸥托登肖尔挨着安东，坐在小船的横坐板上，那双小珠子一般晶亮又神秘的眼睛审视着我们。这鸟不时会飞起来，冲上蔚蓝的天空，然后又毫无预警地扎入大海。返回小船后，它会重新安坐在横坐板上，猛地扬起脑袋，将尖利的喙瞄准空中。我们看到它收紧被羽毛覆盖的喉咙，无视我们的存在，吞下刚刚捕获的鱼。

"干得漂亮，托登肖尔。"安东会这样夸赞它，像是在夸一条狗。

"我们要找的财宝和那个英国人有关？"问话的奥拉夫是个结实的大个子，头发低低地垂在眉头上。

"某种程度上是吧，"安东说，"我只能说这么多。"

克努兹·埃里克和维尔耶姆对视了一眼。

到了莫克迪贝特，我们开始潜水。这是6月的第一个礼拜，天空晴朗无云。海面波平如镜，你能一直看到水下很深的地方，不过看不到海床，因为有一层随波荡漾的绿色和深蓝色水草。我们一个接一个地翻过船舷扎下水去，但潜得越深，能见度就越低，海底几乎像是一片无法看透的阴影。水草拂过肚子的感觉让人不寒而栗，就仿佛海水长出了柔软的长手指，正犹疑地想触碰你。一群水母晃晃悠悠地跟在我们身旁，忘了是在哪一处，一只鲽鱼突然冲破伪装，从沙子里钻了出来。可是不见任何财宝的影子。我们划着船从一处赶到另一处，不停地潜下水去，四肢越来越凉。安东下潜的时间比我们所有人都长，每次钻出镜子般的海面，他的嘴唇都在发抖。

托登肖尔拍拍翅膀，飞上高高的空中，仿佛是在监视我们。

真是一项毫无指望的事业，很快我们就对自己竟然想在海底寻找詹姆斯·库克头颅的想法感到难以置信。我们开始丧失热情，一同消散的，还有我们的气息及体温。阳光在闪耀，但是海水依然有一丝冬日的寒意。

唯一没有冻得发抖的是赫尔默。他坐在船尾的横坐板上，身上已经干了，也回暖了，正在抓弄晒伤的皮肤上开始蜕皮的地方，同时怀疑地望着海面。"我想说，这是我的船。"在他看来，提供小船已经是一项巨大的贡献了。

"胆小鬼！"我们冲他喊道。

此举挫伤了他的男子气概，他抓着前桅支索，将身体荡了出去。但当他意识到海水有多冷之后，便将挽回脸面的事完全抛到了脑后。他牢牢抓着支索，匆忙爬回空旷的船舱，船却一下子翻了过来。

没有人感到恐慌，没有人往倾覆的船身上爬。船身过于沉重，很难翻动，我们就连推带拉地把它往比克霍尔姆岛弄。在那儿的浅水湾里，我们应该能把它翻过来。

克努兹·埃里克和维尔耶姆在后面捞大家的衣服，衬衫、短上衣和裤子都漂在海面，如同厚厚的一层海藻。他们将一些衣物晾晒在航道的标记桩上，其他物品则带上了岸。只有安东仍在下潜，铁了心要找到库克的头颅。一直到我们其他人都光着身子躺在比克霍尔姆岛沙滩上晒太阳取暖时，才看见他朝海滩游来。他是一路仰泳过来的，一只胳膊紧紧抱着一样东西，就好像在搭救一个溺水的人。

"他找到宝物了！他找到宝物了！"赫尔默大喊起来。

克努兹·埃里克和维尔耶姆面面相觑。他真的找到詹姆斯·库克的头颅了吗？

安东摇摇晃晃地走上海滩。他的脸庞苍白中泛着青色，牙齿不停地打着战，所以好几分钟都说不出话来。他蹲下来深深地吸气，发出咯咯的声音，仿佛吞了太多海水，这期间他仍抱着宝贝不撒手。他快速与克努兹·埃里克交换了一个眼神，然后摇摇头。接着他站起身，展开双臂宣布旗开得胜。他的上半身仍冻得发抖，脸上却绽开了笑容。

"看看我找到什么了！"他叫喊着。

我们都盯着他捧在手里的那个物件。一开始我们认不出那是什么，接着赫尔默倒吸了一口气。

"是个死人！"

现在我们其他几个也看出来了。安东手里捧的是一个头骨，因为长时间泡在水里已经变成了绿色，而且上面还覆盖着一层海藻，有一些从头盖骨上垂落下来，宛如溺水者的头发。那头骨的下颌已经脱落。曾是眼睛所在的位置只剩两个大洞，死者正以神秘莫测的目光瞪视他们。裸露的上牙露出险恶的胜利笑容，仿佛这颗头颅已经预见到我们的命运：我们也会沦为悲惨的人类尸骸。

"不，"安东说，"这不只是一个死人这么简单。比那厉害得多。这是一个被谋杀的人。"他放下双臂，将那只头骨举到我们面前，"你们自己看看吧。"

我们在他四周围成一圈。他转动着那只被杀害的人的头骨，好让我们从各个角度观看。我们在头骨的后部发现一个大窟窿。

"这是石器时代的人，"克努兹·埃里克说，"有人拿斧子砸死了他。"

"不，不是石器时代的人。"安东断言。他环顾四周，依次打量我们每一个人，目光在每两个人之间稍做停留，以加强悬念效果。"我知道他是谁。"

"他是谁？"我们异口同声地问。

"眼下我不打算说出来。但这正是我要你们寻找的宝物。"

克努兹·埃里克和维尔耶姆都很清楚，安东在撒谎。我们找到的不是詹姆斯·库克的头颅。但我们毕竟有所收获，而安东总是知道如何将意外收获化为己用。"我要你们各伸出一只手，放在这个被杀害者的头顶，"他说，"发誓不对任何人透露一个字。否则，我就永远不告诉你们他是谁。"

我们都将手放在那个头骨上。上面长出来的黏滑海藻摸上去令人恶心，我们都打了个哆嗦。"发誓。"安东下令。于是我们一起发誓永不泄密。

"快告诉我们，他是谁。"

"晚点儿再说。"安东说着，做了个冷静的手势，仿佛是在要求我们不要太激动。

我们将船划到标记桩的位置，取回了剩下的衣物。阳光和风已将它们风干，但没有人记得把大家的木鞋捞上来。我们推测是在赫尔默把船弄翻后，洋流把鞋冲走了。

维尔耶姆的裤子也找不到了，尴尬让他的口吃变得更加严重。

"把你的裤子给他，"安东对克努兹·埃里克说，"那样就能真正激怒你母亲。"这依然是安东获取自由的诀窍：尽最大可能激怒你的老妈和老爹。

于是人们看到一群没穿裤子的男孩，赤脚穿过大街小巷走回家门。我们显然将迎来一顿痛揍。

但我们不在乎。

这一天，我们找到了一个被杀害的人的头骨，任何事情都无法将我们撼动。我们拥有了一个秘密。而秘密就意味着力量。

　　几天后，安东找到克里斯蒂安·斯戴克，提议联合组建一个新的帮派。他期待这个新帮派能成为镇上最强的帮派。不过"最强"这个词是他精心挑选的，目的就是奉承强大帮的帮主。他还带上了克努兹·埃里克和维尔耶姆作为下属。他们此行最重要的任务，就是护送那个装着被杀害的人头骨的木匣子，安东认为它将在接下来的复杂谈判中发挥重要作用。

　　在克里斯蒂安·斯戴克面前，安东的最大劣势是年龄和身高。克里斯蒂安现年十五岁，比安东高很多。他拥有一副宽阔的肩膀，粗壮的脖颈上栖息着一个小得出奇的脑袋。一对耳朵十分突出，引得安东曾评论，他的脑袋"展开了双翼，打算起飞去找一副更合适的身体"。不过没人敢在克里斯蒂安·斯戴克近旁说那样的话，担心被他听见，因为他最喜欢拧别人的胳膊和手腕，用他湿黏的手攥住你手腕上的皮肤狠命地拧。

　　他在国王街萨穆埃尔森的五金店当学徒，没人知道他为何还要和一群混混四处晃悠、打来打去。大人们都不太喜欢克里斯蒂安·斯戴克，不过所有孩子都怕他。或许这就是他依然保持小孩做派的原因。他喜欢男孩们的陪伴，只有在他们面前，他才是最大最强的。

　　安东的情况则完全相反。大人们不喜欢克里斯蒂安，也一样不喜欢安东。尤其是妈妈们，看到这个曾一枪打得半个镇子漆黑一片的男孩，她们眼中便充满鄙夷。但镇上的男孩们却把他当偶像。安东从不在乎别人的年纪比他大还是小，因为他总是更灵巧的那一个，那样就够了。

克里斯蒂安·斯戴克的态度比安东预想中热情，毕竟安东早已声名远播。但他完全明白，在他们接下来的谈话中，他最大的王牌是两位下属克努兹·埃里克和维尔耶姆搬来的那个木匣子。他坚定地认为，新帮派应该叫阿尔伯特帮，他还扩展了入帮仪式的内容：现在想入帮的人不仅要穿着阿尔伯特的靴子宣誓效忠，还要用一只手按着那个被杀害的人的头骨。他刮掉了那头骨上的海藻，将包括后脑窟窿在内的所有地方都打磨得发亮。他还决定继续保守秘密。至于头骨主人的姓名，除了克里斯蒂安·斯戴克，他不打算告诉其他任何人。

他让克努兹·埃里克打开木匣的盖子，然后庄重地取出头骨，递给克里斯蒂安·斯戴克。克里斯蒂安·斯戴克将它捧在手里，兜风耳前后摇晃起来。我们看得出，他被吓坏了，不过也看得出，这个男孩狡猾的头脑虽被困在一副成人的躯壳中，却在飞速运转。他的想象力难以抗拒地被那个头骨吸引，他本能地知道，它对同龄人也将产生同样的效果。谁一旦拥有了这个头骨，就将拥有镇上最大最强的帮派。他无言地点了点头，表示答应安东的条件。

"这不是随便哪个被斧头砍死的旧石器时代的人。"安东说道。他让克里斯蒂安蹲下身子，这样他们的脑袋就在同一高度，然后凑到他耳边，小声说出死者的名字。接着他们直视对方的眼睛，完成了协议签署。

新帮派的第一个任务，是为新成员配备武器和工具。驾着马拉货车卖黄油与人造奶油的小贩将空桶的盖子给了我们。我们在上面绑上绳索，拿它们当盾牌用。克里斯蒂安·斯戴克证明了自己的出众能力，他从五金店弄来一批竹条，我们将其改造成了竹弓。我们拿花园里的篱笆桩当箭，但实际上用处不大，因为箭头是钝的，如果射中你的额头，只能留下一块淤青。我们试着拿刀削尖了一支，但那木桩不够坚硬。后来是安东想到了办法，将缝帆布用的针绑在上面。这样不仅能造成更大的伤害，还能刺破皮肤。一场战斗结束，有些人会变得像刺猬一样，尤其是夏天的时候，衣服穿得少，无法提供保护，针头就会直接刺入裸露的皮肤。但这就是生活。我们的游戏正变得充满危险，但危险正是我们想要的。我们想纪念一个英雄人物，而那个被杀害的人的头骨就是我们的吉祥物。只有当死亡的威胁真实存在时，战斗才有意义。

我们制定了一些规矩。所有成员都必须在十岁以上。克努兹·埃里克和维尔耶姆是两个例外，他们才刚满十岁。其他和他们同岁的男孩都未获批准。入帮测试就是为了排除胆小的人。你必须抱着一块大石头跳进海港，沉入海底，在一艘船的龙骨下行走，然后从另一端钻出水面。如果在水下丢了石头，那你就挥手告别阿尔伯特帮吧。即使是成年人，能通过这项测试的也没几个。不过这个规则不但没吓跑申请者，反而吸引了一大群人来参与。大家早就想证实自己的能耐了，于是摇摇晃晃地在墨绿色的昏暗水底行走，因为缺氧而脸颊鼓胀，眼睛凸起，一艘船的龙骨黑压压地罩在头顶，上面有随波起伏的海藻，还爬满了贻贝和藤壶，像是抹香鲸发育过度的肚皮。我们钻出海面时的样子就像泡泡从泥地里冒出来。肺里一灌满空气，我们就爆发出胜利的欢呼，同时还要挣扎着踩水，免得被石头再带沉下去，因为我们刚把石头抬出水面，它的失重状态就会消失。

我们是否想过，刚刚潜下的地方，就是许多父亲最终的长眠之地？我们发誓要穿着靴子死去。但是话说回来，溺水的时候，你的确是穿着靴子的。

我们从小镇的每条街上招募成员，包括以前一直属于南帮地头的那一半。不过要测试就意味着和北帮的一些老成员无缘。最重要的就是通过测试，这一点甚至凌驾于出身之上。南帮有一群拒绝投降的核心力量，但这对我们来说是有利的，因为我们需要有战斗的对象。我们让他们不好过了一些日子，而且一般都是他们被击溃。有时我们在海港的救生艇上打，或者是在偷来的船上上演海战。不过大多数时候，我们会在西街上一块大人从来不去的地里碰头。我们希望能在无人打扰的情况下，尽情地给彼此留下割痕、淤青、发乌的眼睛和开瓢的脑袋。

在克里斯蒂安·斯戴克遭遇那件可怕的事之前，南帮首领亨利·莱文森是唯一遭受了永久性创伤的人。他一直顶着一个黄铜花盆架当头盔，克里斯蒂安·斯戴克从鱼栅里抽出一根标桩猛击上去，把花盆架一路拍到他耳朵的位置，砸断了他的鼻梁。最后只得由西街的水管工格罗特出手切开花盆架，亨利的鼻子从那日起就是歪的了。

大人们管我们叫"皮卡尼尼"①，意为"土著小孩"，但这个词不是英语、德语或法语，而是一个很远的地方的语言。这个词也的确让我们感觉到自己就像一座未被人类发现的岛屿上的一群野蛮土著，和这个世界格格不入。

如果我们花心思统计过帮中没有父亲的成员的数量，就会发现：许多人都曾在某个时刻，站在大街上或者操场上大哭过，因为突然想起因船只沉没而失去的父亲。无论是在战争年代，还是和平岁月，情况总是一样：他们溺水而死，之后也不会有葬礼。

但我们并不会被这些思绪困扰，虽然我们之中有些人战斗时比别人出拳更狠，遭到反击时并不在乎有多疼，这毫无疑问有原因可循。我们痛击彼此的架势，就像铁匠锤打烧得通红的铁条。我们通过这样的方式，来将自身锤炼成某种形状。

安东宣称，那个被杀害的人每晚都会出现在他的山墙窗下，用空洞的声音喊他，说想拿回自己的头。但我们都不相信。一个人的头既然在阁楼里面，又怎能从花园里喊话呢？

安东问，我们难道没注意到，那个头骨没有下颌吗？声音就是下颌发出的。他还带我们去看过花园尽头土豆田里的脚印。

我们推测是他自己伪造的。

---

① 原文为"piccaninnies"，单数为"pickaninny"，皮钦语，有贬损之意。

安东长叹一口气，说最亲近的人竟然都不肯相信他，尽管他掌握了大量信息，感觉就像不得不背负着一个十字架那样沉重。他不仅知道死者的身份，还知道杀手的名字。他看了我们一眼，那眼神简直让我们寒彻骨髓。我们不信他说的任何事，但他依然有能力搅得我们心神不宁。

那时我们还不知道：某个夜里，花园里真的会出现一个人，呼喊着安东的名字。不过，不是想拿回头骨的那个死人。

而是一个杀手。克里斯蒂安·斯戴克派去的。

这一切的起因是安东发现零用钱不如以前多，不得不削减每日能抽的忍冬牌香烟份额。抽烟让他拥有一副富于男子气概的嗓音，听起来更老成。他说缺钱是因为射手出了问题，那是他给表亲的气枪取的名字。他这段时间射杀的麻雀数量变少了。有人说，是因为他终于把本地的麻雀都给干光了，不过他认为这纯属胡说八道。问题出在射手上。

因此，他决定对那支气枪做一次性能测试，用它射杀一只真正的大鸟，实际上是马斯塔尔最大的一只鸟。在我们看来，这个决定虽然证明了他的真实地位，但也让我们感到焦虑。确切地说，是让我们感到不安。镇上的每一个人都喜欢那只鸟，它甚至有自己的名字。当然了，这些年来，水手们带回来的许多金刚鹦鹉、葵花凤头鹦鹉、仙女长尾小鹦鹉、八哥和金丝雀都有自己的名字。但那些鸟都坐在笼子里乞求糖块为食，就连安东的托登肖尔也是半驯养状态。那只鸟却不同。安东决定射杀的那只鸟是自由而高贵的，它每年的飞行距离和马斯塔尔水手们的航行里程一样远。它选择在马斯塔尔镇筑巢，我们都感到荣幸。它是一只鹳鸟，生活在戈尔德斯泰因家的房顶。我们管它叫弗雷德。

那只鹳鸟选择在戈尔德斯泰因家的房顶筑巢，是件很奇怪的事。鹳鸟喜欢栖居在高处，但坐落在马克街尽头的戈尔德斯泰因家，却是一座砖木结构的低矮建筑，外墙被刷成黄色，红瓦屋顶仿佛要从塌陷的墙壁上滑下来一般。亚伯拉罕·戈尔德斯泰因是个鞋匠，蓄着白花花的络腮胡，性情温良，从来都不会直视别人。他养成那样的习惯是有原因的，有人说，他的眼神会带来厄运。任何船长在上船途中遇见他，都会将出发时间推迟到第二天。还有人曾在一个春日清晨，看见戈尔德斯泰因站在集市广场上，对麻雀施行催眠术。麻雀飞到他伸出的手上，沿着他的胳膊一路蹦蹦跳跳爬上他的溜肩，甚至栖息在他的帽子上。也有人说，这些都是无稽之谈，戈尔德斯泰因完全是个普通人，对他的评价只能以他给靴子换鞋底的能力为基准。就目前而言，没有任何人有过抱怨。

7月的一个礼拜日下午，我们去了戈尔德斯泰因家。天气炎热，所有人都不得不到海滩上去，所以安东不用担心自己射杀鹳鸟的行动会被人发现。整件事让人感到无限悲伤。但我们只能眼睁睁地看着。我们十分确定，等那只鹳鸟最后一次扇动它的黑白羽翼，在小树枝搭建的大巢中倒下，红色的双腿竖在空中时，我们都会紧闭双眼。我们隐约感觉到，伟人与毫无意义的悲剧事件总是相伴而生的，我们对整件事的看法就是这样。我们确信安东注定要成为一个伟大人物，所以想在事发当时亲临现场。

安东举起枪，眯缝起一只眼睛。他保持那样的姿态站了很久，仿佛不确定目标，而我们分明看见他的手在微微颤抖。看一眼那只鹳鸟，我们就明白了。感觉就像是在向它告别，安东当然也有同感。接着他扣下了扳机。

我们都紧紧地闭上双眼，仿佛听到了命令，而且一直闭到枪声消散。那声音似乎足够响亮，一直传到了尾巴海滩。随后是一阵绝对的寂静。然后安东骂了一句。我们睁开眼睛

海鸥杀手

往屋脊上看去。那鹳鸟依然站在小树枝搭建的巢上，纹丝不动，仿佛睡着了一般。

鹳鸟被击中后都是那样的反应吗？子弹本该让那只高贵的鸟儿沦为一堆悲惨的羽毛和两条长长的红腿；但事实正相反，它依然直立在那里，仿佛是个填料标本。

几分钟后众人才明白原因。安东射偏了。

愤怒之下，他重新填好子弹并开了一枪又一枪，直至弹药全部用完。那鹳鸟却连抽搐一下都没有，像是聋了一样。可不管它能否听见，有一件事可以确定：安东虽然用气枪连续射击了，但弗雷德安然无恙。

突然间，戈尔德斯泰因家的门打开了，一个男人走了出来，不是那个小个子老鞋匠，而是一个大汉，他要弯腰才能钻出那扇低矮的门。他穿着一件蓝色的工装罩衣，棕褐色的手臂露在外面，能看见他粗壮的肱二头肌，蓝色和红色的文身像蛇一般缠绕着他的肌肉。是戈尔德斯泰因的女婿比约恩·卡尔森，钢船厂的装配工。他原本正在享受下午的小睡时光，却被安东的枪声惊醒。

"你在干啥呢，小子？"他紧握着拳头大吼，威胁安东和我们其他的人，"你在射那只鹳鸟吗？"

安东却像没听见一样，死盯着手里的气枪，一副怒不可遏的表情——我们都发自内心地希望，他永远都不会用那副表情看我们。我们想溜，又感觉这样就等于抛弃了安东，便只是往后退了几步。只剩安东一个人站在人行道上了，比约恩·卡尔森两个大步就跨过街道，抓住了他的脖子。他抓着安东的衣领将他拎了起来，安东的双脚悬在半空，仿佛还只是个孩子。不过，对一个怒火中烧的六点五英尺壮汉来说，他就是个小屁孩。在我们眼中，安东可以是任何角色，但绝对不是这副模样。不过，这时我们开始意识到，有许多种看待安东的角度。比约恩·卡尔森将安东拽到马克街上，一路痛骂。

"这是你的枪吗？"他喝道，安东回答说是。他没有时间解释这其实是他堂亲的枪，不管怎样，眼下这并不重要。

"我来让你们这群小屁孩看看自己会有怎样的下场。"装配工比约恩·卡尔森说。

他横穿过集市广场，一只手牢牢地拽着安东。我们跟在他身后，隔着一段安全距离。我们不明白，安东为什么一言不发。从来没有什么人能让安东拜服，我们也从没见过能说会道的安东不能说服的大人。但此刻，他似乎对一切都漠不关心。至于我们，一股奇怪又被动的好奇心让我们紧紧地闭上了嘴。我们本可以大声给安东鼓劲，或者大肆咒骂比约恩·卡尔森，但我们什么也没说。

接着，比约恩·卡尔森从王子街走上港口街，上了轮船桥。我们一路上没碰到一个人。整个镇子空无一人，就像一个即将发生重大悲剧事件的舞台。或者这就是我们将目睹安东陨落的日子。

装配工在码头边缘停下脚步。

"这把该死的枪只配用在这里。"他说。

他从安东手中夺走射手，狠狠地往码头边缘砸去，木枪柄被砸得粉碎。安东一个字也没说，只是继续盯着远处。接着比约恩·卡尔森将断裂的气枪投入大海。它只溅起少许水花，随后消失在水中。卡尔森依然攘着安东的衣领，此刻又抓起他的裤子，使劲一甩，就把安东扔到了海里，和射手一个结局。

安东爬上码头后，虽然浑身湿透，却仿佛什么事都没有发生。他眯细眼睛看着我们。

"总算摆脱了那把破枪。"他说。

他想要证明一些事情，或许是想给我们看，但主要还是想向他自己证明。他射击的精准度一定受到了影响。安东一直有能力射中远处的麻雀，或者惊慌逃窜的野兔。这一次怎么会射不中一只静止不动的鹳鸟呢，我们谁都想不明白。所以问题一定出在射手上。

只要错失目标的是射手，而非安东，那他的名誉就不会受损。我们的确可以这样骗自己，但也仅此而已。

接着，安东又想到一个主意，射某人顶在头上的苹果。他打算用弓箭，就像传说中的英雄威廉·泰尔[①]。显然必须挑一个无风的日子。弓箭不会令他失望。它们是古老的武器，准确度取决于弓箭手的技巧，而不像那把如今已经得其所哉地躺在海底的破枪，要考虑一些没有准头的技术因素。克里斯蒂安·斯戴克将是那个顶苹果的人。还能换谁？安东不可能要求帮中的人冒生命的危险，除非他本人也身处险境。但他和克里斯蒂

---

① 威廉·泰尔（William Tell），瑞士传说中的英雄，生活在13世纪到14世纪初。他因未向国王的帽子致敬而被传唤，总督承诺，若他能射中儿子头顶的苹果即可得到释放。他成功射中，后率领民众反抗神圣罗马帝国的镇压。

安·斯戴克是平等的。他只需暗示一下，克里斯蒂安就会自行站出来。他是对的。克里斯蒂安的耳朵在颤抖，和平素害怕时一样，不过他没有犹豫。但凡表现出一丝犹豫，那他就完了。

我们一遍又一遍地争论过可能的结局。如果克里斯蒂安·斯戴克在最后一刻丧失了勇气怎么办？如果安东再一次射偏了怎么办？

那个重要的日子到了。我们聚集在西街旁的那块田里，以前我们经常在那里碰头，对战南帮。这一次，南帮也来了，随他们的首领亨利·莱文森一起。他站在那里，鼻子虽然已经扭曲，但毕竟愈合了。他们没带武器。和我们其他人一样，他们过来也是想见证安东的结局是胜是败。总的算来，我们有约五十个人。

雨刚刚停歇，黑泥让人脚步沉重。

克里斯蒂安·斯戴克站在田地中央，克努兹·埃里克试着将苹果稳当地放在他头顶，但那果子不停地滚落。我们没有实地彩排过，大多数人都觉得这是个不祥的预兆。克里斯蒂安只得将油腻的长头发揉成衬垫的形状，这才将那苹果放稳。他的耳朵抖个不停。见此情景，我们回想起安东讲的笑话，即那两只耳朵就像一双翅膀，随时都准备带着他的脑袋飞走，找到另一副身躯。毫无疑问，那正是克里斯蒂安·斯戴克的耳朵此刻想做的事。

安东面朝他而站，两人四目相对，仿如决斗的双方。接着安东开始向后退，眯缝起眼睛仿佛在集中精神。但他一直在后退，直退到显然不可能命中苹果的地方。事实上，我们甚至怀疑，一支箭是否能射那么远。克努兹·埃里克大喊着要他停下，再走近一些。安东却表示拒绝，经过一段时间的争论，他才同意站在十五步外的地方射。与此同时，克里斯蒂安早已昏了头，把苹果取了下来。

终于，万事俱备。安东将箭杆架上弓弦，开始拉弓，两只眼睛眯得几乎像是闭起来了。我们有相当一部分人都认为，箭会像射向鹳鸟的子弹一样，偏离目标很远，因为安东早已失去射击技能。

但这一次，安东没有射偏。不过他射中的也不是苹果，而是克里斯蒂安·斯戴克。

我们刚听见弓弦发出砰的一声，克里斯蒂安一声号叫，用双手捂住了脸。那个苹果完好无损地落在地上，但没有人关注它。我们看见的是，箭头插进了克里斯蒂安双手捂住的某个地方，但不知道具体是什么部位。接着克里斯蒂安直起身，发了疯一般哭天喊地起来。那声音听起来煞是凄厉，毕竟，他已差不多是个成年人。他脑袋向后仰着，以便叫得更响亮。那支箭继续停留了片刻，然后落在地上。箭头已经被染红。

维尔耶姆第一个跑了过去，手中早已备好手绢。安东没有动，似乎需要时间来消化自己的失败，随后才反应过来自己射中了克里斯蒂安·斯戴克。后来我们经常谈论，损坏自己的名誉，或者射伤克里斯蒂安，哪种结果更糟？

他终于清醒过来，向克里斯蒂安冲去，却停在几英尺外的地方。"得把他送到克罗曼医生那里去。"他努力控制住自己的声音，没有流露任何感情色彩。

他依然是我们的首领，一发话，我们都平静下来，只有几个小一点儿的男孩还在尖叫，因为看到维尔耶姆的手绢被涌出的血水染得通红。

安东走上前去，克里斯蒂安依然在捂着脸咆哮。"让我看看射到什么地方了。"说着安东将克里斯蒂安的头发撩开。

"你敢碰我一下试试。"克里斯蒂安号叫着说。但他还是放下了双手，我们这才看见，血是从他的右眼涌出来的。他的右眼眶此刻只剩一片殷红。

安东抓住克里斯蒂安的手，和当初他将花盆架砍到亨利·莱文森的耳朵上时做的动作一样。如果南帮成员还在现场，那么亨利看到这一幕或许也会想起当时的情景，但他们早就离开了。"我们就说是一根树枝插到他的眼睛里了。"安东说着环顾四周，依然是从前的权威语气。

于是我们一起穿过镇子，去找克罗曼医生，克里斯蒂安仍在叫个不停。不管遇到谁，我们都是同样的说辞："一根小树枝插到他的眼睛里了。"我们没觉得是在替安东打掩护。我们是在掩护自己。克里斯蒂安·斯戴克的眼睛为什么在喷涌血水，跟任何一个成年人都没有关系。那是克罗曼医生的事。只有他能修补。我们要将克里斯蒂安的命运交到他手上。

当时我们并不知道，克罗曼医生要通过外科手术决定的，不只是克里斯蒂安一个人的命运。还有安东的命运。很快，我们就将永远失去他这个首领。

我们到达诊所时，那里已经围了一大群人。除了阿尔伯特帮的成员，还有二三十个人。当时不是正常的手术时间，安东只能一边砸门，一边呼叫医生。克罗曼打开门，看到受伤的克里斯蒂安，立刻伸手扶着他的肩膀，将他迎进室内。克里斯蒂安立刻安静下来，仿佛意识到自己到了安全场所——也可能只是他换上了一张勇敢的面孔。

　　"你们进来干什么？"克罗曼医生看到我们其他人也想跟进去，于是说道，"快出去。"

　　他只让安东、维尔耶姆和克努兹·埃里克进了手术室。接着他问发生了什么事，目光却一刻也没有离开克里斯蒂安。

　　"一根小树枝插到他的眼睛里了。"安东说。

　　"你自己不会说吗？"克罗曼问。

　　"一根小树枝插到我的眼睛里了。"克里斯蒂安·斯戴克将安东的说法重复了一遍。这一刻，我们都无比喜欢他。

　　这期间，克罗曼让克里斯蒂安平躺在诊察台上，开始冲洗他脸上的血水，小心翼翼地掀开他的眼皮，仔细检查他的眼睛。我们都转过身去，不忍观看。

　　"克罗曼医生，"克里斯蒂安的声音已经完全平静了，"我这只眼睛还能看见东西吗？"

　　"我实话告诉你吧，"医生说，"不能。"

　　"只能装一个玻璃眼珠吗？"

　　克里斯蒂安的声音依然很平静，仿佛克罗曼刚刚说出的信息并没有特别重要的意义。我们对他的敬畏上升到了新的高度。

"不，那倒没必要。"克罗曼医生说。

"好，"克里斯蒂安说，"因为我更喜欢戴眼罩。"

之后，我们复盘这件事时才意识到克里斯蒂安在要什么诡计。他当时就已经明白，安东完蛋了，而他有了机会。他可以成为阿尔伯特帮的首领。他要在右眼上戴一只眼罩，被杀害的人的头骨也将被转交到他手里。但当时在手术室，我们唯一的想法就是，克里斯蒂安·斯戴克终于配得上他的姓氏了。他竟然能如此平静地接受命运的残酷打击，我们对他感到无比钦佩，甚至完全忘记了安东也在场。

但克罗曼医生可没忘。他严肃地看着安东。"每次有人受伤，你好像都在场，"他说，"上一回亨利·莱文森的脑袋被卡在花盆架里，也是你送他来的，是不是？"

"是，"安东说，"没错。但不是我干的。"

"开枪射杀鹳鸟的也不是你？"克罗曼医生继续追问。

安东没有回答。他直视着前方，仿佛思绪完全飘到了另一个地方，根本没听见医生的话。他再次眯缝起眼睛，摆出那副我们近来经常看见的恼怒姿态，仿佛仍在端着射手瞄准目标。

"这件事也和你无关？"

"一根小树枝插到他的眼睛里了。"克努兹·埃里克说。

"一根小树枝插到我的眼睛里了。"克里斯蒂安躺在诊察台上确认道。

"不，是我的错，"安东突然脱口而出，"是我射伤的。"

我们无法相信自己的耳朵。一开始是安东编了小树枝的谎。现在他竟然说出了实情。

"我用弓箭射伤了他，"他说，"我没打算射他的眼睛。我本来瞄准的是他脑袋上的苹果。不过反正都是我的错。是我干的。"他直视着克罗曼医生的眼睛坦白了实情。

就在片刻之前，我们完全忘记了他也在场。此刻我们重又想起他来。我们知道不管发生什么，他都将一直是我们的首领。安东只有一个。他或许不是世上最准的神枪手，但没有人能击败他，哪怕是比他块头大许多的克里斯蒂安·斯戴克，哪怕是比他大三岁、戴着海盗眼罩的克里斯蒂安·斯戴克。

克罗曼医生没有说话。我们还以为他会斥责安东，就像学校里的老师经常做的那样。我们以为他会骂安东无可救药，是个反面教材，是恶棍，是惯犯；批评安东新近犯下的不负责任的违规行为；威胁说要送安东去少管所，甚至是成人监狱。但这位医生是个讲求实际的人。他懂得人体及其功能，并且坚持只做他所了解的事。他让我们出去，好让他能全心全意处理克里斯蒂安的眼伤。于是我们朝门口走去。

"稍等，威廉·泰尔，"克罗曼医生叫住了安东，"你明天来找我一趟。有些东西我想仔细检查一下。"

"或许是我的脑子吧，"安东事后说道，"他想弄清楚，我是不是马斯塔尔最愚蠢的人。"他看上去像是遭受了重创，不过这倒也并不足为奇。都是他的错。是他毁了斯戴克的眼睛。我们虽然按照他的要求撒了谎，但也都十分清楚，他干的事非常恶劣，远不是道歉就能解决的。

我们再看到安东时，他戴着一副眼镜。

在这之前，他的表情总是坚定得近乎冷酷。戴上这副深棕色的角质框眼镜后，他却变得脸色苍白，显得十分软弱，仿佛被眼镜拖累了。他似乎希望自己是另一个完全无关的人，如果说他镜片后的眼睛里传递了什么信息，那就是：请假装没见过我。

这副眼镜不仅意味着，他作为阿尔伯特帮首领的生涯已经结束，还意味着他彻底完蛋了。他曾经盼望着终有一日能够出海。那是他人生的全部意义所在。除此之外，他还能做什么？但水手是不能戴眼镜的。这是一项禁忌。他需要有鹰一般的视力。他老了之后变成老花眼，那没问题。但如果年轻时成了近视眼，那一切就完蛋了。他甚至找不到第一份工作。

的确是完了。与其说出海是安东自己的计划，不如说是大自然对他的安排，为他长大成人之后准备的目标。原本他每年个子都会长高，块头变大，变得更强壮更成熟，最后终将踏上甲板，在那里一直坚持到生命的最后一刻。但有一天一切都发生了改变，而且是任何尘世力量都无法阻止的改变。安特卫普的西珀斯街、利物浦的天堂街、加的夫的猛虎湾、新奥尔良的老广场、旧金山的巴巴里海岸、瓦尔帕莱索的前桅楼街——眼镜是在向那一切告别；是在对苦彼功比特酒、苦艾酒和潘诺茴香酒告别。就好像有人闯入了他的命运，一番践踏之后，将其踩得粉碎。

克罗曼医生倒不如直接告诉他，他再也无法成为一个合格的男人。戴眼镜的安东再也不是安东。

现在我们知道他为什么总是眯缝着眼睛，为什么射不中那只鹳鸟了。不是射手的错，而是安东自己的错。他不再是我们心目中的模样，而且奇怪的是，我们对他所怀抱的遗憾，比对克里斯蒂安·斯戴克更深。那或许是因为，我们都曾敬佩安东，却没有一个人真的喜欢克里斯蒂安，想想他那双不停颤动的耳朵，他还总是随心所欲地虐待比他年轻、比他弱小的人。再说了，克里斯蒂安的生活并未因为失去了一只眼睛而发生改变。他保住了五金店学徒的工作。而安东的世界却发生了翻天覆地的变化。

一开始，老师们都会解读眼镜的象征意义，认为安东变成了书呆子。甚至可能变成了苦读的人。不过他们很快就发现，他永远都不可能变，唯一的变化在于，现在他们扇他耳光之前，必须先让他摘下眼镜。

对我们来说，安东的镜片就像两扇锁闭的门。他躲在门后，将我们都关在外面。他将阿尔伯特帮的领导权留给了克里斯蒂安·斯戴克，而克里斯蒂安虽然新获得了权力，却并未收获多少益处。他原本在我们面前只有力气大这一个优势，而且这唯一的优势也只是因为年龄差。除此之外，没有任何事情是他能做到而我们做不到的，也没有任何事情是他能比安东做得更好的。对于如何保住我们在镇上帮派中的地位，他没有任何具体的想法。我们失去安东后，南帮觉察出我们的弱点，于是发起袭击。他想不出任何有力的应对措施。对于如何才能重建帮派威望，他更是毫无头绪。他已经绞尽了脑汁。为了掩饰不安情绪，他只好对我们指手画脚，狠狠地拧我们的胳膊和手腕，但他颤抖的耳朵却泄露了实情。

眼罩虽然让他看上去相当可怕，但也无法改变形势。而且安东还拒绝交出阿尔伯特的靴子和那个死者的头骨，这更是雪上加霜。没有这两样物品，克里斯蒂安就无法举办阿尔伯特帮的入帮仪式，而他又没有能力提出新的措施。

失去靴子和头骨的阿尔伯特帮仿佛失去了灵魂。事实上，安东才是帮中的灵魂人物，克里斯蒂安·斯戴克不过是他的右臂而已。现在他成了一条失去了头脑的右臂，事情就这样结束了。

这个帮瓦解后，出现了新的派系。但局面永远也无法恢复到从前的模样。事实上，自从安东戴上眼镜以来，马斯塔尔就变成了一个更加和平的镇子。他独自坐在磨坊路家中阁楼的卧室里。学到拿破仑将军及其被流放到圣赫勒拿岛的经历时，我们想到了他。但我们判断，安东的命运比拿破仑更加悲惨，因为拿破仑的厄运是他自己一手造成的，他输了具有决定性意义的最后一战。但安东没有输掉任何东西。他只是变成了一个近视眼。

克里斯蒂安彻底退出了帮派生活，无须再通过揍小孩子证明他的价值。他开始集中精力应对在萨穆埃尔森五金店的学徒工作。他自认为是成年人，老板也持相同意见。他注意到，克里斯蒂安·斯戴克变成大人后最主要的变化是，店里的竹条存货不会再减少，之前克里斯蒂安一直把仓库当作他武器库的一部分。

起初，克里斯蒂安觉得，他和安东之间的宿怨已和平解决。安东道过歉，克里斯蒂安觉得自己几乎算得上同情他，那个可怜的近视鬼，只能架着丑陋的眼镜过活。但安东拒绝上交头骨，克里斯蒂安意识到，自己有许多怀恨他的理由。首先是他失去右眼的事。其次，安东以前总想在智商上碾压他，衬得他像个傻子。最后，他会失去对阿尔伯特帮的控制权，都赖安东。他每次手握竹条时，心里都会默默怀念那个权威的首领地位。新获得的成人身份并未带来更深的影响。所有这些因素合起来，让他得出这样一个结论：他有复仇的权利。既然想复仇，他便选择了他能想到的最恶毒、最残酷的方式。

安东当初信任他，所以才将那个被杀害的人的名字告诉了他。在这件事上，或者至少我们听说是如此：如果你知道受害者的名字，那就等于自动知道了杀害他的人是谁。于是克里斯蒂安决定告诉谋杀者，安东能证明他有罪。

这天，赫尔曼走进五金店，打算购买一把折叠尺。趁着两人独处的那么一会儿，克里斯蒂安脱口而出："安东·汉森·海伊知道是你杀了霍尔格·耶普森。"他甚至没有提前想好具体的措辞。说完后，他的双耳开始剧烈地颤动。"他有头骨为证。头骨的后脑勺上有一个大窟窿。"

要不是因为足够聪明，赫尔曼可能会当场抓住克里斯蒂安·斯戴克的衣领，将他彻底晃晕，逼他说出安东将头骨藏在了何处。相反，他聪明地扮成无辜受伤者——一掌拍在克里斯蒂安的脸上，将他拍飞出去，落在工具抽屉里。

"你知不知道你给我安的是什么罪名，小子？"他咆哮道。

萨穆埃尔森听到动静赶紧从后面冲了出来。

"发生什么事了？"

他的声音中充满惊恐。和大多数人一样，萨穆埃尔森也害怕赫尔曼。

"我在教你徒弟学礼仪。"

赫尔曼冷静地说完就转身离开了店铺，折叠尺也忘了买。克里斯蒂安揉揉酸痛的脸颊，努力掩饰笑意。他的双耳已经恢复了静止状态。但他刚才看见了，赫尔曼的手在抖。他知道赫尔曼已经做好了行动的准备。

安东曾试图让我们相信，那个被杀害的人每晚都会站在土豆田里呼唤自己的脑袋，但当时我们没人信。后来有一天晚上，真的有一个驼背的黑影出现在他窗下的花园里，用一种介于耳语和嘶吼之间的声音，问安东要脑袋——不是他自己的，而是受害者的。

"安东·汉森·海伊!"

安东睡得很熟，梦到正被老师或者父亲责骂，因为只有他们会叫他的全名。他过了一段时间才醒过来，又用了更长时间才明白那声音来自何处。他望向窗外，看见那个人影，却认不出是谁。他不害怕，已经有很久没想起那个死者的头骨了。起先，他甚至都不知道楼下的人在说什么。他从来都不相信自己编造的鬼魂每晚出现的故事，再说了，此刻站在那里的黑影有脑袋。

接着他完全清醒过来，尽管窗下的影子依然难以辨识，但安东很快就知道了他是谁。他害怕起来，比看到任何鬼魂更害怕，他这辈子都没这样害怕过——哪怕是这样也不能形容他的害怕程度。赫尔曼如果能杀害自己的继父，那也能杀了安东。这对他来说完全不在话下。

安东想到这里，重重地关上窗户，下楼去检查所有房门是否都已锁好。没有，幸运的是，钥匙都插在锁上。他紧张起来，一扇一扇地锁好所有大门，然后冲回房间，躲在床下。

窗外的声音终于消失了，但安东太过疲惫，连爬上床的

我们，被淹没的

力气都没有了。在地上睡着之前，他想到的最后一件事是，幸好没有人看见他刚才的样子。

安东的父亲不在家，九个月前出了海，至少还要再过一年才能回来。他完全不知道安东戴眼镜的事，而且安东相信，等他回来看见自己的脸，他的招呼语中一定会有"四眼"这个词。不，安东永远都不会相信这个"外来人"，也从没想过要向母亲或者其他任何成年人吐露秘密。安东认为，一个男孩应该自己解决自己的问题，不要指望任何其他人的帮助，尤其是不能指望成年人，他们是孩子们的天敌。如果要成年人选择相信一个孩子还是一个成年人，他们永远不会选择孩子，尤其不会相信他这个马斯塔尔的讨厌鬼，他可是把克里斯蒂安·斯戴克的眼睛射瞎了，还把一个死者的头骨藏在房间，几个月没透露一个字，尽管他知道死者的身份，本可以帮忙将凶手绳之以法。安东之前一直完全没去管自己找到的这个头骨所具有的法律意义。在他看来，赫尔曼可以随心所欲地自由行事。现在他才意识到，那是怎样的一种愚蠢态度。可他不知道该怎么摆脱这种困境。

听到花园里的声音后的第二天早上，安东发现托登肖尔被人拧断了脖子死在笼中。它的翅膀已被折断，几乎是从身体上被撕裂下来的，凶手仿佛拥有非凡的力量，心中有一团难以控制的怒火。看到这一幕，安东的双手开始发抖。过了很长时间，他才调整好自己，将那死去的海鸥埋葬入土。

自此以后，他每晚都会锁好家里的所有房门。

"你锁门干什么？"母亲问道，"你最近变得很奇怪。"她很清楚安东的变化，却不知道这是否值得庆祝。她没有问他是不是出了什么事。在她看来，安东生活中的每一件事都是那么遥远而陌生，她有时候竟然会怀疑，这个被人叫作"马斯塔尔的讨厌鬼"的孩子是不是自己生的。问他是不是出了什么事，和问他究竟是谁没有区别。根据过去的痛苦经历，她知道他的回应只会是耸一耸肩。

　　"家里有便壶吗？"安东问。

　　"你病了？"

　　"是的。"安东说。

　　"你不是为了明天不上学吧？"

　　"我会正常上学。快把便壶给我。"

　　母亲面带疑惑地将便壶递给了他。回到房间，他将憋了一整天的屎尿全部排空，份量煞是了得。那天晚上，等到赫尔曼重新出现，呼唤他的时候，他将便壶里的东西整个倒在了他头上。

　　那一招奏效了。赫尔曼没再回来，但这次胜利并未让安东振作起来。他开始随身带刀，也不再吃东西。夜里他穿着阿尔伯特的靴子睡觉。他不知道这是为什么，但穿着它们感觉更安全。或许他正在做赴死的准备。他的脸颊开始凹陷，表情变得十分严肃。角质框眼镜曾让他看起来像个小孩子，现在却让他像个老人。他的眼睛下方出现了黢黑的眼圈。他头上一度满是各种淤青、割伤和撞出的包，连那双神采奕奕的黑眼睛也变成了紫色，然后淡化成黄色。对一个男孩来说，这些都是健康的标志。但黑眼圈却不是，它们更像是死亡的记号，类似于护林人用粉笔在将要放倒的树木上画的线。母亲开始发自内心地为他担忧，头一次没有威胁他说父亲回来会揍他。

"别管我。"每次只要她一凑近，他就会嚷嚷。

他总是在摆弄他的刀。他想杀了赫尔曼，但不知道该怎么做。他跑得比赫尔曼快很多，但那有什么用？跑得快又杀不了人。

他出门的次数越来越少。不得不出门时，他总是往身后张望。以前他身后总是有一群跟班，现在却只有自己一个人。

便壶事件过去很久之后的一个大白天，他听到菜地里有人叫自己的名字。现在他甚至大白天也锁闭房门。此刻，他坐在穿过山墙窗照进来的午后阳光中。听到一个声音，他为自己的先见之明而高兴。不过，那个声音只叫了他的名字而非全名，而且不是之前的嘶叫，是一个类似他自己的男孩的声音。他决定冒个险，便走到窗口向下看，原来克努兹·埃里克正站在楼下。

"是你在叫我？"安东傻傻地问道。

克努兹·埃里克说出了他早就想说的话。不管他事先排练过多少遍，这句话听起来总让人觉得不对劲和愚蠢，甚至无可救药地沾染着矫揉造作的气息。但是他感觉非说不可，无用的冲动驱使着他，让他想帮忙，想提供安慰。现在，他和母亲的关系发生了变化，妹妹伊迪丝也不那么需要他了，他的冲动找不到出口。

"我想你了。"他说。

他一早就知道，这句话听起来有多可悲。他是小的那一个，安东是年长的一方。当然了，总是他在思念安东。可大孩子凭什么要在乎呢？大孩子是无所欠缺的。他们肯定不需要小家伙。克努兹·埃里克甚至不敢想安东会如何回应，而安东的实际反应却把他吓坏了。

安东哭了起来。

安东和其他任何人都不一样，他从来没有哭过。他哭得充满抗拒。那声音就仿佛有一只雪貂钻进了他的短上衣，正在撕开他的肚子。他仿佛正在遭受一种可怕的生理疼痛，而不是因为不快乐。他最想做的似乎就是停止哭泣，但哭声却违背了他的本性，逃脱了他的控制。他用双手捂住嘴巴，呜咽声却从指缝间钻了出来。他是为赫尔曼而哭，为他的恐惧和孤单而哭。你甚至可能会以为，他哭是因为自己只为自己而活、不需要任何其他人的信念。但事情并非如此。当他终于恢复了说话的力气，他的声音中已不带任何感情，尽管镜片背后的双眼满是血丝。

"你究竟想怎么样？"他问。

克努兹·埃里克感觉自己已被打败。他说出来了，他对男人应该是什么样的理解还不稳固，这句话动摇了他的理解，让他付出了代价。"我想你了"这句话有那么难懂吗？他还能说什么？我想帮你，想支持你，想伸手拉你一把？这些话说出来一点儿好处都没有。所以克努兹·埃里克什么也没说。他早已耗尽了勇气，也早已词穷。他不知道除此之外还能说什么，实际上也正是因此获救。因为在随后的沉默中，安东终于镇静下来，将他这个朋友邀请上了楼。

安东在他的房间里一口气说出了全部的故事。克努兹·埃里克年纪还很小，没听说过耶普森在马斯塔尔到鲁德克宾之间的海域失踪的事，所以安东需要向他解释清楚。这个故事本身就够吓人的，不过更吓人的是安东讲述的方式。他每次停顿，克努兹·埃里克都听到了隐藏其中的一声呜咽。安东在努力克制，为此付出了相当大的代价和努力。那只雪貂正往他的肠胃里越钻越深，很快他又开始哭泣了。

"他杀死了托登肖尔。"他说。

克努兹·埃里克不认识霍尔格·耶普森，但知道海鸥托登肖尔。他以前经常喂那只海鸥吃鱼，还有麻雀，安东无法再卖给那个米德马肯农民的那些麻雀，因为数量已经太少了。克努兹·埃里克也开始被恐惧占据了头脑。

"他绝对也会杀了我。"安东闭上眼睛，仿佛在等待随时都可能出击的死神。

"为什么不干脆把头骨交给他呢？"

"我不能。"有那么一瞬，他的言语中依然能听出过去的那份固执。接着他又泄了气。"没用的，他还是会杀了我。"

"胡说。"克努兹·埃里克说，他竟不知道自己能如此勇敢，"绝对是克里斯蒂安向赫尔曼告的密。除了你，只有他知道头骨主人的身份。"

安东突然怒不可遏。"我要杀了克里斯蒂安，"他低声说道，"我打不过赫尔曼，但打得过他。"

"你射瞎了他一只眼睛。你不觉得那已经足够了吗？"

克努兹·埃里克自己也感到震惊。

他从没想过自己竟会这样对安东讲话。但安东已不再是从前那个男孩。这让克努兹·埃里克也有了自由改变的机会。

"我有个主意。"克努兹·埃里克说。

我们，被淹没的

几天后，赫尔曼走出韦伯咖啡馆时，看见有两个晃荡在街对面的男孩正盯着自己看。他朝教堂街走，男孩们便在街对面跟着一起走。起初，他以为只是巧合，但当他转过街角向南走时，男孩们依然紧追不舍。他不认识他们中的任何一个。他停下脚步并转过身，想让他们知道，他发现他们了。正如他所料想，男孩们也停下了脚步。不过他们依然在盯着他。他抬起一只脚，在鹅卵石路面跺了两下。男孩们受了惊吓，后撤了一步，但依然盯着他。一直等他走到教堂街的尽头，他们才消失。不过，随后又有两个男孩从斯内尔街钻了出来，跟着他往滨海区走，他们的目光定在他身上，一股子不依不饶的神秘劲头。

"我看上去和其他人有什么不一样吗？"他冲他们咆哮道，"你们在看什么？"

男孩们没有回答。他看得出来他们呆住了，最大的可能是因为恐惧。但他们没有逃走，也没有逗弄他。这是他最困惑的地方。追他们没有意义。他身形又大又壮，肯定跑不过他们。他只需要控制自己，假装看不见他们。

他习惯了马斯塔尔人的目光：他生活在众目睽睽之下。虽然并非他有意设计，但当事情发生时，他知道如何利用局势。他或许无法干涉人们想什么，但至少能让人想歪。他是流言蜚语和恐惧滋生的源头。人们爱议论他，也害怕他。他跌倒时，人们都会幸灾乐祸；亨克尔进监狱后，钢船厂破产，他失去一切时，情况就是那样。但人们幸灾乐祸，只是因为害怕他。那时，人们都以为他完蛋了。但赫尔曼从来都不会完蛋，他总是能重新振作起来。他能认出人们的眼神中的情感：憎恶、恐惧、幸灾乐祸、嫉妒，还有向往。而他能从所有这些情感中获得养分。

但他不理解这些男孩的目光。他们在特瓦尔街的寄宿公寓门外等待着，在马斯塔尔时，他都住在那里。他可以进出商店，沿着海港漫步，或者去韦伯咖啡馆闲逛，而他们总是跟在后面，等待着。他越来越需要避难所，需要藏身处。他内心打开了一扇门，通往哪里并不知道。他确实做成过一些事，在两姐妹号上。有时，这些记忆会让他感觉更加强大。也有些时候，他会避免想起。现在一想到事情败露，惩罚将随之而来，他就感到畏惧。他本能地明白，男孩们穿透一切的目光中，蕴含着一种他无法战胜的力量。他本以为能将那个该死的安东吓跑。但现在马斯塔尔的每一个男孩都是安东的同谋。他们似乎有几百人，新面孔一直在出现，他们组成了一个不可预知的人民法庭。他知道自己被指控的罪名，但不知他们依据的是怎样的法条，会有什么性质的判决。不管走到哪里，他们的目光都紧随在后，甚至会死咬着他，出现在他床铺周围的黑暗世界，进入他的梦境，如同一种威胁着要征服他的疯病。他不可能把他们全部杀死，尽管他已经开始像过去那样握紧拳头，每当内心有什么想法活跃起来时，他的身体总会有那样的反应。他比以前更加沉湎于酒精，在韦伯咖啡馆打架也更加频繁。这样能让他的拳头保持忙碌。

荷兰杜松子酒不再合他的口味，在马斯塔尔船长圈子里流行了一百年的里加香脂酒①也失去了治愈能力，最具疗愈能力的威士忌对他来说已变得和水无异。举杯畅饮时，他的双手开始发抖。他避开其他人，独自买醉。

终于，他屈服了。有一天，他将水手袋甩在肩头，怒气冲冲地走上了渡轮。他打算去哥本哈根，签约受雇于耶普森航运事务所。男孩们也知道，就好像他们能读懂他的思想。他没花心思数算总人数。但渡轮边等着为他送行的"告别委员会"至少有二三十人。

在和往常一样令人捉摸不透的沉默中，他们目送着他消失在渡轮上。他没有径直走进交谊厅去吸烟。往常离开小镇时，他总会这样做。他恨这里，又与它难分难解。这一次他留在了被围起来的黑黢黢的甲板上，与马车和卡车为伍，吸着混有机油和粪便气息的空气，直至确定人们从陆地上再也看不见自己。

等他终于走进交谊厅，点燃旅途中的第一支香烟，他的双手已经抖得停不下来了。

克努兹·埃里克想到这个办法的过程非常简单。他试着总结了自己能想到的最不快的事，假设赫尔曼也会有同样的感受。一顿痛打是行不通的：这超出了男孩们的能力。而且，即便赫尔曼会成为主要攻击目标，他愿不愿意开战，克努

---

① 里加香脂酒（Riga Balsam），一种传统的拉脱维亚香脂酒，通常被认为是拉脱维亚的民族饮品。

兹·埃里克仍无法保证。让克努兹·埃里克终生难忘的，是父亲死后，母亲永远追随着他的目光，对他来说，那种目光不啻于一种更严重的迫害。那不能说是责备的目光，只是一种无声的探寻。不管他走到哪里，那目光都会追随着他，带着一个他回答不上来的问题。她想要什么？

他在那目光的重压下垮掉了，它似乎在质疑他做过的每一件事，却并未给出替代选项。某人一直看着你，你不得不猜测他的意图。同时你也明白，不管说什么，永远都不可能减轻那份负担，那是最可怕的。克努兹·埃里克想象着，怎样才能将这样的重担强加到赫尔曼身上，这个铁石心肠、寡廉鲜耻的杀人犯，他甚至在年幼时就杀过人，该怎样利用无声目光的重量施压，让他崩溃？

而赫尔曼将永远也猜不到是什么击倒了自己。那才是整个计划中最让人满足的地方。克努兹·埃里克虽然将男孩们煽动起来了，但并未告诉他们惩罚赫尔曼的真正理由。他是杀害霍尔格·耶普森的凶手，把这个秘密告诉他们实在是太过危险。耶普森是谁？他们极有可能会问，甚至会愚蠢地拿这个问题去向大人寻找答案，接着就会酿成麻烦。不，他用的是另一个办法。他将男孩们带去了安东家，当着他们的面，挖出海鸥托登肖尔的尸骨。他向他们展示海鸥被折断的脖子、呆滞的眼睛、张大的尖嘴、早已失去光泽的羽毛，以及断裂的翅膀。那死去的鸟儿体内爬满了蛆虫。"瞧吧，"他说，"是赫尔曼干的好事。"

从那以后，男孩们都渴望看到海鸥杀手躺在自己脚下，变成一摊血淋淋的肉泥。应该把他的骨头碾压成齑粉，把他的皮剥下来挂在树上，把他的肠子拽出来拖到街上。但是克努兹·埃里克提出了一个更好的办法。他们可以震慑他，让他失去男人的胆识。他们会看到他吓得双手颤抖。

他们的目光纠缠着那个可怕的杀手，他走到哪里，目光就追随到哪里。这不过是一个男孩在模仿他母亲斥责的目光。

是的，赫尔曼永远都不可能猜到，将自己赶出镇子的是什么东西。我们没有指控他是杀人凶手。

我们指控他是海鸥杀手。

赫尔曼走了，但角质框眼镜依然端端正正地架在安东的脸庞中央。他依然没有未来。"外来人"要到夏天才会回来，那时男孩也将迎来坚信礼。安东没和母亲讨论便自己去找了卡特巴尔老师，告诉她经过七年的学习，如今他要离开学校了。卡特巴尔老师回答，那是她人生中最棒的一天。他之后的举动让人有些始料未及。他礼貌地鞠了一躬，感谢她，并表示"我也有同感"。

　　坚信礼上，他当众发誓会谴责撒旦及其所有恶行。他不知道地狱究竟意味着烈火的煎烤，还是蠕虫的啃噬。他只知道自己已经身处地狱，因为对他来说，地狱就意味着与大海及其所提供的世界相隔绝的生活。他将永远无法弄清，法国女孩是不是最活泼的，葡萄牙女孩是不是真的散发着蒜臭味，甚至大蒜到底是什么东西。仪式期间，他站在海景画家创作的祭坛画下，画面中描绘的是耶稣拯救门徒于狂风暴雨的场景。但安东寻求的并非于海上获救，而是接近大海。

　　当阿比尔高牧师将手放在他头顶时，他紧紧地闭上了镜片后的眼睛。他正身处地狱，却并不想去天堂。他感到无家可归。

　　勒尼亚回到家中，瞅了一眼儿子。"你怎么还在家里？"他问，"你怎么没出海？我甚至连水手袋都给你买好了。"

　　安东没有答言，只是等待着嘲讽的到来。

"是因为眼镜吗?"父亲问,"家族遗传病。我也近视得厉害,最远只能看到自己的啤酒肚。只不过没有人发现罢了。"他的笑声很聒噪。

"架着眼镜是没办法出海的。"安东耐心地说,仿佛在和一个小孩对话。

"是的,"父亲答道,"除非你想在一艘破烂的纵帆船上浪费生命。不过你可以当个出色的水手,可以去汽船上当机械维修工。在那种地方,没人在乎你戴不戴眼镜。"

安东去奥默尔村给铁匠汉斯·巴尔德里安·乌尔里克森当学徒了。他学会了区分沉锤、击平锤、锁锤和装蹄锤。他学会了一匹马何时需要楔式掌,何时需要环式掌。他拿蹄铁、修蹄支架、锉刀和粗锉刀手法,与他过去拿那个头骨和阿尔伯特的靴子手法一样。他们开始管他叫"马友"。他自己打造了一辆自行车,好每晚骑行三千米再返回马斯塔尔去工学院上学。他找了个女朋友,满头红发,很像他的姜黄色头发。她名叫玛丽,每个礼拜都自己剪头发,免得长得过长。有一天,他看到玛丽把一个男孩揍得满鼻子血,因为那男孩取笑她的红发。事后他殷勤地告诉她出手时该如何握拳,应该把大拇指放在外面,而非握在拳中。玛丽是个体贴的女孩。集市广场旁边住着一个名叫施塔里·延斯的脏兮兮的男人。玛丽虽然和其他人一样,也会往他门口扔砖头逗他,但她会先包一层大黄叶子,免得刮坏门上的漆。

安东有了一个发现。他发现过去那种激动人心的奇怪感受重又找上了自己。他作为阿尔伯特帮的首领,带着弓箭、棍棒和长矛留下的淤青和伤口离开战场时，心中会燃起的那种冲动，如今他给马钉掌时也会有。他感觉仿佛有一面巨大的船帆张满了风，啪的一声在他脑海里的黑暗秘境中伸展开来了。第一次戴上眼镜时，他以为自己再也感受不到那种以力量碾压他人的胜利感受了。但此刻，战胜他人的力量变成了搞定物件的力量。看到自己的手工劳作成果，他感觉到一种全新的胜利喜悦。他感觉自己就是这个世界的守护者。

"精确是机械学的精髓，谁掌握了机械知识，谁就能掌握更广阔的世界。"这话是铁匠说的。他读过很多书，喜欢用哲学语言来表达心中所想。

安东找到了一条可以航行的新航道。

终于轮到克努兹·埃里克和维尔耶姆站在教堂中行坚信礼了。张嘴唱歌时，他们都望着天花板上悬挂着的黑色外壳船模。他们的未来就在那上面。他们像之前的一代代人那样歌唱。那是一首献给航海事业的古老圣歌，阿比尔高牧师一字未改地教会了他们。歌词唱的是他们自己和船舶肋材的脆弱，还有神的力量。

> 残酷的大海将是我们的坟冢，
> 汝勿近我们身旁，
> 在狂暴的风和翻卷的浪
> 和亮出宝剑般锋芒的闪电中，
> 你的言语能平息起伏的涌浪，
> 快随我们一起登船起航！

克努兹·埃里克偷瞄了维尔耶姆一眼。他没想到维尔耶姆会唱歌。毕竟在彩排课上，他都没怎么张嘴。但此刻他在唱，口吃的毛病消失了，就好像这圣歌带着他，以某种方式，越过了最难的词句。他自己似乎还没意识到这一点，但克努兹·埃里克发现了，而此事改变了他对圣歌的看法。

不过，就算神创造了一个奇迹，这个奇迹也没能永远持续。从教堂回家的途中，维尔耶姆的口吃还是和以往一样严重。

那时的我们并不知晓，我们已经是最后一群了。孩子们再也不会站在教堂唱那首圣歌，或者站在纵帆船的甲板上听凭大自然的摆布。他们将游历世界的每一个角落，但几乎不会看见船帆。这些日子里，每一件事都是最后一次发生。船帆将最后一次张起。海港将最后一次挤满船舶。然后弗雷德里克·伊萨克森的预言将成为现实：对我们来说，前方等待的只有最可怕的航程、最荒凉的海岸和最凶险的大海。

但我们那时还年轻。我们不知道这些。对我们来说，每一件事都是第一次发生。

水　手

　　活跃号的大副安高·皮讷鲁普受不了软弱的人。他要是揍你，那就是动真格的。他会握紧拳头，砸向最疼的地方。但他身体并不强壮，加上饱受风湿病和酒精的折磨，充其量只是个没有实力的暴徒。他已年近五十，马上就要到上岸的年纪了。

　　船员们管皮讷鲁普叫老头子。这一般是为船长保留的外号，以示对他们的技能和经验的敬意。但用在皮讷鲁普身上却并非褒奖，而是为了提醒他即将到来的衰老。他的尖下巴刮得干干净净，从浓密的灰白络腮胡下方突伸出来，就像是沉没在污水中的废船，只有船尾还倒栽在水面上。刮掉下巴上的胡子，是他在个人卫生方面做的唯一妥协。他戴着一顶肮脏、油腻的帽子，底下只剩几缕苍白的发丝还贴在未洗的头皮上。他紧咬在齿间、被络腮胡半遮的，是一根断过的海泡石烟斗，是他自己拿两根木夹板和一根细线修补好的。全能水手们经常背着他开玩笑，说他打了补丁的短上衣和长裤让人想起印第安人的新婚之夜——"阿帕切摞阿帕切"[1]。

────────────

[1]　此处为双关，"Apach"本意为印第安阿帕切人，与"一个补丁"（a patch）发音相近。

　　　　　　　　我们，被淹没的

克努兹·埃里克第一次伺候他喝咖啡后，过来收拾杯子和杯托去洗，不想皮讷鲁普却大吼一声，一拳打在他下巴上。这套杯子和杯托是皮讷鲁普的私人物品，他不许任何人碰。为了证明他对这只杯子的喜爱，他还会往里面吐口水，然后用他肮脏的大拇指揉搓。

"肮脏的猪猡，"他骂道，"长着一副猴脑子，简直是擤鼻涕的抹布，魔鬼下的蛋！"

每隔一天的早晨，轮到他当值时，他会来叫克努兹·埃里克起床。他会拿着一根粗绳走进水手舱，先站在那里蓄积力量，然后开始狠抽那熟睡的男孩。他总是冲着男孩的脑袋抽，但狭窄的床铺会妨碍他发力，削弱鞭子的力量。克努兹·埃里克只消一鞭就会惊醒，然后便忙乱地往舱壁上大副够不到的地方躲。他从来没叫过一声，本能告诉他，如果向恐惧低了头，恢复起来会很难。

一天早上，船员奥拉夫比皮讷鲁普早几分钟赶到，克努兹·埃里克在阿尔伯特帮就与他相识。

"该起床了。"奥拉夫轻轻拍打朋友的肩膀，小声叫他起床。克努兹·埃里克摆好被子和枕头，让它们在暗淡的晨光中看起来像有人在睡觉。大副像往常一样狠命抽了下去，等他意识到上当时，似乎一下子泄了气。他依然紧握着那根绳子，手却无力地垂在身侧，整个身体像在发高烧一样剧烈抖动。

"魔鬼下的蛋，"他低声说，"总有一天，我要让你尝尝系索栓的厉害。"

接着他气呼呼地爬楼梯上了甲板。

夜里轮到皮讷鲁普掌舵时，克努兹·埃里克不可避免地要被叫醒，去煮咖啡或者冒着瓢泼大雨爬上船帆，用绳子将其捆牢。下方很远的地方，大海在剧烈翻腾，黑暗中他只能隐约辨出泡沫的影子。冰冷的雨点落在他脸上，和咸咸的眼泪混在一起。他哭不是因为自己无能或自怜，而是因为愤怒和轻蔑。

　　第一次出海时，一开始他曾将头埋在被子里哭泣。他是为死去的父亲和冷漠的母亲而哭。他认为母亲的冷酷是他自己造成的。他也是在为自己难以消除的不满足感而哭。他不知道当水手是不是正确的选择。现在他为此付出了代价，却不能改变心意上岸去。他受不了丢脸的感觉。

　　皮讷鲁普喜欢用剥夺睡眠时间来折磨人。克努兹·埃里克可能会整日整夜地睡不了觉。他不停地使唤男孩，经常是在最深沉的夜里，有时克努兹·埃里克不得不只穿着内裤攀爬索具。克努兹·埃里克早就听说过船上最小的男孩会遭遇些什么。没有经验的新手会被派到最高的顶桅帆去干活，那里离甲板足有二十五米远。全能水手却永远都不用冒险爬那么高。你会被派上主桅杆去收取风向标，颤颤巍巍地走在脚绳上，一只手紧抓辅索，另一只则紧握船帆。你只能照做，哪怕从来没人教过你，哪怕你恐高，哪怕你是个只对自己有危险的手脚笨拙的蠢蛋。你只能爬上去，希望退下来时还能完好无损。从前闹着玩的时候，在海港里攀爬系泊船只的索具，就相当于某种准备。但在这里，海浪高高涌起，海风不住地咆哮，看在老天的分上！每个人都理所当然地以为，你会活着下来。但在你看来，能幸存纯属运气好。但并不是每个人都能看清这一点。

有一次，他站在高高的空中，看到甲板在下方遥远处变成狭窄的一条，吓得几乎魂不附体。因为紧张，身体的每一条肌肉都痉挛起来，他以为自己的双手会自动松开以寻求解脱。他被吓坏了，不由得大叫起来。但没有人听得见。可那个对着虚空叫喊的动作却救了他。它迫使他的四肢重新有了活力，接着他的双手恢复了力气。眩晕的脑袋镇静下来，将他安全带回了甲板。

对克努兹·埃里克来说，派他爬上高空的人是海洋法规的化身。皮讷鲁普也是大海本身，贪婪而危险。除非你变得坚强，否则只能沉没。克努兹·埃里克不再为遭到不公的对待、殴打和侮辱而担心。相反，他允许自己被一种全新的感觉所填满，那便是仇恨。他痛恨这位大副。他痛恨这艘船。他痛恨大海。当他摇摇晃晃地走过起伏不定的甲板，走在漆黑的夜晚，端着几乎要把他的手烫伤的咖啡壶时，是仇恨让他站直了身体。是仇恨助他忍受脖子和手腕上的水疱。永远干不了的羊绒短上衣在摩擦着他那些部位毫无防护的皮肤，擦出一个个巨大的囊性脓疱。当大副一只手攥住他的脖子，另一只手拧着他手腕上最严重的脓肿即将爆破的位置时，是仇恨让他保持沉默和冷静。

仇恨是他的学徒期，在完成它的过程中，他逐渐长大了。

长大成人的过程是艰难的。但他渴望成为一个男人。他一意孤行地将自己打造成一个愚蠢、顽固而强硬的人。他变成了一把人肉攻城锤。他意识到，只要能突破城门，就能进入生活。

活跃号的船长是森德街的汉斯·布特洛普。他是个乐呵呵的大胖子，腰围相当了得，但这并非拜马斯塔尔的船用烹饪书所赐。如果有那种书籍存在，那每一页应该都用巨大的字号印满了"节约"两个字。作为一名房间服务生，克努兹·埃里克必须在厨房里帮忙。就是在那里，船长教会了他制作肉汤。船长说，他的食谱和猪肉汤类似，但有一个关键的区别：里面不放猪肉。你要用大量的黄糖和醋来调味，再抓上一把脆饼干，一起丢进沸水中。

遇到礼拜日，如果船刚好在港口停靠，厨房就会上蔬菜炖肉。这道节日大菜得用专门的锅来制作，上面的木盖因为年久月深已经变成了黑色。菜谱遵循的是所有肉类菜肴都得遵守的原则：结结实实地炖上三个小时。完事。

他们偶尔会吃布丁，在咖啡杯中凝结成形，然后倒出来盛在盘子里，像一个个独立的小型穹顶，摇摇晃晃的，大小刚好能放进你的掌心。船员们管它们叫"修女的乳房"。他们还管阿根廷的多筋罐装肉叫"缆绳"，腌肉叫"印第安人的屁股"，意大利蒜味香肠则只让他们想起罗斯基勒①的公路。

烹煮的气味和厨房里闭塞的空气经常会让克努兹·埃里克晕船。他会打开门，到甲板上去呕吐。天气不好的时候，一般会有波浪将呕吐物冲走，那样就没人知道他把那些半消化的食物都给浪费了。不晕船的时候，他对自己的食物还是很有胃口的。而且他依然会感到惊讶，自己竟然能做饭。

水手舱内的空间很狭小，一次只能容纳两个人在里面穿

---

① 罗斯基勒（Roskilde），丹麦西兰岛东部港口。

衣服。地板下储存着供厨房炉灶用的煤块，梯子后面则放着装土豆的箱子。土豆开始腐烂后，那里会散发出一种刺鼻的臭气，就像发酵过的粪便的味道。存放锚链的盒子也会发出一种奇怪的气味，是锚具上的泥巴和海藻干后的臭气，用扫帚也清理不掉。只有绳索存放的位置散发出好闻又浓烈的褐色焦油气息。

船员们排便都是在一个被切掉一半的啤酒桶里解决。坐垫圈是个粗糙的铁环，磨得屁股疼。遇到风浪大的时候，波浪冲击着甲板，你坐在上面也会被掀翻在地。天气好的时候，克努兹·埃里克会爬到船首斜桅上，直接拉在飞溅的浪花里。这让他想起王子街家中可冲水的瓷马桶。

淡水仅供饮用，所以他从不洗澡。甲板都比他干净。他和船员会跪下来，每个礼拜用"马斯塔尔苏打"刷洗一次，感觉就像是在用砖块摩擦松脆的湿沙。

维尔耶姆的父亲送了克努兹·埃里克两个带绳的皮袋，作为离别礼物。"用它们来保护你的两只手。"他说。他是个寡言少语的人，没再进一步解释其用法。直到活跃号抵达艾恩松，装载一船砖块前往哥本哈根时，克努兹·埃里克才明白它们的用途。皮讷鲁普向他展示了皮袋是干什么的，将它们用绳索绑在男孩的手上，然后轻轻拍了一下他的脸颊以示鼓励。

克努兹·埃里克想，这么说，他对自己终究还是有些怜悯的。

砖块先是从码头被搬运到船上，然后经由人手传递，抵

水手

达船舱交给大副妥善放好。它们四块一组地在人手之间快速传递，每一堆的重量在十到十五千克之间。克努兹·埃里克第一次接手时差点儿被撞翻在地。要不是有两个皮袋，他的皮都要被掀掉了。

他气喘吁吁地站了一会儿，然后颤巍巍地走了两步，将砖块交给了下一位码头工。

"听着，伙计，"那码头工提醒道，"别让传递的链条断了。你的胳膊会承受不住。要是不让砖块保持传递的状态，它们就会变得过重。"

他向克努兹·埃里克展示，该如何转动身体，只用一个动作就将砖块传递下去。下一回，克努兹·埃里克虽然保证了链条的连续，但每次砖块过手时，他都觉得胳膊要被拧断了。四肢像灌了铅一般沉重，呼吸变得困难。但他拒绝放弃。他发现自己展现出一股以前根本不知道的蛮力，那力量并不来自他男孩气的可怜肌肉，而源于内心某个没有名字的地方，它已在那里闲置多年。

那码头工不时看他一眼。"你干得不错。"他嘴上这么说，眼睛里却流露出怜悯的神色。他年纪更长，大汗淋漓，但他熟悉这套传送流程。他很快就忘了克努兹·埃里克。他是计件工，得保持效率。

每次传送节奏一有停顿，皮讷鲁普的嘶哑嗓音就会从船舱里传出来："又是那个没用的小子吗？"

到了哥本哈根，活跃号的船员也必须帮忙卸货。他们将

　　　　　我们，被淹没的

船系泊在弗雷德里克斯霍尔姆运河①。那里的花岗岩码头很高，也就意味着得传送货物向上走很长一段路，所以非常辛苦。大副远远地坐在舱口围板上，看着克努兹·埃里克一次又一次地没跟上节奏。难点不只是传送一堆沉重的砖，还包括向上抛。每次推举，他都必须下蹲得更深。"懒猪，当这是礼拜日呢！"皮讷鲁普咆哮着，从嘴里摘掉断裂的海泡石烟斗，往甲板上啐了一口唾沫。

克努兹·埃里克对此已经习惯，所以几乎不会介意。但有一个码头工放下砖堆，走到大副身旁。"我们不能容忍，"他指着克努兹·埃里克说，"这个工作太费力，不适合小男孩。把他换下来，让他休息休息吧。"

皮讷鲁普咧嘴大笑，然后摘掉了帽子。"这么说，你觉得自己是这里的管事人？"

"不，"那码头工说，"我是卸货的。要不你自己上手去干？"说完他朝同伴转过身去，"这里有个家伙觉得不需要我们。"

工人们都翻上码头坐了下来。其中一个掏出一支香烟，点燃了大家传着吸。他们看都不看皮讷鲁普一眼，而是闲聊起来，还将腿伸出码头边缘，悬在那里悠闲地晃荡着。克努兹·埃里克不解地站在那里。发生了一些他不理解的事。这些人不属于活跃号，不熟悉船上的等级制度，以及那些未被

① 弗雷德里克斯霍尔姆运河（Frederiksholm's Kanal），位于哥本哈根，环绕在王宫所在的城堡岛四周，是一条宛若护城河的小运河，连接哥本哈根港，历史可追溯至17世纪。

看见的生死挣扎。他们似乎有自己的律法规矩，有自己的力量。他们表现得像是自己的主人。

"那么休息时间几时结束？"皮讷鲁普嘲讽地嗤笑了一声。

"等你把双手从口袋里掏出来的时候。"一个码头工回嘴道。

其他人都赞同地笑了。

皮讷鲁普发起抖来。在这里他谁都不是。

克努兹·埃里克突然看清了他的真面目：一个肮脏、可笑的人，穿着满是补丁的衣服，嘴里叼着一只断裂的烟斗，剃了须的下巴从络腮胡里突伸出来，衬得他像一只垂垂老矣的猩猩。他早已学会忍受皮讷鲁普，这位大副曾经占据了他的全部视野，就像恶劣的天气，或者某种自然力量。现在他仿佛站在桅杆顶部俯视着这一切，大副就像甲板上的一只蚂蚁那么渺小。他透过码头工的双眼看清了这位大副。

于是他也爬上码头，坐在工人们旁边，像他们一样晃荡起两条腿。

见到这一幕，皮讷鲁普像是接到了提示，起身朝克努兹·埃里克走来。码头工都警惕地坐直了身体。其中一个将香烟弹了出去，落在皮讷鲁普脚边。然后他跳下甲板，与之四目相对。只见皮讷鲁普绷紧了脸。

"好了，你们还等什么呢？"皮讷鲁普说着从甲板上搬起一堆砖。码头工你看我我看你并眨眼示意。有个人拍了拍克努兹·埃里克的肩膀，递给他一支烟。接着他们各就各位，传送链重新运转起来。

克努兹·埃里克待在码头上，抽了他人生中的第一支烟。

他深吸了一口，并没有咳嗽。随后他开始细细查看拿烟的那只手。每一根手指上都有一道长长的伤口，海水和粗糙的绳索撕裂了那里柔嫩的皮肤，令人疼痛难忍。他们说那是大海切出的伤口。

"往上面撒尿，"布特洛普建议过，"把它们冲洗干净。然后弄点儿羊绒包扎起来。伤口就会结痂。"

阳光照暖了克努兹·埃里克的脸，他觉得很惬意。

克努兹·埃里克解约离开活跃号后，母亲问起他钢笔的事。那是她作为坚信礼礼物送给他的，这样他就可以往家里写信。

"能派上很大的用场。"克拉拉说道。

他还收到了一个枕头和一床被子，以及八十五克朗。他花四十五克朗买了双新木鞋，鞋匠说够他穿一辈子。他去港口街的洛斯商店买了件油布雨衣，还有一把白色骨质手柄的折叠刀。一块海藻床垫花了他两克朗。他为自己买了一个绿漆水手储物箱和一个平盖子。他还需要工作服，于是买了一件短上衣和一条斜纹棉布长裤。等他配齐全套装备，八十五克朗已经花得一个欧尔都不剩。

在海上的十五个月里，他给母亲写过两封信。基本上只说了同一件事："亲爱的妈妈，我很好。"

在信中，他不太会写自己对出海决定产生怀疑的时刻。那就等于赞同她的观点：水手的生活残酷而悲惨。他也没办法写自己是如何战胜那种怀疑的，因为那就意味着，木已成舟，他已经死心塌地了。所以他在信中隐瞒了自己的真实想法，在"亲爱的"和"爱您"之间，只有一片沉默。

克拉拉看得出来，他长大了。不过她看到的还不止这些。他每长高一英寸，他们之间的距离也就拉大了一些，几乎就仿佛他的成长是扎根于怨恨和违抗之中的。他变得更像他的父亲了，有着和他父亲一样的金色鬈发和结实的下巴。不过他继承了她的棕色眼睛。每当看见他不设防的样子，她仍能感觉到他身上有自己的影子。他如果还有一丁点儿理智，终究会厌倦海上的生活。

劝他或者对他施压都没有用。相反，他留在家里等待下一份工作的那几个月里，她总是会做他最爱吃的食物。他们之间意外地涌现了一些温情，不过随后她就意识到，他误会了，以为她终于接受了自己的选择。他向她展示手上的伤痕和水疱，告诉她可恶的皮讷鲁普的事，骄傲地炫耀自己终于成了一个有经验的水手。

但看到大海对他造成的伤害时，她感到无比愤怒。

"我希望你现在已经学到了教训！"她忍不住脱口而出。她听出了自己声音中的绝望。

他防备地看着她，没有说话。但她读得出他眼中的信息：你不懂。

是的，她不懂。她感觉自己很无能。他们之间短暂涌现的温情消失殆尽了。他们又开始回避对方，静默地用餐。她有一个英俊的儿子。是的，他继承了她的眼睛。但除此再无其他。

那年秋天，克拉拉从三位寡妇手中买下了团结号、能量号、未来号、目标号和动力号五艘汽船。

我们听说这笔交易时都极为震惊，那是需要果断的决心和坚定的意志力的。更不用说，我们从未想到她竟然拥有那样庞大的资本。她花了多少钱，我们不知道准确数字，不过必定有数百万。很长一段时间里，我们很少谈论其他话题。

水　手

她成了一支神秘的力量。我们终于明白，她在筹划着什么大事。但到底是什么事，我们却不得而知。

寡妇们没有找人接替伊萨克森的职位。倒是有一些人应征过常务董事之职，但事实证明没有一个合适，公司的各位船长都摇头表示拒绝。伊萨克森辞职的因由早已传遍各地，因此有资格的候选人都敬而远之，公司事务几乎陷入停滞状态。或许有一天还会出现一个男人，他有足够的影响力来改变寡妇们的想法，重振她们停摆的生意，这样的可能性依然存在。但克拉拉·弗里斯并未准备好去冒这样的风险。

"可是，亲爱的，你真的没必要那么做呀。"克拉拉经过与马库森的漫长讨论后提出建议时，埃伦回应道。她似乎认为，克拉拉会购买这些船，只是为了对她们频繁相送的咖啡和香草饼干表示感谢。

"这是我起码该做的。"克拉拉就像是在说，她此番重大收购行为是为了显示睦邻友好。不过她完全明白这段谈话的荒谬。或许寡妇们也隐约意识到了，因为埃伦的脸色变得异常苍白，艾玛和约翰妮的脸颊却涨得通红。她们都扫了彼此一眼。克拉拉知道，虽然她们一直都犹犹豫豫的，但此刻她们已经屈服。

她没有压榨她们。考虑到那些汽船的状况并不好，她支付的价码不高也不低。驱使她的并非利润，而是克努兹·埃里克手上所受的那些伤。

是海水留下的伤疤驱使她做出了购买的决定。她厌恶那些水疱，它们遍布她可怜儿子的手指、手腕和脖颈，让她想起非洲奴隶身上的伤痕。那些奴隶被人用铁链锁着，从大陆的这一头拖到那一头，然后装上船被贩卖。他们一定也有那样的伤疤，在裸露的皮肤被生铁啃咬过的地方。

这就是克拉拉·弗里斯的使命：解放奴隶。克努兹·埃里克误解了男子气概的意义，被那愚蠢的念头桎梏了，她想将他解救出来。水手们很少归家，因为常年与大海作战而疲惫不堪、满身淤伤，而且就算回来，也会尽快再度启程。就好像是在乞求更多的折磨，面对从四面八方甩过来的鞭子——暴风雨、惊涛骇浪、酷寒天气、劣质食物、糟糕的卫生环境、残酷的暴行，他们仿佛怎么也受不够。而且最软弱的水手往往会首当其冲。必须终结这样的历史。

几天后，克努兹·埃里克告诉她，他已经和一艘新船签约。这一次他要自己准备水手袋和储物箱。

克里斯蒂娜号是一艘一百五十吨的顶桅纵帆船。船长特奥多尔·巴格身材精瘦，凹陷的脸上写满忧虑，不管是日晒还是风吹，似乎都无法将他撼动。不分冬夏，不管是在北半球还是南半球，他的肤色都一样苍白。人们说他的心脏很衰弱，本该退休，但因为太贪婪，所以一直坚持在船上。他唯一的挚爱是十八岁的女儿克里斯蒂娜。船的名字正是从她而来。

船上共有五名船员，包括现年十五岁的克努兹·埃里克在内。他这时已从船上厨房毕业，登上甲板成了一名普通海员，而且他自认为是一名有经验的水手。他能熟练运用指南针。他会打眼环结和短编结，能缠扎绳端。他能拉起船桅支索，掉转船尾向上风，也能逆风驾驶。

厨房里负责给炉灶添火的是个肤色苍白的小个子男孩，十四岁，眼下正因为晕船而绿着一张脸。克努兹·埃里克也有过十四岁的时候，不过那好像已经是上辈子的事了。他认出那孩子是赫尔默，就是那个怕水的男孩，曾经挂在他祖父渔船的前桅支索上，把船给带翻了。船上还有一个马斯塔尔人，是个老人，名叫赫莫兹·德赖曼，是克里斯蒂娜号的大副。

里卡尔和阿尔戈特这两名全能水手来自哥本哈根，都有多年的出海经验。他们的家族都没有航海传统，从他们的装备就能看出。他们没有储物箱，也没有准备寝具，都只带了一个经典款海员帆布包，里面配备的是用牛角盒装的油脂、缝帆针、拼接用的硬木钉、锥子和油布手套。除此之外，他们的随身物品就是一床毯子和一套用香烟盒装的剃须工具。他们上岸穿的衣服看上去和工作服没有区别，都是蓝色粗布长裤和短上衣。

里卡尔的右臂上有一个文身，图案是个举着丹麦国旗的裸身美人鱼。两人都用波兰烟嘴，配的是平底，没有烟灰缸时可以竖起来放。

克里斯蒂娜号上的氛围比活跃号欢乐许多，但是过去折磨克努兹·埃里克的皮讷鲁普依然萦绕不散。夜里战斗到精疲力竭的时候，独自掌舵看到满是冰块的巨浪朝船上打来的时候，他都会想起皮讷鲁普。克努兹·埃里克在咆哮的海风中听见他的咒骂，在浪涛的峰脊看见他的脸。然而，即便是在累到说不出话的时候，在被汹涌泪水无情啃噬的时候，他都有一种胜利的感觉，他知道自己已经战胜了皮讷鲁普。他依然可以像叛逆的孩子一般痛恨大海，但现在已经不再害怕它了。

他见过皮讷鲁普被打败的场景。当时他坐在弗雷德里克斯霍尔姆运河边的码头上，故作冷漠地晃着腿。看着皮讷鲁普在与码头工的争执中认输的模样，他其实并不明白自己学到的是什么。但现在他明白了。有时候你必须选择强硬，但没必要因为某个人是没有经验的新手就大肆羞辱。有经验的人甚至应该出手帮助新手。所以当赫尔默疲惫、晕船，想要放弃的时候，克努兹·埃里克会走进厨房去给他帮忙。

"听我说，"他说，"你做的面包太黏了，船员一直在抱怨，不满情绪越来越高。商店里买的酵母不顶事，记住了。"

水　手

629

他找出两个大土豆，让赫尔默削皮并切成小块。"给我一个瓶子。"他说。

接着他将瓶子的四分之三用土豆块填满，剩余的部分灌满水，然后塞上瓶塞，再用绳子把瓶塞缠紧。

"找个暖和的地方放起来，两天后你就有酵母用了。拿滤网过滤，掺进生面团中。不过得小心。瓶子不能放太久，否则瓶塞会挣断绳子，砰的一声爆开。"

赫尔默看着他，仿佛他刚刚透露了魔术把戏背后的秘诀。克努兹·埃里克想，这一定就是当大人的滋味。不然人们不会用那样的目光看着你。

克里斯蒂娜号走的是往返纽芬兰的航线。虽然这不是克努兹·埃里克梦想的航程，却是他唯一能拿到的工作，而且途中要横跨冰冷的北大西洋，也算是个新的开始。他们负责将木材从瑞典的奥斯卡港运到冰岛的厄勒巴克。二十二天的航程中，他又开始晕船，身为有经验水手的骄傲也被削弱了。卸货花了十四天时间。

之后他们载着从冰岛海滩装运的火山砂继续航行，前往纽芬兰的利特尔湾。现在是11月，在海上航行一个礼拜后，他们遇到了浓雾天气。雾气于正午时分散开，像一堵墙一般聚在海平面的位置，其他地方都洒满了明亮的阳光。随后雾气重又返回，船帆被浸湿后变成了深灰色，水滴重重地落在甲板上。这一刻他们还能看见很远的前方，下一刻却连艏斜杆的桁端都看不真切。

起雾第三天，克努兹·埃里克等到灰色雾气再次消散才敢接管舵盘。在船身的一侧，他看到高空中耸立着冰雪覆盖的山峰。让他惊讶的是，它们不是白色的，而呈现为蓝色、紫色和一种透明的海绿色。有一座像是一个屹立在高处的巨大立方体，坡度几成直角，平整的峰顶看上去像是人工雕凿而成。在他看来，那座山峰是那样有悖自然规则，他开始感到不安。他只熟悉斯堪的纳维亚半岛上海水冲刷而成的低矮、平坦的海岸，从没见过如此荒凉、陌生的冰雪世界。

"格陵兰岛在下风向，格陵兰岛在下风向！"他听得出，自己的叫喊声中充满恐惧。船长和大副从船舱里冲了上来。巴格快速看了一眼那奇异的冰山风景。"这不是格陵兰岛，"他说，"就是冰山而已。"

他指着海平线的方向，此刻上风向也出现了更多的冰山，十分随意地散落在海面，绝对不可能是一条连绵的海岸线。这时雾气重又返回，他们又一次被困在甲板上。

船长看上去忧心忡忡，凹陷的脸颊比平素更显苍白。

"我们的命运掌握在神的手中。"他说。

如堤坝一样的雾气陪伴他们航行了十四个夜晚。几乎没有风，大多数时间，船帆都湿漉漉地闲挂在那里。庞大的大西洋涌浪以缓慢的节奏移动，克里斯蒂娜号脆弱的船壳下几乎看不到涟漪。海面波平如油，仿佛因为这湿冷的天气正不断变厚，即将冻结成冰。周围一片寂静，克努兹·埃里克一开始以为，一定是雾气阻挡了声音的传播，正如它会阻碍视线。后来他突然意识到，船员都开始压低声音讲话，仿佛蹲伏在雾堤背后的冰川都是邪恶的幽灵，千万不能引来它们的关注。寂静重重地压在他们身上，而他们不敢打破。克努兹·埃里克在想，周围包裹的这层灰色裹尸布是如此厚重，神是否还能像船长所期望的那样看着他们呢？

雾气终于消散后，他们看到周围的海面已经没有冰块的影子了，都忍不住叫喊起来。他们本可以欢呼庆祝，不过却没有；他们只是在语无伦次地叫喊，想听听自己的声音。之前每个人都被隔离在一个无声的空间，现在终于又团结在一起了。再没有冰川的跟踪。他们尽可以放声大喊。

第二天，他们看见了纽芬兰海岸。从离开冰岛以来，他们已经在海上度过了二十四天。

他们停靠在利特尔湾，克努兹·埃里克划船将船长送上岸。他要去找一个经纪人和码头当局商谈，让克努兹·埃里克在外面等待。他回来后，脸色看上去很奇怪。克努兹·埃里克调整好船桨的位置，开始往克里斯蒂娜号划。

"克努兹·埃里克。"巴克叫了一声。他的语气听起来很神秘，克努兹·埃里克觉得陌生，因为船长平时叫他都只为下达命令。"阿尼·玛丽号还没来。"阿尼·玛丽号是马斯塔尔的一艘纵帆船，从冰岛出发的时间比克里斯蒂娜号早八天。船长叹了一口气，看向远处的海面。"所以它可能不在了。我想应该是撞上了冰山。"接下来的航程，他一直看着远处，再也没说一句话。

维尔耶姆。这是他听到船长的消息后，脑子里冒出的第一个念头。维尔耶姆在阿尼·玛丽号上。克努兹·埃里克低头看向双手，它们把船桨握得那样紧，连手指关节都发白了。

他用力划桨，就好像要摆脱恍惚的状态一般，动作大到差一点儿让自己从横坐板上跌落下去。

"专心划船。"巴格的声音听起来心不在焉，几乎让人觉得温柔。

夜里，克努兹·埃里克悲伤地躺在铺位上。维尔耶姆这一次浮出水面了吗？还是直接沉入了海底，连同他的木鞋和沉重的油布雨衣？他看见的最后一样东西是什么？水里的气泡吗？还是冰山上封冻的混乱景象？他想起在克里斯蒂娜号穿越冰山的第一天，他看见的那座方正得不自然的冰山，以及心里所产生的罪恶感受。阿尼·玛丽号是撞上了它吗？在那一刻，维尔耶姆是什么感受？他大声求救过吗？可他为什么要求救呢？在广袤无际的北大西洋上，谁也不能拯救他们。

他回想起他们上过的坚信礼彩排课程，那标志着童年时代的结束。每个礼拜日，他们都要坐在教堂里，坐在天花板上悬挂的那些船舶模型下面，它们象征着基督的救恩。他曾仰头观看那幅祭坛画，画的是耶稣只用一个手势就平息了加利利海上的风暴。他和大家一起唱水手的古老圣歌，歌词内容他们都必须牢记于心。

> 与我们同在，除掉一切的恶，
> 送来和煦的风与宜人的天气，
> 目送我们安全归家！

那是他们当时唱过的内容。船沉之前的最后时刻，维尔耶姆唱过那首歌吗？还是说，他也像面对那幅祭坛画的克努兹·埃里克一样，开始产生怀疑？

九头蛇号带着他父亲消失无踪时，神在哪里？或许神也像维尔耶姆的父亲一般？或许他是背对我们而坐，真正的灾难发生时，什么都听不见？

谁能回家，谁不能回家，纯粹是运气的问题。克努兹·埃里克在其中找不到任何意义，他觉得维尔耶姆第三次沉入水下时，心中所想一定是：神是个聋子，没有听见他的呼救。

他们必须清洗船舱，为下一批腌鳕鱼做准备。他们冲冲刷刷忙活了五天，然后在舱底铺上一层云杉枝条，顶部盖上一层桦树皮，舱壁上钉的树皮则更多。货舱里的气味刺鼻而新鲜，是不熟悉的山地与林木的气息。他们相当于在船底造了一间小木屋。腌鳕鱼是个要求很高的客人。必须提前做好准备，等待它的入住。

每天上午过半的时候，单调的装货流程都会被一件怪事打断。总会有一只船斜跨海港，开到克里斯蒂娜号附近来。划桨的是个少女，一头黑发剪得很短，脖颈露在外面。她的皮肤被晒成了棕褐色，嘴唇丰满，长着一双东方人的眼睛，眉毛坚毅有力。她划桨的架势像个男人，幅度很大，桨伸得很远，所以她的小船动得很快。经过克里斯蒂娜号时，她总会抬头张望。每到这时候，众船员都会排成一排站在栏杆边回望她，但她从不会扭头回避。她似乎在找一个什么人。

两天之后，克努兹·埃里克确信，她是在看自己。有一天，他们的目光交会在一起，他羞红了脸，只好移开目光。

之后里卡尔和阿尔戈特谈起她来。她总穿着一件肥大的短上衣和一条油布长裤，因此很难看出她的身材。不过她很苗条，这一点还是看得出来，这引发了他们的猜测。从她的深色眼睛和整体上呈东方风格的外貌来看，他们确定她是"女人梯"的后代。

"因为曼谷妓女登船时会踩梯子。"里卡尔解释道。克努兹·埃里克没说话。他回想着与那个女孩四目相接时的情景。每次想到她的目光在自己身上停留的样子，他都会羞得满脸通红。不过，大多数时候，他想的还是维尔耶姆。他夜不能寐，白日里脑袋昏昏沉沉。

下一次那女孩经过时，德赖曼冲她挥手打了招呼。她也挥手回应，这便打破了紧张的气氛。她继续以相同的频率划桨，一直划到某块岩石那里，随后消失在石头背后。两个小时后，她再度出现，但回程时没有靠近我们的船，甚至没往这边来。她目视着前方，用力划船。

她去了什么地方，在那里做了什么，这些又构成了新的讨论内容。里卡尔一口一口地抽着波兰烟嘴里的香烟，开始发表他的意见：她是去看望一个情人。德赖曼反驳说那纯属胡扯。

"看看她，"他抗议道，"她绝对不超过十六岁，最多十七。"

里卡尔回答说，纽芬兰的女孩早早就会开始工作，说完环顾四周，像是在说他不介意被问及是怎么了解到这一特殊知识的。

德赖曼说，他觉得那个女孩是去上钢琴课了。

"在一块岩石上？"里卡尔嘲讽道。

他们至少知道，她是史密斯先生的女儿。史密斯先生身材高大、肩宽体阔，喜欢穿着灯笼裤和格子呢短袜四处转悠。他住在镇子后面的一座小山坡上，有一幢宏伟的木头别墅，外墙被刷成绿色。他做的是运鱼生意，这让他成为利特尔湾最重要的人物。

他不时会到克里斯蒂娜号上来，虽然偶尔也会瞄克努兹·埃里克一眼，但只和巴格一个人交谈。

一天，史密斯先生像往常一样造访了船长室，离开时也照旧没和船员说一个字。他走后，巴格走上甲板找到克努兹·埃里克。巴格将双手背在身后，身体前倾，礼貌地对他讲话，像是担心被旁人偷听了谈话内容。"史密斯小姐想见你。明天四点。我准你请假上岸。"

克努兹·埃里克没有回应。

巴格于是凑得更近。"你听懂我说的话了吗？史密斯先生会从公司派人来接你。"克努兹·埃里克点点头。"很好。"船长说完便转过身去，就要离开时又突然停下脚步，仿佛差点儿忘了另一条信息，"当心那位小姐。"他警告地看了克努兹·埃里克一眼，然后转身快速离开了，就像是刚刚履行了一项令人不快的职责一般。

其他人都没注意到这番交谈，便也没有人讨论。克努兹·埃里克完全惊呆了。总的来说，他并不害怕女孩子，毕竟以前经常要照顾妹妹。直到玛丽吸引了安东的注意，他才意识到，女孩子还可以是朋友以外的其他角色。但他依然想象不到，这个女孩想要什么，心里不免担忧，她对自己的兴趣会为他打上"娘娘腔"的标签。那样他就会在船员的队伍里被突显出来，如果说有什么事是他不希望看到的，那就是这件事。

　　第二天四点前不久，果然有人来接克努兹·埃里克。里卡尔和阿尔戈特瞪着眼睛，在他身后呼唤他。上山前往别墅的一路上，护送的人都没有理他，仿佛也觉得整件事都非常尴尬，宁愿完全与己无关。到达后，那人便一言不发地离开了。

　　克努兹·埃里克走上游廊，小心地敲了几下门。一个身穿旧式羊绒长裙的老妇人打开门，带领他穿过一间大门厅，走进了客厅。到这时为止，没有任何人跟他说过一句话。老妇人关门离开后，克努兹·埃里克发现房间里只有自己一人。窗边一张铺有桌布的小桌子上，已经备好了茶。在杯子和银质茶壶旁边，有一个盛满饼干的瓷盘。他依然站在门口，不确定是否该在铺有软垫的椅子上坐下来。四周依然没有动静，于是他开始在房间里转悠。他从瓷盘里拿起一块饼干，但就在这时，身后的房门突然弹开了。他慌忙转过身，将饼干藏在身后。是划艇上的那个女孩，但她此刻穿的不是短上衣和男式长裤，而是一条长裙。这样的变化立刻搅得他不安起来。她的脸也是，看上去远不如之前那么生动。的确，他之前只从远处看见过她，现在才第一次近距离观看。但这不能解释，她的眼睛为什么变暗了许多，她的嘴为什么变得如此红，这样一来显得更大了。他只能低下头，她之前给他留下的印象实在是过于深刻。当她朝他走过来的时候，他注意到，她个头比自己高。不过话说回来，她毕竟比他大几岁。

她朝他伸出一只手。"索菲小姐。"她说。

"克努兹·埃里克·弗里斯。"他介绍道，但并不确定是否该加一个"先生"，或许那个称呼只有她的父亲，声名显赫的史密斯先生才能使用。

"请坐。"她指着一张椅子，用英语说道。

克努兹·埃里克遵命坐了下来，手里依然藏着那块饼干。但落座后，一只手还放在身后会显得很奇怪，于是在往下坐的时候，他偷偷将饼干放在了椅子上，不想却把它坐得粉碎。他感觉尴尬极了，无法集中精神听索菲小姐说的任何一个字。倒也不是说他专心听就能听懂，毕竟她说的全是英语。他感觉自己完全无法适应：他坐碎了一块饼干，而且一起喝茶的女孩比自己高，脸上化着颜色奇怪的妆容，嘴里还不停地说着一长串自己听不懂的话——显然她希望他能回应这些话。

他看着琥珀色的茶水。他不喜欢喝茶，不时还热烈地点头回应。好了，点头的动作就足够被当作他的回应了。他最多只能做到这样，不想却突然听到她爆笑出声。

"你就只干坐在那里点头。其实我说的话你一个字也听不懂。"

他惊讶地看了她一眼。

"是的，我会说丹麦语。"她张着大嘴笑个不停，"我母亲是丹麦人，不过很早以前就去世了。"她的语调很随意，仿佛并不觉得这件事有多重要。接着她俯身朝他凑过来。

"你很害羞吗？"她问。

"当然不了。"

他突然感觉到一种反抗的冲动，而且不知不觉中，这种冲动就消解了他原本的羞怯。他现在感觉到的是愤怒。她让他觉得自己像个小男孩。在船上，他感觉自己像个男人，希望那份新获得的尊严在这里也能得到认可。而且，她说了丹麦语。他又回到了熟悉的领域。只需要用对待玛丽的方式来对待索菲小姐。

"你知道，我们在克里斯蒂娜号上会谈论你。"他说，"我们不知道你要做什么。有些人觉得你是去上钢琴课了。但有个小伙子说你有男朋友，每天都要去岩石上见他。"

索菲小姐戏谑地看了他一眼。"男朋友，好吧，我或许有的。那你怎么看呢？"克努兹·埃里克没有回答。"不，"索菲小姐继续说道，"我在岩石上没有男朋友。我有一个梦想之地。你知道什么是梦想之地吗？"

他摇摇头。

"就是你梦想的地方。在海港外面，有一片窄窄的沙滩。我就是坐在那里眺望远处的海面，然后做梦。梦想着客轮、飞机、齐柏林飞艇，还有街道上都是汽车、人行道两边商店林立的大城市，还有电影院和餐厅。"她一口气讲完这一长串东西，仿佛是在释放蓄积了很久的渴望，"你有梦想吗？"

"有，"克努兹·埃里克说，"我梦想着能向南航行，绕过合恩角。"

"合恩角，"索菲小姐惊讶地说，然后笑了起来，"当然，你是个水手。可为什么是合恩角呢？那里很冷，而且总是刮风，许多船沉在那里。"

"或许是这样，"克努兹·埃里克说，"但不向南绕过合恩角，你就算不上一个真正的水手。"

"谁说的？"

"每个人都这么说。"

"你害怕被淹死吗？"索菲小姐问。

克努兹·埃里克犹豫了片刻。这个古怪的女孩有着一张如此奇怪又如此美丽的脸庞，她真的能让他告诉她一切吗？

"是的，"他诚恳作答，"我非常害怕被淹死。"

"那你有过濒死体验吗？"索菲小姐用她那双深邃的暗色眼睛凝视着他，专注的目光宛如从一座竖井中照射出来的光芒。

"有过一次。"

"是怎样的体验？"

他不想回答这个问题。"我最好的朋友刚刚淹死了。他随阿尼·玛丽号一同沉入了海底，他们原本也要来这里的。"他讲了这件事。

她低下头，仿佛需要些时间镇静下来。再次与他对视时，她脸上浮现出鼓励的笑容。"你也可能会在某一天淹死。"

她说这句话时，语气中没有任何波澜，就好像是在宣布，马上就会供应晚餐。这句话说出来很荒谬。她是什么意思呢？她觉得自己能预知未来吗？他感觉到她的目光再次落在自己身上。她在审视他，仿佛是在探寻她那句话所产生的效果。

克努兹·埃里克移开目光。他们之间的信任被打破了。他再一次被维尔耶姆的死所带来的悲伤压倒，心中的愤怒开始爆发。"你是在对我下咒吗？"

"你去过大城市吗？"她问，而他在她的声音中察觉到一丝犹豫。

"我去过哥本哈根。"

"我想那应该算不上真正的大城市。你想去伦敦、巴黎、上海、纽约吗？"

克努兹·埃里克摇摇头。"我想去合恩角，"他固执地说。

"真遗憾。那样的话，我们就不能一起私奔了。我不想去合恩角，那里又冷又可怕。呃，你真是个无趣的人。"她笑了起来。接着她又凑过来，用双手抱住他的头。"不过，你在走之前会得到一个吻。"

她看着他的眼睛。有那么一瞬，他想挣脱出来，但随即意识到，抗拒会显得很幼稚。他必须像过去几个月自己所变成的男人那样接受。他回望过去。这时，他身上却发生了一件奇怪的事。他整个身体颤抖了一下，不是因为恐惧，而是因为别的什么东西，某个他不熟悉的东西。他整个身体悄无声息地颤动了一下，在期待着某种更大的快乐。他闭上眼睛迎接那个吻，等待着被带往某个他本能地知道任何船都无法带自己去的地方。

他感受到她的嘴唇。它们柔软、丰满地贴在他的唇上。触感有些黏，让他开始期待，他们永远都不需要放开彼此。他的两只手原本一直放在椅子的扶手上，这时却滑到了她的后背。在向上滑的过程中，他感受到一股触电般的感觉。然后，他搂住她短发下面裸露的脖颈，温柔地爱抚起那里柔软的弧线。他稍稍张开嘴，希望她也能一样。如此他们的呼吸就能相遇，他就能将她的气息吸入肺里，将她吸入肺里。感觉像是在溺水，但依然能呼吸。现在他打开了自己，迎接另一个世界，让它充满自己的身体。他感觉到她追随着自己，也稍稍张开了嘴唇。他们通过彼此的嘴巴呼吸，从彼此的肺里吸收空气。亲吻索菲小姐，就等于亲吻了整个世界。而世界也在回吻他，让他的体内充满了甜美的气息。

接着，她抽走了身体，一只手捂着胸口笑。"你真的很懂该如何亲吻。"她从桌子上拿起一块餐巾递给他，"给，你最好把口红印擦掉。"

他伸手阻拦，仿佛她要拿走他身上某样珍贵之物。

"不，过来。"她又笑了起来。她抓着他一侧的肩膀，用餐巾为他擦嘴。"可不能让你满脸都是唇印地离开史密斯先生的宅子。"她挑剔地看了他一眼，"有人告诉过你，你有多英俊吗？"她的声音里有戏谑的意味。她起身抓住他的手，带领他出门来到门厅。"我们就在这里告别吧。"

"我们还能再见到彼此吗？"话刚出口，他立刻就意识到，这个问题将自己暴露得多么彻底。

她抽回手，冲他眨着眼睛。"祝你的合恩角之旅一路顺风。"

第二天她没有出现。下午晚些时候，他不住地往栏杆边跑，在海面上四处搜索。自从离开史密斯先生的宅子，他就一直很不安。他觉得自己不可能会陷入爱情。这种感觉不一样，更像是当克里斯蒂娜号出乎意料地发生倾侧时，你必须在摇晃的甲板上紧紧抓住就近的固定点。

他想起她的时候心里一阵烦躁——不，不只是烦躁，还有恼怒，以及一股想报复的强烈欲望。她羞辱了他，像对待小孩一般用餐巾帮他擦嘴。他几乎不敢回忆他们的那个吻。言语无法表述回忆在他心中激起的所有矛盾感受。他感觉自己既渺小又庞大，仿佛正在经受无穷无尽的变形。那个吻种下了一个渴望，而那渴望会伤人。它伤了他的自尊。

其他人注意到他在栏杆边不安踱步的样子。"你在找什么东西吗？"德赖曼问。其他海员都笑了起来，包括赫尔默那个小浑蛋。从别墅回来后，他们问了他好多问题，但他都很不屑作答，用了最少的字眼。

"她人怎么样？"里卡尔拧着胳膊上的裸身美人鱼图案问道。

"她很好，"这就是他的全部回答，"我们一起喝茶，吃饼干。"

"还做了别的什么事吗？"船员们都盯着他的脸看，"看看那双漂亮的棕色眼睛，"里卡尔在嘲笑他，"你知道自己的眼睛为什么是棕色的吗？"

克努兹·埃里克警惕地摇头，预感即将迎来一个残酷的答案。

"因为你小时候屁股被踢得太狠，屎蹿错了方向。"

他们在愚弄他，都是她的错。

而她甚至都没有露面！

日子一天天过去，每天干的活都完全一样，都是在没有变化的灰云下装载腌鳕鱼。她依然没有现身。克努兹·埃里克在甲板上转悠，情不自禁地去想她。

其他人总是拿他取笑，他每次都臊得脸通红。他们管她叫"克努兹·埃里克的女朋友"。

"你们今天接吻了吗？"里卡尔会这样问。

或者还有更坏的："她当然还没厌倦你吧？"

这时候，腌鳕鱼已经快码到舱口围板那么高了，装填工作即将结束，他们很快就要启程前往葡萄牙，他将再也见不到索菲小姐。情急之下，克努兹·埃里克决定做一件大胆的事。他要独自去那座绿色的大别墅登门拜访。他会站在门外的游廊上。等她打开门，他会扭头就走。或者甚至可能会往地上吐口水。或者做些别的事，任何事都行，只要能证明：她对他来说毫无意义，他有他自己的世界，而她根本无力撼动。

很快就到了出发前一天，他们正在准备船帆。他完全想不到脱身的办法，恼怒正在转变为极度的恐慌。如果不能最后再见她一面，那他的整个世界都将分崩离析。他再也受不了了，便翻过栏杆跳上码头，开始朝那座绿色别墅狂奔。他听到德赖曼在身后喊叫，但没有回头。

从克里斯蒂娜号上就能看见那座别墅，可实际上要跑过去，路程却很漫长，而且一路上多是上坡路。到达后他几乎喘不上气来，不过没有停下脚步，一气跑到了别墅的大门前。他重重地敲门，然后将双手撑在大腿上，努力地平复呼吸。

门开的时候，他还没恢复过来。

他曾幻想过这一幕。他的脸颊烧得滚烫，幻想着他们最后相见的情景，这次见面将还他自由。但开门的人不是索菲小姐。而是上次带他进门的那位老妇人。

她用期待的眼神看着他，像是以为他一定有重要消息要告诉房子的主人，也即声名显赫的史密斯先生。

"索菲小姐呢？"因为长时间的奔跑，他仍在喘着粗气，依然无法站起身平稳呼吸。

老妇人摇摇头，用英语说了一句什么。他只听见最后几个字："……不在家。"

但她摇头的动作已经传达了意思。要不是还这样难受着，他一定会向她发起进攻，仿佛自己想见的人不在家都是这个老妇的错。

"去哪儿了？"他依然喘不上气。

老妇人不以为然地看了他一眼，仿佛在考虑要不要回答这个困惑男孩的问题。"圣约翰斯。"她终于说出了答案，然后又看了他一眼。克努兹·埃里克觉得自己在那个眼神中同时看到了恶意和怜悯，尽管他不明白，这两种情绪怎么可能出现在同一个眼神之中。

他的心沉了下去。圣约翰斯是纽芬兰省最大的城市，马斯塔尔的纵帆船经常造访。这他是知道的。他还知道，克里斯蒂娜号不会去那里。

索菲小姐已经离开了，所以才不再每天都划船出来。她在这颗无际星球上的另一个地方，他们再也无法相见。某件才刚刚开始、原本有着无限可能的事，已经宣告结束。

巴格正在等他。

"你是怎么回事，小子？"说着他拍了一下克努兹·埃里克的后脑勺。

"圣约翰斯离这儿有多远？"他顾不上刚才挨的那一下，问道。

"你究竟想干什么？"船长大吼着又给了他一巴掌，"一百八十英里，不过我们不会去圣约翰斯追着女人的裙子跑。我们要去的是塞图巴尔，要给那里的天主教徒送腌鳕鱼。"

巴格下手不重，其实是轻轻拍打。他声音里有一种逗弄的语气，似乎很开心。"蠢小子，"他说，"你以为现在设定航程的人是你？我告诉过史密斯先生，要他管好那个女孩，我说过的。她会把人逼疯。她是个被宠坏了的小丫头片子。"

第二天早上，他们离开利特尔湾时，大气压下降了，他们穿过圣母湾向外行驶。阵雨下下停停，不过海面一片平静。下午晚些时候，他们看见了福戈岛的灯塔。他们沿海岸线南下，向圣约翰斯的方向行进，直至能进入大西洋。

那晚吹起了东南风，他们的船缓慢地向岩石海岸漂移。天亮后，克努兹·埃里克透过倾盆大雨看见高耸的黑色悬崖。先前由于穿不透的黑夜的遮挡，他们全然不觉，此刻才发现离崖壁又近了一些，只有远处的海浪在咆哮着发出警告。船舱里的每一个人都被叫了起来，然后穿上油布雨衣，以便一有需要立刻就能冲上甲板。

博纳维斯塔角灯塔的探照灯打开了，光束摇晃着越过湍急的海流，在船帆中短暂滑行片刻，然后迅速扫过不断移动的浓密雨帘。他们离海岸很近，船帆都收了起来，只留下前支索上的三角帆。克里斯蒂娜号失去了所有动力，只能顶着狂风暴雨，在海浪中上下颠簸。

灯塔的光束来了又走，像一颗离海面太近的星星，上一秒被海浪吞下肚去，下一秒又奋力逃出。乌云钻出黑暗，就像大肚子的鲨鱼一般，在天空中竞相追逐。天亮后，曙光代替了灯塔的光芒。但暴风雨仍在肆虐。

船长看了看气压表。"看样子要持续一段时间了。"他阴郁地说着，然后将一只手按在胸口，仿佛是担忧心脏坚持不了那么久。

克努兹·埃里克原本永远都不可能相信，但致命的危险的确能磨砺一个人的意志。暴风雨仍在持续，日夜不停地击打着克里斯蒂娜号的船壳，在索具中咆哮，撕扯着舵盘，逼得他们一刻都不能放松。但荒谬的是，紧急状态反倒麻痹了他们的神经，让他们感到无限的空虚。

因为海浪的冲击，甲板上一直淹着水，让人以为只剩船首和船尾还漂在水面，像两个被断绝开来的残骸，不知何故仍矗立在怒涛和汹涌泡沫的混乱世界。

低沉的云块在天空中你追我赶，海浪一层层无止境地拍向海岸。黑色的海岸线就像一道险恶的屏障，如果靠得太近，它代表的就是死神而非救赎。所有这些景象让他无法进行任何思考。

暴风雨依然在持续，但克里斯蒂娜号也在坚持。即便是对溺水的恐惧也变得不那么重要，让位给了水疱所带来的漫长折磨和持久痛苦。那些水疱疯狂扩散，已经爬上他的胳膊，绕上了他的脖颈。裸露的伤口之所以没有感染，只是因为它们一直被泡在海水里。

他们就那样上下颠簸了三十天。有时候，黑色的海岸线沉入海平线以下，海天之间只剩一条铅笔描画的细线；又有时候，它会高高升起，高耸在他们头顶，像一块铁砧，大海可以借助它来锤击他们脆弱的船壳。

海岸是近是远都没有任何区别：对克努兹·埃里克而言，黑色悬崖代表的既不是毁灭，也不是救赎。它们甚至不是陆地，而只是另一种单调乏味，和头顶的雨云一样，既真实，又不真实。白日与黑夜来了又去。

白日里不当值的时候，他会忍着头晕摇摇晃晃地走到船头，一路上紧紧抓着船员们悬挂在索具上的绳索寻求支撑。要横穿淹水的甲板只能如此。水已经淹到了他的腰部位置，这时又一道浪直接扑向船身中部，拉扯着他的双腿，四周的泡沫在肆意奔流。他感觉自己像是个走钢索的人，但失了足，只能靠手臂的力量挂在空中的一根悬索上。他仿佛根本不在船上，而是在空荡的海面上，只能靠摇晃身体的方式泅渡。

他从梯子上摔了下去，落入又暗又臭的水手舱。那里也淹了水，因为担心一氧化碳中毒，火炉里没有点火。他一件衣服也没脱就爬上了铺位。脱了又有什么意义呢？他能去哪里把它们弄干呢？衣服已经被腥咸的海水浸透了，越发能吸附潮气和飞沫了。他像婴儿一般蜷成一团，坠入无意识的睡眠，直至被一只手摇晃着从床上掉下来才清醒。他用靴子踢着水花，横穿水手舱重新爬上梯子，但看见的既不是黑暗，也不是阴沉的白日。其实哪一种都没关系。他已只剩下一个用途，那便是作为船的仆人，暴风雨中一件盲目的工具。他不再考虑自己的生存问题。唯一关心的是要把船帆收好，把绳索都绑牢。

风终于停歇了。海面依然波涛涌动，但索具已不再尖叫，白沫也从波浪中消失了。太阳冲破云层钻了出来，大肚子的鲨鱼已不见踪影。黑色的海岸线重新变成陆地，变成了一个可以抵达的地方，感觉就像是一个不可能实现的梦想成了真：脚踩着坚实的地面，他们惊讶地意识到，原来在汹涌的海面过了三十天后，重新适应陆地也需要时间。

前方出现两座坡度近乎垂直的黑色山峰，中间有一道开口。

"是黑洞，"巴格的脸色比以往任何时候都苍白，"圣约翰斯的门户。"

他朝舵盘旁的克努兹·埃里克转过身。

"看样子，航程最后还是要按你的规划走啊，"他笑着说，"那我们就到圣约翰斯找些补给吧。"

他不会忘记索菲小姐，正如他不可能忘掉自己。单调乏味的暴风雨曾吞噬了一切。但船长的话，以及黑洞的出现，却让他重新想起她。再次与她相见的渴望比以往任何时候都更加强烈。他被赐予了第二次机会，这不可能是巧合。万物重新拥有了意义，所有信号都指向一个方向，那便是索菲小姐所在的地方。

他将水疱和湿透的衣服都抛在脑后。他的身体僵硬了三十个日夜，痛感超过任何强体力活动，但此刻导致这一切的紧张感却消失无踪。暴风雨已经结束，但只是在为内心掀起的新风暴让路。船长的话让他的脸羞得更红，真是该死。一阵风迫不及待地搅动了他的血液，让他心跳加速。

巴格接过舵盘，船穿过了黑洞。在那狭窄的门户背后，出现的是圣约翰斯的开阔水域，到处都是渔船、纵帆船和小型汽船。山坡上散落着木头房子；海港沿岸，各式房屋鳞次栉比地面朝海面而立，仓库和船用商品杂货店挤挤挨挨地排列在一起。码头上挤满了人和马车。街道上的喧闹声和海鸥的尖利叫声混在一起，鱼腥味和鱼油的气息弥漫于一切。

克努兹·埃里克立刻发现，圣约翰斯不是一座大城市，甚至不如哥本哈根大。不过和这里的生活相比，弗雷德里克斯霍尔姆运河沿岸的码头就显得荒凉了。在克努兹·埃里克的想象中，圣约翰斯只比利特尔湾稍微大一点，在城镇后面的某处，史密斯先生也拥有一座房屋，和之前的另一座十分相似。他可以悠闲地漫步过去，敲响房门，再次与索菲小姐相见。但此刻他环顾四周，心却沉了下去。在这样的地方，他永远也不可能找到她。这里姓史密斯的人一定有上百个。而且——想到这里，他几乎无力动弹——索菲小姐也可能有几百个。

他们都换上了水手袋里的干净衣服，又用水桶打来热水洗净之前的脏衣，并在水手舱的火炉里生火烘干。他们围坐在中央的桌子旁，就仿佛桌上有什么东西在展览一般，然后又一个接一个地打起盹儿来。

"我感觉自己就像一只即将被拿去炙烤的开膛鸡，身体里一根骨头都不剩了。"里卡尔说。

第二天早上，船长宣布准许大家晚上上岸休假，于是所有人都一起进了城。甚至包括赫尔默也被破格允许加入。那场暴风雨就是他的洗礼，那段时间他一直准点提供咖啡，这为他挣得了加入的资格。他们去了水街，就在港口区后面。

德赖曼冲克努兹·埃里克眨了眨眼。

"你在那儿说不定能找到索菲小姐。"

他们走进一家酒馆并点了啤酒。这地方挤满了女人，有一个朝他们的桌子走了过来。她脸上涂了脂粉，一张红色的大嘴冲他们大笑着。

阿尔戈特伸手搂住她丰满的腰肢。"你最好跟这一位走，"他对克努兹·埃里克说，"凭你手里的那点儿钱，你从这一位身上得到的，会比从骨瘦如柴的索菲小姐那里得到的更多。是不是啊，萨莉，或者不管你叫什么名字。"

"茱莉亚。我叫茱莉亚。"那女人用英语说道。

她见多了从斯堪的纳维亚半岛来的水手，能听懂一些他们的话。于是她挑衅般地朝克努兹·埃里克靠了过来。她身上有香水和汗水的味道。凑近后他能看见她脸上的脂粉已经开裂，露出了下面的皱纹。她像是要亲吻他，他本能地扭过头去。不想她却一把抓住他的脖子，把他的脸往乳沟深处按。

"像你这样的漂亮小伙不该独自睡觉。"

他局促地挣脱了，转身不去看她，其他人都哄笑起来。他大喝了一口啤酒，想掩饰自己的尴尬，却被苦得龇牙咧嘴。他又喝下一口，希望这次滋味能好一些。并没有。他难道真的要喝这玩意儿？

他转身去看同伴们。此刻那女人正坐在阿尔戈特的膝头，拿着一瓶酒往嘴边送。其他人都在热烈地聊着什么。

"等我们到了塞图巴尔，这里的东西就不值一提了。"里卡尔说。

"塞图巴尔！"阿尔戈特轻蔑地说，"哪天去马提尼克岛才好呢。那里的姑娘都光着身子在桌子上跳舞。"

"再给你染上梅毒才好，"里卡尔反驳道，"我们以前有个水手长，跟一个姑娘过了一夜，三个月后就完蛋了。那可算得上世界上最昂贵的女人。所以说，伙计，我不碰那儿的女人。"

"小伙子们，我有一个建议，趁当下拥有，就好好享受吧。"德赖曼宠溺地说，"等到了英格兰，我们要接上船长的女儿。一旦克里斯蒂娜小姐上了船，你们可得注意言辞。"

克努兹·埃里克的目光越过人群，看到赫尔默坐在那里，一言不发地抱着酒瓶。他的啤酒也没喝几口。

　　"这儿就没别的东西能喝吗？"克努兹·埃里克努力装出一副精通世故的口气。

　　"你是说柠檬水？"里卡尔被自己的机智逗得大笑。

　　"有杜松子酒，"那个女人说道，"给他来点儿杜松子酒。"

　　德赖曼警示地看了克努兹·埃里克一眼。"当心，"他说，"那酒和烈性干酒一样烈。"

　　"垃圾得很，"阿尔戈特嚷嚷道，"看着像水，喝着像水，劲头也他娘的和水差不多。"他将一杯清澈的酒推到克努兹·埃里克跟前，"干杯。"

　　克努兹·埃里克喝了一大口，为终于摆脱了啤酒的苦涩味道而松了口气。其他人都满怀期待地看着他。味道很浓，但并不辣口。他试探着又喝下一大口。杜松子酒让他口腔里充满一种舒适的柔感，不过那感觉并未沿着他的喉咙下滑，而是正好相反，慢慢冲上了他的脑袋。感觉就像是有人在轻抚他的脑仁。

　　阿尔戈特赞许地点了点头。那女人也咧嘴笑着，将嘴唇再次凑到他跟前，然后转身专心去对付阿尔戈特，因为阿尔戈特的手已经爬上了她的裙子。

　　克努兹·埃里克看着其他人，愉悦感正在轻轻地推动他。他的快乐需要一个出口。他便冲着赫尔默笑。赫尔默很高兴有人关注他，便也笑着回应。"你该尝尝杜松子酒，"他十分懂行地说着，"比啤酒好喝多了。"

　　赫尔默摇头。"我不渴。"

"跟渴不渴无关。要的是喝醉的感觉！"

赫尔默再次摇头，克努兹·埃里克决定不再理他。"好吧，管他呢。干杯！"他夸张地举起玻璃杯，在一面镶有镀金边框的大镜子里看到了自己的影子。一缕金发横在他的额头上，他的眼睛是棕色的，和母亲的一样。或许他真的是个漂亮男孩。

世界似乎动了起来，但不是在船上感受到的那种摇晃，而是一些无法预测的运动。地板一直在寻找新的出人意料的倾斜角度，虽然他很快就发现椅子才是最安全的地方，却总是想起身晃晃悠悠地转一转。他本性中有一种玩性，比桌旁的同伴要大许多：他想观看舞者表演，或许就靠在一张桌子上，自己也随着音乐节奏轻轻摇晃，或者张开手臂去拥抱她们。时不时地，会有一个女人伸出手来，试探性地滑过他的胸口，或者触碰他的后裆。但他脸上的表情很快就告诉她们，他今晚没有那种打算，于是她们就扭着屁股往人群深处钻。

他投了降，任凭人们推搡着。也正是因为周围人身体的重压，他才不至于脸朝下倒在地上。在杜松子酒的愉快刺激下，他突然想到，索菲小姐正在那里等他。而他只需要走出酒馆大门。他一定能找到她。他想方设法往门口挤，然后出门消失在水街上。

他不知道现在是夜里几点，但街道上依然人流涌动。大多数都是男人，脚步沉重，摇摇晃晃地走在人行道上，要么就堵在路中间，嘶鸣的马匹和喇叭声大作的汽车在周围艰难地前进。不过也有一些女人，都用涂着眼影的眼睛打量着他。

到了水街的尽头，人群变得稀少了。他后退几步，走进一条小街。随后，在达科沃斯街的转角，他认出了她的脖子。她走在他前面，穿着一件冬装外套，只有靴子露在外面，手中还提着一个手袋。别的东西他都有可能认错，但她的脖子绝对不会。那条脖颈从冬装毛皮衣领中钻了出来，没有任何遮挡，绝对是她的！

他跟在她身后跑了起来，后来却跟丢了。他被困在人行道上的人群中。他和一个高大健壮的女人原本都想侧跨一步避开彼此，结果却撞了个满怀。他跌跌撞撞地爬起来，感觉她呼出的气息扑在自己脸上，有刺鼻的酒臭味。他冲回街上，一个马车夫骂骂咧咧地甩了一鞭子。他沿着排水沟跑，到了与国王路交会的十字路口，才又看见索菲小姐，就在街道的另一侧。很快，她又消失在视野中，但他现在已经确信，他走的路是对的。他停止奔跑。这是游戏的一部分。他不想太快追上她。

他们将再次接吻。之后呢？没了。一个吻就足够。再一次将她呼出的气息吸入肺里。

他开始在人行道上慢跑，测试脚步的稳定性。他的身体有一种轻盈飘浮的感觉。他以前从未对自己有过这样的信心。

现在前方的街道完全是空荡荡的。信号山路开始了漫长的上坡路段，坡度很缓，在山顶的最高处，卡伯特塔的黑色轮廓映衬着如腰带般旋动的银河。整个星空似乎都和他在向同一个方向移动，仿佛一群闪烁着微光的鸟儿穿过夜幕向南迁徙。

他看见她就在前方不远处的山坡上，黑色的影子浮动在被夜霜染成白色的路上。她看上去几乎像是在滑行，仿佛有一条隐形的丝线在牵引。

他又开始跑了，但用光了力气，只得停下来大口喘气。接着他全速冲刺，跑过了一个湖和几棵树。一切都是银色的，都盖上了一层冰晶，像霜冻的夜空中高悬的星星一般闪耀着光芒。向下能看见海港里的桅杆组成了一片黑色的森林，水街两边的小酒馆灯火通明。

当他赶上时，她已经到达了卡伯特塔附近。她背对着他，正眺望远处的大西洋，洋面从海港向四面八方延展开去，黑色的表面吞噬了所有的光芒。他也在那里站了片刻，完全迷失在那片广袤的景象之中。

"索菲。"他叫了一声，随后却突然感觉到一阵刺心的怀疑。

她转过身来，完全不觉得惊讶。"是我，克努兹·埃里克。"她只说了这一句话，嘴唇在暗淡的星光下是黑色的，"你找我做什么？"

他因为醉酒而恢复了勇气，于是张开双臂，准备去拥抱她。

"你喝醉了？你在水街逛酒馆喝酒？"

他感到十分尴尬。"我没醉。我只想要一个吻。"他脸上绽放出微笑。他已经忘记了自己的怨恨。此刻对他唯一重要的就是脑海中的欢快歌声。

他抓住她，力气出乎意料地大，然后身体前倾，寻到她的嘴唇。她没有动。他刚才是闭着眼的，现在重新睁开。她正直视前方，仿佛没有看见他一般。他小心翼翼地贴上她的嘴唇，希望能重新激活第一次接吻的那种魔力。但什么也没发生。

接着她将他推开。"别烦我,"她说,"你听见了吗?!走开!"

克努兹·埃里克站在那里,不解地张大了嘴巴。

"别烦我!"

她在吼叫,眼里闪烁着光亮。她用靴子重重地跺着冰封的地面。"别像狗一样追着我!"

一阵突如其来的愤怒将他压倒,和从前的痴迷一样强烈。"你竟然说我是狗!"他大喊。

他抓住她的肩膀,开始摇晃她。她比他高,但他比她强壮。她的脑袋虽然在摇晃,眼神中却一直有挑衅的光芒。

"狗!"她又叫了一声。

他突然放开了她,愤怒地喘着粗气。

"母狗!"他朝地上啐了一口,刚好啐在她的两只靴子之间。然后他转身,开始往山下奔跑。

"克努兹·埃里克!"她在背后喊道。

他没有停,用尽全力在冰封的地面上奋力奔跑,好几次都差点儿滑倒,但醉意让他的脚步轻盈得不可思议。寒冷的空气拍在他的脸上。

到了山脚,他发现一切都变了。港口区的酒馆都已关闭,之前水街上拥挤的人群都已消失无踪,喧闹声也已不复存在。路面覆着一层厚厚的白霜,闪烁的寒光越发突显出四周诡异的寂静。码头沿岸的桅杆都镀上了一层银光,立在那里,宛如一片已被烧成白木炭的森林。它们都是树的幽灵,哪怕是最微弱的一阵风,也能将它们变成粉尘。

他找到克里斯蒂娜号，跌跌撞撞地爬下楼梯进入水手舱，到了那里，醉意终于彻底将他征服。他头晕眼花地倒在床铺上，立刻闭上了眼睛。

第二天早上，他是被里卡尔的咒骂声吵醒的。

"你究竟去哪儿了，小子？是什么让你觉得你能那样跑开？"

但是他们龇牙咧嘴的笑容告诉他，他们自己也醉得厉害，根本不会真正担心。他记得那家酒馆里的人肉旋涡，可对穿过大街小巷追赶索菲小姐的事，却只记得一些零星片段。他们在信号山上相遇的记忆同样模糊不清。如果梦境与现实之间存在一扇门，那么那段插曲一定发生在错误的一面。

但他依然能感觉到一种被抛弃的刺痛感。他模糊记得那种令人眩晕的感觉，像是眼前突然出现了一片虚空，而他却不知道原因。记忆不停地搅动，但他怎么也想不清楚。

霜冻的季节来临了。气温降到了零下十度，港口的水面已经结了一层薄薄的冰壳。下午，船长过来找他。他本以为自己会挨打，不想巴格只是来邀请他明天一起进城。

"找只干净的口袋。"他说，"我们明天去女王路的肉店买新鲜的肉。"

第二天，他们走在城里，注意到人们一群一群地聚集在街上说话。气氛热烈得让人觉得奇怪，不安像涟漪一般扩散开来。陌生的人们停下来招呼彼此，然后散开，走向下一群激动的人。巴格会讲一些英语，便问屠夫发生了什么。屠夫是个大个子，橡胶围裙上沾满了血渍，正忙碌地在一块被冲洗得发白的砧板上剁一堆红肉。他从容地剁完肉才回答。终于，他放下剁刀，同时胡乱地甩动着胳膊，悲伤地摇着头，额头上红色血管清晰可见。克努兹·埃里克听不懂他说的话，但听到了"史密斯先生"这个名字。

巴格的脸色暗了下去，还斜着眼看了看克努兹·埃里克。"我就知道，"他嘟哝着，"我告诉过你。那个女孩不会有好下场。不过这件事还是很可怕。"

"他说什么了？"离开后，克努兹·埃里克问道。巴格没有回答，步子迈得更大，直到与他拉开一段距离。回海港的路上，他们一直没有说话，船长一直与他保持着一段距离。

装肉的口袋里渗出血水，在灰色的麻布上留下大块的暗色血渍。克努兹·埃里克觉得，人们一定在盯着他看，脑海中想象着自己看起来就像个杀人犯，光天化日之下扛着被他肢解的死者遗骸，穿行在大街小巷。

回到船上以后，巴格让克努兹·埃里克去了自己的舱室。

"坐下。"他说着也在对面坐下来，然后身体前倾，将双手叠放在桌面上，"索菲小姐。"他说完名字又停顿下来，低头看着桌面，深深地叹气，"索菲小姐，"他再度开口，"失踪了。"接着他重重地拍了一下桌子，"全都该死！"

克努兹·埃里克没有说话。眼前的房间并没有变黑，但在他脑海中，黑夜却开始降临。他能清晰地看见每一样物品，却没有思考的能力。

"她已经失踪两天了，没有人知道她去了哪儿。或许是发生了事故，或者是遭遇了犯罪事件。我个人认为，她是跟某个水手私奔了。那个女孩心理不正常。我或许不该说这话，不过她的脑子有点问题。她母亲很久以前就去世了——她或许告诉过你——史密斯先生又太忙，没时间好好照顾她。她总是我行我素。对她那个年纪的女孩来说，那完全是不健康的。邀请船员去喝茶，打扮成淑女的样子，吸引他们的目光。净是胡闹。恐怕你并不是第一个。"巴格的目光直视着克努兹·埃里克，"而且我的神啊，你也爱上了她。是的，都怪我。我不该让你去的。但是史密斯先生包租了我们，所以要拒绝他不是件容易的事。我当时没看清那样做的危害，可是看看现在是什么结果。"

克努兹·埃里克没有说话。现在他知道自己那晚喝醉后都发生了什么。或者，他真的知道吗？他看见索菲小姐被外套包裹着的苗条身影轻盈地上了信号山，站在卡伯特塔矗立的位置，黑色的剪影映衬在银河上。他看见她的脸庞和嘴唇，在暗淡的星光下是黑色的。他终于明白过去的这几天里，他心头为什么总是萦绕着一种被人遗弃的无助感。他回想起自己一路拼命冲下信号山，回想起白霜覆盖的寂静街道。他把索菲小姐留在了寒冷星光下的山坡高处。在他犯下那个错误之后，不管她遭遇了什么，都是拜他逃走所赐吗？不过，是她赶他走的。她跺着脚，骂他是狗。

整件事都像一场梦。他能相信自己的记忆吗？如果事实完全相反呢？他打她了吗？他突然间无法确定。

"我很抱歉。"船长咕哝了一声，目光依然落在桌子上。他听上去像是在自言自语。"我很抱歉你遇见了她。我知道是我的错。"接着他抬起头来，注意到克努兹·埃里克的眼中一片空茫，"你在听我说话吗，孩子？"

　　克努兹·埃里克回到甲板上时，立刻就能看出其他人也听到消息了。一定是从城里传到甲板上的，经由港口的人群。他们目光沉重地看着他，但一个字也没说。只有里卡尔的嘴抽动了几下，仿佛就要脱口说出各种恶言恶语。

　　他们的脑子里在想些什么呢？他们对他有任何怀疑吗？如果他们知道了他那晚在信号山上做的事，会做何感想？

　　还有，他自己又怎么想？

　　你总是记得你喝醉酒后都做过些什么吗？

　　这个问题把他难住了。不管怎样，他之前并没有喝醉的经历。他也并不了解自己。他感觉那晚在信号山上发生了一件影响重大的事。不只是困惑让他沉默不语，整件事太私密了。不管他说什么，都必然会暴露他的失败。他亟须向某个人吐露心迹，但生存的本能让他闭上了嘴。如若不然，其他人会立刻向他扑来，这一点他再清楚不过。

　　那晚他没和任何人说一个字就爬上了自己的铺位。

　　到了这个时节，每天的气温都在零下十二度到十四度之间徘徊。第二天早上，甲板上盖了一层雪。从空中飞来一个雪球，撞上索具后碎成了粉末。圣约翰斯的港口很小，停泊的船都挤在一起；很快，一场火力全开的雪仗就在船只之间打响了。

　　但克努兹·埃里克没有参与。他双手插在毛茸茸的软毛皮裤口袋里，站在冷风中瑟瑟发抖。

霜冻四天后，他们扬帆起航。一艘拖船带领他们穿过黑洞离开。凛冽的风从北方吹来，拉布拉多寒流的流向与他们的航向相同。他们航行在新结的厚冰片中，但速度依然很快。上午十一点左右，船长令克努兹·埃里克爬上前桅寻找无冰的水域。他沿着索具一直爬到上桅桁；身下的船帆已被寒霜冻得僵硬。冰面向南一直延展到海平线的尽头。连绵不断的巨大冰面在阳光下闪烁着白色的光芒，让他有些想吐，恶心的感觉直到他返回甲板仍未消退。

　　午餐吃炖肉，但是克努兹·埃里克想到了屠夫的砧板，还有布袋上被鲜肉渗出的血水浸染的黑斑。他没有胃口，但也不想将餐盘原封不动地送回去。他叉起一块肉放进嘴里，任其留在那里。它似乎在膨胀。接着他冲上甲板，趴在栏杆上吐了起来。

　　在他们看到无冰海域的第二天，风刮了起来，海面开始翻腾。气温依然很低，船体也结起了冰。那天晚上和接下来的白天，船被一层厚厚的冰壳整个封冻起来。升降索被冻得结成了块。舷墙变得无比僵硬，主甲板上的冰层达到了一英尺厚。船首斜桅到撑杆支索延伸最远的地方整个被冻成了结实的一块。

　　满载货物的克里斯蒂娜号现在又增重了好几吨，吃水越发地深。船首已经危险地沉陷下去，甲板已经和冰封舷墙外侧的海平面一个高度。船帆看上去就像沉重的木片，不知何故被吊在了桅杆上。

他们就像是在一个巨大的冰块上，一个雕塑家正竭尽全力将其雕刻成船的形状。但冰块的体积不断增大，他雕好的部分很快又失去了形状：优雅的索具、弧线优美的舷墙和船首斜桅——定义一艘船之所以为船，赋予其海上优势的每一个物件——重又变回一堆凌乱的大小碎块。克里斯蒂娜号已不再是一艘船，甚至连合格的模仿品都算不上。霜冻已经签署了它的死刑判决，剥夺了它仅存的适航性能，将它变成一个载满冰块和腌鳕鱼的累赘，注定要沉入海底。

船员们都明白，他们的性命安危取决于是否能成功战胜无情的冰封。每个人都打开工具箱，拿出大槌，朝那座在他们四周自动建起的闪亮城堡出击。冰块闪烁着耀眼的光芒，哗啦啦地从索具和升降索上坠落下来，砸在甲板上。但甲板本身却抵抗住了他们所有的努力。他们捶得汗流浃背，脸颊通红，在这里敲开一条缝，在那里敲出一条缝，但沉重的冰块依然纹丝不动，舷墙的斜面仍旧被困在其中。至于将船首斜桅封冻住的那个巨大冰块，他们甚至根本无法靠近。爬上去必须冒着生命的危险。

一开始，这项挑战让他们十分激动。他们大声吆喝着为彼此打气。但过了一会儿，他们都沉默下来。最后他们连捶击的动作也停了。巴格是第一个放弃的。他用一只手捂着胸口，目光呆滞地大口喘气。接着，德赖曼宣布暂时收工。他们精疲力竭地坐在停工的位置，每个人都被包裹在自己的孤独之中，仿佛被四面八方不断变大的冰块迷住了一般。

德赖曼的髭须上挂着冰凌，眉毛中和鼻孔下都结了白霜。在里卡尔和阿尔戈特的脸颊上，胡子楂刚长到一天的长度，霜晶撒在里面犹如白色的扑粉，让他们的脸如同死人一般苍白。

睫毛也会冻结，让他们睁不开眼吗？那会是寒冷最后的授意吗？封住他们的眼睛，好让他们在冻死的时候，不必仰望灰色的天空？

但是最后，那些让他们有性命之虞的冰块，却成了他们的救赎。他们进入了气温在零下的新水域，这一次遇见的不是厚冰块，而是一整片结实的冰层，克里斯蒂娜号被冻在里面，一连几个小时都无法移动，载满货物的船体有一半都被抬起露在外面。沉船的风险暂时解除了。沉重的木头被冰块的强大挤压力捏得嘎吱作响。如果克里斯蒂娜号是一艘钢船，那么船壳可能已经被捏碎，他们便在劫难逃。但此刻，在被冰块戏弄的时候，他们的死刑也延缓了。

过去的几天里，他们忙着挣扎求生，几乎没注意过海平线。这时，他们看到远处还有一艘船，也被困在冰层之中。是一艘被严重损毁的纵帆船，主桅杆已经断裂，索具也已松垂。

德赖曼取出他的双筒望远镜，瞄准那艘受困的船，想读出船首的名字。"老天哪，是阿尼·玛丽号。"

"船上还有人吗？"巴格的声音充满希望。克努兹·埃里克的心开始狂跳。他想起了维尔耶姆。

"我看不见。"

"让我看一下。"巴格一把夺过望远镜，开始扫视冰面，"我是真的看见了，还是怎么回事？"他惊呼，"企鹅生活在南极对吧？"

"对，"德赖曼说，"企鹅生活在南极。这附近是看不见的。"

"我也是这么想。你们叫我疯子吧，或者随便叫什么都行。可那边冰面上有一只帝企鹅，就在阿尼·玛丽号前面。"

大家传递望远镜轮流看。可以确定，在那艘受损严重的纵帆船前面，广袤的冰原上，的确有一只帝企鹅在前后摇晃。

"它朝这边来了。"克努兹·埃里克说。

他们都挤在栏杆边张望。那只企鹅正慢慢地朝他们靠近，以那种鸟类独有的摇摆步伐横穿冰面，拖着步子的摇晃姿态像是拖拽着一个重担。

"可怜的小东西，你要失望了。"德赖曼说，"剩下的食物我们要全部留给自己。你一点儿渣渣都得不到。"

克努兹·埃里克站在那里一言不发，也没有听其他人说话。他一直眯着眼睛看。"那不是企鹅。"他说。

德赖曼再度举起望远镜。"你小子说得对。如果那是企鹅，那就是只白了毛发的老企鹅。"他挠了挠帽子下面的头皮，"只有神知道是什么了。"

"企鹅的胸脯是白色的。"阿尔戈特说。他去过一次哥本哈根的动物园。

"那是个人！"克努兹·埃里克大喊一声翻过栏杆，砰的一声跳到下方的冰面上，然后朝那个奇怪生物的方向冲了出去。而那东西依然在以古怪的摇摆步态朝他们走来，仿佛没注意到他。巴格冲着他的背影呼喊，但他没有听到。他像风一般急速奔跑。他看得出，他们以为是企鹅的生物实际上是一个人，身上穿的冬装一直垂到脚下，完全遮盖了双腿。他里面一定穿了好多层衣服，因为扣子都崩开了。袖子耷拉在两侧，像两只鳍肢。他头上包着一条围巾，一顶尺寸过大的鸭舌帽拉得很低，盖在埃尔西诺产的羊绒兜帽上，所以帽檐几乎完全遮住了他的脸。从远处看过去，就像一只鸟嘴。

克努兹·埃里克现在靠近了些，那个穿大衣的男人试图上下招手，这动作却越发让人想起企鹅。接着他们两个终于面对面地站在彼此面前。他看不见那人的脸，它完全被衣服埋住了。那人停止移动，仿佛背上有一根发条，正等着有人给他上紧。克努兹·埃里克为他摘帽子的手在颤抖，是因为性急，还是恐惧，他自己也不太清楚。一张小脸露了出来，脸颊凹陷，眼睛也陷得很深。皮肤上有被霜冻伤的痕迹，因为寒冷，红色的血管清晰可见。他的下巴长出了如毛毯一般细细的毛发——不是成年男子那种毛刷一般粗的胡须，但也称得上是络腮胡。那上面也和身上其他地方一样，垂挂着白霜。

"克努兹·埃里克。"那张脸说。

"你长出络腮胡了。"

泪水夺眶而出，哭声之响亮，连克努兹·埃里克自己也被吓到了。维尔耶姆笑得很小心，因为嘴唇已经严重开裂。接着他转了转眼睛，企鹅一般的身体倒在冰面上。里卡尔和阿尔戈特正从后方靠近，克努兹·埃里克能听见声音。他们终于赶了上来。

他们坐在巴格的房间，看着铺位上那个被毛毯和被子包裹的小小身影。维尔耶姆睡得很安稳，凹陷的脸颊倚靠在白色枕头上。他们在等待他睡醒。

里卡尔和阿尔戈特上过阿尼·玛丽号了，在上面发现了船长埃温·汉森和大副彼得·埃里克森。他们都是马斯塔尔人，都死在各自的舱室里，看上去都像是在睡梦中死去的。没有看到船员的影子，他们推测，一定是在船被冰层困住之前，被暴风雨冲下船了。海浪清空了甲板，也折断了前桅和主桅。船员们试过临时搭一根紧急桅杆，将吊杆捆在前桅的底座上。透过覆盖甲板的清亮冰层，他们看到一堆索具、圆木和船帆。侧面损坏的地方更多，也都被冰封起来了。

里卡尔和阿尔戈特讲完阿尼·玛丽号上的情况后，都沉默了。他们不住地发抖，仿佛很冷，但其实船长的狭窄舱室里热气很足。

之前在给昏迷的维尔耶姆脱衣服时，他们清点过，他一共穿了四层。他可能是阿尼·玛丽号上最小的船员，一定是从死者的储物箱里刨出了各种大大小小的衣服，然后一件叠一件全部穿在了身上。

"他该怎么拉屎？"阿尔戈特问。

"我想拉屎应该不是他最大的问题。吃东西可能是更大的问题。"德赖曼轻轻掀起被子，指着男孩嶙峋的肋骨，"帮他脱衣服就像是在开沙丁鱼罐头，里面除了鱼骨头啥也没有。"

他们用朗姆酒为他擦洗身体，然后帮他换上干净衣服，包上毯子，放上铺位。在他昏睡的三十六个小时里，他们轮流照看。克努兹·埃里克一直坐在他身边，巴格准许了他。里卡尔和阿尔戈去前面的水手舱睡，巴格和德赖曼轮流在大副的舱室睡。所有规则都已形同虚设。严寒将他们团结在一起，阿尼·玛丽号破损的轮廓映衬在灰色的天空中，不断提醒他们，这是所有人都可能共享的宿命，除非运气站在他们这一边。

第二天半夜，维尔耶姆睁开了眼睛。舱室里唯一的光源是一盏用螺钉钉在舱壁上的原油灯。

"我饿了"是他说的唯一一句话。他听上去像个小孩。

原本在克努兹·埃里克身旁打鼾的巴格，听到声音后从沙发一跃而起。"老天哪，"他昏昏欲睡地说，"挖沙人的儿子醒了。"

他拿起一瓶朗姆酒跌跌撞撞地走向铺位。一只手撑起维尔耶姆的脑袋，另一只手将酒瓶举到他的唇边。"醒了就好，小子，喝他个一大口。对你有好处。"维尔耶姆喝了一口，那酒未经稀释，辛辣的味道灌满口腔，他呛咳起来。

巴格站起身。"德赖曼！"他大吼一声，好让声音穿透整个船尾，"这孩子醒了。我们来吃烤牛肉。"大副闻声摇摇晃晃地走了进来。

"遵命，遵命，船长。"他立正站好，佯装敬了个礼。

"德赖曼要给你做一顿礼拜日烤肉，保准你永远也忘不了。"他眨眨眼睛说道，维尔耶姆回了一个虚弱的笑。

"不过我觉得应该先给他吃几块饼干，船长。"

巴格找出饼干罐，拿出一些递给维尔耶姆。他嚼着，下巴一片僵硬，仿佛嚼的动作也变得陌生了。巴格、德赖曼和克努兹·埃里克都看着他，仿佛从没见过任何人吃东西。"我们找到你之前，你都吃什么？"克努兹·埃里克问。

维尔耶姆是靠吃压缩饼干活下来的，但是几天前，连压缩饼干也吃完了。风暴期间，一道畸形波清空了甲板和厨房，卷走了剩余的补给。厨房服务生已经死了，被松脱的救生艇压死在舷墙上。他不知道其他海员都遭遇了什么，猜测应该是被冲下海了。他不再有时间的概念，也不知道阿尼·玛丽号被困在冰层里多长时间。

他说话的声音非常虚弱，句子与句子之间的停顿时间很长。听起来完全不像是维尔耶姆在说话。

"压缩饼干令人作呕，"他说，"冻得硬邦邦的，要含在嘴里很长时间才能解冻。我真害怕等那里面的蛆虫暖和过来，会在我的嘴里蠕动。不过它们都已经被冻死了。所以我把它们也吃了下去。"

"你的命或许就是那些蛆虫给的。"德赖曼不动声色地幽默了一句。

克努兹·埃里克盯着维尔耶姆，突然明白过来，为什么这个睡在船长铺位上的瘦弱男孩，声音和他在马斯塔尔时不一样。

"你的结巴病好啦！"他惊呼。

"是吗？"

里卡尔和阿尔戈特也来了。他们都看着维尔耶姆，仿佛看到了这辈子目睹过的最神奇的景象。这里躺着一个男孩，他嚼不动饼干，却能正常说话。

"好吧，你们能信？"德赖曼说，"闭嘴好像能治好结巴。"

"我没有闭嘴。"维尔耶姆用全新的声音说道。

"那你都和谁说话呢，我能问一下吗？"

"我读了船长的那本商船队《布道书》。每天都读好几个小时。我在甲板上走来走去，大声朗读。其他人都死了。那里非常安静。"

"赫尔默！"巴格吼道，"那该死的男孩去了哪儿？我们得把肉放到炉子里去。"

所有人都看向门口，然后又回过头来看维尔耶姆。他已经扭头闭上眼睛，再一次睡着了。

里卡尔和阿尔戈特从阿尼·玛丽号上搬出了大副和船长的尸体，放在板条上拖过冰面，然后运回克里斯蒂娜号，安放在甲板上。德赖曼用帆布将他们包裹起来，面朝上放在那里，等待着解冻后再将他们葬入海里。汉森船长生前身材十分高大，包在帆布里依然看得出来。光是寒冷和饥饿，不可能结束他的性命，衰老及其所带来的身体虚弱一定也造成了影响。他快六十了，对北大西洋来说着实太老了。

躺在船长身旁的大副彼得·埃里克森二十七岁，并未占据太多空间。他的妻子和两个小女儿都在马斯塔尔，因此无从得知他遭遇了什么。为什么他死了，维尔耶姆却幸存下来了？那位大副躺在甲板上，就像一个无从回答的巨大疑问。从帆布外面隐约能辨出他脸部的轮廓，克努兹·埃里克想起了自己的父亲。

巴格也站在那里思考死亡。他与汉森船长很熟，或许也在问自己类似的问题。为什么死的是他？而不是我？两艘船离开冰岛的时间大约只相差一个礼拜。也很有可能是他巴格的尸体被运过去安放在汉森船长的甲板上。他看着他的朋友，手中握着《布道书》，时不时地翻开读上几句。是维尔耶姆给他的，他大概是在为海上葬礼做演练。

眼下，维尔耶姆已经恢复到能够下床，到甲板上走动了。他甚至问起能否到厨房里帮忙。食物供给暂时还很充足，当维尔耶姆和克努兹·埃里克想单独相处时，他们就让赫尔默去休息，打发他去水手舱。但那男孩却不愿离开。除了船长的舱室，厨房是整艘船上最暖和的地方。而且他觉得一旦自己离开，两个大男孩就会开始分享秘密，而小男孩总是喜欢听传奇故事。

不过，维尔耶姆很少谈论他在阿尼·玛丽号上独自度过的那段时间。每次克努兹·埃里克问起，他都会沉默地看着地板。克努兹·埃里克担心他又会开始结巴。

维尔耶姆渴望换话题。他注意到朋友正为什么事困扰着。在他的要求下，克努兹·埃里克讲了索菲小姐的事。克努兹·埃里克坦承，困扰他的并非她拒绝了自己，或者那晚在信号山上，她要他别再像条狗一样追逐她时语气中的轻蔑，而是她的生死未卜，以及她的消失是否和自己有关。他被一种模糊的愧疚感所困扰，无法得到安宁。

他讲完这段故事后，维尔耶姆直视着他。

"你认为一切都和你有关。"他用崭新的声音清晰地说，"可她只是发了疯。仅此而已。"

"可是——"克努兹·埃里克想反驳。

"我知道你想说什么。那晚发生的事，你都不记得了，所以你认为自己也许做了什么可怕的事。可那都是无稽之谈。她和别人私奔了，仅此而已。"

维尔耶姆的头脑并不比克努兹·埃里克聪明，但在索菲小姐这件事上，他更想得开。他不是爱上她的那个人，所以能客观地看待问题——这就让他能从一个更好的角度来判断所发生之事。

克努兹·埃里克深深地感觉到如释重负。

说到这里，维尔耶姆开始问那个吻的细节，还有它带来的影响。

"我从没接过吻。"他思忖着，好奇心终于得到了满足。

"你会的。"他们的角色已经转换。克努兹·埃里克突然觉得自己成了更有经验、更明智的那一个。

"好吧，我差点儿就再也没有机会了。"维尔耶姆曾经历过生死时刻，这是他最接近于承认这一事实的时候。

他们继续等待破冰时刻。终于，洋流转而南下，解冻的季节到了，也就有了驶进第一片无冰洋面的希望。很快他们就能告别死去的乘客了。索具上融化的水倾盆而下：巨大的冰柱松落了，砸在甲板上。先前冻得僵硬无法收拢的船帆一直在滴水，淋湿了甲板上的所有物件，就仿佛克里斯蒂娜号自成一座有独立气候的岛屿。

突然起了风，这是一个确定的预警信号，预示着冰层很快就会破开。接着下起了雨，他们都穿上了油布雨衣。船体附近的冰面出现了一条巨大的裂缝，接着又是一条。到了该埋葬死者的时候。

巴格待在自己的舱室，拒绝参加葬礼。他关上房门，在里面咕哝着，说他身体不适，想自己待着。

德赖曼取来了《布道书》。他们用木板在栏杆旁边搭建了一个斜坡，将尸体放在顶上，等待仪式举行时将之推过栏杆，送入海中。所有人严肃地站成一排，双手紧紧抓住头戴的宽边套脖防雨帽。

德赖曼将书翻到结尾的几页。文字是用老式的黑体字印刷的，他要眯着眼睛才能看清。雨水顺着他的脸颊倾泻如注。"该死的，"他抱怨道，"我太老了，看不清这么小的字。换你们哪个小伙子来吧？"他将书递给里卡尔和阿尔戈特。

"请让我来吧，"维尔耶姆说，"反正我已经记得滚瓜烂熟了。"

德赖曼看着他。"你的意思是，阿尼·玛丽号上举行海上葬礼时你大声朗读过吗？"

"是的。"维尔耶姆说，"整本《布道书》的内容我都记住了。"不等德赖曼回应，他就开始背诵起来，"我们的主耶稣基督说：时候要到，凡在坟墓里的，都要听见他的声音，就出来。行善的，复活得生；作恶的，复活定罪。①"

赫尔默移步上前。他手中握着一把小铲，上面是从厨房火炉里铲出来的灰。只能用它来代替土壤，撒在帆布包裹的尸体上，然后再将它们送入海中。

"地归地。"维尔耶姆用克努兹·埃里克尚未习惯的新声音说道。赫尔姆将灰撒在逝者身上。这会儿雨下大了，火灰消融在水中，然后扩散开去，在灰色的帆布上留下大块的斑痕。

"土归土。"

又一铲火灰撒下。灰烬落在尚未被沾染的地方，帆布变得更脏了。

"尘归尘。"

---

① 出自《圣经·约翰福音》。

里卡尔和阿尔戈特走到木板旁边，将它们一个接一个地抬起来。包裹汉森船长遗骸的帆布被绳索扎得严严实实，竖直地落入水中消失了，雨声盖住了水花溅起的声音。彼得·埃里克森紧随其后。

风暴云正在聚集，下方的海面是黑色的，船身周围的冰面闪耀着黄色的光芒。突然之间，大海仿佛终于失去了耐心，不想再背负这个强加给它的重担，愤怒地摇晃着它巨大的脊背。冰层碎裂成无数的小块，向四面八方飞射出去，彼此碰撞着。远处的阿尼·玛丽号慢慢地翻倒并沉入水下：之前是冰块支撑着它残损的船体，现在大海重新夺回了它，将它彻底击毁了。

德赖曼命令众船员立刻赶上甲板。头顶有一朵雨云，形如一个用花岗岩雕刻的巨大拳头，紧握在一起随时准备出击。他们刚从冰块的囚困中解脱出来，而现在这自由却对他们的生存构成了新的威胁。他们降低桅杆，只留下前桅支索和一根将帆收到最小的斜桁。雹暴砸落下来，海面汹涌着，四面八方都是高耸的怒涛，波峰的白沫间还载着浮冰。巨大的碎冰掠过甲板，撞击着沿途遇到的每一个物件，撞击声与索具发出的如魔鬼合唱一般的号叫声混在一起。

他们发现了波浪横扫甲板的规律：一般先是三道巨浪，接着是几道小一些的波浪。他们便选择浪较小的时刻，一路蹚水横穿被淹没的甲板，返回水手舱。

巴格依旧躺在他的舱室里。德赖曼和克努兹·埃里克值第一班。里卡尔和阿尔戈特听从安排下去睡觉了。赫尔默仍坚守在厨房，就像一只在树木倒地时仍坚守阵地的猴子。他已经证明了自己的能力，即便是船倒扣过来，依然能保证咖啡供应。德赖曼让维尔耶姆去了他的舱室。

"风力有多大？"克努兹·埃里克大吼着问道。他紧抓着舵盘不放，身旁的德赖曼足够老练，即使是在剧烈转向的甲板上，依然能保持平衡。

时不时地，船尾会被一道巨浪抬起，而船首却会一头扎进满是白沫的海面。接着船首会抬升，直至整艘船似乎在朝远处高空中的某个点进发。每到这样的时刻，克努兹·埃里克胃里就会剧烈翻腾。大海也曾频繁发起过挑战，但尚未战胜他们。此刻它仿佛重新发起了最终的决定性战斗。

他早就知道，在北大西洋的暴风雨中，专业的航海技能可以助你走一段长路，却不能确保你走完全程。碰到能荡平甲板、折断所有桅杆的畸形波，更是没有水手能抵挡。能否活下去，很大程度上都取决于运气。有人称之为上苍，有人称之为上帝。但在这样的风暴袭击面前，运气和上帝有一个共同点，也即两者的干预都是随心所欲的。就航海技能而言，与那些挺过了最可怕暴风雨的海员相比，刚刚被他们葬入海底的彼得·埃里克森和汉森船长或许没有更好，但也没有更差。试图理解这一切毫无意义。祈祷也没有任何用处，只能帮助平复祈祷者的心情，给他们以鼓励。克努兹·埃里克认为，一艘船能否安全抵达港口，和是否祷告没有关系。他完全明白，维尔耶姆独自在阿尼·玛丽号上时，为什么要大声朗读《布道书》。他意欲战胜内心的口吃，因为灵魂的口吃削弱了他求生的意志。但克努兹·埃里克不是维尔耶姆，无法像他一样，将上帝的教诲化为己用。

"风力有多大？"克努兹·埃里克又大声问了一遍。

"十二级飓风。"

十天后，他们抵达纽卡斯尔。巴格重新走出舱室，面色阴郁，寡言少语。他眼中的恐惧与这场飓风无关。

他和德赖曼一道查看了船体的损坏情况。他们失去了救生艇，舱门被拍成了碎片，后桅上的套管折断了，两只水桶落入海中，一根斜桁断了，船帆被撕烂了，舷墙有一百九十英尺的长度已经翘曲，右舷名牌板的尾部被撞碎了，船舷上的灯板也一样。

损坏的部分必须修理，不过他们造访纽卡斯尔并不只有这一个目的。巴格的女儿克里斯蒂娜要在这里上船，与他们一同前往葡萄牙的塞图巴尔，享受那里的温暖和充足的阳光。

克努兹·埃里克掏出钢笔给母亲写了一封信。他请她向所有人问好，然后描述了横跨大西洋时的好天气。没必要让她担心。他在信中还说，他很期待去往葡萄牙的旅程。

后来他承认，如果能预知未来，那他可能在纽卡斯尔就解约下船了。

赫尔曼每次讲述之前的故事，总会受到大家的欢迎。但在克里斯蒂娜小姐面前，情况却截然相反。那故事的某些内容吓坏了她。好吧，那正是赫尔曼的意图所在，只不过把克里斯蒂娜小姐吓得太厉害了，她站起身，扭头就回了房间。她走路的时候，臀部会轻轻摇晃。真要命，那个女人把他弄糊涂了。

他想着，永远都不应该满足女人的要求。理想的情况是让她们在锁闭的门外哭着恳求。永远不要对她们和颜悦色，哪怕你把持不住。但那正是该死的难点所在。你必须吓她们一下。不能吓得太狠，也不能太轻。太狠的话，她们会惊恐，那样你就得不到想要的。太轻的话，她们会抬着秀气的小脚蹬鼻子上脸。要想准确平衡好，你需要经验。你只能凭感觉摸索出自己的方法。

女人喜欢能逗她们笑的男人，但爱的却是惹她们哭的男人。她们只尊重自己不懂的东西。尊重就是全部意义所在。他已经看够了这个世界，明白让一个男人的生活变得能够忍受的，并非女人的爱。而是她们的尊重，但尊重往往包含着恐惧的成分。

克努兹·埃里克和维尔耶姆都在舱口听他讲过拉文的故事。拉文是个汽车修理工，战争期间曾随一艘德国U型潜艇航行，击沉过丹麦船只。后来某天晚上他在尼堡一个房子的门洞里遭了报应。克里斯蒂娜小姐也饶有兴致地听过这个故事，一直听他讲到门洞里遭报应的段落。然后她就站起身，一言不发地离开了。

事后赫尔曼跟克努兹·埃里克和维尔耶姆大谈特谈，说起女人如何难以对付，以及从根本上就让人难以理解的本性。听到他的论述，他们都笑了起来，不过依旧像往常有他在场时一样，保持着警惕。刚登船的时候，他仔细打量过他们，仿佛是想从记忆中找回一些东西。但他们二人都移开了视线，他也就不再搭理了。

"海鸥杀手来了。"维尔耶姆看到赫尔曼登上克里斯蒂娜号时，对克努兹·埃里克说道。

在纽卡斯尔，每一件事都出了问题。德赖曼收到家里发来的一封电报，通知他妻子病重，可能时日无多。

"我痛恨工作还没完成就离岗，"他说，"但我有四个孩子。三个受洗时我都不在场，两个的坚信礼、一个的婚礼我都没能参加。我无法想象格特鲁德去世时，我不能在她身边握着她的手。"

里卡尔和阿尔戈特解约下了船，而且并未隐瞒原因。他们已经厌倦了这份工作，马斯塔尔的船除了从一场风暴驶向另一场风暴，其他什么也做不了。如果他们想当殡仪员，那完全可以找别的地方去当学徒。克里斯蒂娜号没有他们也能运转下去，祝这艘船好运。

他们抓着工具箱和半满的水手袋，叼着波兰烟嘴下了船。

巴格让克努兹·埃里克当了普通船员。他的航行经历尚不足以胜任这个职位，但总的来说，他了解这份工作。修补船帆也是船员的部分职责所在，他肯定能学会。只是不能给他涨工资。

"那我呢？"维尔耶姆问。

他与克努兹·埃里克都不想和对方分开。

巴格想了很久。

"你会得到食物。"他说。

他们依然需要一位大副。但是没有人选，只有赫尔曼刚好在纽卡斯尔，他跟乌拉诺斯号的船长发生了纠纷，而且身无分文。他有经验，航行时间也够长，只是没有参加过考试。他从未振作起来去海事学院念过书。巴格为他提供了工作。

赫尔曼要求与有资历的大副同等水平的工资，巴格在心里计算了一番。他已经省下了两位水手的工资，有余钱能对付。"你的证件不合格，"他说，"所以实际上是我在帮你的忙。不过我会在你平常拿到的一级水手的工资基础上多加二十五克朗。"

"四十克朗。"赫尔曼说。

他们最终达成的数字是三十五。

事实上，证件不合格的人不是赫尔曼，而是巴格 —— 滑铁卢街航运公司的马特松先生向他指出过。好吧，他们准备忽略赫尔曼的情况。毕竟他们没给克里斯蒂娜号找到大副，也不想妨碍一个人谋生。不过，他不能让两个男孩跑来跑去地假装水手，至少得签下一个有资格的人。如果他找不到，别人就会举报他。

于是伊瓦尔加入了队伍。

克里斯蒂娜号刚离开纽卡斯尔，第一起冲突就发生了。

克努兹·埃里克和维尔耶姆很快就与伊瓦尔熟络起来。他上船时穿的是岸上的服装：一套裁缝定制的双排扣切维厄特①羊绒套装，搭配了法式袖扣、白色衣领，以及一个他从布宜诺斯艾利斯买的丝绸领结。伊瓦尔是个见过世面的人。无须他开口告诉他们，他们就看得出他都去过哪些地方，他的足迹一定遍布从南美到上海的各地。他在汽船上待过，也曾只因为好奇就签约上了一艘帆船。他是赫勒鲁普一个船长的儿子，但还没想清楚自己是否喜欢海上生活。他身量很高，体格健美，长着一头浓密的黑发，行事像曾多次在打斗中得胜的人一样镇定自若。

伊瓦尔对于机械很有天赋。他带着一台自己制作的无线电收音机，可以随意地拆卸和组装。船在港口停靠时，他就将收音机放在舱口，把天线绑在索具上。

"那玩意儿永远都不可能运转的。"伊瓦尔第一次调试，赫尔曼就泼冷水。不过那收音机当然能正常收听，赫尔曼便显得像个傻子。他们听到各种外语片段、地球各地的声音，还有舞乐，就是一般只能在英吉利海峡的法国港口听到的那种。

伊瓦尔接通收音机后，连赫尔曼也会忍不住凑过来。伊瓦尔看了他一眼并露出微笑。"好了，大副也来了。"他说。

---

① 指切维厄特丘陵，是英国英格兰和苏格兰之间一片高地。

赫尔曼于是转身就走。

等确定他听不见后，他们就开始取笑他。

　　克努兹·埃里克和维尔耶姆总是管赫尔曼叫海鸥杀手，虽然维尔耶姆早就知道赫尔曼真正的罪行。有一天，伊瓦尔偶然听到这个奇怪的外号，问了起来，不过他们立刻转移了话题。只是个名字而已。不管怎么说，他看起来难道不正像一个会用双手掐死海鸥的人吗？伊瓦尔耸耸肩。他无法理解他们的解释，不过也没有多问。

　　后来，他们很后悔没有告诉他真相。他们知道赫尔曼都干过些什么，亲手捧过被他杀死的人的头盖骨。他们用这个外号就像是在念一句解咒语，是为了弱化他们在他身边持续感受到的恐惧。

　　他们喜欢和伊瓦尔待在一起，因为他们知道自己需要保护。

　　伊瓦尔上船后不久就表达过对伙食的不满。他发现，尤其是晚餐，分量严重不足。每个礼拜有两次，分别是在礼拜三和礼拜日，他们能分到一块奶酪、一根意大利蒜味香肠、一罐肝酱和一罐沙丁鱼，而且是四个人分。他们往往是在拿到的第一个晚上就以风卷残云之势吃光了所有的冷肉、奶酪和沙丁鱼，之后就只能靠黑麦面包果腹，坚持到下一次分发伙食的时候。

　　"可这不是我的错。"赫尔默无助地摊开胳膊说。

　　于是伊瓦尔代表全体船员去找船长，抱怨伙食份量太小。

他所谓的船员是指和他共享水手舱的三个小伙子。

伊瓦尔来的时候，克里斯蒂娜小姐也在场。她身材高挑，长着一头浓密的栗色头发，而且个性直爽，精力充沛，和大多数马斯塔尔女孩一样。这种个性是她们在成长过程中形成的，因为她们知道，总有一天她们将全权掌管自己的家。她脸颊上还有酒窝，右侧的鼻孔旁有一颗美人痣，这些特征总是让她看起来像是刚刚精心打扮过要去参加派对。

起初巴格什么也没说。他暗中看了女儿一眼，仿佛是想寻求她的意见。他显然进退两难，一方面他的个性中的确有卑劣的部分，另一方面他又想在女儿面前维持良好的形象。

"就因为你在汽船上干过。"赫尔曼嘲讽道。他也在场，而且自视为船长的代言人。

"我了解海商法，"伊瓦尔平静地说，"我们分到的伙食分量不足。以后我必须亲眼看到食物过秤。"他转身冲克里斯蒂娜小姐微笑，"您或许会觉得奇怪，觉得只是几克食物而已，不至于这样大惊小怪，对吗，小姐？"

克里斯蒂娜小姐摇摇头，用微笑作为回应，并未被船舱里的紧张气氛所影响。赫尔曼的目光警惕地在两人之间移动。伊瓦尔的想法很明显。他是想通过克里斯蒂娜小姐来影响船长。

"请不要以为我们害怕繁重的工作，小姐。"伊瓦尔继续说道，"我们工作很努力，但绝大部分船员都不满二十岁。看看厨子和另外两个船员就知道，他们只有十五岁，甚至都未成年。而且我们整个白天都要在新鲜的空气中工作。您自己或许也注意到了，海上的空气让人胃口大开。"

赫尔曼威胁般地清了清嗓子。伊瓦尔的雄辩让他无法思考，他需要争取时间。但是伊瓦尔甚至都没看他一眼。他依然在对克里斯蒂娜小姐微笑，而克里斯蒂娜小姐也笑着回应，仿佛他们之间连着一条秘密纽带。

巴格似乎什么都没注意到。不过现在他发言了——而且他所说的内容是如此惊人，因此情况当时就已经非常明显了，克里斯蒂娜号一定会出事。

"五条面包和两条鱼。"巴格说。他似乎正竭力让自己的声音听起来更加坚定，可实际上却异常轻飘，仿佛他的思绪已经飘到了很远的地方。

"抱歉，"伊瓦尔努力地保持礼貌，"我没听懂您的意思。"

巴格提高音量："我说五条面包和两条鱼。我主耶稣靠这些食物养活了五千人。难道一块奶酪、一根意大利蒜味香肠、一罐肝酱和一罐沙丁鱼还不够你们分吗？而且你们才四个人。"

"我们不是在谈《圣经》里的什么故事。我们是在马斯塔尔的克里斯蒂娜号上，海商法规定——"

"你不信我主耶稣吗？"巴格语气十分尖利，看伊瓦尔的眼神满是谴责，"上帝诞下了你，为你穿衣，让你活了这么多时日，而你竟然会怀疑他，不相信他会继续这么做，怎么会这样？"

一贯沉默寡言的巴格船长竟然滔滔不绝地说了这么一大段话，连口齿伶俐的伊瓦尔也惊讶得说不出话来。他疑惑地看了克里斯蒂娜一眼。克里斯蒂娜不解地摊开双手。马斯塔尔的船长做任何事都不奇怪。他可以是不屈的，严厉的，有时会提出无理要求，做出不公平的举动。但首先，他是吝啬的。他之所以能生存下来，节俭是至关重要的原因。不过，竟然会有船长引用宗教故事来佐证自己的行为，而且用的还是如此模棱两可的措辞，这简直是闻所未闻。

赫尔曼强忍着才没有爆笑出声。不然场面可能真的会很滑稽。

"我在讲的是海商法。"伊瓦尔又坚定地说。

克里斯蒂娜小姐倾身靠近巴格，握住他的一只手。"公道一些，父亲。给船员们多分些食物，对你不会有什么影响的。"

巴格捂住胸口，像是内心正在经历剧烈的情感波动。"那就如你所愿。"最后，他用虚弱的声音说道。

"父亲，您感觉不舒服吗？"克里斯蒂娜小姐紧张地问道。

伊瓦尔回到水手舱，将刚才的故事讲给大家听。接着他看着克努兹·埃里克。"你和他航行的时间最长。他平时总是这样吗？"

"小气，是的，"克努兹·埃里克说，"不过像阿比尔高牧师那样说话？"他摇摇头。

"能再讲一遍他刚才说的话吗？"维尔耶姆问道。

"讲的是《圣经》中五饼二鱼的故事。"[1]伊瓦尔想了片刻，"然后他问我，主为我们穿衣、让我们存活，我们怎么能怀疑他。"

"是那本《布道书》里的内容。"维尔耶姆说，"圣三主日

---

[1]　指耶稣用五张大麦饼、两条鱼喂饱五千人的故事，见《圣经·马太福音》。

后第七个礼拜日的布道内容，是一篇为穷人也为富人准备的布道。作者约纳斯·达尔是卑尔根的一位海员牧师。巴格应该是记住了那篇内容。他的状态一定非常糟糕。"

克里斯蒂娜小姐偶尔会邀请全体船员共用煎饼，或者到甲板上散步并享用咖啡。在厨房里，赫尔默一直笑容满面。克里斯蒂娜经常来帮忙做饭。里面空间狭窄，所以他们只能紧挨着站在一起，她身上衣裙发出的沙沙声响，以及她柔美的身影，令他意醉容迷。她赞美他的厨艺，他便加倍努力。所有人都是。船上有个女人大有裨益。

克里斯蒂娜小姐经常会坐到掌舵人身边同他聊天，舵手便一只眼睛盯着索具，一只眼睛看着她。

他们即将抵达葡萄牙海岸的一个晚上，她同伊瓦尔借着月色在甲板上漫步。赫尔曼站在栏杆旁，想偷听他们的低声谈话，但没能成功。在他讲完尼堡那个拉文的故事之后，克里斯蒂娜就转身离开了，虽然并没有不理他，但一直和他保持着距离。自从上次发生那场有关伙食的冲突之后，他的威望更是有降无增。

他感觉克里斯蒂娜小姐就像是某种毒物，同时又无限甜美，这两种感觉在他的血液中混为一体。他有时会丧失意志力，有时又会感到无比紧张，内心一直在这两种状态之间挣扎。他感觉虚弱而愤怒，握紧拳头四处徘徊，做好了战斗的准备，但他最想要的是控制自己，坚持下去。

克里斯蒂娜号正迎着葡萄牙海岸一直吹拂的南风疾驰。轮到伊瓦尔当值掌舵时，克里斯蒂娜小姐会坐在他身边。赫尔曼僵直而傲慢地走过去，享受他作为大副所拥有的权力。"不要打扰舵手。"他双手背在身后，唐突地打断他们，然后站在那里直到她起身离开。

是的，在那种时候，她只能服从于他。但他不能确定，她的屈服对他来说究竟是胜利还是失败。他并没有离她更近，甚至开始觉得她和伊瓦尔是"一对"。毕竟，他们正变得越来越亲密。

一天下午，一群海豚打破了航程的乏味。"是海豚！"舵手大喊，其他船员都忙着拿起武器。伊瓦尔打头阵。他跳上船首斜桅，趁着船身俯冲，与最近的海豚距离缩到最短时，将鱼叉猛地掷入水中。他开始收线，那只海豚拼命地挣扎。接着克努兹·埃里克也跟了过来，设法用一条缆索缠住了它的尾巴。

赫尔曼回房拿来一把左轮手枪。船员们围成一圈，将那只海豚围在中央，它优雅、光滑的身体弯成拱形，正奄奄一息地抽搐着，强壮的尾巴正有节奏地拍打甲板，血水喷涌而出，像一条油腻的溪流，流淌在木板上。克里斯蒂娜小姐用双手捂住嘴巴，远远地看着。必须有个人对这垂死挣扎的动物发起最后一击。

"让开！"赫尔曼大喊一声。

所有人都转过身来，只见他正举着那把左轮手枪冲人群挥舞，仿佛尚未确定目标。大家都往后退去。他走向海豚近旁，小心地瞄准，然后连开了两枪。海豚的眼睛爆裂开来，血水四溅。它的尾巴最后一次狠狠地砸在甲板上，然后再也没有动弹。

赫尔曼抬起头，看见克里斯蒂娜小姐正依偎在伊瓦尔身旁。两人都看着他。他便冲他们咧嘴笑了起来。接着他将手枪插进腰带，返回了自己的舱室。

他坐在床铺边缘，依然在微笑。刚刚的那一刻堪称完美。没有人知道他有枪。当他举着枪走上甲板的时候，大家都惊呆了，他在他们的眼中看见了恐惧。他们都转过头来看着他。掌控局面的人是他。而那正是他想要的。

一天清晨，风停歇了，那之后他们的速度就慢了下来。正午时分，他们看见塞图巴尔就在前方：外墙被刷成白色的宏伟别墅矗立在高耸悬崖的顶端；郁郁葱葱的植物像面纱一般悬于岩石之上。船帆降下后，克里斯蒂娜小姐在甲板上给每个人都倒了一杯葡萄酒。这是个古老的习俗。

她的目光在伊瓦尔身上流连，但在看赫尔曼时，她却半转过脸去，仿佛等不及要移向队伍里的下一个人。

港口中已经停靠了一艘马斯塔尔纵帆船。接下来的几天里，又来了好几艘，很快就足够组成一支小型船队了。老鹰号，加拉瑟号，大西洋号，都是这条航线上的老面孔，在塞图巴尔装运食盐前往纽芬兰，然后再横跨大西洋，将腌鳕鱼运到塞图巴尔来。

倒不是说这里缺鱼。海港里到处都是渔民，他们捕捞到的沙丁鱼个头堪比鲱鱼。这里的人个头小巧，肌肉发达，胸膛都裸露在日光下，棕褐色的皮肤下肌肉线条分明。看到克里斯蒂娜小姐后，他们都挥手大叫，满口白牙在黑色髭须下闪闪发亮。克里斯蒂娜小姐也挥手回应，于是渔民们都举起巨大的篮子，仿佛在欢乐地向她进献贡品，因为帆船码头上很少看到女人。他们的篮子里面装满了鱼，鱼鳞在阳光下闪烁。

巴格划船上岸去采买补给品，回来时却两手空空，没买土豆，也没买面包。塞图巴尔在闹罢工，还是遭遇了封锁？不管怎样，总归是发生了什么暴动或者革命。城市里从九点开始宵禁，天黑后还在街上的人一律会被击毙。

"为什么会发生革命？"克里斯蒂娜的眼神闪烁着激动的光芒。

她父亲耸耸肩。"我猜是有人在挨饿，"他说，"这里的穷人很多。"

"那太糟糕了，"克里斯蒂娜小姐说，"那些可怜又贫穷的人。"

"别担心，"赫尔曼突然插嘴，"没什么特别的。这地方总有些骚动。人们四处搞破坏，朝彼此开枪，说他们想要改变，但下次造访，一切都还是从前的样子。他们就是这样的人，控制不了自己的脾气，永远做不成任何事。"

"革命"这个词传遍了甲板。每个人都想一品它的滋味，它就像是一种异国水果，蕴藏着陌生而诱人的气息。革命是南方世界的一部分。等他们回了家，就可以说他们也见识过革命了，尽管并未见证任何场面。那些捕捞沙丁鱼的渔民似乎并未被革命——如果真的发生了革命——干扰，满载货物的船只每天都在进港。接着起义进一步扩散，谣传说沙丁鱼

水 手

工厂也在罢工。

接下来的几天，渔民们都留在港口，克里斯蒂娜号附近一片安静。瑙塔号和罗森杰姆号进港后，一座漂浮在水面的小型马斯塔尔镇建了起来，船与船之间往来频繁。船员们互相拜访，咖啡喝到醉。克里斯蒂娜小姐不再同伊瓦尔散步，因为要见其他船长，都是她父亲的朋友。她以前就经常拜访他们在马斯塔尔的家。有一天，她同他们一起进城参观，虽然是革命期间，但城市里似乎非常平静。她不愧是船长的女儿，一路划船将所有人送到岸边。

返回时她抱着一捧花，是公园里的一个园丁送的。她开始活灵活现地给各位船员讲述市政广场的那家大咖啡馆，其中有一支军乐队一直在演奏。"再次听到军乐队的演奏，真是太棒了。"她说。

赫尔曼耸耸肩。交际广泛的女人可能会那样讲话，但是他不记得有军乐队去马斯塔尔演奏过。她还去了电影院，有一支弦乐队为电影伴奏。至少有二十名乐手，她说，眼睛里闪烁着亮光。

在马斯塔尔的这支船队里，有几个船员带了乐器，包括两把手风琴、三只口琴和一把小提琴。不当值的时候，他们就自己组成一支乐队。那晚他们又是演奏音乐，又是齐声歌唱。伊瓦尔有一副十分动听的嗓子，不过让他博得其他船员喜爱的，是他的无线电收音机。克里斯蒂娜号的船员都为他感到骄傲。他是他们的，其他船上可没有伊瓦尔这样的人物。他只消打开收音机，全世界的声音便都传了出来，也有音乐，当然也包括葡萄牙法朵民谣。伊瓦尔是唯一知道这个词的人，

我们，被淹没的

便给大家讲解了这种悲伤的音乐。不过，收音机里还会传出更陌生的声音，比如卡萨布兰卡一座车站播放的阿拉伯音乐。这一次伊瓦尔只能认输。他叫不上这种音乐的名字，也无法给大家任何解释。

　　只要伊瓦尔打开收音机，连船长们也都无法抗拒，会纷纷走出房间，放下原本正在享用的荷兰杜松子酒和里加香脂酒。克里斯蒂娜小姐端起咖啡壶为每个人都倒满一杯，问是否有人想吃煎饼，于是大家异口同声答道："想！想！"

在塞图巴尔，赫尔曼发现自己又一次回到了同辈的队伍当中。他们都是水手，都来自马斯塔尔。他曾在尼堡的一个门洞里痛揍过一个人，声称是为了自己的家乡。但此刻，他感觉自己是个局外人。困扰他的不只是嫉妒。或许根本就不是嫉妒，而是他不知自己属于何处：只有当局面为他所掌控的时候，其他人都敬重他、畏惧他的时候，他才真的有归家的感受。

海风与浪涛是没有规律、无法预知的，那让他感到熟悉。从他上船的那一刻起，他就感受到了这一点。在陆地上，他仿佛又回到了小人国的生活，像个无家可归的笨拙巨人，磕磕绊绊地走来走去，却无法挤进任何一扇门。而那些门洞给其他人奉上的，都是欢迎。

夜晚让他感受到一种温柔，南方的温暖空气流淌着一种私密感——星辰映照在平静的海面，城市安静而神秘，音乐和人声如同一种爱抚。船长们都一改习惯，走出房间加入了船员的队伍，周围弥漫着从厨房飘来的煎饼香气。

可赫尔曼却只有自己，他不属于他们的世界。他突然感受到一种刺痛，那是一种可怕的感觉，仿佛他并不完整，而是个残废。在那个令人极震惊的瞬间，他仿佛在从外面观察自己，看到的是一头怪兽。他想躲藏，想逃离这个他无法应对的世界；在这个世界里，他身处一条孤独的道路上，而这条道路无法带他前往任何地方。

他不想喝酒，也不想打斗。他只是必须逃离。

他下楼回到自己的舱室，拿出左轮手枪。然后他翻下栏杆，跳上系泊在船侧的救生艇。他将小艇推离母船，开始划桨。

他要去哪里？他不知道。他停下来，困惑地靠在船桨上。港口空无一人，也没有一盏灯，空荡荡的城市里寂静无声，仿佛那寂静是从夜空里掉下来的，仿佛自宵禁开始的那一刻起，塞图巴尔就被吸进了宇宙广袤无边的虚无之中。

他突然明白了自己想要什么。他想到漆黑的街道上行走。那里是他的领地：一个禁区，被发现就可能让你付出生命的代价。

就在片刻之前，他心里还风暴肆虐。此刻他血脉中的潮汐却转了向，让位给退潮时分的危险寂静。

他尽可能地压低划桨的声音，慢慢往最近的码头去。只听见极微弱的水花溅起的声音，而且立刻会被浓重的黑夜吞没。克里斯蒂娜号上的乐声和人声此刻已如此遥远，仿佛是另一个世界发出的回声，一个被他抛在身后、再也不会重返的世界。

他不知道在那些废弃的街道上等待自己的将会是什么。但他并不在乎。有一块磁铁在吸引他，让他放纵自己的意志，乖乖服从。就在那里，在那磁铁强劲有力的寂静之中，在那死一般的寒冷之中，有他的归属之地。他感受到口袋里左轮手枪的重量，心里已经做好了准备。

他将救生艇系好，爬台阶登上码头。天上没有月亮，但城市并未被黑暗完全吞没。这里或那里总有灯光从一扇窗口倾泻出来，或者从百叶窗的板条之间照射出来。他能听见说话声，还有一架钢琴弹奏的乐声——淡雅的乐声划破了寂静，然后又被它吞没。

他站在两排房屋之间，向后仰起头。能看见银河，与脚下的街道平行，就像一条由闪亮的鹅卵石铺就的天堂之路，划过夜空的荒原。他回想起第一次看见银河时的情景。那时他还是个小男孩，夜里只有他一个人。他站在海滩上，也像现在这样仰起头，心中涌动着急切的渴望。但此刻，在这个夜晚，他却对所有的一切转过身去。他独自一人站在银河之下，身上只有一把手枪。

他想活过今晚吗？这是他为自己设计的一次测试，抑或是他在追寻的其他什么东西？他不知道。他并不能完全理解星辰的语言，无法得出答案。

他站在街道中央，抬头仰望夜空。两旁房屋的白墙泛出蓝光，仿佛是在倒映星光。房屋的门扇和门洞都搏动着黑色的光辉。站在街道中央是明智之举吗？

他刚刚所感受到的那种陶醉感，并非因醉酒而起，而是因为孤身一人站在夜空之下，但此刻那种奇异的感觉已经消失殆尽。站在这里很有可能被人看见，闪烁的蓝光会将他这团浓重的黑影衬得十分明显。

他来这里不为藏身。他回到人行道的中央，开始行走。

突然间，他听到脚步声，便停了下来。那些声音听起来很谨慎。正在靠近的人是一个还是更多？他再次倾听。肯定不是一群人，他判定。或许只有两个？是夜巡的士兵？宵禁期间，除了他们还有谁会出门转悠呢？他转身向后看，然后望向前方。这是一条宽阔的街道，棕榈树遮挡了星光。他一定是在一条林荫大道上。应该去狭窄、蜿蜒的小巷，那样的地方更容易逃走。他有些犹豫，但没有动弹。接着他举起枪，慢慢地转过身。黑暗，除了黑暗别无其他。他仍然能听见谨慎的脚步声。他们是在靠近，还是在离开？

他继续小心行走，枪握在手中。如果他们要遭遇彼此，那么结局不是他们死，就是他死。他明白这个。

仍能听到脚步声。

是的，他们绝对是在靠近，但他无法确定，他们从哪一个方向来。对他来说，靠近他们和远离他们都一样轻易。

他又走了一会儿才看见他们，一动不动地站在那里，就在他前方三四米远的地方，仿佛一直在等待。他立刻停下脚步。那队人中的一个喊了起来。

那人的叫喊声却被一个震耳欲聋的爆破声淹没。赫尔曼环顾四周，想确定爆破声的源头，却发现是自己手中的左轮手枪。一定是他开了枪。

他不知道自己是否击中了任何人。他开始狂奔。身后没有枪声，也没有脚步声。有那么一瞬，他想停下来回头看，但血液的搏动赋予了他动力，他无法阻挡。他感觉头脑完全清醒，双腿却像活塞一般重重地敲击着地面，仿佛拥有自己的意志。

他转过一个街角继续前进，直至终于恢复对肌肉的控制。他停下来，将身体压在一面墙上，静静倾听黑夜的声音。起

水　手

初他什么也听不见。接着，在很远的地方，他听出奔跑的脚步声，先是从一个方向传来，接着又从另一个方向传来。他听到一声枪响，跟着以很快的速度，又连续传来几声，最后被一长串突突的机枪声淹没。他听到发号施令的声音、靴子踩在地上的重击声，仿佛有一整支部队出动了。不知在什么地方，有一辆汽车发动了引擎。

刚刚他的枪声打破的是宁静，现在听起来却仿佛触发了一颗地雷。而此刻那颗地雷爆炸了，那颗地雷就是整座城市。

他被黑暗和炮火声包围了。上一刻还是枪炮齐射，下一刻就变成了意味悠长的寂静。谁在射击谁？军队在对罢工者开火吗？罢工者可有回应？又或者说，这场混乱只是潜伏在黑暗中的凶猛肉食动物所致，它们嘶吼着用爪子出击，然后再度撤回阴影中？这就是革命的含义吗？枪炮借着黑夜的掩护，反抗和压倒它们的主人，追逐人类的鲜血，并诱惑它们流淌出来洒泻在大街小巷？

他们射击彼此，是为了庆祝这里已经不再有善恶之分，已经没有所谓有序或无序，只剩下未被驯服的生命，满城的石头都被生命精华染得殷红吗？

赫尔曼再度开始奔跑。呼吸也变得费劲了，但他没有停止。他沉重的身躯在街巷中逃窜，就像一头愤怒的犀牛。他偶尔会成为枪炮的目标，听到子弹砰的一声钻进身后墙壁的声音。后来，他惊动了两个藏身在门洞里的人。他朝他们开了枪，然后继续狂奔。他们是谁？他击中他们了吗？

他不在乎。

他看到一队士兵朝他齐步走来，于是找了个门洞缩在里

我们，被淹没的

面。他们刚刚走过去，他就钻了出来，奔跑中回过头去朝他们射击。

有人在街道上设了一个路障，他看到后面有黑影在动。黑暗是如此浓重，看不清发生了什么事。他凭本能知道，这就是革命，这是一次武装起义，要在这里流干鲜血。反叛军与士兵之间有一种兄弟般的情谊。他们被一种杀戮的渴望团结在一起。

他们在呼叫他，于是他用西班牙水手用语磕磕巴巴地回应。他们邀请他入伙守卫这个路障，看到他的左轮手枪，他们拍了一下他的肩膀，称他是伙伴[①]，他完全理解这个词的意思，他们的态度建立在一种和他们自身一样天真的假设之上。他不在乎他们的动机。他们需要的是一个开枪的理由。但他不需要。

有人朝那个路障开了好几枪，他们也朝黑暗中还击。他看到好几把左轮手枪的枪口喷出火焰，感觉脸颊热乎乎的。他被射中了吗？身旁的人突然倒在他的肩膀上，脑袋靠在上面停顿了片刻，就好像睡着了一般。接着那人慢慢地滑到地上，而他的袖子已经被鲜血浸透。

射击声更加密集，街道尽头枪口射出的火光如同焰火一般。喧闹声震耳欲聋。赫尔曼感觉到一股干燥的热量不受控制地突破了皮肤，仿佛他的心脏已经燃烧。他还活着！

枪声变近了，是士兵们发起了袭击。他周围的人放弃了路障。他们的脚步声退回黑暗后，他再度出发，全速冲了出

---

① 原文为西班牙语。

去。他听到有人在笑，随后才意识到是他自己。有个人俯卧在他前面的街道上。他一跃而过。有人抓住他的胳膊，将他拖进一条小街，钻进一座拱门。他们一起越过一堵墙，然后又是一堵。赫尔曼用西班牙语咕哝了一句谢谢，但他心里并不在乎。他整个身体仿佛在因为一股不朽的狂喜而尖叫。那把枪依然在他手中。

仿佛他已经在这座黑暗的城市里待了一辈子，好像之前发生的一切都已经不再重要。他突然觉得：今晚他得到了解放。在这条黑暗的街道上，唯一的光芒就是枪口迸射的火光，以及水沟里流淌的鲜血。他可以存活下去，心中不会再有不完整的感觉。他只是血液、身体、本能与条件反射。他是自己的左轮手枪，通过它，找到了所有佩带着武器在黑夜里穿行的司类。他和所有人，和生与死融为一体。

在城市背后的山坡上，太阳像个巨大的红球，沿着林荫大道朝他翻滚而来。四周的所有颜色都亮了起来，一开始很浅淡，而后就变得生动起来。面对黎明的到来，他心中失望与释放的感情交杂。阳光似乎清理了夜晚的狼藉，只消一瞬的工夫，它就让街道两旁的房屋及其中的居民回到了所属的位置。

他低下头，看到衬衫上都是血污，便脱下来扔到了街上。他感受到手中左轮手枪的重量，迟疑片刻，然后任其掉落，继续往前走。

他来到一座大广场，那里到处都是翻倒的桌椅，身穿制服的人在清理尸体。很快地砖上的血迹就将被冲洗干净。白日已经重返。

横穿广场的途中，一个士兵叫住了他，并走了过来，身后还跟着另外两名随从。他们将他从上到下好一番打量。他站在那里袒露着胸膛，身上散发着浓烈的汗味，金色短发下面的脸庞因为风吹日晒和饮酒而发红。他是什么人？一个兴奋到忘了时间、不知身处何处，也忘了还有宵禁的水手？

他浑身恶臭，但那些士兵以为是床单和女人的缘故。他从他们的表情中看得出来。他咧嘴冲他们笑，而他们也笑着回应。最高的那个士兵指了指赫尔曼的脸颊。赫尔曼摸了一下，子弹擦过的地方已经结了痂。

"女人①。"他说。意思是"女人干的"。

"女人②。"士兵们笑了起来。其中一个还做了个猫伸出爪子抓刨的动作。

夜里他开枪射击过他们，而他们也曾开枪还击。影子射击影子。此刻他们只是第一缕晨光中的普通人。他们放他通行。

他走下海港找到船，然后解开缆绳，慢慢地划桨返回克里斯蒂娜号。

---

① 原文为西班牙语。
② 同上。

第二天，赫尔曼非常安静。船员们都向他投去偷瞄的眼神。他们发现他昨晚没在，但没有人说什么。他不时会露出一个古怪的微笑，似乎也不是在对特定的某个人笑。船员们警惕地交换着眼神。他这番平静之后会发生什么？伊瓦尔看着他宽阔的后背陷入了思考。好像只有巴格没注意到任何事情。

赫尔曼注意到了他们的目光。他们会怎么想他呢？他们会猜测他在宵禁期间都干什么去了呢？如果他们觉得他只是去逛窑子了，那为什么不直接说出来呢？他们害怕知道答案吗？

罢工行动被中断后，克里斯蒂娜号终于得以靠岸。来了几艘驳船，码头工人开始卸载船上的腌鳕鱼。巴格去城里采买补给时也带上了克里斯蒂娜小姐。返回后，她兴奋地告诉他们，船用物品杂货店老板邀他们用了午餐，吃的是鱼和炸橄榄。

"但是想想看，餐厅里的所有窗户都被砸碎了。我好奇昨夜是不是发生了打斗。"

赫尔曼在笑，但没有说话。他看着在船舱和码头忙碌的装卸工，看着空船出海、满载而归的渔民，看着手执剔刀做好准备的士兵，看着塞图巴尔的人们。他将整个世界都看在眼里。时间静止了，在这寂静的时刻，他解开了地球上的所有谜团。

　　克里斯蒂娜小姐将成为他的人。他对此事的确信就是从那一刻开始的吗？

　　克里斯蒂娜号的准备工作结束后，他们离开了塞图巴尔。开始的两天里，有南风在后方助推。接着就风平浪静了。他们停了船，只张开前支索的三角帆和上桅帆，任舵盘自己运转。海面仍在起伏，涌浪逡巡不去，水位在持续上涨，一直涨到舷墙位置。在头顶的高处，正午的太阳滤除了大海与天空的颜色，一切都融合在一团白色的热雾之中。克里斯蒂娜号随大海的缓慢呼吸而抬升和下落。他们的世界沉入了深沉的睡眠。他们像梦游者一般在甲板上漫步，随海浪的节奏一同呼吸。

　　克里斯蒂娜小姐坐在甲板上绣花。没有人说话。巴格坐在她旁边阅读那本《布道书》。他们没有交谈，仿佛已经亲近到无须谈话。他翻了一页书，心不在焉地眺望海面，之后又将目光收回到书页上。她则将注意力集中在针线上。她的皮肤已经被晒成了棕褐色，任头发松垂着。赫尔默端来了咖啡。

　　这是他们抵达比斯开湾前最后的温暖时日。

　　下午依然风平浪静。晚上七点左右，一阵凛冽的风吹了过来，伊瓦尔和克努兹·埃里克爬上桅杆展开船帆。夜里，风变得强劲冷冽。第二天早上，克里斯蒂娜小姐出现在甲板的时候，一道海浪打在她脸上。她擦掉咸咸的海水，冲掌舵的伊瓦尔笑了起来，伊瓦尔懂行地向船帆看了一眼。夜里他们收了斜桁横帆，只留下了前桅帆和中桅下帆。飞伸三角帆绷得很紧，很快也要被收拢。

"帆布正在遭受重击。"她仍在笑着擦拭脸上的海水。

她换上了父亲的木鞋和油布外套，对她来说都太大。她包在头上的围巾此刻也湿透了。她摘下来将水拧干，然后塞进口袋，任浓密的棕色鬈发在大风中飘扬。

我们超过两艘小渔船，向南航行。克里斯蒂娜小姐站在伊瓦尔身边，看到小船剧烈下沉，消失在波谷之中，片刻后才乘上下一道波浪重现海面。她的目光追随着它们，仿佛在寻找一个固定点。随后她紧张起来，突然伸出一只手捂住了嘴巴，往栏杆那边冲了过去。伊瓦尔礼貌地看向了别处。

她又回到了他身边。"我想我还是回船舱好。"她说。

他点点头。

正午时分，风向发生了变化。此刻风浪的方向与克里斯蒂娜号完全相反，船突然陷入波浪之中，船首不停地被涌浪淹没。

掌舵的人是赫尔曼。

"我们得把飞伸三角帆收起来。"他对伊瓦尔说。

伊瓦尔看着他说："你是要我爬到船首斜桅上去？"

"你听不懂我说的话还是怎么？"

"你能看见我此刻所见的景象吗？"伊瓦尔开始公开反抗他。

"我看见需要把飞伸三角帆收起来。"

"我看见船首斜桅有一半的时间都在水下。"

"害怕被水打湿？"赫尔曼并不隐藏自己的轻蔑。

"除非你让船迎着风向，把速度减下来，不然我是不会上去的。"他们都愤怒地看着彼此。

"你这是在对我下命令?"

"你是大副,我是全能水手。我只是在敦促你做任何对航海有所了解的人都会做的事。不然的话,就让飞伸三角帆挂在那里吧。"

赫尔曼移开目光。他知道伊瓦尔是对的。船首陷得这么深,派人爬上那里的斜桅实在是不负责任的做法。他松开握舵盘的手,船冲进了风中。这时候,克里斯蒂娜小姐从船舱里上来了。她又一次紧紧地捂着嘴,仿佛是准备再次向大海献祭。但这两个对峙的人却吸引了她的注意力,她的目光在两人之间游移,手依然捂着嘴巴。

伊瓦尔穿过甲板向船首走去。船体已经不再下陷,飞伸三角帆正在风中飘摆。船首斜桅湿淋淋的,指向石板蓝的天空。伊瓦尔爬上斜桅,开始收卷船帆。

赫尔曼看到,他高大、挺直的身影如此自信地站在光滑的斜桅上,而他身下就是万丈怒涛。

时间收缩起来,静止在那一刻。

让伊瓦尔强大的,不只是他的力量,还有他对别人弱点的了解。赫尔曼从见到伊瓦尔的那一刻起就对他充满鄙夷,结果却奇怪地发现,这种鄙夷找不到实在的落脚点,只能漫无焦点。伊瓦尔有阿喀琉斯之踵吗?他扛得住重压吗?

赫尔曼握紧舵盘,感受着舵手与大海之间永恒的较量中的拉扯与紧张。他必须不停地转动舵盘才能保持航速。于是他松懈下来,就那一瞬之间,只听得爆炸般的一声巨响,风再次灌满了船帆。船首乘上海浪中一道翻滚的波峰射向天空,整艘船却在下坠，一直下坠，垂直下坠，然后撞在海面，水花像喷泉一般飞向船身两侧。克里斯蒂娜号如刀一般切开泡沫，整个船首仿佛要砸向海床似的潜入了水下。

时间的流逝急速放缓，仿佛太阳已经转到了星系中一个看不见的位置。这一切来得如此迅速，谁也没来得及反应；克里斯蒂娜小姐依然捂着嘴，眼睛瞪得大大的。接着船身再次缓慢抬升，海水从船尾快速冲向甲板。船首斜桅耀武扬威地指向天空。伊瓦尔紧紧地抱在上面，像只小猴子，脸色煞白。

即便只有短暂的一瞬，赫尔曼也看得出来，伊瓦尔吓呆了。接下来，他必须立刻用力跳上艄楼：如若不然，船会再次下坠，他便永远都回不来了。跟赫尔曼在塞图巴尔时一样，这也是伊瓦尔的决定性时刻。

但是伊瓦尔依然紧抱着船首斜桅，大脑已无法运转，身体也呆住了。他的指尖紧紧握住斜桅，仿佛恐惧已使他整个人变成了一头野兽，爪子能抓进坚硬的木头。赫尔曼一时冲动，将双手握成杯状拢在嘴上，冲他大喊："跳啊，水手，跳啊，你这该死的！"

他自己也不知道，他是想让伊瓦尔别愣着了，还是在嘲笑他。接着船再次落了下去。等它再度抬升起来时，伊瓦尔不见了。光秃秃的船首斜桅快速指了一下云层，仿佛那是他消失的地方，他没有落入船首附近的白沫之中。赫尔曼转动舵盘，让船身逆着风向，以阻止船首上翘。

这一切都发生得非常快。克里斯蒂娜向他冲去。"你这个浑蛋，"她气得说不出话来，"我看到你干的——"她突然感觉到一阵止不住的恶心，一口吐在了赫尔曼的胸膛中央。胃里一阵痉挛，她弯下腰去，这一次吐在了甲板上。等她直起身来大口喘气时，一些未被完全消化的淡黄色物体从她的下巴滴落下来。她瞪大了眼睛，面孔皱成一团。"你这个卑鄙小人，你这个魔鬼，你这个恶心……你……你……"她倒在甲板上呜咽。

克里斯蒂娜目睹了刚刚发生的事。身为船长之女，她明白那意味着什么。她看见赫尔曼改变航向。她知道那举动的意图，因为还有一位船员在船首斜桅上。

的确，赫尔曼无法否认自己所做的事。但他会宣称她错了。夺走伊瓦尔性命的不是他，而是大海。大海吞没了伊瓦尔，因为他错过了关键时机。大海将他夺走，因为他不属于这艘船。赫尔曼只不过充当了它的工具。

还有一位证人：赫尔默。伊瓦尔爬上斜桅收拢飞伸三角帆时，这个厨房服务生就在收帆索旁等待，早已做好接应的准备。但他不理解刚刚看到的这一幕。即便他最终弄清楚，知道出了问题，赫尔曼也有办法让他闭嘴。没有充足的理由来对赫尔曼提起任何控诉。他什么事都没做。

"有人落水！"赫尔默大喊。

克里斯蒂娜小姐立刻停止了尖叫，重新恢复了理智。她抽出救生圈扔进海里，以标记伊瓦尔消失的位置。克努兹·埃里克和维尔耶姆从水手舱钻了出来。

"谁落水了？谁落水了？"他们紧张地问道。

"伊瓦尔。"赫尔默喊叫的声音在颤抖。

赫尔曼命令他从索具爬上瞭望台，也许伊瓦尔会浮出水面。接着，他又下令将转帆索向后转。克里斯蒂娜小姐靠在栏杆上，又吐了起来。他想，这一次应该是因为震惊。

巴格也从船舱里冲了上来，赫尔曼简要地汇报了情况。他小心地让声音听起来冷静、客观。"伊瓦尔从船首斜桅上翻下去了。他当时在上面收飞伸三角帆。"

"怎么会那样？你是逆风行船的吗？"

"当然。但是他突然就消失了。"赫尔曼耸耸肩，暗示这起事故都是伊瓦尔自己造成的。

克努兹·埃里克和维尔耶姆连忙将救生艇放下海中。巴格冲过去发布命令，自己跳了上去。赫尔曼看到克里斯蒂娜也爬过了栏杆，然后用力一推，消失在那一侧。

片刻之后，救生艇出现了。克里斯蒂娜小姐站在船首，头发在风中狂乱地飞舞。她下巴上依然挂着呕吐物，但她毫不费力就能维持平衡。巴格弯着身子坐在横坐板上。克努兹·埃里克和维尔耶姆在划桨。赫尔曼留在舵盘旁边。他感到非常兴奋，现在这艘船终于在他的掌控之中了。

他们绕着圈子划船，不知道还能做些什么。上一刻他们还乘在波峰上，下一刻就消失在浪涛背后。克里斯蒂娜号在风中偏离了航向，那只救生艇也一样。伊瓦尔究竟是在何处消失的？海上没有路标。他们越漂越远，最后救生艇仿佛成了一个被涂成白色的坚果壳，周围是不断变化着的浪的景观。巨浪不停歇地翻起，然后因为耗光了能量而疲惫不堪，无力再去追赶远处的海平线。

接着，小艇上似乎发生了什么事情。那些小小的人影站起身来挥舞双臂。他们的身体都向前倾，像是在与什么东西搏斗。他们找到他了吗？

赫尔曼冲索具上的赫尔默大喊："你看见什么了吗？"

"我想他们已经找到他了！"赫尔默也伸出一只手挥舞着，像是在迎接伊瓦尔重返生之国度。

接下来发生的事情就不清楚了。那些人影伏得更低了，几乎就要翻过船舷去。这时小艇突然失去平衡，剧烈地摇晃起来。接着他们再度直起身体。只有一个人还趴在那里。赫尔曼又朝赫尔默喊道："现在怎么样了？他们救起他了吗？"

等待答案的时候，他既不觉得恐惧，也没有相反的感受。如果伊瓦尔能活下来，那他也能。不管那边的海面发生了什么，生活都会继续。赫尔曼很冷静，而且完全不在乎。

"我想……"赫尔默眯着眼睛，迟疑了一下又说，"我想他们又把他弄丢了……不管怎样，我看不见他。"他们依然在逆风行驶，船帆在狂风中啪啪作响。

救生艇又开始打转，过了一会儿才开始返航。巴格最先爬上船，用手捂着胸口，脸色苍白。克里斯蒂娜小姐紧随其后。她将脸埋在父亲的肩上，大声地哭泣，浑身都在颤抖。巴格紧紧地搂着她，扶着她的肩膀，带她下楼去了自己的舱室。他将另一只手紧握成拳，按在胸口，嘴巴抿成一条细线，脸色极度痛苦。

赫尔曼将克努兹·埃里克叫到面前。"发生什么事了？"他问。

"我们找到他了。他一直挣扎着漂浮在海面，但快被淹死了，眼神非常奇怪。"

"奇怪？"

"好吧，我不知道该怎么形容。他像是变了个人，好像已经疯了。我们想把他拖上船，他却激烈地挣扎起来。我们没办法抓住他的胳肢窝，便开始用力拉 —— 是的，然后事情就那样发生了。"

"哪样？"

"是这样，他的油布雨衣一定敞开了。他从里面滑了出去。突然间，我们手中拉着的只剩空荡的衣袖。"克努兹·埃里克的声音越来越低，费了好大的劲才能继续说下去，"他就那样沉下去了。我们再也没见到他。但是我们之前的确抓住他了。我们看见他的脸。我当时离他比现在离你还近。他本来已经获救了。但接着……"他停下来，用怪异的眼神看了赫尔曼一眼，"那正是你想要的结果，不是吗？"他摇摇头，转身离开了。

赫尔曼盯着他的背影看了很久。之后砰的一声巨响让他回过神来。是那块飞伸三角帆，它仍在风暴中拍打着。他冲着甲板那边喊道："那块飞伸三角帆还是得收一下。有谁自愿上去吗？"

赫尔默仍挂在索具中。赫尔曼命他下来去准备午饭。船还得驾驶，生活还得继续。

赫尔曼开始思考克努兹·埃里克刚刚所说的话，还有他那个怪异的眼神。他有一种感觉，那男孩已经看穿自己了。他想起克里斯蒂安·斯戴克曾警告过自己，说安东·汉森·海伊找到了他继父的头骨。那男孩或许知道些什么。那些可恶的男孩瞪得他快发疯了，最后不得不离开马斯塔尔。不过后来什么事也没发生。那个故事应该早就被人遗忘了？

他和三个男孩共进午餐。饭桌上的气氛很紧张，大家都在静默中进食。他在心里默默盘算着，要恢复他们过去的配给份额，反正伊瓦尔已经不在了，不能再替他们说话。"有人想说点儿什么吗？"他问。

赫尔默缩成一团专心吃饭。赫尔曼看着克努兹·埃里克和维尔耶姆，他们都摇摇头。

"我们今天失去了一个同伴，"赫尔曼说，"这种事有过先例，而且还将再次发生。海上的生活就是那样。有出色的水手，也有不那么出色的水手……"他任最后那句话悬在空中，没有说完。

"伊瓦尔是个出色的水手。"克努兹·埃里克说。

赫尔曼想怒斥他，但还是抑制住了冲动。"问题在于大海，"他用安慰的语气说道，"大海心情不好的时候，什么事都做不成。"就连他自己也听得出来这番话有多空洞，"可是你们不是抓住伊瓦尔了吗，发生了什么？他当时害怕吗？"克努兹·埃里克摇头，不愿作答。赫尔曼知道自己说中了痛点。毕竟他们当时找到了伊瓦尔。他原本可能获救的——是他自己导致了救援的失败。是的，他是个出色的水手。但是当一个好水手在面对生命危险时，这种表现是合理的吗？克努兹·埃里克或许会怀疑赫尔曼是凶手，但也看见了伊瓦尔的懦弱，这削弱了他控诉的决心。赫尔曼又问了一遍："他当时害怕吗？"随之而来的沉默本身就是一种回答。

赫尔默起身去巴格的房间送咖啡时，克努兹·埃里克抬起头来，眼中的蔑视让人觉得充满危险。"我要去把所有事情都告诉船长。"

"告诉他什么？你当时在水手舱睡觉呢。"赫尔曼的语气很平静。

"维尔耶姆也知道。我们要告诉巴格。"

"那个老掉牙的故事？"赫尔曼笑道，"过去的十五年来，马斯塔尔的所有人都在怀疑，是不是我杀死了霍尔格·耶普森。"他展开双臂，再次笑了起来，"可是看看！我还站在这儿！"

赫尔默从船长室收拾碗碟回来了。巴格和克里斯蒂娜都没有吃一口食物。"船长有话对你说。"他说。

赫尔曼从长凳上站起身。走上甲板的那一刻，他就深吸了几口气。他必须集中精神，将力气用对地方。他不知道船长要说什么。他所仰赖的生存本能即将再次受到测试。他看见克里斯蒂娜小姐正站在驾驶室，维尔耶姆的身旁。他将独自面对巴格。那样或许是最好的。

他推开巴格的房门，跨过高高的门槛。他之前也进来过，此刻感觉却像是第一次看这个房间。他扫视着舱壁上用螺丝固定的镶框家族照。在皮面沙发的上方，有一个用螺栓固定的架子，上面塞满了书。他的目光终于落在船长身上。巴格已经经历了一场剧变。他依然用手按着胸口，另一只手则抓着桌子，像是要阻止自己从沙发上滑下去一般。他的脸色变得更加苍白，眼睛深深地陷了下去。他稀疏的头发湿漉漉的，发际线上渗出了细小的汗珠。他正不安地眨着眼睛。

赫尔曼依然站在门口。他挺直腰背，尽量让语气显得严肃。说到意志力，他比巴格强很多。他从没怀疑过，而且这一刻，事实更加清晰地证明了这一点。但船长的地位比他高。

赫尔曼只能恐吓船长，让他牢牢记住，却不能不尊重等级制度，因为那是他必须遵守的，不管他有多么鄙视这位上级。他不是叛徒。

"你有话对我说。"他说。

巴格低头看着桌面，仿佛已经忘了要说什么，此刻正在漆木的纹理中寻找。随后他松开紧抓桌角的手，将手掌划过桌面。突然，他重重地拍了一下桌子，仿佛是在提醒自己，是时候好好谈谈了。他抬起头，目光定在赫尔曼身上，但他的眼睛仍在不安地眨动。

"有人对你提起了一项严重的指控。"说着他停顿了片刻，仿佛在等待赫尔曼的回应。但赫尔曼只是看着他。如果他突然开始引用《布道书》里的话，那可就好玩了，赫尔曼心想。

巴格的视线移开了，之后又聚焦在赫尔曼身上，显然正在克服心中的不情愿。"有人……"他有些迟疑，奋力寻找着合适的词，"有人……有个我没有理由怀疑的人宣称，当伊瓦尔爬上船首斜桅收拢飞伸三角帆的时候，你蓄意危害他的性命。"

他疲惫地停了下来，等待着赫尔曼的回答。但赫尔曼没有回应，而是继续站在那里，和先前一样平静。巴格掏出手帕擦拭额头，不想却扫过一绺被汗水浸湿的头发，它支棱了起来。他一副迷失的神情，就像是漫画中的一个巨大问号。

赫尔曼没有说话，巴格只能再度打破沉默。"你当时在驾驶室，伊瓦尔在斜桅上的时候，你改变了航向，所以船才会下沉，船首扎进了水里。"

赫尔曼上前一步，巴格吓了一跳。

"谁说的？"

"那你就不用管了。而且，还轮不到你来提问。现在是我在质询你。记住你的身份！"巴格又用手帕擦了一下额头。在那个瞬间，他仿佛在倾听别处的什么声音。赫尔曼开始想自己是不是应该害怕眼下的形势，又或者应该害怕其他什么东西。这时巴格又发话了。

"你的行为是不负责任的，与所有优秀的海员精神是相悖的，而且你所做的每一件事都表明，你是故意改变航向的。"

"你想暗示什么？"赫尔曼再也控制不住了。他将双手放在桌上，俯下身去威胁船长。

巴格用一只手按住胸口。此刻的他正气喘吁吁，完全不再去擦拭额头上的汗水了。那绺头发依然支棱在那里。但他的声音很平静。"我没有暗示任何事情。是的，我是在直接告诉你，是你杀了伊瓦尔。"他停下来，很长时间都喘不过气来。赫尔曼站在那里一动不动，整个身体的重量依然压在桌子上。

巴格终于喘过气来。"我们将在哥本哈根对你发起海事调查。真相会水落石出的，我向你保证。"

"是克里斯蒂娜小姐说的，对不对？她跟你说的都是谎话！那该死的母狗。伊瓦尔当时害怕了，所以才会被淹死。他是个懦夫。海上没有他这样的人的立足之地。这就是全部情况。对于这件事，我想说的只有这些。"赫尔曼的脸已经逼到船长跟前，满是威胁的神色。他必须强忍冲动，才没有抓住那个骨瘦如柴的老家伙，拎起来扔到舱壁上。

巴格看着他，目光却像是在看着远处。汗水从他苍白的额头上流淌下来。又一次，他像是在倾听远处的什么声音，没有意识到赫尔曼的存在。

"你在听我讲话吗？"赫尔曼吼道，"是那只母狗。她迷上他了！"他不在乎自己的措辞。他已经失去理智，但依然努力控制着双手，尽管这种努力令他浑身都在颤抖。这个老蠢货当然知道他自己在玩火吧？他赫尔曼还得忍受多少？"你想说我是杀人犯？"他咆哮道，而说出来感觉是一种释放。一种愤慨在他心中涌起，他重新镇定下来。

船长的表情没变，目光依然集中在远处的某个地方，像是完全入了迷。他突然深吸一口气，某种类似咳嗽的声音，或者是打嗝之初的声音，从他的喉咙里逃逸而出。他脸部的肌肉绷得很紧，眼睛瞪得很大，下嘴唇松垂下来。随后他的身体向前跌落，脑袋重重地砸在赫尔曼双手之间的桌面。

赫尔曼吓得直往后跳。他低头看向船长的头发，只见它们都一小绺一小绺地倒落下来，头皮像晒焦的土地一样灰白。他伸手去探查船长的脉搏，感觉到它正在减弱，最终停息了。随后他冲上楼梯，跑到外面的甲板上。

维尔耶姆正掌着舵，克努兹·埃里克站在他身旁。没看见克里斯蒂娜的影子，她可能在厨房给赫尔默帮忙。他朝那两个男孩走去。"你们害怕死尸吗？"

两人不解地看着他。他指着克努兹·埃里克说："你跟我来。"接着他带领后者返回了巴格的舱室。克努兹·埃里克看到那个横倒在桌上的身影，吓得呆住了。

"出什么事了？"

"你觉得呢？"

"他死了吗？"

"我摸过他的脉搏，没有了，所以我想应该是死了。"克努兹·埃里克的肩膀开始颤抖。"我们得把他放在床上。"赫尔曼说着从腋下抱住巴格，克努兹·埃里克将一只手臂伸到他的双腿下面。他们一同使劲，将那瘦骨嶙峋的身体横着拉下沙发，小心放到了床上。他的眼睛依然瞪得很大，嘴巴也还张着。赫尔曼帮他合上双眼，将他的嘴巴按到闭合。"这是一场意外。"他意识到克努兹·埃里克正瞪着自己，眼神中充满挑衅。"祸不单行。"他又说了一句，想表达安慰。他现在能说的只有这些陈词滥调，毫无意义，枯燥乏味。但是说出来却有着某种安抚人心的力量，就好像他想安慰的不只是克努兹·埃里克，还有他自己。巴格的死吓坏了他，仿佛这位船长刚刚突然"嘘"了他一声。他并不怀念巴格，反而马上意识到，巴格的死对他来说只有好处。这样一来，就为他免除了许多令人不快的指控。"我得去通知克里斯蒂娜小姐。"他说完走上楼梯。

克努兹·埃里克跟在后面。赫尔曼推开厨房的门。她就在里面，蜷缩在长椅上。赫尔默背对着她，站在火炉旁边。她抬头看向他们，苍白的脸上满是污渍，眼圈通红。海水打湿了她的头发，它们缠成一团团的，贴在头上。

"克里斯蒂娜小姐，"他说，"我得和你谈谈。关于你的父亲。"

"我父亲？"她不解地问。

"我们出去说。"他让到一边，好让她能走出厨房的门。她遵从了，没有继续提问。她的动作像是在梦游。他将她带到背风面的栏杆旁。船在汹涌的浪涛中起伏，他们抓住栏杆，相对而立。他不知道接下来会发生什么，但意识到了自己的紧张。她会崩溃吗，还是会狂怒，对他发起新一轮的指控？她在场时，他总会有的那种不确定感又回来了，而且还增强了一千倍。他应付得来吗？

他拼命让声音听起来不带任何感情色彩。"克里斯蒂娜小姐，"他听到自己在说，"我非常遗憾地告诉你一个令人悲痛的消息，你的父亲刚刚去世了。是心脏病发作。"

他说话时没有看她，而是将目光投在甲板上，希望她能觉得，他是在向她表示同情和尊重。但在内心深处，他明白自己之所以不敢看她的眼睛，是因为不确定。他觉得自己早就输了这场游戏，某种可怕的东西就要在他面前毁灭，一系列无法阻止的连锁反应将把他推向宿命的结局。

他说完后，静等她的反应。但什么事情都没发生。直到再也承受不了，他才抬起头来。她仍然面对着他，表情未变，就像没听到他说的一个字一样。

接下来发生的事却完全出乎他的意料。她上前一步，低下了脑袋。然后她将额头靠在他的肩膀上，开始哭起来。他就那样呆站了几秒钟，手臂垂在两侧。接着他抱住她，随船身的起伏而一起摇晃，以免失去平衡，跌倒在湿滑的甲板上。他体内的一切都在一瞬间打开了，前一分钟还将他攥在手心的不确定感消失了，变成了一股像间歇泉般喷涌而出的胜利的喜悦。

他们就那样站了一会儿。他可以保持那样的姿势直到永远。他感觉得到自己的力量，还有她额头施加的轻微压力。

他抚摸着她缠结在一起的湿发，低声发出一连串不知所以的安慰的声音。他们之间已经出人意料地建立起一条纽带。他自己也不知道是怎么做到的。但它就在那里。他感觉到他们之间的联系是那么强韧，便以无限的温柔来回应。感觉就像抱着一个小孩。

"跟我来，"他说，"你该去看看你父亲。"他护送她走到门口，帮她推开房门，"我想你最好单独和他待一段时间。"他温柔地说。

接着他去驾驶室换下了维尔耶姆。

他下令张开更多的帆，驾着船拼命航行。船身在风的压力下向一侧倾斜，栏杆几乎与海面持平。他看得出来，男孩们都很不安，但没有人说一句话。他把他们都叫到一起。"巴格死了。现在我是船长。"

接着，他再次独自走进驾驶室。他感觉到大海的力量正通过舵盘涌入自己手中。他之前感受到的柔情平息下来，变成了一种确定的感觉。她是他的。这一事实不容更改。

他想起船舱里的那个死人。他最想做的，就是用帆布把那个人包裹起来，慢慢放下船去，不要举行太隆重的仪式。但他知道那是不可能的。圣马洛不是最近的港口，但如果一直有风，他继续这样拼命前进的话，两天后他们就能抵达。显然不能将巴格留在舱室里。克里斯蒂娜小姐不可能和死去的父亲睡在一个舱室。水手舱是个选择。毕竟那里有一个空位。他得意地笑了。那些小杂种，这么做再合适不过。他们可以和尸体共眠。

这天剩余的时间，赫尔曼都待在舵盘旁。他不想去其他任何地方。这艘船是他的。他正在海面上疾驰，载着一位死去的船长，还有一个在船舱里等待自己的女人。他哼起那首唱醉酒水手的古老号子：把他和船长的女儿一起放在床上。那曾是他的一个梦想。此刻梦想正在成真。

那晚他给克里斯蒂娜小姐送去一碗汤。房中黑黢黢的，他擦燃一根火柴，点燃用螺丝固定在舱壁上的原油灯。

"你得吃东西。"他说着将碗递了过去。

克里斯蒂娜小姐顺从地将勺子抬到嘴里。他待在那里，一言不发地等待她吃完，然后拿着碗回到厨房。

午夜时分，他依然待在驾驶室。他已经连续值了三班。现在夜班开始了。他将舵盘锁牢，横穿甲板来到水手舱入口，爬下楼梯去叫维尔耶姆。男孩慌乱地下了床。他是穿着衣服睡的，手里握着一把大折叠刀，应该是坚信礼时收到的礼物。克努兹·埃里克从另一张床上一跃而起，也佩了武器。

克里斯蒂娜号仍在逆着风向全速航行，船首每次撞上波浪，水手舱都会发出轰响。赫尔曼扫了一眼他们的刀，摇了摇头。"你们的修甲刀真是美得让人过目难忘，"他快活地说，"最好插进腰带里。不然我会觉得，你们是想叛变。"

他每说一个字，都会让他们往后退缩。他们被吓坏了，眼看着就要流下泪来。赫尔曼将航向告诉维尔耶姆后，就爬楼梯回去了。横穿甲板的途中，他试着转了转船长房间的门把手。门没锁，片刻后他就站在里面倾斜的地板上，四周一片黑暗。他仔细聆听，但听不见克里斯蒂娜小姐的呼吸声。不过，他知道现在必须行动了。在这个黑暗的暴风雨之夜，他心中的确定感一直在增强。

他将手伸到床上，在羽绒被中笨拙地摸索起来。他感觉到了她的头发，她此刻一定是背朝着他。他曾幻想过她的后背。他轻抚她的头发，被海水浸泡过后仍是硬的。她没有反应，他确定她睡着了。他让自己的手在她的脖颈上游走，感觉温暖又柔软。他将它紧紧握住。他感受到她纤细的脊椎骨，心头一股柔情涌过。她依然没有反应。他听不见她的呼吸，强忍着才没去探她的脉搏。她还熟睡着吗？或者她是因为恐惧而屏住了呼吸？不，他可以确定，她一直在等待。他的整个身体都在这样告诉他。于是他将被子掀到了一边，抓住她的睡袍，一把掀到了她的肩膀上。

他迟疑了片刻。我不了解她，他想，也许她比我更强壮呢。他被一阵突如其来的恐惧压倒。接着，他解开裤子的纽扣，爬上床钻到她身边。他没有说话。穿着衣服感觉很笨拙，该先脱掉衣服的。但现在已经太迟。他用一条胳膊环抱住她，将她按在自己身上。他的羊毛套衫一定擦疼了她裸露的肌肤。这一刻他感觉到自己是在利用她的脆弱，而非提供保护。身体的接触让他勃起，但是激情的热浪却已将他抛弃，留给他的只有冷淡的超脱。他正从体外观察自己，而这种自我观察让他有所迟疑。不过，他的勃起仍未消退，就像动物一样，回应着另一副躯体的热量，盲目地寻求释放。他继续从远处观察自己。他是个笨拙的大块头，橡胶长靴和套头衫都没脱，正笨手笨脚地和一个没有动弹的女人挤在一张狭窄的铺位上。

她突然动了起来，含糊地说了一句什么，像是没有睡醒，然后试图翻身。他本能地握紧她的脖颈，将她掀过去脸贴着床铺。她尖叫起来，但叫声被枕头捂住了。她弓起身体反抗，双臂胡乱摆动起来。

他进入后，她发出一声叹息，仿佛他强行挤出了她体内的空气。那只是一次不带情绪色彩的呼气，是肺叶排空气体所发出的声音。那之后她便沉默了，就好像被他拿矛刺穿了。

他暂停下来，紧张地试探她是否仍在呼吸；片刻后他不自主地射精投降了。这让他感觉自己在深渊边缘失了脚，正坠入无尽的黑暗。他的臀部颤抖了很长时间。她依然俯卧在那里，完全是被动的姿态。他紧紧地抱着她一动也不动的身体。一大堆话语在他脑海中嗡鸣，他想说些什么，但什么也说不出来。对他来说，她是克里斯蒂娜小姐。但此刻他终于与她融为一体，他无法那样称呼她。想到这里，他睡着了。

可能只过了几秒，他就醒了。她正颤抖着抽离出去。他想坐起身来，但不等他有时间反应，她就一脚踢了过来。他从狭窄的铺位上跌落下去，重重地落在地上。他站起身，摸索着扣上裤子，腹股沟感觉一片潮湿。

她不停地尖叫。

他没有任何感觉，只是被那无休止的尖叫声惹恼了。叫声填满了那个狭小的舱室，以一股几乎可感知的压力，将他逼退到门口。

他跌跌撞撞地出了门，爬上甲板。风吹得更猛了，船帆绷得很紧。他往海面张望了一阵子。满是白沫的波峰在黑暗中闪烁着。唯一能听到的，是风在索具间的呼号声和海浪摔在甲板上的重击声。他走进驾驶室去替换维尔耶姆。虽然他知道以这样的速度航行很危险，但还是决定不收帆。雨点重重地打在他脸上。

他不是个喜欢权衡利弊的人。他完全清空了思绪，迎接空白填满自己内心，就像刚刚迎接睡眠一样。

到了换班时间，他让男孩们来替换，他们却拒不接受。

"你们想让船遭难吗？"他问。

他们没有回答，只是站在那里，挥舞可笑的坚信礼礼物，还以为那是什么致命性武器。风势减弱了，船在海面上平稳了些。他再度锁牢舵盘，大步走向船长的舱室。但是男孩们跑到他前面堵住了门，手里依然握着刀。克里斯蒂娜小姐一定都告诉他们了。现在他们觉得自己是她的守护者。他被他们幼稚的正义感激怒了。正义感最糟糕的地方就在于，它会让人们发疯发狂，赋予他们勇气的同时，也让他们忘记谨慎和求生本能。

"敢靠近，我们就杀了你。"克努兹·埃里克用颤抖的声音说。

赫尔默在大声哭泣，但也牢牢地握着刀。他们被恐惧蒙蔽了双眼，在盲目的状态中，只有一样东西可以依靠，那便是手中的大折叠刀。赫尔曼不怀疑他们有能力将自己刺穿。面对他所引发的恐惧，那或许是他们唯一的应对办法。他们是难以捉摸的。单单因为这个，他们突然变得危险了。

他意识到，不管自己曾有怎样的计划，现在都无法实现了。他失去了克里斯蒂娜小姐。只剩下他和三个男孩。出于恐惧，他们任何事都做得出来，而且根本不在乎自己的死活。他可以一个接一个地打断他们的脊柱，但那又有什么用呢？

他心中涌起一阵厌恶。所有其他出口都已关闭。是时候往前走，做他在这种情况下总会做的事了，那便是向这个世界证明：他不在乎，可以抛下一切。他的命运起起落落，宛如大洋上的涌浪。

他回到舵盘旁边。从现在开始，这将是一场耐力的考验。他将不再睡觉。法属大西洋海岸向东绵延开去。在这样恶劣的天气下，对一艘纵帆船来说，激浪可能意味着毁灭，尤其是在缺乏技能娴熟的同伴之时。

那天晚些时候，他更改了他们的航向。

回　家

　　是克鲁宾先生第一个发现，那艘正向格拉夫角①近海海域冲来的纵帆船情况不妙。一开始他不确定船上是否有人。但用双筒望远镜观察了几分钟后，他意识到，有人在绝望地挣扎，想让船远离这片危险的海滩。他们没有发送求救信号，但克鲁宾先生在鲁瓦扬当了三十年的领航员，责任感要求他去调查。

　　登上克里斯蒂娜号后，他找到三个男孩和一个年轻女人，所有人都一副不知所措的样子。船长死在水手舱里。船上没有全能水手，没有大副，救生艇也失踪了。

　　根据男孩们对港务局及随后对鲁瓦扬警察做出的解释，是大副谋杀了全能水手和船长，然后袭击了船长的女儿。至于他们所说的"袭击"具体指什么，男孩们不能，或者说不愿详细说明。那个年轻女人本人却拒绝开口，在鲁瓦扬停留的这段时间，她没有说一个字。

　　男孩们还进一步声称，那位大副曾在家乡小镇，同样也

---

　　①　格拉夫角（Pointe de Grave），位于法国西海岸的朗德省，梅多克半岛的最北端。

是男孩们的家乡，犯过一桩谋杀案，但从未因此受到惩罚。那天早上，在克鲁宾先生登船之前，他跳下船，乘坐救生艇逃走了。

经过一番彻底的调查，警察认为没有理由对那位失踪的大副发起指控。船长的遗体没有遭受过暴力袭击的痕迹，随后进行的尸检证明，他死于心脏病。至于那位全能水手的溺亡，由于缺乏对当时情况的详细记录，因此无法发起指控。根据随后及后来在哥本哈根进行的海事调查报告，他的死因被归结为不幸的海上事故。不过，报告也公开指出，任何由大副的失踪所引发的怀疑都是合理的。只是，没有一项能被证实。

导致克里斯蒂娜号在格拉夫角危险漂流的一系列不幸事件，最终被归因为船长缺乏判断力，他签约招募的大副本就臭名昭著，而且缺乏合格证件。男孩们声称的针对那个年轻女人的袭击事件，也没有引发指控。证据不足是因为女人固执地保持沉默，加上男孩们对于袭击性质的描述并不清晰。

船长被葬在小镇墓地里。由于当地报纸《西部快讯》对这艘"被诅咒的船"进行了报道，葬礼引来了许多好奇的观众。

身材矮小而结实的克鲁宾先生也去参加了仪式，不过他是出于职责，而非好奇心。毕竟是他拯救了这艘船，将它引入安全的港口，照顾了那些在他眼中还是孩子的船员。他将那群孩子带回家，克鲁宾夫人为那位年轻的女士提供了一个房间，还借给她一顶黑帽子和一块面纱，以便她能衣着得体地参加葬礼。

那个年轻女人忍受了这一切，任领航员的热心妻子像对待玩偶一样照料她。她没有表示感激，苍白、僵硬的脸上也没有流露出任何悲伤的信号。克鲁宾夫人并不在意外在的表象，也没有试图引导这位悲痛欲绝的年轻客人发泄情绪。她只在饮食上特别坚持。她是法国巴斯克人，每天都会送上丰盛的烩海鲜、浓汤、腌火腿和库斯彤红葡萄酒，还会用不容反驳的口吻命令她的客人全部吃完。这位年轻的女士顺从地照做了，既没有对她的食物表示感谢，也没有发表意见。不过她都吃了，克鲁宾夫人告诉丈夫。这是她的习惯，她全部的人生经验就是，人在不开心的时候，最需要的就是母亲的关怀和丰盛的食物。

接到丹麦的航运公司的处置决议后，一个小伙子留在克里斯蒂娜号等待新船员的到来，另外两个则带着那位年轻女士一同离开了鲁瓦扬。直到最后，那位年轻女士都一直保持着沉默。

上火车时，两个随行男孩像她的兄弟一般，小心地帮她搬运行李。她只拿着一只水手袋，据称是那个溺亡水手的财产。

　　这天，克拉拉·弗里斯回到家中，发现克里斯蒂娜正坐在客厅里等待。克拉拉完全了解她的故事。我们所有人都知道。维尔耶姆和赫尔默只说，赫尔曼袭击了她，但所有人都明白，那是一起强奸案。每当那两个男孩说到"袭击"一词时，我们都会心照不宣地点头，那样子一定让他们非常生气。他们当然知道她遭遇了什么。男孩们明白那种事。但他们措辞非常小心，因为他们想保护她。

　　我们都管克里斯蒂娜·巴格叫"可怜的小东西"，克拉拉是第一个知道她有秘密的人。她一进门，克里斯蒂娜就从沙发上站起来望着她。克里斯蒂娜没有说话，回家后就没说过一个字。接着她用一只手指着自己的肚子，另一只手在身前的空中画出一个拱形。克拉拉立刻明白过来，眼中充满怜悯。她感到无比绝望。这个可怜的小东西不光遭到了强奸，还怀上了强奸犯的孩子。不可能有比这更糟糕的情况了，现在钱能为她提供什么帮助呢，克拉拉不知道，虽然她想着克里斯蒂娜的确是为资金援助而来。

　　她立刻握住那女孩的手，说："跟我来。"她们一起去了特格街，拉斯穆森夫人安娜·埃吉迪亚将克里斯蒂娜安置在沙发上。接着她端来咖啡，又在女孩面前摆上一碗自制的饼干，嘴里发出各种安慰的声音，和平时接待困苦宾客时一样，目的是想安抚女孩的心情。这一套仪式克拉拉之前就见过许多次，和往常一样，这一次也奏效了。安娜·埃吉迪亚将手放在女孩的肚子上，轻轻地爱抚着。她的抚摸仿佛激活了某种内在机制，几个礼拜以来，克里斯蒂娜第一次张嘴说话了。

"我想去美国。"她说。

克拉拉和安娜·埃吉迪亚对视了一眼。

"我不想在马斯塔尔生这个孩子，"她说，"我也不想去别处秘密生产，然后送给别人领养。我想去美国，为我和儿子打造新生活。"

"你的儿子？"克拉拉震惊地说。

不过安娜·埃吉迪亚对心理问题的了解比克拉拉多，她忍住没问是什么让克里斯蒂娜觉得自己怀的是一个男孩。她听到克里斯蒂娜提起未出世孩子的温柔语气，立刻意识到，故事不只是强奸这么简单。

"所以赫尔曼不是孩子的父亲？"她问。

克里斯蒂娜摇摇头。她的脸突然间被一种幸福的神采点亮。然后很快地，幸福变成了悲伤，之前她一直用沉默和僵硬来掩饰悲伤。她开始痛哭，两个女人一左一右坐在她身旁，搂抱着她。

她告诉她们，孩子的父亲是伊瓦尔，一个全能水手，她早就将自己的心献给了他。一同献出的还有许多东西，包括心灵的天然伴侣——她的贞洁。在那样一份伟大的真爱面前，那些都不值得保留，因为他是她所见过的最棒的男人，最英俊、最聪明的男人。不像那个禽兽，那个无情又卑鄙的赫尔曼，是那个禽兽谋杀了世界上最好的男人。

"我的丈夫，"她说，"他是我心爱的、心爱的丈夫。我们原本是要结婚的。我非常肯定。除了他，这个世界上我不想要其他任何人。"

这时她们明白了，她说伊瓦尔是孩子的父亲，并不是在陈述一件事实，而是在表达一种期许。

"去美国不是个坏主意。"克拉拉说。安娜·埃吉迪亚点点头，她的一个女儿战争期间也去了美国。

安娜·埃吉迪亚于是说服了克里斯蒂娜的母亲，克拉拉则负责安排去美国的船票，确保有人在纽约接应克里斯蒂娜。现在她们必须做的，就是等待孩子的出生。看看当孩子钻出头来，来到这个世界时，会长得像谁。是像那个罪犯，还是像那个爱人？

一个因刚成为母亲而欢欣不已的女人从纽约打来电话。

"如果生的是男孩，我就叫他伊瓦尔，"克里斯蒂娜曾说，"如果是女孩，我就叫她克拉拉。还需要我多说吗？"

一张小脸——太小还不会微笑，同时又大到足以证明其血缘——证实了她的信仰，爱的确拥有足以征服一切的力量。大自然将礼物交予她，孩子真正的父亲在上面签了名。是伊瓦尔从死后世界送来了最后的问候，他赐予了孩子一个结实的下巴、一个笔挺的鼻子、一个光洁的额头，外加暗色的眉毛和黑色的头发。

克拉拉分享了她的喜悦。至少克里斯蒂娜成功逃脱了宿命。但克拉拉内心深处的某个地方却在哭泣，就好像她又一次遭到了遗弃。身处悲惨困境时，我们会渴望有其他悲伤的人做伴。这样就有了一个苦乐交杂的证据，证明我们受苦不是因为不够幸运，或者做了错误选择，而是因为生命的法则。

克里斯蒂娜成功逃脱宿命之后，克拉拉发现自己的宿命变得更加难以承受。

她自己的孩子当时也在那艘在劫难逃的船上，独自一人面对那个男人。现在马斯塔尔的每一个人都笃信他是谋杀犯。克努兹·埃里克当时也有可能被杀。她知道，如果他死了，她仍会以一种冷漠的姿态来应对，就像应对亨宁和阿尔伯特的死一样。没有人要她。他们都背弃她，消失在黑暗之中。或者去了海上。而那和死没有区别。

陪克里斯蒂娜一同归来的是赫尔默和维尔耶姆。经历了大西洋上的那番磨难，维尔耶姆尚未恢复过来。赫尔默看到父母后则哭得像个婴儿，现在他去杂食店当了米诺尔·约根森的学徒。

克努兹·埃里克呢？他留在法国照看那艘船，直到招满新一批船员为止。克拉拉推测，他是受航运公司之命。于是她去找了克里斯蒂娜号的主人，已故的巴格船长的弟弟赫卢夫·巴格。在她的设想中，这应当是两个船主的会面。一次坦率的会面，在走进国王街的那家航运公司之前，她在心里这样描绘着。

巴格起身向她表示欢迎，然后重新坐回那把皮面办公椅上。那椅子似乎把他吸了进去，直至与他融为一体，变成一整块镇定自若的，以及——她忍不住想到——有男子气概的权威的象征。"我当然知道，那孩子经历了许多磨难。但总得有人留在那里看管那艘船。"

"他才十五岁。"克拉拉突然喊道。

"他是个强壮的孩子。我听到的都是他的优点。他当然可以解约，不过那样会让我们很为难。不过，他并未表达过弃船的想法。"

他上下打量了她一番。就在那个瞬间，她明白了，赫卢夫不会按照她的要求，命令克努兹·埃里克回家。而且她知道原因，一个她直到此刻都无法理解的原因。这不是两个船长的会面。这是一个女人和一个男人的会面。一个忧虑的母亲是不可能理解航海生意的。

她在地板上重重地跺了一下脚，然后没有道别就离开了。他尽可以向全世界宣告这件事，只要他想。她因为无能而怒不可遏。他以为他是谁，一个扬扬得意、又矮又胖的讨厌鬼？她不费吹灰之力就能毁掉他，用她刚刚跺过地板的那双鞋将他踩得粉碎。

接着她平静下来。烦乱让位给了理智。不怪她没法让克努兹·埃里克明白自己的用心。整个镇子都被这种未来在海上的幻象所控制，但实际上大海不能为他们带来任何东西，除了残酷，除了被淹没后的冰冷死亡。

终于有一天，她觉得克努兹·埃里克已经死了。

但是当事实证明他还活着的时候，她觉得自己必须亲手杀死他。是时候了。那是他二十岁时候的事，他用一贯简略的方式通知她，他已经和哥本哈根号签约。两个月后，在从布宜诺斯艾利斯到墨尔本的航程中，那艘三桅大帆船失踪了。他们替她找遍了特里斯坦-达库尼亚群岛、爱德华王子群岛、新阿姆斯特丹群岛，但都一无所获。倾覆的救生艇上没有名牌板，甚至连一个救生圈都没有。

六十四名船员名单公布后，里面却没有克努兹·埃里克的名字。结果他乘坐的是克拉拉自己的帆船克劳迪娅号。他之前就曾多次要求，但克拉拉一直拒绝。只是她没有查过船员登记表，船长于是就背着她与克努兹·埃里克签了约。

在那些痛苦的日日夜夜，在她以为他随哥本哈根号一起失踪了的时候，她一次又一次地回忆他们最后的那次交谈。当时他问她能不能签约上克劳迪娅号。那是他少数几个向她敞开心扉的时刻之一，但她拒绝了他。现在他不在了。是她的顽固害死了他。

"你知道吗？"他当时对她说，"你从阿尔伯特那里继承的三桅帆船，是世界上最后一批大型帆船了。"它们不仅是最后一批，也是最漂亮的一批，是一整个时代残存的最后一批遗迹。它们展开夏季的薄帆，乘着东北信风，能横跨大西洋到西印度群岛取回染料木。每一个水手都必须体验——一生中有一次就行：站在那些高高悬挂的白色帆布下是怎样的一种感觉，身后有信风托扶，头顶有艳阳高照；或者坐在主桅的桁端，离甲板六十英尺高的空中，体验世界之王的感受。他说这番话时眼睛都亮起来了。他曾让她见识过他的内心世界。

他现在是个男人了。四肢修长，但已不再瘦削，而是肌肉发达、腰背挺直。她能从他身上看到亨宁的影子。以前也一直能，只是现在能看到的东西更多了，她还能看到某些更好、更强的东西。

她当时只回答了一句"不"。

她那时甚至无法确定他真的死了，因为哥本哈根号沉没的时候，失踪船员的名单里没有他的名字。那他去了哪里？她路过亡灵收集者的工坊时，不敢往里面看。如果这一刻他正在雕刻她溺死儿子的雕像，那该如何是好？

有一些晚上，她在房间里不安地走动，忍不住大声尖叫，为自己的孤独，为自己的残忍所导致的丧子之痛。那时候，伊迪丝只能在自己的房间用枕头蒙住脑袋。她也在为兄长哭泣，母女俩都以为失去他了，但母亲肆意发泄的悲伤却吓坏了她。

从街上路过的人们不觉得克拉拉疯癫。我们都熟悉悲伤与发疯之间的界限，知道有时如果想保持清醒，唯一的办法就是尖叫。

接着，克拉拉收到了克努兹·埃里克寄来的一封信，邮戳上盖的地址是海地。克拉拉双手发抖，过了很长时间才打开。她以为那是死亡世界寄来的公函，是魔鬼本人写来的信，嘲笑她竟然狂妄地以为她能阻止大海带走她的儿子。

但是从信的内容来看，克努兹·埃里克显然对哥本哈根号的失踪一无所知——当然也就对她经历的痛苦一无所知。他只是写信回来道歉，为谎称自己签约上了哥本哈根号，实际却并没有。过去的几个月里，他一直在克劳迪娅号上航行。在信的结尾，他依然和往常一样写着"我很好"，这句话总是让她很生气，因为她知道背后一定有许多未尽的隐言。

　　她立刻做出回应，将那些因为悔恨而辗转难眠的夜晚整个抛到脑后，卖掉了此刻正被他踩在脚下的克劳迪娅号。等他们抵达罗讷河畔圣路易斯的时候，她已经将船卖给了奥兰群岛玛丽港的埃里克松。之后没过多久，其他帆船也都陆续脱手。

　　马斯塔尔的整个航运业实际上都已被她摧毁。现在她决定要杀死自己的儿子。这样才能结束她多年来的恐惧，失去他的恐惧。

　　过去的几个月里，她一直饱受折磨，以为他死了，还为此而责备自己。后来她却发现，她的痛苦都是因为一个谎言。当克努兹·埃里克终于回到马斯塔尔，准备前往托登肖尔街的海事学院参加大副资格考试时，她从凸窗看见他回来，立刻命女仆打发他走。

　　"告诉他，说他死了。"她说。

　　"我不可能说出那样的话。"女仆答道。

　　"去说吧！"克拉拉失控地大叫。

　　女仆打开大门，但不是站在门口传达克拉拉的信息，而是走出去关上了门。"她不想见你，"她告诉克努兹·埃里克，"我不知道她是怎么了。你最好改天再回来，趁她心情好的时候。"

克拉拉从凸窗看到她死去的儿子返回了海港。

她是一个好人吗？还是一个坏人？她是一个好心却办了坏事的人吗？在她以为克努兹·埃里克已死，因为责备自己而夜不能寐的时候，她曾问过自己这些问题。这些疑问依然留在心中，唯一能压制它们的办法，就是将克努兹·埃里克彻底赶出她的生活。

她创办了梦想中的孤儿院，据学校说，孤儿院的孩子们在班上表现最好，而且总是充满自信。那一定算得上一件好事。她为小镇捐建了一座图书馆，为海事博物馆打下了财政基础。她甚至都是匿名做这些事的。她还为小镇南边的波罗的海之家捐了款，那是一座庞大的养老院，能远眺尾巴海滩上的草地和小屋。她甚至还向邻镇艾勒斯克宾的医院捐赠了资金，供他们购买设备。

除了克里斯蒂娜，她也曾资助其他年轻女孩前往美国。有时候她觉得应该把马斯塔尔的少女都送到大西洋的那头去，好让男人们接受一下教训。她一直同学校里的老师保持着联系。如果有女孩表现出学术潜力，她就会介入，为她们离开海岛去接受教育提供资金。这也是她为伊迪丝计划的未来。她希望能帮助女人独立起来。她们必须自助，必须用自己的力量来抗衡大海的暴虐。

过去，在马斯塔尔纵横交错的街巷里，主街都是通向海港和大海的。后来，在教堂街的两边，开始出现商店，女人们在里面忙进忙出。她想围绕着女人们的生活，建一座新的镇子，就在旧城的遗迹之上。孤儿院，养老院，图书馆，博物馆。女人们将离开海岛，归来时只会变得更加强大，更加智慧。而那才只是开始。

这是一个秘密的计划，她正朝它努力。

"这是你的大好机会。"马库森用他一贯冷静、客观的口吻说道,"亚洲在打仗,西班牙爆发了内战,欧洲作物歉收。形势正在好转。货运价格要重新涨起来了。"他仔细地打量她,用的是她从来都捉摸不透的那种目光,这让她感觉到安全的同时,也觉得犹疑。他是在照顾她。这一点她从来没有怀疑过。这些年来,他提出的建议没有一个是错的。他训练她,而她是个合格的学生,每次都做出了正确的决定。他投来的赞许目光让她更加相信自己尚未穷尽全部的可能性。不过他也有一种冷静的好奇心,她觉察到,即便她失败破产,他也不会过于烦恼。他会觉得,她的失败不过是生活这部永无尽头的教科书的新篇章而已。他甚至可能会感觉到充实,通过研究她的毁灭,将收获新的知识。

如同在走钢索。他就像是她的父亲。她以前从来都不知道有一个父亲是怎样的感受,因此一直很渴望。但因为从来没有真正的父亲来满足那份渴望,所以她不知道,父亲也有局限。现在至少她了解到了这些。是的,他是一块她能依靠的岩石。但她也有可能被它砸得粉碎。她学着保持距离,而这种距离构成了他们关系的核心。遥远是他的本质特征。

马库森现在上了年纪。风湿病压弯了他,所以他看上去像是在向错误的方向生长。他走在她身旁,弯腰驼背地撑着拐杖,迈着谨慎的小步子,仿佛是在怀疑脚下的大地不够结实。他的无助让她心里充满一种母性的温柔,她已经很久没有这种感受了。不过，她知道自己应该将这些感受都藏在心里。他不会因为她察觉出自己正不断衰老而生气，事实上，他还为此开过玩笑，用一种强者的自信方式坦露自身的弱点。那正是他拥有异于常人的力量的展现，而力量正是他生命的全部意义所在，这一点她看得非常明白。周围的人都仰赖他而生，他们思虑周全、乐于助人，而他看见的却只有理性的利己主义。他们当然想保持住他的宠爱，那对他们来说是有利可图的。

她带着马库森在马斯塔尔漫步，这是他本人坚持要求的。他的照片从未登过报，所以没有人认识他。她显然是在招待一位贵客，不过除此之外，人们一无所知。

他们走过一块块空地，他的目光扫过涂有焦油的栅栏，看见里面高高的荨麻。她意识到，这些景象引起了他的兴趣。他斜着眼看了她一下，笑着认可了她的意志力。那里原本是能长出钱来的，而不只是杂草。

"他们怎么看你？"他问。

"可能觉得我有点儿怪。不过他们并不讨厌我。"

"他们应该讨厌的。"他狡黠地笑了。他发现了她内心的破坏欲、复仇欲，还有暗地里折磨着她让她不得安生的怒火。是这些东西吸引着他，让他们达成了协议：他将把自己的所有经验都传授给她，供她采取完全相反的行动。他创造，她破坏。除此之外，她想做的究竟是什么，他并不理解。

他们拐弯往海港走去。那里涂有黑色焦油的缆桩上，系泊的正是她的努力留下的真正证据。那景象促使他指出，现在正是她的大好机会。而且这已不是他第一次这么说。

它们就停在那里，拥有巨大的黑色躯壳，细窄的烟囱与较矮的桅杆高度相当，但眼下唯一在使用的，只有上面装配的吊杆式起重机。团结号、能量号、未来号、目标号和动力号，光是这五艘汽船，就占了小镇船只总吨位的三分之二。除此以外，港口里停泊的都是小型船只，包括最后的三四艘纽芬兰纵帆船，其他的纵帆船都被改造成了动力驱动船，只跑本地的航线。进步的希望早已被一块石头绊倒。而那块石头就是克拉拉。

"我的汽船将永远停在这里，"她说，"我不允许它们再次出航。"

马库森点点头。克拉拉·弗里斯是个聪敏的学生。她正在扼杀马斯塔尔。1929年发生的股市大崩盘[①]，让马斯塔尔绝大部分的商船队都陷入了闲置状态。漫长的萧条期结束后，镇子需要重新站稳脚跟。

但她用行动确保了这里无事发生。

那些汽船被闲置在港口，象征着一个时代的彻底结束。正是克拉拉·弗里斯造成的。

人们议论纷纷。她对此心知肚明。不过，她对马库森说，人们并不讨厌她。这不是谎话。人们看到那些被闲置在港口的汽船，只觉得是女人犹豫不决及缺乏管理男人生意事务技

---

① 　指1929年由美国纽约股票市场价格暴跌而开启的世界性经济危机，大萧条持续了将近十年，对世界许多工业和非工业国家都造成了深远的影响。

巧的证据。他们原谅了她，因为女人是不可能做成的。他们很宽容，几乎有一种居高临下的姿态。镇上的女人也不例外。克拉拉·弗里斯的贡献并未收获人们的感恩。但她知道自己做了正确的事，她享受着这种隐秘的满足。她认为自己是一道防波堤，保护着陆地不被海洋的破坏性力量毁灭。

那个夜晚，他们坐在桌旁，享用克拉拉的管家做的食物。马库森发表了一通反对意见，直到这个时刻，她才对自己的智慧产生了短暂的怀疑。

"如果，"他仿佛只是在测试她的智慧一般，笑着说道，"如果男人们无论如何都要出海，那该怎么办？马斯塔尔已经没有任何大型航运公司了，所以他们可能会离开，去和别处的船签约。他们要找工作并不难。几百年来，他们的技术早已得到了证明。"

在这个时刻，他让她想起了弗雷德里克·伊萨克森。"他们不会的，"她激烈地反驳，"海事学院证明，马斯塔尔的学生每年都在减少。"

"祝贺，"他举杯说道，"那么你的使命几乎已经达成了。"她不可能听不出他语气中的嘲讽，但还是举起杯子，冲他点了点头。

"你不能理解我。"她说。

"你是对的。我不理解你的目的。你表面上在做一件事，实际上在做的却正好相反。图书馆、孤儿院、博物馆、养老院，你表现得像是小镇的恩主，实际上却直接夺走了大家的谋生工具。"

"大海从来就不是讨生活的有效工具。"

"我打造了这个国家最大的航运公司。我是一个船主。"

他们都陷入了沉默，对话总会在这个地方陷入僵局。

"你儿子是个水手。"他没来由地说道。

她低头往下看。"但他父亲死在海上。你不必提醒我这个。你难道不明白我想要的是什么吗？"

"的确不明白，"他说，"你要的东西，你根本不可能得到。你想鞭笞大海，直到它跪在你面前求饶为止。"

那是他们两人最后一次见面。她早就知道会是这样的结果。他们的话题已经穷尽。她已学完所需学习的全部知识。他也教完了自己想传授的全部经验。他为程素梅修建了一座纪念碑，尽管那座丰碑只存在于克拉拉·弗里斯的头脑之中。至少他已经分享了他们的故事。至于要不要从中寻找意义，决定权在她手中。他自己从没弄清过答案。

克拉拉·弗里斯曾经的确把自己放在了程素梅的位置上。和她一样，克拉拉也是个永远都不会露底牌的玩家，她们都有自己的借口。程素梅是因为爱。她爱上了一个男人，这个男人在之前的人生中，从未对任何一个人产生过超越其他人的需求。但她想成为一个对他来说不可或缺的人，后来她在他身边打造了一个帝国。的确，他从来都不需要她的心、她的身体或者她的嘴唇。但他离不开她做生意的天赋，以及她在一个法外之地学会的狠辣手段。而这些都成了她献给爱情的礼物。

而克拉拉也有一份爱的礼物想进献，不过不是献给一个男人，而是献给马斯塔尔。她想将镇子从大海手里解救出来。她想将小镇失去的子孙归还——将儿子归还给母亲，丈夫归还给妻子，父亲归还给孩子。

她非常清楚，那个洪水之夜永远不会真正结束。她会一次又一次将手伸进海浪之中去解救卡拉。每当她卖出一艘船，或者让一艘船闲置下来；每当马斯塔尔丧失一个机会，不能成为另一艘船的家园；每当造船厂接到镇上船主的订单减少一单；每当一个年轻人在陆地找到谋生手段；每当海事学院里马斯塔尔的学生有所减少——她的手都会抓住卡拉，将之从黑暗的洪水中解救出来。洪水会退去，压力也会暂时减轻。她梦想着一个这样的星球：海洋撤退，陆地显露出来，为人类提供一个所有人都能一起生活的家园。父亲，母亲，孩子们，永远在一起。

"这是你的大好机会。"马库森告诉过她，在他们最后一次告别的时候。他当时提及西班牙和亚洲正在发生的战争。成千上万人互相残杀，对他们却是好消息。货运市场将会扩大，他的船队将比以往更加繁忙。

不像她的那些汽船。它们会停靠在港口中，锅炉冰凉。

现在是她行动的时候。她必须抓住机会。但她不会派它们出海，加入逐利的大军，却将男人们淹死，漂浮在船队的尾流之中。

她走进办公室，询问船价。她听到了期待中的答案：是时候出售了。十年前，她从寡妇们手中买下那些汽船时，货运市场正处在低潮期，每个人都损失惨重。现在运费已经上涨，她将获得高额利润。她知道镇上的生意人会说什么。

"真要命。"有人会惊呼。其他人会点头表示赞同。他们不会承认她这一招走得高明，除了那句咒骂，不会再做任何评价。但至少那句话是在向她的技术致敬。他们原本以为，她有着一个典型的女人头脑，一涉及利润问题就会短路。她把船停在港口，只是因为下不定决心该怎么处置。现在他们会意识到，她所走的每一步，或者没走的每一步，都建立在冷静计算的基础上。

其他人会有不同的观点。他们会认为，她出售的不只是船队，还有马斯塔尔的饭碗。这样的看法倒是更接近真相。

她的索取比付出多吗？

一旦她将那些汽船卖掉，马斯塔尔还剩下些什么？一支由纵帆船组成的小型船队，上面只配备着辅助发动机。有许多都是双桅小帆船，只能在波罗的海上跑跑当地航线，可能偶尔才能去北海冒险。闭环已经完成。一百多年前小镇因为航海事业而兴起，现在也将因为它而走向终结。

大海将会是失败的一方，因为不会再有人类为这位无情的王者献出生命。那么赢家是谁呢？赢家将会是女人们。

或者事情会像马库森暗示的那样发展吗？男人们会去别处签约，移居到世界的尽头吗？

洪水永远都不会停歇吗？

第四部

世界末日

这是世界末日。

他在一颗外星上，或者在未来的某个地方。不管是哪种，都在走向毁灭。克努兹·埃里克确信自己即将死亡，于是闭上了眼睛。然后，他突然意识到自己身在何处。

他在一个梦境的中央。但不是他自己的梦。

他七岁，坐在阿尔伯特·马德森的小艇横坐板上，他们正划桨穿越马斯塔尔的海港。老人的声音回到他耳边，正在谈论一条刷灰漆的幽灵船，巨大的管状构件着了火，夜空被荧光白的刺眼光芒照亮，空气因为炸弹爆炸和房屋倒塌的冲击而开始颤抖。

是的，那就是他所在的地方，在老人二十多年前做过的一个梦里。他睁开眼睛，看到阿尔伯特曾看见的景象，第一次明白，老人的梦境都是预言。他给儿时的自己讲述的探险故事，实际上都是他在噩梦中看见的恐怖情景。

"那是你给我讲过的最棒的故事。"那时候，克努兹·埃里克这样说道。而现在，他来了，就在那个梦境的中央。他从没听过故事的结局。但结局即将到来，他感觉它与自己的死有关。

就在这时，一架斯图卡轰炸机一头扎下来，同时投下一颗炸弹。他看着那颗坠落的炸弹，时间停了下来。他意识到它将直接坠入灰色的烟囱，在发动机房引爆，造成灾难性的后果。他绷紧肌肉，做好赴死的准备。

就现在！

那颗炸弹消失在船侧几米开外的水中，溅起一阵水花。他弄错了弹道。肌肉依然绷得僵硬。他等待着水柱腾起，船身倾覆，水压将钢板爆开，海水随之汹涌而入。但是什么也没发生。那是一颗哑弹。

他等待着下一颗的到来。

响声震耳欲聋。泰晤士河北岸的两个储油罐着火了，火海中传来一声沉闷的咆哮，仿佛是诸神黄昏①中的那匹巨狼，被链条锁在时间的尽头，咆哮着想获得释放，将整个世界焚烧殆尽。黑暗的夜空被搅动了，毒雾滚滚，黑烟像一个攥紧的拳头，朝遥远的星辰挥去，将它们一颗颗地砸灭。在黑色的笼罩下，一切都在燃烧，仿佛太阳本身被射落了，在那些被摧毁的油箱中放射出最后的光芒。

整个南岸都被点燃了。出租公寓楼的窗户里都能看到熊熊火光；火焰从屋顶钻了出来，就像奇异的植物，正以爆炸性的速度生长，决定占尽脚下的每一片土壤；而在这地动山摇的大毁灭场景中，码头也在战栗发抖。依然完好无损的屋顶上，一排排防空炮正在喷射火焰。河上的军舰也正在开火。

---

① 诸神黄昏（Ragnarök），北欧神话中的一系列劫难，包括许多大战和自然浩劫。之后，整个世界沉没在水底。

克努兹·埃里克听到老式刘易斯机枪嗒嗒射击的声音，是几个月前安装在丹尼旺号甲板上的。英国海军对四名船员进行了培训，教他们如何使用这些武器。他是其中的一名。但他们很快就发现，这架机关枪还是一战时使用的款式，根本无法起到防御作用。不过，它有另一项更加重要的功能，胜过威士忌；如果现如今还有人记得祷告的话，那它也胜过祈祷。抓着它开枪能给你一种极其幸福的平静感，尽管也要付出代价。金属枪托太烫，烧手；轰响的爆炸声震耳欲聋。但在这个瞬间，他们停止了等待。

你在回应。你在采取行动。

奇怪的是，在空袭中，机关枪位是船上最好的位置。虽然你会完全暴露在甲板上，成为敌军枪林弹雨的完美目标。但在那里，至少你不会因为无助而被逼得陷入疯狂。

防空警报拉响后，船员会立刻解开缆绳，将船开往泰晤士河中心的浮标位置。这是空袭中所有要离开码头的船只要走的标准流程，因为一旦被炸毁，清理残骸需要好几个礼拜，而且还会阻碍其他船只靠岸。所以，无奈之下，他们会将船开往开阔水域。但在那里，即便船被击中，他们也不可能跳上陆地。"我们正要前往墓地。"他们会开玩笑说道。

所以双手紧握刘易斯机枪让人感到幸福。

此刻，周围的好几艘船都着火了。有一艘在慢慢地倾覆，并且开始下沉。救生艇上船员划桨的动作毫无章法，整个海港都在熊熊大火中，一台起吊机歪倒在河面。在他们头顶的高空中，降落伞一个接一个地打开，轻轻摇晃着慢慢向河面飘落。等它们靠近一些，克努兹·埃里克才看清，上面挂的不是人。那些降落伞落到水面，巨大的伞盖无力地皱成一团，然后倒在河上，看上去就像散落在墓地里的花朵。

一小时后，空袭警报拉响，危险解除。码头上依然在熊熊燃烧着，油罐将黑烟喷进夜空。能闻到刺鼻的燃油气味，煤灰和砖尘悬浮在河上，还有一股淡淡的硫黄气味，克努兹·埃里克无法辨明其源头。他的眼睛因为疲惫而感到刺痛。

克努兹·埃里克在利物浦、伯肯黑德、加的夫、斯旺西和布里斯托尔也经历过同样的情况。有时候，他们似乎是在一片火海中航行，天空中充斥的并非积云、层云和卷云，而是容克-87和容克-88轰炸机及梅塞施密特Bf-110战斗机。当他们的船开进英吉利海峡时，也就等于进入了法国加来港德军排炮的射程；进入北海，则有U型潜艇在等待。战争无所不在，无时不在。整个世界已经缩小，变得和炮口一样黑。他们不把那叫作恐惧：它表现为失眠。在海上，他们总是昼夜不停地工作，遭到袭击后，更是没人能入睡。在港口，他们经常必须将船开到另一个系泊点，因此睡眠总是会被打断。那他们有时间睡觉吗？好吧，他们会闭上眼睛，一时间摆脱了所有的记忆。等到死神再次凑近他们耳边，"嘣"地大吼一声，他们就忙乱地滚下床，眼睛瞪得大大的，仿佛在梦境中看到了出口。但出口是不存在的，天空中没有舱口，甲板上没有活板门，也没有能逃过去供他们躲在后面的海平线。他们的生活被三种东西包围了，不是大海、天空和大地，而是隐藏在其中的U形潜艇、轰炸机和火炮。他们在一颗行将爆炸的星球上。

阿尔伯特·马德森是对的。他见过世界末日。但那个老人没有告诉克努兹·埃里克，他也将被困在其中。

今晚，他准备安排两个小时的睡眠时间，然后再叫醒船员。他们要随潮汐一起继续深入泰晤士河上游。对他来说，能赶在其他所有船只之前做好准备，是一种荣耀。他祈祷能有一段无梦的睡眠。

他不知道自己第二天将学习一个新词。过去的几个月中，他的词汇量扩大了，学会了许多技术用语。它们都见证了人类的无尽智慧。这种智慧是如此复杂而矛盾，他发现很难理解，不过非常清楚它的使命。毁灭他的方法又多了一种，而且这一种更加新颖，也更富有想象力。

是的，他得到了盼望已久的睡眠。黑暗降临并包裹了他——那是一种令人渴望的珍贵黑暗。身处其中，哪怕只是短暂的一会儿，他也能重新充满力量。这一次，黑暗拥抱了他如此之久；当它终于将他放开时，他从铺位上摔了下来，眼睛睁得大大的，眼神却一片空茫，是人们遭遇袭击时的正常反应。他失职了。他睡过头了。

他冲出舱室。周围有许多船的烟囱都已在冒烟。不过，在那短短的一瞬，喷涌而出的不只是浓烟。没有任何预警，巨大的爆炸声响彻整个河面，让人回想起昨夜的那场轰炸。跟着又是一声。附近斯伐娃号的船头抬入空中，然后整个折断了。那艘船迅速开始下沉，与此同时，浓烟和火焰吞噬了一切，一路朝驾驶室蔓延。他看到几个人跳进了河里，有一个背上着了火。接着斯卡格拉克号的船头爆炸了。紧随其后的是两艘挪威汽船，再之后是一艘荷兰船。

他的第一反应是逃。可他们要逃避的是什么呢？敌人在哪儿呢？天空中什么也没有，也不可能是U型潜艇。

一艘英国护航舰放下来的一只小艇正在迫近。一个人站在船头，拿着喇叭大声冲他喊着：“颤雷！”这是他今天要学的新词。

克努兹·埃里克无须更多解释。这是只要螺旋桨转向就会引爆的水雷。昨天夜里他所看见的东西，从降落伞上轻轻落下来的那些，原来是颤雷。

又有两艘船爆炸了。幸存下来的那些则一动不动，锅炉都还是冰冷的。在他们四周，燃烧的船只顷刻间便化为残骸沉入水底。烧焦的尸体漂浮在沉船残骸之间，情状无限凄凉。

后来，他们接到命令，随潮汐漂往上游，不要使用发动机。唯一能听到的是波浪拍打船舷的声音。感觉是那样静谧，他们仿佛回到了帆船时代。

当无线电收音机里传来消息，宣布德军占领了丹麦时，他们正随舰队一起从挪威西海岸的卑尔根赶往英格兰。船长丹尼尔·博耶立刻召集人员商讨，并提出两个选项：继续前往英国港口，掉头返回丹麦或挪威。

从某种程度来说，他们感觉决定早已自动做出。他们正编队航行，而且有英国战舰的保护。那不就意味着，他们也像护送的战舰一样，对德军宣战了吗？

答案很明了。拜这场他们未曾卷入的战争所赐，海运运费很高。工资也一样，现在又多了三倍的战争补贴。再算上加班费和各种津贴，船员收入增至原来的四倍，有时甚至是五倍。他们出海原本是为了钱。现在却被要求加入这场战争，充当前线。丹麦的中立立场并不能为他们提供保护：上一个复活节，有七十九名丹麦水手被杀，这就使得自战争爆发以来，丹麦的死亡总人数已经超过三百，哪怕是船舷上画有丹麦国旗也无济于事。U型潜艇发射的鱼雷可无法区别。不管甲板上飘扬的是什么旗帜，开往敌国港口的船就是敌船。

丹尼旺号的全部十七名水手都同意继续前往英格兰，不为别的，纯粹是因为想反抗。他们早已下定出海的决心。所以现在谁也不能吓得他们弃船而去。

他们感觉到，这次反抗——不是出于爱国之心，或是对祖国及某种意识形态的热爱，也不是因为对这场战争有任何理解——将带领他们渡过难关，帮助他们存活下来。影响每个船员做出决定的，毫无疑问还有其他动机，无论是大是小；不过没有人过问他们对战争的看法。他们只是被要求做出决定，而且这个决定有可能会对他们的余生产生意想不到且至关重要的影响。会是怎样的影响，他们不得而知，但水手的本能告诉他们，这是生与死的抉择。他们只感受到了水手面临不可抗力——飓风式战斗机或者梅塞施密特Bf-110战斗机时的顽强精神。于是他们同意了，不是同意参加眼下的这场战争，而是那场持续了千秋万代的战争；不是同意去英国，而是踏上那条去英国的航路，前往大海，迎接那个让他们感觉自己是顶天立地的男子汉的挑战。

他们4月10日抵达苏格兰的梅西尔，又立刻遵从命令赶往纽卡斯尔的泰恩港，他们的船将在那里被分派给英国海军部。没有举行移交仪式。一位英国海军军官往船尾桅杆上贴了一张告示。内容很短，只说这艘船已被英国征用，改名为乔治六世国王号。丹麦国旗被降了下来，换上了红船旗，就是一块红色旗帜，左上角有英国国旗图案。

他们之前从未细心照管过那面丹麦国旗。它的边缘磨损了，烟囱里冒出的煤灰染黑了上面的白十字。但那是他们的旗帜。对陌生人来说，它代表着他们一半的身份。此刻他们失去了悬挂它的权利。他们的国家已对德国人不战而降，因此他们的国旗也被夺走了。从现在起，只有不再自认是丹麦人，他们的存在才有意义。他们仿佛要赤身裸体地加入战争，被剥夺国籍的日子才刚刚开始。

大管轮问，加入英国海军后，工资是多少？

"每个礼拜三镑十八先令，外加一镑十先令的伙食费。"那位军官答道。

大管轮立刻在心里快速计算了一番，然后环顾四周的船员，耸了耸肩。他们也会计算。报酬是之前的十分之一。也就是说，他们将不能再养家，将无限期地与家人失去联系。

"别担心，圣诞节你们就能回家了。"那位军官仔细地打量着他们的脸说道。

他们忘了问，是哪一年的圣诞节。

他们遵从命令，将丹尼旺号刷成了灰色，和北海的冬日天空一样灰。连驾驶室原本刷清漆的橡木门和窗框也不例外。这是他们的船。那年冬天，他们曾为它除锈，为它粉刷每一平方厘米：船体刷成黑色，吃水线以下是红色，上部结构是白色，红白条纹的烟囱像是系了一条绸带。他们满怀爱意地抚摸着船头的白色字母；他们将丹尼旺号保持得如此干净，即便船上装着煤块，你也能穿着岸上的服装在这里行走。正如他们所说，他们是在用维护古老帆船的架势爱护这艘汽船，甲板擦洗得干干净净，舱壁冲刷得清清爽爽。这样的工作虽然繁重又辛苦，却让他们感到骄傲。现在他们珍视的丹尼旺号却要被夺走，几如它就要沉入曾为它赋予全新色彩的冬日大海一般。

丹尼旺号一度是马斯塔尔的注册船只。这艘汽船曾为克拉拉·弗里斯所有，闲置多年后被卖给了纳克斯考的一位船主。船长、大副、二副都是马斯塔尔人。那座因航运业而兴起的小镇已经没有自己的船队了，但那里的人却成了丹麦商队中的贵族。马斯塔尔人活跃在各个地方，最常见于驾驶桥上的大副或船长队伍；唯一以水手身份出航的，只有那些还太年轻无法担任任何职位的男孩。丹尼尔·博耶是农民索菲斯的一个远亲，在丹尼旺号还是索菲斯家族的财产时，他就是船上的船长，那时候这艘船还叫能量号。

他曾是弗雷德里克·伊萨克森的支持者之一，后者乘渡轮败走斯文堡时，他也站在码头上送行。

"你应该不记得伊萨克森了，"他曾对克努兹·埃里克说，"不过他记得你的母亲。"克努兹·埃里克轻轻地耸耸肩。母亲是他的痛处所在。他已经十年没见过她，也没和她说过话了。不过，他清楚地记得伊萨克森。而且伊萨克森对马斯塔尔人的好感没有消退。每当有马斯塔尔人去纽约，他从来不会将他们拒之门外。他甚至娶了一个马斯塔尔女孩为妻，就是克里斯蒂娜小姐。

他总是那般富有绅士风度，克里斯蒂娜小姐到纽约时，是他在码头迎接的。克拉拉·弗里斯事先给他写了信："我知道你不欠我任何人情。但我相信，你是个责任感很强的男人。"

伊萨克森当然如她所言。他不仅做了克里斯蒂娜·巴格的保护人，最后还娶了她。克努兹·埃里克偶尔会去拜访他们。伊萨克森是个称职的父亲，对伊瓦尔的孩子非常好，但他和克里斯蒂娜没有属于他们自己的孩子。克努兹·埃里克不知道他们在一起是否算得上幸福。他对伊萨克森与女人的关系持怀疑态度。伊萨克森是喜欢可爱的克里斯蒂娜，而且有充分的理由，但在克努兹·埃里克看来，他对她的喜欢，不像一个男人对一个女人的那种喜欢。虽然克努兹·埃里克与克里斯蒂娜·伊萨克森互相信任，但他从未问过她这方面的问题。

"我的小骑士。"她总是用姐姐的口吻这样招呼他，尽管他很久以前身高就超过了她。

克努兹·埃里克去纽约参加了克里斯蒂娜女儿的坚信礼。坐在上东区的一座清教徒教堂里，观看十四岁的克拉拉行礼，实在是一种很奇怪的体验。女孩的名字来自他母亲，但从母亲宣称他不如死了的那天起，他就没有再见过她。母亲对克里斯蒂娜·巴格展示的善意，是他从不曾在她身上发现的一面。

每次只要有人试图谈论母亲与他断绝关系的原因，他都会一言不发地转身离开。

4月9日早晨，博耶船长收到两封电报。一封来自纳克斯考的船主塞韦林森，要求丹尼旺号返回丹麦。另一封则来自伊萨克森。

博耶大声读了出来，看着大副说道："伊萨克森建议我们去英国的港口。这事其实和他没有任何关系，因为他不是船主。不过我碰巧同意他的看法。"

"伊萨克森是个值得敬重的人。"克努兹·埃里克说。

绝大多数丹麦船主的反应都和塞韦林森一样。比如杰茜卡·麦斯克号的船主默勒。他的消息似乎很灵通，德国入侵丹麦的前夜，他和儿子两人一夜未睡，忙着给他的船队拍电报，命令他们去寻找中立的海港。那艘船原本的目的地是未参战的爱尔兰，但后来船上发生了暴动，众船员将大副绑起来锁在海图室，并强迫船长将船开去加的夫。据传，杰茜卡·麦斯克号也接到了伊萨克森的电报。他在纽约的办公室里和他的前任老板一样繁忙。正如博耶所说，伊萨克森多管闲事，此事和他无关。但有时候君子就应该如此行事。

可从另一方面来说，在丹尼旺号上，你却很难感觉到荣耀。你的表现的确让人敬佩，是的，但努力劳作却会让你尊严尽失。

他们可能会去利物浦、加的夫或纽卡斯尔的酒馆，趁着两次空袭警报的间歇，尽情地大灌健力士黑啤。而且总会有人听出他们的口音，问："你打哪儿来，水手？"那简直是猎杀的时刻。

他们很快就长了教训。在那样的情况下，你绝对不能说真话。如果你说自己是丹麦人，收获的要么是冷漠，要么就是公然的鄙视。他们可能会说你是"半个德国佬"。

有一次在布鲁尔码头附近的萨莉·布朗酒馆，有个穿低胸上衣、嘴唇涂得鲜红的女孩凑到克努兹·埃里克身边，于是他为她买了一杯酒。他们举起酒杯，她的目光越过杯沿直视他的眼睛。他了解惯例，知道这个夜晚会怎样结束。他能接受，他是需要的。

接着女孩问他从哪儿来。那时他听到这个问题的次数还不够多，不知道回答丹麦会造成怎样的影响。

"那你怎么不去柏林找你最好的朋友希特勒？"

他怒不可遏。真见鬼，因为他在这里，在这家有一半窗户都碎了的酒馆里，在这座被炸得只剩一片废墟的城市里，为了少得可怜的一点儿工资，却要冒着生命的危险，远离家人和朋友！他原本可以留在丹麦，躺在舒服的被子里。但是他没有。就算他的悲惨人生突然终结，他也愿意接受；但他换来的却是每天都要面对人类有史以来发明的每一种邪恶炮弹。她扭着被紧身衣裙紧紧包裹的屁股离开了，决心让他明白，因为他不受欢迎的国籍，他错过的是多么难得的机会。

丹麦陷落的消息传来时，船主和政府都鼓励丹麦水手立刻寻找中立的海港。但丹尼旺号的船员却正好相反，赌上了家园、家人、安全，所有的一切。结果却无济于事。没有酒保会为他们提供免费的健力士黑啤，穿低胸上衣、嘴唇涂得鲜红的女人也丝毫不会同情他们。

相反，他们只能远远看着其他人行大运。比如当时在吧台的另一边，有个尚未成年的男孩。他有着一双蓝眼睛，额头上垂着一绺金发。不断有人拍他的背以示友好，女人们争相给他抛媚眼，免费啤酒喝不完。最后他还受邀进入一个费用全包的房间过夜，里面有一张床垫，断裂的弹簧整晚都会吱呀作响。那男孩甚至不会说英语，只会一句拥有至关重要的作用的"我是挪威人"。

挪威正在与德国作战，国王与政府都流亡在伦敦，有三万挪威人出海为同盟国服务，而且在海上都打着本国的国旗。挪威商船队被收归国家，现在国王是其官方所有者。

斯堪的纳维亚人走到哪里都很受欢迎。但在英国人看来，斯堪的纳维亚人特指挪威人。丹麦已从地图上消失，若有水手提及自己是丹麦人，那就相当于在提醒人们想起这个国家耻辱的过去。1940年4月9日，丹尼旺号的船员就失去了国籍。他们在前线奋战，却没有任何身份。

他们只能一言不发地往肚子里灌健力士黑啤。

次年1月的一天，大约凌晨四点，结局到来了。丹尼旺号当时正满载着煤块，航行在从布莱斯前往罗切斯特的途中。事后他们无法确定，击中他们的究竟是颤雷、感音水雷、磁性水雷，或者仅仅是一颗老式触角水雷——总之丹尼旺号的船头被炸开了。海水立刻灌了进来，但船没有当即沉没。他们原本是熄灯航行的，跳上救生艇之前，博耶船长才下令开灯。他们靠在船桨上向丹尼旺号告别，还开了一瓶朗姆酒传着喝。他们在船上很少喝酒。新年前夜，博耶同下属讨论许久才决定给每个人分一杯樱桃白兰地。朗姆酒瓶传回他手中的时候，里面的酒还没喝完。他们一共可是有十七个人！于是他赞许地看了所有人一眼。

丹尼旺号倾覆了。海水灌进滚烫的锅炉中，发动机房传来爆炸的声响，煤块从破碎的天窗飞射出来。船尾翘了起来，螺旋桨转了最后一下，发出一声短促的尖鸣。接着，一切都停了下来，船上所有的灯都熄灭了。

克努兹·埃里克闭上了眼睛。阿尔伯特曾梦到过类似的场景。他看到一艘汽船正沉入水中，还详细描述过那一幕，和眼前发生的一样。

当他再次睁开眼睛，海水已经吞没了丹尼旺号。

大家都坐在救生艇上观望，都脱掉了埃尔西诺羊绒内衬的帽子拿在手中。没有人说话。克努兹·埃里克认为船长应该念一段祈祷文，或者背诵《布道书》中的葬礼悼词。他妈的怎样告别一艘船才算合适呢？

伙食管理员在吸烟，烟头在夜色中闪烁着红光。

"现在抽根烟会不错。"

打破沉默的人是博耶。他看着伙食管理员说："哈默斯莱夫，你把卷烟盒拿下来了吗？"管理员用手肘推了推餐厅服务生，他看上去难受极了："烟呢，尼尔斯？"

男孩一头扎到船尾的横坐板下方，扬扬得意地掏出一大盒香烟。每个人都分到了一包。他们的储物箱和水手袋都被迫留在了船上——救生艇里空间不够。现在所有人身上只剩下穿着的衣服、船员服务簿和护照。这些物品证明，他们所属的国家已不复存在，早已被战争吞噬。除此之外，只有一包香烟。

没关系。他们会坚持下去的。他们活下来了，很快他们的肺就会被香烟填满。

"火柴呢？"博耶问，"该死的火柴在哪儿？"他严厉地看着男孩，"你要是忘了拿火柴，我现在就把你丢下船去。"

男孩绝望地摊开双手。"一切都发生得太快了。"他说。伙食管理员便将他那根已经点燃的烟传给大家，很快，冬日的漆黑海面就出现十七个闪烁的红点。要再过几个小时天才会亮。

"尼尔斯，"船长对男孩说，"你的工作是确保一直有一根烟是点燃的，哪怕是睡着了，也要记得随时抽一口。明白了吗？"

男孩郑重地点了点头，然后吐出一口烟，仿佛他的性命就取决于鼻子前面的那颗橙色火星。

克努兹·埃里克环顾四周。这是一班出色的船员。他在丹尼旺号上当了三年大副。船上有七个马斯塔尔人，一个奥默尔人。其他人则来自洛兰岛和法尔斯特岛。现在他们就要各奔东西了。

若干年后，他会回想起这一刻，然后计算清楚。到那时候，丹尼旺号的十七个幸存者中，有八个去世了，分别是船长、二副、伙食管理员、一名全能水手、两名普通水手、一名普通初级水手，以及轮机长。其中有五个是马斯塔尔人。博耶船长所在船被一艘美军护卫舰撞沉。那位普通初级水手所在的军需船被鱼雷击中了，四十九名船员只有三人幸存，而他不在其中。

但此刻他们坐在一起，等待着黎明的到来。他们离英国海岸很近，知道很快就会有人发现救生艇。他们根本没想过会死，心中唯一的念头就是：要让烟一直燃着，直至获救。

我们，被淹没的

丹尼旺号的船员在纽卡斯尔等了好几个礼拜，一直没有人雇他们。那段时间，他们大多待在新开的丹麦水手俱乐部，磨炼台球技能。并非他们怀念空袭、水雷和U型潜艇。如果想念轰炸了，去码头转一圈，很容易就能得到满足。这里的情况虽然不像伦敦那么糟，但也好不了多少。不，真相是他们有意做了选择，世界大战发生的时候，他们却终日打台球，这听起来似乎很荒谬。而且，岸上的伙食令人作呕。鸡蛋粉，午餐肉，涂满又臭又腻的保维尔牛肉汁的灰面包。肉当然指的是咸牛肉。英国的饮食并不差，但受战争的影响，伙食的品质大打折扣。人们穿的还是战前的衣服，上面打满了补丁，而且相当清楚地反映了他们掉的体重。丹尼旺号的伙食更好，至少他们偶尔还能吃到真正的鸡蛋，或者一块新鲜牛肉。"英国的伙食和我们从前在老式纽芬兰纵帆船上吃的一个样。"克努兹·埃里克这样评价。

自克里斯蒂娜号的那趟致命航行之后，他就没跑过纽芬兰航线，克劳迪娅号是他待过的最后一艘帆船。通过导航考试后，他决定要去柴油机船上当船员。他向远东公司的比尔马号和塞兰迪亚号提交过申请，但两艘船都拒绝了。他不知道母亲与那家公司的所有者，即老马库森之间的关系，所以一直不明白自己为何被拒。于是他接受了汽船上的工作。

听到克努兹·埃里克对伙食的评价，丹尼旺号的大管轮海尔加·法布里丘斯笑了起来。他今年才约二十五岁，太过年轻，没有跑过纽芬兰航线。克努兹·埃里克三十岁，比他大不了十岁；但两人出生在两个迥异的时代，一个在帆船时代，一个在汽船时代。他们的辈分相差不到一代，却是两个不同世界的孩子。

台球桌后方挂着一块黑板，上面用粉笔写着"招人"几个字。下方则用潦草的字体写着"斯文堡的雨云号"。此外再没有其他信息。那艘船在招什么人呢？大副、伙食管理员，还是轮机长？克努兹·埃里克和海尔加想弄清楚情况，便去见了丹麦领事弗雷德里克·尼尔森。出人意料的是，他给了他们一整艘船，原来雨云号之前的船员都弃职离船了。如果他们有意，那雨云号就是他们的了。克努兹·埃里克将被升职为船长。

这是战争的另一面。它施加约束，但也提供机会。于是他们过去仔细查看了那艘船。船首还能辨别出曾经的船名"雨云号"，船尾也有痕迹，可能写的是"斯文堡"。但你必须发挥想象力。

在码头上来来去去地检查那艘船的状况时，海尔加·法布里丘斯计起了数。克努兹·埃里克不用问也知道他要干什么。"船员不可能是弃职离船的，"他说，"他们都死了。"

"一共一百一十四人……"海尔加拉长声音说道。

"那艘船上唯一能吃到的奶酪，一定是瑞士干酪。"

"我宁愿看到他们煮咖啡。"海尔加放弃了无休止的计算。

他们两个笑着走上了舷梯。他们见过各式各样的船：舷墙被撕掉一半的，上层结构被掀掉的，船舷有大洞仍挣扎着漂浮在海面的。但这种状况的船他们还是第一次见。雨云号被击中了不止一次，而是上千次。这艘汽船上遍布弹孔。它是完整的，但已经被彻底摧毁。一定有一波又一波的梅塞施密特战斗机扫射过它。但德军的空袭炸弹和鱼雷都没有击中过，不然它应该已经沉没在海底了。不过他们的机关枪当然不曾射偏。雨云号弹痕累累的上层结构让人心生敬畏，这艘船流露出一种近乎人类的轻蔑神气。

他们走进厨房，火炉上还放着一个蓝色搪瓷咖啡壶。仿佛是为了让海尔加的笑话失效，那咖啡壶依然完好无损。

"不是吧！"海尔加感叹道。

他们找到一些英国产的咖啡替代品，是用橡子做的，放在一台橱柜里。他们在桌边坐下，等水烧开。

"我们要拿下这艘船。"克努兹·埃里克说，正在倒开水的海尔加疑惑地看了他一眼，"它很幸运。"

"你是说这个咖啡壶幸运吗？它是船上唯一一件没有弹孔的物件。"

克努兹·埃里克摇头说道："不，整艘船都很幸运。你见过这么多直接被命中的痕迹吗？但雨云号挺过来了。它仍漂在水面。它将与我们分享它的好运。"

他们两个都十分清楚，这完全是迷信。在战场上 —— 大海就是战场 —— 谁能幸存，谁将倒下，没有规则可言。不管决定你命运的是什么，它都是高深莫测、随心所欲的，所以你还不如称它为运气，然后相信它。在丹尼旺号上，他们有刘易斯式机关枪。而在雨云号上，他们将拥有更得力的幸运女神。

他们回到尼尔森领事的办公室，跟他说他们要接管这艘船。他看上去松了一口气。

"我们的条件是，"克努兹·埃里克说，"在大西洋上，我们不需要那么多通风孔，所以得把那些洞补好。我们希望船上能有些像样的装备，供我们防御用。而且船员招募工作得我们说了算。我们想自己决定航行伙伴。"

雨云号被送去船厂修理，克努兹·埃里克和海尔加回到丹麦水手俱乐部去寻找船员。他们在黑板上的"招人"二字下面写下了所需船员职位的名单。然后他们就坐在台球桌旁的一个角落等待。

几天后，他们雇了一位大副、一个餐厅服务生、一位发动机管理工和两名全能水手。还需要一位二副、一位伙食管理员、一位轮机长、几位全能水手和普通水手。船员总数将达到二十二。

克努兹·埃里克没有想过在职业生涯这么早的阶段就成为船长。他不怀疑自己的能力，但不确定自己是否拥有必要的威望。他能对一个人做出合理判断，让对方充分发挥优势，忘记自身的弱点吗？同时管理二十二个人会是怎样的情况？

第四天，维尔耶姆走进门，申请签约作为二副。他和克努兹·埃里克上次见面是两年前在马斯塔尔。维尔耶姆现在有了家庭，跟一个同龄女人，也即布伦德街上一位渔民的女儿生了一儿一女。他口吃的毛病没有再犯。只要在马斯塔尔，他每个礼拜日都会去教堂。他把从阿尼·玛丽号上拿下来的《布道书》放在家中，没必要带上船，内容他依然熟记于心。

"你父亲还好吗？"克努兹·埃里克问。

我们，被淹没的

维尔耶姆的父亲很久以前就不再干挖沙的繁重工作了。他现在改而捕鱼，虽然相对于这个职业来说，他也太老了。不过，他顽强地坚持着，被困在他自己的耳聋世界。

　　"德国人来的时候，他正在里斯廷厄捕鱼。他当然没有听见飞机的声音，之所以抬头，是因为有阴影掠过水面，一个接一个，那速度太快，不可能是云。除此之外，他没有多想。他更关心自己捕到了多少鱼虾。那才是他所关心的战争。"

　　随后出现的人也来自马斯塔尔人，是安东。他当场就被任命为轮机长，而他想了解发动机的一切。

　　听说雨云号只有八百马力，他说："我表示怀疑。别指望这艘旧船能有多少釜顶蒸汽。"他摆弄着自己的黑色角质框眼镜，想弄清楚船上烧什么煤。"我希望是威尔士煤，"他说，"纽卡斯尔煤烧出的烟太多了。"

　　"你想要多少煤都行。"克努兹·埃里克说。

　　这当然是开玩笑，他对煤一无所知，也根本不知道他们能弄到什么煤。

　　安东为这句话生了一阵子气。克努兹·埃里克以为他会起身离开。他们曾是朋友，现在也依然是，虽然他们经常在地球的两端。不过，安东不是个多愁善感的人，他是一个专业工，希望有一艘像样的船供自己施展在机械方面的才能。因此，他的答案完全出乎克努兹·埃里克的意料。"好吧，管他呢，"他说，"我们马斯塔尔人应该团结一致。我接受这份工作。我要让这艘旧船动起来。"

　　这一天第三个靠近墙角的人，申请的是全能水手的工作。他穿的是一件开领衫，里面的白T恤衬得他的黑色皮肤闪闪发亮。他们推测他一定是美国人。

"弗里茨向你们问好。"他用丹麦语说道。

克努兹·埃里克惊得张口结舌。弗里茨。他甚至没意识到，这人是在用丹麦语打招呼。"我想弗里茨是在达喀尔？"

"是的，"那人说，"至少我上次见他是在达喀尔。"他伸出一只手，"我最好先介绍一下自己。阿布萨隆·安德森，来自斯图伯克宾。是的，各种蔑称我以前都听过。说我是个黑鬼，是黑杂种，都听过。不过我是在斯图伯克宾长大的，如果你们保证不问我是在哪里学的丹麦语，那我也保证不问你们这个问题。"

他冲他们微笑，仿佛很高兴，既然做完了自我介绍，那就可以切入正题了。"我之前在达喀尔跟弗里茨干。"说着他拉出一把椅子，舒舒服服地坐下了。克努兹·埃里克递给他一支香烟。"那段故事我猜你们都听过？"

克努兹·埃里克点点头。达喀尔位于法属西非地区，是每一个水手的噩梦。那座城市本身没有任何问题。但当法国败给德国之后，达喀尔市长一开始宣布支持同盟国，几天后又改了主意，许多入港准备服役的船都遭到了扣押，原本愿在战场上献出生命的水手，却在烈日炙烤的甲板上闲了几个月。为了防止他们逃走，政府还没收了重要发动机部件。英军轰炸港口时，这些水手突然发现自己站错了立场。情况可谓糟到极点。一艘挪威船逃脱成功：船员称发动机需要时不时地转一转，不然就会生锈。那些法国白痴将收走的部件归还了，后来船员上交了复制品，然后连夜逃了。其他的船——包括六艘丹麦船——还留在那里等着腐烂。战争在召唤他们，可他们却走不了。他们一定感觉自己毫无用处。

"可你又不是挪威人，"克努兹·埃里克说，"那你是怎么出来的？"

"我可比挪威人厉害。"说着阿布萨隆·安德森露出了自信的笑容，"我是黑人。我是大摇大摆地从达喀尔走出来的，没人阻拦。我的样子和那里的其他黑人没有区别。我费了很大的劲，最后到了卡萨布兰卡。顺便一提，格洛尼船长也向你问好。你们马斯塔尔的小伙子足迹遍布各地。"

"你是怎么到这儿来的？"

"那我得感谢啤酒。"

"啤酒？"海尔加说，"你是说，你待在啤酒箱里，从卡萨布兰卡一路划到了直布罗陀？"

"不全对，"阿布萨隆说，"不过差不多。许多人都想逃，但成功的只是少数。法国人不肯有丝毫的松懈。我们几个人找到一艘破旧的小艇，沿着河道一直往上游划。法国人对此有所了解，但从未起疑心。想坐那样的老爷船出海，纯粹是发了疯。问题在于无法保证横渡时的饮水供应。我们不可能扛着一整桶淡水在城里转悠。法国人立刻就会发现我们的意图。格洛尼便给了我们两箱啤酒。法国人看到我们费劲地搬运啤酒，都只龇牙咧嘴地笑。他们以为我们是要去野餐。于是我们靠着一根桅杆和几面船帆，当天深夜就出发了。整趟航程中，我们必须不停地往外舀水。那船就像装鲱鱼的箱子一样吃水。四天后我们才抵达直布罗陀。刚进港，那小船就从我们脚下沉入了水中。"

"也就是说，你们坚持到了最后一刻。"克努兹·埃里克着实感到敬佩。

"没错，我们做到了，"阿布萨隆郑重地点着头说，"没错，我们坚持到了最后一刻。啤酒也刚好喝完。"

克努兹·埃里克好奇地看了一眼下一位申请人，不等对方开口，就率先举手发言。

"让我先猜一猜你的名字。斯文、克努兹或是瓦尔德马尔。"

"瓦尔德马尔。"那人面不改色地说。

"怎么会有中国人叫瓦尔德马尔？"海尔加对他上下打量一番后问道。那男人年轻又苗条，长着东方人的高颧骨和细眼睛。形状优美的嘴唇上露出嘲讽的微笑。他很英俊，而且非常温柔，几乎给人一种女人的感觉。

"我不是中国人，"他耐心地说，"我母亲是暹罗人。我父亲姓约根森。"

"那我猜你有丹麦护照？"海尔加用带刺的语气问道。这个年轻人的回答让他感到不安，他想恢复自己的权威。

"别担心，只要你有正式的船员服务簿就行。"克努兹·埃里克缓和了紧张的气氛。

瓦尔德马尔·约根森的黑色眼睛里闪过一丝刺眼的光芒。"我出生在暹罗，"他说，"有暹罗护照和丹麦护照。丹麦护照是靠作弊得到的。我是太平洋水手联盟的成员。这对你们来说够清楚了吗？"他斗志昂扬地看了他们一眼。

克努兹·埃里克笑着说："这份工作是你的了，如果你想要的话。"

"我想知道，我们去不去美国。"

"问英国人吧。如果我是你，就会做好去北大西洋的准备。"

"我想给你一个建议。只有一个。别跟美国女孩结婚。"

"美国女孩有什么不好？"

"她们什么事都愿意干。的确是些热辣的小妞。但接下来她们就会想要结婚。在我待过的一些船上，小伙子们喜欢吹嘘自己的战绩：结婚戒指、结婚照、真爱，从此幸福生活在一起——可谓爱情与事业双丰收。但接着有两个人发现，他们娶的是同一个女孩。知道为什么吗？在盟军服役的水手一旦丧生，那些婆娘就能拿到一万美元的寡妇津贴。讨厌鬼，明白我的意思了吗？"

"当然。"克努兹·埃里克发现很难忍住不笑，但那个年轻人似乎没有注意到。

"你应该记住，因为你没有结婚对吧？你们这种老家伙很容易被她们欺骗。当心吧，哥们儿！"

那小子真是眼神犀利。他注意到克努兹·埃里克没有戴婚戒。克努兹·埃里克于是俯身对他说道："听着，我不是你的哥们儿。我是雨云号的船长，你如果想上我的船出海，就必须改改说话的语气。明白？"

"遵命，遵命，船长。"说着他起身准备离开。走到房间中央后，他又转身对海尔加说："听着，如果你觉得瓦尔德马尔这个名字叫起来不顺口，那就叫我沃利吧。"

他们结队航行，先是从利物浦前往新斯科舍省^①的哈利法克斯，然后返回，再经由直布罗陀前往纽约。西行时运载的是压舱石，返航则带回了木材、钢材和铁矿石。船上装配了四门20毫米口径的机关炮，船首和船尾各一门，其他两门在驾驶桥楼翼台上，威胁性地指向大海。负责操纵的不是船员，而是随行的四名英国炮手。

　　雨云号并非为北大西洋航线而造。事实上，很难分辨它是出于何种目的被造的。安东在发动机房竭尽全力也无法让船速超过九节^②。结队航行的途中，如果听到U型潜艇警报，他们就会遵照指令曲折行进以躲避鱼雷。四十艘船呈一条直线离开利物浦，然后重组成一个四乘十的四边形队列。守住阵地很难，因为雨云号灵活性不足，所以他们总是不可避免地掉队。

　　博耶船长曾告诉过克努兹·埃里克，遇到任何有可能摧毁船舶的情况，船长都必须忘掉规则、条例及保险，只遵循一条不成文法：你希望别人如何对待自己，就如何对待别人。

　　博耶的这番话概括了克努兹·埃里克做水手的经历。后来他听说，博耶溺亡是因为将救生衣给了一位司炉工，后者

---

① 　新斯科舍省（Nova Scotia），加拿大东南部的省份。

② 　节（knot），速度单位，即每小时航行或飞行的海里数，1节即每小时1海里（1.852千米）。

太惊慌，自己忘了拿。他曾不止一次目睹，有船长宁愿赌上自己的船，也要去救援其他船舶。他也曾见过普通水手在海军中为同伴做同样的事。

相比于其他人，水手既不更好也不更差。是环境激发了他们的忠诚。在船上的有限世界里，彼此依赖比个体的生存本能更重要。每个人都知道，只靠自己的力量，永远都不可能做成事。

那时候，克努兹·埃里克天真地以为，战争已将整个世界都变成了船舶的甲板，他们联合对抗的敌人和大海一样，有着无法控制的残暴力量。他不知道的是，战争有着另一套规则，而那些规则将会击碎他的忠诚，以及多年海上生活深深植入他内心的强烈团结意识。他的船在武装力量的护送下，运载着压舱石横渡北大西洋，然后运回木材和钢铁；他不惜冒着生命危险，因为他在甲板上学会：当同伴面临生命危险时，没有人能做到置之不理。但总有一天，他会因为参战的承诺而退化成一个次等人，而且等他意识到这一点时，已经太晚。总有一刻，他会觉得自己的存在受控于那些红色的小光点，而不是那些欲将其消灭的鱼雷。而那些光点所造成的影响要远甚于此。

结队航行是有规则的。出发前他们在岸上召集了一次会议，船队队长每次下达的都是同一条指令：保持速度和航向。每艘船都有自己的位置，要不惜一切代价坚守阵地。还有另一条指令，它会像肿瘤一样在他们的意识中不断膨胀：永远不要救助一艘已经遇难的船；不要停船搭救幸存者。一艘船一旦停下，哪怕只是片刻，也将成为 U 型潜艇和轰炸机的目标，而且会将运载的战略物资置于险境。船队的任务是运送物资，而非拯救溺水的水手。

这些规则是不得已才制定的。克努兹·埃里克虽然明白这一点，却依然觉得这不啻于一次针对自己的人身攻击。他怀疑，摧毁自己的不可能是鱼雷，而是强迫他对溺水者的求救视而不见的命令。

护航舰给船队殿后，它们的任务是搭救幸存者，但由于轰炸机的狂轰滥炸，或者为躲避鱼雷而被迫改变航道，它们经常无法施救。遇难者只能漂得越来越远，最终消失在无垠的海面。他们最后留下的痕迹就是救生衣发出的红色求救信号。

他们是幸运的。因为他们的体温会降低，然后不知不觉地睡过去，最终死去。或者他们会放弃，脱掉救生衣，任自己滑入等待已久的黑暗。红光会继续闪烁一段时间，然后一盏一盏地熄灭。

一艘船被鱼雷击中后，驱逐舰会快速冲向出击的潜水艇，投下深水炸弹。爆炸所释放的巨大压力足够撕裂潜水艇的装甲钢板，水中所有的幸存者都会内爆而亡，或者被间歇泉一般的强大水流推到空中，肺叶从嘴里冲出来，变成人肉碎块，甚至连一声尖叫都留不下来。

他在返回哈利法克斯的航程中就目睹过那样的场景。

当时他们接到命令不能偏航，因为船队正以最高速度航行，同时还要躲避 U 型潜艇，极有可能与其他船相撞。克努兹·埃里克站在驾驶桥上，双手紧握舵盘，将雨云号直接开进了前方那一整片罂粟花般的红色求救信号灯的光芒之中。他听到船舷处传来连续的撞击声，穿救生衣的幸存者疯狂地踩水，以免撞到螺旋桨。他站在驾驶桥翼台上向后看，断裂的人体部件在海面翻搅，血水将船激起的泡沫染得通红。

"别回头看"是类似这种时刻应该遵守的规则。他见过一次这样的情景后，就再也没有违反。但他内心深处的某个自己，仍在看着那些片刻前还是人类的部件，这个他将一直注视着它们，直至他的心变得硬如岩石。没有人，没有人想对其他同类做这种事。但他却做了。你希望别人如何对待自己，就如何对待别人。如果连这条不成文法都不能相信了，那他还剩下什么可以相信？

一无所剩。绝对地一无所剩。

他在自己的舱室里点数那些小小的红色光点。它们的光芒将他剥得一丝不挂。他已经失去了最后的参照物。他的确将货物送到了目的地。但他做的事是错的。他对他人造成了损害，而且在这样的过程中，也损害了自身。他感觉自己就像那些在水中尖声呼救的溺水者。

船队遇袭时，他站在驾驶桥上，表情冰冷而僵硬。他想的不是那些 U 型潜艇，也不是雨云号也极有可能像那些船一样被直接击中。他只是在为那些小红点的出现做准备。如果它们出现，他会一言不发地推开舵手，自己控制舵盘。他清空了驾驶桥。他想独处，不只是在他努力躲避前方起伏的求救信号灯的时候，还有当他除了直接撞过去别无选择的时候。他是船长。他设定航线。那是他的职责。

他不想让船员来做这件事，希望至少能让他们保持清白。

如果他们想，尽可以说他是罪魁祸首。

他不知道他们是怎么想的，从没与他们讨论过。

事情结束后，他会返回舱室，打开一瓶威士忌，喝到人事不省。他用醉酒来代替忏悔。他知道不可能有真正的救赎。他做的事无法挽回。他在驾驶桥上被迫放弃了幸福的权利。任何关于人生目的的思考都淡去了。他从外面看着自己，却再也无法看清任何东西。他的心灵已经被战争这块磨石碾成了齑粉。

他将自己封闭起来，从来不去餐厅，也不同大副和二副亲近。他甚至不再同马斯塔尔的童年玩伴说话。他独自进食，张嘴只为发布命令。

没有人试过去劝他，帮他走出孤独。没有人和他开玩笑，或者问他与日常工作无关的问题。可他们却帮了他。他们帮他保持了孤独，仿佛知道，他所付出的代价也是为了他们。

外人或许会觉得，这些船员太冷漠了，甚至不知感恩，任凭他沉浸在自己的孤独世界，离他远远的。但事实正好相反。他们知道，哪怕是最小的同情之举 —— 拍拍他的肩，说一句亲切的话，看他一眼 —— 也可能会导致他崩溃。于是他们任凭他自己应对。他们保护他，如此一来，他就能继续履行职责，保护他们。他们需要一位船长，而他们也给了他当船长的机会。

亲爱的克努兹·埃里克：

我写信是想给你讲讲我昨晚做的一个梦。

梦里我站在海滩上，眺望着远处的海面，和我小时候一样。我的心情也和小时候一样复杂，既害怕大海，又渴望出海航行。随后海水突然开始退去。海滩上的鹅卵石也被水带了下去，发出咔嗒咔嗒的声音。海面被压得很低，仿佛有一阵狂风正从上面掠过。这样的景象持续了很长时间，最后所有海水都消失了，只剩下裸露的海床，一直延伸到地平线。

如果你知道我有多么渴望那一刻该多好！你知道我有多么痛恨大海。它从我们这里夺走了那么多的东西。但看到自己最殷切的祈盼终于成真，我却并没有胜利的感觉。

相反，我心里充满一种大祸临头的预感。

接着我听到一声轰鸣。远处出现一堵白沫翻滚的水墙。它不停地上涨，快速推进。我没想逃，哪怕知道自己很快就会被吞没。

无处可逃。

我都做了些什么啊？我都做了些什么啊？

醒来后，我脑海中一直在大声问着这个问题。

你可能会觉得，这听起来很疯狂，但走在街上时，我却感觉到一种强烈的罪恶感。我看到男孩和女孩，我看到人们外出购物，我看到女人——很多的女人——我看到老人。但街上的男人是如此之少，我感觉是我处心积虑地摧毁了这里的航运事业，是我赶走了他们。

马斯塔尔没有计算失踪人口的习惯。但是我有。我们失去的男性人数在五百到六百之间——儿子、父亲、兄弟。战争建起一堵墙，将丹麦团团围住，而你在墙的外面。你在盟军服役，战争的胜负将决定你是否还能回家。但是哪怕战争取得胜利，也无法保证你能活下来。

那如洪水一般的噩梦将我们淹没了，而我是招来它的罪魁。

我曾想将大海彻底从男人心中放逐出去，结果却适得其反。你们背井离乡去寻找工作，因为马斯塔尔几乎已经没有任何注册船只了。你们越走越远。你们回家陪伴我们的时间甚至比以往更短。现在你们更是全部无限期地离开了。恐怕，你们有许多人再也不会回来。唯一能证明你们还活着的证据，就是我们收到的来信。信与信之间的间隔是如此漫长。收不到信的时候，我们只能胡思乱想。

亲爱的克努兹·埃里克，我曾说过，对我来说，你已经死了，那是一个母亲能对自己做的最恐怖的事。我对你的了解如此欠缺，只能通过其他人来获得你的消息。但只要我一出现，人们都会闭嘴沉默。我感觉他们认为我是某种非自然的产物。我不知道他们是否已经原谅我对这个小镇的所作所为。或许他们根本就没有意识到，这一切都是拜我所赐。但是没有人能原谅我，因为我断了与你的关系，现在的我甚至比一开始更孤单。

你不会收到这封信，因为我不打算把它寄出去。等战争结束，你回来后，我会把它拿出来交给你。

到那时候，除了请你阅读这封信，我不会再有其他要求。

你的母亲

克努兹·埃里克没有在纽约上岸。陆地比海洋更令他恐惧。他疑心一旦双脚踏上码头，他将永远也无法重新登上舷梯。而那将是一种失职。他已不再是战争的组成部分，但仍在战场上的人们也未能履行他们的职责。是那些红点告诉他的。因此战争提供给他的，是在两种失败之中做选择。独自一人在驾驶桥上时，他履行了自己的职责，对盟军的，对这场战争的，对即将到来的胜利的，对船队和货物的。但他没有履行对那些尖叫求助的溺水者的职责。他感觉每一个溺水者都在呼唤自己的名字。

维尔耶姆去上东区拜访伊萨克森和克里斯蒂娜时，克努兹·埃里克短暂地犹豫过，也想随行。他上次见他们还是在克拉拉的坚信礼上。礼毕后，他还受邀去参加了晚宴。但他最后还是摇头拒绝了。他更喜欢船舱里的孤独。他蜷缩在里面，仿佛蜷缩在一座空袭避难所中。

有一些男人，每当害怕自己会失去勇气时，就会开始清点女人，仿佛回忆在外国港口征服女人的经历能让他们感到更强大：天平的一边是女人，另一边是死亡。回忆能给予他们一种平衡感。

克努兹·埃里克本可以上岸去，改变自己的处境的。他三十一岁，没有结婚。不晚，但——正如他经常告诉自己的那样——也不早。他无法安宁，而且认识许多女人。阻止他做出最后选择的并非不成熟的欲望。他犹豫不决的原因，他既不能想清楚，也不能明确表达。他有时还会想起索菲小姐，那个在他十五岁时捧着他脑袋的疯女孩。她当然不是阻止他结婚的理由吧？他几乎都不了解她。而且她的行为，在少年时的他看来，是神秘且不可抗拒的，后来回想也不过是年轻人的自命不凡。但她似乎对他下了一个咒。她通过突然消失——消失的理由有无限种，可能是爱情探险，也可能是遭遇了暴力谋杀——将他和自己绑在了一起。他在海港酒吧也好，在马斯塔尔脚踏实地的女孩们身上也罢，寻找的都不是她的影子。但他确实少了点什么；每当他急切寻找时，它就消失了。

他曾和马斯塔尔的卡琳·韦伯订婚，后来对方毁了约。"你总是如此遥远。"她这句话，并不是指水手一贯的缺席。而他对此也心知肚明。

他内心的某个部分强烈地渴望能有一个家庭。他需要有一个人可以思念。他需要有一个平衡物，能帮他抵消战争造成的可怕影响。但这些在港口酒吧是寻不到的。他是一艘不系之船。

他坐在自己的舱室里，就像隐居在单人小室的修士，但他的孤独没有任何教诲意义。他清点着红点的数量。他将自己的心切分成小小的碎片。他对生活的梦想像孩子的沙堡一般崩塌了。

在利物浦，他试过弃职离船。他在逃避自己的职责感。曾经帮他保持平衡的威士忌，也同样能让他失控。在利物浦，他就失控了。

就连每天刮胡子也变成了一种折磨。不对着镜子该怎么刮胡子呢？刮胡子是他在彻底腐烂前的最后挣扎。他知道这对德国战俘营里的战俘是一条不成文的法则。而那正是他对自己的感觉：他就像是一名战俘。他已经落入敌手。只不过敌人在他内心。

上一趟航行他们运载的是满仓的弹药。一旦被击中，就意味着彻底的毁灭：不可能有人幸存下来，在水中发布红色求救信号。如果雨云号消失在一团巨大的火焰中，那么连船长的帽子都不可能保住。他发现自己竟然在幻想，死亡可能会带来的解脱。但是没有鱼雷命中他们。也没有炸弹穿透甲板，击中货舱。

是的，雨云号是一艘幸运之船。它稳稳地穿过了溺水的人们，而他诅咒这一切。

船上的无线电设备能接收英国空军的电台频率。穿越大西洋后，即将抵达英国海岸时，船员们会聚集在驾驶桥上，收听空军指挥官与飞行员的对话。他们听到"祝你好运，狩猎成功"，这句话意味着一场生死之战即将开始。他们叫喊着鼓舞士气，支持自己的队伍。他们诅咒那些不闻其声、只偶尔能一瞥其行迹的敌人，因为战斗就发生在他们头顶的空中。他们握紧拳头，额头上青筋暴起。他们为飞行员加油呐喊，听到他们在广播中发布警告，或者是因为胜利而激动地叫喊，然后冲进高空。也有时候，飞行员突然瘫坐在座椅上，被子弹打成碎片。这些人为船队献出了生命，水手们都希望能用甲板上的永恒等待，去换取进入飞行员露天座舱的机会。相比于被动等待受死，他们每一个人都更渴望主动送别人上路。在运送货物的途中，他们无比激动，如果有人给他们发左轮手枪，他们应该很难控制得住，会疯狂地冲彼此开枪。

克努兹·埃里克是唯一一个不曾幻想过开枪的人。他应该更希望成为被射击的目标。他欢迎他们对他扣下扳机。他很乐意满足他们的愿望。

克努兹·埃里克拦住了手提行李箱下舷梯的沃利。他听那小子吹嘘过箱子里的东西，是他在纽约弄到的，有尼龙长筒袜、橙红色的绸缎胸罩和蕾丝短裤。

他努力不让身体摇晃。"带我一起去，"他粗声粗气地说，"我想看看那些内衣能给你换到什么。"这本是一句请求，他却说得像是命令。而且不是船长想维持船员对他的敬意时发布的那种命令，而是类似于"带我去贫民窟，让我们一起堕落"的那种命令。

他走出单人小室，原本想不靠武器而自杀。

安东和维尔耶姆不在船上。如果他们在，应该会阻止他。沃利还不成熟，没有那样的经验。克努兹·埃里克看到男孩的目光闪烁了一下，但他知道这小子不敢提出任何反对意见。

"遵命，遵命，船长。"这就是他的全部回答。

这时阿布萨隆走了过来。"但是，船长……"他说。

克努兹·埃里克听得出来他是想反对。毕竟，下船就相当于要弃船。利物浦的码头正在遭受持续轰炸。他们必须不断更换系泊地点。在这样的情况下，船长不能一走了之。这样的行为等同于玩忽职守，是不可原谅的。没关系，他刚刚才被迫把这一条列入自己的罪行清单。他耸耸肩。"维尔耶姆会负责的。"

阿布萨隆移开了视线。

在去火车站的路上，克努兹·埃里克一直和沃利保持着距离。道路两旁是一排排被炸毁的房屋，瘦骨嶙峋的男男女女正在瓦砾堆中翻找着。他和沃利保持距离，并不是因为他们之间有什么敌意。他是船长，他们只是想维持他仅存的尊严。

他曾告诉过沃利，自己不是他的哥们儿，此刻他却想成为那个角色。一种自我厌恶的感觉像毒药一样扩散开来。他希望自己能被毒死。

克努兹·埃里克在开往伦敦的火车上睡着了，到站后沃利叫醒了他。他茫然地环顾着包厢。在纽约和英格兰之间往返总给人一种时空旅行之感。美国永远存在于战前世界，人们都营养充足，一张张脸都健康而充满活力。而英国人却已面无血色，看起来就像一张张扔在尘封阁楼上旧相册中模糊泛黄的照片：上面全是几乎已被遗忘之人，在一片口粮不断减少的阴暗大地上，茫然地过着日子。

他们刚走出火车站，空袭警报就响了起来。时间是夜里，浓重的黑暗横亘在房屋之间。他们呆站了一会儿，不知该做什么。看到有人奔跑，他们也跟着往同一个方向跑。不知在什么地方，有一道淡淡的红光在闪烁，这意味着那是一座防空洞的入口。他感受到了其中的讽刺意味。在海上，红光意味着又多了一条生命压在他的良心上。但在这里，它却意味着救赎。一时之间，他只想站在原地，等待炮弹像雨点一般倾泻在身上。阿布萨隆看出他的犹豫，一把抓住了他的胳膊。

"这边走，船长。"

他任双腿控制着身体，跟着其他人继续奔跑。

防空洞里没有灯。他们紧挨着坐在一起，被漆黑的夜色包围。克努兹·埃里克能听到低语声，还有一声咳嗽，一个孩子哭了起来。他和沃利、阿布萨隆走散了。身处完全陌生的人群中让他感到解脱。能闻到没洗澡的身体和发霉衣物散发出的浓烈气味。就在地堡上方，一架防空炮开始射击，空气都在震颤。接着炮轰开始了。粉尘和泥土从天花板上落下来，仿佛死神长出了双手，正在小心地触摸他们的脸，然后紧紧将之抓住。他听到喘气声和耳语声。有人控制不住哭了起来，另有人在小声安慰，接着一个吓人的声音吼道："看在上帝的分上，闭嘴好吗！"

"放过她吧。"另一个声音插话道。

"我们能回家吗？"一个孩子乞求道。

一个小女孩尖叫着要找妈妈，一个老妇念起了主祷文。附近有一颗炸弹爆炸了，整个大地都在摇晃。有那么一个瞬间，克努兹·埃里克希望这座防空洞能被震塌，倒在他们身上。所有人都安静下来，仿佛死神让他们噤了声。

接着他感觉到一只手握住了自己的手。是一个女人的手，纤细而小巧，但手掌却因为劳作而结满了茧。他安慰地抚摸着它。他感觉到她的脑袋靠在了自己的肩头。于是他在黑暗中将这个陌生女人搂在了怀里。又一颗炮弹落了下来，防空洞的水泥墙在压力下发出嘎吱的声响。有人哭了起来。紧接着是许多尖叫声，很快连黑暗也开始颤抖，因为被困其中的人们再也控制不住，歇斯底里地哭喊起来，还有鼓点一般的炮火声作为伴奏。

女人用双手搂住克努兹·埃里克的脖子，开始贪婪地亲吻他的嘴，然后笨拙地摸索着他的大腿根。他的手滑进她的外套，感受着她胸脯的轮廓。她用火热迎接他。周围的尖叫声仿佛是一堵围墙，他们在盲目而粗暴的欲望中接纳了彼此，炮声支配着他们的动作节奏。然而，在那具与他结合的不知姓名的柔软身体中，却蕴含着一种无私的温柔。她给予他的是生命本身的温暖，他也用同样的温暖回应。最后，他们欢愉的呻吟与周围刺耳的嘈杂声混为一体。

有那么一个瞬间，他摆脱了那些小小的红点。

几小时后，防空洞上方的防空炮停止了射击，警笛发布了危险解除的信号。门外是一条漆黑的街道。此时一定是午夜。

克努兹·埃里克在跟随人群逃往出口的途中与她走散了。或许他是故意让她走的。也或许是她想放他走。外面有火焰在燃烧。他借着闪烁的火光扫视着一张张脸。是她吗？还是她？是那个用围巾包裹住脑袋、目光盯着地面的年轻女人吗？

还是那个脸色难看、正在房屋燃烧的火光中往脏污的嘴唇上补口红的中年女人？他不想知道。他和那个不知姓名的女人都得到了各自想要的。面孔和名字并不重要。

他在伦敦待了三天。

他在后院里做，在酒馆厕所里做，在酒店的床上做；他在轰隆的炮火声中做，在除了自己与随机同伴的喘息声外没有任何其他声音的时候做。一直到寂静与黑暗融为一体，将他裹挟。他和男人们喝酒，和那些与他有着相同感受的女人性交。炸弹落下的时候，没有人知道，谁即将加入数字正不断增长的死亡大军，谁的工作场所已经变成废墟，谁的家庭被埋在倒塌的房子下面。他们都生活在如此强烈的恐惧之中，以至于尚未遭受损失，就已被恐惧吞噬了。每一秒都是一次重生，每一个吻都是一次缓刑，每一次在陌生人怀抱中的颤抖呼吸都是一个热爱生命的宣言。每一次酩酊大醉——克努兹·埃里克寻求且已经实现的永久性烂醉——都是一个礼物，因为它就像一颗射进大脑的子弹，铲除了他所是的一切，他的脸、他的名字和他的过去，也释放了他体内的所有饥饿。那三天，他只感觉到自己对生命的坚定渴望，再无其他。

最后一夜，他们收拢行李箱中剩余的物品：内衣、尼龙长筒袜、咖啡、香烟和美元。尤其是美元。他们装成美国佬的样子，租了一间足足占据了一整层楼的酒店套房。他们自己去找女孩带回来，慷慨地给服务生发小费。门房盯着他们的账单，钱快花光时就主动提醒。他们狂饮大吃，跳舞，嫖妓，就这样又度过了一个空袭之夜。沃利负责操纵留声机。

他们在莱娜·霍恩①的歌声中起舞，不停歇地狂饮啤酒、威士忌、杜松子酒和干邑白兰地。

十一点，空袭警报响了起来。服务生重重地捶门，招呼他们去地下室。

"我建议大家留下来。"克努兹·埃里克说。他已经不再用命令口吻了。他现在不是船长，而是一群哥们儿中的一个。

"遵命，遵命，船长。"沃利向他敬了一个举手礼，然后给自己倒了一杯干邑。

他们关闭电灯，打开窗帘。外面，探照灯正从低处扫着夜空。第一批炮弹落下来了，一开始很远，后来近了些。听起来就像是鼓手在进行伟大独奏前的试音。酒店大楼在摇晃，他们躲在床下。他们知道床垫无法提供保护。但与他人身体的亲密接触能。本能占了上风，性爱让他们坚不可摧。

爆炸声越来越近。外面偶尔有一道紫光闪过，刺眼的光芒在天花板上形成光斑。每当他们混乱的头脑逐渐恢复理智，想着应该立刻离开，前往安全的地下室时，他们都会将怀里的女人抱得更紧，钻得更深，欲望和恐惧驱使他们冲上狂喜的巅峰。随后，他们一起瘫倒下来，四肢瘫软、筋疲力尽，摊开手臂，短暂却充满喜悦地打个盹儿，仿佛已经安全度过这个夜晚。

但他们并没有。轰炸不肯放过他们。恐惧感又回来了，

---

① 莱娜·霍恩（Lena Horne，1917—2010），美国女演员和歌手，因动人的歌喉而被发掘到百老汇献唱，1938年初登银幕，是第一个与好莱坞大型制片厂签订长期合同的非裔演员。

还带着它永远的伙伴、同盟和密友：欲望。床下的黑暗中，有人会提议："交换？——谁想跟我换？"然后他们会匆忙移动，肚皮贴着地板，爬到一个尚未涉足过的新的爱巢。那里有新的怀抱、新的贪婪的嘴、新的濡湿在等待着。与此同时，德军轰炸机仿佛在伦敦的屋顶上敲响了定音鼓。

最后，一切归于平静。他们从床下爬出来，拉上窗帘，一起躺在原封未动的床上。

他们已经赢了。

玛丽·卢肯巴赫号被炮弹炸毁时，克努兹·埃里克就在现场。

当时雨云号正跟随编队航行在北极圈以北的海域，将前往苏联为红军运送补给。天气很好，能见度很高。他们就在玛丽·卢肯巴赫号后方半海里的位置。

他们在驾驶桥上看着这一幕，谁都没有出声。他们之前也见过油轮被直接击中，见过火焰蹿到两百米高空。但他们从没见过眼前这样的景象。克努兹·埃里克也没有。但让他们闭嘴的不是恐惧，而是解脱。

德军的那架容克轰炸机在水面上飞得那样低，几乎是贴着海浪飞行。在距离玛丽·卢肯巴赫号三百米远的海域，它投下鱼雷，随后从那船的甲板上空呼啸而过，这时却被机关炮击中了。其中的一台发动机里蹿出了小小的火苗。

接着鱼雷命中了目标。

上一刻玛丽·卢肯巴赫号还在那里。下一刻海面就变得空无一物，只剩一片和爆炸声一样骇人的寂静。没有大火的痕迹，水面也没有任何残骸：只有一团黑烟，它正以慢得惊人的速度升向天空，仿佛拥有抬起千吨钢铁并一起运走的力量。

烟雾连绵不断地升向几千米之上的云层，在那里慢慢散开，直至覆盖了半边天空。黑色煤灰像雪花一样，无声地落在海面，仿佛刚刚的爆炸声来自火山，而非战争。

不会有小小的红点，这是克努兹·埃里克的唯一想法。刚刚有五十个人被抹除了，就在他眼前。一分钟之前，透过双筒望远镜，他还看到炮手蹲伏在机关炮后面，一个在餐厅侍应的黑人男孩正端着一个托盘平静地横穿过甲板。现在他们都消失了，而他只感觉到解脱。他被放过了。不是被他悲惨的人生放过，那已不再是他珍视的，而是他破裂的良心。

他们的袭击一波接着一波，每次都有三十到四十架轰炸机，飞行在距离水面只有六七米的低空，黑压压地擦过灰色的海面。机翼上安装的警报器发出令人恐惧的号叫声，其设计目的是逼疯敌军，削弱他们的反抗能力。机上装载的20毫米口径的机关炮对船队发起连续轰炸，白色和红色的曳光弹扫射在甲板上，与此同时，飞机一颗接一颗地投掷鱼雷。甲板上缺乏经验的炮手慌乱中顾不上瞄准目标，子弹击中了救生艇和周围船只的驾驶室。

船员们不由自主地发起抖来，却不得不佩服德军飞行员的勇气。他们以自杀式的坚定决心，冲进一堵熊熊燃烧的火墙之中，哪怕船队护航的驱逐舰上有4英寸炮正在瞄准。

接下来被击中的是瓦科斯塔号和帝国史蒂文森号，随后是麦克白号和俄勒冈号。

五分钟后，一切都结束了。这时有一架亨克尔战斗机紧急迫降在船队中央的海面上。机身漂浮在水面，机组成员爬出机舱，站在一侧机翼上，高举双手投降。他们不再是敌人。失去了机械武装，他们只是毫无防御能力的人类。他们不停地环顾四周，仿佛是想看清周围船只栏杆旁每一个水手的脸。之后他们温顺地垂下头去，等候着判决。

突然传来一声枪响。一名飞行员捂着肩膀半转过身，然后跪了下去。第二声枪响结束了他的性命。他的上半身向前重重地摔进水中，下半身却依然留在机翼上。剩余的三名飞行员在他四周奔逃，慌乱地寻找掩护。有一个试图爬回座舱，却被击中了后背。他倒了下去，翻滚着坠入水中。最后两名飞行员跪了下去，紧握双手恳求饶命。

他们明白了正在发生的事。他们没能转变成功，没有变成人类。他们依然是敌人，证据就悬在他们头顶，以黑云的形式，而那黑云就是曾经的玛丽·卢肯巴赫号。俄勒冈号就横在旁边，被三枚鱼雷击中右舷，此刻已经倾覆，正缓慢地下沉。有一半船员幸运地淹死了，其他的则被救上圣基南号，躺在甲板上，吐出一团团油污。他们的四肢已被严重冻伤，可能不得不截肢。

克努兹·埃里克回想起那些夜晚，他们在雨云号上收听英国皇家空军频道时的情景。当时他们每一个人都渴望能与德军面对面地战斗，射光左轮手枪里的每一发子弹。终于，敌人就站在他们眼前，不再是以一架战争机器的模样，而是以一个人的面貌，一个能被他们伤害、可供他们复仇的脆弱的人。他们终于等到机会，可以补偿人生中的严重失衡。克努兹·埃里克曾经极度渴望能被敌人的子弹射中。现在他却和其他人一样，感受到相同的杀戮欲。急切又强烈。他内心的失衡比任何一名船员都严重。

他看到那两名飞行员跪在失事战机的机翼上，而周围船只的栏杆边，挤着好几百名水手，有的手里还拿着枪，也有炮手仍坚守在机关炮后面。他们毫无顾虑地开了枪，仿佛是在夏季游乐园的打靶场上。他们可能感觉到，自己终于又变回了人类，因为人类是不会挨了打而不反击的。他们正在反击。

子弹射进战机周围的水里。幸存的两名飞行员中，有一个被击中，身体向后倒了下去，仿佛是被一只强大的手推倒的。这一幕证明，他的生命是多么不值，他的祈祷是多么无用。他一定是被一架大口径机关炮射中的。他落在水中，很快就消失了。

最后的那名幸存者重重地跌坐下去。他将紧握的双手松开，放在大腿上，身体前倾，露出脖颈，仿佛是在等待仁慈的一击。

射击声停止了，水手们都放下了枪。这一刻气氛变得无比庄重，仿佛所有人都屏住了呼吸，正在等待处决的完成。他们慢慢开始明白，刚刚的行为意味着什么。甚至不等彻底摧毁敌人，他们的嗜血渴望就平息了。

克努兹·埃里克将雨云号上的炮手推到一旁。他没有受过射击训练。起初机关炮的子弹都射进了海里，在海面拉出长长的泡沫纹路，然后才击中机翼。终于，它们命中了目标。

现在，克努兹·埃里克又杀了一个人，他内心的一切都崩塌了。他倒在机关炮上哭泣，全然不顾滚烫的金属炮筒正在灼伤手掌上的皮肤。

在沿着北纬74度线绕过熊岛①的途中，他们接到英国海军总部发来的一条新命令：分头行动。这一次船队是从冰岛的鲸鱼湾出发的。根据出发前收到的详细指示，以及在其他所有船队航行的经验，克努兹·埃里克明白，这道指令是一条死刑判决。编队航行有许多规则要遵守，但其中的一条凌驾于其他所有，那就是保持队形，相互支持。只有团结起来，你才能安全抵达。只靠自己，你就完蛋了，很容易成为U型潜艇的猎物，因为没有保护，就算沉船也没有人来搭救。

虽然安东在发动机房拼尽全力，但雨云号还是会有掉队的时候，每当遇到这种情况，船员们总会听到从经过的驱逐舰上传来的大喇叭喊话："掉队会被击沉。"至于这条新指令呢，与其说是提醒，不如说是一条死刑判决，一句永别，因为指令之后并没有以往总会伴随的那句肯定性鼓励："我们会再度相见。"

有一件事他们可以确定：货物必须运达。船舱里装运的坦克、车辆和弹药，将继续经由复杂的路线，被运抵一个遥远的前线。而德军和苏联红军在那里的战斗，将决定这场战争的结局——最终也将决定他们的命运。他们之所以知道，是因为这就是他们被告知的内容。但他们永远都不会明白这背后的实际决定机制。他们唯一熟悉的就是大海、袭击他们

---

① 熊岛（Bear Island），挪威最南端的一座岛屿。

的容克和亨克尔轰炸机、鱼雷留下的尾迹、爆炸和沉没的船只，以及在冰水中求生的溺水者。

他们对这场战争所做的贡献具有重要意义。他们必须相信这一点。但这条最新命令却要求他们放弃在船队中的位置，独自杀向莫洛托夫斯克①。那一刻他们意识到，之前的信仰毫无意义，并且开始推测这条死亡命令背后的原因。和以往每次形势不稳、面临重大压力时一样，他们的猜测最终成形，变成一种坚定的怀疑。他们回想起每次随船队前往苏联时，周围都萦绕着一个传言。那个传言久久不肯消散，顽固得就像烟囱里的烟、螺旋桨后的尾迹和追踪珍贵货物的鱼雷。传言就是：他们是诱饵。

德军的提尔皮茨号正埋伏在挪威的一条峡湾中。这是一艘四万五千吨级别的战列舰，为世界之最，足以威胁到北大西洋上的一切活物，是纳粹统治世界梦想的标志。这艘战舰的最大价值，或许就是充当那个符号。它很少离开峡湾去大开杀戒，因为那里有崇山峻岭的保护，是理想的藏身之地。相反，它被拴在那里，如同神话中的那匹巨狼，拿永远不会到来的诸神黄昏作为威胁。但现在末日即将到来，那匹位于世界尽头的狼终将挣脱锁链，咬住诱饵。

他们曾有过相同的经历，为此脸上布满皱纹，身体饱受冻疮的折磨，正是这种苦难的经历说服了他们。一旦船队中

---

① 莫洛托夫斯克（Molotovsk），1957年后改称北德文斯克，是俄罗斯阿尔汉格尔斯克州的一座城市。该市是俄罗斯北方舰队的重要基地，也是俄罗斯核潜艇的主要建造地。

的三十六艘船放弃结队航行，改为单枪匹马地奔赴白海沿岸的摩尔曼斯克[①]、莫洛托夫斯克或者阿尔汉格尔斯克[②]，德军无须动用提尔皮茨号上15英寸炮的压倒性火力，只需要U型潜艇就能轻松将他们击沉。现在护送他们的英国驱逐舰和轻巡洋舰都被召去追逐提尔皮茨号了，船队的三十六艘船失去了全部防御。是的，他们在劫难逃。他们是被自己的保护者骗进这个陷阱的。

他们痛苦地意识到，自己无足轻重。他们是可被牺牲的。

那他们运输的货物呢？在鲸鱼湾，他们被告知，船队总计要将二百九十七架飞机、五百九十四辆坦克、四千二百四十六辆军用汽车及十五万吨子弹和炸药运到苏联。英国海军官员难道打算牺牲所有那些物资，就为了吹嘘他们已让提尔皮茨号沉入海底？

他们不明白。整件事中他们唯一能理解的是，如果想活命，那么除了自己，谁也不能相信。如果他们最终没能存活，那他们的死也不是为了履行士兵的职责，他们的牺牲没有意义，因此无法从中获得安慰。如果他们沉入海中，那他们的消失不仅无关乎荣誉，而且都没有人知道他们曾存在过。

他们被内心的抗拒吞没了，但他们抗拒的不只是敌人，还包括朋友。就好像他们已经完全丧失了对敌友区别的判断。

---

① 摩尔曼斯克（Murmansk），俄罗斯摩尔曼斯克州首府城市，位于临巴伦支海和白海的科拉半岛东北部，是北极圈内唯一终年不冻港。

② 阿尔汉格尔斯克（Archangel），俄罗斯阿尔汉格尔斯克州首府城市，西北临白海。两次世界大战期间，这里是物资进入俄罗斯的口岸。

这条命令对克努兹·埃里克是一种解脱。它意味着，他不用再担心溺水者。从现在起，他只用担心自己和手下的船员。在良心煎熬自行耗尽后，他终于允许自己屈从于随之而来的愤世嫉俗。他唯一的优先事项是生存。他们将独自身处海洋中央，而那正是他向往的状态。只有他们，没有小小的红点。

他改变航线，打算北上前往希望岛[①]，一路上尽力贴近冰山边缘航行。浓重的冰雾覆盖了整片海洋。他命令船员将船身都涂成了白色。他们停船等了两天，连锅炉也关掉了，免得烟囱里冒出的浓烟暴露行踪。浮冰撞在船舷上，钢板发出类似于咆哮的低沉声响，偶尔还会颤抖起来，变成高声的尖鸣，给人以不祥感。船体显然是在传递一个信息：浮冰的压力但凡再大一点儿，雨云号的好运就将耗尽。

克努兹·埃里克回想起克里斯蒂娜号被困在冰层时的情景。建造帆船的沉重木材是有韧性的，它的承力方式和钢板不同，它会任由冰块冲击船身，直至最后原本可能将它压垮的力量变成支撑力量。

他无视雨云号船身的尖鸣。遇上浮冰总比遇上U型潜艇好。他梦想着雨云号会冻结成冰，一直冻到整个世界开始融化，所有武器都陷入沉默。他整个一生都在与大海搏斗。这一刻他接受了危险的浮冰，就像接纳一位好友。

[①] 希望岛（Hope Island），位于熊岛东北方向，巴伦支海中，和熊岛同属斯瓦尔巴群岛。二战期间，德军曾在该群岛广泛设置气象站。

他打开无线电收音机，邀请船员一起收听，和曾经收听英国皇家空军频道时一样。但他们听到的只有求救信号，一条接着一条，每一条都在大声求援，请求为他们举行葬礼。一艘船从被击中到沉没只需要几分钟的工夫。没有人来施救。船员们只能沉入冰冷的海水。卡尔顿号，丹尼尔·摩根号，霍诺姆号，华盛顿号，保卢斯·波特号……他们清点过，一共有二十艘。没有任何地方可藏，哪怕是在世界尽头的冰雾之中。

他们再度出发，雨云号沿着75度纬线以北的冰缘线航行，抵达新地岛后南下前往白海。路上遇到四艘救生艇，上面都是华盛顿号和保卢斯·波特号的幸存者。两艘船都是被一支容克-88轰炸机编队炸沉的。他们爬上救生艇时，飞机就从头顶飞过，飞行员快乐地冲他们挥手，还有一个摄影记者在录像，为德国的每周新闻片提供素材。他们没有回应。

华盛顿号的里希特船长上船后请求查阅海图。他弓着身子仔细查看了一番，询问能否给他一个指南针。他的船员仍旧缩在救生艇里。

"要指南针做什么？"克努兹·埃里克问，"我们会载上你们的。"

里希特摇头说道："我们宁愿自己坐救生艇。"

"就那艘敞舱的救生艇？最近的海岸在四百海里以外。"

"我们希望能活着靠岸。"里希特平静地注视着他。

克努兹·埃里克疑心这位船长是不是正遭受着弹震症的折磨，跟他说话时用的都是哄劝调皮小孩的和蔼语气。

"我们船上虽然不能提供床铺，但肯定能给你们找个暖和的地方睡觉。补给也充足，而且在这个天气下，我们能保持九节的速度。两天后就能抵达目的地。"

"你们知道船队其他船只的结局吧？"里希特仍旧用平静的语气问道。克努兹·埃里克点点头。"救生艇是最安全的地方。德国人不会浪费子弹在救生艇上。他们只对大船感兴趣。他们也会干掉你们。我感谢你们的好意，不过我们还是宁愿自己坐船。"

他带着指南针下了船。在救生艇上，他的人都在拍打自己的身体保暖。如果风吹起来，他们会被水花溅湿，然后被坚硬的冰壳封冻起来。但他们还是宁愿乘坐救生艇。

他们划桨的同时，克努兹·埃里克命令雨云号全速前进。他站在驾驶桥上，看着两艘救生艇消失。

第二天，一架容克轰炸机出现在海平线上，照直朝他们飞来。隔着老远的距离就能听到机载机枪发出的刺耳声响。驾驶桥上的炮手开始反击。驾驶室被击中了几次，不过驾驶桥上无人受伤。接着那架轰炸机开始投弹。这时它离雨云号已经非常近，几乎要撞上旗杆了。那枚炮弹在右舷附近的水中炸开，距离虽然没有近到能撕裂船舷，但已足够将雨云号半抬出水面，并且在船重新落回海面时，折断了发动机房的一根蒸汽管道，迫使发动机整个停顿下来。他们再也无法操纵这艘船了。

容克轰炸机掉转方向，嘶号着飞了回来。雨云号上的机关炮正竭尽全力开火射击。驾驶室又一次被子弹射穿，船员全都趴倒在地上。只有翼台上的炮手仍然站在原位。他们等待着将对雨云号造成致命一击的那声爆炸声传来。它的船舱里满载着英国瓦伦丁坦克、卡车和黄色炸药。如果它被击中，那么他们将没有时间爬上救生艇。他们都明白。

"那就来吧，该死的！"克努兹·埃里克骂道。

外面的炮手一直在射击，他的双手已经牢牢冻在了扳机上。这时候，透过刺耳的炮火声，他们听见那架容克轰炸机的发动机声在逐渐远去。那个飞行员最终决定放过他们了吗？他们还在甲板上，难以相信危险已经过去。当然，那架飞机随时都有可能重新回到他们头顶，届时他们就会完蛋。

四周是死一般的寂静。驾驶桥楼翼台上的机关炮也停了火。

"结束了。"炮手说。

他们挣扎着站起来，身体仍在抖个不停。容克轰炸机此刻变成了海平线上的一个小点。那个飞行员看到他们的时候，一定是刚刚结束一次远征，正在回家的路上。他一定只剩下一枚炮弹，便冒险一试。

雨云号再一次证明，它是一艘幸运之船。

亲爱的克努兹·埃里克：

把一个人踩进泥里，观察他在你脚下的样子。他在为了站起来而反抗吗？他在为他所遭遇的不公而哭喊吗？不，他只是待在那里，为自己所能承受的所有惩罚而感到骄傲。他的男子气概表现为愚蠢的忍耐力。

这样的一个人，当他被按在水下时，他会做什么？他会为了浮出水面而反抗吗？

不，他的骄傲维系于憋气的能力。

你任由海浪冲刷着自己，你看着舷墙被撞烂，你看着桅杆倒下后落入水中，你看着船最终沉入海底。你屏住呼吸，十年，二十年，一百年。在19世纪90年代，你有三百四十艘船；在1925年，你有一百二十艘船，十年后数字减半。它们都去哪儿了？乌拉诺斯号，燕子号，敏锐号，星辰号，王冠号，劳拉号，前进号，土星号，阿米号，丹麦号，以利以谢号，阿尼·玛丽号，菲利克斯号，格特鲁德号，工业号，哈丽特号——都已消失无踪，被冰块压碎了，被拖网渔船和汽船撞沉了，失踪了，被撞成碎块了，搁浅在桑多、博纳维斯塔、沃特维尔湾、太阳岩。

你知道吗？在纽芬兰航线上航行的船有四分之一再也没有返航。怎样才能让你停止？货物减少了吗？但是运费一直在降低，十年中降了一半。你接受了工资的降低，吃着更糟的伙食，咬紧牙关。你习惯了在水下屏住呼吸。

你远航去过没人敢去或者想去的地方。你是最后的造访者。

你的船上没有航海经线仪。你已经没有负担的财力。你再也不能计算经度。每当有汽船经过，你都会发信号询问："我在哪儿？"

的确，你在哪儿？

于绝望中
你的母亲

我们，被淹没的

沃利是第一个注意到的人。驾驶桥上的其他人都在监督
卸货时，他朝他们转过身，激动地问道："你们难道看不出
来，这是一个多么伟大的地方吗？"

　　他们都穿着粗厚的起绒呢料大衣，耸耸肩，然后远眺莫
洛托夫斯克的风景。海港里停靠的都是破损严重、即将沉没
的船。码头沿岸堆着高高的瓦砾，都是仓库留下的遗迹。这
是一片地势低矮、岩石嶙峋的风景。继续向远处看，隐约能
看到类似兵营的乌黑建筑，屋顶盖着防水油布。时值盛夏，
尽管太阳一天二十四小时挂在空中，依然无法让空气变得暖
和。身处这永恒的阳光之中，他们感觉像是被割掉了眼皮，
生活在一个睡眠已被彻底夺走的世界。嶙峋的灰色风景、阳
光，加上深知离文明世界无比遥远，这些因素共同作用，让
他们慢慢陷入一种头脑不清的嗜睡状态。

　　"去把精神病人的束身衣拿来，"安东吼道，"这个小伙子
疯了。他以为他在纽约。"

　　"这里可比纽约好。轮机长可能也像机房里的鼹鼠一样瞎
了眼，不过你们其他人当然明白我的意思。"

　　随后他们都明白了。正在船舱里卸货，往弹药箱上安装
滑轮的工人不是男人，而是女人。码头上手执机关枪巡逻的
也是女人，面容憔悴、衣着单薄的德军战俘正将箱子码在一
旁等候的运货卡车上。而每一个方向盘后面坐着的，也都是
女人，她们正准备驾车将物资运往前线。

"看看她的屁股。"海尔加指着一个女人说道。

其实看不到多少，她们都穿着毡靴和肥大的连体工作服，将曲线遮得严严实实。这些男人只能去猜测被那些不成款型的衣物隐藏的身体，猜她们是苗条还是粗壮。有些女人很年轻，不过大部分看样子都超过了三十岁。很难弄清她们的年龄。她们都长着宽脸幅，肤色都发灰，看上去并不健康。她们的头发都被帽子遮盖了，也有一些包着头巾。

不过这些都不重要。这些男人上一次登陆已是三个月前，光是看到船舱里和甲板上的女人，就足以激发性欲的最重要组成部分，那便是想象。他们开始兴奋地讨论，最喜欢女人身体的哪些部位，同时也在脑海中脱码头工和守卫的衣服，无比希望在那些粗糙、污秽的制服之下，每一个女人都是海报模特一般的美女，如同一只只被困在灰色茧子里的蝴蝶。

克努兹·埃里克身上穿的是船长制服。一般情况下，他是从来不穿的，不过众所周知，那些人只尊重穿制服的人，所以和苏联当局商谈时，如果想达成某个目标，那么明智的做法是，尽可能地打扮得正式得体。他注意到，有一个士兵一直在看自己。他觉得应该是自己的制服吸引了她。他迎上她的目光，没再移开视线。他看得出来，她身材苗条，年纪与他相当；她长着一头灰金色的头发，紧紧地梳成发髻，盘在后颈上。他不知道自己为什么要回应她的目光。是一种他无法控制的本能反应。不过他意识到，自己的行为可能会被当作挑衅。她没有移开目光，而是直接看了回来，仿佛是在测试他。他无法用任何其他方式来解读她的目光。不过他并不知道她的意图。

我们，被淹没的

一声巨响打断了他的注意力。一个弹药箱从滑轮上掉了下来，摔在码头上，盖子被弹了开来。一个德国战俘立即在里面翻捡起来，可能是希望找到一些食物。两个女工死死地抓住他，将他拉了回去。那战俘挣扎片刻便放弃了，任自己被沿着码头拖走。卸货的进程没有停止。

刚刚一直盯着克努兹·埃里克的那位女战士大喊一声，是在发布一道简短的命令，码头工们便放开了那名战俘。女战士走到战俘旁边，打开肩上背的机枪的保险栓，只隔着很短一段距离开了枪。战俘瘦削的身影俯卧着倒在她面前。她快速看了一眼，仿佛是在确认他是否已死，然后又抬头看向克努兹·埃里克。这一次，他不再怀疑她的意图。她是在挑衅。

那天晚上，他独自坐在他的舱室里，喝着白天从来不碰的威士忌，等待大脑慢慢变得麻木。他丝毫不怀疑那个女人的身份。她是死神派来的索命天使。他无力抵抗这个疯狂——甚至令人讨厌——的想法，内心被欲望填满。自伦敦大轰炸的那些夜晚以来，他第一次勃起了。

小镇距离港口有两千米远，其实只是几座木屋环绕在一座广场周围。街道像辐条一般从广场延伸出去，但无法通往任何地方，几百米过后，就是荒野了。

镇上有一个国际俱乐部，那晚他们就去了那儿。第一眼看见的是一个熊布偶，装填得并不丰满，看上去瘦巴巴的，后腿直立，张着嘴巴，露出一排黄牙。两根尖牙被折断了，仿佛是有人害怕它会活过来攻击顾客，故意折断的。

桌子后面的一个角落里，一个秃顶男人坐在那里。他穿着白衬衫和红色背带裤，守着一个钱箱，旁边放着一根拐杖。在一座用锯得很粗糙的原木搭建的临时舞台上，一名手风琴师坐在椅子上。他也只能靠拐杖行走。两个男人都大约五十岁，胸前都挂着一排奖章。除自己人外，雨云号的船员在这个俱乐部只见过这两个男人。

他们大概清点了船队的损失。三十六艘船中，只有十二艘抵达了目的地。大部分去的是摩尔曼斯克或阿尔汉格尔斯克，只有雨云号设法抵达了莫洛托夫斯克，这意味着在这个女人的小镇，他们没有对手。他们在街上倒是见过其他男人，但与国际俱乐部里的收银员和手风琴师一样，要么瘸了腿，要么已经满头白发。

倒是有几个孩子向他们这群外国水手讨过香烟和巧克力。他们脸上有一种超越年龄的精明表情，看到有水手靠近，就会绽放出动人的微笑。

"去你妈的，杰克。"他们说道。这句问候语是英国水手教的。

"去你妈的，杰克。"沃利说完将香烟分给了他们。

俱乐部的啤酒有一股子洋葱味，他们便改喝俄国伏特加，不过尝着却像是变质的酒精，而且极有可能就是。除开未铺桌布的桌子，俱乐部唯一的家具是几张红色丝绒沙发，每次坐上去，都会激起一团烟尘。地板也污秽不堪。安东解释说，一个女人一旦使过机关枪，那么抹布对她就再无用处。

雨云号的船员坐在俱乐部的一头，莫洛托夫斯克的女人们则坐在另一头。夜里，她们脱下工作服，换上了像是拿制服改做的服装。她们还把头发束了起来，不过，桃心形的宽脸依然没有血色，也完全没有化妆。传说她们都是间谍，引诱外国水手以骗取秘密情报，这更增添了她们的魅力。不过，雨云号的船员并没有任何秘密。

"欢迎她们下手。"沃利说，"她们尽可以随心所欲地监视我。"他穿过舞池，从口袋里掏出一支口红。女人们的眼神都亮了起来，开始咯咯地笑。他将口红递给一个高大健壮的金发女人。那女人穿着一条已经褪色的蓝裙子，立刻开始给旁边离得最近的女人涂抹嘴唇。她们传递着使用那支口红，很快所有人的嘴唇都变成了鲜艳的红色，绽出了灿烂的笑容。沃利朝她们噘起嘴，俱乐部里又响起一阵此起彼伏的咯咯笑声。

他走上舞台，手风琴师尚未开始演奏今晚的曲目。他掏出几根香烟递过去，乐师收下并别在耳后，然后开始演奏。他一边跺着脚打拍子，一边挤压琴褶里的空气，风琴发出快速而强劲的乐声。

沃利又回到女人那边，冲她们之中的一位鞠了一躬。那女人一跃而起，动作轻快得出人意料。她将沃利带至舞池中央，然后将一只手搭在他肩头。沃利则伸出手臂环住她丰满的腰肢。女人的年纪比沃利大。她没有迟疑，带着他跳起他并不熟悉的舞步。一曲终了，她屈膝行礼，然后回到了自己的座位。

"那东西也没能让你有多大进展嘛，不是吗？"

说话的是安东。沃利朝着他转过身去。

"刚才只是初步切磋。一开始我只向她们展示少量精选商品。我会给她们时间思考。"

"如果必须花钱才能买到她们，那你对自己是没有多少自信的。"

海尔加轻蔑地看了他一眼，其他人都发出了反对的呼声。

"别假清高，"阿布萨隆说，"我们偶尔都会那么干。就靠你那张土豆脸，是不可能有机会的。除非你在抽屉里留几张钞票。"其他人都笑了起来。

"和我们一样，"沃利的声音中有一种反常的温柔，"她们有需要。我们也一样。可是，犒赏她们一下，又有什么坏处呢？我是说，她们的生活看起来也没有多大意思。"

克努兹·埃里克没有加入他们的谈话。他独自坐在那里，扫视着俱乐部另一头的那些女人。他的那位死亡天使在里面吗？他不确定自己是否能认出脱了制服的她。现在他明白了，之前他被吸引，是因为出人意料地看到女人拿机枪。他们曾凝视过彼此的眼睛。而且他有一种奇怪的感觉，如果她今晚在场，会试着再度吸引他的目光。他不用寻找她。她会来找他的。

然而，他仍在打量那些女人的面孔。大部分都很丰满，而且饱经磨砺，带着一种近乎认输的深不见底的疲态。这激起了他心底的柔情。但他此刻要寻找的并非人类，而是最极端的自我毁灭。

他们一连三个晚上都去了那家俱乐部。但他没有一次因为那道拥有穿透性力量的目光的凝视而感到不适，尽管女人们的确会打量他。他穿着船长制服，以便她更容易认出。可衣袖上的金色条纹及盖帽，吸引来的并非他想要的那个女人。

有个身穿绿裙的年轻女人，长着一双和她很像的眼睛，一直在看着他。可他却扭过头去，无视她表现出的明显兴趣。

舞会进行得很顺利。男男女女开始在对方的桌边落座。横亘在苏联女人和外国水手之间的那道藩篱已经倒塌。沃利这个经验丰富的年轻男人，对女人的需求很大。此刻——和以往一样——他成了全场的焦点。至于克努兹·埃里克，他一直待在红丝绒沙发上，没有进过舞池。

也就是在那天晚上，莫洛托夫斯克遭遇了空袭。德军的容克轰炸机将目标对准了港口。空袭警报拉响时，午夜的阳光正在海平线上闪烁。雨云号是港口停靠的唯一一艘船，因此成了一个显眼的目标。半醉的船员们从甲板跳上码头，惊慌地四处奔逃。这片地区没有庇护所，第一批炮弹已经落了下来。海港周围的高射炮正在激烈反击。操作它们的也是女人。

不远处有一些巨大的水泥管，能充当避难所，男人们都冲了进去。水泥管的直径够大，可以在里面直立。被击中的是一座早已被摧毁的仓库。远处一辆运输卡车爆炸了。刺耳的爆裂声在管道里回荡，男人们都跳了起来。是高射炮的大口径弹壳发出的声响。它们没能命中目标，像铁雨一般从空中倾泻而下。接着他们听到容克轰炸机在四周盘旋发出的尖鸣。随后一颗炮弹被引爆，发出低沉的隆隆声；或者是一架轰炸机被击中，坠毁在大地上。

高射炮持续出击。一个展开的降落伞从空中飘落下来，飞行员悬在绳索中，然后扁瘪地撞在地上，伞盖落在他身上。

他没有再钻出来，薄薄的伞布下没有任何动静。

警报声不久就平息了。雨云号依然停靠在码头旁边。它没有被击中，不过码头上的一个弹坑证明，形势一度非常危险。

克努兹·埃里克突然感觉到一股冲动，朝那个降落伞冲了过去。安东紧随其后。他掀起伞布，让那飞行员的脸露出来。只见他的蓝眼睛瞪得大大的，嘴巴也张得很大，仿佛被他自己的死吓坏了。他躺在一堆暗红色的内脏之中，下半身和双腿扭结成一个奇怪的角度；仔细看，他们能看出来，他几乎被撕成了两半。应该不是飞机被击中时受的伤，否则他不可能逃出机舱。一定是跳伞途中被操纵高射炮的女人们当成了射击练习的目标。原本为击落飞机而设计的重型弹药筒撕碎了他的身体，伞布上浸透着暗红色的血渍。一定是他落地的时候，血水从裸露的肠子里喷涌了出来。他们大脑中的某个部分停止了思考。

"没用的，船长。"安东最后说道。

克努兹·埃里克抬起头。安东以前从未称呼他为船长。但他却感觉到，这好像是几个月来第一次有另一个人类和自己说话。"什么意思？"他问。

"我知道你在想什么。你想理解你在这场战争中的遭遇，但任何尝试都是无用的。责备自己也毫无用处。唯一能奏效的就是忘却。忘掉你做过的事，忘掉其他人做过的事。如果你想活下去，那就要忘却。"

"我做不到。"

"你没有选择。我们所有人都一样。谈论它对任何人都没有任何好处。只会让事情变得更糟。有一天战争会结束。那时你将回归自己本来的面目。"

"我不相信。"

"我们必须相信,"安东说,"否则我不知道我们将变成什么样子。"他一只手搭在克努兹·埃里克的肩膀上,轻轻地摇晃着他。"好了,船长。我们得上床睡觉了。"

第二天,他看见了她。她身穿制服站在码头,机枪挂在皮带上。甚至不等抬头,他就感觉到她的目光落在自己身上,仿佛他们之间有一种秘密的联系,一种对于彼此存在的敏感在他们之间建立了一条纽带。他不明白这种联系的本质,她的目光从不曾发展为一个微笑或一个点头动作,因为那样可能会泄露她的真实意图。他便也有所保留。他们只是目光交会在一起。她的脸色十分僵硬,和其他士兵一样不可亲近,好像是在暗示他,这种目光交流不过是一种力量的试炼,唯一可能导致的结果,就是他们中的一位最终跪地求饶。除此以外,那张脸上再无其他信号。

一个突如其来的想法让他内心充满恐惧:她将再次处决一个在海港劳作的德军战俘。而且她是为了他才做的,仿佛一具死尸或许能为这日益紧密的秘密联系提供新的一环。不过最后什么也没有发生,这让他松了口气。

卸货进展得非常缓慢,他们推测要等上几个月才能离开。这时候,绝大多数船员都已找到女朋友,而且所有去俱乐部的女人都会涂口红。有几个画上了眼影,在两支舞曲之间的休息时间,还有人无所顾忌地牵起了手。

又过了七天，她出现在俱乐部。

看见她的时候，他感到很失望。她的眼睛一如以往地在他的后颈窝里激起了一种痒痒感。若非如此，他不可能认出她来。她浓密的灰金色头发梳成偏分，重重地盖住了额头。她也和其他人一样涂了口红，独自坐在桌旁，一直盯着他看。其他女人似乎有意在与她保持距离。他立刻起身，走上前去邀请她跳舞。此刻其他所有男女都在看他。雨云号的船长第一次加入他们走进舞池。

她穿的是一件刚熨烫过的白衬衫。嘴巴周围的皱纹表明，她可能三十五岁上下。生活在她的身上留下了印记，但她依然不失风韵。

让他失望的，并非她的外貌特征，而是此刻的她脱掉了制服，放下了机枪，和其他女人没有了区别。她不再是他的死亡天使。他之前误会了。她会看他，目的和任何女人看男人一样，那眼神中没有其他任何意味。他之前被自己所目睹和参与过的毁灭行径影响太深，对事物都失去了正常感受。他想寻求的只是遗忘，但他的渴求是如此强烈，以至于和一种自毁的欲望混为一团，难以区分。

他用双臂搂住她，而她也将身体靠在他身上。她是个出色的舞者，他们在舞池里待了很长时间。她的目光一直没从他身上移开。他看得出她眼中的渴望。她想要的，是他早已不再是的：一个人类。她想要他的温柔，他的拥抱。但他没有任何东西可以给予任何人，除了本身也在寻求释放的一种残暴而急迫的渴望。

她当着他的面射杀了一个毫无防御能力的人，让她自己也沦为环绕他的恐惧的一部分。她怎么还能有任何希冀？她怎么还能感受到温柔、爱、渴望，甚至是迷恋？她难道在他身上发现了某些他自己看不见的东西？她难道以为自己能在他身上找到救赎，一晚的欢爱就能将她在射杀其他人时就已永远失去的东西还给她？那种乐观从何而来？

或者她只是冷酷至极，能同时生活在两个互相独立的世界，一个是杀戮的世界，一个是爱的世界？他做不到。他对此十分确定。但当她将身体贴过来时，他的身体是有反应的，就好像他身体的某一个部分，依然抱持着一种其他部分早已丧失的希望。

几小时后，他们一起离开了俱乐部。他们没有说话。他没有像其他船员那样，专门学几句起铺垫作用的俄语。是的，不是，谢谢，你好，晚安，再见，你美，我们做爱，我永不忘记。她试着与他交流过几句，但每次他都只是摇头。

外面天是亮的，光芒仿佛在垂死挣扎一般缓慢燃烧着，但依然充满力量，照亮了北极圈以北的夏夜。她将脑袋靠在他的肩头。他对她的了解仅限于名字，伊里娜。不过他宁愿连这一条基本信息也不知道。他好奇伊里娜是不是等同于伊蕾娜。他从来没遇见过叫那名字的女孩，不管是苏联人还是丹麦人。但他总是觉得，这个名字代表着女性的高雅和脆弱。现在他就走在一个伊里娜身边，可她却是个冷血的女杀手。

他们要去的是沾有煤烟、屋顶盖有防水布的小屋。他推测那一定是兵营，但那里没有守卫，也没有武装封锁线。他曾听过一个故事，说一个水手被一个女孩偷偷带进一座这样的兵营。他们走进一间漆黑的大宿舍，在一张床上躺下来，水手刚脱掉裤子准备行动时，灯亮了起来。他连同他骄傲的勃起躺在那里，床边站了一圈女人，都直瞪瞪地看着他。

事实证明，这里的兵营是空的。他们在一间舒适的小屋前停下脚步，门上有一把挂锁。她找到钥匙，打开门锁。然后她拉下遮光帘，点燃一盏原油灯。一张床和一张桌子就是她所拥有的全部。桌上立着一张照片，他想里面的女人一定是她自己。照片中的她站在一片林间空地上，身旁是个穿着制服的士兵，他们还牵着一个大约五岁的女孩。阳光斑驳地洒在地上，男人和女人都在笑。那士兵摘了帽子，闲着的那只胳膊搭在伊里娜的肩头。她穿的是一件白衬衫，恰如她今晚穿的这件。

那两个人现在去了哪儿？士兵一定上了前线，或者已经死了。天知道那女孩的下落。她肯定不在莫洛托夫斯克，或许被疏散到了更安全的地方，在这个广袤国度的腹地？

伊里娜看到他的目光停留在照片上，便移开了视线。她扭头的动作让他觉得，照片中的男人和女孩都已经死了。她在床上躺下来，等待着他。他溜上去，将她搂在怀里。他用双手触碰她的胸脯。她的皮肤是多么柔软而温暖啊。除了这份柔软和温暖，他别无所求。他体内涌出的是需要，而不只是欲望——卑劣但无关乎暴力。他所需要的，只是触碰正在呼吸的、活着的肌肤，哪怕那份温暖来自一个早已习惯杀戮且杀人不眨眼的女人。

在她开枪射击之后，她看着他的时候，心里在想什么呢？是在寻求宽恕和理解吗？还是说，她在问自己，或者也在问他，他看着她的时候，看见的是否仍是一个人类？

他用手掌感受着她肌肤的温暖，感受着那份无限的柔软。他将脸贴在她赤裸的胸口，仿佛一个遭遇了船难的人钻出冰冷的海水，将脸贴在海滩上感受结实的大地。他想这样一直睡到永远，再也不离开，只存在于一片由女人赤裸的肌肤组成的大陆上，那片肌肤散发着暖意，向四面八方无限延展开去。

这时她哭了起来。她紧紧地抱着他，手指伸进他的头发，用一种恳求的语气重复叫唤着他的名字。一遍又一遍地，除了名字，再无其他。她正在被海水淹没，和他一样。他体内的一切都收缩起来。两个溺水者是无法拯救彼此的。他们所能做的，就是拖着对方一起下沉。

他挣扎着从她怀抱中摆脱出来。他做不到。一直以来，他都是孤身一人，哪怕当他将脸颊贴在她赤裸的胸口时。他注定要孤身一人。他本以为自己找到了一个死亡天使，结果却发现是人类。他无法应对。

他猛地坐起身，然后跳出门去，快速穿过空荡的兵营。四周回荡着他的脚步声，仿佛曾经住在这里、现在都已死去的那些士兵，又都回来了。

克努兹·埃里克刚吃完午饭，就接到了传唤。在他看来，这些召集他与苏联当地官方人员会面的命令就是传唤。来传令的是一个士兵和一个讲英语的官员，两人都穿着制服，都是女性。那位官员很年轻，自信的姿态表明，她认为自己代表的是某个伟大的立场。是苏联政府在通过她讲话，用的是比他高级的英语，而且都是命令的语气。

她涂了一层淡淡的眼影。他不知道她从哪儿弄来的那种化妆品。他从没在俱乐部见过她，而且能确定，她没有跟任何来到莫洛托夫斯克的水手厮混过。水手们传言，有些女人是间谍。如果这些传言有任何事实根据，那么她显然很有嫌疑。

会面内容一般都与货物有关。一点点细节对不上，就要引出无尽的讨论。他与会时总是抱着同一种逆来顺受的态度。他知道又要为这些官僚主义争论浪费一天的时间，又要被迫受一顿侮辱，内容都是批评盟军在这场战争中未曾动用全力。

不过，有一次，他却收获了一个惊喜：他们递给他一个信封，里面是给船员准备的支票。算是战争补助金。苏联人给每个船员的补贴都是一百美元，支票上还有约瑟夫·斯大林的亲笔签名。

"你要是想拿这东西去银行兑换一百美元，那一定是疯了。"沃利看着他递过去的支票说道。

"不管怎样，可能是伪造的，"海尔加说，"到时我们就会被捕。"

"我有个朋友，一个叫斯坦的家伙，弄到过一张这样的支票。于是他去了上东区的一家银行，想领取斯大林发给他的一百美元。出纳员拿着那张支票翻来覆去地看。'你有时间吗？'那人说着，将斯坦领上四楼去见经理。那位经理也盯着支票仔细看。我那个朋友和海尔加一样，以为有什么不对劲。'我给你两百美元。'银行经理说。'啥？'我的朋友倒吸了一口气。他不明白。'好的，好的，'银行经理又说，'那我出三百美元。'"

　　"我不懂。"海尔加皱着眉头说。

　　"因为那个签名。斯大林的亲笔签名，那可比支票值钱多了。"

　　但是这次会面与支票和货物都无关。那位官员请他去医院。

　　"我没生病。"他轻蔑地哼了一声。一定是弄错了。

　　"不是你，"官员严厉地说，"有个病人，我们希望你能把他带回英国。"

　　"雨云号不是医疗船。"

　　"那个病人状况良好，能照顾自己。不过我们不能继续照看他了。"

　　"那他能在船上工作吗？"

　　"那取决于你们想让他做什么。顺便一提，他是丹麦人。和你们一样。"他从未告诉过她，自己是丹麦人。看来她消息很灵通。

　　"那去看看。"他粗暴地说。

他以为莫洛托夫斯克的医院就在港口附近，但事实证明，是在离镇子很远的地方，在一条仿佛迷失在荒野的道路旁边。是一座低矮的长条形建筑，没有任何标志能证明这些粗糙的木墙内是一家医院。一个身穿肮脏连体工作服的大块头女人，拿着一根拖把在地板上搅动，想给人一种在认真打扫的印象，结果却注定要失败，反倒把地面弄得泥泞不堪。他们转身走上一条昏暗的长廊，脚步溅起水花发出响亮的声音。走廊里摆满了病床，从发出的呻吟声判断，应该都是些垂死的病人。

在一间挤得满满当当，几乎不可能再多塞一张床的病房里，有个人弯腰塌背地坐在窗边的一张高背轮椅上。他原本似乎是在打盹儿，被那位官员叫醒后，懒洋洋地抬起头来。他的大部分身体都被包裹在一条毯子里。不过克努兹·埃里克看得出来，他的左臂没了。他浮肿的脸庞涨得通红。

根据克努兹·埃里克得到的消息，这人已经在医院里住了四个月，所以他红脸不是因为日晒过度。这里是苏联，毫无疑问，到处都有伏特加在恣意流淌，哪怕是在医院。

那男人看到身穿船长制服的克努兹·埃里克，涨红的脸上立刻绽出一个迷人的笑容。他如此渴望将自己推销出去，克努兹·埃里克明白原因。他是急着想离开这个隐蔽之地，重返文明世界，不管那个文明世界此刻正在遭受怎样惨重的轰炸。

"我知道你是丹麦人。"男人用嘶哑的嗓音说道，仿佛已经有很长时间没有说话了。

克努兹·埃里克点点头，然后伸出一只手，报出自己的姓名。那男人急切地握住他的手，接着却显得有些犹豫，仿佛已经不记得自己的名字了，或者是想报个假名。之后他才说出名字。

克努兹·埃里克转过身去。那位官员正站在他们身后，像往常一样噘着嘴，露出一个友好而放松的微笑，仿佛是在恭贺两个失散已久终获团聚的亲戚。

“这个家伙随便你们处置，”克努兹·埃里克说，“关进地牢也好，当场枪毙也罢，我都无所谓。或者你们把他流放到西伯利亚去，或者随便哪个地方，在你们俄罗斯人流放不受欢迎人物的地点里随便挑一个。但是有一个地方他绝对去不了，那就是我的船。”

他头也不回地大步离开病房，一路踩着水花走出走廊。那位清洁工依然在那里忙碌，水桶里的水显然怎么也用不完。

“弗里斯船长。”那位官员追着他叫道。他不得不再次钦佩她的发音。她的英语口音堪称完美，而当她念起他的姓氏时，她的丹麦语发音也同样毫无瑕疵。

他离开医院，开始往莫洛托夫斯克走。他走了相当长一段距离，等到已经能看清镇上低矮的木头房屋时，一辆汽车在他前面停了下来。那位官员走下车，站在路中央。直到这一刻他才注意到，她的腰带上系着一个黑色手枪皮套。

“我想你应该领会这件事有多么重要，弗里斯船长。我是在命令你。你没有选择。”

“那欢迎你开枪打死我。”他冲那个枪套点点头，平静地说，“从此以后，就让那个变态做你们苏联的荣誉公民。我真的不在乎。但是他不可能上我的船。”

"当心你的措辞，船长。"

她转身钻回车上，车子掉头开回了医院。

他回到雨云号，下令立即开船。大副惊讶地看了他一眼。"不可能的，船长。我们得先把锅炉点燃，而且文件还没备齐。她们会追上来，强迫我们掉头。"

"看在上帝的分上！"他开始在驾驶桥上来回踱步，等待着不可避免的结局。当然，不到半小时，一辆卡车就停在雨云号前方的码头上。在它的后车厢里，有一把高背轮椅，上面坐着一个男人，膝头放着一个水手袋。那位女官员从驾驶室跳了下来。船员们都聚集在栏杆旁边，看着那个男人扬起一只胳膊冲他们挥手。

"你们好，小伙子们！"

女官员下令，让两个男人将那人从车厢里抬下来，然后抬上雨云号的舷梯。轮椅抵达甲板后，女官员嘲讽地向克努兹·埃里克敬了一个军礼。

"交给你了，船长。"

"我们一旦离开港口，他就会落海。"

"那完全由你决定。"

女官员说完转身钻进卡车的驾驶室，加大油门驾车离去了。

那个男人坐在轮椅上等待着。克努兹·埃里克穿过甲板，走到他身旁，然后转身面对着船员，此刻所有人都围拢过来，组成一个半圆，好奇地盯着这位新来者。

"我想介绍一下我们的这个来客，"克努兹·埃里克说，"他叫赫尔曼·弗兰森。"

维尔耶姆和安东都满脸震惊。和十八年前分别时相比，赫尔曼发生了巨大的变化，他的身体遭受了重创，整个人疲惫不堪。所以在听到这个名字之前，他们根本没认出他来。

"我们船上有几个人是他的熟人。但不是什么关系好的熟人。他是个杀人犯兼强奸犯，你们要是谁不小心把他推下了船，我会奖励一瓶威士忌。"

赫尔曼看着远处，似乎完全未被克努兹·埃里克的这番话所影响。

"与此同时，我们最好还是给你找个事做。"克努兹·埃里克说，"你已经休息得够久了。站起来。"

"我起不来。"

赫尔曼用剩下的那条手臂，平静地掀开身上的毯子。他的裤管膝盖往下的部位都是空的。他失去的不只是一条手臂。他的两条腿都被截肢了。

他们离开莫洛托夫斯克后，赫尔曼没有被扔下船。没有人为了那瓶威士忌奖品，将他扔到海底死无葬身之地，虽然他理当落得那样的结局。

"我保住了最重要的身体部件，"赫尔曼在餐厅里对身边围拢的人群说道，"我的右手。在不当值的漫长时间里，右手就是水手最好的朋友。我还能端起酒杯。除此之外，一个人还能要求什么呢？"他管那只手叫手淫的手。"来握个手吧，"他说着做了一个夸张的猥亵动作，"我洗过的。"接着他又扭了扭手臂上的那个文身。"这头老狮子还在咆哮呢。"

船员们都排着队向他问好。

赫尔曼白天的大多数时间都待在餐厅。吃饭时他帮忙布置餐桌，饭后帮忙收拾。他靠一条手臂勉强应付得来。这是一份有辱人格的工作，不过赫尔曼似乎并不为此而困扰。天气允许的时候，总有人愿意带他去甲板上转一圈。某个克努兹·埃里克不知道的人还装了一只滑轮，这样就能将赫尔曼抬上驾驶桥。有一天，他发现赫尔曼坐在驾驶室的高椅上，正用那只强壮的手腕操控着舵盘。

他曾严格命令，不允许给赫尔曼喝酒。他心里其实非常清楚，在这个命令的核心，其实隐藏着一种隐秘的渴望：他想让赫尔曼的生活变得难以承受。结果却是，他一次又一次撞见赫尔曼醉酒的样子。船上的某个地方，一定偷偷藏了伏特加。船员们在为他提供酒。他们对待他的方式，像是在对待一个吉祥物，而非一个杀人犯。

如果赫尔曼当初得手了，那么这艘船上有三个人不可能还活着，也就是维尔耶姆、安东和克努兹·埃里克本人。如果没有赫尔曼，那么克里斯蒂娜小姐的人生也会大不相同，她会走上一条更幸福的道路。伊瓦尔也仍会活着，还有霍尔格·耶普森。天知道那以后赫尔曼又在世界各地杀了多少人，就因为他们以这样或那样的因由挡了他的路。

但他还在这里，平静、悠闲、快活而友善，让自己很受欢迎。水手们似乎并未意识到，他是个魔鬼，只是因为被截了肢才看起来没有杀伤力。年轻人似乎尤其喜欢他。餐厅服务生往驾驶桥送咖啡时，曾说赫尔曼"是个了不起的家伙，有许多冒险经历"。

"他有一些很不可思议的故事。"服务生十七岁，来自纽卡斯尔，名叫邓肯。

"那他有没有给你讲过，他砸碎了他继父的头骨，砸得脑浆都溅出来？他当时年纪甚至还没有你现在大？"

他说完偷偷看了那男孩一眼，想知道这番话会引起怎样的效果。但毫无效果。男孩固执地看着前方。他对赫尔曼有自己的看法，船长不可能改变。

克努兹·埃里克完全明白这背后的原因。在战前，如果人们知道了真相，那每个人都会对赫尔曼避之不及。所有人都会避免与他为伍，而那些曾有胆量与他交往过的人，都会公开表达对他的蔑视。但是战争已经摧毁了他们的道德防线。他们已经见过太多罪恶，或许自己也曾犯过许多。一个餐厅服务生为什么要把船长的苛评当真呢？明明几个月前，他曾亲眼看见船长开枪射杀一位飞行员，而且当时那位飞行员已经跪在失事飞机的机翼上恳求饶命了。那么赫尔曼和克努兹·埃里克有什么区别呢？

战争让他们变成了平等的人。克努兹·埃里克只能寄希望于赫尔曼永远不会发现他自己做过的事。他能想象，赫尔曼如果知晓他克努兹·埃里克也曾向内心最卑劣的一面屈服过，一定会露出邪恶的笑容，叫嚣着："我没想到，你内心竟然有这样的一面。"

赫尔曼是为战争而生的。他那种人在战争年代会如同在家里一般舒适自然。他拥有安东所说的那种对于生存至关重要的能力：他能忘却。这个肌肉发达的残忍壮汉早已沦为一个无助的人形肉块，但他没有崩溃。他从不思考过去，而是会顺应时势。在他四肢健全的时候，他过着一种人生。现在他只剩下一条手臂，过上了另一种人生，可总归是人生。他就像那种你即使把它切成两段也无法对它造成任何伤害的蠕虫。他其实是个先锋。在战争年代，每个人都必须变得和他一样，不然只能崩溃而死。

"他在太平洋参加过夺取瓜达尔卡纳尔①的战役，先生。"

餐厅服务生依然站在那里。

"是他告诉你的吗？"

---

① 瓜达尔卡纳尔（Guadalcanal），位于南太平洋，是所罗门群岛最大岛屿。1942年8月到1943年2月，美军为保护与澳新之间的航道，掌握太平洋战场主导权，与日本围绕该岛展开了争夺战，以日本战败告终。

"是的，先生。他的船沉了。他在水里和一条鲨鱼搏斗了一个小时。他说你必须狠捶它们的鼻子或者眼睛。那是它们身体最脆弱的地方。但那条鲨鱼不停地回来。它们的皮肤像砂纸，能擦伤你的皮肤。"

"所以他在第三回合打晕了鲨鱼，擦破一些皮后逃了？"克努兹·埃里克无法控制声音中的嘲讽。

"不是的，船长。"餐厅服务生说道。男孩的声音中有一种天真，这让他感到很羞愧。"那条鲨鱼是被救援船上的人开枪射死的。不过，它撕掉了他腿上一大块肉，小臂上也撕走了一些。"

"那他或许给你们看过伤疤？"

"没有，船长。他说受伤的部位都被锯掉了。"

"这么说他的左臂和腿不是被鲨鱼吃掉的了？"

"对，船长。是最近才锯掉的，因为冻伤。"

雨云号的核心成员都来自马斯塔尔，包括克努兹·埃里克本人、安东、维尔耶姆和海尔加。然后是有一半暹罗血统的沃利，以及在斯图伯克宾长大但祖籍一定是西印度群岛的阿布萨隆，当时群岛中有一些岛屿还归丹麦所有。他们构成了雨云号上的丹麦船员队伍。其他船员则来自世界各地，有两个挪威人、一个西班牙人和一个意大利人；炮手都是英国人，餐厅服务生也是；另外还有两个印度人、一个中国人、三个美国人和一个加拿大人。这艘船就像是一艘漂浮在海上的巴别塔，正在与意图摧毁这座高塔的神交战。

是什么将他们团结在一起的呢？

是船长。他是船员中的脆弱核心。虽然被内心的冲突搅得疲惫不堪，但他是船上律法的体现。大家如果想活着抵达下一个港口，就必须遵守他下达的指令。

他们可曾思考过自己为何而航行？推动他们深入危险海域的，是职责、信仰，还是某种更深刻的东西？

在战争刚开始的时候，克努兹·埃里克曾经以为，他们之所以愿意冒着生命危险去战斗，是因为同一种道德态度，正是那种态度将他们团结在一起，让他们在暴风雨中下定决心，去拯救其他船员同胞。现在他已不再相信。但此刻并没有新的信仰能将过去的那种取代。

有时候他同意安东的说法：他们是被沉默团结在一起的。他们一旦开始阐述各自的想法，就会互相影响，所有人都会变得更愚蠢，一切也都会分崩离析。沉默不过是一条暂时的停战协议，他知道这种形势不可能永远持续。

"他最近又给你讲什么故事了？"

克努兹·埃里克从没进过餐厅，所以每次邓肯上驾驶桥给他送咖啡时，他都会询问。他的借口是，作为船长，他需要掌握船上正在发生的一切。

"他告诉我们，有一次他们被鱼雷击中，慌乱地爬上了救生艇。当时的海水像杜松子酒一样清亮。在被击中前，他甚至能看见鱼雷上的红白条纹。厨师从船上带下来一把斧子，爬上救生艇后开始砍栏杆。'你觉得自己在干什么呢，厨子？'船长问。'我想为我们在救生艇上度过的每一天做个记号。''你再这样砍下去，就没有第二天了。'"

邓肯讲到这里，停下来看着克努兹·埃里克，显然是在期待他的回应。因为赫尔曼在餐厅里讲这一段故事时，引发了哄堂大笑。

克努兹·埃里克没有笑。他抿了一口热咖啡。"他还说什么了？"

"是这样，几天之后，他们看到一个软木塞在海面随波起伏。四周看不见任何陆地的影子。但他们还是感到无比雀跃，因为有软木塞就意味着，陆地不会太远了。几个小时后，又一个软木塞漂了过来。依然没有陆地的影子，他们开始觉得奇怪，大海中央怎么会有这么多软木塞。就在那时，他们发现原来有一些船员在船头藏了一些威士忌，然后一瓶接一瓶偷偷地喝完了。赫尔曼就是在那时冻伤的。"

"为什么会冻伤？"

"是这样，您瞧，船长。他们开始抢夺威士忌。赫尔曼被推下了水。他说他花了很长时间才重新爬上船。"

赫尔曼把这场战争中发生的每一个悲剧事件，包括他自己经历的，都变成了一个笑话。他通过讲故事的方式，将那些无法用言语表达的道理传达出来，仿佛有些话语无须大声说出，你也能明白其中的真意。

听到船员们给赫尔曼取了个昵称叫"老滑稽"时，克努兹·埃里克意识到，现在将船员们联结在一起的，已不再是沉默。

而是赫尔曼。

邓肯转述的最新故事，是说赫尔曼懂得科学饮酒的方法。

在做手术期间，医生帮老滑稽摘除了多余的一些肠子，这就意味着他肚子里有了许多额外空间。他解释说那需要技巧，就像往船舱里装满货物，使其达到最大载货量。你使用的方法必须以科学事实为基础，而他找到了正确的方法。不过坦白来说，船员们倒是看不出赫尔曼喝酒有什么特别的方法。他和大家一样，也是一口干——唯一的区别就在于，他一口气能喝的时间更长。但他辩称，这当然就是他科学饮酒的证据。他从来都不需要停下来喘气。就这一点来说，他们只能同意。船员们一个接一个回舱室睡觉后，他仍然待在餐厅里继续灌。

老滑稽唯一一次遇到对手，是在布里斯托尔。当时船上来了一名年轻的救世军①官员，他希望能使船员都皈依主耶稣基督。老滑稽提议打个赌。如果这位传道者能把他喝倒，他就皈依成为信徒。而反过来，如果赢的是老滑稽，那个小伙子就必须永远退出救世军组织。

"那不只是谁更能喝的问题，"老滑稽说，"而是一场信仰与科学的争战。他有他的耶稣，而我有我的方法。不过最后是他赢了，那个浑蛋。我凌晨四点终于醉倒在桌子下面。直到现在，我都不知道他是怎么做到的。"

"那你现在是信徒了？"

"我是个守信的人，"老滑稽说，"我相信主耶稣基督，我唾弃撒旦和他的所有罪行。仁慈的主保佑我。因为他，我才能保住我这只手淫的手。"

---

① 1865年成立的一个以基督教为信仰的国际宗教及慈善公益组织。

他放下酒杯，画了一个十字，而他的左臂残肢也在不停地摇晃，仿佛也想加入享乐。

"可你现在还在喝酒啊。"沃利抗议道。

"只有领圣餐时，我才会碰酒。不过我经常去教堂。此外，我认为我应该感谢老耶稣。你们知道——"他环顾四周，船员们听得出来，故事还没到高潮时刻，"当那个救世军官员把我喝倒在桌子底下时，他意识到自己赢了。他站起身，将外套扔在地板上，大喊：'我和救世军断绝关系了！'当时没有人听懂他究竟是什么意思，直到他向我们解释。'我刚喝完第一杯酒，立刻就意识到了，'他说，'我喜欢喝酒。我赢不是因为主的支持，我赢是因为我喝得停不下来！'"

人们都围在餐厅餐桌边哄堂大笑。老滑稽在喝彩声中沉浸了一会儿，同时目光仍盯着杯中的透明液体。接着，他将伏特加举到嘴边，一口气喝干了。

"这一杯敬耶稣。"他说着打了个嗝。

在返回冰岛的途中，从阿尔汉格尔斯克和摩尔曼斯克出发的货船追了上来，他们组成了一支船队，总计有八艘。负责护航的有一艘驱逐舰，以及两艘由拖网渔船改装并配有深水炸弹的护航船。虽然并不能提供太多保护，不过除了压舱物，船舱里几乎是空的。所以英国海军总部可能认为，德军不会浪费弹药来攻击这些没有装载战略物资的船。但他们很快就会发现，德军的观点完全相反。

现在是 10 月，冰缘已经南下到更远的海域。他们尽最大可能地紧贴冰缘航行，但对驻扎在挪威北部的德国轰炸机来说，那点儿距离几乎可以忽略不计。秋天的大风意外地帮上了忙。大部分时候，天气都十分恶劣，狂风吹起时，飞机几乎不能离开陆地。不过巴伦支海的风浪再大，对 U 型潜艇也不会造成任何影响。

沃利站在船头的瞭望台上，一小时内就错误地发布了三次鱼雷警报。"是海浪上的泡沫纹路。"他抱歉地解释道。

"他很紧张，"安东从发动机房走了出来，站在驾驶桥上，抱怨沃利下达的掉头或停船指令毫无道理。

克努兹·埃里克仔细考虑了一下，说道："我最好还是换个人。"

"我一个人待在那上面，连个说话的人都没有，差点儿没被逼疯了。"沃利感恩地说道。

克努兹·埃里克下楼走进餐厅。赫尔曼和往常一样，像临朝一般坐在桌边。餐厅里只有邓肯和海尔加，在忙着准备晚餐。海尔加已经习惯了赫尔曼，也和其他船员一样，叫他老滑稽。他们有时还会谈起马斯塔尔。

自赫尔曼上船以来，克努兹·埃里克没和他说过一句话。这时，他走到赫尔曼身边，一声招呼都没打就直接宣布："到你该发挥作用的时候了。"他命令赫尔曼穿上冰岛针织套衫、粗呢外衣和油布衣裤，再戴上帽子，用羊绒围巾包住脑袋。接着，他又往赫尔曼右手上放了一只连指手套，给他的下半身裹上几层毯子和一层防水油布。最后克努兹·埃里克将他整个绑在轮椅上。

赫尔曼一副镇定自若的样子，只说了一句："我感觉自己像个小婴儿，要被带出去散步了。"他一次都没问过船长，自己要去做什么。

"祝你被冻死。"克努兹·埃里克说。

两个船员将赫尔曼抬上船首，将他的轮椅固定在那里，以免被船身的剧烈起伏掀飞。雨云号扎得不够深，船首并未被海水淹没，不过却被冰冷的水花整个淋湿了。克努兹·埃里克站在驾驶桥上，低头看着那个被绑住的人影，他似乎占满了整个船首。天道好轮回。曾经，赫尔曼命令伊瓦尔爬上船首斜桅去收拢船帆。现在，他自己也同样被暴露在风浪之中。

克努兹·埃里克看见他弯折手臂，举起一个什么东西递到嘴边。有人往他身上塞了一瓶伏特加。是的，老滑稽现在毫无疑问是他们的人了。

两小时后，赫尔曼举起右手：一枚鱼雷正向他们射来。

克努兹·埃里克下令掉头，安东在下面的发动机房立刻响应。这个人曾威胁过他们的生命，此刻他们却无条件地相信他。克努兹·埃里克花了一些时间来思考这件事的奇怪之处。接着他看到那道泡沫纹路就在船首前方。赫尔曼最后一刻才发出警告。

鱼雷快速往前冲，此刻瞄准了船队里的另一艘船，是邮轮希望山号。又出现了一道泡沫纹路，和第一道保持平行。两枚鱼雷都击中了希望山号的船腹，前后只差十秒。那艘邮轮断成两半，在汹涌的海浪中漂向相反的方向；前面的一半很快就开始下沉了。希望山号周围的水域挤满了人，穿或没穿救生衣的人都有。所有人都在奋力挣扎，以保持漂浮在冰冷海面的状态。

雨云号仍在全速掉头，此刻已经是船队里的最后一艘船。一艘拖网渔船靠了过去，克努兹·埃里克希望它是去搭救幸存者的。如果它投射一枚深水炸弹，那么水里的所有人都必死无疑。

希望山号的后半部分仍然漂在海面，甲板上出现了一个半裸的人影。是个水手，只见他将救生衣缠在了大肚子上，两条腿却露在外面。他爬上栏杆，然后跳入了水中。克努兹·埃里克看见他浮了起来，轻快地划着水，想摆脱船尾的吸力。此刻那船尾已经半竖起来，正迅速地吸着水，很快就将一头扎向海底。救生衣上的求救信号灯在灰色的海浪中闪烁着红光。

他曾见过许多次，知道那意味着什么：又一次背叛，他早已被粉碎的人性中，又有一个碎片正连同希望山号一起沉入海底。

接着他突然爆发了。

他将舵手掀到一边，下令全速前进的同时，将舵盘用力向左打。他们很快就抵达了希望山号正在沉没的船尾附近。克努兹·埃里克的目光紧紧地盯着那个正在水中挣扎的人。

那人仰着头，面朝灰色的天空，仿佛是在奋力呼吸。一道巨浪将他抬了起来，他消失在视线之外。等再次浮出水面时，他看上去像是在尖叫，可声音却被发动机的声响淹没了，克努兹·埃里克什么也听不见。接着那人周围的海水变成了红色。

在那一瞬间，克努兹·埃里克以为是拖网渔船发射了深水炸弹，以为马上会看到那个落水的水手被射出海面，胸口爆裂。但什么也没发生。他是被鲨鱼袭击了吗？也不像。或许他在落水之前就受了伤？

这时候，已经过去几分钟了，那个水手离雨云号已经非常近了。但他的生命几乎已到尽头。在冰冷的海水里，没有人能坚持那么久。

克努兹·埃里克下令彻底停船，然后冲到外面的驾驶桥上。他爬上栏杆，在那里站了片刻，摇摇晃晃的样子似乎是有所犹豫。

接着他跳了下去。

后来，当他试着对自己解释当时的情形时，说：我那么做是为了恢复自己生命的平衡。但在他跳下去的那一瞬间，脑中没有任何想法。那完全是一种本能的反应，就像眼睛受了刺激，会用手指去揉一样。有一个红色的求救信号灯在闪烁，他感到无比焦急。

他打破了编队航行基本的规则：永远都不能停船搭救溺水者。制定这条规则，不只是为了防止他们成为U型潜艇的袭击目标，也是为了阻止他们与身后的船发生碰撞。在许多案例中，一艘船偏航会引发一系列相撞事件，这往往会给被卷入的船只带去致命影响。

但是雨云号位于船队的末尾，因此后面不会有船撞上来。克努兹·埃里克从驾驶桥翼台上跳下去的时候，赌上的只是自己船员的性命。和战争中的每一次行动一样，坚持这条规则，却会打破另一条。他的做法是对的，与此同时，也错得离谱。

冰冷的海水撞在他身上，就像脑袋被踢了一脚。他立刻感觉到，寒气穿透他的衣服渗了进来。他将头钻出水面，大口吸气，急切地张望四周，几乎已经惊慌失措。他找不到那个溺水的水手。接着一道海浪将他抬举起来，他终于看见了。于是他奋力划水，朝那个水手游去，心跳得更快了。那溺水者的嘴巴依然大张着，现在他听到对方的尖叫声了，充满痛苦和迷醉。接着，信号灯的红色光芒划过他的脸，克努兹·埃里克这才发现，那个水手根本不是男人，而是个女人。她留着一头黑色短发，长着一双富于东方风情的狭长眼睛，此刻只能看见眼白了。要不是她在尖叫，克努兹·埃里克可能会以为她已经死了。

随后他够到了她。她的眼睛恢复了正常，目光却奇怪地看着别处，仿佛正集中精神应对体内正在发生的什么事。他想她一定是吓坏了。他开始拖着她往回游。现在得抓紧时间了。寒气已经扩散开来，他的身体正开始变得麻木。很快，他只能放手了。他没有救生衣，没办法一直漂在水面。

船员们都站在栏杆边上，大部分人都在给他鼓劲，仿佛他是一个即将抵达终点线的跑者。他们在船舷上挂了一把梯子。阿布萨隆正在最下面的一级上等待，一只手抓着梯子，另一只手则伸出来迎向克努兹·埃里克。汹涌的海浪已经将他里里外外都浸透了。有人扔下来一根绳索，克努兹·埃里克紧紧地抓住，任自己被拉到梯子上。接着阿布萨隆握住他的手，将他拉了上去。他的另一只手则托着怀里的那个女人，她似乎依然没意识到正在发生什么。她已经停止尖叫，嘴角浮出一个羞怯的微笑。在他将她猛地拉出水面时，她的小腹裸露出来，内脏散落在身上。死神已经让她的目光涣散，平息了她的尖叫。

他想将她扛在肩上，却被一个柔软的物体挡住了。他又低头看了一眼。有个东西从她的身体里钻了出来，但不是她的内脏。而是一条脐带。她的怀里抱着一个婴儿。一个小小的、满身皱纹、紫红色的人类婴儿，在水下分娩的婴儿。

生产过程一定在希望山号被鱼雷击中前就已经开始。在那样冰冷的海水中，只消几分钟的工夫，她就会被冻结成冰。这位母亲不仅在为她自己的性命，也在为她的孩子而挣扎求生。

克努兹·埃里克紧紧地抓住女人大腿下方的位置，将她举起来递给阿布萨隆。而在栏杆旁边，有无数只手向他们伸了过来。

就在这时，他听到水下传来深水炸弹发出的沉闷轰鸣，紧接着是海水重重跌落的声音。他闭上眼睛，知道从这一刻起，他怀里的这个女人成了希望山号唯一的幸存者。

我们，被淹没的

亲爱的克努兹·埃里克：

昨晚他们轰炸了汉堡，整个天空都被闪烁的火光点亮了。他们说，火焰一路蹿升到几千米的高空，把街道上的柏油都烤化了。整夜都能听到轰隆的声响，大得仿佛炸弹就落在艾尔岛。沃德鲁普的崖壁已经开始坍塌了。上一次发生这种事是在1849年，克里斯蒂安八世号在埃肯弗德峡湾爆炸，但汉堡比埃肯弗德峡湾远得多。

一个美国飞行员被发现淹死在尾巴海滩的外海，他的降落伞坠落在那片海域。德国人下令，清晨六点就将他下葬了。我想他们是不想引人注意，但我们都拿着耙子和水罐去了墓地，告诉他们马斯塔尔的习俗就是这样，要在清晨打扫家族墓地。我想德国人并不相信这种说辞。

除开那件事，岛上的德国人冷静又理智。

马斯塔尔的一切都很平静。一如以往，死亡来自大海。

渔民害怕网到尸体，所以今年夏天没有人吃鳗鱼，尽管它们比往年肥许多。

尽管有禁令，但许多人还是在后院养了猪。马斯塔尔一百年前一定就是这个样子，当时镇子的中心还有猪圈。然而，南面的世界却在燃烧，我们日日夜夜都能听见轰炸机的嗡鸣。

很少有水手去航海学院念书了，但是去的人却能收获镇上许多女人的注目。她们已经有两年多没见过自己的丈夫。

我不想评判她们。什么东西都缺，包括爱。就我自己而言，我戒掉了这个习惯，不再需要爱，但并非每个人都像我。而且随着年纪越来越大，我变得更加宽容。我错过了太多太多。有些是我自己的错，有些却不是。我曾有一个伟大的使命。我想让女人有机会去爱。现在我觉得我失败了。我的确达成了一些事，但不是为我自己。正好相反，我把你远远地推开了，还有伊迪丝，她现在住在奥胡斯，我很少能见到她。

我以前经常会想，当一个女人遇到一个男人的时候，她失去的不仅是贞洁，还有梦想。当她有了一个儿子，她失去的贞洁将得到回报，可她却将再一次彻底失去梦想。

我曾对你有那么多的期盼。但你想要的却是另一些东西。我感到失望，于是收回了我的爱。我从未学会无条件地去爱。我认为生活从不曾给予我任何东西，所以我决定拿走我想要的，为我自己。但生活并不打算与我讨价还价。或许一个人所能做到的最伟大的事，就是不求任何回报地去爱。我不知道。我觉得自己无法区分。而所谓的爱，在我看来，许多时候都只意味着痛苦的束缚和自我牺牲。

我每天都在想念你。

你的母亲

每个群体都有自己的传奇，结队航行前往苏联的船队也不例外。他们的传奇故事听起来很荒谬，几乎可以说是完全不符合自然规律。你听着听着，就会瞪大眼睛。但和绝大多数流行的传说不同的是，它们是真实的。摩西·亨廷顿的传说就是一例。

　　摩西·亨廷顿是个黑人，来自亚拉巴马。他是个水手，同时也是个踢踏舞者。他有一副深沉而悦耳的嗓音，会和着自己唱的歌跳踢踏舞。不过，并非这些才华赋予了他传奇地位，让人们都对他的签名趋之若鹜。

　　原因是玛丽·卢肯巴赫号。

　　克努兹·埃里克曾用双筒望远镜观察玛丽·卢肯巴赫号最后的时刻，当时他看到餐厅服务生正端着一壶咖啡横穿甲板，那个男孩就是摩西。一秒钟后，鱼雷击中了目标，玛丽·卢肯巴赫号原本所在的位置，只剩下一道圆柱形黑烟，蹿上好几千米高的空中，然后扩散开来，撒下黑色的烟尘。

　　玛丽·卢肯巴赫号消失了。但摩西·亨廷顿留了下来。

　　他在半海里外的地方浮出水面，被英国皇家海军猛攻号驱逐舰救了起来。没有人能解释他的幸存，尤其是摩西本人。那完全违背了自然规律。但它就是发生了。摩西还在活蹦乱跳地跳舞，这就是证明。所有人听到他的故事都会挺直腰背，更新信仰，重新相信战争结束之后还会有生命存在。

　　还有帝国星光号的斯泰因船长和他的中国船员。帝国星光号是历史上被炸次数最多的船。从1942年4月9日到1942年6月16日，这艘船几乎每天都会遭到德军战机的袭击：梅塞施密特、福克-沃尔夫、容克-88，凡是你说得出名字的战机都袭击过这艘船。有时，它一天遭遇的袭击就多达七次。帝国星光号被直接击中了一次又一次。它曾在摩尔曼斯克的附近海域抛锚，船员如果愿意，是可以上岸的。但他们没有。帝国星光号是他们的船，他们绝不会抛弃它。每一次遭到袭击后，他们都会将能修的地方修好。他们搭救其他船的幸存者。他们还击落了敌人的四架轰炸机。他们的态度是"敢来的话就试试"。他们不过是由一群中国船员和一个美国船长组成，但从未放弃。

在帝国星光号的最后时日里，船员们据守在岸上。因为到那时候，船已经残破不堪，他们无法继续待在上面。但他们一直划船往回走，不停地修补，好让它继续当他们的船，而且每过去一天，他们的情感就增加一分。

他们不会屈服。

恰如摩西·亨廷顿的故事，帝国星光号的故事听起来也让人难以置信。这违背了自然规律。但它就是发生了。这意味着，这种事有发生的可能。而听到这个故事的人都会咬紧牙关，高昂起头来。

然后还有蓝牙哈拉尔的故事，这个男孩出生在一片遍布U型潜艇、鱼雷、深水炸弹和溺亡水手的海里——那样的海域往往是生命的尽头，而非开端。

当他来到甲板上时，每个人都以为他死了，都围在他和他母亲身边，用沉默来表示哀悼。但他没有死，克努兹·埃里克切断脐带。他们用羊绒毯子将他包裹起来。虽然所有人都认为，不出几天工夫，他就要重回那片他刚刚浮上来的冰冷海水。但他没有。

雨云号上的丹麦人给他取名蓝牙哈拉尔。这艘船上已经有了克努兹、瓦尔德马尔和阿布萨隆①，那么再多一个丹麦早期历史上的英雄人物，叫他蓝牙哈拉尔又有何不可？② 不过，船上的丹麦人毕竟只占少数，所以他的名字当然被英语化了，最后写作Bluetooth。

正是因为用了这个名字，他才成了传奇人物。和摩西·亨廷顿、帝国星光号一样，他原本应该已经死了，却出乎所有人的意料活了下来。对他而言，借来的时间要从他第一次呼吸时算起。

他母亲没有反对这个名字，一恢复过来就同意了。而实际上，她恢复得非常快。新手妈妈都是十分坚强的生物。事实证明，她也是丹麦人，虽然外表看不出来。她的外祖母和母亲是格陵兰岛人，就连那里的因纽特人也是丹麦人的一支。她的外祖母是个基维托克，意即怪人，喜欢一个人在冰冠周围转悠，拒绝与其他人为伍。不过，她最后还是变了——而且相当彻底。她选的男人是个中年丹麦画家。他甚至从未见

---

① 克努兹，指克努特五世（约1129—1157），丹麦国王。瓦尔德马尔，指瓦尔德马尔一世（1131—1182），丹麦国王，瓦尔德马尔王朝的建立者。阿布萨隆（约1128—1201），大主教、政治家，瓦尔德马尔一世国王的亲密顾问。
② 蓝牙哈拉尔，即 Harald Blåtand，Blåtand 在丹麦语中意为Bluetooth，即蓝牙。哈拉尔蓝牙王，即哈拉尔一世（910—987），丹麦王国的最早统一者。

过自己的亲生女儿。这个女儿后来嫁给了一个姓史密斯的加拿大人。

她讲述自己的故事时，大家呈半圆形围坐在她身旁。她躺在船长室的床铺上——那已经是船上最好的地方了。不过贵宾当属蓝牙。他正依偎在母亲胸前，像是睡着了，仿佛最近没经历过什么惊人的事，只是平凡无奇地出生了。

蓝牙的母亲提到自己的父亲是加拿大人时，克努兹·埃里克俯身仔细打量起她的脸。

"索菲小姐。"他试探性地唤了一声。

"很久都没人这样叫我了。虽然我刚好未婚，但不要叫我夫人，也不要叫我小姐。倒也不是说这有什么关系。我还是用娘家的姓氏，索菲·史密斯。对，就是我。"

"利特尔湾?"克努兹·埃里克问。他不是在确认答案，只是不知道还能说什么。

"是的，克努兹·埃里克，我认出你了。你不用自我介绍。我们分别的时候，你叫我母狗。你还是从前那个英俊的男孩。你长高了，不过当时你毕竟还没完全长大。你的眼睛——和从前不太一样了。"

"你消失以后，我以为你死了。"

"是的，我想我欠你一个解释。那时候我很疯。我想见识这个世界，便和一个水手私奔了。他很快就厌倦了我，我也厌倦了他。我就自己当了水手。我是希望山号上的服务生。"她环顾四周，"其他人呢?"

"你是唯一的幸存者。"

她低头看着蓝牙，用一根手指爱抚他的脸颊。一行热泪从她脸上滚落下来。

"是克努兹·埃里克……"安东说。

她看着克努兹·埃里克。"我曾说过，你会淹死。不过，我当时只是在说些俏皮话。结果反而是你把我从水里救了上来。"

"我还有时间，"他说，"我是指淹死。"

索菲没有透露蓝牙父亲的身份，似乎也并不觉得这是多重要的事。如他们一开始所想，孩子的父亲并非希望山号某个已丧生的船员。他们觉得，蓝牙应该是某次萍水相逢的结晶，战争年代有许多这样的机会。她向他们保证，她从未打算在船队中央的公海生产，而且是在战争中最危险的一条航道上。她本打算在预产期到来前返回英格兰，但希望山号被困在摩尔曼斯克五个月。在苏联医院和海上这两个选项之间，她倾向于选择后者。

她在餐厅给邓肯和海尔加帮忙。一个司炉给蓝牙草草做了一个摇篮。赫尔曼像往常一样坐在餐厅里。不用被派到船首瞭望，或者照他的科学方法大灌伏特加时，他就会用那只手淫的手轻轻摇晃着小宝贝。老滑稽和蓝牙，一个是丑陋的战争偶像，一个是前途远大的叛逆人生的小小种子，一起构成了这艘船的核心。

雨云号航行至冰岛，从那里去了新斯科舍省的哈利法克斯，又从哈利法克斯折回利物浦。圣诞节他们是在大西洋上度过的。

老滑稽继续讲着他的故事。这时候，所有船员对蓝牙只有一个要求，那便是他的存在。而他的确存在于此。他弄湿、弄脏了尿布，那些尿布都是用茶巾和抹布改的；他又是打嗝又是咯咯笑，又是吮吸又是哭闹；他起了尿布疹，又得了腹绞痛。不过，最重要的是那些欢乐时刻：他的眼睛像望远镜一样，仔细打量着餐厅，仿佛那里就是整个宇宙，而他正在探索其中的秘密。二十个水手回望着他，仿佛是在凝望着画。他们都想抱他、逗他，都想他咬自己的手指、拽自己的耳朵。他们主动承担了换尿布和照看的任务，还会给出护理和饮食建议。他们一起贡献了大量育儿知识。索菲不得不承认，这远超她所掌握的。她生下了蓝牙，但毕竟是第一次生孩子，所以不是专家。如果有人能给出好的建议，她很乐意接受。

"他是消磁器。"安东说。

消磁器就是缠在吃水线上的一根电缆。它能逆转船身的磁荷，以防磁性水雷的攻击。那也是蓝牙的功用：他不只将船员联结在一起，还保护了他们，主要是保护他们不被他们自己所伤。从某种意义上来说，他帮他们在汹涌的大海中扎下了根。

与其说，你的真心扎根在自己的童年时代，不如说维系在孩子身上。是孩子将你和世界联系在一起。孩子在哪里，家就在哪里。克努兹·埃里克突然想到，他感觉与自己紧密相连的是蓝牙，而非索菲。

他们已相遇过两次，而两次都是出于偶然，但两次偶然并不代表一种既定模式。第一次不过是一种不成熟的迷恋。

而在索菲，甚至连迷恋都没有：她只是跟一个敏感的男孩玩了个无聊的游戏。有一次，他们碰巧谈起当时的事，她自己承认了这一点。他那时对她几乎不了解。唯一让他对她念念不忘的，就是那场没有言明的分手，以及她的突然消失。

克努兹·埃里克已不再迷恋她。但话说回来，他不会被任何女人吸引。那才是问题所在。他迷恋的只是空袭炮火声中的一时欢愉，除此再无其他。他喜欢在黑暗中做爱，只想在附近炮弹引爆时火光闪烁的那一瞬看见一张脸。他怀疑索菲内心深处是不是也有着一样的灵魂，蓝牙是不是在一场空袭中怀上的。

有某种东西将他们联系在一起，但不再是初露头角的欲望。而是他们在水中共同度过的那些濒临死亡的冰冷时刻，他纵身跳入海中救她的时刻。他想，他一直想拯救的，其实是自己。而她不过是个随机的借口。

他们经常谈话，而那正是让他生活发生最重大改变的原因。她已从船长室搬进了海尔加的舱室；海尔加现在和二副一起住。虽然她不住在里面了，但船长室已不再是个孤独的兽穴。她比克努兹·埃里克大几岁，两人都已历经世事，不再抱有幻想。她已将年轻时梦想的生活过到了极致，与此同时，也对那种生活失去了热情，而且尚未找到替代。她也已见识过世界，他可以一口气一个接一个地报出港口的名字，她也可以一个接一个地数算水手的名字，两人的名单不相上下。那是他们一起敲击音符奏出的和鸣。

他们从未突破那一阶段。克努兹·埃里克也不曾尝试。他从未想过在她身上寻找女人的一面，而或许这正是她接受他的原因。她曾是一个书呆子气且爱做梦的小女孩，躲藏在一套矫揉造作的语言背后。而在那之后，她学会了老练水手的姿态。这是他所了解的世界。他在这里能感受到安全，无须探索背后的实质。他既没有精力，也没有勇气。安东的建议依然有效：最好忘却。

他不想对其他人有过多了解，害怕会被自己可能发现的东西摧毁。

他将威士忌放进橱柜，再也没有拿出来。他克服了自己对赫尔曼的鄙夷，开始走进餐厅。吸引他的是蓝牙。克努兹·埃里克虽然不是他的父亲，但如果没有他，这个孩子就不会存在于世。是他站在死亡的门口，将这个新生命拉了回来。是的，他不知道自己是否也拯救了自己。但他救了蓝牙，而那更为重要。他突然感到，没有孩子是他生命中的最大缺失。蓝牙不是他的孩子，但他冒着生命危险跳进只有两度的海水为他赢得了做父亲的权利。

他能再度遇见索菲小姐纯属巧合，救蓝牙却不是巧合。生命独独将他挑了出来，为他找到了用武之地。

在餐厅的餐桌边，安东告诉大家，有一个名叫劳里斯·马德森的人。近一百年前，在埃肯弗德峡湾参加过一场战役，他一直站在甲板上，直到船被炸飞。他和摩西·亨廷顿一样，最终也活了下来。安东还告诉大家，曾有一个姓伊萨格的老师，他的学生放火烧了他的房子，想烧死他；还有阿尔伯特·马德森，他为了寻找失踪的父亲，横渡了整个太平洋，最后带着詹姆斯·库克那颗萎缩的头颅回到家乡。

早就听过这些故事的克努兹·埃里克——的确，其中大部分都是他告诉安东的——打断了安东的讲述。这些事情他更清楚。于是他讲了第一次世界大战，讲了阿尔伯特的预言。这时安东插话了，说他讲得不对，克努兹·埃里克意识到，他这位朋友拿走阿尔伯特那双著名的靴子时，也偷走了他的笔记本，而且全部阅读过了。

安东讲述了自己发现阿尔伯特之死的经过，又和克努兹·埃里克一起讲了以这位老船长之名命名的那个帮。维尔耶姆回忆当初找到耶普森头骨的故事，还补充说他是遭谋杀而死。克努兹·埃里克看着那个被船员称为"老滑稽"的人，以加强故事的效果。他会转移话题，他会否认所有的一切，克努兹·埃里克想。

但赫尔曼只是盯着远处看了会儿，然后若有所思地说："维尔耶姆说的那个杀人犯就是我。"仿佛他这是头一次听说他继父的谋杀案，"是的，我杀了我继父。他挡了我的路。当时我年纪很小，没耐心。"

他讲起了十五岁时他如何凭一己之力将一艘纵帆船驾回马斯塔尔的事。但第一次杀人只是个开头，最精彩的部分还在后面。

船员们都盯着他，被紧张的故事气氛吸引了。老滑稽天生是个讲故事的好手。确实，他也是个危险的杀手。确实，船长对他的指控是对的。可是看看他现在的样子，他当然受到了惩罚。

克努兹·埃里克认为，赫尔曼眼下的悲惨状况——没了腿，手也只剩下一只——是他获得赦免的一张门票，他已经得到了赦免。他无须再向听众乞哀告怜，他们已经主动赦免了他。老滑稽曾是个人物。一个有能力大开杀戒的人物。现在的他是什么呢？

安东、克努兹·埃里克和维尔耶姆交换了一个眼神。他们没有想过赫尔曼会认罪，还想继续调查。但赫尔曼正起劲地讲述着自己在马斯塔尔的冒险经历。此刻听众们还想听到更多。"后来发生了什么？"他们问，安东只能把克里斯蒂安·斯戴克及海鸥托登肖尔被杀的事讲出来。"你真的杀了他的海鸥？"沃利用责难的语气问老滑稽。

克努兹·埃里克难以抑制声音中的胜利喜悦，告诉大家，当年他们仅靠一直盯着老滑稽看，就把他赶出了镇子。帮中大部分成员甚至都不知道他是杀人犯，还以为这么做是为了替那只死鸟报仇。

老滑稽看上去很恼，仿佛是在为多年前的那次离开感到懊悔。随后，他冲克努兹·埃里克眨眨眼，然后笑了起来。

"你们当时真的吓到我了。"他说。之后他开始谈论哥本哈根证券交易所和亨克尔，以及他丢了等待多年想弄到手的遗产的经过。他的人生也经历过许多起起落落。

维尔耶姆讲了阿尼·玛丽号遇难的事，还有那本《布道书》，内容他至今仍烂熟于心。如果有兴趣，他欢迎大家尽情测试。

"这么说，你之前就有过挨冻的经历，知道是什么滋味。"一个英国炮手说，"你实际上有过一次编队航行的带妆彩排经历。"

"可怕的马斯塔尔水手，"一个加拿大人说，"你们伸着鼻子到处嗅探，你们去过每一个地方。"

接着，克里斯蒂娜小姐和伊瓦尔也走进了故事。克努兹·埃里克讲到这个篇章时，谴责的语气越发强烈。

老滑稽开始为自己辩解。"我无罪可辩，"他说，"伊瓦尔不是死于谋杀。有些人能理解这种说法，有些人则不能。我当时只是想测试他，整件事就是这么简单。"说完他环顾四周，看见有几个人点了头。

"那克里斯蒂娜小姐呢?"克努兹·埃里克紧追不放。

是的，那是他犯蠢。他愿意承认。他伸出那只手淫的手，仿佛是在说，就整体而言，那不过是件不值一提的小事。

"你毁掉了很多人的人生!"克努兹·埃里克此刻已经怒不可遏。

好吧，的确是如此，赫尔曼承认道。"可看看我现在的样子"，这话他虽未直接说出口，但他的身体却透露了，而那已经足够。都是过去的事了。他再也无法行凶作恶了。

克努兹·埃里克起身离开了餐厅，但故事仍在继续。现在什么都无法让故事停止。

老滑稽给他们讲了他在塞图巴尔打破宵禁的那个夜晚。他是在吹牛，还是在讲述真相？很难分辨。毫无疑问，他曾是个相当了得的人物。任何人都看得出来，他的听众都是这样想的，只需要看看他们的脸就知道。

故事向四面八方伸展，而后又向内收缩，直至形成一个保护圈，将雨云号笼罩起来。

蓝牙醒着躺在摇篮里，望远镜一般的眼睛从一张脸游移到另一张。他像往常一样在探索这个宇宙，看上去仿佛理解这一切。

船员们围绕在餐厅的餐桌旁，建立起了真正的伙伴情谊，不管一开始大家是多么不情不愿。老滑稽帮他们组成了每一艘船都需要的"我们"。连克努兹·埃里克也必须承认这一点。

我们，被淹没的

抵达利物浦后，赫尔曼要求见船长。会面地点是甲板，那是克努兹·埃里克将赫尔曼介绍给船员，而赫尔曼第一次展示空裤管的地方。他不是来告别和道谢的。相反，他请求继续留在雨云号上。毕竟他们都是丹麦同胞，且是同乡。他认为自己能派上用场，到餐厅帮帮忙，当个瞭望哨。他想提醒船长，他曾救下这艘船，使其躲开一枚鱼雷。

克努兹·埃里克摇摇头。看到他的反应，赫尔曼第一次，也是唯一一次几欲崩溃。

"看看我，"他说，"他们会随便给我安排个结局。"

"他们可以把你锁起来，然后丢掉钥匙，这些都与我无关。"

"我会变成什么样子？"赫尔曼低头看着甲板。他现在显得很可怜，但他的惨状只会让克努兹·埃里克更加愤怒。

"就我所知，想把一个没了腿且只剩一条胳膊的人绞死，是没有任何难度的。"

船员们站在不远处，正小声议论着。从老滑稽颓然跌坐的姿态，他们看得出这场谈判的走势。阿布萨隆向他们走了过去。

"船长，"他说，"我们起草了一份请愿书。"说着他将一份文书递了上去。克努兹·埃里克扫了一眼，是一份名单。实质上是所有船员在请求将老滑稽留在船上，没有签名的只有安东和维尔耶姆。也没有索菲的签名：他想她是不想卷入此事。况且，她也不算船员。

"我会考虑的。"

他将安东和维尔耶姆叫到自己的舱室。

"如果我留下他，你们会解约离开吗？"

两人都摇头。"我们会留下，"安东说，"雨云号是艘好船。虽然我不想承认，但这船上也该有赫尔曼的位置。我们知道你会拒绝。我们只想让你知道，我们是支持你的。我恨那个浑蛋，但有时人必须克服自己的情感因素。"

克努兹·埃里克思忖了一会儿。"好吧，我让他留下，"他说，"为了这艘船。"

为了庆祝这个决定，船员们将老滑稽带进城玩了一趟。第二天早晨，赫尔曼返回餐厅一贯待的位置，眼中满是血丝，面色比以往更加红润。他说话的时候，语气像在宣读《圣经》那般严肃。

"终有一天，全世界所有女人都会睡在阴沟里，哭着喊着想要男人的老二，"他吟咏道，"但她们毫厘都别想得到！"

"昨晚没有人想搞你，"克努兹·埃里克问，"我理解得没错吧？"

是克努兹·埃里克主动邀请索菲留下来的。

"我很高兴你提出来了。"她说，"我正打算自己问呢。"

"你可以继续留在餐厅。我已经和海尔加说过了。"

他们沉默了一会儿。他感到一阵轻松，却不知该如何表达自己听到她的决定时有多高兴。"船员听到都会高兴的，"他转移了话题，"他们都喜欢蓝牙。"

"我不知道战争年代带婴儿出海是不是不负责任。但如果留在岸上，我整天都得去兵工厂劳作，将永远见不到他。而他才两个月大。那是我受不了的。"

"到处都有轰炸。"他说完突然意识到，他们谈论蓝牙的方式，就像一对夫妇在讨论自己的孩子。

"如果不出海，我不知道自己该做什么，"她说，"我的整个人生都和大海联系在一起。我无法以任何其他方式生活。"

他明白她的意思。他自己也选择做了水手，但从某种程度来说，大海也选择了他。已经没有回还的余地。第一次相遇的时候，他和索菲似乎迥然不同，但从那时起，他们的生活一直是平行的。也就是说，似乎有某种东西在阻碍他，而且他感觉她也受着同样的阻碍。他身体上并不无能，那么无能的一定是他的心。他能做到的，就是在片刻的狂喜中忘掉一切。做爱时他无法直视对方的眼睛。

"我就像我的外祖母，"她说，"她也是个疯子，无法和任何人一起生活。她没办法融入。她过于需要独立。她有她的冰原，我有我的大海。但归根结底是一回事。"

"你现在有了一个孩子。你必须融入。你是蓝牙的一切。"

"他有我们。"她说。

他不确定她所谓的"我们"，是指他们俩，还是船上的全体水手，她现在也是其中的一员。他想问，但又害怕问出来会毁了什么东西。最后是她打破了气氛越来越紧张的沉默。

"我知道蓝牙的父亲是谁，"她说，"不是你们大多数人想的，我上岸休假时遇见的某个水手。我知道他的名字，知道他的住址，我还见过他的父母和朋友。我们原本打算结婚的。"

"那后来出了什么问题？"

"问题在于，他长得像詹姆斯·斯图尔特①。你知道的，就是那个美国演员。堂堂六英尺的身高，却长着一张娃娃脸。"

"但是詹姆斯·斯图尔特很英俊！"

"是的。而且他人太好了，我都不知道是该哭泣还是该呕吐。他贴心，体面，靠得住，还爱我。他在纽约有一份法律工作，很成功。钱很多，什么都多。我们原本可能要住在佛蒙特州，我们的孩子会在乡村长大，战争会变得遥远。哪怕他们往世界上投了最大的炸弹，我们也听不见。"

"但你受不了那些？"

"我想要这种生活，超过任何其他生活。但我已经许给了另一个人。他叫什么来着，那个丑陋的侏儒怪，龙佩尔斯迪尔钦②？任何王子都救不了我。我曾短暂地以为，詹姆斯·斯图尔特能做到。现实却是，我更喜欢和侏儒怪在一起的生活。你知道我最后最痛恨詹姆斯·斯图尔特什么吗？是他该死的天真。最后我甚至觉得那是一种不诚实。他带我出去吃晚餐。我们举起酒杯，凝视彼此的眼睛。我们计划过未来。可以当战争永远都没发生过。我们就坐在那里，用我们美好、宁静

---

① 詹姆斯·斯图尔特（James Stewart，1908—1997），美国演员，曾主演《后窗》《迷魂记》等多部作品，奥斯卡最佳男主角奖及终身成就奖获得者。

② 龙佩尔斯迪尔钦（Rumpelstiltskin），德国民间故事里的侏儒妖。

的方式享受生活，之后回到家中，睡在松软的床上。我知道我们能一直过着那样的生活，直至死去。但是我受不了。所以有一天晚上，我们没有碰杯，我将酒泼在他脸上。那不是他的错。他没有办法。他没有见过一艘船被炸飞，一百个人在他面前淹死的场景。从本质上说，我猜我才是有问题的那个。但是他的天真让人觉得受了侮辱。"她伸出一只手，"倒不是说我喜欢海上的一切。我甚至无法解释自己为什么会在这里。我无法融入任何地方。除这里以外。或者，更确切地说——"她突然放松地笑了起来，仿佛这番话终于引导她找到了正确的词语，"是因为我心里的基维托克在作怪。"

信任逐渐加深，但他们依然保持着距离，而且那距离没有拉近。他想，她是对的。是因为战争。它存在于他们两个心中。除非战争结束，不然他们之间什么都不可能发生。可战争要何时才能结束？等那一天最终到来，他们还会在这里吗？他想和她生个孩子。他心里有一种盲目的冲动，但他们还能等多久？她比他大两岁，目前三十四或者三十五岁。一个女人什么时候生孩子算晚？

他放弃了。有蓝牙。蓝牙是他的孩子——是全体船员的孩子。

圣诞节他们是在爱尔兰北部的某个地方度过的。先前在哈利法克斯，沃利上过岸，回来时肩上扛着一棵枞树。他将那棵树一直绑在船首，直到他们把树挪进餐厅，它的针叶才开始掉落。海尔加不知从哪里弄到一包榛子，每个船员都分到了四颗。他将它们用粉红色的纸巾包起来，当作礼物送给大家。与此同时，圣诞树下也堆满了别的礼物。都是为蓝牙准备的，虽然他还太小，没有办法欣赏。索菲代他拆开了一个个包裹。里面有母牛和马儿、猪和绵羊、一头大象和两只长颈鹿，是一个只有等战争结束他才能去了解的世界。大部分玩具都是用木头手工雕刻的，然后用任何能找到的颜料精心做了装饰，不过多是他们此刻深陷的战争世界的颜色，也即黑色、灰色和白色。

蓝牙拿起母牛、马儿和大象，一个接一个放进嘴里，犹疑地啃着。

蓝牙大约一岁时，一天晚上在利物浦，索菲同船员一起上了岸。她将蓝牙留在水手舱里睡觉，他的特别好友沃利主动提出可以照顾孩子。克努兹·埃里克不知道她去找什么了。是他们不能给予彼此，只能从陌生人那里寻求的某样东西吗？

他独自上了岸。他早已将威士忌放进橱柜，再也没有拿出来过。但他不能放弃在岸上过夜的机会。他们在法院街的一家酒馆碰到了。她穿着一条暗红色的长裙，还涂了口红。他想起第一次遇见她时的情景，在利特尔湾，她父亲的房子里。他们都移开了目光，仿佛达成了一致，假装没有看见彼此。

后来他直接返回船上，立刻上床睡觉了。半小时后，舱室的门开了，一股不熟悉的香水味充满了这个狭小的空间。他是故意忘记锁门的吗？

"我们不能再这样下去了。"说完她开始在黑暗中宽衣解带。

"我杀过一个人，"他说，"他当时已经跪地求饶了，但我还是射死了他。"

她爬上床依偎在他身边，轻轻地抱住他的头。就着昏暗的天光，他隐约能辨出她的轮廓。"我的克努兹·埃里克。"她的声音是沙哑的，有一种他从未听到过的温柔。

他从她怀里挣脱出来，下床站在地板上。"我需要光，"

说着他打开电灯，然后回到她身边，"红色求救信号灯的光。"

他不知道自己为什么要这么说。那些词都是禁忌：它们会让他想起那些被禁忌的回忆，如果想活下去，他就必须竭力避开的回忆。但在内心深处，他明白如果想获得爱的能力，就必须大声把它们说出来。

"我们这些在海上漂泊的人，没有一个能不想着他们。"她说。

"我驾着船从他们身上开了过去。"

"是我们，"她说，"我们都从他们身上开了过去。"

他的手顺着她的脸颊往下滑，他注意到她的脸是湿的。他将她拉拢了一些，看着她的眼睛。

他们周围的一切都安静下来。没有尖锐的空袭警报声，没有炮弹的重击声，没有海浪拍打甲板的泼溅声，没有军火船爆炸的轰隆声。只有雨云号船舱深处发电机呼呼运转的声音。

他一直紧紧地搂着她。

"我的索菲。"他说。

1943 年 8 月，丹麦人发动起义，在哥本哈根和其他城镇建起路障。丹麦政府终止了与德国占领军的合作，继而宣布解散[①]。海军官员毁了自己的船，并将它们沉入哥本哈根港口的水底。

为盟军服务的船上又可以悬挂丹麦国旗了。不过，这时候雨云号的船员早已习惯了红船旗，便没有换。而且，船员的国籍数量几乎和人数一样多，再加上船上的丹麦人可谓鱼龙混杂。蓝牙出生在大西洋上，是大海的荣誉公民。雨云号实则是一艘航行在海上的巴别塔，正与上帝作战。

"我们可以在旗杆上挂一块蓝牙的尿布。"安东提议。

"干净的还是脏的？"沃利问。他是雨云号上的换尿布冠军。

他们已经擦洗过甲板，用肥皂清洗过舱壁。整艘船干干净净，十足的水手风格，和曾经的丹尼旺号一样，愿那艘老船已获安息。这一切都是为蓝牙而做。

现在他们能以丹麦人的身份上岸，去酒馆喝酒，不再会被人称作"半个德国佬"或者"希特勒的好朋友"了。其他船员听说他们来自雨云号，下一个问题一定会是："蓝牙还

[①] 1940 年 4 月，德国占领丹麦并与之达成协议，允许丹麦保留政府和军队。1943 年夏，在盟军的联络下，丹麦境内抵抗活动日趋频繁。德国占领军要求丹麦政府做出行动，丹麦政府拒绝，并宣布解散。

好吗？"

他非常好，谢谢。他剃了头发，不过又长回来了，和他母亲的一样黑。长第一颗牙可能让他不舒服了一阵子。不久前他学会了走路，现在已经能在起伏的船上行走自如了。他一定觉得整个世界都是由山丘组成的——上下，上下。不管怎样，当他发现大地是坚硬的，似乎很失望。有时他会摔倒。那种时候他就会找他妈妈。或者找他众多老爸中的一个。当你要学习叫爸爸的时候，十七种语言委实太多。晕船？蓝牙？从不！盟军整个商船队里，没人比他更适应大海。

是的，的确，雨云号是一艘幸运的船。直到1945年春季的一天。

当时他们正要前往绍森德，这是四年来第一次重新穿越北海。U型潜艇还在，不过数量少了，间隔也拉长了，船只失事的报告持续减少。大约是夜里十点的时候，战争决定给他们一个临别之吻，以提醒他们永远不要相信它，哪怕是在它临近结束的时刻。当时海面风平浪静。西北方仍有微弱的亮光，夏天即将到来。就在那时，鱼雷——他们在盟军服役这么多年里一直在等待的那一枚——找到了他们。它击中了船底的三号舱口，雨云号立刻开始进水。右舷和船尾的救生艇没有受损，已经被搬上了吊艇柱。司炉工出来时只穿着汗津津的背心，不当值的船员也都只穿着内衣。克努兹·埃里克斥责了他们。他一直命令大家睡觉时要穿戴整齐，以防船被鱼雷击中，只是后来没有人会认真执行。曾有一段时间，他们甚至会穿着救生衣睡觉。他们早已不记得上次听到斯图卡战斗机俯冲的声音是何时。至于U型潜艇，真的还有剩下的吗？

三分钟后，他们都乘上救生艇离开了。这一晚天气很好，雨云号被鱼雷击中前一直在全速航行，此刻它依然保持着同一速度，只不过船头沉得更深了；它似乎在沿着一条直通海底的轨道滑行。海水漫过甲板时，发动机房里传来一声巨响，烟雾和蒸汽呈圆柱形升上没有一丝云彩的春日夜空，上面已经有点点星光在闪烁了。雨云号继续下沉。他们最后看见的部分是船尾，那里铭刻着它的名字和注册城镇的名字，是斯文堡。随后它就消失了，几乎没有在平静的海面留下一丝涟漪。

"都消失了。"蓝牙说。此刻他正坐在母亲的膝头，被包在一条毯子里，只有头露在外面。他在抽鼻子，仿佛是被夜晚的凉气冻感冒了。接着他哭了起来。

"痛快地哭一场吧，我的孩子。你有很多理由。"

说话的是老滑稽，他正庄重地坐在轮椅上，被围在救生艇中央。他环顾四周，仿佛自己已经成为蓝牙的代言人。"我们刚刚失去的是这个孩子的童年家园。"

他们安静地坐着，充分领会了他的意思。必须承认，他说得有道理。两年又七个月的时间，除了雨云号，蓝牙不了解任何其他世界。但现在雨云号也不在了。从某种程度上来说，那艘船也早已成为他们的家园。只有少数人相信雨云号与生俱来的好运。相反，另一种信念慢慢地抓住了他们的心：阻止鱼雷和炮弹靠近的，其实是他们自身钢铁般的决心、他们为维护这艘船所付出的努力，以及——最重要的是——他们对蓝牙的爱。

他们突然感觉到，那份决心开始松懈下来。战争此刻对他们来说已经结束——不是因为他们赢了，而是因为没了船，他们无法继续战斗。意识到这一点后，他们完全高兴不起来。他们几乎不知道，自己是赢家还是败者。他们是幸存者，现在想退出。他们踩在失望与如释重负之间的刀刃上，小心地维持着平衡。这时船长发话了。他是代表所有人发言。

"我觉得我们应该回家。"克努兹·埃里克说。

回家，说起来容易做起来难。船员拥有的家园比世界的角落都多。"据我所知，我们大概在英国和德国之间海域的中间点上。觉得英国是家的就往那边划。"他指向西方，"其他人——"

老滑稽打断了他："你在说什么？我最后一次看时，船上没有德国人。"

"我们不去德国，我们回家。"

"去丹麦？"索菲问。

"去马斯塔尔。"

船员再度分开，这一次是根据目的地。老滑稽留在克努兹·埃里克乘坐的那艘救生艇上。看来他已经放弃了从马斯塔尔消失的计划，此刻准备回家了。安东、维尔耶姆和海尔加也想回去。克努兹·埃里克盯着索菲看了一会儿。于是她点点头。沃利和阿布萨隆也想去那座小镇看看，过去这些年，那里一直被作为宇宙的中心呈现在他们面前。为何不去呢？

他们将补给品平分给两艘救生艇。每艘分到三件羊绒套头毛衫和三套油布衣裤。这些衣服都分给了早已冻僵的司炉工。船员们越过栏杆握手告别，两艘船都在摇晃。蓝牙被传了一圈，从每个人那里得到一个拥抱。他才刚刚失去童年家园，此刻又不得不告别家里的一半居民。他不理解，哭着要找他母亲，仿佛她是世上仅剩的一个固定点。

他们开始摇桨，老滑稽坚持要从轮椅上下来，坐在横坐板上，出他的那一份力。他用仅剩的那条胳膊拼命地划着，同时还要竭力维持平衡。于是阿布萨隆靠了过去，用肩膀为他提供支撑。

另一艘船很快就消失在渐浓的夜色之中。

亲爱的克努兹·埃里克：

当我以为你已溺亡的时候，我做了一些后来再也不愿去回想的事。

我如此清晰地看见了自己的行径，这让人很不安。

事情发生在一个下午。我正漫无目的地在墓地漫步，突然间发现自己站在西北角的一座坟墓前。是阿尔伯特的墓。我不曾打理过他的墓，尽管他是我的赞助人。

掘墓人老蒂森正忙着给墓地四周的铸铁栏杆刷漆。他已经清理过杂草，地面很干净。很快他就会将那座被人遗忘的坟墓，变成一个合适的纪念场所，献给镇上的一位伟大船主。

突然间，我内心的一切——我的恐惧、我的悲伤和犹豫、我总是隐藏起来的孤独生活、我的自责，以及我为自己设定的那个几乎无法完成的使命所造成的重负——所有的一切都化成一股巨大的愤怒，宣泄了出来。那愤怒不是源于任何具体的冒犯行为，而是那种困扰了我整个人生的无助感。我抓起那个油漆桶，朝那根刻有阿尔伯特生卒年月的大理石柱砸了过去，那柱子是灰色和白色的，上面有裂纹。我把那句话喊了一遍又一遍。我应该是想让它听起来像一句末日诅咒。但除了深刻的怜悯，我想它应该不会激起任何过路人的任何情绪，因为我显然已经疯了。

"这一切必须结束！这一切必须结束！"

我泄露了自己的计划——幸运的是，蒂森是唯一听见的人。他听得懂那些词语，但不懂它们的意思。

掘墓人十分了解我的故事。他知道我有许多岁月都是在极度痛苦中度过的，因为不确定你的安危。他抓着我的手，仿佛是想保护我，而非阻止我继续造成破坏。

"冷静，弗里斯夫人。一切都会好起来的。我想你是失去理智了。"他说。

他本来是想安慰我，却说出了一个可怕的事实。那一刻，我是完完全全理智的。这样的理智以前从未有过，以后也不会再有。那句话完全发自我的内心：这一切必须结束。我泄露了我人生的全部目的。这一切必须结束。我终于说了出来。

我筋疲力尽地倒了下去，倒在蒂森身边的草地上。"抱歉，"他将我搀起后，我说，"我失态了。"

所以我等于强化了他的错误。我附和了他的说法。我必须那么做，如果还想继续在人群中生活的话。"是的，我想我是失去理智了。"我重复了一遍。

这一切必须结束。一切都已经结束，现在我知道了，这从来都不是我真正想要的结果。我走在镇上的大街小巷，这里似乎被诅咒了，占居民总数一半的男人都不见了。我看到越来越多的女人眼中都出现了那样一种神情，像是在告诉我：她们已经很久很久没收到信，她们终于不再抱希望了。

我们这个镇子没有计算死者数目的习惯。但我知道，在这场战争中消失的人，远远多于在上次战争或纽芬兰航线上失去的人。对那些溺水者来说，一切都和从前一样。没有土地可供他们安息。

我每天都去墓地，为我们所拥有的不多的坟墓献上鲜花和花环。现在我成了照料阿尔伯特墓地的人。

　　我想再次请求你的原谅，为我曾将你放逐到死亡之地。

                                        你的母亲

　　　　　　　　我们，被淹没的

他们用了三天才抵达德国海岸，连绵无际的沙滩背后是白色的沙丘。上岸是在凌晨，天色灰蒙蒙的，整个大地缀上了一圈粉红色的镶边，宣告黎明即将到来。一路上天气都很晴朗。他们熟练地穿过拍岸的浪花。阿布萨隆和沃利跳入水中，将救生艇推上了岸。接着他们慢慢将老滑稽从船上挪了下来，安置在他的轮椅上。要在沙地上推着轮椅行走非常费力。蓝牙在旁边奔跑。坐了这么长时间，他需要动动腿脚。他手里抓着毛绒玩具狗，名叫汪汪船长，根据他的说法，这位船长也是在海上出生的。新的生活在等待着他俩。海浪上起起落落的生活已经过去。现在他们走在无聊的陆地上，而且要留下来，至少暂时要留下来。

"房子都在哪儿？"蓝牙问。他从未见过海滩。他所知的世界里，只有大海和被炸毁的海港。但也有一些事情没有改变。他环顾四周。阿布萨隆爸爸在，沃利爸爸（他的特别好友）在，克努兹·埃里克爸爸在，安东爸爸和维尔耶姆爸爸都在。老滑稽仍坐在他的轮椅上，他母亲也在。

他们发现一条从海滩通往别处的路。路上没有车辆。克努兹·埃里克沿着那条路往前走，手里拎着一个破旧的皮箱。

"里面装的是什么？"沃利问。

"钱。"

"你有德国马克？"沃利惊讶地看了他一眼。

"比那还管用。是香烟。"

"你真是个有远见的人。"索菲说。

"偶尔罢了。"他说。

他们不知道前线在何处，不知道自己是在前方，还是在后方，不知道德国人是仍在负隅顽抗，还是已被打败。苏联人还很远，而美国人正在挺进。他们一行人的登陆地点在德国湾附近，必须穿过德国北部才能到达波罗的海。回马斯塔尔的路途中只有最后一段需要走海路。

上岸的头几个小时，他们没看见任何战争的迹象。那条路穿行在平坦的沼泽之间，沿途零星点缀着一些农场。前方的主路仍是空的。蓝牙跑累了，于是爬到老滑稽的膝头坐着，老滑稽像变魔术一般从毯子下面掏出一瓶朗姆酒来。沃利总是说，赫尔曼的轮椅装的是一层假底，里面藏的都是酒。

那天上午晚些时候，他们走进一个村子。克努兹·埃里克看到一座房子的烟囱在冒烟，便踏上花园里的小路，敲响了那家的房门。没有人来应门，但他看到有个人躲在窗帘后盯着自己。他们继续走，路上出现了第一个弹坑，里面灌满了水，倒映着蓝汪汪的春日天空。接着他们路过一片弹坑和一辆被烧毁的运输卡车。前方是一座镇子，路上开始出现行人，还有一些没刮胡子的士兵，都穿着肮脏的制服，正冷漠地行进着。很难分辨这些人是当了逃兵，还是只是被派遣去完成一项他们已不再信服的任务。马车隆隆驶过，车上堆满了家具和床垫。紧随其后的是一些面如死灰的人，宛如被锁链拴在一起的囚犯般，迈着机械的步伐。还有一些人苦苦地推着独轮和双轮手推车。没有人说话，人们的眼睛都盯着路

我们，被淹没的

面，仿佛迷失在沉默的内省之中。

"看，有一匹马马！"蓝牙伸出一根手指指着，用他的婴儿英语大喊。

他们嘘了一声让他安静，倒不是害怕会在越来越稠密的人群中被突显出来，而是担心在这葬礼般的寂静中，任何喜悦的感叹都会显得不合时宜。但他们很快就意识到，他们和其他所有人都没有分别。一个坐在轮椅上膝头抱小孩的男人、一个女人，再加上几个男人，一起吃力地跋涉：不过是另一群混杂的难民罢了。整个欧洲的交通要道上，都挤满了和他们一样的人。他们都失去了家园，想重新寻找一个尚未被战争摧毁的家。但他们有两样东西是其他大部分人都没有的：他们有希望，有一个确定的目标。他们必须保持低调。如果表现出任何好奇心，或者音量抬得太高，就会引来旁人的注意。克努兹·埃里克原本害怕阿布萨隆的黑皮肤会透露他们的外国人身份，但最后根本没有任何人在意。德国人忙着操心自己被毁灭的生活和梦想，无暇顾及其他任何事，只能盲目地向前艰难跋涉，从一座被摧毁的城市走向下一座。

他们来到一个小镇。大部分建筑都已被炸弹摧毁，不过他们在利物浦、伦敦、布里斯托尔和赫尔早就见惯了废墟。有一些地方，房屋的外墙依然挺立，有四五层楼高，被煤烟熏黑的墙壁上还残存着一些空荡荡的窗洞。另一些则连外墙都崩塌了，暴露出楼板之间的空隙。他们看着里面的房间，猜测哪里是从前的卧室，哪里又是厨房。他们一直期盼着，在大街小巷看见的人们能返回门上钉着木板的半截房子里，在阴影中开始一种新的生活，与他们死人般的脸色和低垂的眉眼相匹配的生活。

蓝牙也见惯了废墟。他以为房子就是要用来被烧毁的。所以在他眼中，特别的并非劫难过后灰暗的陆地风景，而是一只巨大的白鸟，它高高地栖息在一座已被炸毁的教堂尖顶上。

"看，"他说，"是弗雷德。"

他是用丹麦语说的。他能随意在英语和丹麦语之间切换。他们给他讲过戈尔德斯泰因家屋顶的那只鹳鸟，不过没提过安东曾经想杀死它。所以这时候他以为自己看见的是弗雷德。

"不，那不是弗雷德。只是一只像弗雷德的鹳鸟。"

克努兹·埃里克忍不住笑了起来。一个路人盯着他看，仿佛笑是一项严重的叛国罪，仿佛他大声咒骂了希特勒。

那鹳鸟飞了起来，重重地拍打着翅膀，飞翔在街道上空。他们跟随在后。鹳鸟抵达火车站后，落在破损的屋顶上，像是在为他们指路。

站内的石地板上有泥水，说明最近刚下过雨；里面到处都是人，或卧或躺在瓦砾堆上，仿佛那就是节俭的政府为他们提供的长凳和座椅。大部分应该都是无家可归的人。看样子他们也不像是要去任何地方。话说回来，他们还能去哪儿呢？去下一个被炮火袭击过的火车站吗？

角落里有人在分发咖啡和面包，有通知说，今天晚些时候会供应汤。这些雨云号的前船员虽然很饿，但没有排队去领面包，担心会泄露身份。克努兹·埃里克拿着一包香烟独自离开了，没过多久就带回一条面包、一根香肠和一瓶水。

蓝牙很快就吃完了他那一份，其他人都细嚼慢咽地吃了很长时间。他们不知道下一顿饭要等到什么时候。

这一晚，他们是在火车站度过的。第二天早上，他们乘车到了不来梅，打算从那里去汉堡。他们没有车票，但克努兹·埃里克用香烟解决了问题。站台上挤得水泄不通，他们便推着老滑稽当攻城锤。人们都会为他让道，毫无疑问都以为他是个悲惨的战争伤残者。他只差在胸前别一枚德军的铁十字勋章了。

站台中央站着一个女人，她穿着一件过大的冬装大衣，看上去不像是要去任何地方，只是站在那里而已。她脸色苍白，非常憔悴，被下巴下方系的围巾半遮着。但她脸上的失落，是克努兹·埃里克见过的最强烈的。她并非沉默寡言，更确切地说，是陷入了完全出神的状态：她的眼睛一片空茫。人群从四面八方涌来，盲目地推挤着。她手里提的行李箱突然被挤开了，一个婴儿掉了出来。克努兹·埃里克看得很清楚，是一具烧焦的婴儿尸体，一个被大火烤至萎缩且几乎面目不清的木乃伊。那场大火显然也摧毁了他母亲的心智。一个忙着挤上火车的男人将她推开，甚至没注意脚下的地面，一脚踩上了身前那具小小的尸体。克努兹·埃里克扭过头去。

"看，"蓝牙说，"那位女士的黑娃娃掉下来了。"

即将抵达汉堡之前，大约有三十分钟的时间，火车所过之处除了废墟便一无所有。他们原以为自己知道轰炸会对城镇造成怎样的影响，但记忆中的任何场景都无法与眼前的这一幕相提并论。瓦砾堆中看不到幽灵般的焦黑墙面，也完全无法辨认街道曾经的方位。毁灭是如此彻底，你很难相信是人力所为。但这情景看上去也不像是自然灾难所致——那样无论如何至少会有一些残存的建筑。这种毁灭是系统性的，看上去是一种对大地、水和空气都一无所知，而只知道火的力量所为。

战争持续的近六年来，这是他们第一次感觉自己只存在于它的外缘。他们和拥挤车厢里的其他乘客一样，都移开了视线，没有人能忍心目睹那样的景象。这座城市被摧毁得如此严重，因此无论思绪想到哪里，也不管眼睛看见了什么，他们都不再试图去理解。他们明白，如果继续在这里逗留，那他们最后也会变得和周围人一样，失去那种驱使他们继续前行的希望。

就连蓝牙也转过头去，开始玩外套上的一颗纽扣。他没有问任何问题，克努兹·埃里克好奇，是不是因为他足够聪明，害怕听到问题的答案。

1945年5月3日凌晨四点半，他们从诺伊施塔特港^①偷了一艘拖船。他们原本计划去基尔港，但有其他交通工具自动出现，便不得不接受。一辆带有篷拖斗的卡车要去诺伊施塔特，克努兹·埃里克用最后一包烟为大家在车上换得了位子。抵达后，海港里空无一人。为了寻找合意的船，他们走遍了整个码头。蓝牙像小狗一样蜷在老滑稽的膝头睡着了。安东选中一艘名为"奥德修斯号"的拖船。他们将赫尔曼的轮椅从码头抬上船，动作很轻；但蓝牙还是醒了过来，央求他们把他放到甲板上。他又是伸展腿脚，又是打哈欠，一双眼睛像望远镜一般又开始在宇宙中搜索新闻。

"看。"他指着天空说。

他们抬起头来，只见头顶的高空中，有一只大鸟正慢慢地扑扇着巨大的翅膀，向西北方向飞去。

"是那只鹳鸟，"蓝牙高兴地说，"是弗雷德。"

"你们知道吗，我开始相信了，"安东咕哝道，"看样子它这是要去马斯塔尔。"

在出吕贝克湾^②的途中，他们遇见三艘锚泊的客船，分别

① 诺伊施塔特港（Neustadt），位于德国西南部的莱茵兰－普法尔茨州，莱茵河西岸。
② 吕贝克湾（Lübeck），位于波罗的海西南部，是梅克伦堡湾的一部分，沿岸为德国的梅克伦堡－前波美拉尼亚州和石勒苏益格－荷尔斯泰因州。

是德国号、阿科纳角号和蒂尔卡号。尽管驾驶桥和甲板上都不见船员的影子，他们还是很紧张，担心有人发现他们的偷窃行为并追上来。所以拉开一段距离后，他们便立刻开足马力全速前进。他们打算北上绕过费马恩岛[①]。当然，这就意味着要深入波罗的海，几乎一直要开到盖瑟[②]才能掉头向西，然后南下绕过朗厄兰岛。这样要绕很大一圈弯路，但他们不敢再靠近德国海岸了。

刚过正午，他们就听到轰隆一声怒吼响彻海面。随后又是几声，那一瞬间，他们感觉天穹在震颤。海湾那一头出现几道烟柱，他们猜测是诺伊施塔特遭到了袭击，或者是那三艘锚泊的客轮被击中了。随着时间的推移，他们意识到最好沿着海岸航行。没有人会追赶他们。德国人似乎已彻底丧失对波罗的海的控制，目前在这里巡逻的都是英军的台风轰炸机。他们一再听见从远处的海面传来炮弹爆炸的微弱回声。

海面上交通可谓拥挤，不过绝大多数都来自吕贝克湾东部，苏联人正向那边挺进。各式各样的船都有：渔船、货轮、小型柴油机船、快艇、小渔船，还有配备了临时桅杆和船帆的划艇。整条海平线上都有烟柱升起。他们不断遇到残骸碎片，有一次差点儿驶入一片随海水上下起伏的尸体。它们都被烧焦了，脸都扑在水里。从远处看去，就像是一大堆海藻，船员意识到弄错了，及时掉了头。到处都是淹死的人——有

[①]　费马恩岛（Fehmarn），位于波罗的海西南部，属石勒苏益格-荷尔斯泰因州。
[②]　盖瑟（Gedser），位于法尔斯特岛，是丹麦国土的最南端，与费马恩岛隔海相望。

女人和孩子，也有男人。没有一个人穿着救生衣。显然他们也都是难民。

这样的景象难道永远不会结束吗？克努兹·埃里克想道。

成功逃脱的狂喜已经消散。他们明白，如果想活着横渡波罗的海，还需要继续保持好运。他们驾驶的是一艘德国船，下一架台风战斗机从头顶经过时，没有任何东西能阻止他们投下致命的一击。他们已经五年没挂过丹麦国旗了，现在真希望手里就有一面。但可能甚至那样做也不够。整片海域仿佛已被翻了个底朝天，正在将几百年来淹没的成千上万的人全部吐出来。在横渡的过程中，他们在那些人身上感受到一种伙伴情谊。

克努兹·埃里克负责掌舵。他命令大家都穿上救生衣，不过数量不够。他看了一眼坐在轮椅上的赫尔曼，然后耸了耸肩。博耶船长会被淹死，就是因为他将救生衣给了一位司炉工，那人将自己的落在了发动机房里。他将自己的救生衣给了沃利，命他帮赫尔曼穿戴上。如果船沉了，那他就是将自己的生命换给了一个自己鄙视的人。但他别无选择。战争教会了他一件事：盟军或许是在为正义而战，但生命本身却是不公平的。他是船长，他要对自己的船员负责。职责是他仅剩的东西了。他必须坚守阵地，否则就是向纯粹的虚无投了降。

"你不穿救生衣吗？"索菲问。她没注意到他看赫尔曼的那一眼。他笑着回应了她的问题："船长总是最后离船的，也是最后穿救生衣的。"

"你是个正直的奥德修斯，"她笑着回应道，"也是幸运的，因为佩涅洛佩也在船上。"

"我们不是奥德修斯，"他说，"我们更像是他的船员。"

"什么意思？"

"你读过那个故事吗？"

她耸耸肩。"没有真正读过。"

"其实是一个让人非常沮丧的故事。奥德修斯是船长对吧？他经历过许多离奇的冒险。但他没有带回一个活着的船员。那就是我们水手在这场战争中所扮演的角色。我们是奥德修斯的船员。"

"好吧，那你最好行动起来，奥德修斯船长，"她看着他说道，"因为你这位特别船员刚好怀孕了。"

夜里，他们以半速航行，还熄了船上的灯。离目的地越近，他们就越害怕永远也无法到达。在此之前，他们一直只活在当下，所有相信变幻莫测的运气的人都不得不如此。现在他们敢于相信未来了。他们害怕丧失自己的性命。从前在船队里每天都会感受到的恐惧又回来了。再一次，头顶的天空和身下的大海似乎都充满了隐秘的威胁。

海面宛如一块深蓝色的绸子，明亮的春夜万里无云。空气中的暖意预示着夏天即将来临。如果不是因为拖船上充斥着煤和柏油麻绳的气味，他们都能闻到岸上飘来的苹果花香。但是水很冷。冬天仍坚守在海底深处，他们所能想起的，只有那种寒意：感觉他们仍旧航行在北极地区，仍旧要时刻警惕泡沫纹路和红色求救信号灯，因为前者代表着鱼雷，后者一度让他们精神破产，而且仍有可能再来一次。他们又开始留意划桨的声音和求救的呼声。他们的行踪暴露在海面，等于又开始了一场似乎永无止境的死亡带妆彩排。春天已经到来，但在寒冬中忍耐五年的记忆依然将他们攥得紧紧的。

在他们清晨离开的那个海湾里，有八千名盟军战俘因为运输船遭到轰炸而葬身火海。更早前，另有一万名难民淹死在奥德修斯号此刻正横渡的这片海域。但船员对此一无所知。他们见过船只沉没的情景，却从未见过一艘满载被困住的一万名乘客的难民船沉没的情景，也从未听过海水从四面八方灌进船舱将船压沉到海底时人们的齐声尖叫，或者当那些幸存者意识到"救援"不过是个空洞的词，最后求救无望时发出的悲鸣。是的，他们从未听过那样巨大的哭声，但那天晚上，那样的哭声却进入了他们心里。

他们是在甲板上过的夜，都不敢下到船舱。他们用在船上找到的毯子包裹住身体，坐在那里不敢入睡，眼睛不安地看着海面，耳朵留神细听。

蓝牙也没有睡。他安静地躺在那里，看着逐渐淡去的星星。天亮时，是他第一个听到了翅膀快速飞过的低沉声响。他只说了一句："是鹳鸟。"

他们都抬头张望。它就在那里，低低地飞在他们头顶，仍在向着西北方向前进。在破晓的微光中，他们能看到远处的谢尔德斯诺灯塔。他们正在靠近朗厄兰岛的最南点。

白天的大部分时间，他们一直沿着朗厄兰岛海岸航行；到下午晚些时候，艾尔岛出现在视野之中。安东为了省煤，让拖船保持半速航行：船上的煤就快耗尽了。他们看到里斯廷厄山在北边升起。然后出现的是开阔的水面。继续向西是德雷耶和韦斯奈斯的山丘。在群山之中，升起来的是马斯塔尔的红色屋顶。教堂的镀铜尖顶也高高地耸立着，此刻它已被铜绿染成绿色。海港中还立着一些桅杆，仿佛一堵早已被某种不知名力量推倒的栅栏的遗迹。从目前的位置，他们看不见尾巴海滩，以及像一条无力的手臂般环抱着镇子的防波堤。

在离海港还有一段距离的海面上，他们看到大团的黑烟正往晴朗的空中蹿。靠近些，他们看见了火焰。科勒迪贝特海峡里有两艘汽船正在熊熊燃烧。是战争所致。克努兹·埃里克原本笃定地相信，在他看见马斯塔尔天际线的那一刻，所有的毁灭都将终结。疲乏压垮了他，他感觉自己就要放弃了。如果他是一个为上岸而耗尽了力气的游泳者，那么这就是他任自己被水淹没的决定性时刻。

快接近那两艘汽船时，他们听到一架俯冲式轰炸机呼啸而来的声音。他们抬头看去，一架台风轰炸机直冲他们而来。只见它的一侧机翼上亮光一闪，一枚火箭弹朝他们加速飞来，后面拖着白色的烟。

接着是砰的一声，整艘船都摇晃起来。

这不是个当孩子的好时候。每一天都有浮尸漂到海滩和城镇周围的小岛上，而且发现它们的都是孩子。他们往往会回去请大人，但到那时候，伤害已经造成。他们见过溺水者腐烂的面孔，从此心中充满各种问题，而那是我们难以启齿回答的。

5月4日清晨，一艘渡轮停驻在港口的码头旁。是从德国来的船，上面挤满了难民。里面只有少数男人，都是士兵，胳膊和腿上缠着被血水浸透的绷带。其他的都是女人和孩子。那些孩子不说话，都面色苍白地看着远处，干瘦的脖颈从看起来过于肥大的冬装大衣中伸出来，仿佛自然发生了逆转，孩子们在往小长，导致衣服都不合身了。他们很长时间都没吃过一顿像样的饭食。不过让我们印象最深的还是他们的眼睛。他们似乎什么都没看。我们猜测那是因为他们目睹的东西已经太多。孩子们的脑袋很容易被丑恶的东西塞爆。于是眼睛罢了工。

我们为他们送去面包和茶。他们看上去需要吃点暖和的东西。我们礼待他们，哪怕无法明确地向他们表示欢迎。

那天上午十一点，有两艘德国汽船在试图穿过南海峡时搁浅了。过去的几天里，英国轰炸机从小岛上空飞过好几次，我们经常看见他们在海面上空盘旋。现在又出现两架。他们发射了火箭弹，两艘船都烧了起来。他们的船首和船尾都安装了机关炮，他们便也开火回击。英国轰炸机不停地返航，有一艘船被击中了好几次，很快就被火焰吞噬了。

　　直到射击结束，我们才敢靠近那两艘船去营救幸存者。海水里都是人，有许多都被烧伤了，或是被弹片划伤了。被我们拖上甲板时，他们又是尖叫，又是号哭。但我们不能将他们丢在冰冷的海水里。真是一番骇人的景象。他们的头发都被烧焦了，身体被煤烟熏得发黑，皮肤被烧掉的位置能看到血肉。许多人都赤裸着身体。我们带来了毯子，但即使将那些不停发抖的可怜人包裹住也无济于事，因为羊绒会粘在他们裸露的血肉上。我们搀扶着他们走上码头，动作尽可能地轻柔。死去的人也很多。我们将他们留在水里。幸存者享有优先权。

　　伤员被送去了艾勒斯克宾的医院，其他人则被安排进西街上被我们称为"旅馆"的临时兵营。接下来我们开始打捞海里的尸体。数量相当多——总计有二十具。我们将他们带到轮船桥旁的码头，紧挨着海港入口摆成一排，并用毯子盖住。有一具尸体没了头，但不知为何，那一具反而是最不吓人的。他没有脸，没有嘴巴，因此我们听不见他临死前的僵硬尖叫。

　　几百人聚集在港口，观看汽船焚烧的情景。其中的一艘火势基本已经停息，但仍在释放大量烟雾，另一艘的船腹被烧焦了。船上有一些喝醉的德国士兵，正在前甲板上粗暴地推搡着一群半裸的女人。因为对死亡的恐惧，外加醉酒的影响，他们已经肆无忌惮了。

　　傍晚时分，英国人继续朝那两艘船发起轰炸。海港中聚集的人越来越多。我们都来观看那在我们的水域展开的悲伤场景。我们有许多人都在这场战争中失去了丈夫、兄弟和儿子，本来很容易觉得这些德国人罪有应得。但我们没那样想。有多少次，我们自己、我们的父亲或者祖父，就在那样即将沉没或者燃烧的船上？我们知道那是怎样的滋味。无论如何，那毕竟是一艘即将沉没的船。是谁的船并不重要。

突然间，一艘拖船出现在南海峡。我们的注意力完全被那两艘燃烧的汽船占据了，一开始根本没注意到它。如果不熟悉这片水域，马斯塔尔港的南海峡是很难通过的，但那位船长似乎应对得很熟练，直至有一艘英军轰炸机低低地从那艘船的上空掠过，并且发射了火箭弹。随后的爆炸声一直传到海岸。那艘船被击中了，燃起了熊熊火焰。

当时贡纳尔·雅各布森驾着他的小艇去了现场，后来他总是说，他从未见过那样混杂的船员队伍。其中有一个家伙是个黑人，一个是中国人，还有一个坐着轮椅，其他人跳下来之前，先将他推下了船。那人没有腿，只剩一条胳膊，但救生衣让他浮了起来。漂在水里的还有一个抱小孩的女人。这周围的水域似乎漂浮着半个世界。贡纳尔将他们所有人都拉上船后，惊讶程度更是倍增：不光那个黑人和那个中国人能说丹麦语，其他人说的都像是马斯塔尔方言。"你不是贡纳尔·雅各布森吗？"有个人问道。

贡纳尔·雅各布森眯缝起眼睛——他并不是看不清那人，而是需要时间思考。

"我的老天啊，"他终于惊呼道，"你是克努兹·埃里克·弗里斯！"接着他又认出了海尔加和维尔耶姆。那个没

我们，被淹没的

有腿的独臂人没说话，其他人也没介绍他。"安东呢，"克努兹·埃里克·弗里斯突然急切地四下搜寻，"安东在哪儿？"

"你是说安东·海伊？那个马斯塔尔的讨厌鬼？"贡纳尔·雅各布森问道。

他们四下张望。"他不在船上。"维尔耶姆说。

水里也不见他的踪影。奥德修斯号即将倾覆，火焰蹿得老高。那艘船上不可能还有人活着。他们大喊着安东的名字，绕着那艘船找了一阵子。

轰炸机一直在向那两艘汽船发起袭击，仿佛他们接到了命令，要在战争结束前用完全部的炸弹和火箭弹。就在贡纳尔·雅各布森和小艇上的人准备放弃，返回海港时，奥德修斯号又一次被击中了。这一次被击中的一定是吃水线以下的部位，因为它立刻翻倒在水里，随后开始下沉。贡纳尔·雅各布森关掉发动机，就好像要为那死去的拖船默哀一分钟。片刻工夫，拖船就消失了。在它曾经所在的水域，他们发现了一些漂浮物。贡纳尔·雅各布森点燃发动机，朝那边开去。一开始，他们看不出那是什么，随后意识到，那个已被烧焦的骇人物体曾是个人。他们看见他的背和脑袋了。是安东，他正赤裸着漂在那里，头发已被燃烧殆尽。他的救生衣不在身上，或者就算还在身上，也已经和他背部的血肉熔在了一起，变得像木炭一样焦黑且千疮百孔。

索菲用手捂住蓝牙的眼睛。克努兹·埃里克伸手想把那碳化的身体拉回小艇上。他没想过自己在做什么，只是不能将它留在那里。但当他想把那具身体拖上来时，它的整条胳膊都脱落了。克努兹·埃里克惊得放了手，当那身体再度触及水面时，那曾是安东血肉的组织从骨架上剥裂开来，当即沉了下去。

发动机轰隆隆地震动着。

贡纳尔·雅各布森想尽可能快地返回海岸。奥德修斯号上的幸存者没有一个人反对。他们都坐在那里没有说话，神情和那些德国小孩一样空茫。贡纳尔希望永远也不会在自己孩子的脸上看到类似的神情。他对这场战争的了解仅限于报纸上的报道。他听过英国人在南方投掷炸弹的爆炸声，见过汉堡和基尔被夷平时海平线上的火焰。现在，他这一天里了解到的情况比过去五年还多。而随后的几个月里，他每次遇到一个在丹麦境外经历过战争的人，都将获得相同的体验。这些人有点儿不正常，但他无法解释是怎么不正常。问题不在于他们说的任何话语，因为他们什么也没说；他们似乎一直在思考一个巨大的秘密，一个只能憋在自己心里的秘密，因为即便讲出来也无济于事。他们组成了一个可怕的群体，其他人都钻不进去，他们也逃不出来。

那个男孩在哭。他什么也没看见，但感觉到发生了什么事。

"我们再也见不到安东了吗？"他问。

"是的。"那个女人说。贡纳尔·雅各布森觉得她肯定是男孩的母亲。"安东死了。他不会回来了。"

贡纳尔·雅各布森觉得，这件事说出来太残忍。如果是自己的孩子，他应该不会这么直白。但他心里的某个部分其实是认可女人的这份诚实的。对于战争年代的孩子，你应该说真话。

一只鹳鸟从他们头顶的高空飞过，离一艘燃烧的汽船很近，似乎短暂地消失在那烟雾之中。但很快它就从另一头飞了出来，完好无伤。它继续向前，飞过整个镇子。抵达马克街的尽头后，它收起翅膀，准备降落在戈尔德斯泰因家屋顶的巢中。

贡纳尔·雅各布森在轮船桥进了港，那里正是我们绝大多数人站立的位置。虽然被安东的遗体吓坏了，但他还是觉得自己带回了一个伟大的故事，应该和围观的人分享。有超过五年的时间，都没有人从战场上返航了。他带回的是第一批。

贡纳尔·雅各布森没注意到，那些死去的人依然躺在码头上。当那个无腿的大块头被抬下船，安置在那些被毛毯包裹的死者中时，我们好奇地打量着他。克里斯蒂安·斯戴克突然大喊："那是赫尔曼。"

消息传开后，人群中一阵骚动。有些人不知道赫尔曼这个人，旁人解释时没有说他一句好话。赫尔曼已有二十年没在马斯塔尔露过面了，不过，但凡听过克里斯蒂娜故事的人，说起他都会满脸嫌恶。他坐在死者中间，仿佛迷失了，那样子煞是奇怪。手臂和双腿的残肢让他看起来像一头正不停挥舞鳍肢的搁浅海象，可他的脆弱模样并未让人们对他的鄙夷稍减。

"拉我一把。"他说。

我们没有动，只是盯着他。没有一个人靠近他，所以他只能坐在湿漉漉的衣服中，庞大的身体冷得发起抖来。

这时国王街上有个人一边挥手，一边大喊着朝我们跑了过来。但我们听不清他在喊什么，隔得太远。

教堂的洪钟以一种我们从未听过的节奏敲了起来，速度之快让人几乎喘不上气来，像是有人在即兴演奏一段旋律，以庆祝小镇历史上这个独一无二的时刻——不是葬礼，也不是婚礼，不为日出，也不为日落。

说不清道不明的，我们知道发生了重大事件，是比海上燃烧的汽船或赫尔曼的突然回归更重要的事件。

终于能听见那奔跑之人呼喊的内容了。

"德国人投降了！德国人投降了！"

我们看着赫尔曼、克努兹·埃里克、海尔加、维尔耶姆和其他还不知道名字的人，我们看着那个女人和那个小孩，我们明白了，他们只是第一批归来的人。大海将要归还我们死去的同胞了。

我们将他们高高举起，抬着走过大街小巷。我们甚至将赫尔曼从水洼里拖了出来，找了一辆手推车拉着他一起走。我们欢呼着，游行穿过国王街，沿教堂街走下莫勒街，沿港口街走上布宜街，穿过特瓦尔街走下王子街。在那条街上，克拉拉·弗里斯一如往常坐在她的凸窗中，脸色灰白，正凝望着大海。

我们又沿着港口街返回，行进的过程中，队伍壮大了。一把手风琴奏响了，接着来了一只小号、一把低音提琴、一只大号、一只口琴、一面鼓和一把小提琴。我们连奏了《克里斯蒂安国王》^①《给我威士忌，伙计》^②《我们该拿一个喝醉的水手怎么办？》^③等好几首歌。有威士忌、啤酒、朗姆酒，然后是更多的啤酒，还有里加香脂酒、荷兰杜松子酒，都是储存起来留给这一刻享用的。我们一直都知道，这一刻终将到来。家家户户的窗口都亮起了灯，遮光帘被拿到街头焚烧，发出噼里啪啦的声音。

我们的队伍最后停在轮船桥上，死者仍排成行在那里等待。我们饮酒、跳舞，在尸体中间跌跌绊绊，本就应该这样。在我们整个人生中，死去的人一直在增多：淹死的，失踪的，几百年来所有一直未得安葬甚至连墓地都没有的人，那些蓄意摧毁了我们的生活的人。现在他们都站了起来，牵起我们的手。我们跳啊跳啊，围成一个旋转的巨大圆圈，而在这一切的中央，坐着赫尔曼，他已不再冷得发抖，而是醉得脸色通红，却仍不肯放下那个半空的威士忌酒瓶。他唱起歌来，嗓音嘶哑，那是拜辛苦劳作、醉酒和邪行所赐，也是拜急躁、贪婪和曾受重击的生之欲所赐。

　　剃他的胡子，痛击他，

　　把他按进水里，泼溅他，

① 《克里斯蒂安国王》（*King Christian*），为丹麦两首国歌之一。作于1779年，是世界最早的国歌，主要为王室与军队专用，也会在新年播放。
② 《给我威士忌，伙计》（*Whisky, Johnny*），水手出海时唱的船歌。
③ 《我们该拿一个喝醉的水手怎么办？》（*What Shall We Do with a Drunken Sailor?*），传统水手号子，最早从19世纪30年代传唱开来，借用的是爱尔兰民歌《欢迎回家》（*Óró Sé do Bheatha 'Bhaile*）的曲调。下文"剃他的胡子"就是这首歌的歌词。

折磨他，撞击他，

但不要放他走！

　　人群中有我们不认识的一个黑人、一个中国人、一个因
纽特女人和一个小孩。有克里斯蒂安·斯戴克和歪鼻子的亨
利·莱文森。有克罗曼医生，有赫尔默，有玛丽——她终于
学会了握拳，但还不知道自己恰在这一天成了寡妇，维尔耶
姆晚点儿会告诉她的。还有维尔耶姆的父母，虽然听不见但
仍面带微笑。有博耶家的寡妇们，约翰妮、埃伦和艾玛，今
晚她们毫不犹豫地牵着我们一同起舞。有他们的远亲丹尼
尔·博耶船长。有克拉拉·弗里斯，她从港口街一路冲下来，
突破圆圈直至找到克努兹·埃里克，而克努兹·埃里克冲她
点了点头。那个我们都不知道名字的小男孩走到她身边，用
我们猜测一定是克努兹·埃里克教的一个词叫了她一声："奶
奶。"小男孩牵住她的手，将她拉进跳舞的人群。我们的舞蹈
就像一棵树，一直在生长啊生长，为它所经历过的每一年增
加年轮。

　　还有特奥多尔·巴格，他仍然紧捂着胸口。有亨宁·弗
里斯，他曾是九头蛇号上最英俊的男人，克努兹·埃里克继
承了他的金色额发。有不知疲倦的安娜·埃吉迪亚·拉斯穆
森，还有她死去的七个孩子，他们也加入了舞蹈的队伍，和
她活着的那个女儿一起。有身着法衣的阿比尔高牧师，他死
前终于找到一个比马斯塔尔更适合自己的乡村教区，他的双
眼透过钢框眼镜看着我们，迟疑地迈出了向前的步伐。紧随
其后的是阿尔伯特，他的络腮胡上结满了白霜，腋下夹着詹

姆斯·库克的头颅。然后是洛伦茨，他气喘吁吁，跳得很费劲，但什么都无法阻止他加入舞蹈队伍。还有汉斯·乔根，他是同举世无双号一起沉没的。还有尼尔斯·彼得。就连伊萨格也加入进来，还有他肥胖的妻子，怀里抱着复活的卡罗，以及他们的儿子约翰和约瑟，后者牵着那只黑色的手。从他们身后走来了农民索菲斯、利特尔·克劳森、埃纳尔，以及克雷斯滕，那个可怜人脸颊上的窟窿一直在漏出液体。劳里斯·马德森穿着他那双沉重的高筒靴高耸在人群之中。其他人都跟在他身后。安东终于来了，他烧焦的脸上绽出灿烂的微笑，露出他满是烟渍的牙。接着是全体船员：阿斯特拉号、九头蛇号、和平号、H.B.林内曼号、乌拉诺斯号、燕子号、敏锐号、星辰号、王冠号、劳拉号、前进号、土星号、阿米号、丹麦号、以利以谢号、菲利克斯号、格特鲁德号、工业号、哈丽特号、记忆号——都是已经沉没的船。而在圆圈外围，面孔半隐于雾中起舞的，是战争爆发的五年里出过海的每一个人。

有如此多的人已经死去。我们不知道究竟有多少。

我们明天再去计数。在即将到来的岁月里，我们将悼念他们，正如我们一直以来所做的那样。

但今晚我们只想和这些被淹没的人一同起舞。他们就是我们。

致　谢

　　《我们，被淹没的》是一部虚构作品。这部小说的灵感主要源于马斯塔尔镇1848年至1945年的历史。我使用了小镇人家的传统姓名，不过做了打乱处理，所以如果与当地仍在世之人或者死者姓名有任何雷同，都纯属巧合。

　　小说中与历史相关的段落，是基于我对马斯塔尔海事博物馆所保存的档案及众多出版物所做的研究创作的。我在《艾尔岛民间之声报》（*Ærø Folkeblad*）、《艾尔岛时报》（*Ærø Tidende*），以及季刊《艾尔伯恩》（*Ærøboen*）上也找到了一些珍贵资料。

　　我的灵感和基本知识来源还包括以下作家及出版物：亨宁·亨宁森（Henning Henningsen）的《跨越赤道》（*Crossing the Equator*）、《水手和女人》（*Sømanden og kvinden*）、《水手的湿坟》（*Sømandens våde grav*）和《水手服》（*Sømandens tøj*），奥勒·朗厄（Ole Lange）的《白象》（*Den hvide elefant*）、《地球并不更大》（*Jorden er ikke større*），H. C.罗德（H. C. Røder）的《丹麦航运业的复兴》（*Dansk skibsfarts renæssance*）卷1、2、4，约瑟夫·康拉德（Joseph Conrad）的《阴影线》（*The Shadow Line*），

H.图施・延森（H. Tusch Jensen）的《斯堪的纳维亚人在刚果》（*Skandinaver i Congo*），亚当・霍赫希尔德（Adam Hochschild）的《利奥波德国王的鬼魂》（*Kong Leopolds arv*），礼拜日思考网（Søndagstanker）发表的《基督教之于太阳的思考》（"kristelige Betragtninger på Søn"）和《爱神祭司的圣日》（"Helligdage af ærøske Præster"），《水手邮报》（*Sømandspostillen*），克努兹・伊瓦尔・施密特（Knud Ivar Schmidt）的《从桅顶到海港酒吧》（*Fra mastetop til havneknejpe*），哈丽特・萨金特（Harriet Sergeant）的《上海》（*Shanghai*），E.克罗曼（E. Kromann）的《1925年之前的马斯塔尔航运业》（*Marstals søfart indtil 1925*）和《1900年前后马斯塔尔和艾尔岛的日常生活》（*Dagligliv i Marstal og på Ærø omkring år 1900*），汉斯・克里斯蒂安・斯文丁斯（Hans Christian Svindings）的《埃肯弗德县伦茨堡和格吕克施塔特监狱日记》（"Dagbog vedrørende Eckernførdetogtet og Fangenskabet i Rendsborg og Glückstadt"），《丹麦杂志》（*Danske Magazin*）第8部卷3，《马斯塔尔的水手智慧书》（*Marstalsøfolkenes visebog*），J. R.于贝茨（J. R. Hübertz）的《艾尔岛1834年概述》（*Beskrivelse af Ærø 1834*），C. T.霍伊（C. T. Høy）的《马斯塔尔历史的拉力》（*Træk af Marstals Historie*），维克多・汉森（Victor Hansen）的《我们的海上英雄：历史故事》（*Vore Søhelte. Historiske Fortællinger*）、《教会赞美诗集》（*Salmebog til Kirke*）和《人类之家1888》（*Husandagt 1888*），安妮・萨尔蒙德（Anne Salmond）的《审判食人犬：库克船长在南海》（*The Trial* of the Cannibal Dog: Captain Cook in the South Seas），荷马（Homer）的《奥德赛》(*The Odyssey*)，诺达尔·格里格（Nordahl Grieg）的《船继续前进》(*Skibet går videre*)，W.萨默塞特·毛姆（W. Somerset Maugham）的《一片树叶的颤动》(*The Trembling of a Leaf*)，赫尔曼·麦尔维尔（Herman Melville）的《白外套》(*White Jacket*)，罗伯特·路易斯·史蒂文森（Robert Louis Stevenson）的《南海传奇》(*Tales of the South Sea*)、《历史注脚》(*A Footnote to History*)，马克·吐温（Mark Twain）的《桑威奇群岛苦行记》(*Roughing It in the Sandwich Islands*)，维克多·雨果（Victor Hugo）的《海上劳工》(*Les Travailleurs de la Mer*)，F.霍尔姆·彼得森（F. Holm Petersen）的《马斯塔尔的长跑运动员》(*Langfarere fra Marstal*)，克努兹·古德尼茨（Knud Gudnitz）的《纽芬兰人回忆录》(*En Newfoundlandfarers erindringer*)，劳尔·伯格斯特伦（Rauer Bergstrøm）的《唤醒》(*Kølvand*)，佩尔·汉森（Per Hansson）的《第十一人必须死》(*Hver tiende man måtte dø*)，马丁·班茨（Martin Bantz）的《炸弹和鱼雷之间》(*Mellem bomber og torpedoer*)，安德鲁·威廉姆斯（Andrew Williams）的《大西洋之战》(*Slaget om Atlanten*)，理查德·伍德曼（Richard Woodman）的《北极车队》(*Arctic Convoys*)，克莱斯-格兰·维特霍尔姆（Claes-Göran Wetterholm）的《死亡之海：波罗的海1945》(*Dødens Hav: Østersøen 1945*)，爱德华·E.莱斯利（Edward E. Leslie）的《疯狂之旅》(*Desperate Journeys*)、《被遗弃的

灵魂》（*Abandoned Souls*），安德斯·蒙拉德·默勒（Anders Monrad Møller）、亨利克·德特勒夫森（Henrik Detlefsen）、汉斯·克里斯蒂安·约翰森（Hans Chr. Johansen）的《丹麦航海史》（*Dansk søfarts historie*）卷 5 "船帆与蒸汽"（"Sejl og Damp"），米克尔·屈勒（Mikkel Kühl）的《被卖掉的马斯塔尔》（*Marstallerne solgte væk*）和《海事联系人 26》（*Maritim Kontakt 26*）中的 "马斯塔尔商船队 1914—1918"（"Marstals handelsflåde 1914–1918"），卡斯滕·赫尔曼森（Karsten Hermansen）的《湖上商人》（*Søens købmænd*），卡斯滕·赫尔曼森和埃里克·克罗曼（Erik Kroman）的《马斯塔尔航运 1925—2000》（*Marstals søfart 1925–2000*），H. 梅森伯格（H. Meesenburg）和埃里克·克罗曼在《村庄》（*Bygd*）卷 17 第 4 号中发表的《马斯塔尔——和全球本地社区》（"Marstal – et globalt lokalsamfund"），托弗·凯尔博（Tove Kjærboe）的《收缩带和黏滞的对话》（*Krampebånd og Klevesnak*），芬恩·阿斯加德（Finn Askgaard）等的《日德兰号护卫舰》（*Fregatten Jylland*），《丹麦失事船舰海事声明集 1914—1918》（*Samling af søforklaringer over krigs forliste danske Skibe i Årene 1914–1918*），克里斯蒂安·托特森（Christian Tortsen）的《水手和船只 1939—1945》（*Søfolk og skibe 1939–1945*），奥勒·莫滕森（Ole Mortensøn）的《南菲英群岛的帆船水手》（*Sejlskibssøfolk fra Det Sydfynske Øhav*），波尔·埃里克·哈利茨（Poul Erik Harritz）的《比克霍尔姆岛塞尔玛周边》（*Rundt om Selma fra Birkholm*）。

后 记

　　我想感谢夜间在海事学院和学校街的公共图书馆阅读时遇见的马斯塔尔人，以及下列人等，他们之中的每一个都以自己的方式，为我提供了宝贵的协助。他们是利斯·安德森（Lis Andersen）、艾本·奥朗姆（Iben Ørum）、亨宁·特希尔德森（Henning Therkildsen）、延斯·林霍尔姆和汉娜·林霍尔姆（Jens & Hanne Lindholm）、亨利·洛夫达尔·克罗曼（Henry Lovdall Kromann）、克努兹·埃里克·马德森（Knud Erik Madsen）、康妮·米克尔森和马丁·布罗·米克尔森（Connie & Martin Bro Mikkelsen）、拉尔斯·克里特加德-伦德（Lars Klitgaard-Lund）、娜塔莉·莫滕森（Nathalia Mortensen）、安纳莉丝·埃里克·汉森和波尔·埃里克·汉森（Annelise & Poul Erik Hansen）、阿斯特丽德·拉亚豪格（Astrid Raahauge）、皮勒·泰格比约（Pulle Teglbjerg）、列夫·斯戴克·克里斯滕森和贝利特·克里斯滕森（Leif Stærke & Berit Kristensen）、雷吉策·皮尔和奥勒·皮尔（Regitze & Ole Pihl）、约迪斯·哈尔德和卡伊·哈尔德（Hjørdis & Kaj Hald）、埃里克·阿尔伯森和莉莉安·阿尔伯森（Erik & Lillian Albertsen）、汉斯·克鲁尔（Hans

Krull）、卡拉·克鲁尔（Karla Krull）、厄纳·拉尔森（Erna Larsen）、亚当·格雷德霍伊和安妮·格雷德霍伊（Adam & Anne Grydehøj）、索伦·布尔（Søren Buhl）、马瑞恩·海恩森（Marjun Heinesen）、贡纳尔·拉斯穆森（Gunnar Rasmussen）、荣誉退休牧师芬恩·波尔森（Finn Poulsen）、拉尔斯·克罗曼（Lars Kroman）、隆娜·桑德加德（Lone Søndergaard）、弗兰斯·阿尔伯森（Frans Albertsen）、克里斯蒂安·巴格（Kristian Bager）。我还想特别感谢马斯塔尔海事博物馆的馆长埃里克·克罗曼，他为我开放了图书馆的档案。还有卡斯滕·赫尔曼森，他与我分享了自制的葡萄干面包，以及他渊博的知识。

我想感谢克里斯托弗·莫根斯蒂纳（Christopher Morgenstierne）在航海术语和表达上为我提供的帮助。任何有关航海技术和风力的表述错误，责任全在于我个人。

非常感谢最亲爱的劳拉。你人生的一半时间都在协助我写作本书。在整本书的创作过程中，你一直在以坚定的热情表达你的鲜明立场。

还要感谢我可爱的莉齐，我永远也报答不尽你的恩情。你一直用你所特有的专业精神和爱支持着我，因为有了你，我最终才能安全进港。

漫漫归途

——中文版后记

莫柳茵 译

我选择写一部关于马斯塔尔水手的小说有几个不同的原因。

其中一个原因平淡无奇，且显而易见，即我出生在艾尔岛。我有一半的童年是在马斯塔尔度过的，可以说是我人生到目前为止最好的一半。我父亲是一名水手，同本书中的那些水手一样。我一直对这座城市及其人民怀着深切的感激之情。作为一名作家，他会拿什么来报答呢？当然是他的文字。

但如果说，这些回忆是我写下这本书的唯一动机，那这将是一部自传，而非一部小说了。

另一个原因可以说是历史性的，或许还带着一点点政治性。如果回到几代人之前，也就是20世纪50年代，当一个普通丹麦民众被问到丹麦是一个怎样的国家时，他会毫不犹豫地回答：丹麦是一个海洋国家。这不是因为当时的海上商船队雇的人数比今天的多，其实那时候商队人数并没有很多。这是丹麦人所自持的一种特殊的自我认知，丹麦国歌《国王克里斯蒂安站在高耸的桅杆上》也反映了这一点。丹麦的成名之路、强国之路均通往海洋。

我们，被淹没的

今天，你如果提出同样的问题，将得到一个完全不同的答案。第一个答案显然是正确的：我们是一个福利国家。如果受访者老道一些，他会谨慎地补充道：一个后工业福利国家。如果你重新阐述问题，进一步询问我们的历史身份，那么会得到与七十年前的普通丹麦人截然不同的回答。现代丹麦人不会再认为丹麦是一个海洋国家。他们会说：我们是农耕国家，这就是我们的来源。我们生长于土地，根系于土地。

丹麦人的国家认同发生了这样的转变是有许多原因的。格伦特维格主义一直是丹麦人最喜欢的意识形态，而这些年牧师占据了越来越多的媒体焦点，他们的观点自然都属于农民文化。当一个人沉迷于自己的民族血统时——丹麦人近年来就是这样的，我们所谓的丹麦性，显然更能在犁沟里而非在大海上找到答案。因为一旦涉及民族身份的问题，水手们的回答总是不确定的、模糊的。

我们患上了"历史健忘症"。我认为这种健忘是悲剧性的，因为它恰恰发生在我们历史上最不合时宜的阶段。现阶段正呈现出一种发展趋势，用外来词语"globaliseringen"，即全球化，来形容最合适。这种趋势迫切要求我们，无论喜欢与否，都应该学会也必须学会与全球化趋势共存，和外国人共存。

这是农民向来不擅长的事情。他们完全不了解外来事物，只想固守那一隅之地。水手则探寻外部世界，他或许不会接受，但他总会带回来些什么。他带回来一种底层的思维方式，即做事的方法不是只有一种。他并非每天只能眺望漫长的地平线。他还知道，在地平线的另一端存在着一些事物，不一定都与这里的一样。农民视线所及不会比自家农田更远，他的世界观是在一小块土地的基础上形成的。

这就是为什么在全球化时代，水手是比农民更好的祖先。这就是为什么我觉得我们选择了遗忘水手这一身份是多么可悲。

唯一坚守"丹麦是一个海洋国家"这一传统观念的地方是丹麦皇室。皇室仍存有一艘皇家船只。我们从未听说过有皇家犁，或者皇家拖拉机。当一位丹麦国王欲证明其领导王国的权力与能力时，他会耸立于船舵，而绝非通过拉犁。弗雷德里克国王自己就是一个水手，弗雷德里克王储也能在船桥上大展身手。约阿希姆王子不幸生得太晚，因此不会有什么特别之处，他顺理成章地接受了农业方面的教育。

但如果真的只是有这些想法，我会选择写一本历史书籍或一篇辩论文章。但我没有，而是写了一部小说。

所以一定有更多其他的解释。没错，确实有。

小说是一场与现实的游戏，也是与文字的游戏。一位睿智的作家曾经说过，小说通过谎言来讲述真相。如果要我说《我们，被淹没的》的起源，那就是：我曾经听过的几句奇特的话，这些句子在我心中不断生长，好比橡子长成了橡树，有一天，这些故事就变成了一部小说。

我最好先描述一下当时听到那些话的背景，因为背景是故事的一个重要部分。当时我十七岁，在奥尔堡读高中。我的家人从马斯塔尔搬来奥尔堡。我父亲那时还是一名水手。他有自己的船，一艘重达二百二十吨的货船阿贝隆号，1916

年于荷兰建造，后来被加长。阿贝隆号当时仍在马斯塔尔登记在册，然而，时间早已从它破旧的船体上飞逝。那时候，约1970年，斯堪的纳维亚海域的小型航运市场几乎不存在了。大多数货物要么由飞驰在新建的高速公路上的大型货车队运输，要么是由行驶在铁路轨道上的货运列车载来。

20世纪60年代，丹麦人对繁荣和舒适有了新的期望。我父亲所能提供的工资，以及阿贝隆号上的船员所必须忍受的条件则属于另一个时代。男人们住在桅杆前方的舱室里，里面有四个建在舱壁上的铺位，既幽暗又潮湿。唯一的照明设备是一盏煤油灯，还有一个只在发电机运转时才能发出昏昏暗暗光的电灯泡。唯一的热源是煤油炉。薄薄的一层木棉褥子直接铺在狭窄铺位的底板上。天气恶劣的时候，海水冲进船舱，人要想从摇晃的铺位上下来，只能站在漫过脚踝的冰冷的水里。如果要洗澡，那就在甲板上露天洗，无论是什么季节。如果要如厕，船尾有个小铁棚，棚子里有一个瓷马桶，但里面没有拖把。马桶下面直接通向大海。如果风很大——在海上经常是这样，大家都知道在那里面不宜久留，除非是在排泄体内的"重物"，实在没办法一下子抽身。因为马桶里会直接溅起巨大的水花。

我父亲很难找到雇员。他有一些退休的老船长朋友，出于对大海的怀念，偶尔会与他一起出海航行。他有一些雇员，都有着破碎的人生。他们的工作表现很少给父亲留下深刻印象，反而是他们古怪扭曲的人生观经常会吓到他。另外，他还有个十七岁的儿子。高中放假的时候，我会同他一起出海。

我与父亲的关系相当复杂。我父亲是个好战的反智者。

他坚信所有不靠双手工作的人都是社会的寄生虫。甚至那些按常理来说值得尊重的职业，比如学校教师和图书管理员，也被他算在里面。其实，他从未接触过前述的图书管理员。相反，我坚信人之所有拥有双手，是因为没有手就难以翻动书页。我也在身体力行这一观念。我刻意不动手做事，所以在船上帮不上任何忙，也没学到任何东西。

我假装自己有用，而我父亲则假装欣赏。这挺复杂的，同时也很累人。如果非要我在什么著名文学刊物里找个对标物，那就是出现在《唐老鸭公司》周刊里的一个故事，这本周刊是我父亲唯一会翻看的出版物。故事里的大灰狼是一头正常的狼，它喜欢猪里脊、猪排和猪颈肉。它的儿子，取名为小灰狼，这名字有些误导人。它也喜欢猪，但把猪当作玩伴与朋友。我和父亲的关系与这有些类似。我所看重的一切，他都看不起；他所过的生活，我也不感兴趣。但基于对彼此的忠诚，我们的关系仍然很紧密，所以每一次他叫我一起出海，我都答应了。

我正是在这样的背景下听到那些话的。在幽暗的舱室里，除了我，还有一位老人。在我看来，他四十多岁。早在多年前，他十四岁时就开始在我父亲的甲板上工作。我父亲曾培育他，并在他身上看到了航海的天赋。然后，父亲鼓励他去看世界，去长途航行，然后再回家去航海学校继续深造。

用水手的行话来说，长途航行也被称为"高温航行"。所谓高温，意思就是在热带地区，那里非常炎热，人会经常感到口渴。我父亲的学徒也变得很渴，非常饥渴。多年过去了，他早已不再觉得饥渴，随之消失的还有那回到航海学校攻读船舶驾驶专业的梦想。现在他又住在我父亲船上桅杆前的地方，他孩童时梦想开启的地方。只是，他不再继续向前。

那时正逢秋假，我们六点起来准备卸货。有一天，我听到他一大早从小酒馆回来了。他爬下通往舱室的陡梯，准确地说，主要是摔了下去。他拿来睡觉的时间很少，脸又红又肿，用他的话说，他"头发很痛"。他正要关上沉重的舱口盖，却突然停住了。十月低垂灰暗的天空正无声地下着冷雨，他抬起头，把脸朝向雨点，深深地叹了口气。

然后，他用一种低沉的预言性的声音，说出下面这些话，仿佛在高声朗读着《旧约》经文："终有一天，全世界所有女人都会睡在阴沟里，哭着喊着想要男人的老二，但她们毫厘都别想得到！"

闭嘴吧，当他咒骂完后，我心里想着，真是个有远见的人！

在这里，我得赶紧补充说明，我并不赞同他这一远见。我当时的年龄和经验都不足以理解话语中的苦涩。但我确实感觉到，这句话背后是一个在生活中承受了太多次拒绝的男人。

我后来才发现，这个诅咒不是某人清晨宿醉下的产物。水手们说过这句话，虽然不是时刻挂在嘴边，但在许多时间和地方都说过。一位挪威读者告诉我，他1977年在海于格松听过这句话。还有其他版本，一个更精确的，也可以说是更受限的版本，因为怒火是针对船主的。在这个版本里，是船主的妻子们躺在沟里，而路过的水手们，甚至是骑着白马的男士都不愿意与她们亲热。

当我听到这句话时，想到的并不是这件事本身。我只是单纯觉得这是一种很奇妙的说话方式。我紧接着的想法是：

有一天，我要写一本书，书里的人们就这样说话。

三十六年后，我写完了。在书中第850页有一个人说了这句话。

这是一个漫长的过程，但我终于完成了。

我决定开始写这本书，是在2000年的某一天，当时我去了马斯塔尔，并拜访了当地的海事博物馆。这不是一座普通的博物馆，而更像是一个古怪的民间收藏馆。我与博物馆说明了我当时尚不明朗的计划，并询问他们是否能给予我一些帮助。我随即被带到了档案室。

我在那儿待了没多久就发现，这个档案室就是加利福尼亚，而我是唯一一个发现了黄金的人。

数百年来，马斯塔尔人航行于世界各地的海港，见证或参与了各种历史大事件。在19世纪初的拿破仑战争期间，他们的城市曾被英国人轰炸。19世纪末，这座城市的水手们在三年战争的海战中被炸成碎片。在第一次世界大战中，他们的双桅船在德国所发布的无限制潜艇战中被击沉。在第二次世界大战中，有八十多名马斯塔尔水手丧命汪洋，他们大部分阵亡于冰冷的北大西洋海域。在那儿，他们自愿与盟军护航船队航行。要知道，当时这个小镇的人口不足三千名，八十名父亲、儿子、丈夫和兄弟的离去是多么大的损失。

这里是一个汇聚着奇妙故事、人生和历史的巨大宝库。马斯塔尔人不仅涉足过地球上最不可能的地方，在过去的两百年里，他们还见证了大部分世界历史，至少是发生在海上的那一部分。

我很快就明白了，在最近二十年的时间里，半数马斯塔尔人在采访另一半人之外，没再做过什么其他事。这并不是因为马斯塔尔人特别自恋——准确地说，他们确实是自恋的——主要是因为他们深刻地知晓自己历史的独特性，并为此深感自豪。

　　马斯塔尔的兴衰与帆船的历史紧密相连。当帆船唱起它们的天鹅之歌——首先是汽船，然后是机动船占领了货运市场，马斯塔尔随之也唱起了不同的旋律。正如人们几十年前在采访第一次世界大战最后的幸存者，现如今又在采访第二次世界大战的最后一批目击者，马斯塔尔人同样明白，在一切还来得及之前，他们需要将那些重要的事情流传千古。于是，在坐落于王子街的海事博物馆的指引下，一半的居民绕着马斯塔尔走了一圈。他们走进了轮渡巷子里的六个船长之家，又走到了波罗的海之家社区里一家名叫"Rynkeby"的养老院。那里配有录音机和写字板。

　　"在这里"，他们说道，"请写下你所记得的关于那个伟大时代的一切。如果你懒得写，便可对着录音机说。如果你有日记和信件在身边，可以给我们看看吗？但无论怎样，在你最后一次讲述自己的故事之前，请不要进入坟墓。"

　　这又是一个怎样的故事呢？

　　这是一个始于五百年前的故事，大约在克里斯托弗 - 哥伦布发现美洲的同一时期。那时的马斯塔尔人被历史学家称为海滨居民，也就是岛屿被分离出去时被遗留在岛上的居民。他们在通往波罗的海的斜长山丘上定居下来。虽然那儿不适合耕种，但他们至今仍住在那里。他们有了与哥伦布相同的发现。他们不仅发现了海洋，还发现了美洲。在海上，没有领主，没有边界，没有贫瘠狭小的土地，没有压制民众、扼杀想象力与渴望的社会等级制度。在海上，就像在未来的美洲那样，有着无拘无束的自由。在海上，如果有船童想当船长，那他便有机会当上船长。他如果是马斯塔尔人，一定会想当船长。

马斯塔尔人很快因其精力充沛和冷酷无情而被邻岛所憎恨。这座城市在17世纪末蓬勃发展。随后，灾难性的抗英战争爆发，马斯塔尔陷入了赤贫如洗的困境。然而，凭着一贯的顽强精神，它很快重新崛起。在长达一公里的自建码头的庇护下，马斯塔尔人为自己的港口提供了有效的保护，抵御了大自然的力量。国王拒绝向他们提供帮助，所以他们决定自己搞。四十年来，他们一直在建造自己的码头，直到最终建成。如果用一个词来概括他们的精神和历史，那就是自力更生。

他们一如既往地用同样的精力和无情的方式来做这件事。为了获得建造所需的材料，他们拆除了环岛而立的石堤，这些石堤是公爵时代的纪念物。他们还掠夺了岛上石器时代的墓穴。他们对历史没有特别的敬畏之心。他们想的是未来，他们急于想为自己的未来打好基础。我常想，马斯塔尔码头周围的石块就像埃及金字塔的石块一样多。但石块伫立在那里，并不是为了纪念死者，而是为了保护活着的人。

马斯塔尔人开始在码头上劳作，而后又过了四十年，他们再一次完成了一项壮举。他们又做了一件让人意想不到、具有划时代意义的事情，这件事同时也保证了他们的未来。

这一次，他们不是在建造一座需要体力劳动、可见的大型建筑。他们所建造的东西肉眼几乎看不出来，而这正是重点。他们的想法是，这座城市需要一个电报站。他们向国王寻求帮助。这次是一位新国王，但他和老国王一样拒绝了他们。他或许是丹麦国王。不管怎样，国王的恩赐对马尔塔斯来说远远不够。因此，马斯塔尔人自己想办法从邻岛——朗厄兰岛——铺设了一条电报电缆。正如我所说，他们向来能自食其力。

他们是波罗的海中被遗忘的角落里一个不起眼的小岛上偏远小镇的居民。这块土地是如此渺小，如此不起眼，如此被人遗忘，以至于德国在1864年缔结战后和平条约时忽略了艾尔岛。这个岛在历史上属于石勒苏益格，而石勒苏益格被并入普鲁士，因此，如果艾尔岛与石勒苏益格一起并入，那是很自然的。但德国人忘记了艾尔岛的存在，如同丹麦国王遗忘了自己的岛屿。

马斯塔尔镇的居民知道一件事：如果拥有一个电报站，他们将不会再生活在世界的边缘。他们将生活在世界的正中，不再需要从波罗的海或斯堪的纳维亚水域中运输粮食。然后，世界市场会向他们开放，马斯塔尔将找到一个新的立足点。这个立足点将在世界版图中，而不是在丹麦地图上。

那时候，因惨败德国而深受打击的丹麦在闭关锁国和狂热的自我崇拜中找到了一条国家的生存之道。"我们在国外丢掉的，必须在国内赢回来。"马斯塔尔则恰恰相反，选择了对外开放。他们直面并拥抱整个世界，而自身也因此变得强盛。

在那之后的三十年里，丹麦只有一座城市的商船队比马斯塔尔的大，即哥本哈根。丹麦拥有许多设施完备的港口城市，其中多数城市的历史与丹麦王国一样悠久，面积也都比马斯塔尔大得多。但排在王国首都之后的，不是奥尔堡、兰讷斯、奥胡斯、尼堡、科索尔或斯文德堡，而是马斯塔尔这个偏远小镇。按人口来看，它仍算一个小村庄，但从其他方面来看，它已经发展成为一个全球性的世界都市。

这就是我想讲述的奇妙故事。

我刚来到马斯塔尔，在镇上散步时又有了一个新发现：在马斯塔尔，电视不是唯一的娱乐来源。他们还有另外一个频道，那就是客厅的窗户：看看窗外有谁走过。她要去哪里，而且是在这个时间？渡轮从鲁兹克宾港口起航是这一天的另一个兴奋点，其令人激动的程度仅次于渡轮的到来。

现在轮到我了：因为我突然离开，又突然到来。我可以感觉到街道上追随的目光。我必须做一些事情来释放这些好奇的马斯塔尔人内心的紧张感。

我拜访了当地图书馆，与那里的工作人员达成了协议。我们一起为市民举行了一系列讲座。在会上，我向马斯塔尔居民介绍了自己的计划。我阐明了自己的想法，并大声朗读已经完成的小说篇章。这就像当时正在DR1频道播出的电视剧《纪事录》的本土现场版，唯一的区别是，在这里，人们可以窥探作者的工作室，还可以实时追读一个变化无穷的故事。

我也开诚布公地说过，这对我来说是一种利益交换。马斯塔尔人得到一些东西，我也想因此获取一些回报。于是，每次讲座我都会带上一张清单，里面是我想了解的一些事情。会议间隙，人们会邀请我去家里喝咖啡。我坐在沙发上喝着咖啡，吃着蛋糕，收到一大沓信件。这些信可能是爷爷写给奶奶的情书，可能是20世纪20年代他还年轻时，在危险的纽芬兰贸易中横跨北大西洋的航程中写下的。究竟我有没有兴致阅读它们呢？

我还收到了一位叔叔写的材料，他在二战期间曾驾驶军舰。回到家后，他夜不能寐，于是聪慧的妻子建议他写下自己的经历，以缓解内心的压力。他足足写了六十页，除家人以外的人都没有看过。这些内容是为了我而写的吗？

在街上，马斯塔尔人会走向我，询问我写的是哪个家庭。我回答说，小说中的所有人物都是虚构的，小说并不是家族纪事。"但是……"他们反对说，然后急切地看着我。他们家里的曾祖父、叔叔或其他家庭成员都经历过非常有趣的故事，他们确信我可以在书中为那些人找到一个位置。

我后来才发觉，在某些人眼里，小说好像是人可以买入的资产。于是我不得不向马斯塔尔人解释，我写的确实是他们的故事。但这是我的书，我不可能接受任何形式的贿赂。"我是这艘船的船长。"我说道。这个比喻在这个航海小镇是可以被理解的。

在图书馆举行的讲座拥有一排忠实的常客。就是字面意义上的"一排"，因为她们总是坐在房间的最后一排。她们发出的与众不同的声音会让人不由得注意到她们。她们是镇上的一群老太太。她们带着编织针和线，整个晚上都在轻快地编织着。只有在我提问时才安静下来 —— 她们把编织物放到大腿上，然后高举双手。她们见识过所有东西，了解它们，也什么都记得。这些老太太就是《丹麦王国百科全书》中关于马斯塔尔的回答。

我可以举例来说明她们的无所不知。有一本期刊是由一群可能是世上最可怜的人写的，即那些被迫流亡在岛外的艾尔岛人所写。这本期刊也因此被命名为《艾尔岛人》。期刊中有个专栏名为《从那里来》，专门刊登各式各样的消息。其实就是一些人们津津乐道的逸闻趣事。

我在寻找灵感的过程中，读完了《视与听》本土版整整八十年的所有内容。在1945年5月4日的一条注释说明中，一些东西引起了我的注意。莫勒街上曾有一名妇女被警方带走，因为她在阳台上用一把上了膛的左轮手枪威胁聚集在她家门前街道上的人群。

我询问在场的人，有谁可以帮忙解释这个女人的戏剧性行为。

这时候，后排立马变得安静，所有人都把编织物放在腿上，同时举起了双手。马斯塔尔百科全书的课代表们不仅仅知道这位女士是谁、叫什么名字、年纪多大（毕竟那只是六十年前的事）。不，她们还知道这个故事中更重要的事情。她们还知道她有多重。

原来她相当重。这是关于她的一件事。第二件事是她非常喜欢男人。现在在许多文化中，胖女人加喜欢男人是一个幸福的组合。但在那时候的马斯塔尔，这并非一件好事，因此这个莫勒街的女人过着相当不满意的生活，直到一个美丽春日的到来。那天，一车又一车充满朝气的年轻小伙子们来到了岛上。只要愿意，他们就不会对异性有多挑剔。不过，这个莫勒街的女人可是会挑剔的。接下来的五年对她来说是幸福的五年，当然，对其他丹麦人来说则是可恨的五年。这对我们来说是侵略，那些可爱的年轻人正是德国士兵。然而，凡事都有尽头，即使是生活中最美好的事，对这个莫勒街的女人来说亦是如此。不过，她相当有先见之明。她向最后一个情人索要了一份临别礼物，是一把带弹药的左轮手枪，以及如何使用它的快速上手教程。

1945年5月4日解放的消息在伦敦电台播出时，人们才发现，原来在马斯塔尔还有一群秘而不露的人，即德军的反抗者。镇上没人知道，尤其是德国人。当德军投降时，这些人勇敢地站了出来，展示了他们诚实的丹麦面孔，然后齐步前往莫勒街。正义将最终得到伸张，敌人将大败而归。但胖女人已经准备就绪。她站在阳台上，用左轮手枪气势汹汹地指着他们。这时他们所有人突然想起自己在城里的其他地方还有紧急任务。就这样，据我所知，她逃过了头发被剪断、浑身被涂满纳粹标志并赤裸游街示众的命运。就这样，这群优秀的马斯塔尔人没能证明自己的勇气。我想那一定是一股非常巨大的勇气，毕竟有五年之久未得释放了。

不过，这个故事并没被收入《我们，被淹没的》中。小说的情节开始于1849年春天，并于1945年5月4日晚上八点三十分整结束。而莫勒街的胖女人是在一个小时后才开始挥舞她的左轮手枪的，因此没有出现在小说里。

我常常被人问到，在《我们，被淹没的》中，哪些是真实存在的，哪些是虚构的。换句话说，我在历史资料中发现了什么，而我自己又编造了什么？

我通常会这么回答：这个问题适用一条简单的法则。那些看上去越是不可能的，你就越能确定它真的发生过。那些听起来越是稀松平常的，你就越能确定它是我编出来的。这就是所谓的自传性叙述的轶事结构。

我这么说是什么意思呢？

如果我请一位马斯塔尔老水手描述他的生活，他一定会从童年开始讲起，但只会局限于他那淘气的恶作剧、校园时光、与母亲的关系、他不得不独自操持家务的母亲、常年不见的父亲，以及自己对父亲的思念。说到这些事，他绝不会浪费一点口舌。他会说起自己用表弟的气步枪射中了莫勒街一根灯柱上的瓷按钮，然后半个马斯塔尔的灯一下子都亮了。这件事的每个细节他都会详尽地娓娓道来。如果我请他再同样详细地描述他在海上那几年的情况，他则会回忆起在纽芬兰岛岩石海岸的沉船事件，或是二战期间的鱼雷或地雷爆炸事件。当他讲述到在布宜诺斯艾利斯一个酒吧里声势浩大的一场斗殴时，他目光灼灼，脸上铺满红光。如果这时他的妻子正在厨房里准备咖啡和蛋糕，他则会压低声音，沉浸在对墨西哥港口城市的漂亮女人的回忆中。

但是，他年轻时的梦想是什么呢？还有爱呢？身为父亲却几乎见不到自己的孩子是一种怎样的感觉？他又是如何熬过漫长夜班的孤独，以及当巨浪涌入船内时的恐惧的？

只字未提。

这不是因为老船长难以用语言来表达自己，虽然他确实不习惯于用文字表达情感。这并不是他沉默的原因。他只是觉得谈论这个问题有些多余。毕竟，这是生活的本来面目，每个人都是这样活着。这是大家都知道的事情，因此没有必要再浪费口舌。

毕竟，那些未知的、前所未有的、不寻常的事情才是一个水手回到家后常谈的话题。在他看来，他自己的内心感受和在陆地家中的生活不值得诉说。他理所当然地认为没人喜欢听这些东西。因为这些日子里每个人都在，都知晓了解。也没发生什么大不了的事。

他不知道自己会代表一种即将消逝的生活方式。而正因如此，他生命中的一切都会是有趣和新奇的。海事博物馆有许多志愿者去拜访老水手，请他们对着记事本和录音机讲述故事，分享看法。但他们想听到的，也都是一些稀奇的故事。

问题就在这里。在马斯塔尔海事博物馆的档案中，我能找到十部詹姆斯·邦德小说的素材，却很难找到那些经历过这些冒险故事的人的痕迹。他们躲在事件的背后，像冰岛传奇一样沉默寡言。我当然可以轻松地根据这些真实事件写一部快节奏、刺激人心的小说。但那样书中就不会出现鲜活的真实人物，不会有一个读者喜欢或讨厌，可以与之一同生活、受苦、思考和怀疑的角色了。

我感觉自己像是要建造一座房子。砖头我已经有了，但能把砖头黏合在一起的砂浆，也就是人、梦想、渴望和希望、勇气、毅力、爱和友谊，所有这些我都缺乏。我不得不自己去找寻。所以，想象水手们的冒险故事对我来说并非挑战，

难的是去想象那些普通的事物，也可以说，是那些普通的小
人物。

什么是想象力？是突然顿悟现实世界的有限性？是绝对
相信自己的创造力？还是共情他人的能力，跨越对外人紧闭、
通往内心私密空间的那扇门并直达深处的能力？想象力也许
同时需要这些能力，并在各种联想的碰撞之中达到一种不断
变化的平衡。

小说中的人物是我自己创造的，不过频繁受到了马斯塔
尔现实生活的启发。有些是我在咖啡桌上或者是散步途中闲
聊听到的陌生人的故事，只是寥寥几句就浓缩了一个有着传
奇的悲惨转折点的人生故事。其他灵感则是我在档案馆里找
到的。有几个人留下了大量的文字材料，内容是他们的日常
生活和想法。

在我寻找灵感的过程中所遇到的人里面，最善于表达
和思考的是船舶经纪人阿尔伯特·伊·博耶。他也是阿尔伯
特·马德森这个人物的灵感来源。他们俩有着相同的人生观。
阿尔伯特·马德森的许多想法都是我从阿尔伯特·伊·博耶
那里借鉴过来的，另外，我还借鉴了船舶经纪人端庄的外表。
甚至阿尔伯特·马德森在梦境里探寻陌生之地的能力也来源
于他的原型。很多书评人认为这种能力是《我们，被淹没的》
具有魔幻现实特征的一个标志。阿尔伯特·伊·博耶是个非
常清醒而客观的人，但他深信自己的灵魂会在夜晚游荡到世
界各地去探险。不过，他们俩有着完全不同的生活。如同小
说中的所有人物，阿尔伯特·马德森是由各种各样的材料拼

缝而成的产物，我的想象力则是那条将这些碎片缝合为一体的线。

像赫尔曼这样的人物，则从未在马斯塔尔出现过。这个盼望着被这座城市接受的杀人犯和强奸犯是我的创造物。还有马斯塔尔的死亡天使克拉拉·弗里斯。不过她的故事也借鉴了这座城市，甚至是邻岛比克霍尔姆岛历史的某些特点。在比克霍尔姆岛曾住着一个年轻女子，克拉拉·弗里斯与她有不少相同之处。克拉拉·弗里斯的儿子，战舰里的水手克努德·埃里克，在第二次世界大战中经历了许多可怕的、令人痛苦的事情。他的名字与马斯塔尔的一位老水手相同。这并不是巧合，恰恰相反，我刻意为之，是为了向老水手致敬。克努兹·埃里克·马德森在第二次世界大战中为盟军战舰服务了五年。正是在他的帮助下，我得以从水手的角度描绘战争。虽然从思想和人生历程上来说，他与小说中的人物迥然不同，但他们仍有许多相同的经历。所有我小说人物的原型里，克努兹·埃里克·马德森也是唯一有机会阅读到关于自己的小说的人。《我们，被淹没的》出版时，他已经九十一岁高龄了。他坐在自己最喜欢的扶手椅上，在马斯塔尔的波罗的海养老院里，听着侄女为他朗读这本书。

有一位八十三岁的老水手称他在维尔耶姆身上认出了自己。维尔耶姆是个在二十五米高的双桅船桅杆顶上做杂技表演的男孩。我从小就认识这个老人。有一次，他曾出于好意打过我一记响亮的耳光。我在写这一幕时压根没想到他，但没好意思说。

他坐了一会儿，看着前方。"不过这都不重要"，他说，

"我们都在书里，那么平和安静，以至于都没有注意到这一点。"

他的话让我非常感动。他直接看到了小说的核心，明白我想要传达的理念。

有许多人默默地在《我们，被淹没的》中发现了自己或自己身边人的影子。这对其中一些人来说也成了一种奇妙的经历。在凯斯楚普机场的行李传送带旁，一个与我同龄的人径直向我走来。他父亲在第二次世界大战中曾与护航船队一同航行。但他父亲一直拒绝谈自己的经历。

"直到我读了你的书，才知道他经历了什么。"那人停顿了一下，然后他的脸变得通红，"我哭了好半天，就是停不下来。"

很少有人能从现实直接跨入小说，但伊萨格是其中一个。他是个虐待狂，是一名毁掉了几代马斯塔尔男孩的人民教师。阿尔伯特·伊·博耶在他的回忆中将伊萨格的形象描述得栩栩如生。这位教师真名为伊索伊。写完小说后，我偶然在马斯塔尔的公墓里发现了他的墓碑。在这部小说的早期版本中，他是以真名出现的。我想，那都是很以前的事了，写下来应该不会对任何人带去困扰。但马斯塔尔人警告我说："他在朗厄兰岛有后裔。"他们补充道："他们因争强好斗而臭名远扬。"

常常有读者问我，马斯塔尔是否真的有过这样一位老师。每一次，这个问题都是以一种近乎恳求的语气提出，似乎提问者期望得到一种确认，期望这样一个憎恨儿童的暴力分子从未被允许在丹麦公立学校工作过。那么，我必须实话实说。有一次，一位难缠的先生在确认了伊萨格的存在后，举起了手。"对这个人物的描绘曾把我们全家逗得哈哈大笑，"他大笑着说，"这是我妻子的曾曾曾祖父。"

一个中国女人在小说中扮演了重要角色。她的名字叫程素梅。现实中确有其人，不过她与我小说角色的身份不同。现实生活中的程素梅于1925年在巴黎著名的索邦大学获得法律学位，成为第一位获得此学位的中国女性。程素梅出生在广州的一个富裕家庭，六岁时被裹足，但在不惧权威的母亲的鼓励下，她将缠带撕掉了。她祖母对着她裸露的、没有被束缚的脚趾咒道：你永远都结不了婚。最后，程素梅在西化的城市——上海当上了一名法官。正是为了向她致敬，我以她的名字命名我的一个角色。

在我的小说中，她不仅是船东阿尔伯特·马德森获得经济成功背后的女人。她远不止于此。程素梅还是小说中全丹麦最成功的船主马库森背后的女人。他的原型是 H. N.安德森（H. N. Andersen）。在现实世界中，他与我小说中的马库森一样，拥有全国最大的航运公司。H. N.安德森背后没有外国女人。他独自创立了自己的航运公司，并像所有与中国进行贸易的外国船东一样参与了对这个国家的掠夺，用他们冷血无情的行话说，就是"分一杯羹"。为了向创造了西方船主财富的、无名的、收入微薄的中国人致敬，我将一个中国女人放在了他财富帝国的中心位置。是她的聪明才智和商业头脑创造了他的帝国，而非相反。

有些评论家指责我在《我们，被淹没的》中对马斯塔尔人多有溢美之辞，对这座城市的高贵居民有太多英雄式的刻画。伊萨格老师的存在应该明确否认了这个愚蠢的说法。劳里斯背弃了家庭，最终在南海的一个小岛上沦为酒鬼。他的儿子阿尔伯特·马德森难以控制自己的暴力倾向。有一次，他那比他年轻得多的女情人被他狠狠地揍了脸。赫尔曼是个杀人犯和强奸犯。克努兹·埃里克不仅有酗酒问题，有一次，他还射杀了一个已卸下防备的人——一个跪在被击落的机翼上乞求着的德国飞行员。他们都是马斯塔尔人。没有任何一个来自马斯塔尔的人抱怨过这些人物，也没有人否认过他们镇上的居民可能会实施这些行为。他们很清楚，人是复杂的存在，有行善也有作恶的能力。书中重现的正是这样的存在。

我曾体验过，现实和小说奇迹般地融为一体。这件事发生在范洛西图书馆的一次讲座上。会议间隙，有三位老人来到我面前。他们背着一个袋子，看上去里面装着重物。他们自我介绍称是来自马斯塔尔的兄妹。

"你还记得"，其中一个人说，"你在书的开头写道，在英国人围攻马斯塔尔时，一颗炮弹是如何穿过十字路3号的屋顶吗？"

我点了点头。是的，我记得很清楚。我研究资料的时候发现有一颗炮弹确实穿过了十字路一栋房子的屋顶。我利用这一事件为劳里斯的出生赋予了一个奇妙的角度。当炮弹冲破屋顶时，他的母亲被吓得在厨房地上生下了他。

这三兄妹把袋子放在我面前的桌上。然后，其中那位年长的女人将袋子打开，开始在深处翻找。不一会儿，她把找到的东西拿了出来。

"这正是那枚炮弹。"她说道。

1808年4月的一天，有二十多枚炮弹落在马斯塔尔。我经常在想，这些炮弹后来怎么样了。我曾读到过，有些炮弹在厨房里被用作将芥末籽捣成酱的工具，而芥末酱是马斯塔尔人最喜欢的鳕鱼食谱中的一个重要部分。我没想到，其中的一个炮弹竟被保存至今。人们将它代代相传，在两百年后的今天，它仍然留存着那一天马尔斯塔尔被轰炸的记忆。

得到他们的允许后，我把炮弹握在手里。它锈迹斑斑，小巧紧实，非常非常重。这真是个非常奇怪又令人感动的时刻。

我还曾以另一种迥然不同、相当令人惊讶的方式体验过现实与小说的融合。小说出版后的那段时间里，偶尔有马斯塔尔人在街上遇到我，有好几个说了同样的话。"千真万确，我小时候就听说过所有这些故事。"

我目瞪口呆地看着他们。他们是不可能在小时候就听过这些故事的。因为这都是我编的呀。

只是这座城市的记忆出现了偏差。马斯塔尔人曾经听闻的事情被他们最近所阅读的故事遮蔽。现在，童年故事与小说情节交织成为一体。我敢肯定，未来的历史学家一定会远远地咒骂我，因为我所做的这件事确实破坏了他们研究的根基。

我声称，那些是听起来不太可能的事情，读者们就越可以肯定它真的发生过。这条准则真的完全没有例外吗？

在埃克恩弗德峡湾战役中，克里斯蒂安-D-8号爆炸时，确实有一名水手被高高地抛入空中，然后跌落到甲板上，这之后他竟然还活着，和劳里斯一模一样。还有一位厨房服务生，当二战护航期间的一艘军火船被炸得粉碎时，他被从八百米外的海里捞起来，结果仍然活着。

一次讲座结束之后，一位着装端庄的女士问了我一个问题。她显然只想把问题的答案留给自己，就好像我们俩在分享一个秘密。"我可以在马斯塔尔的哪个地方见到詹姆斯·库克的头颅？"她悄声问道。

"见不到，"我回答道，并拍了拍自己的额头，"它只存在于这里。"

这便是一个例外。詹姆斯·库克的头颅最后会出现在马斯塔尔并非完全没有可能。我这也是在说谎。

把詹姆斯·库克的头颅写入小说的想法是我在阅读年轻的马克·吐温写的夏威夷游记时出现的。当时的夏威夷被称为桑威奇群岛。出乎意料的是，这篇游记对这位英国探险家结局的描述充满了不敬与讽刺。显然，马克·吐温对詹姆斯·库克的评价不高。詹姆斯·库克被暴躁的土著杀死后，其内脏被放在明火上炙烤，随后被一群野狗般的孩子吃了。马克·吐温对此遭遇甚至感到好笑。

读完这段描述，我不禁想到詹姆斯·库克的头——毕竟是一个非常重要的身体部位——最终的结局会是怎样。目前没有任何记录。于是我萌生一个想法：那就由我来揭开这位著名探险家的头颅失踪之谜吧。我以为这是我步入世界文学的机会。谦虚地说，我觉得把詹姆斯·库克头颅的归宿放在马斯塔尔的这一想法的确挺好的。不过，单纯从历史的角度来看，这个想法无论怎样都是不实际的。夏威夷的土著并没有缩头术，虽然太平洋地区也有猎头者，不过只有亚马孙丛林中的印第安部落发明了剥下被杀敌人的头骨上的皮，然后将皮放在火上熏烤的做法。

如果这位端庄的女士一年后再问我同样的问题，我可能会给她一个完全不同的答案。马斯塔尔那古怪的海事博物馆从岛上一位收藏家那里借来了一个缩小的头颅，将其陈列在一个玻璃柜中，并厚颜无耻地声称这就是我小说中的那颗头颅。

小说有一个章节会让一些读者绝望地摇头。是小说最后的部分，北大西洋的护航船队航行期间，雨云号的船长克努兹·埃里克为拯救一名溺水的水手，也是一艘刚被鱼雷击中的船上的最后一名幸存者，不顾一切地跳进冰冷的海水中。当抓住落水者时，他发现这位幸存者不仅是个女人，还是个刚刚在水下完成了分娩的孕妇。

这事真的发生过吗？这有可能吗？

小说出版后不久，我的一位助产师朋友向我指出，在类似于船被鱼雷击中的暴力事件中，人要在短短几分钟内在冰冷的海水里完成分娩是绝不可能的，即便她在船被击中之前就已经开始分娩，那也做不到。

她说："这种经历太过震撼，以至于分娩过程会停止。"她说这句话的时候，带着一种不可否认的权威，这种权威来源于她曾帮助过数百名儿童来到这个世界。或者可以换一种说法：孩子会理智地判断，如果外面的世界是这样的，那就绝不应该出去。

当我开办关于《我们，被淹没的》的讲座时，从未怀疑过有助产师在场。如果有人问起水下分娩这个戏剧性的情节，我可以肯定这一定是助产师提出的。

但有一次，一个男人提到了水下分娩的问题，而他仅仅是为了怒斥我整本书"过于牵强"。我很克制地反驳了他：书的第一页就描写了劳里斯看到了圣彼得的屁股，这说明事情本身就很夸张，所以没必要感到惊讶。随后，我用更有力的声音补充道，水下分娩这一幕确实有可能超出了自然法则，但我压根不在乎。

后来，有位女读者在一次讲座后的问答环节中说出了令人欣慰的话。"我不关心它是否会在现实生活中发生。当我读到小说的这个部分，心里充满绝望。到处是死亡、毁灭，看不到任何希望。在灾难中，有一个孩子出生了，突然间希望又回来了。"

我回答她，作者在写下这一幕时也有同样的感受，而这也是我写下这一幕的原因。

在《我们，被淹没的》出版之后的很长时间里，一个人一直浮现在我脑海里。那就是我父亲。他已经去世了。然而，当我与人谈论起这本书时，总是会一次又一次地想起他。

我一直没能告诉父亲关于这本书的计划。我告诉了所有马斯塔尔人，而他却对此一无所知，尽管我所描绘的正是他的世界。让我退缩的是一种奇怪的羞涩感，仿佛我正未经允许擅自闯入他的辖区。我自己都没有意识到，这本书原来是为了弥合我们之间一直存在的分歧而存在的。而这是我最后一次尝试了。我早已学会与这些分歧共存。但我已经到了这样一个年纪，意识到自己对父母有所亏欠的年纪。虽然我们的人生轨迹与父母的有如此大的不同。我父亲讲故事特别厉害。他退休后，总是会细致入微地讲述他大半辈子在海上的水手生活的各种细节，好像在一遍又一遍地述说着真理。这些故事为儿时的我打开了一扇窗，否则我的童年会变得狭小而闷热。现在，我很想让他再讲一遍那些故事。

多年来，我第一次回到了马斯塔尔，现在正前往邻近的一个岛屿——塔辛格岛，我的父母一起在那里度过了最后的岁月。在那期间，我父亲突然病倒。他变得内向，变得不可接近。不久后他便去世了。而我一直没来得及告诉他，我想写一本关于水手生活的书。

父亲的去世让我开始提笔，但我很快就意识到，他本人将不会出现在书中。我给自己设定了一条简单的规则，即这必须是一部小说，不能是回忆录：书中不允许有任何关于私人回忆的笔墨。因为这会使书的视角变得狭隘，使我被禁锢于自己的家族历史。

但是，我父亲又出现了。

讲座结束后会有一些老水手和船长前来与我交谈，那时候父亲的形象又会浮现出来。他们都认识他，其中有几个人还曾和他一起出海。他们带着悲伤的叹息，仿佛是在为他做葬礼演说，说着同样的话："你父亲和我——我们一起畅饮了好多啤酒啊。"

这句话我听过太多次了，甚至连措辞都是如此相似，以至于我很快就觉得，这些话应该出现在父亲的墓碑上，如果他有墓碑的话。父亲并不希望有。他被火化了，骨灰被放在一个骨灰盒中。骨灰盒随后被沉入塔辛格岛的老船长之家旁边的斯文堡湾。他在海上度过了多年时光，任何一场海难都足以让他沉寂于大海。而这一次，他最终回到了这片汪洋之中。

有一件事老水手和船长们没有提及，但我能从他们的声音和眼神中感受到。在《我们，被淹没的》之后，我给父亲建立了他所不想要的墓碑。与此同时，我也为水手和船长们建造了一块纪念石，因为对于这个被无情大海所塑造的集体，他们每个人都非常有归属感。

在完成《我们，被淹没的》几年之后的一个夏日，我与堂姐在海边进行了一次严肃的交谈。她比我大不少，尽管我年事已高，但她仍能以母亲的身份关心我的未来和前景。

"亲爱的弟弟"，她对我说，"我很担心你。我知道你为自己的书付出了多少精力。但你真的觉得岛外的人会对这感兴趣吗？"

我花了很长时间才给出答复。我终于开口说了些话，但也不过是些无意义的说辞。当然了，我当然希望大家对它感兴趣，希望它拥有许多读者。只是我的堂姐触及了一个痛点，我还没办法完全确认。我越思考，就越意识到这个回答不仅涉及小说的性质这一难题，还涉及小说的读者到底是谁的问题。

例如，日报的记者一定很清楚自己的读者是谁。读者调查早已明示该报纸所针对的是哪个社会群体。如果有记者不熟悉读者的偏见和喜好，那么读者寄给编辑的信，以及出现在主编办公室的诸多读者邀请很快就会让他学聪明。这个问题对一个作家来说确实比较难以捉摸。他很少能知道谁在读自己的书，虽然假设他的大多数读者为四十岁以上受过良好教育的女性，可能也没有错。

许多年前，在《一个哮喘病评论家的自白》一书中，我试图找到一个答案。小说家给生活在黑暗土地上"不知名的朋友"发去消息，他们像在和知己聊天，或玩笑或严肃地，但一定怀着深厚的真情实感。这里我更多是指写作的语气。

但他们是谁呢？准确地说，读者们是谁呢？

在回答这个问题时，我反对任何对读者进行心理学或社会学还原的尝试。社会学在分析或解释现象时会把人分为所谓的阶层。他们认为，每个社会群体都有可预测的、高度一致的行为模式。我认为，除了公司想利用社会学推销自己多余的商品，或政治家想宣扬自己的陈词滥调之外，这是一种具有十足破坏性的思维方式。这是一种群体思维的形式，如果给它贴上民族的标签，我们会严词拒绝。但由于现代社会学以此为根基，又在市场分析中被证明很有用，我们接受了这种思维方式，即使它与种族或民族主义的观念一样令人憎恶，因为它们都将人类的复杂性还原为群体身份的单一维度的可预测性。

一个社会学家或市场分析师会拿着我的文稿问：谁是你的目标受众？是与马斯塔尔、艾尔岛有关联的人？是水手们及他们的家人？是抽着烟斗、对海战情有独钟的老男人？还是那些你不知道该给他们送些什么生日礼物的叔叔？

对以上每一个问题，我都会摇头，直到市场分析师放弃，拍拍手臂，宣布他完全赞同我堂姐的担忧。

这时，我想起自己与一位亲密朋友的一段谈话。我读了他的新小说，然后用温和但明确的口吻对他进行了批评，这是一种微妙的平衡，即使在最坚韧的友谊中也是如此。而后是长时间的停顿，他在考虑我所说的话。最后，他用一种不想再继续探讨的语气说道："我认为，你的问题是，你对这个主题不感兴趣。"

我读过关于美国大学男生自慰的书，关于喀布尔追风筝的人的书，关于丹麦法庭医生的书，关于《泰坦尼克号》中音乐家的书，关于挪威各省毛发浓密的妇女的书，关于奥匈帝国荒谬的法律的书，关于太平洋猎鲸的书，关于沙皇俄国少年犯的书。我之所以阅读这些书，完全不是因为这些"主题"让我感兴趣。只是因为每一本书都远远超越了他们所描绘的时代与地点，他们都是伟大的文学作品。它们深深地打动了我内心深处的东西，是一种超越时空的存在。

以下是我针对堂姐问题的回答：我不只为马斯塔尔人、水手及他们的家人、喜欢海洋的人或什么叔叔们而写。我也没有为我心中的读者写作。我写作的信念是，人类一定存在着某些社会学无法定义、能够将自身与他人联系在一起的东西。就好比当我们在阅读、创作的时候，一定会涌出一股探索自己宽广内心世界的冲动。我正是为了这些内心宽广的人而写作。

这便是笔者的秘密乌托邦：为每个人写作，无论他们是男人，还是女人；是老人，还是年轻人；是水手，还是公务员；无论他们受过七年的学校教育，还是二十年；无论他们是丹麦人、挪威人、德国人、波兰人、西班牙人、英国人、印度人、中国人，还是美国人。

或许，我还为一位好战、反智、讨厌书及其作者的父亲而写。

水手和作家有一个共同点：他们都梦想着到四处遨游，水手乘着他的船，作家携着他的文字。

一位作家写作的基础是不言而喻的：人与人之间纵有诸多差别，但总有共同之处。这并不是市场分析师或是电视台导演所无耻地称为"最小公分母"的东西，相反，这是我们内心最崇高的部分。是这些共同之处使我们团结一致，永葆好奇之心。

这也是为什么我认为中国读者同样会喜欢我的书。人与人的差别并没那么大。

2022 年 11 月

图书在版编目（CIP）数据

我们，被淹没的 /（丹）卡斯滕·延森著；陈磊译
. -- 贵阳：贵州人民出版社，2023.5
ISBN 978-7-221-17025-5

Ⅰ.①我… Ⅱ.①卡…②陈… Ⅲ.①长篇小说—丹
麦—现代 Ⅳ.①I534.45

中国版本图书馆CIP数据核字(2023)第071881号
著作权合同登记图字：22-2022-110号

Vi, de druknede by Carsten Jensen
Copyright © 2006 by Carsten Jensen
Published by arrangement with Copenhagen Literary Agency, through The Grayhawk
Agency Ltd.

Simplified Chinese edition copyright © 2023 by Ginkgo (Shanghai) Book Co., Ltd.
All rights reserved.

本书中文简体版权归属于银杏树下（上海）图书有限责任公司。

WOMEN，BEI YANMO DE

我们，被淹没的

［丹］卡斯滕·延森 著
陈 磊 译

出 版 人	朱文迅
选题策划	后浪出版公司
出版统筹	吴兴元
编辑统筹	梅天明　刘 君
责任编辑	徐 晶　王潇潇
特约编辑	刘 君
装帧设计	墨白空间·曾艺豪
责任印制	尹晓蓓
出版发行	贵州出版集团　贵州人民出版社
地　　址	贵阳市观山湖区会展东路SOHO办公区A座
印　　刷	河北中科印刷科技发展有限公司
经　　销	新华书店
版　　次	2023年5月第1版
印　　次	2023年5月第1次印刷
开　　本	880毫米×1092毫米　1/32
印　　张	29.25
字　　数	610千字
书　　号	ISBN 978-7-221-17025-5
定　　价	168.00元

读者服务：reader@hinabook.com 188-1142-1266
投稿服务：onebook@hinabook.com 133-6631-2326
直销服务：buy@hinabook.com 133-6657-3072
官方微博：@后浪图书

贵州人民出版社微信